차연의 윤리와 사건의 정치

2000년대 소설에 대한 소고

지은이 김남혁(金南赫, Kim, Nam-Hyuk)
고려대학교 산림자원환경학과를 졸업하고 같은 학교 국문과 대학원에서 현대문학을 전공했다.
2007년 평론 부문 중앙신인문학상을 받았고, 『그래서 우리는 소설을 읽는다』(공저, 자음과모음,
2011), 『파라텍스트 이청준』(케포이북스, 2015), 번역서 『제국의 시선』(현실문화, 2015)을 펴냈다.

차연의 윤리와 사건의 정치—2000년대 소설에 대한 소고

초판 1쇄 발행 2015년 5월 30일
초판 2쇄 발행 2015년 12월 10일
지은이 김남혁 **펴낸이** 박성모 **펴낸곳** 소명출판 **출판등록** 제13-522호
주소 서울시 서초구 서초중앙로6길 15, 1층
전화 02-585-7840 **팩스** 02-585-7848 **전자우편** somyong@korea.com **홈페이지** www.somyong.co.kr

값 29,000원 ⓒ 김남혁, 2015
ISBN 979-11-85877-98-3 03810

차연의 윤리와 사건의 정치

2000년대 소설에 대한 소고

김남혁 문학비평집

소명출판

1.

이 책은 예외적인 글도 있지만 대개 2000년대 소설을 다루고 있는 이른바 문학비평서다. 얼마 전에 읽은 다니엘 켈만(Daniel Kehlmann)의 『세계를 재다(원제 : *Die Vermessung der Welt*)』(민음사, 2008)에 기대어 내가 쓴 이 문학비평서에 대해 소개해 보고 싶다. 독일 뮌헨에서 태어나 오스트리아에서 성장한 다니엘 켈만은 이 소설의 한국어 번역자를 포함하여 대다수 리뷰어들이 언급했듯이 독일적인 것들이라고 여겨지던 관념들에서 벗어난 소설을 쓰는 신세대 작가로 주목받았다. 독일적인 것, 더 넓게는 문명이라는 것에 의문을 제기하는 이 소설은 근대 이성이 초래한 비극적인 문제들을 다루었던 독일의 전후 세대 작가들과 큰 틀에서 같은 문제의식을 공유하고 있지만, 그들과는 다른 가볍고 유쾌한 문체로 소설의 결을 만들어내고 있다. 이러한 그의 시도는 독일어권 독자들을 포함하여 전 세계 많은 독자들에게도 큰 호응을 얻었다고 생각되는데, 근래 그를 다루고 있는 한 잡지의 기사에 따르면 그의 네 번째 소설인 『세계를 재다』는 2005년에 발표된 후 지금까지 독일에서만 300만 부 정도가 팔렸고, 전 세계 40여 개의 언어로 번역됐다고 한다.[1]

『세계를 재다』에서 켈만은 독일적인 것들이라는 관념에 부합하는 인물로 알렉산더 폰 훔볼트(Alexander von Humboldt, 1769~1859)와 요한 카를 프리데리히 가우스(Johann Carl Friderich Gauß, 1777~1855)를 내세운다. 박물학자이자 지리학자이자 탐험가인 훔볼트와 수학자이자 천문학자이자 측지학자인 가우스, 이들은 각자 다른 방법에 의거해서 자신만의 탐구를 진행시키는 학자이지만 숫자와 계산과 이성을 통해 오차와 무질서와 혼돈을 배척하고 드디어 세계를 정확히 측정하고자 한다는 점에서 볼 때 같은 방향으로 나아가는 인물들이다. 이 소설은 한국에서도 2000년대 대거 발표됐던 팩션의 특성들과도 연결되는데, 그렇기에 당연히 서사는 역사적인 인물들과 사건들에 기반을 두지만 사실 너머로 나아간다. 즉, 이 소설은 엄격한 사실도 아니고 그렇다고 온전한 허구도 아닌 둘 사이의 불명확한 자리에 놓여 있다. 그런데, 사실에 기반하면서도 엄정한 사실적 재현에 갇히지 않는 팩션 또는 소설이라는 장르에 대한 설명은 사실 진부한 설명이다. 하지만 이 소설에만 국한해서 볼 때 이러한 팩션의 특징은 또 다른 흥미를 자아낸다. 왜냐하면 바로 이 소설의 주인공들이 가장 두려워하고 꺼리는 것이 바로 엄정한 사실에서 벗어나 있는 혼종스런 것들이기 때문이다.

즉 이 소설은 이성, 계산, 정확성 등에 대해, 한편으로는 위대한 개인주의의 신화를 실현하면서도, 다른 한편 이 같은 신화로부터 거리를 두고 보면 우스꽝스럽고도 광기 어린 집착을 보이는 두 인물을 바로 이러

---

1 Philip Oltermann, "Daniel Kehlmann : 'German Writers have been taught to hide their humor", *The Guardian*, 2014. 11. 15(인터넷으로 기사를 볼 수 있다. http://www.theguardian.com/books/2014/nov/15/daniel-kehlmann-german-author-interview-measuring-the-world 최종 검색일 : 2015. 1. 11). 이 소설의 영어 번역판은 2006년에 발표됐고, *Time*지는 이 소설을 2006년을 빛낸 10권의 소설 중 하나로 선정한 바 있다. 참고로 이 소설은 데틀레프 북(Detlev Buck) 감독에 의해 2012년에 영화로 제작되기도 했다. 국내에는 〈세계를 측정하는 방법〉이란 제목으로 소개되었다.

한 혼란스럽고 무질서한 장르인 소설 속으로 초대하고 있다. 당연히 서사 안에서 엄격한 역사적 사실을 무질서하게 교란하는 부분들은 일일이 열거하기 어려울 정도로 많으며, 그것들은 무질서하게 보이지 않을 정도로 정교하고도 재기 넘치게 구현되어 있다. 이를테면 가우스가 천문학에서 측지학으로 관심을 돌려 측정 여행을 돌아다니던 1820년대를 그리는 이 소설의 한 장면에서는 훔볼트가 남아메리카를 주유하고 있다는 언급이 나오는데, 실제로 훔볼트의 남미 여행은 1799년에서 5년 동안 이루어졌기 때문에 이러한 소설 속 언급은 사실과 어긋나는 부분이다. 한편 이 같은 시기적인 '오류'가 드러나는 부분에서 한국어판 번역자도 사실과 다른 주석을 달아 놓았다. 번역자는 가우스의 아들 오이겐이 건넨 헬리오트로프가 "허브의 일종"이라고 설명하고 있지만 이는 사실과 다르다. 헬리오트로프는 1821년 7월 가우스가 햇빛을 이용하여 삼각측량술을 시도하기 위해 발명한 휴대용 일광 반사경의 이름이다.[2] 이러한 번역자의 작은 '오류'를 문제 삼지 않는다고 하더라도 번역 그 자체는 소설에서도 언급되었듯이 오차와 오류를 거부하던 가우스가 정말로 싫어하던 것이다. 가우스는 자신의 저서를 바로 자신이 아닌 다른 누구도 번역할 수 없다고 판단한다. 당연히 번역은 번역자의 작은 실수들을 고려하지 않는다고 해도 그 자체로 독자들에게 무질서와 오류와 오차를 경험케 하기 때문이다. 이처럼 소설, 팩션, 더 나아가 내가 읽은 한국어 번역서라는 그들 고유의 형식적 특성들을 고려하면 『세계

---

2   헬리오트로프(Heliotrope)가 발명되는 과정에 대해서는 다음의 책 9장을 참고할 것. 후베르트 마니아, 배명자 역, 『뜨거운 몰입─가우스 평전』, 21세기북스, 2010. 위키피디아에서도 헬리오트로프의 외관과 작동 방식 등에 대한 정보를 얻을 수 있다(en.wikipedia.org/wiki/Heliotrope_(instrument)).

를 재다』는 가우스와 훔볼트가 가장 혐오하는 무질서 그 자체라고 할
수 있다.

특히, 어릴 적부터 황실에서 교육을 받으며 18세기 계몽적 이성과 바
이마르 고전주의를 물려받은 훔볼트에게 지극한 무질서와 오류와 오
차가 출몰하는 또 다른 장은 바로 남아메리카다. 소설에서 훔볼트는 동
반자 봉플랑과 다르게 현지인들과 섞이지 않으며 답답하리만치 계속
해서 측량하고 기록한다. 절대로 제복[3]을 벗지 않으며, 낮에는 측량을
하고 밤에는 잠을 줄이면서까지 글을 쓰며 세계를 발견(발명)하는 훔볼
트의 모습은 이른바 훔볼티언들이 그를 신화화시키는 한 근거이지만,
이 소설에서는 그러한 그의 위대한 개인주의적 열정은 마치 돈키호테
처럼 우스꽝스럽게 재현되거나 광기 어린 모습으로 그려지곤 한다. 측
량을 통해 세계의 모든 공간들을 보편적으로 인식할 수 있는 규칙과 법
칙을 만들 수 있다고 생각하는 훔볼트에게 오리노코 강에서 만난 세아
신부는 "공간 그 자체는 다른 곳에 있"다고 말한다. 그러자 훔볼트는
"공간은 보편적으로 존재합니다!"라고 재차 힘주어 반론하고, 이에 대
해 세아 신부가 건네는 마지막 답변은 이렇다. "보편적인 것은 하나의

---

3   1975년생인 다니엘 켈만의 나이를 고려한다면 이례적으로 보일 정도로 한국의 독일문학 연
    구자들은 그의 소설에 대해서 다수의 논문들을 발표했다. 그 가운데 유현주와 배기정은 켈만
    이 훔볼트의 제복에 주목했다는 사실을 강조한다. 켈만은 훔볼트와 가까워지고자 열망하는
    훔볼티언들과 달리 훔볼트에게서 거리를 두기 위해 제복을 언급한다. 제복에 대한 켈만의 글
    은 유현주 논문에서 재인용했다. "왜 아직 아무에게도 다음과 같은 사실이 눈에 띄지 않았
    을까 매우 놀랐는데, 훔볼트의 탐험이 얼마나 특별히 독일적이며 또한 매우 코믹한 상황들과
    오해로 가득 차 있는가 하는 사실 말이다. (…중략…) 우선 그가 늘 입고 다니던 제복이 그렇
    다. 스페인 함장 옆에서 항해를 하고 항로를 수정할 때나, 인디언의 시체를 발굴하며 왜 그가
    거기서 안내자를 쉽게 찾지 못하는지 이해하지 못했을 때조차 그는 항상 제복을 입고 있었
    다." 배기정, 「독일문명비판 light―독일문화사의 맥락에서 살펴본 다니엘 켈만의 『세계를 재
    다』」, 『외국문학연구』 36, 2009; 유현주, 「오리노코 강의 바이마르 고전주의자―다니엘 켈만
    의 『세계를 재다』에 나타난 상호문화성」, 『세계문학비교연구』 42, 2013.

발명입니다. 공간 그 자체는 측지사들이 측량하는 곳에서 우연히 발생합니다."[4]

　이 소설은 후반부에 이르러 전 세계적 명성을 얻은 노년의 훔볼트가 러시아로 여행을 떠나고 마찬가지로 학자로서 큰 이름을 떨친 가우스가 측지학이라는 새로운 분야로 나아가는 모습을 그리고 있다. 그런데 러시아에서 훔볼트를 괴롭히는 것은 이전의 남아메리카 여행에서 겪었던 모기 떼와 파리 떼라든지 죽은 자들이 불러내는 환영과 같은 무질서한 것들이 아니라 그가 그렇게도 흠모하던 질서 그 자체이다. 러시아에서 훔볼트는 그의 관심사에 맞게 미리 수집되고 분류되어 있는 수집품들을 제공받으며 정해진 경로를 따라서만 이동할 수 있도록 제복만큼이나 질서 정연한 여행을 제공받는데, 그때마다 그는 자신이 지금 진짜 여행을 하고 있는 것이 아닐지도 모른다고 생각한다. 이 무렵 가우스 역시 세상사와 단절할 채 집 안에서 계산과 관찰에 의해 오차를 수정하던 수학과 천문학의 추상적 세계에서 벗어나 토양을 측량하는 일을 수행하게 되며, 이때부터 자신의 의도를 배반하는 무질서와 더욱 더 직접적으로 대면하게 된다. 무질서하게 보이는 삶 그 자체와 마주한 가우스는 다음과 같은 생각에 빠진다.

4　이 부분에서는 한국어 번역서보다는 영어 번역서가 서사의 맥락상 의미가 더 명확하게 이해된다고 판단되어 영문판을 참고 삼아 한국어 번역문을 수정하여 인용했다. 한편, 인용한 부분에 대해서 한국어 번역서가 선택한 문장들은 다음과 같다. "공간 자체는 다른 곳에 있습니다." "공간은 모든 곳에 있습니다!" "어디에나 있는 것은 가짜입니다. 공간 그 자체는 토지 측량사들이 운반해 가는 곳에 존재합니다." 다니엘 켈만, 박계수 역, 『세계를 재다』, 민음사, 2008, 117쪽 ; Daniel Kehlmann, trans., Carol Brown Janeway, Measuring the World, London : Quercus, 2006, 96쪽.

가끔 그(가우스-인용자)에게는 자신이 땅을 측량한 것이 아니라 무언가를 발명했다는 생각이 들었다. 땅이 그를 통해서 비로소 현실이 된 것처럼 느껴졌다. 나무, 이끼, 돌, 풀들만 있던 곳에 이제는 직선과 각과 수의 그물망이 펼쳐졌다. 누군가에 의해 일단 측정된 것은 측정되기 전과 같이 존재하지 않고 그렇게 존재할 수도 없다. 가우스는 훔볼트가 그것을 이해할 수 있을까 곰곰 생각해 보았다.[5]

2.

홈볼트나 가우스의 열정에 가닿지는 못하겠지만, 그들이 세계를 측량했던 것처럼 내게 비평을 쓰는 일은 작게는 동시대의 한국문학을 이리저리 재보는 일이고 크게는 현시대의 세계를 재보는 일이라고 생각한다. 나는 2010년 무렵에 활발히 논의되기도 했던 문학의 윤리와 문학의 정치라는 측면에서 2000년대 한국문학들을 살펴보았다. 홈볼트와 가우스가 혐오했던 무질서처럼 내가 싫어하는 것들을 어떻게 받아들일 수 있을까? 받아들일 수 없는 것들을 받아들인 후 각자도생의 길로 나아가지 않은 채 어떻게 그것들과 친구가 될 수 있을까? 마침내 환대했다고 판단하는 일은 환대 불가능한 타자의 고유한 차이를 은폐하는 일이 아

---

5 다니엘 켈만, 위의 책, 민음사, 277쪽.

닐까? 본문에서 확인할 수 있겠지만 이러한 질문들을 수렴하는 단어로 나는 윤리라는 어휘를 사용했다. 반면, 정치라는 어휘는 다음과 같은 질문들을 대표한다. 나와 다른 것들, 더 나아가 내가 혐오하는 것들을 환대할 수 있게 하는 구체적인 방법은 무엇인가? 환대를 개인의 심성과 관련된 문제로 국한시켜 생각하지 말고 심성에 영향을 주는 담론과 제도의 문제로 확대할 수는 없는 것인가? 요컨대 환대의 조건들과 윤리의 조건들은 제국, 액체근대, 부채사회 등으로 불리는 이 시대적 상황 안에서 어떻게 사유되고 실천될 수 있을까?

켈만의 소설에서 훔볼트와 가우스는 세계를 정확히 측정하겠다는 공통된 목적을 가지고 있지만 한 명은 구체적인 경험에 의지하고 다른 한 명은 추상적인 계산에 의존하여 그 목적을 수행한다. 소설 안에서 둘의 대화가 마치 평행선처럼 계속 겉돌 듯이, 윤리와 정치는 2000년대 문학이 바로 문학이라는 장르를 갱신하고 더 나아가 세계를 이해하도록 하는 공통된 목적을 지닌 두 개의 방법론이지만, 둘 사이의 합일점은 손쉽게 주어지지 않는다. 정치적이고 거시적인 방법론의 자리에서 볼 때 윤리적이고 미시적인 실천들은 애초부터 정치적 실천의 가능성을 부정하거나 두려워하는 기만적인 개인주의의 모험으로만 보이며, 반대로 윤리의 자리에서 볼 때 정치는 개인의 이질적인 차이들을 억압하는 기제에 둔감한 전체주의의 사본으로 보이기 때문이다. 하지만 윤리 없는 정치는 제도에 갇히게 되고, 정치 없는 윤리는 자아에 갇히게 된다. 하나의 합일점을 쉬이 찾을 수 없겠지만, 어찌됐든 정치와 윤리를 함께 고려하지 않는 활동은 아무리 위대할지라도 훔볼트의 제복처럼 독단적이고 폐쇄적인 틀에 갇히게 된다.

독일적인 것들, 문학적인 것들, 간단히 말해 문명이라는 기존의 무거운 관념에 문제를 제기하면서도 가벼운 문체를 구사할 줄 아는 켈만의 소설을 읽으면서 나는 마치 2000년대 한국 문학장에 대거 등장했던 성실하고도 재기 발랄한 작가들의 작품을 보는 듯했다. 2000년대 발표된 그들의 소설들에서 어떤 이들은 만화적인 상상력을 읽어내기도 했고, 구축되기보다 해체되는 서사를 발견하기도 했으며, 그러한 과정에서 편집증적이고 불필요한 방담이 늘어나는 현상들을 언급하기도 했다. 분명 2000년대 소설은 기존의 관념들에 대해 의문을 제기한다는 점에서 볼 때 이전의 소설들뿐만 아니라 소설이라는 장르 자체의 문제의식을 큰 틀에서 공유하고 있지만, 그 문제의식을 무거운 고뇌로 포장하지 않는다는 점에서 특징적이다. 그렇기에 2000년대 발표된 많은 문학 작품들은 현시대적 상황들에 대해 선명하고도 거대한 부정보다는 다른 배열과 독특한 재배치를 상상하고 끝내 사랑이라는 대안을 조심스레 검토하고 있다고 여겨진다. 여기서 문학들이 제시하는 사랑은 윤리와 정치가 서로를 배척하지 않는 다른 미래를 만드는 하나의 방법이라고 나는 이해한다. 그러니까 이 책은 윤리와 정치가 서로 대화를 나누고 더 나아가 둘 사이에서 신의 은총과도 같은 합일의 순간을 이끌어낼 수 있는 방법들을 2000년대 소설들을 통해 생각해보려는 시도이다.

오로지 문학이야말로 고정되고 제도화되는 것들에 대해 예민하게 반응하고 그것들을 거부하는 활동이라며 논리를 비약시키면서까지 문학에 대한 예찬을 드러낼 수 있는 나이는 지났지만, 나는 여전히 제도에 저항하고, 또 제도를 새롭게 갱신시키며, 제도 안에서 제도에 거리를 두려는 활력을 포기하지 않는 현시대의 여러 가지 활동들 속에 분명

문학이 포함된다고 생각한다. 나는 그러한 열정적인 과정들에 먼저 참여했던 많은 선배들의 글을 읽으며 그들을 모방하기도 했고 치사하게 문장 뒤에서 빈정거리거나 내 목소리를 꾸미기 위해 같잖은 장식들을 달기도 했다. 문학의 윤리니 정치니 하는 난해한 말들을 전면에 내세우고 있지만, 이러한 수사들 뒤에 숨은 나의 인정욕을 알기에 적잖이 부끄러운 마음이 들기도 한다. 그래서인지 오리노코 강의 세아 신부나 노년의 가우스의 언급이 감히 내 입장으로 환원되어 이해되기도 한다. 즉, 비평을 통해 문학은 우연히 발명되는 것일 뿐 진짜 문학의 공간은 다른 어딘가에 있다는 전언이 들려오는 듯하다.

　분명 한국문학 비평에도 암묵적으로 고정되는 관념들이 있으며 방법론과 참고문헌들이 반복되기도 한다고 생각한다. 비평은 문학과 세계를 측량하는 일이지만, 당연히 이러한 반복은 문학과 세계의 다른 공간을 살펴보지 못하게 만든다. 이 때문에 비평의 길을 개척한 많은 선배들이 문학 비평이란 개념을 도식적으로 적용하는 게 아니라 오히려 개념을 창안하는 일이라고 힘주어 강조했다고 나는 생각한다. 문학을 더 잘보기 위해 마련한 도구인 여러 가지 방법론들과 참고문헌들이 반복될 때, 비평은 역설적이지만 다른 어딘가에 있는 문학을 살펴보지 못하게 하는 성가신 발명품이 된다. 나는 여기 실려 있는 비평문들을 2007년부터 2013년까지 썼다. 길다면 긴 이 기간 동안 발표한 글들을 이 책에 모아 두었기 때문에 전체적으로 볼 때 완성도에서부터 글쓰기 방식에 이르기까지 변화된 부분들이 눈에 들어온다. 근데 이 기간 동안 내 비평 쓰기를 변화시킨 의문은 다소 단순하다. 비평을 쓰면서 나는 한국문학 비평에는 각주를 달지 않고, 한국문학 연구에는 각주를 달아야만 하는 작은 차이가 차차 이상하게 여겨졌다. 다른 누군가를 지적하기 전에 적어도 나는 각주가 개념을 창조하기보다 적용하는 장치라는 생각이나, 각주를 제도적이고도 엄격한 전문가적 글쓰기와 관련된 장치로 여기는 관습에 익숙해져 있었던 것 같다. 그렇지만 몇 년간 비평을 쓰면서 나는 점차 각주에 글을 쓰는 일이 본문에 글을 쓰는 일보다 재밌었다. 감히 말하건대, 각주는 사실 본문보다도 수다스러운 공간이기 때문이다. 각주는 본문에 대해 항상 더 많이 말하거나 덜 말한다. 그렇기에 각주는 학문적 엄밀함의 기능 속으로 축소되지 않는다. 각주는 본문을 이른바 대리 보충하는 장치이다. 이때 대체되고 보충되는 본문은 각주 위에 서술된 본문이기도 하고, 각주가 가리키는 책의 본문이기도 하다. 각주가 본문보다 말을 더 하거나 덜 하는 방식은 대개 이렇다. 각주는 다른 책에 대한 질투이기도 하고 다른 글에 대한 구애이기도 하고 다른 글쟁이와 친해지려는 치졸한 연대이기도 하고 다른 글쟁이를 무시하는 전략이기도 하고 지적 수준을 뽐내려는 장식이기도 하다. 이 같은 각주의 수다 때문에 두 개의 본문은 모두 새롭게 태어날 수 있다. 이런 질투와 구애와 연대와 전략과 장식 들을 통해 내 글이 자족적이고 폐쇄적이고 온통 침묵뿐인 글이 되지 않기를 나는 바랬다. 각주를 쓰는 일은 내게 그 자체로도 재밌는 일이었지만, 좀 더 거창한 의미를 부여하자면, 본문이 보지 못한 문학의 다른 공간으로 가는 길을 조금이나마 열어주는 일이라고 생각한다. 즉, 각주는 훔볼트와 가우스가 흠모했던 엄격한 학문적 장치가 아니라, 그들이 두려워했던 수다스럽고도 혼종적인 장치이다.

이제 이 소개글을 마감하면서, 앞서 노년의 가우스가 보여준 통찰에 기대어 이렇게 말해보고 싶다. 비평을 통과한 문학은 이제 이전과 같은 문학은 아니지만, 문학 그 자체에는 비평에 포섭되지 않는 다른 공간이 언제나 남아 있게 마련이다. 여기서 비평과 문학의 관계를 문학과 세계의 관계로 변화시켜 생각하면, 문학에 대해 비평이 지니던 메타적 위치는 세계에 대해서 문학이 차지하게 된다. 즉, 문학을 통과한 세계는 이제 이전과 다른 세계지만, 세계 그 자체에는 문학에 포섭되지 않는 다른 공간이 남아 있게 마련이다. 이 다른 공간들에 대한 상상력을 넓혀 나가는 일이 윤리와 정치를 함께 사유하는 일이라고 나는 생각한다. 비평의 공간, 문학의 공간, 더 나아가 세계의 공간은 윤리와 정치라는 쉬이 화해하지 않는 난해한 문제들을 동시에 사유할 때 비로소 개시된다. 나는 여기에 실린 글들을 한 편 한 편 쓸 때마다 반복적인 사유와 고정된 글쓰기 스타일에서 벗어나고자 고심했다고 정직하게 말할 수 있지만, 그러한 글쓰기 과정이 글 자체에서 드러나는 한계에 대한 합당한 변명이 될 수 없다는 것을 잘 알고 있다. 다음에 쓰일 글은 이번 글쓰기를 통해 볼 수 없었던 문학과 세계의 다른 공간에 좀 더 가닿기를 기대한다. 미흡한 결과물이지만 이러한 비평적 글쓰기를 수행할 수 있도록 기회와 가르침을 주신 모든 분들께 감사의 인사를 드린다.

2015년, 봄

☰ 차례

제3부

1부

끔찍한
모더니티*
5월 광주와 1987년 혁명 사이에서

1

　문학과지성사판 전집 『벌레 이야기』에 실린 열 편의 중단편소설들
은 모두 1985년부터 1987년 봄 무렵까지 대략 3년 동안 발표되었다.[1] 이

＊　이 글은 문학과지성사판 이청준 전집에 실린 해설이다. 이 글을 교정하는 과정에서 편집부 이
　　근혜 선생님은 『벌레 이야기』에 수록된 이청준의 소설들이 5공화국이 만들어 낸 담론의 질서
　　를 비판의 대상으로 삼는다는 나의 견해에 의문을 제기했다. 이청준 소설은 5공화국이 만들
　　어 낸 특정 시공간의 모더니티가 아니라 모더니티 일반을 다루고 있다는 것이 이근혜 선생님
　　의 의견이었다. 애초에 나 역시 그러한 생각으로 해설을 작성하기 시작했던 것 같은데, 묘하
　　게도 완성된 글은 과잉되고 모자라게 이청준 소설을 재단해 놓았던 것이다. 이후 처음 작성했
　　던 해설 원고 가운데 몇몇 부분을 이근혜 선생님의 견해에 어울리도록 수정한 후 문학과지성
　　사판 『벌레 이야기』에 수록했다. 그런데 아직까지 나는 문장도 서툴고 소설 해석도 모자랐던
　　처음의 글이 좋다. 여기 실린 이 글 「끔찍한 모더니티」는 이근혜 선생님의 정확한 조언과 정
　　교한 교정 작업 이전에 씌어진 것이다. 이 자리를 빌려 이근혜 선생님께 심심한 인사와 미안
　　한 마음을 함께 전한다.
1　물론 작품이 발표된 시기와 실제 창작 시기가 일치할 수는 없다. 그러나 작품 발표 시기는 단순
　　히 객관적이고 중립적인 시간이 아니라, 심지어 작가의 창작 의도를 배반할 정도로 독자들의
　　작품 독해에 중요한 영향을 주는 요인이다. 그러므로 이 글에서 주목하고자 하는 것은 '왜 이
　　시기에 이 같은 작품들을 발표했느냐' 하는 질문이다. 가령, 조선희 기자의 인터뷰에 따르면 이
　　전집에 실려 있는 「섬」은 『현대문학』 1986년 5월호에 발표됐으나 실제 창작은 그보다 1년 전에

기간은 어느 한 시인의 표현처럼 "너무나 원시적인 해부학적 비극"인 1980년 광주의 참사를 일으키고도 오히려 그것을 불순 세력 정화와 사회 질서 실현을 위한 정의로운 행위로 미화하는 "끔찍한 모더니티"가 수많은 담론들의 정교한 그물망으로 조직되던 시간이자, 그러한 모더니티의 그물망 속에 "오직 이기심이라는 더듬이에 의해서만 움직일 뿐 철저하게 자기중심적인 '벌레'"로 구속되기도 했던 사람들이 1980년 광주 참상의 가해자들에게 그물처럼 연결되어 있는 미국과 자본주의와 모더니티 그 자체와 대결하기 위해 광장으로 뛰어나온 1987년 6월의 활력이 잠재되어 있던 시간이기도 하다.[2] 차차 살펴보겠지만, 1980년 광주의 비극과 1987년 6월의 혁명 사이에서 모더니티에 대한 두려움과 부끄러움(이청준의 그 유명한 원죄의식) 그리고 새로운 모더니티에 대한 갈망은 『벌레 이야기』에 수록된 열 편의 중단편소설들이 품고 있는 공통된 기조라고 판단된다. 그런데 이상하게 보일 정도로 이들 작품들에서 1985년도 어름의 현실적 문제는 두드러지게 드러나지 않는다. 제목만 보더라도 "해변 아리랑", "흰철쭉", "섬", "흐르는 산" 등처럼 서정적이고도 보편적인 정서들이 부각되고 있거나, '누군들 초장부터 꾼으로 태어나랴'라는 제목처럼 비극적이라기보다는 해학적인 특징들이 강조되어 있고, 「숨은 손가락」과 「나들이 하는 그림」의 서사에서 보듯 1980년대와 무관해 보이는 1950년대 무렵의 사건과 인물(이중섭)들이 『벌레 이야

이루어졌다. 이러한 인터뷰같이 예외적인 경우를 제외하고 실제 창작 시기를 독자들이 알게 되는 것은 쉽지 않기 때문에, 무엇보다 작품이 발표된 시기는 독자들의 독해에 큰 영향을 준다. 그러므로 작품이 발표된 시기는 단순한 정보가 아니라 작품 텍스트의 일부라고 할 수 있을 정도이다. 조선희(연합통신 문화부 기자), 「밀실의 작가 이청준」, 『소설문학』, 1986.8, 191쪽.

2   황지우, 「끔찍한 모더니티」, 『문학과사회』, 1992 겨울. 참고로 이 글은 『황지우 문학앨범』(웅진출판, 1995)에 재수록 되어있다.

기』에서 중점적으로 다뤄지고 있다. 그렇다면 이청준은 왜 1985년 무렵에 사적이거나 서정적이거나 보편적으로 보이는 정서에 유독 집중하고 있는 것일까. 이청준은 1985년 무렵의 끔찍한 모더니티로부터 도피한 것인가. 왜 하필 그는 이렇게도 끔찍하고 긴급한 시기인 1980년대에 1950년대(「숨은 손가락」)나 일제시대(「흐르는 산」)를 배경으로 삼는 서사를 그리고 있는 것일까. 다른 맥락에서 발언되었지만, 먼저 이청준의 한 답변을 들어보자.

> (최인훈의—인용자)『광장』은 이를테면 망각 속으로 파묻혀 들어가는 1950년과 53년 사이의 사건들을 다시 발굴해내어 기록함으로써 그 사건들을 그것이 벌어진 당대의 자리로 고정시켜 놓으려는 노력에서가 아니라, 1960년을 살고 있는 작가의 정신과 시선에 의하여 그 사건이 다시 상기되고 해석되어진다는 이야기다. 다시 말할 것도 없는 일이지만, 그래서 그『광장』속의 6·25는 1950년의 6·25가 아니라, 오히려 1960년에 다시 겪는 6·25라고 말해야 할 것이다. (…중략…) 한 소설의 주인공의 삶은 그러므로 어느 경우나 그 주인공이 뿌리박고 살아온 시대와 사회의 구체적 사실성과 그 소설이 씌어진 시대의 정신풍속의 당대성이라는 이중의 뼈대 위에 조건 지어진 삶이라 할 수 있다.[3]

위에 인용된 산문의 다른 부분에서 이청준은 과거를 발굴해내어 그대로 재현하는 것은 '알리바이 문학'의 특징이라고 말한다. 이와 다르게 이청준이 쓰고자 하는 문학은 '징후의 문학'인다. 징후의 문학에서

---

3 이청준, 「알리바이 문학」, 『작가의 작은 손』, 열화당, 1978, 206~207쪽.

주인공은 소설 내용의 시간과 소설이 쓰이는 시간, 이렇게 이중의 시간 위에 놓이게 된다. 위 인용문에서 "이중의 뼈대"는 이 같이 중첩된 시간을 뜻한다. 알리바이 문학에는 과거의 시간만이 존재하지만, 징후의 문학에는 과거와 현재의 시간이 중첩되어 있다. 그러므로 이청준이 옹호하는 징후로서의 문학은 과거를 재현할수록 소설이 쓰이고 있는 당대성을 지니게 된다. 과거로 우회할수록 현재, 더 나아가 미래를 새롭게 제시하는 문학적 실천을 이청준은 지지한다. 그렇기에 한 좌담에서 그가 말했듯이, "사회의 여건이나 역사적 패턴을 먼저 규명"할 때 그 결과로서 "마지막으로" 당대의 특성을 드러내는 문학적 실천("참여")은 바로 징후로서의 문학을 통해 이루어진다.[4] 과거를 말함으로써 미래를 예언하게 되고, 사회 구조와 역사적 패턴을 규명함으로써 현재의 징후를 드러내는 문학적 실천을 이청준은 1980년대 무렵에도 변함없이 지지하고 있었다. 그렇기에 이를테면 이번 전집에 실린 「숨은 손가락」에서 이청준이 한국전쟁을 배경으로 다루고 있다는 사실 그 자체보다 중요한 것은 이청준이 한국전쟁을 소재로 소설을 쓰고 있는 1985년이라는 시간이다. 왜냐하면 징후의 문학은 이청준의 표현 그대로 1950년의 6·25가 아니라 1980년대에 다시 겪는 6·25를 살펴보는 것이기 때문이다. 그러

---

4 문학사 안에서 참여 / 순수 논쟁이 첨예했던 1960년대 말 무렵의 한 좌담에서 이청준은 '참여'를 옹호하면서도 지양하는 다음과 같은 발언을 한 바 있다. "이청준 : 참여는 어떤 방식으로든 되어야 하는 것이지. 참여는 진짜 의미에서 새로운 논쟁거리지. 나도 참여에는 동의하는데 방법의 문제에 있어 사회의 여건이나 역사적 패턴을 먼저 규명하고 마지막으로 얘기 해야지." 이청준에게 소설이 할 수 있는 '참여'는 막연한 구호나 결단의 문제가 아니고, 사회 구조와 역사적 패턴을 근본적으로 분석한 이후에 비로소 결과적으로 드러나는 어떤 참여이다. 역사적 현실로부터 도피한 채 미학적 폐쇄성을 구축하는 '순수'를 이청준은 단호히 거부하지만, 역사적 우발성과 복합성의 특성을 고려하지 않거나 도식적으로 처리하는 '참여' 역시 그는 거부한다. 김승옥·김현·박태순·이청준, 「좌담회ー현대문학 방담」, 『형성』, 1968 봄, 83쪽.

므로 한국전쟁을 통해서 비로소 드러나는 1985년 무렵의 끔찍한 모더
니티를 살펴보고자 하는 독해는 이청준이 옹호한 징후로서의 문학을
존중하는 태도이자 이청준 소설이 내장하고 있는 문제의식을 관념성
과 정신성 운운하며 막연히 거부하거나 상찬하는 태도를 지양하는 길
이 된다. 요컨대 하나의 서사 속에 중첩된 주인공의 시간과 작가의 시
간을 동시에 살펴볼 필요가 있다.

2

　징후의 문학은 작품에 중첩되어 있는 실제 사건의 시간과 작품이 쓰
이거나 발표된 당대의 시간을 두루 살펴볼 때 적절한 기능을 수행하게
된다. 거의 모든 작품들이 그렇지만 특히 징후의 문학을 옹호하는 이청
준의 문학에서 작품이 쓰이거나 발표된 시간은 독자들에게 전달되는 객
관적이거나 중립적인 정보가 절대 아니다. 그 정보는 시간이 지나면 종
종 기억되지 않으며 무시해도 좋을 정도로 사소한 사실로 보이지만 실
제로는 마치 수행문처럼 독자들에게 암묵적으로 독서의 방향을 강제한
다. 「벌레 이야기」가 발표된 '1985년'(이번 전집 수록 「벌레 이야기」 말미에 표기
되어 있는 '1985년')은 독자들에게 이 소설에 등장하는 사건을 1985년 무렵
의 상황과 관련해서 읽도록 자극한다. 이청준이 최인훈의 『광장』(1960)
을 1960년에 다시 겪는 6・25로 독해해야 한다고 강조했듯이, 그의 징후

로서의 문학이 지니는 가능성을 적극 개진시키기 위해서는 「벌레 이야기」가 1985년에 다시 겪는 유괴 사건이라는 점에 주목해야 한다. 그렇다면 먼저 이 작품과 관련해서 이청준이 남긴 발언을 들어보자.

사랑의 덕목을 단편적이나마 종교의 신성성에 빗대어 천착해 보았음직한 소설이 졸작 「벌레 이야기」였다. 어린 아들이 무도한 유괴범에게 끌려가 살해되자 그 어머니가 교회를 찾아가 마음의 위안과 평화를 얻어 붙잡힌 범인을 용서하려 하니, 이미 사형언도까지 받은 범인이 먼저 신앙적 구원과 사랑 속에 마음이 평화로워져 있음에 절망하여 자살을 하고 마는 이 소설의 줄거리는 당시의 비슷한 실제 사건을 소재로 한 것이었다. 그렇다면 그 섭리자의 '사랑'의 의미는 무엇이어야 하는가.[5]

이청준 스스로 언급하고 있듯이 이 소설이 소재로 삼고 있는 것은 1981년도 10대 사건 중 하나로 꼽힐 정도로 세상 사람들에게 충격을 주

---

5 이청준, 「사랑과 화해의 예술―새와 나무의 합창」, 『본질과현상』, 2005 가을, 244쪽. 「벌레 이야기」와 관련된 또 다른 파라텍스트로 김현의 1987년 6월 22일 자 일기의 한 대목을 인용하면 다음과 같다. "아빠, 저번 토요일, 아빠하고 엄마하고 전주 간 날, 박남철이라는 사람이 사과 세 알을 들고 찾아왔더랬어요. 그냥 가려고 그러더니, 나가다가 다시 들어와, 너희들 먹지 말고 선생님 꼭 드시라고 해라라고 말하고 가데요……. 이청준의 「벌레 이야기」가 자기 이야기를 쓴 것이라며 그를 죽여버리겠다고 전화하던 박남철의 기행이, 문득 아이의 말로 희화화하여 들릴 때, 내 가슴은 이상하게 차분해지고, 그가 견딜 수 없이 안쓰러워진다. 가슴속 타는 불길로 자기와 세계를 파괴하기 직전에까지 이른 파괴의 시를 쓰는 시인. 과격하고, 극단으로 가라고 자꾸 충동질하면서, 실제로 그곳으로 가고 있는 사람을 보면, 안쓰럽고 겁난다. 김현이, 이, 개새끼! 대갈통을 까부숴버릴까보다……. 아니예요, 선생님, 저는 시를 계속 잘 쓰겠습니다……. 그래 그래." 김현, 『행복한 책읽기 / 문학 단평 모음―김현문학전집15』, 문학과지성사, 1993, 97쪽. 이청준은 「벌레 이야기」가 "당시의 비슷한 실제 사건을 소재로 한 것"이라고 말하고 있는데 반해, 시인 박남철은 자신의 경험을 쓴 것이라고 말하고 있다. 박남철의 주장이 어떤 맥락에서 이루어진 것인지는 확인되지 않지만, 이 소설은 그의 주장과 다르게 1981년 연말 거의 모든 신문의 10대 사건 중 하나로 거론되던 이윤상군 유괴살인사건을 소재로 삼고 있다.

었던 '이윤상 군 유괴살인사건'이다. 「벌레 이야기」에 등장하는 알암이처럼, 마포 소재 경서중학교에 다니던 1학년생 이윤상은 어릴 적 소아마비를 겪어 한쪽 다리가 불편했고 자신을 가르치던 선생에게 유괴되었다가 끝내 죽게 된다. 이윤상 군 유괴살인사건은 선생이 제자를 유괴했다는 점, 가해자인 체육교사 주영형의 범행 원인이 도박 빚 때문이었다는 점, 더불어 그가 범행 이전부터 제자들과 수차례 불륜 행위를 저질렀다는 점, 당시 대통령까지 이례적으로 담화문을 발표했다는 점 등의 이유로 1981년 내내 많은 사람들이 관심을 가졌던 사건이다.

평소 도박 빚 때문에 고민 중이던 체육교사 주영형(1953년생)은 부잣집 아이라고 생각해 온 제자 이윤상(1967년생)을 1980년 11월 13일 교외 지도를 핑계로 유인하여 유괴했다. 이윤상은 주영형이 감금했던 아파트에서 3일 만에 탈진하여 죽게 되고, 주영형은 경찰들의 수사를 방해하기 위해 자신과 불륜 관계를 맺고 있던 여 제자 이현옥(1964년생)과 함께 수차례 협박 전화와 편지를 보냈다. 수사 초기 경찰은 이윤상이 유괴되기 직전 만나기로 했던 주영형을 범행 용의자로 고려했지만 선생이 제자를 유괴할 수는 없다는 당연한 믿음과 서울대학교 체육학과를 나올 정도로 매사 적극적이며 친절히 수사를 보조했던 그를 크게 의심하지 못했다. 이후 이윤상의 안전을 고려해서 비공개로 진행되던 경찰 수사는 100여 일이 지나도록 답보 상태에 빠지게 된다. 이에 경찰은 사건 발생 다음 해인 1981년 2월 27일부로 비공개 수사를 공개수사로 전환했고, 이제 막 대통령으로 당선된 전두환은 공개수사 다음 날 즉시 담화문을 발표하기도 했다. 담화문에서 그는 만약 범인이 3월 3일 대통령 취임식 때까지 이윤상 군을 무사히 돌려준다면 관대한 조치를 취할 것이라고 약속했고, "이 같은 유괴 사건이 다시 일어나 마음이 아프"며 "앞으로 이런 유괴 사건이 재발할 경우 법이 정하는 최고의 형으로 범인을 엄벌"하겠다고 강조했다. 유괴 사건에 대한 대통령의 담화문도 이례적이었지만 전두환은 취임식 이후 3월 11일 마포경찰서 수사본부를 직접 찾아가 경찰들의 노고를 치하하고 "한국에서 유괴범이 없도록 하고 사람을 죽이지 않도록 하기 위하여 앞으로는 유괴범은 엄하게 다스려 법정 최고형을 주어 자식 가진 사람이 안심하고 살 수 있도록 해야 한다"며 정의와 안전을 추구하는 국가의 상과 경찰의 임무를 재차 강조했다.[6] 마포경찰서를 나온 전두환은 곧바로 마포구 공덕동 소재의 이윤상 군의 집으로 인삼 두 박스를 들고 가 범인을 꼭 잡도록 최선을 다할 테니 걱정하지 말고 먼저 건강에 유의하라는 심심한 위로를 남기기도 했다.

지금의 시각에서 "유괴범이 없도록 하고 사람을 죽이지 않도록" 운운하며 유괴 사건에 개입하는 전두환의 행보는 지극히 희극적으로 보이지만, 아마도 1980년 광주에서 무참히 죽은 가족을 두었거나 삼청교육대에 끌려가 의문사한 자식을 둔 당시 사람들에게 가해자가 오히려 정의를 강조하고 피해자에게 지극한 위로를 건네는 모습은 앞서 한 시인이 언급했던 '끔찍한 모더니티' 그 자체였을 것이다. 1980년대의 모더

---

6 이윤상 군 사건에 대한 대략적인 스케치와 전두환의 담화 등은 다음의 책 참고. 수사본부, 『집념수사 383일─이윤상 유괴살인사건 수사백서』, 치안본부, 1986, 82~83쪽. 참고로 이 책을 편집한 남상룡은 이윤상이 유괴된 지 이틀 후인 1980년 11월 15일에 마포경찰서장으로 부임했으며 수사본부장으로 본 사건의 시작과 끝을 현장에서 지휘했다. 남상룡에 따르면 대통령이 형사 사건에 특별 담화를 발표하고 수사본부까지 방문한 것은 "건국 이래 처음 있는 일"이라고 한다. 당연히 전두환의 자상하면서도 정의로운 면모에 주목하는 남상룡의 시선과 다르게, 끔찍한 모더니티의 담론 질서를 살펴보고자 하는 우리는 '왜 유독 이 시기, 그리고 형사 사건 하나에 전두환이 건국 이래 처음 있음직한 행보를 보여줬느냐'를 질문할 필요가 있다. 남상룡, 「이윤상 군 유괴 사건 수사」, 『내가 걸어온 길』, 나남출판, 2000.

니티가 이토록 끔찍한 이유는 더 큰 범죄의 가해자가 또 다른 가해자와 피해자를 용서(혹은 단죄)하고 위로함으로써 근본적이고 구조적인 폭력이 은폐되어버렸기 때문이다. 이청준은 '범인이 먼저 구원과 사랑 속에 마음이 평화로워져 있음에 절망하여 자살하고 마는' 여인을 「벌레 이야기」에서 그렸다고 말했는데, 사실 이 여인은 범인이 먼저 대통령이 되어 구원과 사랑 속에 마음이 평화로워져 있음에 절망했던 1980년대 대다수 사람들의 모습과 다르지 않다고 보인다. 그렇기에 우리는 이청준이 작품으로 발언했던 질문을 이렇게 보완할 수 있다. '그렇다면 피해자의 상처가 사라지기도 전에 가해자에게 먼저 구원과 평화를 주는 섭리자의 사랑의 의미는 무엇이어야 하는가.' 여기서 '섭리자'를 종교적 의미로 국한시킬 필요는 없다. 이를테면 그물망처럼 연결되어 있어서 처음과 끝이 쉬이 보이지 않는 1980년대 담론의 질서, 이 역시 섭리자와 같은 기능을 수행하고 있기 때문이다. 이윤상 군 유괴 사건과 관련해서는 이청준의 「벌레 이야기」뿐만 아니라 무수한 담론과 텍스트 들이 연결되어 있고, 그 가운데 어떤 담론과 텍스트 들은 1980년대의 '끔찍한 모더니티'를 의도와 상관없이 보조하고 있다. 결론적으로 말하면 「벌레 이야기」는 바로 이러한 담론들의 질서(섭리자의 질서) 자체를 문제 삼고 있는 소설이다. 이에 대해 서술하기 전에 이윤상 군 사건을 다루고 있는 다른 텍스트들을 먼저 살펴보자.

공개수사 이후에도 수사는 답보했지만, 수사관들의 집념과 거짓말 탐지기 등의 과학적 수사 기구의 활용은 결국 범인이 체육교사 주영형이었음을 사건 발생 383일 만에 밝혀냈고, 수사가 공전되는 동안 주춤했던 언론들은 또다시 유괴 사건에 대한 많은 담론들을 양산했다. 당시 관제 잡지였던 『정화』는 수사가 종결되자마자 이윤상 군 유괴 사건을 연상케 하는 특집을 마련했고, 전두환의 '전국교육자대회 치사'를 편집자의 말처럼 머리말에 배치했다.

근대화 과정에서 초래된 각종 부작용과 병폐에 대해 우리 교육이 과연 정확하며 충분한 처방을 던져주었는가 하는 질문에 우리는 선뜻 긍정적 답변을 내놓기 어려울 것입니다. (…중략…) 오늘날과 같은 고도산업사회·대중교육 시대에서 모든 교육자에게서 지적·도덕적으로 완전무결한 사표(師表)가 되어 주기를 요구하기는 어려운 일일지도 모릅니다. 그러나 시대의 변천에 안이하게 편승하여 교육자 여러분이 제자로부터 인격적으로 존경 받는 스승이기를 포기하고 단순히 지식과 기술을 전수하는 한낱 기능인에 머물러 있을 수는 없을 것입니다.[7]

위 인용문은 놀랍게도(아니, 끔찍하게도) 모더니티를 비판하고 있다. '근대화 과정', '고도산업사회', '스승을 포기한 기능인' 등등의 키워드는 모더니티의 피해자가 아니라 모더니티에 편승한 가해자의 입에서 나오고 있다. 이처럼 폭력적인 모더니티를 구조적으로 은밀하게 계속해서 추구하면서도 겉으로는 모더니티를 비판하는 역설적인 담화 양식은 이제 모더니티의 피해자에게 비판의 자리마저 빼앗아 버린다. 모더니티의 수혜와 비판의 기회를 모두 가해자가 쥐고 있기 때문이다. 그러므로 관제잡지 『정화』가 이윤상 군 유괴 사건 발생 이후 긴급하게 구성한

---

7   전두환, 「전국교육자대회 치사」, 『정화』, 1982.1, 6쪽.

지식인들의 비판적 목소리는 타격점을 잘못 짚고 있다. 이를테면 "산업화 과정에서의 인간성 상실", "학교 밖과 학교 안의 교육조화로 참된 인간화 모색돼야", "선생이 스승으로 불리는 사회풍토를", "지난날의 지식 전달 위주보다 인간화교육이 절실하다" 등과 같은 지식인들의 긴급 제안은 이미 모더니티의 최고 수혜자이자 가해자인 전두환의 담화문과 하나도 다르지 않기 때문이다.[8] 이 사건을 지켜보며 소설가 한말숙은 주영형의 범행은 용서할 수 없는 행위이지만 범행이 이루어진 근본 원인에는 그를 성장시킨 1960, 70년대의 사회 시스템에 문제가 있다고 말하기도 했다. "혼미의 60년대와 비뚤어져만 갔던 70년대 (…중략…) 그 시대에 일부 사회에서는 수단 방법을 가리지 않고, 어떻게든 성취만 하면 된다는 어이없는 관념이 날고뛰고 있었다. 그러니 도대체 그런 사람은 사람이 아니었다."[9] 다른 지면에 실렸지만 한말숙의 글은 『정화』에 수록된 지식인들의 글과 크게 다르지 않다. 그녀 역시 범인 주영형을

---

8 『정화』 1982년 1월호에는 '인간성 회복을 생각한다'라는 제목의 특집과 '긴급구성 / 스승과 제자'라는 또 다른 특집란을 마련하고 있는데, 필자 섭외와 잡지 발행일 등의 출판 관련 사항들을 고려하면 이는 범인이 주영형이라고 밝혀진 1981년 11월 29일 이후 급박하게 마련된 특집 원고라는 것을 알 수 있고, 유괴범 주영형을 사례로 단순히 모더니티의 부정적 특성을 나열하거나 비판하는 것은 집권 초기부터 언론 기본법을 통해 담론을 통제하던 신군부 세력에게 아무런 위협도 되지 않을 뿐만 아니라 오히려 도움이 된다는 사실을 우의적으로 보여준다. 당시 특집들의 제목과 필자를 나열하면 다음과 같다.
'특집 - 인간성을 생각한다' : 「산업화 과정에서의 인간성 상실」(정창수), 「인간이 보다 인간다와지는 것은」(손봉호), 「종교적 인간애의 확대가 인간 회복의 길이다」(조만), 「인간성 회복과 매스 미디어의 역할」(차배근), 「학교 밖과 학교 안의 교육조화로 참된 인간화 모색돼야」(구본석), 「도덕과 질서와 인간성 문제」(정용석), 「법과 정의 - 정의에 바탕을 둔 법이념이 정희사회를 실현한다」(박광서).
'긴급구성 - 스승과 제자' : 「선생이 스승으로 불리는 사회풍토를」(홍은택), 「사랑의 매 그 속에는 스승의 진실이 있을 뿐인데」(신규호), 「지난 날의 지식전달 위주보다 인간화 교육이 절실하다」(김병영), 「선생님, 우리는 그래도 선생님을 믿어요」(안정희), 「자녀교육은 돈이나 그 어떤 욕심으로도 살 수 없다」(이진섭), 「효율적인 가정·학교·사회의 삼합 교육이 절실하다」(송숙영), 「가르침의 자세 그것이 옳아야 배움의 자세 그것도 바르다」(이호철).
9 한말숙, 「세상에 이럴 수가」, 『조선일보』, 1981.12.1.

단죄하는 데 집중하기보다 그와 관계되어 있던 모더니티 그 자체를 문제 삼고 있기 때문이다. 여기서 알 수 있듯이, '도대체 사람이 사람이 아니게 살아갔던 혼미의 60년대와 비뚤어져만 갔던 70년대'를 구축했던 박정희 체제는 어김없이 비판의 대상이 되고 있다. 모더니티를 비판하는 것은 박정희 체제를 비판하는 것이 되고 역설적으로 사회 정화와 국가 질서를 강조하는 신군부 체제의 집권을 정당화하게 만든다. 즉 모더니티를 비판하면 할수록 모더니티의 최고 가해자를 옹호하게 되는 끔찍한 논리를 아직까지 이들 지식인들은 인식하지 못하고 있다. 이윤상 군 유괴 사건의 원인을 주영형 개인의 악마적인 성격과 정신질환으로 몰아세우는 당대의 자극적인 언론[10]과 보수적인 정신의학 담론[11]과 다

---

10 주영형과 종범(從犯) 이현옥과 고승자를 파렴치한 악인으로 묘사하는 당시 언론의 서술을 몇 개 인용하면 다음과 같다. "'88 서울 올림픽을 못 보게 돼 억울하다는 말이 터져 나올 정도로 뻔뻔스런 흉악범", "범인 주영형은 마포고교 앞길에서 이윤상을 유괴하는 장면을 재연하는 동안 공범 이현옥은 대기중인 승용차 안에서 형사들과 잡담을 나누며 웃기도 했다.", "윤상군의 선생님 주영형, 경서중학교 체육교사 주영형, 알고 보니 그는 사람의 탈만 쓴 늑대였다. 이제는 흉악범의 대명사다." 언론은 주영형을 악마화 하는데 온 힘을 기울였을 정도였는데, 그것의 가장 대표적인 사례는 주영형이 검거되기 직전 범행 관련 증거를 없애기 위해 종범 이현옥 양의 자살을 종용했다고 보도한 『동아일보』 1981년 12월 2일 자 기사이다. 언론 보도에 대한 경찰 조사로 밝혀졌듯이 해당 기사는 사실을 과장해서 해석하고 심지어 사실과 다른 내용을 포함하고 있다. 이상의 내용들은, 수사본부, 앞의 책, 311~318·429~434쪽 참고.
11 주영형에 대한 당시 정신 의학 담론의 사례 몇 가지를 소개하면 다음과 같다. "감정 둔마형은 도덕이나 이성의 둔화 때문에 범죄를 저질러도 후회할 줄 모르고 뻔뻔스러워 더욱 지탄을 받는다. 이윤상 살해범 주영형이 이 같은 유형에 속하는 것으로 본다."(고려대 신경정신과 이시형); "매일 일어나고 있는 범죄사건 가운데 적어도 살인사건은 동기가 어떻든 성격장애와 정신신경질환과 관계가 깊다는 게 정신의학계의 공통된 이론이다."(고려대 신경정신과 이병윤); "국내외의 살인사건을 보면 대부분 성격장애자가 가장 많다. (…중략…) 주영형의 경우 정확한 자료가 없으나 간질적 폭발성 인격장애 소유자일 가능성이 큰 것으로 보인다."(중앙대 의료원장 문병근). 이처럼 이들은 범행의 원인을 사회 구조적 시야에서 접근하는 대신 오로지 개인의 정신 질환의 문제로만 파악한다. 이러한 정신 의학 담론은 객관성을 유지하고 있다고 하더라도 결국 "현재 추진되고 있는 사회 정화에도 실효를 거두도록"(서울대 의대 김중술) 정신의학이 보조해야 한다는 식의 신군부 체제에 동조하는 담론으로 언제든 왜곡될 수 있다. 이상의 사례는 위의 책, 334~339쪽 참고.

르게 이처럼 지식인들은 사회 구조와 모더니티라는 더욱 근본적인 문제를 비판하고 있지만, 진정한 가해자인 신군부 체제를 역설적이게도 보조하고 있다.

이윤상 유괴살인 사건과 관련된 또 다른 담론으로는 경찰에서 만들어낸 담론이 있다. 과학 수사와 인권 수사를 강조하는 이들 담론은 주영형을 악마적인 이미지로 단죄하던 자극적인 언론이나 모더니티가 양산한 사회 구조를 비판하던 지식인 담론과 방향을 달리 한다. 특히 이청준의 「벌레 이야기」(1985)와 비슷한 시기 치안본부 수사부장 남상룡에 의해 발간된 수사백서 『집념수사 383일』(1986)은 사건을 객관화 시킬 수 있는 시간적 거리와 수많은 자료에 의거하여 유괴 사건을 분석하고 재구성하고 있다. 얼핏 보면 두 텍스트는 '1985년(1986년)에 다시 겪는 유괴 사건'을 다룬다는 점에서 이청준이 강조했던 징후의 문학적 기능을 공유하고 있는 것 같기도 하다. 하지만 수많은 자료를 활용하여 이윤상 군 유괴살인사건을 재현하는 수사백서가 집중하는 것은 오로지 과학 수사와 인권 수사뿐이다. 이를테면 주영형이 범행을 자백하는 과정에서 거짓말 탐지기는 결정적인 역할을 했는데, 심지어 이러한 과학 수사의 기여는 사건이 발생한 후 14년이 지난 후에도 어느 TV 프로그램에서 주목받기까지 했다.[12] 실제로 수사백서를 읽다 보면 경찰들의 과학 수사가

12　MBC는 〈경찰청 사람들〉 방송 1주년 특집으로 '유전자는 말한다'라는 부제의 프로그램을 만들기도 했다. 이것은 1994년 5월 25일에 방영된 〈경찰청 사람들〉 48회 프로그램인데, 여기서 두 번째 에피소드로 이윤상 사건이 다뤄지고 있다. 당시 방송 자료 화면과 범인들의 협박 전화 목소리와 이윤상의 어머니 김혜경의 실제 모습과 당시 인터뷰 등이 실감나게 소개되며, 사건 수사를 주도했던 이재무 경사와 거짓말 탐지기를 운용했던 국과수의 김정길 실장이 직접 출연하기도 한다. 여러 가지 객관적인 자료들을 소개해주기 때문에 흥미로운 프로그램이지만 오로지 거짓말 탐지기의 역할에만 주목하고 있기 때문에 이윤상 군 사건과 1980년대의 모더니티를 이해하기에는 부족한 측면이 있다. 참고로 이 프로그램은 "1980년 12월 서울"이라

상당히 치밀하고 반복적이면서 대단한 수고로 이루어짐을 알 수 있다. 그러나 이러한 과학 수사와 인권 수사에 대한 강조가 신군부 체제를 정당화하는 논리로 둔갑되기는 매우 쉽다. 이 백서가 작성될 무렵 경찰을 포함한 국가 기관은 무수히 많은 사람들을 고문하고 허위자백을 이끌어내는 폭력적인 행위를 일삼고 있었다. 수사백서는 경찰 수사의 노고를 치하하지만 그 이면의 부정적 측면을 인정하지 않는다. 그러므로 「벌레 이야기」와 비슷한 시간적 격차를 두고 같은 사건을 다루는 텍스트이지만 『집념수사 383일』은 과거 사건을 객관적인 관점에서 치밀하게 재구성함에도 불구하고 당대의 지배 체제를 보조하는 역설적인 결과를 초래했다. 왜냐하면 미문화원 방화 사건이나 야당에게 완패한 1985년 2월 12일 국회의원 선거에서 보듯 여기저기서 국가에 대한 비판적인 목소리가 드러나는 이 시기, 경찰이 이데올로기적 국가장치가 아니라 과학과 인권을 옹호하는 정의로운 기관임을 강조하는 수사백서는 집필 의도가 어떠했든 간에 신군부 지배 체제를 정당화시키는 텍스트로 활용될 수 있었을 것이기 때문이다. 즉 객관적이고 중립적으로 과거를 재현하는 텍스트인 수사백서는 이 시기 지배 체제를 옹호하는 이데올로기적 담론으로 손쉽게 왜곡될 수 있었다. 이런 점에서 『집념수사 383일』은 비록 문학 작품은 아니지만 일찍이 이청준이 언급했던 징후로서의 문학이 아니라 '알리바이 문학'의 한계를 반복하고 있다. 즉, 당대 "사회의 여건이나 역사적 패턴을 먼저 규명"하는 과정이 단순히 과거

는 자막과 함께 이윤상이 외출하는 장면을 보여주면서 시작하는데, 이윤상은 1980년 11월 13일에 유괴됐기 때문에 이 자막은 오류이다. 그런 오류를 제외하고 이 프로그램은 이윤상 사건을 비교적 객관적인 자료에 의거해서 재구성하고 있다.

를 재현하는 수사백서에는 생략되어 있다.

　인권과 과학을 강조하는 경찰 담론이 역설적이게도 은폐하는 것은 신군부 체제의 구조적 폭력만은 아니다. 이윤상의 어머니 김해경은 사건이 종결된 지 채 3개월도 되지 않은 시기에 『비정(非情)이어라』라는 수기를 발간한다. 수사백서의 서술과 다르게 김해경은 사건은 종결되었지만 문제는 이제 비로소 시작되었다고 말한다. 경찰이 작성한 수사백서가 1986년에 출간되었음에도 1981년 11월 사건 종료 이후의 일들을 다루지 않는다면,[13] 김해경의 수기는 1981년 11월로 마감할 수 없는 문제들을 거론한다. 범인 주영형과 자신이 내연 관계였다는 식의 유언비어가 사건 종료 후에도 끊이지 않는다는 점, 수사자문회의[14]에 참여했던 전문가들의 견해가 수사 당시에도 이러한 뜬소문을 부추겼다는

13　500여 쪽이 넘는 방대한 분량의 수사백서에서 사건 종료(주영형 사형 집행) 이후의 일들에 대해서는 단 한 가지만 언급하고 있다. 그것은 사건 종료 후 이윤상 군의 이름을 딴 '윤상장학금'이 만들어졌고 이 돈으로 8명의 소아마비 환자들이 대학에 진학했다는 사실을 알리는 신문 기사이다. 이 기사는 수사백서 마지막 페이지(533쪽)에 인용되어 있어서, 마치 이번 사건이 어떠한 미해결 지점도 남기지 않은 채 행복하게 마무리됐다는 식의 해석을 유도한다. 이를테면 수사백서가 발간되기 이전 김해경이 극도의 스트레스와 췌장암으로 죽게 된 사실(1985.3.12)이나 이윤상의 아버지 이정식 씨가 심한 대인기피증을 앓고 있다는 점, 범인 주영형의 남겨진 가족들 역시 지독한 스트레스를 겪었고 끝내 가정이 파괴됐다는 점 등은 언급되지 않는다. 이른바 '해피엔딩'을 보여주는 수사백서와 다르게 수사 종료 후 이윤상 군 사건과 관련된 사람들의 불행한 삶에 대해서는 다음의 기사를 참고할 것. 「사건 그 후―윤상 군 유괴 살해 : 10년 세월도 못 달랜 애틋한 부정」, 『경향신문』, 1991.3.5.

14　공개수사로 전환한 후에도 사건 해결이 진전되지 않자 남상룡 마포경찰서장은 7명의 전문가를 경찰서로 초청해 자문회의를 열었다. 그에 따르면 수사 과정에서 이러한 전문가 자문회의를 연 것은 매우 이례적인 일이며 그만큼 경찰이 인권 수사와 과학 수사를 위해 고심하고 있다는 점을 보여준다. 자문회의에 참여한 7명의 전문가는 장병림(서울대 범죄심리학과 교수), 김인자(서강대 심리학과 교수), 노동두(정신신경과 의사), 이현복(서울대 언어학과 교수), 유한평(단국대 심리학과 교수), 김창순(영화진흥공사 녹음실장), 윤파로(국민정신중흥회 부원장)이고, 이들은 '허언탐지기'와 '성격검사(MMPI)'를 수사에 적극 활용할 것과 더불어 이윤상의 어머니 김해경을 정교히 수사할 것을 조언한다. 수사자문회의에 대해서는 다음의 책 참고, 수사본부, 앞의 책, 155~167쪽.

점, 경찰들은 '범인은 윤상 군 어머니의 치마폭에 있다'는 말을 할 정도로 과학 수사를 빌미로 여성의 인권을 존중하지 않았다는 점, 뿐만 아니라 공개수사로 전환하자 허위 제보가 끊임없었다는 점 등을 거론하며 그녀는 "세상이 모두 정신병원 병실처럼 느껴"진다고 말한다. 그녀는 주영형을 절대로 용서할 수 없지만, 그를 만든 것은 정신병원 병실 같은 우리 사회이기도 하다는 점을 수기를 통해 강조한다.[15] 김해경의 수기는 과학 수사와 인권 수사를 강조한 경찰 담론이 은폐했던 여성의 인권을 드러낸다는 점에서 가치가 있지만, 정신병원 병실처럼 사회 전체가 신경증을 앓고 있다고 비판하는 대목은 앞서 보았던 지식인들의 담론과 유사하다. 한편 주영형이 서대문 교도소에 갇혀 있던 시절 그를 기독교 신자로 전도하고 옆에서 그의 처지를 위로했던 사람들이 작성한 텍스트들은 주영형이 악마적인 인물이라기보다 교도소에 들어온 청소년 범죄자의 처지를 안쓰러워하고 사형 후 자신의 장기를 기증할 정도로 진실한 회개의 모습을 보여줬음을 알려준다.[16] 이들 텍스트는 당연히 사건 수사 당시 언론들이 '사람의 탈을 쓴 늑대' '흉악범의 대명사' 운운하며 자극적인 방식으로 주영형을 단죄하던 해석의 시선을 벗어나게 해준다는 데 의의가 있다.

그렇다면 이윤상 군 유괴살인사건과 관련된 이 같이 다양한 텍스트들과 담론들이 연결되어 있다면, 이청준의 「벌레 이야기」는 어떤 지점을 문제 삼고 있는 것일까. 주영형을 단죄하는 대신 모더니티 자체를

---

15 김해경, 『비정이어라』, 다락원, 1982.

16 대표적인 텍스트로 서울구치소 종교위원 문장식 목사의 일기와 교도소 교화 위원으로 활동한 김혜원의 에세이가 있다. 문장식, 「제자를 유괴 살해한 스승」, 『아! 죽었구나, 아! 살았구나』, 쿰란출판사, 2006; 김혜원, 『하루가 소중했던 사람들』, 도솔, 2005.

문제 삼는 지식인들의 담론, 주영형을 악마화 시키고 정신병자로 몰아세우는 당대 언론과 정신의학 담론, 수사백서와 같이 객관적인 방식으로 사건을 재현하는 텍스트, 과학 수사가 은폐한 여성 인권을 생각하게 하는 김해경의 텍스트, 주영형의 진실한 회개를 드러내는 종교인들의 텍스트. 이런 담론과 텍스트들과 다르게 「벌레 이야기」가 '징후로서의 문학'이 될 수 있는 이유는 무엇인가?

> 하지만 이제 사건의 시말은 이쯤에서 그만 이야기를 마무려두는 것이 좋으리라. 이 이야기는 애초 아이가 희생된 무참스런 사건의 전말에 목적이 있는 것이 아니라 (…중략…) 알암이에 뒤이은 또 다른 희생자 아내의 이야기가 되고 있는 때문이다. 범인이 붙잡히고 사건의 전말이 밝혀진 다음에도 나의 아내에겐 그것으로 사건이 마감되어질 수가 없었기 때문이다. (49~50쪽)

여기서 드러나는 화자의 서술 의도는 징후의 문학을 추구하는 이청준의 집필 의도와 다르지 않다. "사건의 시말"을 재현하는 것이 아니라 오히려 사건 이후에 남겨진 문제들을 이청준은 「벌레 이야기」를 통해 다루고자 했다. 그러니까 '85년에 다시 겪는 유괴 사건'을 집필한 의도는 단지 사건을 객관적으로 재현하는 것이 아닐 뿐만 아니라 가해자 주영형을 단죄하거나 박정희 체제를 연상케 하는 모더니티 자체를 단순히 비판하는 게 아니었다. 이윤상의 어머니 김해경처럼 이청준에게도 유괴 사건은 단지 범인이 밝혀졌다고 해결해야 할 문제가 사라진 것은 아니었다. 「벌레 이야기」를 쓰는 당시 이청준에게 진짜 문제는 체제를 비판할수록 체제를 옹호하게 되는 기이한 담론의 질서 그 자체였다. 과학 수사와 인권 수사를 옹호하더라도, 고도 산업화 시스템을 비판하더라도, 주영형의 비인간적인 특성을 과장하더라도, 어떠한 비판과 견해를 제시하더라도 진짜 가해자인 신군부 체제는 전혀 위협받지 않으며 오히려 그러한 비판에서 집권의 정당성을 마련하고 있었다. 그렇기에 소설에서 알암이 엄마의 자살은 억압된 것을 말할수록 억압되는 기묘한 세상에 놓인 당대 사람들의 처지를 대변하는 듯하다. 절대적인 피해자인 알암이 엄마에게 김 집사는 "마음속에 원망을 지니면 자신만 더욱 곤란스러워"진다며 가해자에 대한 원한을 제거하고 심지어 그를 용서하라고 말한다. 원한과 복수심을 품을수록 자신의 마음만 파괴되는 상황은 당대의 모더니티를 비판할수록 모더니티의 최대 수혜자를 동조하게 되는 상황을 그대로 연상케 한다. 그렇다면, 비판조차 할 수 없는 상황에서 인간이 할 수 있는 일은 무엇일까. 김 집사의 말대로 가해자를 무조건적으로 용서하는 일일까. 김 집사가 강조하는 용서 그 자체는 증오(또는, 모더니티 비판)가 가해자와 피해자 간의 악순환하는 폭력의 고리를 끊는 대안일 수 없을 뿐만 아니라 신군부 체제에 대한 어떠한 갱신도 이끌어낼 수 없는 방법이라는 점을 지적하기에 유효하다. 하지만 가해자 스스로 죄로부터 구원받아 있는 상황에서 용서에 대한 강조는 증오의 한계를 드러낼 수는 있지만, 마찬가지로 증오의 한계를 공유하게 된다. 이미 가해자가 섭리자(또는, 기묘한 담론의 질서)로부터 용서 받은 상황에서 피해자의 용서 자체는 불필요하며, 심지어 용서가 가능하다고 해도 아이를 유괴하고 살해하며 스스로 구원받는 기묘한 시스템 자체는 변화되지 않기에 용서는 증오의 한계를 그대로 공유한다. 「벌레 이야기」의 화자는 김 집사가 강조하는 용서는 인간적 상황을 고려하지 못한 종교의 비현실적 계율일 뿐이라고 거부하고 있지만, 실제로는 용서마저도 모더니티 비판만큼이나 당대의 담론 질서를 바꿀 수 없는 무력한 대안일 뿐이다. 그렇다면 용서도 비판(증오)도 1980년대 담론의 질서를 바꿀 수 없기 때문에 "질식해 죽어가는 인간"이었던 알암이 엄마의 자살을 우리는 어떻게 막을 수 있을까. 가해자가 스스로 구원되도록 만드는(심지어 정의롭고 자상한 대통령이 되도록 하는) 기묘한 담론의 질서(섭리자의 질서)를 어떻게 극복할 수 있을까. 「벌레 이야기」는 가해자에 대한 단순한 비판과 증오를 거부하고 있지만, 그렇다고 용서를 이러한 질문들에 대한 해답으로 성급히 제시하지 않는다. 증오도 용서도 불가능한 답답하고 질식할 것 같은 1985년 무렵의 상황에서 이청준은 「벌레 이야기」를 썼다.

3

지난 4년간 우리가 이룩한 안보와 안정의 토대는 과거 역사에서나 또는 전시대 겪었던 물리적 안정과는 그 근원을 달리하고 있다는 점이 지적돼야 할 것입니다. 지난날 물리력에 의한 안정은 정치적으로 일인 장기 집권 체제 유지라는 목적 때문에 폐쇄와 핍박을 받아왔으므로 참다운 의미의 안정과는 거리가 멀었습니다. (…중략…) 구시대에서는 서로 대립되는 성격으로 인식돼온 자율과 안정이 이제는 민주주의 토착화와 국가발전의 토대로서 서로 보완

상승 작용을 하는 바람직한 단계로 나아가게 됐습니다. 야간통행금지의 폐지에서 근대의 학원 자율이 있기까지 자율화 조치 확대는 5공화국 정부의 의지의 단단함을 표현해주는 사례라고 할 수 있습니다.[17]

위 인용문은 전두환의 1985년 1월 9일 국정연설 중 일부이고, 이 담화문은 5공화국 출범 4주년을 기념하여 1985년 3월 4일 KBS에서 방송된 〈특별기획 — 국운개척 1,460일〉에서 다시 반복 재생된다. 여기서 두 가지 사항을 주목할 필요가 있는데, 하나는 전두환 스스로 신군부 체제의 집권 정당성을 박정희 체제를 비판하는 과정에서 찾고 있다는 점이고, 다른 하나는 체제의 정당성을 방송을 통한 상징 조작에 깊이 의존하면서 실현시키고 있다는 점이다. "지난날 물리력에 의한 안정"과 "일인 장기 집권 체제"는 전두환에 의해 가차 없이 비판된다. 그에 따르면 5공화국은 자율과 질서라는 풀기 어려운 난제를 해결할 수 있는 유일한 체제이다. 그러나 그의 담화와 다르게 실제로 이 시기는 컬러TV가 광대히 보급되고 문화적인 자율화 조치가 확대되자 기이하게도 체제의 비판 가능성은 축소되어 억압적 상황은 더욱더 가혹해졌다.[18] 마찬가지로 이미 모더

---

17 1985년 1월 9일 전두환의 국정연설 중 일부. KBS노동조합, 『5공하 KBS 방송기록 — '80~87년 KBS특집에 나타난 권언유착의 실상』, 1989, 114~115쪽에서 재인용.

18 이와 관련해서, 5공화국의 문화적 자율화 조치가 대중의 정치성을 탈각시키는 행위였다고 지적하는 강준만의 견해와, 자율성의 확대 그 자체가 아니라 확대된 자율성의 성격을 살펴봐야 한다고 역설하는 신현준의 견해를 음미해보자. "5공은 퇴폐를 부추기면서도 또 그로인한 결과를 빌미로 통제를 시도하는 이중적인 대중문화 정책을 구사했다. (…중략…) 통금해제가 가져다 준 해방감은 민주화 쪽으로 나아가진 않았다."(강준만); "한마디로 80년대의 문화정책은 대중문화를 대상으로 삼았으며, 그 방향은 대체로 '규제완화'의 방향을 취했다고 평가할 수 있다. 문제는 이런 규제완화가 어떤 성격을 가지고 있었는가라는 점이다."(신현준) 강준만, 『한국 현대사 산책 — 1980년대편 2』, 인물과사상사, 2003, 55~91쪽; 신현준, 「1980년대 문화적 정세와 민중문화운동」, 『1980년대 혁명의 시대』, 새로운세상, 1999, 221쪽.

니티를 비판하면서 체제를 유지하는 신군부 세력에게 모더니티의 폭력성을 비판하는 것은 무력하다. 이 같이 자율을 통한 기묘한 통제와 비판을 통한 이상한 억압을 시행하고 있는 1985년 무렵의 상황에서 질식해 죽어버리는 자는 「벌레 이야기」의 알암이 엄마만이 아니다. 진실을 발설할수록 사람들로부터 버림 받는 「숨은 손가락」의 나동준의 처지는 알암이 엄마와 완전히 일치한다. 소설 결말부에 이르러 나동준과 백현우가 만난 후 비로소 마을 사람들끼리 서로를 지목해서 죽여 버리는 지옥 같은 상황을 조장했던 백현우의 지독한 폭력성이 폭로되어야 하는 순간, 오히려 백현우는 자신의 손가락을 희생하면서까지 마을을 살린 인물로 사람들에게 존중받는 기이한 장면이 연출된다. 진실을 왜곡하고 동료들 간의 거짓 지목으로 처벌의 혐의를 들씌우던 백현우는 소설에서는 인민군으로 표현되어 있지만, 사실 녹화사업을 통해 동료들 사이에서 프락치 활동을 강요하고[19] 고문을 통해 진실을 왜곡했던 5공화국의 만행을 생각하다면,[20] 당연히 신군부 체제를 연상케 한다.[21] 인민군의 복장을

[19] 당시 많은 수의 운동권 학생들은 전방부대에 착출되어 '특수학적변동자에 대한 재교육'(이른바 녹화사업)을 받았다. 이 제도의 불법성과 반인권적인 성격에 대해서는 다음의 글 참고. 이철, 「이른바 '녹화사업'」, 『5공화국의 사건들』, 일월서각, 1987; 한홍구, 「'녹화사업'을 용서할 수 있는가—프락치짓까지 강요한 가장 비열한 국가범죄」, 『대한민국사』 2, 한겨레신문사, 2003. 녹화사업 대상으로 군대에 끌려갔다가 의문사한 고 김두황(고려대 경제학과)에 대해서는 다음의 글 참고. 정혜주, 「6월 장미의 이름으로 너를 부른다」, 『정법영, 김두황』, 오름, 2004.

[20] 대표적인 피해자로 고 김근태 위원장을 생각할 수 있다. 동료들의 허위 지목을 강요해서 김근태를 구속하고, 다시 허위 자백을 이끌어내기 위해 김근태에게 국가 권력이 가한 고문에 대해서는 다른 맥락에서 쓰인 글이지만 이 책에 실린 「부채사회에 붙이는 몇 개의 난외 주석」 참고.

[21] 문학비평가 김병익의 다음과 같은 서술 역시 이청준의 「숨은 손가락」이 한국전쟁을 소재로 삼고 있지만 당시 지배 체제를 타격점으로 삼고 있었다는 사실을 알려주며, 이 소설에서 비판의 대상은 동료들 간의 거짓 지목으로 상황을 지옥처럼 만들면서도 스스로를 정의로운 인물로 둔갑시키는 백현우이다. "(「숨은 손가락」에서—인용자) 이청준은 무고한 시민과 대학생에게 마구 혐의를 씌우던 현실에 30여 년 전(한국전쟁기—인용자)의 혼란스럽고 무책임했던 세태를 고통스러운 마음으로 빗대어 들추어낸 것이다." 김병익, 「숨은 손가락의 정치학」, 『경향신문』, 1997.3.28.

씌어서 5공화국을 비판하는 이청준의 작법은 우의적으로나마 당대 지배 체제를 비판하는 것 자체가 얼마나 어려웠는지 알려주며, 더 나아가 그가 비판하고자 하는 것은 백현우로 대변되는 북한 체제가 아니라 오히려 가해자가 스스로 정의로운 자로 둔갑되는 5공화국의 끔찍한 모더니티 그 자체라는 것을 알려 준다. 그러니까 이 소설은 겉으로는 1950년대 한국전쟁을 배경으로 삼고 있고 심지어 북한 체제를 비판하고 있는 것처럼 보이지만, 실제로는 1980년대 알암이 엄마가 놓여 있던 끔찍한 모더니티를 정확히 문제 삼고 있다.

그런데 이처럼 1985년도 신군부들이 조장하고 있는 끔찍한 모더니티를 문제 삼고 있는 이 소설은 더욱 흥미롭게도(아니, 더욱 끔찍하게도) 그들의 집권 정당화를 위해 활용되기도 했다. 1987년 KBS는 대통령 선거에 맞춰 "특집드라마" 세 편을 준비했고, 그 가운데 하나로 이청준의 「숨은 손가락」을 드라마(연출: 임학송, 극본: 박구홍)로 각색했다. KBS는 좌경화 실상을 주입식 반공드라마가 아니라 밀도 있는 원작소설을 드라마화함으로써 "좌경이데올로기에 편향된 인간이 사상문제에만 집착한 나머지 인간성이 무너져가는 과정을 밀도 있게" 그릴 목적으로 「숨은 손가락」을 각색했다며 기획 의도를 말하기도 했다.[22] 물론 여기서 좌경이데올로기를 비판한다는 점만큼이나 의심스러운 것은 이러한 드라마를 기획하고 방영한 시기(1987.12.5 방송)이다. 방송을 통해 수많은 상

---

[22] 「이데올로기 갈등 그린 드라마 3편 곧 방영」, 『동아일보』, 1987.11.17. 참고로 세 편의 드라마는 「한씨 연대기」(황석영), 「월행」(송기원), 「숨은 손가락」(이청준)을 원작으로 한다. 한편, 『한겨레신문』 1992년 7월 8일 자 기사에는 당시 이데올로기 드라마로 선정된 세 명의 소설가 중 황석영과 송기원은 제작을 거부해 이청준의 드라마만 방영됐다고 언급되어 있다. 하지만 이 기사는 오보인데, 실제로 「월행」(이영국 연출)은 대통령선거 전인 1987년 12월 15일에 방영됐고, 황석영의 「한씨 연대기」(김현준 연출)만 대통령 선거가 끝난 후인 1988년 6월 18일에 방영됐다.

징 조작을 시도했던 신군부는 여기서 보듯 드라마 역시 적극 활용했다. 드라마를 통한 좌경이데올로기 비판은 당시 "야당이 집권하면 좌익폭력세력의 천하가 될 것"[23]이라고 역설했던 대통령 후보 노태우의 연설을 간접적으로 지원한다. 구체적으로 무엇을 위한 '특집'인지 명시하지 않은 채 막연히 "특집드라마"라는 타이틀하에 제작된 드라마 〈숨은 손가락〉은 분명 정권 연장을 노린 관제 작품이라고 할 수 있다. 그러므로 드라마 〈숨은 손가락〉의 기획은 국가가 이청준의 작품을 어떻게 오독했는지를 보여주는 흥미로운 (아니, 끔찍한) 사례이다. 등장인물에게 인민군의 복장을 씌어 간신히 (그러나 강력히) 신군부 체제를 비판하고 있는 이청준의 소설을 5공 집권자들은 단순히 북한 체제를 비판하는 소설로 읽고 있다. 그러나 드라마를 위한 사전 기획과 실제로 제작된 창작물은 다른 결과를 양산할 수 있다. 드라마 〈숨은 손가락〉에서 좌익 인물들은 좀 더 표독스런 배우들로 배치하고 우익 인물들은 건장하고 믿음직한 배우들로 캐스팅되어 있고, 나동준(백준기 분)을 교활하게 이용하는 인민군들의 모습이 등장할 때에는 공포스런 화면 조작이 이루어지기도 해서, 겉으로 보기에 이 드라마는 KBS의 드라마 제작 의도를 정확히 반영하고 있다고 보인다. 하지만 이 드라마는 인민군의 잔인하고 타락한 모습보다는 개인적 열등감을 극복하지 못한 나약한 인물인 백현우(유동근 분)를 무조건 악마적인 인물로 그리지 않고 충분히 이해받을 수 있

---

23 KBS노동조합, 앞의 책, 270쪽에서 재인용. 이 책에는 방송이 5공화국의 권력집단과 유착관계를 맺고 있었다는 것을 증명하고 있으나 분석 대상을 특집 프로그램과 뉴스에 한정하고 있다. 상당히 정교하고 치밀한 분석을 보여주는 책이지만, 5공화국이 특히 문화정책을 통해 교묘하게 집권의 정당성을 확보했다는 점을 생각할 때 이처럼 분석 대상을 한정하는 것은 근본적인 한계가 있다고 보인다.

는 인물로 그리고 있다. 드라마 마지막 부분에서 백현우(유동근 분)가 "그러나 난 너와 싸우기에는 너무 많이 망가졌다. 난 이제 아무 것도 할 수가 없게 되었어. 너와는 같이 이 마을에서 살 수는 없게 되어 버렸다"며 자신의 잘못을 인정하며 나동준(백준기 분)에게 자신을 권총으로 쏘아 죽이라고 말하는 장면은 인간성이 타락한 악마 같은 인민군이 처단되는 통쾌함보다는 모순적인 인간성 자체에 대한 회의와 더불어 백현우에 대한 동정심을 이끌어내기 때문이다. 어쨌든 드라마 〈숨은 손가락〉이 당시 시청자들에게 어떤 영향을 주었는지는 확실히 알 수 없지만, 대통령 선거를 불과 열흘 정도 앞두고 방영됐다는 점과 막연히 "특집드라마"라는 타이틀을 걸 정도로 기획 의도를 숨기고 있었다는 점을 고려하면, 이 드라마는 분명 공산주의에 물든 인물인 백현우(유동근 분)가 교활한 악마가 되어가는 과정을 보여줌으로써 시청자들의 반공이데올로기를 자극하고 당시 야당 세력을 비판하려는 의도로 제작되었을 것이다. 이처럼 드라마 개작 사례는 5공의 기묘한 담론 질서를 비판하는 소설 「숨은 손가락」이 다시 한 번 5공의 집권 연장을 위한 도구로 왜곡되는 끔찍한 모습을 보여준다. 어차피 '자가 구원'받는 집권 세력을 보조하게 되기에 비판도 용서도 불가능하고(「벌레 이야기」, 「숨은 손가락」), 이러한 불가능을 말하는 것도 불가능한(드라마 〈숨은 손가락〉) 상황에서 이청준은 아마도 알암이 엄마와 나동준 만큼이나 답답하고 질식할 것 같은 괴로움을 느끼지 않았을까.

「누군들 초장부터 꾼으로 태어나랴」는 앞의 두 소설과 마찬가지로 신군부가 만들어낸 섭리자의 질서(담론의 질서)를 다시 한 번 타격점으로 삼고 있다. 그런데 무엇보다 놀라운 것은 이 소설이 어떻게 1985년에 검열을 통과하고 무사히 발표될 수 있었을까 하는 점이다. 왜냐하면 당시 농촌 문제를 공론화하는 것은 쉽지 않은 문제였기 때문이다. 일례로 1983년 8월23일에 방영된 드라마 〈전원일기〉 '괜찮아요'편에는 농산물 가격이 하락한 것에 실망한 마을 청년들이 양파를 땅에 파묻는 장면이 등장하는데, 이 장면이 실제로 당시 양파 가격 하락으로 농민들의 자살까지 속출하던 현실을 연상케 했다는 이유로 연출자와 작가는 관계 기관에 끌려가 신원 조회와 행적 조사에서부터 제작진의 배후에 불온 집단이 연계되어 있는지 여부 등을 조사받기까지 했다.[24] 드라마와 문학작품에 대한 검열 정도가 다를 수 있다는 점은 고려되어야 하지만, 어쨌든 농촌 문제는 절대로 공론화 될 수 없을 정도로 신군부에게 예민한 문제였다. "'농촌 파멸 직전, 매년 60만 명이 이농' 보도하지 말 것", "'올 들어 농민 연 32회, 15,000명 시위, 이는 동학란 이래 최대의 농민 저항' 이상의 내용은 보도하지 말 것", "'도시민의 저항은 데모와 폭력이고 농촌, 농민의 저항은 자살과 죽음이다'라는 (국회 김봉호 의원의—인용자) 발언 내용은 삭제할 것", "'농촌경제의 심각성(소값 파동 등)'은 연말 및 송년 특집에서 다루지 말 것.[25] 이상의 언급들은 「누군들 초장부터 꾼으로 태어나랴」가 발표되던 무렵인 1985년 정부가 언론 기관에 '보도 지침'이란 명목으로 전달한 농촌 관련 보도 방침 중 일부이다. 이 시기 신군부는 농촌과 관련된 일들이 일반 사람들에게 알려지는 것을 극도로 금지했고 이를 위반할 경우 단호히 처벌했다. 이청준은 이처럼 서슬 퍼런

---

24 오명환, 「〈전원일기〉의 돌출과 〈우리 동네〉의 요절」, 『테레비전 드라마 사회학』, 나남, 1994, 341~342쪽.
25 1985년 10월부터 12월 사이의 농촌 관련 보도지침을 나열한 것이다. 민주언론운동협의회, 『보도지침』, 두레, 1988, 250~272쪽.

시기 어떻게 농촌 문제, 그것도 당시 가장 첨예한 문제 중 하나였던 농축우가 문제를 소설로 다룰 수 있었을까.

「숨은 손가락」에서 이청준은 비판의 대상인 백현우를 인민군으로 설정해서 신군부의 담론 질서를 비판할 수 있었고, 이러한 알레고리적 기법은 당국마저 이 작품을 반공소설로 오독하게 만들어 개작된 실제 결과물의 효과는 문제 삼지 않더라도 일종의 관제 드라마로 기획할 수 있도록 만들었다. 「누군들 초장부터 꾼으로 태어나랴」가 농촌문제를 공론화하기 어려웠던 1985년 10월에 발표될 수 있었던 것도 이러한 알레고리 작법을 이청준이 적극 활용했기 때문으로 보인다. 이 소설에서 이청준은 '믿을 수 없는 화자'를 통해 당시 가장 비극적이고도 첨예했던 농축우가 문제를 거론할 수 있었다. 이 소설에서 공만석은 사람들과 시국담 나누기를 좋아하지만 허풍과 "땡고집"만 부리는 믿을 수 없는 화자이기에 그의 시국담은 주변 사람들과 독자들의 조롱거리가 될 뿐이다. 더구나 겉으로는 대의명분을 내세우면서 속으로는 이기적인 욕심을 채우려드는 공만석의 언행들은 마치 판소리 흥부가의 놀부를 연상케 할 정도로 재미있으면서도 독자들에게 거리감을 갖게 한다. 이를테면 아무런 힘도 연줄도 없는 공만석 씨가 방송에 나가 진술할 거라며 미리 아내 앞에서 선보인 연설은 당시 상황에서 볼 때 정치적으로 올바른 말이지만 이 같은 그의 성품 때문에 믿을 수 없는 말이기도 하다.

그게(외국 소 수입 — 인용자) 어디 우리 시골 사람들 고기 못 묵는 것 걱정해서 한 짓이여. 순전히 저희 도회지 사람들 생각해서 하는 것이제. 이를테면 농촌 사람 것 빼앗아다 도회지 사람들 잘 먹여 살리자 이 판속이란 말이여. 그러니 이제부터라도 외국 소 들여올 궁리 그만두고, (…중략…) 위인들이 만약 그렇게 나온다면(외국 소를 계속 들여온다면 — 인용자) 그땐 우리도 더 참을 수가 없는 일이제. 그럴 땐 도회지 사람은 도회지 사람끼리 저희 일을 해묵고, 농촌 사람은 농촌 사람끼리서 우리 일을 해묵고 살아가야제. (…중략…) 우리 농촌 사람들은 우리가 땀 흘려 지은 쌀이나 보리나 채소를 묵고 살고, 도회지 사람들은 말이여, 저희가 일해 만든 농약이나 농기계나 텔레비, 냉장고 같은 걸 뜯어 묵고 살아라, 이것이야. (…중략…) 이렇게 늘상 한쪽만 당하고 살 수가 있느냐 말이여, 응? 어떤 놈은 첨서부터 억누르고만 살고 어떤 놈은 당하고만 살게 태어났길래 이토록 한사코 차별이냐 이거여!"(141~143쪽)

만약 신군부 세력이 이 소설을 읽었다면, '도시 사람들은 지들이 만든 냉장고나 뜯어먹고 살라'는 공만석의 일장 연설은 위협적이라기보다 익살적으로 느껴졌을 것이다. 그러나 이 소설이 발표되는 시절 농민들은 소값 때문에 자살하기도 했고, 실제로 경남 고성군의 두호마을 사람들은 '소값 똥값 소값 개값', '농민은 선진조국의 머슴인가'[26] 등의 피켓을 들고 자신이 키운 소를 앞세운 채 30리 길을 걸으며 시위하기도 했다. 상당히 비극적인 현실을 이청준은 이처럼 희극적인 인물의 목소리를 통해 우의적으로나마 드러낼 수 있었다. 그러니까 이청준은 당대 농촌

---

26 1985년 7월 1일 경남 고성군 마암면 두호마을 농민들은 고성읍 시가지 및 우시장에서 소값 폭락으로 인한 소 사육 농민의 피해보상을 요구하는 '소몰이 시위'를 벌였다. 주민 30~40명은 자신들이 키우던 소를 앞세워 국도 30리 길을 걸으며 시위했다. 당시 농촌 청년들이 밤새워 만들었던 피켓의 문구를 좀 더 인용하면 다음과 같다. "농민들은 똥밭에 재벌들은 돈밭에", "돼지똥 밟고 엄마 울고, 소똥 밟고 아빠 운다", "농민은 선진조국의 머슴인가", "밀려오는 외국 소에 죽어나는 한국 농민", "양키 강냉이 먹고 설사하는 한우", "열나게 일했더니 신나게 수입하네", "농민 살길 농민이 찾자", "소값 똥값 소값 개값". 이상의 내용은 다음의 기사 참고. 「농민은 선진조국의 머슴인가—소값 폭락 항의 시위, 경남 고성군 마암면 두호마을」, 『말』 2, 1985.8, 45쪽.

의 비참한 현실을 어떻게든 알리고자 했지만 그럴 수 없는 숨 막히는 현실을 돌파하기 위해서 공만석을 놀부처럼 희극적인 캐릭터로 설정했다고 판단된다. 더구나 '누군들 초장부터 꾼으로 태어나랴'는 식으로 농촌 문제를 쉽게 예상할 수 없을 뿐만 아니라 진지한 성격을 배제한 제목은 한 층 더 이 소설을 당국의 검열로부터 쉽게 벗어날 수 있게 했을 것이다. 그렇기에 1985년이라는 발표 기간을 고려하면 이 소설의 희극적인 성격은 독자들을 마냥 웃기만 할 수 없게 만든다. 「누군들 초장부터 꾼으로 태어나랴」의 희극성은 철저히 비극적인 현실을 배경으로 삼고 있기 때문이다. 그렇다면 두암마을 사람들이 국도를 막아가며 소몰이 시위를 했던 날 밤 텔레비전은 이들의 모습을 어떻게 방영했을까.

> 시위를 마치고 마을로 돌아온 피해 농민들은 그날 밤 TV 앞으로 모여들었다. 장장 4시간 30분이나 시위를 벌였고 장터에서는 어느 신문사·방송국인지는 몰라도 수없이 카메라를 돌려댔기 때문에 틀림없이 보도될 것이라고 생각했다. 그러나 일언반구도 방송되지 않았다.
>
> "그날 참가했던 모든 사람들이 TV화면을 보고 있었어요. 그런데 안 나와요. 왜 우리 얘기가 안 나오노, 이보다 더 심각한 문제가 어디 있노, 그러면 우리 의사는 어떻게 전달되노?"
>
> 모두들 한결같이 분노를 터뜨렸다고 하면서 이응주 씨는 이렇게 말을 잇는다.
>
> "이러니 신문·방송에 대한 불신이 생길 수밖에 더 뭐가 있겠소. 그날 이후 우리 마을 사람들은 방송이 맨날 거짓말만 해대는 것을 똑똑히 느꼈던 거요." [27]

---

27 위의 글, 46쪽.

TV 앞에 있던 두호마을의 이응주 씨의 마음을 답답하게 만든 원인을 다르게 표현하면 '끔찍한 모더니티'라고 말할 수 있다. 세계에 대한 비판도 용서도 불가능했던 알암이 엄마와 나동준의 처지를 우리는 이처럼 두호마을의 이응주 씨에게서도 만나게 된다. 그런데 이들의 상황 속에 「누군들 초장부터 꾼으로 태어나랴」의 공만석 씨 역시 놓여 있다는 점을 잊을 수는 없다. 서울에 올라간 자식들이 모더니티의 피해자가 되어 있다는 것을 알게 된 공만석은 이제 대의명분을 내세우며 속된 욕심을 채우던 희극적인 성격을 벗어나게 된다. "그는 어느 날 문득 깨닫게 되었다. 방송의 이야기들은 도대체 그의 편이 아니었다. 그의 편도 아니었고 농사꾼 편도 아니었다. (…중략…) 방송의 이야기들은 녀석들(서울에서 상처 받은 공만석 씨의 자식들-인용자)의 편이 아니었다. 거꾸로, 나무라고 핍박하는 쪽이었다. (…중략…) 하여 공만석 씨는 그 텔레비전 방송이 그의 편이 아니라는 것이 확실해진 것으로 그것을 다시 앞에 하기 시작한 것이다."(154~155쪽) 이처럼 TV 앞에 앉은 공만석 씨는 지금 두호마을의 이응주 씨와 정확히 똑같은 경험을 하고 있다. 소설은 공만석 씨가 이제 자식들과 함께 새로운 상대인 텔레비전과 "진짜 싸움"을 시작하겠다고 결심하는 장면에서 마감된다. 이 마지막 장면은 1980년대 중반 당시 서서히 시작되던 'KBS 수신료 거부 운동'을 연상케 한다. 이처럼 이청준은 공만석이라는 믿을 수 없는 인물을 등장시킴으로써 「누군들 초장부터 꾼으로 태어나랴」를 현실과 가장 무관한 이야기처럼 은폐하면서도 가장 첨예한 문제에 시급히 개입하고 있었다. 그렇기에 바로 이 소설은 그가 강조한 '징후의 문학'의 중요한 사례이다.

4

그런데 공만석 씨가 언급했던 '진짜 싸움'이라는 것은 무엇일까. 그것의 대상은 물론 '방송'으로 대변되는 당대 담론의 질서임에는 틀림없다. 그렇다면 피해자에게 용서도 증오도 불가능하게 하는 담론의 질서는 어떻게 바꿀 수 있을까. 이처럼 답이 보이지 않는 막막하고 숨 막히는 시절 이청준은 왜 이중섭을 생각했을까.

「나들이 하는 그림」은 발표 당시 「밤에 읽는 동화풍(童話風)」이란 제목 아래 실린 네 편의 작은 이야기들 중 하나이다.[28] 최초 발표 지면에서 이청준은 다음과 같은 부기를 남겨두기도 했다.

이 이야기는 은종이 동자들의 그림으로 유명한 고 이중섭 화백의 일화를 바탕으로 꾸민 동화입니다. 이중섭 화백이 6·25전란 중에 그의 아들을 잃고, 하늘나라에서 심심하지 않게 함께 지내라고 아이들의 그림을 그려서 아들과 함께 관 속에 넣어 묻어준 것은 유명한 이야기입니다.[29]

여기서 이중섭이 6·25전란 중에 아들을 잃었다는 점은 사실과 다르다. 이중섭의 첫째 아들은 한국전쟁 중에 죽은 것이 아니라 1946년에 디프테리아로 사망했다.[30] 그러나 이러한 사실관계의 일치 여부보다 더

---

28 네 편의 작은 이야기들은 다음과 같다. 「나들이하는 그림」, 「대사와 어린이」, 「봉해 가지고 가는 노래」, 「딴 생각이 배어든 글씨」. 이들 소품들은 이청준의 동화집이나 에세이집에 여러 차례 재수록되기도 했다.

29 이청준, 「밤에 읽는 동화풍」, 『현대문학』, 1985.7, 154쪽.

주목해야 할 것은 이 소설이 과거를 단순히 재현하는 '알리바이 문학'이 아니라 과거의 사건을 거슬러 현실에 개입하는 '징후의 문학'이라는 점이다. 그러므로 '밤에 읽는 동화풍'이란 제목에서 '밤'이 지닌 의미의 폭은 광대하다. 여기서 '밤'은 실제의 시간이자 비유의 시간이다. 이중섭에게 그 시간은 아들의 죽음과 대면해야 하는 시간이면서 동시에 예술 작품을 창작하게 하는 시간이다. 그리고 그때 창작된 예술 작품은 죽은 이를 위로하고 남겨진 자를 살게 한다. 좀 더 이 글의 맥락에 맞게 환원시켜 해석해보면, 끔찍한 모더니티가 조장되는 1980년대라는 '밤'의 시간은 이청준에게 동시대 사람들의 죽음(이를테면 담론의 질서 속에서 '질식'해 죽어버린 알암이 엄마와 나동준의 죽음)과 마주하도록 만드는 두려운 시간이자 그것을 극복하기 위해 문학을 창작하도록 강제하는 시간이다. 그런데 이청준은 이 작품을 소설이 아니라 "동화" 혹은 동화 비슷한 작품("동화풍")이라고 말하고 있다. 평생토록 소설이란 무엇인가라는 질문을 포기하지 않을 정도로 소설이란 장르를 소중하게 여기던 이청준은 여기서 자신의 작품을 소설이라고 당당히 명명하지 않고 있다. 이 같은 그의 모습은 평생토록 대작을 그리고 싶어 했지만 가난과 한국전쟁이라는 여러 가지 상황 때문에 소품(esquisse)들만을 그리던 이중섭을 연상케 한다.[31] 이중

---

30 고은은 아들이 죽은 슬픔에 은지화를 그리던 이중섭의 모습을 묘사하기도 했다. 아들을 잃은 슬픔에 구상과 술을 마시고 함께 잤던 그는 새벽에 일어나 은지화를 그렸다. 다음은 고은의 서술이다. "한밤중에 코를 골고 자던 중섭이 코고는 소리를 뚝 멈추고 도화지를 찾아내어 밤새 밝혀둔 불빛 밑에서 무엇인가를 그리고 있었다. 그런 일은 거의 새벽녘까지 계속됐다. 구상은 잠에서 깨어난 척하면서 물었다. "섭, 무얼 해?" "응 그림 그리고 있네. 헤에." "무슨 그림인데. 밤중에 ……." "응 우리 새끼 천당에 가면 심심하니까, 우리 새끼 동무하라고 꼬마들을 그렸네. 천도봉숭아 따먹으라고 천도도 그렸네. 헤에." 구상은 그런 중섭의 웃음에 귀기를 느끼면서 섬뜩했다. 그리고 공감했다. 다음 날 그 그림과 그가 가지고 있는 불상, 동자상이 있는 도자기들을 작은 송판관에 시체와 함께 넣어서 공동묘지에 파묻었다." 고은, 『이중섭 평전』(개정판), 향연, 2004, 96쪽.

섭이 죽은 후 그의 작품은 많은 사람들로부터 신화화될 정도로 대단히 높게 평가받았지만, 실제로 그는 일본에 가 있는 아내 남덕(야마모토 마사코, 山本方子의 한국 이름)과 재회하기 전에는 대작을 그릴 수 없기에 자신의 작품을 공부가 덜 된 습작이라고 여겼다.[32] 마치 이중섭처럼 이청준은 지금 자신의 작품을 그가 그렇게 소중히 여기던 소설이 아니라고, 아니 더 정확히는 동화도 아닌 동화풍이라고 말하고 있다. 「나들이 하는 그림」에 이르러 이청준은 장르적 규칙과 미학적 완성도에 집착하지 않는다. 죽은 자들을 위로하고 산 자들을 살게 하는 글쓰기라면 그것이 에스키스든 동화든 소설이든 상관없다. 왜냐하면 1985년 지금은 비판도 용서도 모두 불가능한 끔찍한 모더니티의 시간이기 때문이다.

후대 연구자들에게 이중섭의 담뱃갑 은지화는 독자적인 화지(畵紙)의 발견이자 미술사 안에서 비교 대상이 없는 새로운 창작물로 인정된다.[33] 그런데 중요한 것은 그러한 것을 가능케 하는 이중섭의 천재적인 재능이 아니고, 오히려 그러한 재능을 발현시킨 밤이라는 조건이다. 이청준 역시 이중섭을 소재로 한 뭇 작품들과 다르게 그의 기이하고 천재적인 재능이 아니라 은지화를 그리게 한 이중섭의 밤의 시간에 주목한

---

31 우연의 일치겠지만, 이중섭이 단식과 정신병원을 연연하다 죽었다는 사실은 이청준 소설에 자주 등장하는 비극적인 인물들을 연상케 한다. 이중섭의 단식과 병원을 탈출한 일화 등은 그의 지기였던 화가 한묵의 글을 참고할 수 있다. 한묵, 「벌거숭이 자연인을 묶어놓은 은지화사건」, 『계간미술』, 1986 가을.
32 "빨리 도쿄로 가서 당신(이중섭의 아내 남덕─인용자)의 곁에서 대작을 그리고 싶어 못 견디겠소." 이것은 이중섭이 아내에게 보낸 편지의 일부 구절이다. 한편, 이중섭이 자신의 작품을 소품으로 여겼다는 점은 구상의 회상을 참고할 것. 이중섭, 『이중섭 편지와 그림들』(개정판), 다빈치, 2003, 70쪽; 구상, 「이중섭의 인품과 예술과」, 『이중섭 작품집』, 한국문학사, 1979.
33 이귀열, 「이중섭 혹은 평화의 기도」, 『문학과지성』, 1972 여름, 317쪽. 한편 이귀열은 이중섭이 한국전쟁 이후 많은 작품들을 남겼다는 사실은 당시 그의 처지와 상황을 고려할 때 하나의 경이라고 말하기도 했다. 그런데 그러한 현실적 제약(이청준의 말로는 '밤'의 시간)은 창작 활동을 제약하면서도 새롭게 하는 역설적인 조건이다.

다.[34] 자식의 죽음과 가족과의 이별, 그리고 가난 등은 이중섭에게 대작을 그릴 수 없게 하는 한계 조건이었지만 은지화처럼 죽은 자를 위로하고 산자를 살게 하며 더불어 미술사 안에서 독창적인 위치에 남게 하는 그림을 그리게 하는 창작의 조건이기도 했다. 「나들이 하는 그림」과 징후로서의 문학으로 이청준이 갈망하고자 했던 것은 이러한 이중섭의 삶과 다르지 않다. 밤의 시간, 이 끔찍한 모더니티의 시간은 한가하게 미학적 완성도를 따지는 시간이 아니고, 죽은 자와 산 자를 위로하는 글쓰기가 수행되어야 하는 시간이다. 미학적 완성도는 그러한 글쓰기 이후에 은총처럼 주어지는 선물일 뿐이다. 그러므로 스스로 소설이란 장르를 고집하지 않는 이청준의 동화 또는 동화풍 에스키스들은 죽은 아들을 다시 살리고 싶어 했던 이중섭의 절박한 심정과 은지화에 육박한다. 그러므로 그의 에스키스들은 미학적 판단 기준에 따라 낮게 평가받아야 할 습작들이 결코 아니다. 오히려 그의 에스키스 앞에서도 미학적 완성도를 고집하는 바로 그 기준이야말로 스스로의 오만함을 반성해야 할 지 모른다.

대작을 쓰고 싶지만 대작을 쓸 수 없는 '밤'의 시간에 이청준은 이중섭처럼 계속해서 에스키스를 썼다. 「흐르는 산」은 이에 대한 대표적인 사례이다. 이 작품은 이청준의 모든 작품 중 창작 기간이 가장 길게 소요된 작품인 『인간인』의 인물과 서사를 많은 부분 공유하는 일종의 소품으로 보인다. 『인간인』은 창작 기간뿐만 아니라 수많은 개작의 과정을 거친 작품이다. 『인간인』 1부 서사인 「아리아리강강」을 연재하면서

---

[34] 예를 들면 이중섭의 삶을 소재로 삼은 이재현의 희곡은 이중섭의 기이한 생활과 천재적 재능에 집중한다. 이재현, 「화가 이중섭」, 『화가 이중섭―이재현 제2희곡집』, 근역서재, 1979.

이청준은 이 서사를 1984년 가을에 시작해서 3번 수정했고 이번 연재가 4번째 개작이라고 말한 바 있다.[35] 이후 그는 1991년 12월에 이르러서야 2부 서사를 완성시키고 『인간인』을 탈고하게 된다. 「흐르는 산」의 중심서사와 남도섭과 무불 스님이라는 등장인물은 『인간인』 1, 2부의 서사와 등장인물이 혼합되어 있다. 그러나 이 서사의 내용을 따져보기 이전에 「흐르는 산」(1987)이 『인간인』(집필 기간 1984~1991)이라는 '대작'에 이르기 위한 하나의 소품이었다는 점은 주목을 요한다. 「흐르는 산」은 미학적 개별성을 따지기에 부족한, 단지 『인간인』에 이르는 한 편의 에스키스에 불과할지 모른다. 그러나 이청준이 대작에 이르기 위해 이 시기에 발표했던 「흐르는 산」은 아들의 죽음 앞에서 창작되었던 이중섭의 은지화 만큼이나 절박한 작가의 심정이 투영되어 있음을 기억할 필요가 있다.

여느 이청준 작품처럼 「흐르는 산」 역시 두 명의 대립적인 인물들이 서사를 구축한다. 남도섭과 무불스님이 그들이다. 마치 이청준의 대표작 『당신들의 천국』의 조백헌 원장과 이상욱 과장의 관계처럼, 무불스님은 타인들의 아픔을 함께 한다는 명목으로 깊은 산속에서 수행하는 인물이고, 남도섭의 그의 수행이 좋은 의도를 갖고 있을지라도 실제로는 자신의 명분만을 채워주는 이기적인 행동일 수 있으며 더욱이 여느 사람도 위로할 수 없는 현실성이 떨어지는 행위일지 모른다고 의심한다. 남도섭은 타인의 아픔에 공감하려는 무불스님의 윤리적인 행동이 만약 타인의 삶과 관계("인연") 맺지 못한다면 "그 아픔의 산이라는 것은

---

35 이청준, 「작가의 말 / 결구를 위한 시축」, 『현대문학』, 1988. 5.

아무 뜻이 없을뿐더러, 잘해야 스님의 허세어린 과장이나 자기 집착의 흉한 봉우리에 불과할" 뿐이며, 그것은 "오연한 집착과 자기기만의 높은 마루턱일 뿐"(308쪽)이라고 말한다. 무불의 윤리적인 행위를 존중하면서도 그것이 자기기만적 행위가 되지 않기 위해 타인과 어떻게 관계 맺을 수 있을 것인지 이 시기 이청준은 상당히 고민했다고 판단된다. 「흐르는 산」을 포함하여 『인간인』과 같은 '대작'에 도달하기 위해 쓰인 무수한 에스키스들이 바로 그 고민의 증거이기 때문이다. 매우 적은 분량의 서사이면서 이청준이 소설이라고 고집하지 않은 채 동화나 에세이로 재활용되기도 했던 「흰철쭉」, 「불의 여자」, 「심지연」 역시 이러한 에스키스들의 하나로 보인다.

그런데 누구도 관심 갖지 않는 타인의 아픔을 알아보지만 그저 알아보는 데에서 멈춘 자가 있다. 남도섭이 인연이 생략된 무불스님의 윤리적인 행위의 한계일지 모른다며 의심했던 바로 그 태도를 「불의 여자」의 화자는 반복한다. 화자는 창밖 여자의 아픔을 유일하게 알아보지만 "내게는 아무것도 그녀를 위해 해 줄 일이 없었다"(88쪽)는 식으로 자기 합리화하며 그녀에게 다가서지 않는 자이다. 그녀와 거리를 유지하게 하는 화자의 자리는 그야말로 "오연한 집착과 자기기만의 높은 마루턱"이다. 이 작품에서 이러한 화자를 1980년 광주의 비극을 알고 있지만 상처받은 그들에게 아무 것도 해주지 못한다며 자기합리화 하는 인물로 해석하는 것은 지나친 것일까. 아무것도 할 수 없다며 아파하기만 하는 화자를 쳐다보는 "그녀의 눈길"과 "야릇한 웃음기"가 무불스님에 대한 남도섭의 의심만큼이나 날카로운 이유는 무엇일까. 어쨌든 이들 작품에서 중요하게 읽어내야 할 것은 타인의 아픔을 진정 위로하기 위해서는 그들의 삶

속으로 깊이 관계 맺어야 한다는 사실이다. 분량으로 볼 때 「흐르는 산」과 「불의 여자」는 작은 에스키스에 불과하지만, 타인의 아픔에 공감하는 윤리적인 태도와 그러한 윤리적인 태도의 자기기만적 한계를 두루 성찰하는 이청준의 시선이 상당히 복합적으로 투영되어 있다.

타인의 아픔에 단지 공감하기만 하는 것에 반대하고 그들의 삶에 적극 관계(인연) 맺는 것은 분명 「누군들 초장부터 꾼으로 태어나랴」의 공만석 씨가 말했던 '진짜 싸움'을 실천하는 것과 다르지 않다. 이청준은 진짜 싸움의 하나로 타인들이 죽은 원인을 파악하는 것에 대해 두려워하며 피하지 말고 적극적으로 이해하기 위해 분투하기를 요구한다. 「섬」과 「해변 아리랑」은 일견 서정적인 서사로 보이지만, 바로 진짜 싸움의 한 방법을 알려주는 소설이다. 「섬」의 강 형과 울릉도 터줏대감 홍순철 씨는 화자 스스로 말하듯이 홀섬을 찾아가는 "미치광이"들이다. 죽음의 장소를 상징하는 홀섬의 바닷길이 상당히 험난하듯이, 타인의 죽음을 이해하는 것은 두렵고도 어려운 일이다. 이를테면 우리의 삶이 쉬운 출구가 보이지 않는 끔찍한 모더니티의 그물망으로 조직되어 있다는 사실을 인정하는 일은 알암이 엄마와 나동준의 사례에서 보듯 삶을 포기하게 할 정도로 두려운 일이기 때문이다. 그런데 강 형과 홍순철은 이러한 사실에 두려워하며 도망치지 말고 계속해서 홀섬에 다가가서 그 두려움을 견디라고 말하고 있다. "막말로 해서 이건 일종의 전투란 말여, 전투!" 그렇다, 홍순철의 말처럼 타인의 죽음을 이해하고 더 나아가 그것과 관계 맺는 일은 끔찍한 모더니티라는 삶의 진실을 보는 일이기에 자신의 목숨을 걸 정도로 어려운 '진짜 싸움'이다. 더구나 홀섬에 다가가 무언가 알아내면 홀섬은 그것을 다시 빼앗아 가듯 모더니티와의 전투는 끝을 알 수 없는 지난한 일이다. 이러한 지난하고도 두려운 싸움에서 도망치려는 젊은이에게 홍순철 씨는 다음과 같이 다그친다. "보그라, 그래봐야 닌 어차피 이 섬을 쉬 도망쳐 나갈 수는 없응께네, 맘잡고 다시 섬으로 돌아가서 게서 니를 견디도록 해보란 말이다 ……."(299쪽) 그렇게 타인의 죽음에 다가가고 그들의 무덤 자리를 만들어주는 진짜 싸움을 평생토록 실천한 인물을 우리는 「해변 아리랑」의 노래장이 이해조에게서 볼 수 있다.

> 그는 생전에 늘 여기와 앉아서 그의 바다의 노래를 읊고 갔다. 그 노래가 끝났을 때 그의 혼백은 바다로 떠나갔다. 바다로 가서 반짝이는 물비늘이 되고 작은 섬이 되고 돛배가 되었다.(37쪽)

이처럼 「해변 아리랑」의 마지막 장면은 드디어 끔찍한 모더니티의 그물망을 벗어나는 자유로운 자의 모습을 보여준다. 이번 전집의 첫 머리에 실린 이 소설은 끔찍한 모더니티를 벗어나고 싶었던 이청준의 갈망을 보여주는 듯하다. 하지만 이해조의 행복한 결말을 빌어주면서도 이청준은 알암이 엄마와 나동준의 죽음을 기억하고, 공만석과 홍순철 등의 진짜 싸움을 소설을 통해 내내 응원했다. 이러한 세 면모를 독자들은 이번 전집에서 깊이 음미하기를 바란다. 이제 이 정도로 이 전집에 대한 산만한 해설을 마칠까 한다. 감히 말하건대 나는 뭇 사람들이 생각하듯이 이청준이 합리주의자였기 때문이 아니라 끔찍이 두려운 홀섬에 반복해서 다가서려던 강 형과 홍순철처럼 광인이었기 때문에 그를 흠모한다.

차연의 윤리와
사건의 정치

1. 예비적 논의—사라진 소설, 도래할 소설

이청준의 단편 「수상한 해협(海峽)」[1]으로부터 시작하자. 이 소설은 우리가 앞으로 살펴볼 2000년대 문학의 성격에 대한 하나의 관점을 제공해주고, 더 나아가 문학 그 자체에 대한 하나의 사유를 제시하기 때문이다. 이청준의 「수상한 해협」은 『삼국유사』의 「기이(紀異)」편 「내물왕과 김제상(奈勿王 一作 那密王 金堤上)」조에 실린 이야기를 바탕으로 한 소설이다. 『삼국유사』의 이야기와 이청준 소설의 서사에서 공통된 내용은 이렇다. 신라인 박제상[2]은 볼모로 잡혀 있는 미해 왕자를 구하기 위해 왜국에 들어간다. 그곳에서 박제상은 왜왕의 신뢰를 얻기 위해 거짓으

---

1 이청준, 「수상한 해협」, 『신동아』, 1976.9. 작품의 문장을 직접 인용할 경우 괄호에 쪽수만 표기한다.
2 『삼국유사』의 김제상이 이청준 소설에서는 박제상으로 바뀌어 있다.

로 신라왕을 비난한다. 이 같은 박제상의 기지로 미해 왕자는 무사히 탈출하게 되고, 박제상은 미해 왕자의 탈출 시간을 확보하기 위해 왜국에 남는다. 왜왕은 자신을 배신한 박제상을 죽이는 대신 신하가 되기를 요구한다. 박제상이 칭신(稱臣)을 거부하자 왜왕은 혹독한 고문을 가한다. "신라인의 기개와 충절을 펴 보이"(432)려는 박제상의 신념을 꺾을 수 없게 된 왜왕은 그를 목도 섬으로 데리고 가 불태워 죽인다. 이청준은 『삼국유사』에 실린 이야기의 전체 틀은 유지하면서 고문 장면을 연장하고 화자의 후기를 덧붙였다. 이런 개작을 통해 왜왕이 박제상에게 칭신을 요구하는 이유, 고문을 가하는 왜왕의 심리, 고문을 견뎌내는 박제상의 심정, 왜왕이 박제상을 목도 섬까지 데려가 불태워 죽인 이유가 드러나게 된다.[3] 얼핏 보기에 이런 개작은 가독성과 흥미를 높이기 위해 서사의 세부에 살을 덧대고 논리적 인과성을 다듬는 일로 여겨질 수 있다. 하지만 이청준의 개작은 원본의 완성도를 세공하기 위해 수행되는 대신 원본의 완성도를 의심[4]하기 위해 이루어진다. 이때 의심은 원본이 메워버린 아포리아를 드러내는 일과 다르지 않고, 이청준에게 그 작업은 세 층위에 걸쳐 진행된다. 개작의 내용, 개작의 형식, 개작이 처리된 방식을 하나하나 살펴보자.

먼저 『삼국유사』의 「내물왕과 김제상」 이야기의 내용에 대한 의심

---

3 『삼국유사』에는 왜왕이 후한 녹을 대가로 박제상에게 칭신을 요구하는 장면(若言倭國之臣者, 必賞重祿), 칭신을 거부하는 박제상에게 진노하는 장면(倭王怒曰), 칭신을 거부한 박제상을 끝내 목도 섬에 데리고 가 태워 죽였다는 서술(燒殺於木島中)만이 드러난다. 『삼국유사』 원문의 출처는 한국의 지식콘텐츠(www.krpia.co.kr 최종 검색일 : 2014.6.20)이다.

4 이청준 소설을 따라다니는 지적이라거나 관념적이라는 평은 아마 그의 작품이 사태를 순진하게 받아들이지 않고 항상 여러 각도에서 의심하기 때문에 내려졌을 것이다. 작가 스스로도 의심이 문학의 중요한 임무라고 말하고 있다. 이청준・우찬제, 「'우리들의 천국'을 향한 '당신들의 천국'의 대화」, 『문학과 사회』, 2003 봄, 271쪽.

이다. 「수상한 해협」은 『삼국유사』의 서사가 신라인 김제상(박제상)의 충절을 높이 사는 데 일관성을 부여한 것을 의심한다. 그 서사의 일관성 속에서 사라지는 것은 권력자들의 위선이다. 이를 드러내기 위해 이청준은 왜왕이 박제상을 죽이지 않고 칭신을 요구한 이유를 자세히 서술한다. 박제상의 기지 때문에 미해 왕자를 놓친 왜왕은 일종의 이중구속 상태에 놓이게 된다. 왜왕은 박제상이 자신을 배신했기에 살려둘 수 없지만, 그렇다고 박제상을 죽이면 그가 죽어서도 신라의 영웅이 되어 신라인들 사이에서 영생하기에 죽일 수도 없다. 박제상을 죽일 수도 살려둘 수도 없는 상황에서 왜왕은 "관용"(435)의 제스처를 보인다. 왜왕은 칭신만 한다면 죽이지도 않을 것이며 오히려 후한 녹을 주겠다며 박제상에게 관용을 베푼다. 하지만 왜왕의 관용은 박제상을 위한 마음에서 비롯됐다기보다 왜왕 자신의 명예를 회복하고 나아가 자신을 괴롭히는 이중구속에서 벗어나기 위한 술책에서 비롯됐다. 박제상은 왜왕의 관용이 "오만스럽기 그지없는 화해의 더러운 손"(435)을 숨기고 있다는 것을 간파한다. 이로써 박제상은 신라의 왕을 위해 자신의 목숨을 기꺼이 바치는 신념의 인물이자 왜왕의 위선적인 관용을 꿰뚫어보는 지혜로운 인물이 된다. 결국 『삼국유사』의 이야기가 단순히 박제상의 충절을 높이 기리는 데 반해 이청준의 소설은 박제상의 신념과 더불어 권력자들의 위선을 고발할 수 있게 된다.

이제 개작은 원본이 간과했던 문제를 첨예하게 드러내면서 새롭게 태어났다. 이 순간 이청준의 의심은 다른 층위에서 다시 시도된다. 바로 개작된 작품에 대한 의심이다. 이 두 번째 의심은 본문 밑에 첨부된 후기를 통해 이루어진다. 후기는 왜왕이 박제상을 그 자리에서 죽이지 않고 신라 근처의 목도(木島)까지 데리고 가서 죽인 이유를 살핀다. 본문의 결미에서 왜왕은 자신의 위선을 인정하고 박제상의 충절을 기리기 위해 목도로 데려가 그를 화형하기로 결정한다. 후기는 이런 왜왕의 반성으로 종결된 개작을 다시 한 번 의심한다. 왜왕은 반성을 통해 왜국의 고문을 이겨낸 박제상의 기괴스런 충절의 이미지를 자신의 체제 속에서 소통될 수 있는 고상하고 안전한 이미지로 대체하며, 더불어 배신한 자마저 용서하는 자신의 성품을 대범하게 포장하고, 심지어 박제상을 더욱 잔인하게 죽이고 싶어 하는 자신의 무의식적인 욕망을 손쉽게 이룬다. 이처럼 후기에서 수행된 의심은 본문의 의미를 대리하면서 보충하고, 완성하면서 망가뜨리고, 수렴시키면서 분화시키고, 정제하면서 오염시킨다. 『삼국유사』의 일관성이 은폐하는 권력자의 위선을 개작을 통해 의심하듯, 후기는 본문의 일관성이 은폐하는 권력자의 지배 메커니즘을 의심한다. 그 결과 이청준의 「수상한 해협」은 원본과 개작, 본문과 후기의 위계적 구분을 뒤흔든다.

이처럼 이청준의 소설은 서사의 일관성과 의미의 완결성을 계속해서 뒤로 지연시킨다. 그 같은 후퇴는 사유를 아포리아 지점까지 끌고 가는 전진이다. 이청준 소설의 '진정한' 완성은 완성의 순간 은폐되는 미완성을 드러낼 때 순간적으로 이루어진다. 그런데 이런 관점에서 볼 때 이 소설은 실패하고 만다. 왜왕의 심리와 지배 메커니즘을 의심하던 본문과 후기가 박제상의 충절과 신념에 대해서는 단 한 번도 의심하지 않기 때문이다. 박제상은 왜왕 앞에서도 두려워하지 않으며 자신의 "순국이 바다를 건너 신라 땅으로 전해져 가게 해야" 한다는 명분과 자신의 "죽음은 신라 사람들의 가슴 속에서 자랑스럽고도 굳센 기개와 충절로 다시 살아"(435쪽)날 것이라는 믿음을 잃지 않는다. 이처럼 박제상은 순국이 주는 정신적 이익을 누리기 위해 죽음을 받아들인다. 겉으로는 신라에 대한 충절을 내세우면서 속으로는 자신의 심리적 만족을 이끌어내기 위한 도구로 죽음을 활용하기에 박제상의 순국은 위선적일 수 있다. 테리 이글턴[5]이 지적하듯이, 예수의 순교가 윤리적인 이유는 예수가 십자가에 매달리기 직전까지 자신의 죽음을 두려워하고 아버지로부터 자신이 버려진 것처럼 보이는 데 절망함에도 불구하고 아버지를 믿었기 때문이다. 죽기를 두려워하고 아버지에게 살려달라고 기도하면서도 아버지를 배신하지 않은 예수가 이겨낸 절망의 깊이와, 죽음에 초연한 채 신라왕을 배신하지 않은 박제상이 이겨낸 절망의 깊이는 절대로 동일하지 않다. 박제상의 죽음은 죽음을 인간 상황의 최종적 표현으로 받아들이지 않았기에 어떠한 절망과 무의미도 통과하지 않은 '순국'일 뿐이다.

여기서 세 번째 층위의 의심이 (무)의식적으로 작동된다. 이 소설은 발표된 직후 사라졌다고 볼 수 있을 정도로 이후 이청준의 소설집[6]에 등장하지 않았다. 물론 작가의 의도라기보다 작품집과 전집을 꾸리는 과정에서 우연히 누락된 경우로 보는 게 안전할 것이다. 그런데 의도적이었든 우연적이었든 간에 이 같은 누락이 결과적으로는 완성을 의심하고 아포리아를 드러내야 한다는 이청준의 문학적 충실성을 보여준 것으로 해석될 수 없을까? 이청준이 박제상의 아포리아를 드러내기 위해서는

---

5 테리 이글턴, 이현석 역, 『우리 시대의 비극론』, 경성대 출판부, 2006, 88~89쪽.
6 「수상한 해협」은 열림원판 전집에도 수록되지 않았다. 열림원 전집은 결정본이라고 하기에 여러 가지로 미흡한 면이 있지만 완성되는 5년의 기간 동안 작가가 직접 참여해서 수정과 교정을 했다는 데 중요한 의미가 있다. 이 전집에 대한 의미는 다음의 글을 참고했다. 우찬제, 「삶과 소설을 위한 향연」, 『문학판』, 2003 가을, 276~279쪽.

왜왕의 관용 속에 은폐된 지배 메커니즘을 드러내듯 박제상의 충절 속에 은폐된 위선을 드러내야 했다. 그렇지만 박제상의 충절이 완성되는 순간 이청준은 그 완성을 지연시키기 위한 의심을 자발적으로 포기한다. "여기서 더 그것은 따져 무엇하랴. 다만 이런 식으로 전해져 내려오는 충절의 내력이 웬일인지 오늘 다시 한번 이상한 감동으로 되돌이켜 보이는 것뿐인 것을."(439쪽) 이 같은 후기는 왠지 이청준이 사태에 대한 결정 가능성과 결정 불가능성이 동시에 출현하는 아포리아의 한 지점에서 힘겹지만 어떤 결정 가능성을 선택한 것으로 볼 수 있다. 이후 「수상한 해협」은 작가의 의도였든 그렇지 않았든 간에 우리 곁에서 사라졌고, 이 소설에서 이루어진 충절의 완성은 언젠가 도래할 것으로 남겨졌다. 충절의 완성을 보여준 후 사라진 이 소설은 끝끝내 완성을 지연시키는 이청준 소설의 충실성을 보여준다. 마치 「이어도」에서 모두가 부재한다고 단정한 섬의 실재를 증명하기 위해 천남석 기자가 스스로 사라지듯이 말이다.

2. 수상한 해협, 문학이 놓인 자리

　다소 먼 길을 에둘렀다. 이제 우리는 아포리아를 드러내는 일과 아포리아 한가운데에서 결단을 내리는 일에 대해 말할 수 있을 것이다. 그런데 그 점을 말하기 전에 '수상한 해협'을 문학에 대한 비유로 읽을 수 없을까. 두 개의 육지 사이에 해협이 있다. 그 해협을 건너면 의미는 지연되고 분화된다. 이를테면 왜왕에 대한 박제상의 배신은 해협을 건너자 신라에서는 충절로 해석되고, 왜왕의 위선은 해협을 건너자 관용으로 해석된다. 왜국과 신라, 결정 가능성과 결정 불가능성, 완성과 미완성 등등의 일련의 대립되는 쌍 개념 사이에 해협이 놓여 있다. 이쪽에서 일관성을 지닌 의미는 해협을 건너자 다양하게 변화되고 심지어 정반대의 의미를 지니게 된다. 일관된 의미를 계속해서 대리하고 보충하기에 해협은 수상하다. 어쩌면 고정된 의미를 분화시키고 의미의 고정을 지연시키는 활동이 이청준이 강조한 의심이자 문학의 임무일 것이다.

'그렇다, 문학의 임무는 사유의 아포리아를 드러내고 고정된 의미를 계속해서 분화시키는 데 있다!' 그런데 문제는 이렇게 산뜻한 결론에 비해 현실의 삶이 단순하지 않다는 데 있다. 문학보다 현실이 끔찍하다면, 그 이유는 사태에 대한 결정 가능성과 결정 불가능성이 만들어내는 이중구속 한가운데에서 어쨌든 결단을 내려야 하기 때문이다. 이청준이 작품의 미적 실패를 수락하면서까지 박제상을 충성스런 인물로 결정한 이유도 여기에 있지 않을까. 이청준은 아포리아를 드러내지 않는 것이 기만적인 만큼 아포리아의 한가운데에서 결단을 내리지 않는 것 역시 문학이 현실을 속이는 일이라고 생각했을지 모르겠다. 루소의 자연과 하이데거의 정신과 플라톤의 이데아 등등에서 순수한 것과 기원적인 것이 애초부터 비순수한 것과 비기원적인 것에 오염되어 있다는 사실을 밝혀내고, 더 나아가 비순수하고 비기원적인 것들을 환대하라고 명령하는 데리다의 철학에 대한 마르크스주의자들의 통렬한 지적[7]도 이 같은 상황과 관련된다. 그들이 보기에 데리다의 해체는 아포리아를 숨기는 포스트모던적 상황을 비판하는 데 "전진의 발걸음을 내디딤과 동시에" 정치적 실천의 역량을 포기하기에 "한 발짝 퇴보"(27쪽)한다. 예컨대 그들은 데리다의 해체와 환대에 대해 이렇게 반문한다. "이러한 윤리적 대안이 효과적이리라고 믿을 수 있겠는가?"(37쪽), 해체는 정치적 실천을 이끌어낼 수 있는 "주체성의 생산을 보고 싶어 하지 않"고(44쪽), 실천의 범위를 개인의 윤리 차원으로 축소하지 않는가?, "제도 없는 어떤 동맹의 우정"(106쪽), 도래할 민주주의 운운하는 "데리다의 은유적인 모호성의 언어에는 가능성의 범위가 무한정하게 남아 있"(108쪽)기 때문에 정치의 불가능성(반정치, anti-politics)의 범위도 그만큼 넓지 않은가? 이들의 이 같은 반문은 문학이 미학적으로 아포리아를 드러내야 한다는 이유를 변명 삼아 어떤 결단을 회피할 우려가 있다는 지적으로 바꿔 말할 수 있다.

물론 데리다는 사태에 대한 정치적 결정 속에 항상 결정 불가능한 것들이 은폐되어 있고, 그 같은 결정 불가능한 것들 때문에 정치적 결정은 애초의 대의에서 벗어나 최악의 것으로 도래할 수 있다고 말한다.[8] 또 그는 아포리아를 드러내는 일은 법적이지도 정치적이지도 않을 수 있다고 인정한다. 하지만 그가 강조하는 것은 사태가 악화될 수 있다고 하더라도 아포리아를 드러내는 일은 법과 정치의 조건이 되어야 한다는 점이다.[9] 이를테면 그에게 무조건적 환대와 조건적 환대는 이분법적으

---

7   데리다의 해체를 비판하는 마르크스주의자로 안토니오 네그리와 아이자드 아마드를 들 수 있다. 이들의 글은 다음의 책을 참고했고, 이들의 표현을 직접 인용할 경우 괄호에 쪽수만 표기했다. 자크 데리다 외, 진태원 · 한형식 역, 『마르크스주의와 해체』, 길, 2009.
8   자크 데리다 · 베르나르 스티글러, 김재희 · 진태원 역, 『에코그라피』, 민음사, 2002, 58쪽.
9   지오반나 보라도리, 김은주 · 김준성 역, 『테러 시대의 철학』, 문학과지성사, 2004, 235~236쪽.

로 나눌 수 없으며, 무조건적 환대(결정 불가능한 것)는 조건적 환대(결정 가능한 것)의 조건이 되어 계속해서 결정 가능한 것들 속으로 기입되어야 한다. 그는 결정 불가능한 것들을 지속적으로 드러내고, 그 속에서 결정을 내릴 때 미래에 대한 약속과 책임이 드러난다고 말하고 있다.

그러나 데리다가 약속과 책임을 아무리 강조한다고 해도 아포리아를 드러내는 일은 현 상황을 지켜내고 싶어 하는 지배자들의 논리로 손쉽게 차용될 수 있다. 해체는 사태에 대한 결단을 지연시키거나 봉쇄하는 데만 복무할 수 있기 때문이다.[10] 다르게 말해, 이론적으로는 가능성과 불가능성이 겹쳐 있고 그것들이 반복해서 출현한다는 점을 인정한다고 해도 실제 현실은 불가능성이 가능성을 완전히 압도할 수 있다. 가능성을 은폐하고 불가능성을 합리화하려는 논의만이 계속 분화되고 지연되기 때문이다. 하물며 긴급한 사태 속에서도 결단을 주저하며 거리를 두자며 지연의 윤리를 내세울 수는 없을 것이다. 현실이 긴박할 때 메시아적인 것(결정 불가능한 것)의 도래와 약속을 믿으며 수동적인 자리를 고수하는 능동성은 어쩌면 인간에게는 불가능한 것인지 모른다. 『역사의 개념에 대하여』를 통해 메시아적인 것의 도래를 밝혔던 벤야민은 끝내 자살하고 말았다. 실제로 현실은 이렇게 긴급하고도 압도적이지 않은가.

여기서 우리는 상황에 개입하여 사건을 명명하라는 바디우의 주장을 고려할 수 있을 것이다. 바디우에 따르면 체제질서 속에 연루된 자만이 체제의 자리에서 보이지 않는 상황의 단독성을 이끌어낼 수 있고, 그 단독성을 명명하는 것이 사건이며, 사건을 명명하는 자가 바로 주체이다.

---

10 슬라보예 지젝, 이성민 역, 『까다로운 주체』, b, 2005, 224쪽.

데리다와 마찬가지로 그는 순수한 주체가 없다는 데 동의한다. 하지만 그에게 주체의 출현은 영원히 불가능하지 않다. 주체는 다수적 상황에 개입할 때 단독적으로 등장할 수 있기 때문이다. 더 나아가 사건적 주체는 사건의 단독성을 보존하기 위해서 충실성을 드러낸다. 후사건적 실천이라고 불리는 충실성은 주체가 사건 이후의 상황에 계속해서 연루되려고 하는 실천으로 해석될 수 있다. 바디우는 사건에 연루되지 않은 주체는 사건 속에서 진리를 이끌어내지 못한 채 단지 사건을 지식체계의 다양성으로 환원시킨다고 말한다. 가령, 속류 포스트모더니스트들은 혁명이 전체주의로 전도될 수 있다는 데 겁먹어 혁명 그 자체를 포기하거나 백과사전식 지식으로 환원시키고 만다. 하지만 바디우의 사건과 충실성의 개념에 대해서 우리는 데리다의 관점을 빌려 이런 반문을 시도할 수 있을 것이다. 사건이 일어났다는 것을 과연 누가 결정(명명)할 수 있는가? 또 현대사회에서 '사건'은 미디어와 기술을 독점한 지배 권력에 의해서 만들어지지 않는가?[11] 사건의 힘은 시간이 지날수록 애초의 힘을 잃어버리는 방향으로 지연되지 않을까? 사건에 대한 충실성이 의도와 다르게 도리어 사건의 진리를 왜곡하지 않을까? 등등.

여기서 우리에게 핵심은 데리다와 바디우의 이론을 엄밀하게 점검하는 데 있지 않다. 이들의 이론을 함께 볼 때 아포리아 자체가 메타적인 차원으로 이동한다는 것이 핵심이다. 앞서 아포리아가 기원과 비기원,

---

11 데리다는 기술과 미디어를 통해 '사건'이 왜곡되는 인공적 현재성을 말하고 있다. 예컨대 가장 자연스럽고 생생하다고 느끼는 생방송은 사실상 기술권력에 의해 인공적으로 조작된다. 또 전 세계 사람 모두에게 '9 · 11'이라 명명하도록 만드는 억압 없는 장치가 어쩌면 냉전시대보다 더 심각하게 사람들을 억압할 수 있다. 자크 데리다 · 베르나르 스티글러, 앞의 책, 17~70쪽; 지오반나 보라도리, 앞의 책, 157~174쪽.

결정 가능성과 결정 불가능성, 조건적 환대와 무조건적 환대, 명명 가능한 것과 명명 불가능한 것, 상황 속에서 셈해질 수 있는 것과 셈해질 없는 것 등등의 대립되는 개념이 동시에 출현한다는 것을 의미했다면, 이제 아포리아는 아포리아를 드러내는 것과 아포리아 속에서 결단을 내리는 것이 동시에 문제된다는 의미로 확장됐다. 다시 말하자면, 어떤 작품이 특정 주제에 대해 아포리아를 드러냈는지 여부를 따지는 것을 너머, 이제 문학은 아포리아를 드러내야 하는 임무와 드러난 아포리아 속에서 결단을 내려야 하는 문제 사이에 놓여 있다. 실제로 2000년대 문학이 놓여 있는 아포리아, 바로 그 수상한 해협은 여기에 있다. '아포리아를 드러내야 한다'와 '아포리아 속에서 결정해야 한다'라는 두 육지 사이에 2000년대 문학이 있다. 데리다의 해체가 현재의 상황을 봉쇄하려는 지배자들에 의해 잘못 사용될 수 있듯이 전자의 명제는 문학의 윤리적 가능성과 정치적 불가능성을 동시에 지니고 있다. 후자의 명제도 마찬가지다. 바디우의 사건이 유사 사건을 조작하려는 지배자들에 의해 왜곡될 수 있듯이 후자의 명제는 문학의 정치적 가능성과 윤리적 불가능성을 동시에 지니고 있다. 이제 상황은 두 개의 명제 중 어느 하나를 선택하는 것처럼 단순하지 않다. 신경숙의 소설을 김사과의 소설과 함께 읽어야 하는 이유, 반대로 김사과의 소설을 신경숙의 소설과 함께 읽어야 하는 이유가 바로 문학의 아포리아적 상황이 그만큼 복잡해졌다는 데 있다. 이 상황을 살펴보기 위해 이제 우리는 다른 작가도 아니고 바로 신경숙이고 김사과여야 하는 이유에 대해 말해야 할 것이다.

3. 친구여, 친구는 없다네

대개의 신경숙 소설들이 과거를 반추하듯이, 신경숙이 지금까지 발표한 작품들은 시간의 결을 거슬러 오른다. 등단작이 최근작의 씨앗이 될 뿐만 아니라 최근작은 등단작을 비추는 등불이 된다. 그녀의 작품에서 타자를 무조건적으로 환대하고 이를 통해 생명력을 획득한 것으로 등장하는 산란기의 은어(이 외에도 집, 나무, 엄마, 임부(姙婦) 등이 있다)처럼 신경숙은 계속해서 우리에게 최근 작품에서 얻은 등불을 켜고 시간을 거슬러 이전 작품들을 다시 읽으라고 권하는지도 모른다. 최근작 『어디선가 나를 찾는 전화벨이 울리고』[12]에는 그녀의 이전 작품들을 열어주는 두 개의 삽화가 있다. 그것은 정윤의 갈색노트에 기록되어 있던 "길에 버려진 개 두 마리 이야기"(52쪽)와 윤 교수가 수업시간에 말해준 크리스토프 전설이다. 두 이야기는 다른 시간 다른 장소에서 다른 인물을 통해 전달되었지만 서로 밀접하게 연결되어 있다. 두 마리 개 이야기는 타자를 어떻게 환대해야 하는지를 알려주고, 크리스토프 이야기는 환대가 이루어졌을 때의 결과를 말해준다. 이에 대해 자세히 말해보자. 길에 버려진 두 마리 강아지가 있다. 한 마리는 앞을 보지 못한다. 이때 앞을

---

[12] 신경숙과 김사과 소설 가운데 이 글에서 소설 본문을 직접 인용한 작품들의 서지사항은 다음과 같다. 작품을 인용할 경우에는 괄호 안에 쪽수만 기록하고, 필요한 경우 작품명을 함께 기록한다. 신경숙, 『딸기밭』, 문학과지성사, 2000; 신경숙, 『어디선가 나를 찾는 전화벨이 울리고』, 문학동네, 2010; 김사과, 『미나』, 창작과비평사, 2008; 김사과, 『풀이 눕는다』, 문학동네, 2009; 김사과, 「이나의 좁고 긴 방」, 『현대문학』, 2007.3; 김사과, 「나와 b」, 『창작과비평』, 2008 겨울; 김사과, 「과학자」, 『문학사상』, 2009.6; 김사과, 「동생」, 『실천문학』, 2009 여름; 김사과, 「매장(埋葬)」, 『문학동네』, 2009 겨울.

보는 강아지는 앞에 나서서 눈먼 강아지를 이끌지 않는다. 항상 "앞 못 보는 개를 먼저 앞세우고 지켜"(52쪽)볼 뿐 앞 못 보는 타자를 제도의 정해진 길로 안내하지 않는다. 상처 입고 보지 못하는 타자가 자기 나름으로 삶을 살아가는 것을 근거리에서 지켜보다가 타자가 어려움에 처하게 되면 언제든 달려가 도와주는 방식, 이것이 바로 타자에게 먼저 '내가 그쪽으로 갈게'라고 말하는 방식이고, 타자를 등에 업은 크리스토프와 크리스토프의 등에 업힌 타자가 서로에게 하느님이 되는 삶의 방식이다. 하지만 신경숙은 이 같은 환대와 연대가 현실에서 이루어질 수 있다는 것에 대해 시종 주저한다. 이 소설에서 정윤과 명서는 매번 함께 살자는 약속을 하면서도 함께 살게 되면 자신들은 두 사람만의 폐쇄적인 공동체에 안위하는 흉측하고 이기적인 사람들이 될 거라며 약속의 실현을 지연시킨다. 그렇지만 "약속을 하며 이별을 보류했던 우리들"(362쪽)이라고 스스로를 명명할 때 그들은 사태에 대한 결단을 두려워하는 나약한 존재가 아니다. 그들은 도래할 연대를 약속하면서도 약속의 실현을 의심하고 지연하는 윤리적인 인물들이다.

신경숙에게 인간은 모두 좋았던 옛 시절의 집을 떠나 길에서 살아가는 개처럼 각자 나름의 상처를 지닌 존재들이다. 그 가운데 어떤 사람은 앞을 보지 못하는 개처럼 혼자서 살아가기 어려울 정도로 깊은 상처를 입기도 한다. 이때 신경숙은 사회적인 제도를 구축하여 개인들의 상처를 치유하는 방식은 도리어 상처를 덧나게 하는 일일 수 있다고 말하는 듯하다. 그렇기에 그녀의 소설은 커다랗게 드러난 사회문제에 먼저 집중한 후 개인들의 상처를 사례로 활용하는 대신, 상처받은 개인의 삶에 먼저 집중한 후 쉽게 보이지 않는 개인의 상처와 사회 제도의 모순을 동시에 드러낸다. 만약 『외딴방』(1999)의 독자가 신경숙의 소설은 1980년 대 사회문제를 날카롭게 고발한다며 상찬한다면, 이때 주의할 점은 사회문제를 비판하는 그 소설의 출발점이 개인이지 사회가 아니라는 것이다. 또 『깊은 슬픔』(1994)의 독자가 그녀의 소설은 지나치게 감상적이고 개인의 내면에만 치우쳐 있다고 비난한다면, 이때 조심해야 할 점은 개인의 내면과 사회 제도가 이분법적으로 분리될 수 없다는 데 있다. 그녀의 소설은 어떻게 보면 사회에서 가장 멀리 있고도 특수한 지점(개인)에서 출발하지만 그 때문에 일반적인 자리에서는 볼 수 없었던 인간과 사회에 가장 가깝고도 단독적인 문제를 드러내게 된다. 그 단독적인 문제까지 나아갈 때 그녀의 소설은 인간의 삶에 내재된 아포리아를 들춰내게 되고, 거기서 하나의 보편성을 획득하게 된다. 가령, 『외딴방』은 문제의식의 초점이 '나'로부터 시작하기 때문에, 노조에 가입하는 문제와 학교에 가야 하는 문제 중 어느 하나도 포기할 수 없는 '나'를 드러내게 되고, 개인의 자율성을 옹호하는 노조가 권력자의 제도처럼 개인을 억압할 수 있지만 그렇다고 노조마저 없다면 개인의 자율성은 제도의 억압에서 한 치도 벗어날 수 없다는 사실을 드러내게 되며, 결과적으로 개인과 사회 중 어느 하나를 손쉽게 선택하지 않는 아포리아의 자리에 위치하게 된다. 그렇지만 신경숙 소설이 개인을 강조한 나머지 사회와 유리된 개인을 신성화시킨다고 생각해서는 안 된다. 그녀 소설의 보편성은 개인들의 차이를 최대화하면서도 절대화하지 않는 데 있다. '길에 버려진 개 두 마리 이야기'에서 눈먼 강아지의 자율성은 최대한 보장되어야 하지만, 그 강아지의 자율성은 앞을 볼 수 있는 강아지의 도움을 통해 완성된다. 다시 말해 개인의 자율성은 최대로 존중되어야 하지만 그 자율성은 오로지 스스로에게 고유한 것이 아니다. 자율성(완성)과 타율성(미완성)이 중첩된 순간 개인의 존재가 '완성'된다. 마치 강을 건널 수 있는 자와 강을 건널 수 없는 자가 함께 있을 때에만 두 사람 모두 강을 건너게 되고 서로가 서로에게 하느님이 되듯이 말이다.

신경숙이 개인의 자리를 지켜내기 위해 타자에 대한 환대를 강조할 때 그 타자 중 하나는 과거의 시간이고 그 환대의 방법 중 하나는 글쓰기이다. 이 점을 잘 보여주는 「지금 우리 곁에 누가 있는 걸까요」를 살펴보자. 이 소설에서 화자와 남편은 딸아이와 사별한 상태이다. 화자는 딸아이를 잃었다는 상실감 때문에 심각한 우울증을 겪게 되지만, 남편은 딸아이의 죽음에도 불구하고 무리 없이 일상을 꾸려가고 있다. 이 소설에서 일차적으로 흥미로운 점은 애도 실패 후 자아를 상실한 그녀의 우울증이 사실은 일상적 삶으로부터 도피하기 위한 포즈였다는 데 있다. 그러나 이보다 더 중요한 핵심은 죽은 타자마저 자신의 인식 속으로 환대하고자 했던 감상적인 화자가 가장 가까이 있는 남편을 환대하지 않는다는 데 있다. 소설의 결말에서 드러나듯 화자는 규칙적인 일상을 지켜나가던 남편이 화자만큼이나 죽은 딸아이에 대해 슬퍼하고 있었다는 사실을 알게 된다. 남편의 슬픔을 이해하고 자신의 우울증을 되돌아볼 때 비로소 죽은 딸(타자)의 혼령이 그들의 집에 들어오게 되고, 그녀의 아기집에 태아가 착상된다. 종종 신경숙 소설에서 임신한 여성이 긍정적으로 그려지는 것은 모성을 신화화하려는 의도에서 비롯되지 않는다. 그녀의 소설에서 아이를 갖는다는 것은 타자를 환대할 수 있는 자만이 축복처럼 획득할 수 있는 생명력을 의미한다. 한편 이 작품은 앞서 언급했듯이 타자를 환대하여 서로가 서로에게 하느님이 되는 일이 얼마나 어려운지 알려주는 소설이기도 하다. 죽은 딸로 대변되는 과거를 '진정' 기억하는 일은 현재를 과거로 환원하거나 과거를 현재로 현전하는 일이 될 수 없다. 과거를 기억하려고 계속해서 노력하면서도 그렇게 기억된 과거가 불완전하다는 사실을 인정할 때 비로소 과거와 현재 사이의 환대가 이루어진다. 그렇기에 화자는 죽은 딸과 남편에 대한 환대가 이루어진 순간을 소설로 복원하고자 하면서도 그 소설이 끝내 완성될 수 없음을 인정한다. 화자가 소설가에게 자신의 이야기를 대신 완성해달라고 부탁하는 편지는 곧 환대의 완성을 기록한 자신의 이야기가 영원히 미완성일 수밖에 없으며 영원히 도래할 어떤 것으로 남아야 한다는 점을 말해준다.

신경숙은 때때로 새로운 시작을 알리는 에필로그 형식을 고집하거나 의미를 발산하는 제목을 달기도 한다. 시작의 에필로그와 해석 불가능한 제목은 행복한 옛 시절이 다시 실현될 수 없음을 확실히 인정하면서도 그 완성을 결단코 포기하지 않게 만든다. 이를테면 그 형식 때문에, 나의 자율성을 지켜내면서 동시에 너를 환대할 수 있었던 삶은 현재 불가능이지만 언젠가 도래할 삶으로 남게 된다. 『리진』(2007)의 에필로그는 리진이 죽었다는 것을 확실히 하면서도 길린을 부르는 그녀의 목소리는 여전히 살아 떠돈다는 것을 알리고, 『엄마를 부탁해』(2008)의 에필로그는 엄마를 더 이상 찾기 어렵다는 사실을 알리면서도 엄마가 자식들의 마음속에서 영원히 되살아날 것이라고 약속한다. 또, '풍금이 있던 자리'가 어디이고 무엇을 의미하는지는 누구도 알 수 없고, '종소리'는 본문 속에서 단 한 번도 울리지 않는다. 그렇지만 하나의 의미로 수렴되지 않는 제목은 계속해서 새로운 미래를 향해 의미를 지연시킨다. 과거의 장소를 의미하는 듯한 '풍금이 있던 자리'는 언젠가 도래해야 할 자리이고, 적막과 불모의 시기를 깨뜨리는 신성한 '종소리' 역시 미래에 울려 퍼져야 할 소리이다.

그렇지만 신경숙은 도래해야 하는 것이 순전히 행복한 것이라고 말하지 않는다. 「그는 언제 오는가」에서 예상을 넘어 미래에 도래하는 '그'는 사랑이자 죽음을 의미한다. 두 자매에게 갑자기 도래한 부모의 죽음은 자매의 삶을 정반대의 방향으로 진행시킨다. 화자인 언니는 항상 이별을 끌고 오는 사랑을 두려워하기에 애초부터 타인과 관계 맺으려 하지 않는다. 그녀가 타자를 회피하는 방식은 사랑 그 자체를 숭고하게 미화하는 것이다("너는 사랑한다는 말을 어떻게 그렇게 쉽게 하니?" 279쪽). 그녀와 다르게 동생은 타인과 관계 맺는데 열성이며 이별을 두려워하지 않는다. 그런데 삶의 역설은 죽음을 회피했던 그녀에게 죽음(동생의 죽음)이 여지없이 찾아들고 사랑을 원했던 동생에게 사랑보다 먼저 죽음이 찾아온다는 데 있다. 하지만 「그는 언제 오는가」의 핵심은 단순히 이 같은 인생의 아이러니에 있지 않다. 사랑은 고정되지 않고 언제나 차연되어 죽음으로 되돌아오기도 하지만 타자와 사랑하지 않으면 개인의 단독성도 없다는 점을 이 소설은 강조하고 있다. 더 나아가 이 소설은 신경숙의 여성 인물들이 상처에 예민하고 수동적이기만 하지 않다는 것을 알려 준다. 상처에 예민한 자질은 일반적인 사람들이 이해할 수 없는 타자의 상처에 가까이 다가서게 하지만 반대로 타자와 거리를 두려는 자신의 태도를 합리화시켜 주기도 한다. 이 소설이 상처에 예민한 언니보다 그 상처에서 벗어나려고 노력하는 동생을 시종 긍정적으로 그리는 이유는 바로 여기에 있다. 이처럼 작고 예민한 것들을 소중히 여기면서도 그것들을 절대화시키지 않으려는 태도는 신경숙 소설의 한 특징이다.

「멀어지는 산」(『풍금이 있던 자리』, 문학과지성사, 1993)에 드러나듯이, 신경숙 소설은 삶의 지향점('산')을 포기하지 않으면서도 그러한 삶의 완성을 계속해서 멀리 지연시키면서 미완성의 상태로 두고자 한다. 타자와 환대가 이루어지고, 또 타자를 무조건 환대하기에 그녀가 소중히 여기는 과거의 시간과 글쓰기와 큰오빠와 엄마 역시 현실에서 망각되어서는 안 되지만 그렇다고 성급히 도착해서도 안 된다. 그 같은 방식으로 그녀의 소설이 추구하는 삶의 모습은 아마도 모든 존재가 평등하면서도 자유로운 우정의 공동체일 것이다. 그렇기에 그녀의 소설은 우정의 공동체를 완성해줄 친구를 애타게 부르면서 동시에 그 친구가 '친구'라는 단어로 한정될 수 없다는 것을 계속해서 알리고 있다. 친구여, 친구는 없다네. 절망마저 끌어안는 이 커다란 긍정의 외침은 과거부터 지금까지 그녀의 소설 안에서 계속해서 울려 퍼지고 있다.

4. 메시아 없는 차연, 주체 없는 사건

1940년 독일 군대가 파리를 점령하기 직전 벤야민은 누이와 함께 프랑스 남쪽 지역으로 피신했다. 그사이 페탱 정부는 독일과 휴전 협정을 맺었고, 그 조약에는 모든 망명객을 독일로 넘겨준다는 조건이 포함되어 있었다. 벤야민은 다시 에스파냐를 향해 떠나야 했다. 벤야민이 에

스파냐의 국경 포르부에 도착한 9월 25일 밤 에스파냐는 그날로 국경을 봉쇄했다. 세관원은 다음 날 아침 벤야민 일행을 프랑스 강제수용소로 돌려보낼 예정이었고, 일행에게는 조그만 호텔에서 하룻밤을 보낼 수 있도록 허가가 내려졌다. 벤야민은 그날 밤 치사량의 모르핀 알약을 삼켰다.[13] 벤야민이 죽기 몇 달 전에 쓴 「역사의 개념에 대하여」(1940)는 이 같은 긴박한 상황과 맞물려 있다. 당시 벤야민은 히틀러와 스탈린 사이에 맺어진 독소불가침 조약에 상당한 충격을 받았다. 벤야민의 이 글은 파시즘에 대한 비판이자 파시즘과 대결하고자 했던 사회민주주의에 대한 비판이기도 하다. 벤야민이 보기에 두 사상은 모두 역사의 진보를 믿는다는 점에서 같은 논리를 공유하기 때문이다. 벤야민에게 진보는 잔해 위에 잔해를 쌓아가는 파국의 연속일 뿐이다. 그렇기에 그는 진보의 레일 위를 질주하는 기차의 비상브레이크를 잡아당기는 일이야말로 '진정한' 혁명이라고 말하고 있다. 「역사의 개념에 대하여」의 본문에는 실리지 않았지만 그는 "메시아는 역사를 중단시킨다. 메시아는 어떤 발전의 종점에 등장하지 않는다. (…중략…) 억압받는 자들의 역사는 불연속체이다"[14]라는 메모를 남겼다. 여기서 메시아와 억압받는 자들은 혁명주체의 다른 이름들이다.

"끊임없이 이어지는 아파트들"(「매장」, 172쪽) 속에서 사람들의 눈은 모두 미래에 고정되었고, 아파트가 세워지기 위해 "도시가 지나치게 파괴되는 것에는 전쟁이라는 이유조차 필요없"으며, 아파트가 연속된다

---

13 「역사의 개념에 대하여」를 쓸 당시 벤야민의 상황에 대해서는 다음의 책을 참고했다. 임철규, 「역사의 천사」, 『왜 유토피아인가』, 한길사, 2009.
14 발터 벤야민, 「'역사의 개념에 대하여' 관련 노트들」, 최성만 역, 『발터 벤야민 선집』 5, 길, 2008, 375쪽.

는 점에서 서울은 "뉴욕 같기도 하고 평양 같기도"(168쪽) 하다. 김사과가 보는 지금 서울의 모습이다. 그녀는 현재 우리의 삶이 벤야민이 처했던 삶과 크게 다르지 않고, 벤야민이 비판했던 역사의 진보는 지금도 계속되고 있으며, 벤야민이 그렇게도 염원했던 메시아는 아직까지도 도래하지 않았다("우리는 기다렸다. 뭔가를. 하지만 그건 오지 않았"(171쪽)다)고 말한다. 김사과는 겉으로 보기에 평화로운 지금이 억압받는 자들에게는 전쟁 시기만큼이나 가혹하다고 여기는 듯하다. 그녀의 소설은 「역사의 개념에 대하여」만큼이나 긴박하게 현시대에 개입하고자 한다. 그런데 문제는 벤야민이 비판했던 진보적 사상 역시 진보했다는 데 있다. 그렇기에 그녀가 비판하는 진보는 하늘 높이 잔해를 쌓아가는 진보가 아니다. 잔해를 남기지 않고 아무것도 쌓이지 않는 진보를 그녀는 비판한다. 그 같은 진보는 차연의 논리를 활용한다. 다시 말해, 그것은 의미의 적층과 수렴보다는 의미의 산종과 발산을 인정하고, 시간의 불연속성과 차이와 다양성을 무엇보다도 최우선적으로 옹호하며, 사태에 대한 결정 속에는 결정 불가능한 것들이 함께 있다는 사실을 너무나도 잘 알고 있는 진보이다. 그렇기에 벤야민이 파시즘과 사회민주주의를 동시에 비판했듯이, 김사과는 자본제와 해체를 동시에 비판한다. 이 같은 진보 속에서 순수하고 배타적인 장소성을 지닌 도시는 없다. 서울은 뉴욕으로 차연되고, 또 평양으로도 차연된다. 서울과 뉴욕이 뉴욕과 평양이 평양과 서울이 서로서로 차이를 인정하고 받아들인다. 신경숙 소설에서 나와 네가 모두 하느님이 되게 해주는 차연과 환대가 김사과 소설에서는 출구 없는 지옥을 만들어낸다. 그러므로 '친구여, 친구는 없다네'라며 하나의 정체성으로 고정될 수 없는 우정의 공동체를 지향하던 저 커다란 긍정의 외침은 김사과의 소설에서는 냉소적인 외침으로 뒤바뀐다. 친구여, 친구는 없다네. 그러니까 우리 "헤어지자. 정말 죄송한데, 우리 이제 그만 헤어지자. 우리 방금 헤어진 거야. 그래 우리 끝! 됐다. 정리"(『미나』, 187쪽).

이처럼 흥미롭게도 두 작가는 소설을 통해 동시대를 전혀 다르게 대하고 있다. 신경숙의 인물들이 행복했던 옛 시절을 계속해서 기억하고 그 과거를 도래할 것으로 약속하며 그 약속에 대해 책임을 요구한다면, 반대로 김사과의 인물들은 이렇게 말한다. "사랑은 책임을 뜻하지 않는다. 그건 가장 살아 있다는 걸 뜻했다. 그리고 살아 있다는 것은, 과거와 미래를 망각한다는 뜻이다. (…중략…) 책임이란 과거에서 미래로 이어지는 가느다란 쇠사슬에 현재를 묶어놓겠다는 뜻이고, 그래서 그건 사랑의 반대"(『풀이 눕는다』, 158쪽)이다. 또 신경숙의 인물들이 집으로 들어오는 타자들을 환대하고자 애쓴다면, 김사과의 인물들은 이렇게 말한다. "난 누가 우리 집 문을 두드리는 게 싫다. 죽여버리고 싶다. 씨발"(「동생」, 120쪽). 그렇기에 신경숙의 인물들이 죽어버린 타자에 대한 애도 (불)가능성 때문에 일상에서 쩔쩔맨다면, 김사과의 인물들은 동생도(「동생」) 친구도(『미나』) 길 가던 무고한 할머니도(「이나의 좁고 긴 방」) 손쉽게 죽여버리고, 그들에 대해 애도는커녕 죄책감도 느끼지 않는다. 어떻게 이렇게 된 것일까? 김사과는 제도의 고정된 의미를 차연하는 활동이 메시아를 도래시키지 않고 오히려 제도를 봉쇄하며, 자본주의는 차연을 그 무엇보다 효과적으로 활용하고 있지 않느냐고 반문하는 듯하다. 김사과에게 현시대는 메시아 없는 차연으로 일관된 시대고, 혁명주체가 사라진 유사 사건으로 점철된 시대다. 다시 말해, 다양한 소리들 때문에 "소리치지만 아무도 듣지 않는" 시대고, 세상에 대한 복수심에 불타서 "플라스틱 나이프로 손등을 그어보지만 피는 나오지 않는"(『미나』, 78쪽) 시대다.

이렇게 차연이 제도의 논리로 왜곡된 현 상황에서 인간들은 어떻게 살아가는가. 김사과의 소설에 따르면 이들은 세 부류로 나뉠 수 있을 것이다. 먼저 차연이 제도를 봉쇄하는 이 세계는 절대로 변할 수 없다며 절망하는 사람들이 있다. 「나와b」에서 나와b도 애초부터 절망하진 않았다. 악무한적 차연의 세계를 깡패와 유도선수의 힘을 빌려 뒤엎어버릴 꿈이 그들에게 있었다. 하지만 나와b가 세상을 향해 아무리 욕을 하고 위악적인 포즈를 부려도 자본주의적 삶의 질서는 교란되거나 전복되지 않는다. 깡패는 본드에 마취되거나 파리처럼 작고도 약한 불에 타 죽을 뿐이다. 이 소설에서 본문의 문장들이 비슷한 구문으로 반복되듯이 그들의 개성은 반복되는 일상 속에 묻히게 되고 끝내 사라지게 된다. 차이와 지연을 이끌고 나아가 메시아를 도래시키는 차연의 핵심 운동이 바로 반복이라면, 이들에게 반복은 차연을 자본제적 삶을 중심으로 하여 공회전시키는 운동일 뿐이다. 한편, 반복되는 문장 속에서도 주어는 언제나 선명히 등장한다. 하지만 현실에서 그들의 단독성은 점점 희미해진다. 마치 문장마다 빠짐없이 등장하는 주어는 자본주의적 삶의 감옥 속에서 점점 사라져가는 그들이 내지르는 비명(悲鳴)처럼 느껴질 정도다. 본문에서 '나'의 자리에 '너'를 넣거나 '너'의 자리에 '나'를 넣어도 내용이 바뀌지 않듯이, 자본주의 사회에서 나와b는 기계 부속품처럼 교환될 뿐이다. 그것은 지옥 같은 삶이고 악몽 같은 꿈이다. 그 속에서 그들은 절망한다. 결국 시간이 지날수록 그들의 정체성은 차연되고 차연되어 낙오자처럼 공원을 방황하는 "할머니 할아버지 거지와 미친 사람이"(205쪽) 될 것이기 때문이다.

두 번째로 체제가 활용하는 왜곡된 차연의 논리를 그대로 모방하는 인물들이 있다. 「과학자」의 한나와 「이나의 좁고 긴 방」의 이나와 「동생」의 지나와 『미나』의 수정이 바로 그들이다. 수정을 제외하고 겉으로 보기에 이들의 이름은 한나 이나 지나로 차연되지만 어느 누구도 새로운 주체로 탄생하지 않는다. 해체의 차연이 새로운 주체의 탄생가능성과 불가능성을 동시에 드러낸다면, 이들의 차연은 탄생불가능성이 계속해서 가능성을 압도해버리는 방향으로 진행된다. 그렇기에 한나나 이나나 지나나 모두 엇비슷해 보이고 더 나아가 이들 소설은 모두 다르지만 하나로 묶어서 읽어도 될 정도이다. 이를테면 이런 식이다. 한나는 메시아의 도래를 완벽히 방어해내는 체제의 유연성이 자신을 "갉아먹고 있다는 것도 (…중략…) 알고 있"지만, 체제에 대해 어떤 반항도 시도하지 않는다. "왜냐하면 안다는 것은 포기한다는 뜻이기 때문이다."(「과학자」, 101쪽) 무언가 시도를 해도 결국 실패할 것이라는 사실이 자명하기에 이나는 시종 권태롭다. 그러던 중 우연히 무고한 할머니를 죽인 이나는 자신의 죄책감을 차연의 논리로 해소해버린다. 좀 길지만 이나가 차연의 논리로 자신의 살인을 합리화하는 말을 들어보자. "딱 보니까 할머니는, 너무너무, 마치, 이미 죽어 있다고 해도 믿을 수 있을 만큼 늙어빠진 시시한 할머닌 거예요. 그러니까 내가 아니라도 어차피 누군가 할머니를 죽였을 거고 그렇지 않으면 그냥 자다가 꽥 하고 죽었을지도 모르는데다가, 게다가 할머니는 솔직히, 이미 죽어 있는 거나 마찬가지였잖아요? 그러니까 나는 별로 한 일이 없는 거예요. 그러니까 그건 거의 살인도 아니에요. 아니 거의 살인인 거죠. 거의 살인이니까 정말 살인은 아닌 거죠, 네, 그건 살인도 아녜요. 아니 아무것도 아녜요. 나는 아무 짓도 안 했어요."(「이나의 좁고 긴 방」, 126~127쪽) 권태와 자기 합리화의 논리로 무장한 한나와 이나는 타자가 죽건 말건 전혀 반응하지 않는다. 그래서 이들은 타자가 자신들에게 개입하거나 "집 문을 두드리는 게 싫다. 죽여버리고 싶다."(「동생」, 120쪽) 마침내 지나는 의식 속으로 자신들의 암울한 미래를 계속해서 주입하는 신음 소리가 듣기 싫어 동생을 죽여버린다. 물론 양심의 가책은 없다. 한나, 이나, 지나의 최종 모델은 수정이다. 수정은 차연의 논리를 왜곡해서 활용할 줄 아는 이 체제가 얼마나 위선적인지 정확히 알고 있다. 수정에 따르면, 이 체제 속에서 사람들은 "학원의 시간"(『미나』, 73쪽)을 지나 "빛나는 브랜드의 시절"(「이나의 좁고 긴 방」, 131쪽)을 거쳐 "같은 크기 같은 높이 같은 두께 같은 색깔 같은 재질의 칸막이에 갇혀서 같은 질량의 근심과 같은 부피의 오해로 개별적으로 절망하며 축소"(『미나』, 78쪽)될 것이다. 그렇게 압축되고 압축된 후 그들은 사건의 단독성을 이끌어내는 혁명주체로 태어나는 게 아니라 "완벽하게 개인적이면서도 완벽하게 집단에 순응적인 인간"(79쪽)으로 탄생할 것이다. 상황이 이런데도 불구하고 그들의 부모 세대는 "다양성을 존중하는 분위기를 만들었다고 자부하고 만족의 미소를"(197쪽) 지을 것이다. 수정은 이런 상황을 정확히 간파한다. 또 체제에 대한 냉소가 체제를 더욱 강화시켜준다는 것도 잘 알고 있다. 그래서 수정은 자신을 포함해서 이 체제 전부를 삭제하기를 원한다. 그런데 냉소를 거부하며 친구마저 죽여가며 수행되는 수정의 실천은 혁명이 될 수 없다. 그녀의 실천은 이 시대 차연의 운동을 정지시킨 것이 아니라 단지 자신을 중심으로 돌아가도록 방향만 바꾼 것이기 때문이다. 벤야민에게 파시즘과 사회민주주의가 다르지 않았듯이, 김사과에게 현 시대의 해체와 한나, 이나, 지나, 수정이 살아가는 방식은 모두 비슷하다.

마지막으로 진짜 혁명을 꿈꾸는 이들이 있다. 혁명을 이끌어내기 위해 마치 김사과는 벤야민의 가르침을 충실히 따르는 듯이 보인다. 바로 '메시아 없는 차연'으로 무장한 진보의 질주를 멈추기 위해 비상브레이크를 잡아당기는 일 말이다. 데리다가 텍스트 바깥에는 아무것도 없다고 말했다면, 『풀이 눕는다』의 '나'는 "도시는 거대했다. 아니 끝이 없었다"(『풀이 눕는다』, 13쪽)라고 응수할 것이다. 앞의 명제가 차연되지 않는 것은 없다는 사실을 선언하는 반면, 뒤의 명제는 앞의 명제를 다시 이렇게 대리보충한다. '도시는 끝이 없다. 그래서 어느 "누구도 저 빌딩들을 거절할 수는 없을" 것이고, 그 결과 "빌딩들은 더욱 거대해"(140쪽)질 것이다. 그렇다, 텍스트 바깥에는 정말 빌딩 외에 아무것도 없다.' 『풀이 눕는다』의 화자 '나'가 이 텍스트를 접어 내부에 외부를 기입하고 질주하는 차연에 브레이크를 걸기 위해 내세우는 방법은 바로 사랑과 무위도식이다. 이들은 마치 히피처럼 일하지 않음으로써 자본제에 저항하려고 하고 강렬하게 사랑함으로써 허기를 잊으려 한다. 더 나아가 이들은 이 같은 사랑과 무위도식이 체제에 기생하는 사람들을 불편하게 하는 일이 되길 바란다. 위선과 교양으로 뒤범벅된 예술가들에게 이들이 불쾌감을 유도하는 장면은 이를 잘 보여준다. 하지만 풀은 죽게 되고 김사과는 이들의 혁명이 영속될 수 없다는 사실을 인정하면서도 세상에 끊임없이 연루되고 개입하려는 그들의 자세를 옹호하면서 이 소설을 마치고 있다. 이처럼 김사과는 "아무 일도 일어나지 않은 채로, 더 이상 어떤 기쁨도 놀라움도 설렘도 없이, 영원히, 이어질 것"(『풀이 눕는다』, 270쪽) 같은 현 시대의 상황은 겉으로는 평화롭게 보이지만 사실 상시적인 비상사태로 점철되어 있다고 말하고 있다. 그렇기에 그녀는 이 상시적인 비상사태에 진정한 비상사태를 일으키는 방법은 바로 이 같은 삶의 논리와 과감히 단절하는 것이라고 말한다.

5. 신경숙 with 김사과, 김사과 with 신경숙

 '텍스트 바깥에는 아무것도 없다'라는 명제는 신경숙에게 미래에 대한 희망과 타자에 대한 배려로 연결되지만 김사과에게 그 명제는 벗어날 수 없는 감옥이자 자기 합리화의 늪을 제공한다. 신경숙 소설은 순수한 사랑은 없으며 사랑은 언제나 상처를 동반한다고 말하고 있다. 『어디선가 나를 찾는 전화벨이 울리고』에서 정윤의 경우도 그렇다. 미루에 대한 사랑이 점점 커질수록, 미루를 이해하지 못했고 끝내 사랑을 지켜내지 못했다는 절망감은 정윤에게 점점 증대된다. 그 상처에 겁먹어서 애초부터 타인에 대한 사랑을 포기하거나, 상처가 없다는 듯이 기만적인 사랑을 추구하는 것을 신경숙은 반대한다. 상처를 예상하지 못하는 사랑의 순간도, 사랑을 기약하지 못하는 상처의 순간도 언젠가는 지나간다는 것을 이 소설은 독자들에게 말하고 있다. 사랑에 스며있는 상처의 흔적을 기억하라고 말할 때 이 소설은 "어떤 이에게는 겸손한 힘을" 주게 되고, 상처 이후에 도래할 사랑을 다시 한 번 약속하라고 말할 때 "어떤 이에게는 견딜 힘을 주"(11쪽)게 된다.

신경숙은 타자의 정체성을 고정시키지 않게 하는 차연과, 차연으로 드러난 이질적인 정체성들에 대한 환대를 동시에 이끌어낼 수 있는 가능성으로 글쓰기를 강조한다. 물론 그녀에게 과거를 기억하는 것이 가능하면서도 불가능하듯이 글쓰기는 차연과 환대에 대한 가능성과 불가능성을 함께 지니고 있다. 그리고 그녀가 보기에 그 불가능성을 끝끝내 가능성으로 완수시킨 인물은 바로 엄마이다. 여기서 우리는 차연과 환대를 의심하는 김사과의 자리에서 신경숙의 소설을 읽을 필요가 있다. 개인들의 미세한 상처를 이해하고 위로하기 위해 차연을 강조하는 그녀는 왜 글쓰기와 엄마에 대해서는 차연의 운동을 멈추는 것일까? 차연의 왜곡된 효과 때문에 글쓰기의 가능성은 불가능성으로 압도될 수 있다. 또 『엄마를 부탁해』는 엄마에게서 헌신적인 모성과 여성적인 욕망을 모두 드러낸 작품이지만, 이 작품에서 엄마의 모성과 욕망은 크게 길항하지 않는다. 욕망이 모성을 압도하거나 모성이 욕망을 제압하는 왜곡된 차연을 그녀는 인정하지 않는다. 더 나아가 그녀의 차연과 환대는 나와 너 둘의 연대를 벗어나지 못한다. 둘의 연대를 정치적인 것으로 확장시키려는 활동 앞에서 그녀의 차연과 환대는 가능성보다는 불가능성을 강조하고, 그 정치적 결단을 지연시킨다.

김사과는 메시아 없는 차연의 세계에서 주체 없는 사건을 일삼는 자들을 비판한다. 그녀는 차연을 통해 순수한 기원과 절대적 이상이 의문에 붙여질 수 있으나, 역설적이게도 바로 그 차연을 통해 기원과 이상이 더 절대적이고도 순수한 것으로 포장될 수 있다고 말한다. 이 시대 그 같은 환상의 최종 판본은 돈 그 자체이다. 또, 그녀는 메시아의 도래와 주체의 창안은 왜곡된 차연의 운동성과 과감히 절연할 때 가능하다고 말하고 있다. 앞서 말했듯이 『풀이 눕는다』는 이 같은 그녀의 문제의식을 종합적으로 보여주고 있다. 그런데 김사과의 소설 역시 우리는 신경숙의 자리에서 읽어볼 필요가 있다. 『풀이 눕는다』의 화자 '나'는 상품들의 차연만 전시하는 LA가 진짜 같지 않은 도시였고, 오히려 부랑자가 그 거짓 세계에 저항하는 아름다운 사람 같았다고 말한다. 또 '나'는 "돈을 하찮게" 여기고 "돈은 살아가는 데 있어서 전혀 중요한 것이 아니라고 생각"(56쪽)한다. 하지만 우리는 신경숙 소설의 가르침에 따라 이렇게 반문할 수 있다. 그녀가 약자들의 절망감과 냉소를 지적하고 약자들이 세계에 개입할 것을 강조할 때, 바로 그 약자들의 정체성을 고정시키는 것은 아닌가? 누군가는 소외되고 누군가는 소외되지 않는다는 이분법의 환상을 강화할 수 있지 않은가? 우리 모두는 소외되고 있지만 동일하지 않은 방식으로 소외되고 있다고 주장하는 게 온당하지 않은가?

신경숙의 소설을 김사과의 소설과 함께 읽고, 김사과의 소설을 신경숙의 소설과 동시에 읽어보는 일은 두 소설 중 어느 것이 우수하다거나 두 소설 모두 완성도가 떨어진다는 것을 말하지 않는다. 이들을 함께 읽어야 하는 이유는 문학과 사회, 윤리와 정치, 미학적 자율성과 미학적 타율성 사이에서 어느 것 하나를 손쉽게 선택할 수 없는 상황에 우리가 놓여 있기 때문이다. 이는 이청준이 알려줬듯이 문학에게 애초부터 주어진 상황이었거나, 반체제 운동마저 손쉽게 체제화시키는 현 시대에 문학에게 더욱 긴박하게 주어진 상황이기도 하다. 우리가 신경숙과 김사과의 소설에 무언가 더 열정적이고 더 지적인 것을 요구한다면 그것은 바로 이같이 복잡한 현실 때문이다.

부채사회에 붙이는
몇 개의 난외주석

1

2009년 9월 한 달 동안 주간지 『한겨레21』의 임지선 기자는 서울의 갈빗집과 인천의 감자탕집에서 식당 종업원으로 일했다.[1] '노동 OTL'이란 표제로 나가는 기획 기사를 쓰기 위한 일종의 '위장취업'이었다. 이곳에서 그녀가 만난 식당 아줌마들은 다들 비슷한 사정으로 식당일을 시작했고 비슷한 체념으로 식당일을 견디고 있었다. 1997년 외환위기 이후 그녀들의 남편은 직장을 잃었다. 그중 누군가는 빚을 못 갚아서 회사 문을 닫았고 다른 누군가는 퇴직금으로 재기를 노려 자영업에 손 댔다가 빚을 졌다. 빚 때문에 집에 있던 부인들마저 식당일을 시작했지만 채무의 원금 상환은 요원했다. 갈빗집의 여성 노동자들은 한 달에 312시간 일했는데 이는 하루 12시간씩 일하고 한 달에 나흘 쉬는 노동

---

1 임지선, 「웬만해선 식당에서 탈출할 수 없다」, 『한겨레21』, 2009.10.23(http://go9.co/il0).

의 양이었고, 그녀들의 노동시간은 월급 140만 원으로 환산됐다. 이곳 식당의 여성 노동자 중 제일 많은 월급인 160만 원을 받는 '팀장 언니'는 이 돈으로 대출이자부터 식비까지 4인 가족의 생계비를 책임졌다. 하지만 월급 160만 원에는 그녀가 인문계 고등학생 딸을 학원에 보낼 여유가 포함되지 않았다. 이와 비슷하게 임지선 기자가 일하며 만난 식당 아줌마들의 자식들 가운데 상위권 대학에 진학한 경우는 없었고, 초·중·고에 재학 중인 자녀들 가운데 성적이 학급에서 상위인 경우도 없었다. 그녀들은 자식이 훗날 돈을 못 벌게 되는 건 싫지만 현재 공부를 못하는 건 어쩔 수 없는 일이라며 체념한 상태였다. 부채는 매일 그녀들의 일상을 구속했고 동시에 자식들의 미래를 옭아맸다. 운 좋게 가장의 부채가 실질적으로 자식에게 전해지지 않는다고 하더라도 부채의 영향력은 벌써 자식의 삶을 잠식하고 있다. 이렇게 "식당 아줌마의 자녀는 20대에 이미 비정규 빈곤노동의 언저리에" 있다. 결국 "식당 아줌마의 아들딸들이 다시 식당일을" 하게 될 것이고, "비정규직 노동자의 자녀가 다시 비정규직 노동의 수렁에" 빠지게 될 것이다.

그런데 좌절해 쓰러진 사람의 이모티콘 'OTL'에서 보듯 이렇게 절망스런 노동자들의 삶에 관한 이야기는 어딘가 익숙하지 않은가. 전태일이 '내 죽음을 헛되이 하지 마라'는 말을 남기고 분신한 지 7년이 지난 1977년, 평화시장에서 일하는 30세 미혼의 미싱사 민종숙 씨는 「인간시장」[2] 이라는 제목의 수기를 썼다. 그녀의 수기를 읽다보면 전태일의 죽음에도 불구하고 평화시장 노동자들의 처우는 조금도 변하지 않았다는 것에

---

2 민종숙, 「인간시장—평화시장에서 일하는 어느 미싱사의 1일 생활체험기」, 『월간 대화』, 1977.4. 앞으로 이 글의 본문을 직접 인용할 경우 괄호 안에 쪽수만 표기한다.

놀라게 되고 앞서 임지선 기자가 보도한 2009년 식당 여성 노동자들의 상황이 1977년 평화시장 여공들의 상황과 크게 다르지 않다는 데 당황하게 된다. 식당 아줌마들이 받는 150만 원 안팎의 월급이 가족임금(family wage) 전체 가운데 상당량을 차지했듯, 미싱사 민종숙이 한 달에 받는 2만여 원의 돈도 7명의 가족을 부양해야 하는 데 큰 비중을 차지했다. 간단히 당시 신문 기사[3]를 검색해 보면 남성용 점퍼의 평균 가격은 8,100원이고 80g짜리 카스텔라 빵 하나의 가격은 100원이다. 아침 8시부터 저녁 10시 30분까지 일하면서 돕바(점퍼)를 만드는 그녀가 월급 2만 원으로 선뜻 점퍼를 사 입지 못할 거라는 점과 하루 종일 그녀 옆에 서서 시다로 일하며 일당 300원(월급 8,000원) 정도를 받는 15세 혜란이가 군것질로 카스텔라 빵을 거리낌 없이 사 먹을 수 없다는 점은 누구나 쉽게 예상할 수 있을 것이다.[4] 임지선 기자가 취재했던 식당 아줌마들의 일당(4,000원 정도)이 그녀들이 만드는 음식 값에도 미치지 못했다는 사실을 기억한다면, 2009년의 식당 아줌마들과 1977년의 평화시장 여성 노동자들은 직업과 놓여 있는 시공간은 다를지라도 그녀들이 자신들의 노동으로부터 강력히 소외되어 있다는 점에서 동일하다는 것을 알 수 있다. 이렇듯 민종숙의 르포 「인간시장」을 읽다보면 계속해서 임지선의 기획 기사가 겹쳐진다. 갈빗집 팀장언니가 사장과 임금협상을 하면서 억울해했듯이 민종숙도 그런 경험을 겪었고, 예전이나 지금이나 그녀들은 아픈 몸을 이끌

---

3 「부가세 시행 후 적용될 가격 변동 품목」, 『매일경제』, 1977.6.29.
4 참고로, 당시 평화시장에서는 같은 공장에서 일하더라도 노동자들이 임금을 받는 방식은 직종에 따라 제각각이었다. 미싱사는 공임제로 계약되어 있어서 할당된 일감을 처리하는 만큼 돈을 받았고, 시다는 사장으로부터 월급을 받으면서 미싱사에게도 수고비를 받았다. 일종의 이중 수혜였지만 이것은 경제적 혜택 없는 가혹한 억압일 뿐이었다. 이들에 비해 사장으로부터 비교적 안정적으로 월급을 받는 사람은 재단사뿐이었다.

고 일터로 나와야 했으며, 힘든 노동을 견디기 위해 그녀들이 하는 대화는 음담패설의 수준을 넘어서지 못했고, 느물느물 거리는 사장들의 위선은 그때나 지금이나 한결같았다. "낮에 하루 종일 일하고도 먹고 살 수가 없는 것을 보면 살아간다고 하는 것이 너무도 힘든 일임을 알게 된다. 왜 이렇게 살기가 힘이 들까? 정말 사람이 제 몸 하나 하룻밤씩 보관시키고 밥 세끼 먹는 것이 이토록 힘이 들어야만 하는 걸까?"(264쪽) 민종숙의 이 같은 탄식은 그대로 식당 아줌마들의 것이기도 하다. 저녁 10시 30분 퇴근 후 빈촌으로 향하는 버스에 탄 민종숙 옆에서 어느 할아버지는 1945년의 해방을 기억하면서 이렇게 말한다. "해방, 참 좋았지요. 무엇이든지 다 될 것 같은 무한한 가능성이 있었는데 말이야. (…중략…) 참 큰일 날 세상이오. 도대체 젊은 사람들이 뭐 좀 기를 펴고 쭉쭉 뻗어나갈 길이 막혀 있거든. 기껏해야 저 밥 먹고 사는 데 정신들이 없으니 옳은 일이고 뭐 고를 생각할 틈들이 있어야지."(279~280쪽) 노인의 말은 부채 때문에 미래의 다양한 가능성마저 반납한 채 그야말로 가난을 자식에게 대물려 줘야하는 2009년 식당 여성 노동자들의 고민과 다르지 않다.

2

흔히 다락방 담론이라고 알려진 이야기들에서 1970년대 여성 노동자들은 가족과 형제를 위해 허리 한 번 세울 수 없는 열악한 작업 조건을 인내하는 희생적인 사람으로 그려졌다. 시집 안 간 민종숙을 동생들도 부끄럽게 생각했듯이 1977년 당시로는 여자가 서른 살이 되도록 시집을 못 간 것은 당사자뿐만 아니라 가족들에게도 심리적인 부담이었다. 그런데도 불구하고 민종숙은 결혼을 포기하는 희생을 통해서라도 가족을 부양해야 한다고 생각한다.[5] "내가 시집을 가버리고 나면 이 여섯 식구는 어떻게 살아갈까. (…중략…) 나마저 시집을 가버리고 나면 무슨 수입으로 살아가겠는가 말이다. 아버지와 어머니는 환갑을 지낸 노인이라 일을 할래야 할 수도 없거니와 초등학교 다니는 두 동생과 금년에 중학교를 졸업하는 동생을 제외하면 돈을 벌 수 있는 사람이라고는 개인 상점에서 점원으로 일하는 동생뿐이니 어찌 생계를 이어가겠는가. 그나마 동생의 월급이라고는 1만 5천 원 정도밖에 되지 않는다. 그러니 내가 벌지 않고는 도저히 생활할 수 없는 실정이다." 이러한 민종숙의 상황은 18세에 평화시장에 들어와 아직까지 평화시장을 벗어나지 못한 34세의 6번 미싱사의 처지와 크게 다르지 않고 국민학교에 다니는 세 명의 동생을 홀어머니와 함께 키우고 있는 3번 미싱사의 처지와도 비슷하다. 새마을 사업 때문에 노상에서 하던 장사마저 포기한 어머니와 함께 살고 있는 15살 시다 혜란이의 처지도 이들과 다르지 않음은 물론이다.

---

5 그렇다고 민종숙의 글이 온전히 희생양 담론 안에 갇혀 있다고 볼 수는 없다. 이 글은 다락방을 비롯한 작업 환경에 대한 치밀한 묘사, 평화시장에서 일하던 노동자들 안에서 각이하게 분할되는 처지(재단사, 미싱사, 시다 등의 각기 다른 처지라든가 낮에는 평화시장에서 일하고 밤에는 홍등가에 나갈 수밖에 없는 여공의 처지 등)에 대한 객관적 분석, 평화시장 노동자들의 생활 리듬과 동선에 대한 자세한 소개, 임금 협상 투쟁에 참여하길 두려워하는 여공들의 심리에 대한 공감, 사용자들의 위선적인 언행에 대한 균형 잡힌 비판 등을 제공한다. 민종숙의 수기는 1977년 평화시장의 상황을 겪어볼 수 없는 미래의 독자를 상대로 쓰였다고 생각할 수 있을 정도로 섬세하고도 정교한 미시사적 접근이 돋보인다. 이 글의 가능성을 전폭적으로 수용하면서 당대 여공에 대한 탁월한 분석을 시도하고 있는 연구서는 김원, 『여공 1970』, 이매진, 2006.

그녀들은 나이와 맡은 일은 다를지라도 모두 가족을 위해 일찍부터 자신의 꿈과 욕망을 희생하면서 저임금 장시간 노동의 열악한 노동 환경을 견디고 있는 중이다. 여기서 2009년 식당 여성 노동자들, 그러니까 자궁근종으로 자궁을 잃고서야 10년 만에 식당일을 쉬게 된 여자와, 폐경 뒤에는 여성호르몬이 줄어 자궁의 종양이 사라질 수 있다며 하루라도 빨리 폐경이 오길 바라는 식당 아줌마들의 희생을 떠올리는 것 역시 자연스럽다. 이처럼 기자 임지선과 노동자 민종숙의 글은 여러 모로 비슷하다. 하지만 이 같은 사실은 독자들에게 발견의 흥미보다 그 자체로 당혹스러움을 전달한다. 1977년부터 2009년이라는 30여 년의 스펙트럼 안에는, 1980년 '서울의 봄'에서 시작하여 5·18민주화운동을 통과하고 1987년 6월 항쟁을 지나 국민의 정부와 참여정부에 이르는 긴 여정이 포함되어 있는데도 불구하고, 그리고 어쩌면 그 시간의 스펙트럼은 민종숙이 버스에서 만났던 노인이 말한 1945년 해방의 "무한한 가능성"의 재출현이라고 말할 수 있을 텐데도, 민종숙의 한숨과 식당 아줌마들의 체념은 정확히 겹치고 있기 때문이다. 이 두 편의 글에서 공명하는 그녀들의 체념과 한숨은 분명 지금 우리에게 새로운 경종이 될 것이다. 그렇기에 두 편의 글이 어딘가 비슷하다는 사실은 글쓴이가 지닌 관찰력의 문제가 아니라 바로 우리 삶의 문제에서 비롯된다.

하지만 이러한 보고서들은 우리가 막연히 알고 있었거나 미처 생각조차 하지 못했던 여성 노동자들의 고단한 삶을 알려주는 미덕을 지녔지만, 역설적이게도 드러내는 만큼 그녀들의 삶을 은폐하는 것은 아닐까. 이러한 질문은 단순히 글쓴이가 노동자냐 지식인이냐 하는 식의 사회적 정체성에 대한 생각에서 비롯되지는 않는다. 기자의 시선에 매개되지 않아 마치 날것 그대로의 체험기처럼 보이는 여성 노동자 민종숙의 글역시 여성 노동자들의 힘겨운 현실을 사회에 알리는 동시에 무언가를은폐한다. 요컨대 노동자와 관련된 르포에서 중요한 것은 글쓴이의 계급이 아니고 시선이다. 그렇다면 두 편의 글에서 글쓴이들은 어떤 시선을 지녔고, 그 때문에 의도와 다르게 은폐되는 것들은 무엇일까. 임지선과 민종숙의 글에서 공통되는 점은 단지 여성 노동자들의 열악한 삶만이 아니다. 두 글은 '여성'노동자들의 처지를 전면에 다루면서 출발하고있지만 어느 순간 노동자 일반의 문제로 시선이 이동하는 공통점을 지닌다. 임지선의 기사는 식당 아줌마들이 가정일과 식당일 모두로부터몇 겹의 구속을 받고 있다는 사실을 핍진하게 전달한다. 민종숙의 수기역시 평화시장 시다와 술집 접대부 일을 동시에 감내할 수밖에 없는 여성 노동자의 처지를 드러내고 있다. 임지선의 표현대로 남성 노동자와다르게 "사장님, 손님, 남편님"이라는 삼중 사중의 억압을 겪어내야 하는 여성 노동자들의 모습이 이 두 편의 수기에는 자세히 드러나 있다. 더불어 민종숙의 수기를 읽다보면 여성의 수동성과 순리를 강조하는 유고적인 덕목이 시대착오적이고 봉건적인 가르침의 잔재에서 비롯된 게 아니라 노동자의 당연한 권리를 착취하려는 현시대 자본주의의 새로운 작동 원리라는 것을 명확히 알게 된다. 하지만 남성 노동자와 다른 여성 노동자들의 초과 착취를 알려주는 이 두 편의 글에서 여성의 체험은 단순화되어 있다. 여성 노동자는 어느새 남성 노동자와 다르지 않게 저임금장시간 노동을 참아내며 가족을 위해 희생하는 이미지에 갇히게 된다. 가족을 위해 어쩔 수 없이 인간 이하의 작업 조건을 인내할 수밖에 없는희생적인 여성 노동자의 모습은 두 편의 르포에 공통적으로 등장한다.

그렇기에 여성 노동자들만이 겪는 독특한 체험을 자세히 언급하고 있음에도 불구하고 그녀들의 당면 문제를 해결하기 위한 저항의 방법론은 단순해진다. 임지선과 민종숙이 제안하는 저항의 방식은 합당한 임금과 법정 휴일을 보장받기 위해 연대하고 단결하라는 메시지에서 크게 벗어나지 않는다. 이처럼 여성 노동자의 희생을 강조하자 역설적이게도 저항의 방법론은 남성 노동자의 그것과 다르지 않은 차원으로 축소된다. 다시 말해 두 편의 르포는 여성을 희생자로만 바라보는 시선에서 일치하고 있고, 이런 공통된 시선 때문에 저항의 근거를 초과 착취적 노동조건으로 환원시키게 된다.[6] 이를테면 남성 노동자와 다르게 여성 노동자만이 겪게 되는 신체의 규율화 문제는 어느새 저항의 근거와 목표가 되지 않게 된다. 여성 노동자들은 왜 취업하기를 원했을까. 1977년의 여성 노동자와 2009년의 여성 노동자의 취업 동기는 정확히 일치할까. 이런 질문들에 대해 두 편의 르포는 '문제는 가난이다'라는 식의 고정된 답변을 미리 마련한 채 쓰였던 것은 아닐까. 이들에게 식당과 공장은 오로지 철창 없는 감옥이었을까. 답을 마련하기 위해 여기서 잠시 민종숙의 르포 제목이기도 한 '인간시장'이 무엇인지 그녀의 말을 들어보자.

인간시장, 그것은 평화시장 가장 한복판에 있는데 옛날 국민은행이 있던 곳이다. 평화시장 구관과 신관 사이에 있고 예전 서울 음대로 통하는 길목. (…중략…) 평화시장에서 가장 사람이 많이 모이는 곳인데 낮 1시부터 2시 사이에 우리 근로자들은 점심시간을 이용하여 이곳에 모인다. 즉 평화시장 일

---

6 위의 책, 218쪽.

대 모든 제품상가의 귀요 입이라 할 수 있다. 시장 내의 모든 소문이 이곳으로 들어와서 이곳에서 퍼지는 것이다.(271쪽)

인간시장은 평화시장 안에 있는 밖의 공간이다. 평화시장 한 모퉁이에 있는 '사이공간'인 이곳은 인간이 상품처럼 거래되는 냉정한 공간이기도 하지만 신체가 공장의 구속으로부터 자유롭게 벗어날 수 있는 해방구이기도 하며 전태일이 분신한 장소였던 것처럼 거대한 정치적 열기가 들끓는 공간이기도 하다. "시장 내의 모든 소문이 이곳으로 들어와서 이곳에서 퍼지"듯 인간시장은 하나로 규정할 수 없는 이질적이고도 다양한 에너지가 만나고 변화하고 흩어지는 장이다. 이곳에서 여성 노동자들은 어떤 체험과 어떤 하위문화를 만들어 갔을까. 그녀들이 평화시장에 나갈 수밖에 없었던 이유를 따져 묻는 일은 단순히 남녀 모두 공통적으로 지니고 있는 가난이라는 예상된 답변을 확인하는 작업이 아니다. 오히려 그 질문에 대한 진정한 답변은 가난의 문제와 더불어 인간시장이라는 독특한 사이공간에서 이루어졌던 그녀들만의 경험들을 경청하는 과정에서 마련되지 않을까. 이러한 이질적인 경험들에 귀 기울이는 것은 그녀들의 공장 경험을 단순화시키지 않는 일이고 저항의 방법론을 확장시킬 수 있는 새로운 근거를 찾아내는 일이다. 임지선의 기사와 민종숙의 르포를 읽으면 우리 사회에 은폐된 여성 노동자들의 고단한 삶에 대한 이들의 정교하고도 날카로운 시선에 놀라게 되지만 다른 한편 우울해지는데, 그 같은 이유는 역설적이게도 저항의 방법론을 축소시키는 바로 그 시선 때문이다. 여성 노동자들의 노동을 희생과 피해의 관점에서 바라보는 시선은 여성 노동자들만이 지니는 독특한 저항 지점과 방법을 축소시킨다. 임금과 휴일을 보장받기 위해 단결하라는 저항 방법 외에 다른 것을 말하지 못하는 두 편의 르포를 읽으면서 숨이 막힐 듯 갑갑해하는 것은 현실을 모르는 자의 지나친 낭만 때문일까. "쉬겠다고 손잡고 함께 말해보면 어떨까요"[7]라며 임지선이 식당노동자에게 건네는 말에 세상 물정 모르는 소박하고 선하기만 한 마음이 아니라 무겁고도 힘겨운 고민이 담겨 있다는 것을 알면서도 마음이 답답한 사람은 오로지 나뿐일까.

3

　아무도 쳐다보지 않았던 식당 아줌마들의 처지에 주목한 임지선의 기사에 한편으로 공감하면서도 다른 한편 울적한 심정에 펜을 든 사람이 한 명 더 있다. 서울 신촌 소재의 한 명문대에 다니는 신입생 김영미(가명)[8] 씨는 식당 여성 노동자를 취재한 임지선의 기사를 읽고 이메일을 보낸다. 그녀는 식당 아줌마의 자녀들에게 빈곤이 대물림된다는 기사에 공감하면서도 전적으로 그것에 동의할 수 없었다. 그녀는 기자에게 '그래도 희망은 존재한다'라고 써주면 안 되느냐고 항의했다. 대학생 김영미 씨의 이러한 항의는 아무런 근거 없는 낙관론에 대한 요청이

7　임지선, 「제발 한 달에 이틀은 쉬세요」, 『한겨레21』, 2009.11.6(http://go9.co/imo).
8　임지선, 「가난한 명문대생의 눈물」, 『현시창』, 알마, 2012.

아니었을 것이다. 그것은 주부들이 식당에 나가게 된 동기가 단지 가난 때문만은 아닐 수 있고 식당에서 그녀들은 남성 노동자와 다른 여성만의 차별된 구속을 받기도 하지만 그렇기 때문에 오히려 그녀들만의 독특한 하위문화와 저항 가능성이 있을지도 모른다는 질문으로 이해할 수 없을까.

김영미 씨의 부모는 임지선이 취재한 식당 여성 노동자들과 비슷한 삶을 살아왔다. 그녀가 어렸을 때 사업에 실패한 아버지는 뇌병변 장애를 앓게 되고 그때부터 어머니는 대구 성서공단이나 주변 식당에 출근했다. 앞서 식당 아줌마에 대한 임지선의 기사에서도 보았듯이 어머니가 받아온 가족임금 100만 원 안팎의 돈에서 영미 씨가 학원이나 기타 사교육을 받는 것은 불가능했다. 영재 판정을 받을 정도로 총명했던 그녀는 주변 사람들의 도움으로 외국어 고등학교와 서울의 명문대에 진학하게 된다. 김영미 씨는 자신이야말로 식당 아줌마의 자녀는 공부를 못하고 결국 가난이 자식까지 연속된다던 기사의 오류를 증명하는 존재라고 말하고 싶었는지 모른다. 물론 그 오류는 그녀가 이메일에도 썼던 '그래도 희망은 존재한다'라는 문장을 뜻한다.

하지만 안타깝게도 임지선이 만난 김영미 씨는 기사의 오류를 증명하지 못했다. "아무렇게나 걸친 듯한 옷차림, 감지 않아 떡진 머리, 길고 때가 낀 손톱, 구부정한 자세"(113쪽), 김영미 씨의 외모에는 어제와는 다른 새로운 삶을 시작하려는 대학생의 싱그러움 대신 무기력이 압도하고 있었다. 그녀는 일반적인 식당노동자의 자녀들과 다르게 명문대에 진학했지만 그것이 곧바로 가난이 설정한 동선으로부터의 탈출을 의미하는 것은 아니었다. 명문대처럼 가난한 자가 쉽게 경험할 수 없는 예외적인 상황에 놓일수록 그녀에게는 희망이 보이는 대신 자신의 가난만이 도드라졌다. 그녀의 서울 생활은 학자금 대출이라는 마이너스 580만 원의 부채와 함께 시작했기 때문이다. 부채는 그녀를 근로장학금이라는 명목의 아르바이트로 몰아세웠고, 아르바이트는 또래 친구들과 만날 수 있는 시간을 빼앗았다. 친구도 시간도 잃었지만 빚은 갚을 수 없었다. 그녀가 여대생이 된 지 8개월 동안 자신을 위해 구매한 것은 만 원짜리 티셔츠 한 장이 전부였을 정도로 이전보다 나아진 것은 하나도 없었다. 식당노동자의 딸로서 명문대에 진학한 것은 희망의 잔존에 대한 증명이 될 수 없었다. "지금도 막막한데 앞으로가 더 막막해요. (…중략…) 저는 서울에 와서야 제가 아무리 발버둥 쳐도 저들과 비슷하게 살아갈 수 없다는 현실을 깨달아요. 왜 하필 공부를 잘했는지, 이제는 제 자신이 원망스러워요."(119쪽) 이처럼 부채의 그늘에서 벗어나려 할수록 부채의 구속력은 뚜렷해진다. 그녀의 무기력은 바로 이러한 역설적인 상황 때문이다. 그런데 그녀의 이 같은 한탄과 역설적인 상황 앞에서 여성 노동자들의 르포에 가했던 우리의 비판은 한낱 한가한 소리에 지나지 않는 것은 아닐까. 여성 노동자들의 저항의 근거를 초과 착취적 노동환경에 국한에서 보는 시선은 결국 저항의 가능성을 축소한다거나, 임금과 휴일을 보장받기 위해 단결하라는 견해는 여성 노동자만의 독특한 저항방식이 아니라는 식의 비판 말이다.

4

오늘날의 변화된 상황을 살펴보는 데 유효한 시점을 마련해 주는 책 『제국』에서 안토니오 네그리와 마이클 하트는 국민국가의 경계를 넘지 못하는 제국주의 주권은 현시대에 완전히 끝났다고 단호히 말한다.[9] 과거 유럽이 수행했던 제국주의는 겉으로 보기에 국민국가를 넘어서지만 실제로는 유럽의 주권을 국민국가 경계 너머로 확장했을 뿐이다. 제국주의 주권은 유럽 국민국가 주권의 순수성을 강화하고 이질적인 주권 형태를 배제하여 위계적인 주권 형태를 구축한 것이다. 그러므로 제국주의 주권은 영토상의 권력을 유지한다는 점에서 유럽 국민국가 주권과 다르지 않다. 이와 다르게 현시대에는 제국의 주권이 등장했다. 제국 주권은 영토상의 고정된 경계나 장벽들에 의지하지 않기에 위계적이지 않으며 개방적이고 탈중심적이고 탈영토적이고 잡종적이고 다원적이다. 세계는 개방적이고 팽창하는 경계를 가진 새로운 제국을 창조하고 있다. 영토적 구획도, 시간적 경계도, 특권적 권력도 제국의 지배를 한정할 수 없다. 영토적 구획을 넘어서기에 제국은 무국적이며, 시간적 경계로 나뉘는 역사 발전의 계기가 사라지기에 제국은 무시간적이고, 가시적이고 특권적인 권력 형태가 소멸하기에 제국은 네트워크 권력을 이룬다. 이처럼 제국주의의 권력이 변화되어 제국의 권력으로 나

---

9 이주노동자를 다룬 소설의 가능성과 한계를 따져본 필자의 글에 네그리와 하트의 『제국』에 대한 좀 더 자세한 의견이 개진되어 있다. 이 책에 실려 있는 「제국기계 앞에서 눈감는 소설」을 참고할 것.

타난 단적인 예로 저자들은 일찍이 발리바르가 언급한 바 있던 네오-인종주의(neo-racism)를 거론한다. 이를테면 유럽적인 특징들을 기준으로 삼아 서열과 위계를 세워 타자를 배척하던 인종주의는 제국의 시대에 사라졌다. 이러한 인종주의를 대신해 등장한 네오-인종주의는 흥미롭게도 타자의 이질적인 특성을 인정해줌으로써 타자와 불편한 자리에 동석하지 않게 한다. 타자에 대한 위선적인 관용은 네오-인종주의의 한 사례인데, 이보다 더 폭넓은 차원에서 시도되는 네오-인종주의로는 다국적 마케팅이 있다. 이를테면 생물학적 유전인자의 차이는 과거 인종주의적 관점에서 배제와 포섭의 절대적 기준이었지만 다국적 마케팅의 네오-인종주의적 관점에서 그 차이는 새로운 상품의 가능성이 된다. 타자를 폭력적으로 배제하는 대신 타자의 상이한 차이를 받아주는 것처럼 보이기에 발리바르는 이러한 네오-인종주의를 '인종 없는 인종주의(racism without race)'라고 부르고, 마치 반인종주의처럼 보이면서 그것의 뒤통수를 치는 '반인종주의의 180도 전환효과'라고 말한다. 인종주의에서 네오-인종주의로의 변화, 국민국가 차원에서 폭력적으로 이루어지던 노동착취에서 전 지구적 차원에서 이루어지는 다국적 마케팅의 세련된 메커니즘으로의 변화, 이러한 변화들은 제국주의적 권력에서 제국적 권력으로의 전환을 보여주는 중요한 사례들이다.

한편 『제국』의 저자들은 과거의 방식으로 돌아가 현시대 제국적 권력에 저항하려는 것에 대해 강력히 반대한다. 이를테면 인종주의와 국민국가에 대항하는 방식은 현시대적 상황에서 볼 때 틀렸으며 심지어 해롭다. "전 지구화에 대한 저항과 국지성의 방어라는 이러한 좌파의 전략은 많은 경우 (…중략…) 자본주의적 제국 기계의 발전에 연료를 공급하고 그 발전을 지지하기 때문에 해롭기도 하다. (⋯중략⋯) 국지적 저항 전략은 적을 잘못 확인하고 그래서 적을 감춘다. (⋯중략⋯) 적은 우리가 제국이라고 부르는 전 지구적 관계들의 특정한 체제이다. 더욱 중요하게는, 국지적인 것을 방어한다는 이러한 전략은 제국 안에 현존하는 현실적인 대안들과 해방을 향한 잠재력을 흐리게 하고 심지어 부정하기 때문에 해롭다."[10] 무슨 말인가? 네그리의 말을 더 들어보자. "현실 사회주의는 (사회주의 이전에 자코뱅주의처럼 – 원문) 공동체를 공적인 것과 혼동했어요. 다시 말해, 공동체를 국가의 재산이나 국가의 서비스로 환원했던 것이죠. 이렇게 혼동되고 환원되는 것은 모든 사회주의 복지주의의 실천에서 생겨나 발전하는 장치입니다. 공동체의 프로젝트는 사적인 것의 개념과 공적인 것의 개념을 모두 극복하는 것으로, 그 두 범주들을 넘어서서 공동의 관리에 도달하는 것으로 정의할 수 있어요. 이는 모든 것을 모두가 함께 하는 것이지요. 결코 유토피아가 아닙니다."[11] 네그리에 따르면, 전 지구적 시장, 전 지구적 지배 논리, 전 지구적 질서, 전 지구적 생산 회로 등등으로 표현되는 '제국'이라는 새로운 "적"과 싸우기 위해 국민국가를 방어하는 "국지적 전략"을 펼친다면, 이는 유효성이 없을 뿐만 아니라 해롭다. 공기, 물, 토지, 노동의 창조적 생산물, 지식 등 누구나 자유롭게 소유할 수 있고 누구나 타인에게 기꺼이 건넬 수 있어서 그야말로 모두의 것이자 아무의 것도 아닌 공통적인 것[12]을 "국가의 재산이나 국가의 서비스로 환원했던" 과거의 사회주

---

10 안토니오 네그리 · 마이클 하트, 윤수종 역, 『제국』, 이학사, 2001, 82쪽.
11 안토니오 네그리, 박상진 역, 『굿바이 미스터 사회주의』, 그린비, 2009, 45~46쪽.
12 이른바 청년 마르크스의 관념성을 드러내는 글이라며 폄하되곤 하는 『경제학-철학 수고』에 대한 흥미로운 해석과 더불어 공통적인 것(the commons)의 개념에 대해 쉽고도 명확한 견해

의야 말로 제국의 시대에는 더 이상 불필요하고도 해로운 저항 방식이다. 이러한 저항 방식은 제국이라는 적에 대항하지 못할 뿐만 아니라 "많은 경우 자본주의적 제국 기계의 발전에 연료를 공급하고 그 발전을 지지"하기에 유해하다. 사회주의는 민영화로 대변되는 사적 소유를 단지 국가 차원으로 확대했을 뿐 포기하지 않기 때문이다.

과거의 저항방식을 거부하는 『제국』의 저자들이 내놓은 제안은 자본주의의 사적 소유와 사회주의의 공적 소유 모두를 거부함으로써 공통적인 것을 되찾는 것이다. 그렇기에 동일성으로 구축된 적과 싸우기 위해 대타적 동일성의 연대를 구축하는 것을 이들은 반대한다. 사회주의적 연대와 유사하지만 다른 연대, 사적 소유를 비판하지만 공적 소유를 대안으로 내놓지 않으려는 투쟁, 이러한 연대와 투쟁이 바로 이들의 저항 방식이다. 그것은 사회주의와 공동체를 성급하게 전체주의와 폐쇄적 집단으로 단정하고 거부하는 게 아니라 이것들을 새롭게 다시 시작하는 것이다. 그렇게 공동체를 "처음부터 다시 시작하는 것은 뒤로 후퇴하는 것이 아니라 새로운 것을 창조하는 것"이고 "제국의 발전이 제국 자신의 비판이 되고, 제국의 건설 과정이 제국 자신의 전복 과정이 되는 그런 장면"[13]을 출현시키는 일이다.

를 제시하는 글은, 마이클 하트, 「공통적인 것과 코뮤니즘」, 연구공간 L 편역, 『자본의 코뮤니즘 우리의 코뮤니즘』, 난장, 2012.

13 각각의 인용은, 안토니오 네그리, 박상진 역, 『굿바이 미스터 사회주의』, 그린비, 2009, 79쪽; 안토니오 네그리·마이클 하트, 윤수종 역, 『제국』, 이학사, 2001, 84쪽.

5

　임지선 기자가 일했던 식당에서 사장과 그의 가족은 자신들보다 나이가 많건 적건 간에 아무렇지 않게 식당 아줌마들을 하대하고 마치 노예처럼 계약과 무관한 일을 시켰다. 실제로 임지선의 글에서 식당 아줌마의 처지는 "노예"의 상황으로 종종 비유된다. 민종숙의 수기에서도 여공들은 이름 대신 1번 미싱사, 2번 시다 따위로 명명되듯 한낱 도구적 존재로 전락해 있다. 마치 이미 사라져버린 폭력적인 인종주의가 작동하는 시대에 아직까지 갇혀 있는 듯 보이는 그녀들에게 네오-인종주의니 제국적 인종주의니 하는 네그리의 진단을 건넬 수 있을까. 아니면 그녀들은 네그리와 하트가 이론을 전개했던 배경인 공산주의 붕괴 이후의 서양의 시공간과 다른 환경에 놓였기 때문에 그녀들에게 『제국』의 견해를 제시하는 것은 이론의 역사적 맥락을 무시한 서구 추수적 개입일 뿐일까. 법률로 정해져 있는 기본 권리조차 대우받지 못하는 그녀들에게 복지국가라든가 공적 부조 따위의 실천은 현실의 적(제국)을 은폐하는 국지적이고도 유해한 전략이라고 말하는 것은 분명 무리가 있다. 그렇다면 우리는 그녀들의 자리에서 서서 『제국』의 가르침이 아직 우리에게는 시기상조라며 거절하는 게 옳을까. 하지만 이런 질문과 견해들은 일면 옳지만 『제국』에 내장된 사유의 가능성을 축소시킬 우려가 있다. 더욱이 『제국』은 새로운 저항의 태도로 고정된 방식이 아니라 해체적인 방식, 그러니까 단순한 하나가 아니라 개별적인 경험과 과정들의 역동적 총체를 말하고 있지 않은가. 그렇다면 『제국』의 가르침에 충실히 따라 이 책의 독해 역시 역동적이고 해체적인 방식으로 수행되어야 한다. 이론서를 수용할 때 우리는 역사적 맥락의 차이를 강조하는 독해가 '동양과 서양' 따위의 이분법에 갇혀 있는 유사 유물론이 아닌지 의심해야 하고, 동시에 역사적 맥락을 무시하며 보편성을 강조하는 독해가 한낱 서구 추수적인 행위가 아닌지 검토해야 한다. 이런 의심과 검토가 바로 『제국』의 저자들이 적과 싸울 수 있는 대항의 방식으로 알려준 해체적이고도 역동적인 실천의 태도이다. 그렇다면 임지선과 민종숙이 겪고 있는 고단한 현실과 『제국』의 견해를 어떻게 접속시킬 수 있을까. 현시대의 권력이 제국주의적이지 않다고 단호히 말하는 저자들의 견해가 전 세계 시공간적 차이를 무시한 성급한 일반화일 수 있다는 지적에 대해 마이클 하트는 이렇게 반론한다.

오늘날 산업이 더 이상 경제에서 헤게모니적 지위를 누리고 있지 않다는 것은 분명하다. 이는 오늘날 공장에서 일하는 사람들이 10년, 20년 혹은 50년 전보다 더 적다고 말하는 것이 아니다. 비록 어떤 점에서 그들의 위치가 노동과 권력의 전 지구적 분할을 따라 다른 곳으로 이동했더라도 말이다. 다시 한번 말하지만 이 주장은 무엇보다 양적인 것이 아니라 질적인 차원의 것이다. 산업은 더 이상 다른 경제 분야들에, 그리고 더 일반적으로는 사회적 관계들에 자신의 특성을 부과하지 않는다. (…중략…) 네그리와 나의 주장은 비물질적 혹은 삶정치적 생산이 그런 헤게모니적 지위를 차지하고 있다는 것이다. 비물질적이라는 용어와 삶정치적이라는 용어로 우리는 아이디어, 정보, 이미지, 지식, 코드, 언어, 사회적 관계, 정동 같은 것들의 생산을 아울러 파악하고자 한다. 이것은 고위직부터 하위직까지, 건강관리직 · 항공승무원 · 교사부터 소프트웨어 프로그래머까지, 패스트푸드점과 콜센터의 직원부터 디자이너와 광고업계 종사자까지 경제 영역 전반에 있는 직종을 가리킨다.[14]

국지적이고 제국주의적이며 인종주의적인 폭력으로 작동하는 산업 분야의 직종이 제국의 시대라고 하여 갑자기 사라지는 것은 아니다. 또 그러한 분야에 종사하는 사람들이 "10년, 20년 혹은 50년" 전보다 더 적다거나 많다는 사실 자체가 중요한 문제는 아니다. 산업 분야에서 작동하던 국지적인 권력이 제국적 권력과 만나게 됐을 때 이전과는 질적으로 다르게 변형된다는 게 중요하다. 즉 『제국』은 권력의 양적 변화가 아니라 질적 변화를 말하는 책이다. 그러므로 임지선과 민종숙의 수기를 읽을 때 유념해야 할 것은 이 수기에서 드러나는 제국주의적 폭력의 배면에 제국적 폭력이 어떻게 접속해 있는가를 살펴보는 데 있다. 여성 노동자들이 시대를 역행하는 노예 상태에 아직까지 놓이게 된 이유가 단순히 과거부터 지금까지 계속되던 똑같은 형태의 가난 때문만은 아니고 이전과는 다른 원인에서 비롯된 가난의 문제 때문이라는 점을 생각해야 한다. 결국 그녀들의 노예적인 상황에 반대하여 여성의 인권과 노동자의 기본권만을 옹호하는 주장은 제국적 권력에 대해 절반만 항의하게 되는 셈이다. 표면적으로 눈에 보이는 폭력 배면에 흐르고 있는 구조적인 폭력(제국적 폭력)을 보는 것이야말로 1977년과 2009년의 여성 노동자들이 놓여 있는 국지적인 삶을 전 지구적 차원의 권력과 연결시켜 살펴보는 태도이다. 이것은 또한 임지선과 민종숙의 르포를 『제

---

14 마이클 하트, 연구공간 L 편, 앞의 책, 30~31쪽.

국』과 더불어 읽는 일이기도 하다. 서구 추수적이지도 않고 유사 유물론적이지도 않은 방식으로 말이다. 최소한 이러한 독해가 시도될 때 비로소 그녀들에게 새로운 저항 방식을 건넬 수 있을 것이다. 지금 당장의 불합리한 노동 조건을 개선하면서도 전 지구적인 차원으로 작동하는 제국 권력에 타격을 줄 수 있는 새로운 저항방식 ……

6

『제국』의 저자들이 과거 제국주의적 권력이 제국적 권력으로 변화되는 일이 단지 거시적인 제도 차원의 변화에 국한되지 않고 생명 단위의 미시적 차원과 연결된다는 점을 누차 강조 했듯이 권력의 변화와 주체성의 변화는 긴밀한 상관성을 지닌다.[15] 네그리와 하트가 제국을 말했다면 이탈리아 출신의 사회학자 마우리치오 라자라토는 제국의 작동 방식 중 하나로 금융권력을 강조한다. 금융권력 역시 제도의 변화만이 아

---

15 한때 국가에서 강조했던 '지식기반경제' 담론이나 '신지식인 운동' 등을 순진하게 제도나 교육의 변화로 봐서는 안 된다는 사회학자 서동진의 견해 역시 이러한 맥락(제도의 변화와 주체성의 변화가 긴밀히 연결된다는 점)에서 주목할 필요가 있다. 자기주도성, 자율과 책임의 주체, 선택과 책무성 등 새로운 주체성을 강조하는 이 같은 담론들은 일단 개인의 자율성을 국가가 나서서 강조한다는 점에서 모순된다. 하지만 다르게 생각하면 이 같은 모순은 자율성의 강조가 국가 권력의 작동방식과 밀접한 상관성을 지니게 됐음을 뚜렷이 알려준다. 언뜻 보기에 '신지식인'이란 개념은 지식인과 일반인을 구별하던 위계질서를 거부하는 것 같고, 더불어 개인의 다양한 역량을 '국민'이라는 단 하나의 동일성으로 포섭하지 않는 것 같지만, 실질적으로는 신자유적 경제 체제에 적합한 주체형으로 인간을 변화시킨다. 서동진, 『자유의 의지 자기계발의 의지—신자유주의 한국사회에서 자기계발하는 주체의 탄생』, 돌베개, 2009.

니고 주체의 변화를 동반된다. 정확히 말하면 주체의 변화는 권력 작동의 결과이자 조건이다. 요컨대 "부채는 단순한 경제적 장치에 그치지 않으며, 피통치자 행동의 불확실성을 줄이고자 하는 통치의 안전 기술 중 하나이다."[16] 라자라토에 따르면 미국 경제는 근본적으로 부채 경제인데, 이때 금융은 투기 현상을 의미하지 않고 경제 성장의 동력을 이루는 본질이다. 가령, 경제 활동이 침체되면 개인의 실질 임금이 감소하고 복지 혜택이 줄어들게 되는데 이때 발생하는 개인들의 불만을 축소시키기 위해 자본주의자들은 금리를 낮춰 대출을 용이하게 하고 더불어 부동산 시장을 폭발적으로 성장시킨다. 이 같은 서브프라임 모기지 대출은 중산층에게 자기 집을 갖는 환상을 심어주지만 그들이 평생토록 빚을 짊어진 채 자본주의의 체제에 종속하도록 만든다. 대출은 환상으로 부채를 은폐하지만 현실에서 개인은 부채를 갚기 위해 스스로 미래를 구속한다.[17] 대출이 제공하는 환상뿐인 자유지만 그것을 얻기 위해 개인이 스스로를 구속하듯이 국가 역시 공산주의니 전체주의니 하는 억압적 체

---

16 마우리치오 라자라토, 허경·양진성 역, 『부채인간─채무자를 만들어 내는 사회』, 메디치, 2012, 76쪽. 앞으로 이 장에서 라자라토의 글을 직접 인용할 때에는 괄호에 쪽수만 표기한다.

17 폴란드 출신 역사학자 브로니슬라프 게레멕은 중세에서 근대로 넘어가면서 유럽에서 빈자에 대한 표상이 '성인'에서 '마녀'로 변화된다는 점을 강조한다. 종교적으로 빈민의 표상이 변화됨과 동시에 중세 말기의 경제발전은 빈부격차를 심화시켰다. 이 시대에도 농민들은 부채를 짊어지고 살아야 했는데, 부채를 갚기 위해 농민들은 토지를 팔아야 했고 끝내 유랑민이 되곤 했다. 16세기 리옹에서 유랑민은 커다란 사회적 문제였는데, 이들을 통제하고 노동력으로 활용하기 위해 개인적이거나 종교적인 차원에서 이루어졌던 기존의 부조가 세속적인 제도 차원의 부조로 변화하게 된다. 병원, 구호소 등의 부조 기관은 단지 빈자의 삶을 보조하기만 한 것이 아니고 유랑민의 노동력을 활용하고 통제하고 감시하는 역할을 했다. 참고로, 본문에서 언급한 라자라토는 전 지구적인 금융권력에 의해 부채는 국민국가적 경계를 초월해 전 세계 인간을 통제한다고 말하고 있는데, 이러한 특성은 16세기 유럽의 부조정책이 유랑민을 국민국가의 경계 안에 포섭하기 위해 시도됐다는 점과 구별된다. 브로니슬라프 게레멕, 이성재 역, 『빈곤의 역사』, 길, 2010. 더불어 이 책에 포함되어 있는 번역자 이성재의 소논문 「보론2 ─근대적 빈민 부조 정책은 어떻게 탄생했는가」 역시 게레멕의 견해를 정교하게 이해하는 데 중요한 역할을 하기에 함께 읽을 필요가 있다.

제로부터 국민의 자유를 확보하기 위한 명목으로 국민을 세포 단위까지 통제한다. 이 같은 역설적인 현상은 신자유주의 등장과 함께 민족주의적 국가의 수가 증가했다는 데에서도 드러난다. 하지만 현시대 등장하는 민족주의적 국가가 과거의 국가 형태와 유사하게 보이더라도 그것이 다르게 작동한다는 점에 유념해야 한다. 이를테면 이 같은 민족주의 국가는 민족을 위한다는 명목으로 모든 것(공통적인 것과 공적인 것)을 민영화(세계화)한다.[18] '굿바이 사회주의'를 말하며 네그리가 공적인 통제에 구속된 공통적인 것들을 해방하고자 했다면, 이와 정반대로 금융권력은 공통적인 것은 물론이고 공적 통제를 받던 자원들을 모두 사유화시키고 민영화시킨다. 그러므로 현시대의 민족주의 국가처럼 현시대의 제국주의적 권력은 단순히 시대에 역행하는 권력으로 볼 수 없다. 그것은 이미 제국적인 권력과 연동되어 변형된 제국주의적 권력이다. 결국 임지선 기자가 만났던 식당 아줌마들이 견디고 있는 2009년의 답답한 현실은 1977년의 가난과 하등 다를 바 없는 단순한 가난에서 비롯된 것이 아니다. 그녀들의 가난 밑에는 쉽게 보이지 않고 시대마다 다른 전략으로 작동하는 전 지구적 차원의 금융권력이 긴밀히 연결되어 있다.

오늘날 모든 국가의 과제라 할 수 있는 부채 축소와 관련된 문제는 역설적이게도 해결하고자 하면 할수록 문제가 심화된다. 국가가 부채를 축소하기 위해 공적 장치를 민영화하고 이를 통해 민영화된 공적 장치

---

18 마우리치오 라자라토, 앞의 책, 145쪽. 이와 유사한 서동진의 다음과 같은 견해 역시 경청할 필요가 있다. "1980년대 이후 자본의 경제적 지배력이 강화되면서 국가는 자본의 축적 기제를 보완하고 촉진하는 역할을 맡는 것으로 점차 자신의 역할을 조정하게 됐다. (하지만―인용자) 이를 두고 국가의 역할이 축소됐다거나 약화됐다고 보는 것은 무리일 것이다. 오히려 국가의 역할이 새로운 축척 체제에 맞게 조정됐다고 보는 것이 옳을 것이다." 서동진, 앞의 책, 58쪽.

가 돈을 벌수록 개인들의 대출 이자는 상승하게 되고 그들의 부채는 증가하게 되며, 이로써 개인들에게는 오로지 부채를 갚기 위한 미래만이 전개된다. 금융권력 때문에 생긴 부작용을 또 다른 금융권력으로 해결하고자 하기 때문이다.[19] 금융권력은 미래의 가능성을 현재 힘의 관계로 고정시킴으로써 전 세계 대다수 개인들을 전 지구적 차원에서 통제할 수 있게 되는데, 이 같은 이유로 현시대 권력자들은 금융권력을 절대로 포기하지 않는다. 국민국가의 경계를 초월한 "부채권력은 당신을 자유롭게 놔두면서 당신이 대출계약을 존중하도록 자극하고 행동을"(59쪽) 억압할 것이다. 라자라토에 따르면 부채(Schulden)는 죄(Schuld)라는 개념으로부터 유래했는데, 이처럼 현시대 부채를 진 사람은 겉으로는 자유로워 보일지 몰라도 근본적으로는 죄를 진 사람이 된다. 가장이 빚을 지고 부인이 식당 노동자로 일하게 되면 분명 현시대 금융권력은 '그것은 모두 당신의 죄'라고 말할 것이다. 이렇듯 부채는 마치 고문과도 같이 개인의 신체와 정신에 죄의식이라는 지울 수 없는 낙인을 찍는다.

---

19 신자유주의적 정책에서 비롯된 문제를 신자유주의적 해결책으로 손보려 했던 대표적 사례로 프랑스의 최초고용계약법 CPE를 언급할 수 있다. 이것은 2005년 프랑스 방리유에서 일어났던 가난한 청년들의 '폭동'이 재발하지 못하도록 프랑스 정부가 이들의 취업을 돕겠다는 취지로 만든 제도이다. 정부는 2년 동안 아무런 조건 없이 해고할 수 있도록 한 CPE 정책을 통해 고용 촉진을 유도할 수 있다고 전망했다. 하지만 이 정책은 높은 실업률을 해결하기 위한 고용 촉진의 효과는 가져오더라도 결과적으로 고용 불안전을 확대시킬 수밖에 없다. 이에 대한 좀 더 정교한 논의는 다음의 책 참고. 이기라 · 양창렬, 『공존의 기술』, 그린비, 2007.

7

날카롭고 소름 끼치는 소리가 여기저기서 새어나오는 건물. 그곳 삼층에 '진실의 방'이 있다. 방에는 시계와 창문이 없어서 시간을 알 수 없다. 고문실을 연상케 하는 이 방의 테이블을 사이에 두고 경감은 사내와 마주보고 앉아 있다. "꼬마야 (…중략…) 너 참 버릇없구나. 거짓말은 이제 그만 하도록 해. 자꾸 이러면 끔찍한 벌을 받을지도 몰라요."(184쪽) 경감의 경고에 사내는 비웃고 옆에서 졸던 O는 깜짝 놀란다. 경감은 사내를 구타하고 다시 자리에 앉아 거짓 없는 진술을 강요한다. 몇 날 며칠 끝없이 취조가 이어진다. 경감에게 아가라고 불리는 O는 꼬마라 불리는 사내의 태도와 진술에 점점 경감보다 더 분노한다. 경감이 전화를 받고 방을 나가자 O는 계속해서 거짓말을 한다는 이유로 사내를 잔인하게 고문한다. 사내가 죽는다. 경감은 방으로 들어와 O를 사내가 앉았던 자리로 앉히고 다시 새로운 취조를 시작한다.

이는 박형서의 두 번째 소설집에 실린 「진실의 방으로」(2005)를 간단히 재구성한 것이다.[20] 먼저 작가의 술회를 들어보자. "「진실의 방으로」는 어쩌면 이 소설집에서 가장 어두운 단편일 것이다. 때론 죄악과 진실도 창조된다는 믿음은 여전히 유효하다. 다만 이 진지한 소설에서 낯설게 하기와 알레고리를 너무 많이 시도한 것 같아 후회된다."(280쪽) 이 같

---

20 박형서, 「진실의 방으로」, 『자정의 픽션』, 문학과지성사, 2006. 본 장에서 이 책에 수록된 문장을 직접 인용할 경우 괄호에 쪽수만 표기한다. 참고로 이 단편이 처음 발표된 지면은 『문예중앙』, 2005 봄.

은 작가의 해석은 작품과 빈틈없이 맞아 떨어져서 애초부터 독서의 흥미를 빼앗아 버리는 듯하다. 아가와 꼬마의 의미를 구별하기 어려운 것처럼 이 소설에서 아가라고 불리는 O나 꼬마라 불리는 사내는 누가 가해자고 누가 피해자인지 구별할 수 없을 정도로 비슷한 인간들이다. 그들은 그때그때 경감의 필요에 따라 진실을 강요하는 입장이 되기도 하고 반대로 강요받는 입장이 되기도 한다. 물론 진실에 대한 판단의 기준은 그들의 진술 이전에 경감에 의해 이미 결정되어 있다. 작가가 말한대로 "죄악과 진실도" 권력(경감)에 의해 "창조된다." 이는 "여전히 유효하다." 그런데 언제부터 선과 악, 진실과 거짓이 힘에 의해 조작되었던 것일까? 그리고 소설에서 보듯 온갖 잔인한 고문으로 진실을 조작하는 일들이 여전히 유효하다면, 이 소설집이 발표되었던 2006년에도 잔인한 고문이 정말 계속되고 있었단 말인가?[21]

박형서의 소설에서처럼 진짜 권력자들은 손에 피 한 방울 묻히지 않은 채 국가와 세계와 진실을 보위한다는 명분하에 자신들이 원하는 바를 달성하고, 그 과정에서 비극적이게도 O와 사내 같은 약자들끼리 목숨 걸고 싸웠던 광주 5·18 이후, 남한의 청년들은 패배감에 휩싸이기도 했지만 진짜 권력자인 미국과 신군부 세력을 용서하지 않고자 했다. 1982년 3월 18일 김부식과 김은숙 등의 부산 고신대생들은 겉으로는 세계평화와 민주주의를 내세우면서 남한의 독재정권을 배후에서 지원한 미국에 분개하는 뜻으로 부산 미문화원을 방화했다. 이 사건을 계기로

---

21 2006년 참여정부 시절에도 국가기관의 고문 사례는 존재한다. 하지만 여기서 질문은 이런 폭력이 실제로 있었는지 확인하는 것을 목적으로 하지 않는다. 이 질문의 의도는 이후 서술에서 차차 밝혀질 것이다. 참여정부 시절 고문 사례는 다음의 책 참고. 박원순, 『야만시대의 기록』 3, 역사비평사, 2006.

대학가에서는 산발적으로 시위가 일어났다. 이즈음 이러한 새로운 저항들에 호응하여 대학을 졸업한 청년들이 자발적으로 모임을 결성한다. 1983년 9월 30일 서울 돈암동 소재 가톨릭 상지회관에 모인 59명의 청년은 민주화운동청년연합(민청련)을 조직했다. 이 자리에서 그들은 통일과 민주주의와 민중의 삶을 위하여 활동하겠다는 창립선언문을 낭독하고 임원진을 선출했다. 숨어서 상황을 판단하자는 이른바 '안테나론'을 단호히 거부한 채 그들은 지금이야말로 죽는 것이 곧 사는 것이라고 생각했다. 뱀에게 잡아먹혀 죽더라도 자신의 독성으로 뱀을 죽이고 그 뱀을 뱃속의 새끼들에게 먹이로 제공하는 두꺼비를 그들은 민청련의 표상으로 내세웠다. 민청련 의장 김근태는 이제부터 본격적으로 권력의 표적이 된다. 한편 1985년 2·12총선에서 국민들은 관제 야당인 민주한국당 대신 김대중·김영삼의 신민당을 제1 야당으로 선택했다. 이런 흐름에 박차를 가하기 위해 민청련은 쿠데타 세력을 심판하는 데모를 강행한다. 1985년 5월 17일 종로 한복판에서 있었던 '광주학살 책임자 처단 촉구대회' 가두시위는 그동안 금기시되어 그 누구도 말하지 못했던 5·18의 진실을 이슈화시켰다. 신군부 세력은 이 같은 위기를 무마하기 위해 새로운 '진실'을 마련할 필요가 있었고, 그 '진실'의 시나리오를 김근태로 하여금 작성하게 했다. 같은 해 9월 4일 새벽 5시 30분 서부경찰서에 유치되어 있던 김근태는 남영동 치안본부 대공분실 5층 15호실에 끌려간다. 9월 26일 오후 3시 남영동을 떠나 서대문 서울구치소에 송치되기까지 거의 한달 동안 그는 전기고문과 물고문을 반복해서 당했다. 무자비한 고문 때문에 김근태는 민청련이 반정부 운동을 했고 북한 인사로부터 운동자금을 받았다는 각본에 동의하지 않을 수 없었다. 이처럼 남영동 소재 '진실의 방'은 진실(5·18의 진실)을 은폐하기 위해 새로운 '진실'을 만들었다. 이로써 남영동 대공분실 515호는 고문의 방이자 진실이 방이 되었다.[22]

박형서와 그의 소설이 알려준 것처럼 진실은 권력에 의해 조작된다.

---

22 故 김근태 의장(1947.2.14~2011.12.30)의 활동에 대해서는 다음의 책을 참고했다. 김근태, 「지혜 있는 용기」, 『고 김병곤 회고문집 – 영광입니다』, 1992, 거름; 김근태, 『남영동』, 중원문화, 2012; 김삼웅, 『민주주의자 김근태 평전』, 현암사, 2012; 방현석, 『그들이 내 이름을 부를 때』, 이야기공작소, 2012. 2012년 12월 19일의 대선은 고 김근태 의장의 1주기가 되는 기간과 겹쳤는데, 대선과 1주기에 맞춰 김근태의 고문과 민주화운동을 소재로 한 텍스트들이 다양하게 생산되었다. 위에 언급한 텍스트들 외에 정지영 감독의 『남영동1985』(2012.11.22 개봉)가 있다. 참고로 이근안을 소재로 한 천운영의 장편소설 『생강』(창작과비평사, 2011)도 간접적으로 김근태와 연결된다. 김근태의 자서전, 김삼웅의 평전, 방현석의 소설, 정지영의 영화, 천운영의 소설, 이렇게 각이한 장르의 다섯 개 텍스트를 상호 비교하는 것도 물론 흥미로운 일이지만 필자의 능력이 닿지 않아 여기서는 시도할 수 없었다. 하지만 개별 텍스트들에 대해 간략한 인상평을 남기고 싶다.

김삼웅의 평전은 김근태와 그가 놓여 있던 현대사의 흐름을 자세히 보여준다는 데 큰 미덕을 지니지만, 김근태의 구체적인 상황과 연결해서 현대사를 세부적으로 파악하지 못한 것은 아닌지(가령, 김근태가 젊은 시절 활동했던 인천도시산업선교회의 역사와 같은 좀 더 미시적인 현대사에 대한 탐구가 이 책에는 소개되지 않는다), 또 김근태가 남긴 글들에 평전이 너무 밀착해 있는 것은 아닌지(가령, 좀 더 새로운 자료의 발굴과 탐색이 이 책에서 시도되지 못했다) 질문하고 싶다. 이 평전이 다른 사람도 아니고 자료 조사의 대가 김삼웅 선생의 작품이기 때문에 더더욱 이런 질문을 남긴다. 정지영의 영화는 김근태의 삶 중에서 남영동의 고문 시기에 집중하고 있는데, 이 때문에 영화의 해석이 단순해지는 것은 아닌지 질문하고 싶다. 가령, 김근태의 자서전(『남영동』)만 보더라도 판사와 검사는 방법은 세련됐지만 고문 형사들만큼이나 잔인하게 '진실의 폭력'을 가하고 있다. 물론 『남영동』 이전에 발표한 정지영 감독의 영화 『부러진 화살』(2011)에서 법의 폭력을 다뤘기에 이 같은 문제가 『남영동』에서 생략됐다고 생각할 수 있으나, 그러한 생략 때문에 영화 해석의 폭이 축소되지 않는지 궁금하다. 방현석의 소설은 정지영의 영화와 다르게 고문 장면을 소설 마지막 부분에서 비교적 적게 다루고 있어서 김근태의 청년 시절의 삶을 자세히 이해하게 해준다. 더불어 자서전과 수기에서 찾기 어려운 수많은 자료들을 통해 김근태 삶의 세부를 정교하게 재현해냈다는 데 상당한 장점을 지닌 소설이라고 생각한다. 하지만 이러한 장점에도 불구하고 김근태와 운동권 청년들에 대해 너무 긍정적인 시선으로만 접근한 것은 아닌지 질문하고 싶다. 마지막으로 천운영의 장편은 죄와 속죄의 문제를 다룬 수작이지만, 이근안이 놓여 있던 구조적 폭력에 대한 심도 있는 접근이 생략된 게 아닌지 질문하고 싶다. 이러한 인상평을 종합하자면, 김근태의 자서전과 천운영의 소설을 제외하고 김삼웅, 방현석, 정지영의 텍스트들이 고 김근태 의장 1주기와 2012년 대선을 너무 의식하고 쓰인 것이 아닌가 하는 질문을 던지고 싶다. 그러한 '목적의식'이 소중한 장점과 더불어 안타깝게도 작품의 해석 가능성과 김근태에 대한 이해 가능성을 축소시키는 한계를 동시에 지닐 수 있기 때문이다.

그리고 이러한 진실의 폭력은 비단 김근태에게만 있었던 것은 아니다. 다양한 시공간에서 수많은 사람들이 「진실의 방으로」의 아가와 꼬마의 처지에 놓여 있었다. 아마도 이탈리아 출신 역사학자 카를로 긴즈부르그라면 16세기 이태리 북부 프리울리 지역에서 스스로를 마녀와 싸우는 베난단티라고 말했던 파올로 카스파루토와 바티스타 모두코, 그리고 교회세력에게 이단으로 낙인 찍혀 화형을 당한 프리울리의 방앗간 주인 도메니코 스칸델라(메노키오) 역시 진실의 폭력 때문에 희생된 사람들이라고 말할 것이다.[23] 그런데 박형서가 말한 알레고리의 가능성은 전혀 어울릴 수 없는 파편 조각 같은 현상들의 모임 속에서 예상치 못한 사유가 떠오를 때 발생한다. 즉, 카스파루토와 모두코와 스칸델라와 김근태는 박형서의 단편 「진실의 방으로」 주변에 모이면서 하나의 성좌를 드러낸다. 그 성좌는 타자를 배척하는 전근대적 폭력이 근대 남한에서 계속해서 반복되었다는 점을 알려주고, 더 나아가 역사의 진보라는 순진한 환상을 깨뜨린다. 그렇다면 이러한 미덕을 지닌 이 소설 앞에서 박형서는 왜 "알레고리를 너무 많이 시도한 것 같아 후회된다"는 말을 남겼을까. 알레고리를 너무 많이 시도했다는 말은 무슨 의미일까. 이 소설은 작가의 해석 이상으로 나아갈 수 없기 때문에 시작부터 독서의 흥미가 떨어진다는 사실에 대한 후회일까. 그렇다면 알레고리가 하나의 고정된 해석으로 수렴되지 않도록 하는 방법은 무엇일까. 알레고리에 활력을 부여하는 방법은 손쉽게 알레고리를 포기하는

---

23 카를로 긴즈부르그, 조한욱 역, 『마녀와 베난단티의 밤의 전투』, 길, 2004; 키를로 긴즈부르그, 김정하 역, 『치즈와 구더기』, 문학과지성사, 2001. 참고로 말하자면, 이 두 편의 연구서를 '마녀사냥의 희생양에 대한 탐구로 단순화시킨다면 이 책의 논리 안에서 전개되는 흥미로운 사항들을 놓치게 된다.

대신 알레고리를 더 충실하게 수행하는 데 있다. 그것은 조화롭게 동화될 수 없어 보이는 이질적인 현상들을 배척하지 않고 한자리에 모아 놓은 채 유심히 살펴보는 일이다. 그러니까 박형서는 "알레고리를 너무 많이 시도"해서 후회하고 있는데 그 후회를 만회할 수 있는 방법은 알레고리를 지금보다 더 많이 시도하는 것이다. 물론 그러한 실천은 작가에게만 국한되지 않는다. 박형서의 후회는 어쩌면 이질적인 현상들을 단편 안에 더 많이 끌어 모아놓지 못했다는 사실에 대한 솔직한 인정일지 모른다. 그렇다면 이제 이 작품의 의미와 흥미를 더욱 확장시키기 위해 독자가 나서야 할 차례다.

8

1940년대 유럽과 미국의 심리학자들은 정신질환의 치료로 전기쇼크를 사용하는 것에 긍정적인 판단을 내렸다. 전기쇼크는 뇌의 특정 엽을 잘라내는 뇌엽절리술보다 환자에게 심리적 부담을 적게 주었을 뿐만 아니라 실제로 환자의 치료에도 효과가 있었기 때문이었다. 종종 히스테리 환자들은 쇼크요법으로 차분한 정신을 되찾았지만 부작용이 없지는 않았다. 기억상실을 유발할 수 있다는 점은 쇼크요법의 최대 단점이었다. 더불어 기억상실은 또 다른 부작용을 낳았는데, 그것은 퇴행현상이었다. 쇼크요법을 받은 환자들은 엄지를 빨거나 태아처럼 몸을 웅크리거나 간호사를 부모로 착각하거나 엄마를 찾으며 울기도 했다. 대개 이러한 부작용은 금방 사라졌지만 일부 환자들은 말하고 걷는 법조차 잊어버리기도 했다. 기억이 사라지는 것은 인간에게 상당한 상실감을 불러 일으켰기에 많은 사람들은 인권을 호소하며 전기쇼크치료를 반대했다. 하지만 상실감을 정신질환 치료의 중요한 조건으로 생각한 의사가 있었다. 그는 스코틀랜드 태생의 미국인이자 캐나다 맥길 대학 부속 앨런 메모리얼 병원의 책임자 이웬 카메론 박사였다. 심리학의 대가였던 카메론 박사는 신경증의 근본 원인을 찾기 위해 환자들과 대화를 시도하는 프로이트 식의 표준 방법을 거부했다. 왜냐하면 그의 치료 목표는 환자를 고치거나 신경증 이전 상태로 되돌리는 게 아니라 두 번 다시 신경증에 걸리지 않는 완전히 새롭고도 건강한 인간을 재탄생시키는 것이었기 때문이다. 그는 환자들에게 올바르고 오염되지 않은 백지상태의 정신을 제공하고자 했다. 이 같은 카메론 박사에게 전기쇼크요법의 부작용(기억상실, 퇴행현상)은 오히려 정신 치료를 위한 훌륭한 전제 조건이 되었다. 그는 신경증 환자들의 정신을 보다 효과적으로 지우기 위해 페이지-러셀(Page-Russell)이라는 장비를 개발하기도 했는데, 이 장비는 동시적으로 여섯 번의 전기충격을 환자에게 가할 수 있었다. 이러한 장비로도 환자들의 기억을 완벽히 지울 수 없다는 데 낙담한 카메론 박사는 천사의 가루라 알려진 LSD와 PCP 등의 환각제를 환자에게 투여한 후 전기쇼크를 가하기도 했다. 이러한 과정을 거쳐 환자의 기억이 지워지면 이때부터 그는 환자들에게 녹음된 메시지를 틀어 주었다. 거의 식물인간이 되어버린 환자는 '당신은 좋은 어머니이자 아내입니다. 사람들은 모두 당신과 친해지고 싶어 합니다' 따위의 문장이 녹음된 테이프를 하루 16~20시간씩 몇 주에 걸쳐 들어야 했다. 카메론 박사가 캐나다 맥길 대학에서 이러한 치료를 수행하고 있던 1950년대에, 미국 CIA의 관심 사항 중 하나는 공산주의자와 이중스파이로 의심되는 죄수들을 길들이는 일이었다. 이때부터 CIA는 카메론 박사에게 접근하게 됐고 그에게 연구비를 지원했다. 이제 전기요법은 죄수들의 고문 수단으로 활용되었고, 고문은 유혈이 낭자하고 무자비한 폭력의 형태를 띠지 않게 되었다. 죄수들의 정신 상태를 백지상태로 만드는 정교하고도 과학적인 고문이 시작되었다. 또 고문의 목적은 죄수가 은폐하고 있는 진실(정보)를 빼내는 것과 더불어 CIA의 이해에 맞는 진실을 죄수에게 주입하는 것이 되었다. 카메론 박사와 CIA가 협력해서 발명한 고문의 메커니즘을 정리하면 다음과 같다. 1단계 : 죄수에게 전기쇼크를 주어 기억상실과 퇴행현상을 이끌어 내라. 더불어 죄수가 시공간에 대한 지각능력을 갖지 못하도록 조작하라. 2단계 : 의식과 지각이 퇴행한 죄수가 심문관을 신과 같은 존재로 여기게 되면 죄수를 재탄생시킬 새로운 정보를 세뇌하라.[24]

　　나오미 클라인의 정교하고도 흥미로운 저서 『쇼크독트린』은 어쩌면 「진실의 방으로」의 작가 박형서가 후회하는 지점에서 알레고리를 다시 작동시킬 수 있는 동력을 제공할 수 있는 책일지 모른다. 지금까지 서술한 과학(이웬 카메론 박사의 전기요법)과 권력(CIA의 죄수 고문 기술)이 유착하는 장면은 『쇼크독트린』의 첫 장에 불과하다. 『쇼크독트린』 첫 장 이후부터 죄수에게 쇼크를 주고 백지 상태에서 (거짓)진실을 만드는 고문 기술의 공식은 CIA의 밀실 밖으로 나아간다. 이를테면 1973년 9월 11일

24　이 문단의 서술은 다음의 책을 참고했다. 나오미 클라인, 김소희 역, 『쇼트독트린』, 살림Biz, 2008.

아엔데 정부를 탱크와 전투기로 무너뜨린 피노체트 정부 뒤에 미국이 있었다는 사실은 거의 상식이다.[25] 하지만 여기서 상식을 기억하는 일보다 중요한 것은 피노체트 뒤에 있던 미국이 어떤 미국이었는지 따져보는 일이다. 피노체트 뒤에는 CIA만 있었던 게 아니다. 공적 기관을 민영화하고 관세를 철폐하여 모든 것을 시장에 개방하라는 신자유주의 전도사 밀턴 프리드먼은 언제나 피노체트와 함께했다. 나오미 클라인에 따르면 밀턴 프리드먼의 경제 정책은 CIA가 활용했던 전기쇼크요법과 아주 흡사하다. 죄수를 가사의 백지상태로 만들고 그 위에 '진실'을 덧입히듯, 1970년대 남미에 대거 파견된 밀턴 프리드먼의 제자들(일명 시카고보이즈)은 부채(병)에 시달리고 있는 남미 국가에게 시장을 완벽히 개방(쇼크)하면 새로운 경제를 완성(치료)할 수 있다고 말했다. 가난하지만 총명한 남미의 청년들에게 미국은 장학금을 주면서까지 그들을 시카고 대학으로 유학시켰고, 또 시카고 대학의 경제학과 교수들을 기꺼이 남미에 파견시켰다. 겉으로 보기에 너그럽고 자애로워 보이는 아카데미의 활동 이면에는 '자본주의 쇼크요법'을 전파하기 위한 목적이 숨겨져 있었다. 더 나아가 남미 군사정권의 쿠데타는 경제적 쇼크요법의 기반이 되었고, 경제적 쇼크요법에 걸림돌이 되는 것들은 군사정권의 고문실에서 깨끗이 제거됐다. 이처럼 절대로 어울릴 수 없는 것 같아 보이는 전기고문의 폭력과 밀턴 프리드먼의 자유는 정교하게 이어지고 있었다.

---

25 1973년 3월 총선부터 9월의 쿠데타까지 칠레의 정치적 상황에 대한 기록은 파트리시오 구스만 감독의 3부작 다큐멘터리 〈칠레전투(La Batalla de Chile)〉를 참고할 수 있다.

9

    * 자신이 받았던 고문 장면을 면밀히 기억해내고 있는 김근태의 자서전『남영동』을 읽다 보면 시간에 대한 이야기가 비교적 자주 등장한다. 남영동 대공분실의 고문실에는 시계가 없었고 그곳의 형사들은 식사마저도 불규칙하게 제공하여 김근태가 시간의 흐름을 전혀 감지할 수 없게 했다.

    * 박형서의「진실의 방으로」에서 화자는 고문실에 시계가 없어서 시간을 알 수 없다는 말을 자주 남기고 있다. 또한 그곳의 책상 서랍에는 무수히 많은 속목시계가 들어가 있는데 화자는 이것이 마치 "거대한 시계의 무덤" 같다고 말하고 있다.

    * 부채를 통해 전 세계의 개인을 세포 단위까지 통제하는 현시대에 대한 연구서인 마우리치오 라자라토의『부채인간』의 첫 페이지 제사(題詞)에는 부채를 때문에 전 세계는 봉건시대로 되돌아갔다는 장 보드리야르의 말이 인용되어 있다. 즉 금융권력이 시간의 흐름을 교란시킨다는 사실은 이 책의 처음과 전체를 울리는 기조음이다. 더불어 라자라토는 미래를 옭아매는 부채야말로 스스로에게 가하는 고문 행위와 다르지 않다고 말한다.

    * 나오미 클라인은『쇼크독트린』에서 죄수에게 전기 충격을 가해서 시공간의 이미지를 제거하는 것은 고문의 첫 단계라고 말하고 있다.

    * 안토니오 네그리와 마이클 하트에 따르면 제국은 모든 시공간의 경계가 사라진 상태이다. 그러므로 제국주의와 제국을 가르는 이분법은 제국의 시대에 존재할 수 없다. 설령 현시대 제국주의적 권력을 마주하게 된다하더라도 그것은 과거의 권력이 아니라 제국적 권력과 긴밀하게 연결되어 변형된 제국

주의적 권력이다.

  * 1977년의 평화시장 미싱사 민종숙의 경험과 2009년 식당 아줌마의 르포에서 그들의 처지를 노예라고 말하는 장면을 마주하는 것은 어렵지 않다. 이들에게도 시간의 흐름은 교란되어 있다.

이렇게도 파편적인 사례들에서 우리는 어떤 의미의 성좌를 다시 그릴 수 있을까. 여기서 성좌는 단순히 미학적인 새로움이나 흥미로운 사례 수집을 비유하는 말이 아니다. 현상적 폭력과 구조적 폭력을 연결시킬 때 비로소 하나의 성좌를 그릴 수 있다. 이 성좌를 마련하는 일은 알레고리를 새롭게 다시 작동시키는 일이기도 하고, 박형서가 후회했던 지점에서 소설이 다시 한걸음 더 나아가는 일이기도 하다. 지금은 멈춰버린 알레고리를 포기하지 말고 다시 가동시켜야 할 시간이다.

아토포스,
문학의 자리

1. 아듀 바르트

프랑스 출신 문학비평가 롤랑 바르트(1915~1980)가 작고한 지 어언 30여 년이 지났지만 아직까지도 그가 남긴 비평과 에세이들은 문학에 대해 여전히 세련되고도 열정적인 견해를 제시하고 있는 듯하다. 그의 비평은 전기와 후기로 나눌 수 있을 정도로 뚜렷한 변화를 보이는데 그 변화의 변곡점에 「이야기의 구조적 분석 입문」(1966)이 놓인다. 바르트의 술어로 말해보자면 그의 비평이 나아간 궤적은 스투디움에서 푼크툼으로, 작품에서 텍스트로, 토포스에서 아토포스로 그려지고, 여기서 살펴볼 두 편의 짧은 글로 말해보자면 「두 개의 비평」에서 「저자의 죽음」[1]으로 나아간다. 두 저작은 「이야기의 구조적 분석 입문」을 기점으

---

1 김현에 따르면, 「두 개의 비평」이 실려 있는 『비평 선집(Essais critiques)』은 1964년에 출판됐고, 이는 롤랑 바르트가 1953년부터 1964년 사이에 쓴 글을 모은 것이다. 「이야기의 구조적 분

로 하여 각각 시기적으로 앞과 뒤에 놓인다. 「저자의 죽음」이 쓰이기 이전에 바르트는 다양한 문학 작품들을 수렴시킬 수 있는 하나의 모델을 찾는 것을 비평의 과제로 생각했다. 「이야기의 구조적 분석 입문」에서 보여줬듯이,[2] 개별적인 문학 작품들로부터 서사의 보편적인 질서를 찾으려고 했던 그는 스스로 다음과 같이 말하고 있다.

> 사실 내가 「이야기의 구조 분석 입문」에서, 하나의 일반적 구조에 호소하며 거기서부터 다른 모든 텍스트들의 분석이 가능하다고 말하였을 때 (…중략…) 그것은 한 번 더 「비평과 진실」에서 말한 다음과 같은 사실을 강조하기 위해서였습니다. 즉 문학의 전통적 개념에 의해, 특히 대학비평과 문학사에 의해 학생과 연구가들에게 부과된 초자아는 '과학적'이기를 바라는 초자아라는 점을. 그들은 신비평에 대한 논쟁에서 신비평을 과학성이 결여된 인상주의적이고 주관적인 노작이라고 거부하였지만, 실은 이 대학비평이라는 것이 전혀 과학적인 것이 아닌데도 말입니다.[3]

그가 보기에 당대 프랑스에는 '두 개의 비평'이 있는데, 그것은 '대학비평'과 '해석비평'이다. 대학비평은 랑송에게서 내려온 실증적 방법을 활용해서 작가의 전기적 사실을 작품에 연결시킨다. 당대 프랑스에서 실증주의적 비평은 문학 비평에 과학적 객관성을 부여하는 것으로 여

석 입문(Introduction à l'analyse structurale du récit)」은 1966년 발표됐고, 「저자의 죽음」이 실려 있는 『텍스트의 즐거움(Le Plaisir du texte)』은 1973년에 출간되었다. 김현, 『프랑스 비평사 − 현대편』, 문학과지성사, 1981, 174~175쪽.
2 롤랑 바르트, 「이야기의 구조적 분석 입문」, 김치수 역, 『구조주의와 문학비평』, 홍성사, 1980.
3 롤랑 바르트, 「대담−스티븐 히스와의 대담」, 김희영 역, 『텍스트의 즐거움』, 동문선, 1997, 152~153쪽.

겨졌다. 한편 해석비평은 실존주의, 마르크스주의, 정신분석, 현상학 등과 같은 철학적 사유(이데올로기)를 작품에 기계적으로 대입한다. 바르트가 보기에 이러한 두 개의 비평은 서로 방법적으로는 다를 수 있어도 "문학 작품이란 무엇인가라는 데 대한 문제"(28쪽)[4]를 공통적으로 다루고 있기에 서로 협력하지 않을 이유가 없다. 즉 "실증주의 비평은 '사실'을 정리하고 발견하면 될 것"이고 해석주의 비평은 "공공연한 이데올로기적 체계를 참조하여 그것이 의미를 띠게 하는 것"(28쪽)을 자유롭게 찾으면 된다. 결국 이들 비평에서 작품은 작가의 자서전적 사실을 증명하는 하나의 자료가 되거나 당대의 난해한 철학적 사유를 좀 더 쉽게 설명해주는 일개 사례가 된다. 다양한 작품들과 마주해도 언제나 이들의 비평적 관점이 구축한 동일성은 깨지지 않는다는 점에서 이 두 개의 비평은 손을 맞잡고 있다.

그런데 이상하게도 당시 프랑스에서 두 비평은 불화하고 있었다. 당대 현실에서 두 비평의 교류가 이루어지지 않는 이유는 두 개 비평의 방법상의 차이에 있지 않았다. 문학을 다루는 방법과 문학을 대하는 관점의 차이보다 문학에 대한 권력을 잡으려는 투쟁이 두 비평을 양분시켰다. 실증주의 비평은 대학의 제도권 안에서 이루어지고 있었는데, 바르트가 보기에 그것은 과학을 표면에 내세우지만 일종의 과학주의일 뿐이다. 대학비평을 옹호하는 자들은 다음의 두 가지 원칙에 따라 자신들의 연구를 과학으로 성립시킨다. 우선 그들은 "작가란 단순히 '자신을 표현하기' 위해 글을 쓰며, 문학의 존재는 감정과 정념의 '번역' 속에 있다는

---

[4] 앞으로 본문에서 이와 같은 형식으로 인용되는 바르트의 글은, 「두 개의 비평」, 김현 편역, 『현대 비평의 혁명』, 기린원, 1989을 따른다.

생각"(29쪽)을 고수한다. 그렇기에 그들에게 "작가란 무엇인가?", "라신은 프루스트와 같은 이유로 글을 썼는가?"(29쪽) 따위의 의문은 생길 수 없다. 그들에게 작가와 작품은 역사를 초월한 것이기 때문이다. 둘째로, 이와 같은 문학과 작가에 대한 그들의 고정적인 관점은 작가의 전기를 연구함으로써 보완된다. 그들은 라신의 희곡을 내재적으로 분석하지 않고, 오로지 라신의 전기를 기반으로 하여 희곡에 나온 인물과 작가의 연관성만을 찾는다. 이를테면 희곡의 인물인 오레스트는 사랑에 빠져 질투하는 26세의 작가 라신이다. 이것은 작가와 인물 사이에 유사 관계를 설정함으로써 이루어진다.

그러나 바르트가 보기에 작가와 등장인물이 유사하다는 견해나 한 작가의 작품들은 유사한 맥락을 지닐 수밖에 없다는 실증주의(대학비평)의 생각은 그 자체가 과학적이지 못하다. 실증주의는 방법적으로는 과학적이지만 전제 자체가 비과학적이다. 실증주의 비평은 작가와 작품의 유사 관계를 기초로 하며, 전기 연구라는 실증적인 방법을 통해서 작가를 천성적인 재능을 지닌 신화적 존재로 부각시키기 때문이다. 그렇기에 "아직까지 뮤즈를 믿는 것은 실증주의 비평뿐이다."(32쪽) 즉 대학비평은 "예술과 과학 사이에 태평스러운 일종의 회전문을 만들어 놓아, 예술과 과학 그 어느 것에 완전히 들어 있지 않을 수 있게" 하는 "애매모호성"을 "경건하게 되풀이하며" "문학의 특수성을 존중해야 한다고 주장"한다.[5] 더구나 대학비평이 서서히 해석비평을 흡수하고 있다는 점에 주목할 필요가 있다. 그것은 단순히 대학비평을 거부하는 방법

---

[5] 롤랑 바르트, 「비평과 진실」, 김현 편역, 『현대 비평의 혁명』, 기린원, 1989, 150~151쪽.

1부_아토포스, 문학의 자리   121

으로 해석비평을 선택하는 일이 문학에 대한 기존의 관습에서 벗어나게 하지 않는다는 것을 단적으로 보여준다. 대학비평은 해석비평이 점점 힘을 얻어가는 현실에 완전히 적응하는 법을 알고 있다. 즉 대학비평은 전기적 분석을 보완하는 방식으로 해석비평의 한 방식인 정신분석을 도입한다. 작가와 작품의 유사 관계를 파헤치는 도구로 정신분석을 받아들인 것이다. 바로 여기서 바르트는 대학비평과 대학비평에 함몰되는 해석비평을 넘어서는 대안적 비평을 제시한다. 그것은

> 간단히 말해서 (…중략…) 내재적 분석이다. (…중략…) 작품 '내부에' 자리 잡아, 완전히 내부에서, 그것의 기능 속에서, 혹은 오늘날 흔히 쓰이듯, 그것의 구조 속에서 그것을 묘사한 후에야만 세계와의 관계를 제시하는 작업이다. (33쪽)

당대 문학의 권력을 장악하고 있던 두 개 비평을 비판한 바르트는 대안으로 "구조비평"을 제안한다. 그것은 다양한 문학에 공통되는 서사체를 밝혀서 문학을 이루게 하는 형식을 찾아보려는 시도이다. 그러한 형식을 찾을 수 있다는 사유를 개진한 글들이 바로 「두 개의 비평」과 「이야기의 구조 분석」이다.

하지만 바르트는 구조비평 역시도 한계를 지닐 수 있음을 인정한다. 문학적인 것을 이루는 구조는 단일하지 않으며 역동적으로 변화하기 때문이다. 만일 문학을 이루는 구조가 단순히 하나로 규정된다면 그것은 대학비평과 마찬가지로 문학을 억압하는 기준이 될 것이다. 이때부터 바르트는 문학성을 밝히는 방법으로 구조라는 말 대신에 텍스트라는 개념을 사용한다. 하지만 이러한 변화는 바르트가 문학을 이루는 것이 언

어라는 생각을 포기함으로써 도래한 것이 아니다. 그것은 언어에 대한 생각을 좀 더 심화시킴으로써 이루어졌다. 바르트는 "언술행위 전체가 화자들이라는 인간들에 의해 채워지지 않고서도 완벽하게 기능하는 하나의 텅 빈 과정"(30쪽)[6]이라는 언어학의 성과를 받아들인다. 바르트에게 텍스트는 이러한 언어의 성격을 그대로 유지하는 것이다. 이러한 생각이 전개되고 있는 「저자의 죽음」은 바르트가 「두 개의 비평」에서 자신의 비평으로 내세웠던 구조주의 비평의 한계를 정직하게 인정하고 또한 이를 극복했음을 보여주는 에세이이다. 언어학의 성과를 바탕으로 바르트는 저자의 개념을 거부한다. 저자는 현대에 "생산된" 인물이다. 대학비평이 저자를 천재성을 지닌 인간으로 규정했듯이, 일반적으로 "저자는 책을 부양하는 것으로 여겨졌다. 다시 말해 책 이전에 존재하고, 책을 위해 생각하고, 괴로워하고, 살아가는"(31쪽) 사람을 저자로 여겼다. 심지어 자본주의의 발전은 저작권(著作權)이라는 법률을 통해서 저자의 글에 유일한 권위를 부여했다. 하지만 바르트가 보기에 문학은 언술행위의 화자가 없이 완벽하게 기능하는 텅 빈 과정을 구현하는 것이다. 그것이 바로 텍스트이다. 지금까지 '작품'은 "하나의 유일한 의미, 즉 '신학적인(저자-신)' 의미를 드러내는 단어들의 행"(32쪽)으로 이루어졌다. 반면 "텍스트는 수많은 문화의 온상에서 온 인용들의 짜임이다."(32쪽) 작품을 완성시키는 것은 저자였다면, 텍스트를 역동시키는 것은 필사자이다. 대학비평에서 보았듯이 문학에서 저자는 심리적이고 전기적인 주체였다. 저자는 언제나 신의 위치에서 작품을 관장했다. 하지만 필사자는 텍스

---

6 앞으로 본문에서 이와 같은 형식으로 인용되는 바르트의 글은, 롤랑바르트, 「저자의 죽음」, 김희영 역, 『텍스트의 즐거움』, 동문선, 1997을 따른다.

트를 결코 초월할 수 없는 언술행위 안에서만 자신을 소모한다. 그는 선행하는 텍스트들을 베끼고 변형시키며, 단지 이것을 즐겁게 실천한다. 이렇게 볼 때 저자는 고유명사이지만 필사자는 일반명사이다. 규정되지 않는 다수의 필사자는 복수적인 글쓰기를 시행한다. 바르트는 이러한 텍스트를 통해서 즐거움(plaisir)을 넘어서서 즐김(jouissance)의 단계에 이를 수 있다고 생각한다. 그는 이 단어를 다음과 같이 정의한다.

> **즐거움**이란 편안함, 개화, 용이함의 가치 속에서 확인되는 주체, 자아의 강화에 연결되는 것으로서, 내게는 이를테면 고전 작품의 모든 독서 영역이 해당됩니다. 이와 대립하여 **즐김**은 주체가 견고해지는 대신 상실되며, 엄밀히 말해 그 자체가 즐김인 소모/소비의 체험을 하는 독서나 언술행위의 체계를 가리킵니다. (…중략…) 우리가 알고 좋아하는 대부분의 텍스트들은 대체적으로 **즐거움**에 속하며, **즐김**의 텍스트는 지극히 드뭅니다. (…중략…) 그 텍스트들은 당신을 불쾌하게 하거나 혹은 화나게 할 수 있으며, 그러나 어느 섬광 같은 순간에 적어도 일시적으로나마 당신을 변환, 변형시키며, 상실되는 자아의 소모를 체험케 합니다.[7] (강조는 인용자)

텍스트에 드러나는 **즐거움**과 **즐김**의 감정은 그가 사진에서 느꼈던 스투디움과 푼크툼의 감정과 연결된다.[8] 스투디움이라는 말에는 문화라는 개념이 포화되어 있다. 스투디움을 알아본다는 것은 사진가의 의

---

7   롤랑 바르트, 「롤랑 바르트의 주요어 20개 – 장 자크 브로시에와의 대담」, 김희영 역, 『텍스트의 즐거움』, 동문선, 1999, 195쪽.
8   롤랑 바르트, 조광희 역, 『카메라 루시다』, 열화당, 1986, 31~32쪽.

도와 마주치는 것을 의미한다. 즉 그 사진이 놓이는 사회적인 맥락에 따라서 스투디움이 형성된다. 반면에 푼크툼은 사진을 보는 사람을 "찌르고 상처 입히고 주먹으로 때리는 우연"을 통해 이루어진다. 위 인용문에서 보듯이 독자를 일시적으로나마 변형시키고 자아를 소모시키는 즐김은 우연처럼 지극히 드물게 찾아온다. 바르트에 따르면 즐거움과 즐김은 모두 텍스트를 통해서 발현되며, 그 중 즐김은 "인간 주체에 대한 어떤 한 탐색"(194쪽)을 가능하게 한다. 기존의 문학은 "그리스적 도덕관에 의해, 다음으로는 실증주의적이고 합리주의적인 도덕관에 의해"(194쪽) 독자를 억압해왔다. 이러한 억압의 장에서 벗어나면서 섬광 같은 주체의 탐색이 허용되는 공간은 텍스트이다. 즉 문학이 '저자의 죽음'을 인정하고자 텍스트를 실천할 때, 독자는 찌르고 상처 입고 주먹으로 때리는 듯이 주체를 뒤흔드는 인화물을 볼 수 있게 될 것이다. 바르트의 이러한 생각은 문학이란 어쨌든 진리의 담지자이자 윤리적인 실천이라는 식의 그럴듯하면서도 단순한 생각으로부터 거리를 갖게 한다. 즉 정치적으로 진보적이거나 윤리적으로 타당한 문학이 곧 문학성을 지니는 것은 아니라는 생각을 가능하게 해준다.

그런데, 이쯤에서 우리는 바르트에게 질문할 수 있을 것 같다. 먼저 다음의 사진[9]에서 푼크툼은 어디에서 비롯되는 걸까?

다음 사진에서 스투디움을 모른다면 과연 푼크툼을 느낄 수 있을까? 사진 밖의 정보와 사진 속 인물이 놓여 있던 사회적 맥락을 알아야만

---

9 故 황유미 씨의 사진은 다음의 책에서 인용했다. 김수박, 『사람냄새』, 보리, 2012, 122쪽.

故 황유미(1985.4.21~2007.3.6)
: 삼성반도체 기흥공장 생산직 노동자
(2003.10.6 입사, 2005.6.10 백혈병
판정, 2007.3.6 사망)

이 사진 속에서 푼크툼이 드러나는 게 아닐까? 물론 바르트라면 푼크툼은 지극히 주관적인 경험이라서 타인과 소통하거나 공유할 수 없는 것이라고 반론할 것이다. 실제로 바르트가 『밝은 방』(1980)의 2부 글에서 독자들은 자신이 언급하고 있는 어머니의 사진에서 자신과 똑같은 푼크툼을 느낄 수 없기에 그 사진을 공개하지 않았듯이 말이다. 그렇다면 어떤 외적 권위와 억압으로부터 벗어난 문학의 자유를 옹호하기 위해 해석비평과 대학비평 심지어 자신의 구조비평까지 극복하면서 진행된 바르트의 문학론이 가닿은 아토포스는 결국 어느 누구와도 공유할 수 없는 주관적이고도 순수 미학적인 자리일 뿐인가. 이러한 문학의 자유는 아름답게 형성된 자유지만 미학에 완벽히 봉인된 자유[10]가 아닐까? 더구나 '작가의 죽음'을 거론하면서 하나의 권위적인 주체는 존재하지 않는다고 말했던 바르트가 아닌가. 그런 그는 왜 독특한 체험의 주체인 독자의 자리는 포기하지 않는 것일까? 푼크툼과

---

10 "(바르트에게 — 인용자) 모더니즘은 순수하면서도 자체 참고적인 예술대상을 추구하는 것이었다. 현대의 사회적 삶에 대한 현대적인 예술의 온당한 관계는 상호 간에 관계 맺지 않는 관계였다. 바르트는 이러한 관계의 부재를 긍정적인 입장으로 심지어 영웅적인 입장으로까지 파악했다. 현대적인 작가는 그 어떤 역사나 사회적 삶을 경험하지 않은 채 사회로부터 등을 돌리게 되었고 대상 자체의 세계에만 직면하게 되었다. 따라서 바르트에게 모더니즘은 현대적인 삶의 비순수성과 천박성으로부터 현대적인 예술가들을 자유롭게 하려는 위대한 시도로 나타나게 되었다. (…중략…) 그러나 이와 같은 모더니즘에 오랫동안 머물렀던 현대적인 예술가나 작가들은 극소수에 불과했다. 개인적인 감정이나 사회적인 관계가 없는 예술은 얼마 가지 않아 무미건조하고 생명력 없는 것처럼 보였기 때문이다. 이러한 모더니즘이 부여하는 자유는 아름답게 형성된 자유였지만 완벽하게 (미학에 — 인용자) 봉인된 무덤의 자유에 불과했다." 마샬 버만, 윤호병·이만식 역, 『현대성의 경험』, 현대미학사, 2004, 47쪽; Marshall Berman, *All That Is Solid Melts Into Air : The Experience of Modernity*, Harmondsworth : Penguin, 1988, pp.29~30.

같은 독자적인 주체의 체험을 강조하는 것은 구조주의적 사유에 의존하고 있는 자신의 텍스트론의 근본적인 전제 자체를 부정하는 것은 아닐까? 변태적이고도 아마추어적인 실천을 중요시했던 바르트의 문학관은 역설적이게도 소수들만의 엘리트주의적 취향과 손잡게 되는 것은 아닐까? 바르트는 결국 너무나 낙관적인 그리고 너무나 탐미적인 비평가에 불과했던 것일까?[11] 우리는 아토포스라는 문학의 역설적인 자리를 고수했던 바르트의 이념은 존중하되 그 아토포스에 위치하는 방법을 바르트와 다른 길에서 찾아야 하는 것은 아닐까? 일련의 질문들을 김사과에게 건네 보자.

2. 스펙터클 시대의 텍스트

수전 손택은 바르트의 문학적 세계관에는 비극적이거나 종말론적인 것이 포함되지 않는다고 말한 바 있는데, 어쩌면 김사과의 소설[12]은 이런 바르트의 세계관에서 가장 멀리 떨어진 자리에 놓여 있는 듯하다. 그렇기에 바르트에게 고정된 해석을 거부하게 하는 텍스트론은 심미

---

11 수전 손택, 「바르트를 추억하며」, 홍한별 역, 『우울한 열정』, 시울, 2005. 바르트를 추모하는 손택의 이 글은 당연히 바르트의 낙관적이고 탐미적인 성향을 사려 깊게 존중하는 글이다.
12 이 글에서 언급되는 김사과 소설의 서지사항은 다음과 같다. 김사과, 『미나』, 창작과비평사, 2008; 김사과, 『풀이 눕는다』, 문학동네, 2009; 김사과, 『02』, 창작과비평사, 2010; 김사과, 『나b책』, 창작과비평사, 2011; 김사과, 『테러의 시』, 민음사, 2012. 작품의 문장을 직접 인용할 경우에는 해당 쪽수를 괄호 안에 표기한다.

적으로 고유하고 예외적인 순간 곧 문학의 자율성을 의미하지만, 김사과에게 그 이론은 정반대의 의미 곧 인간의 구속을 의미하게 된다. 미래에 대한 열린 가능성을 낙관하게 하는 텍스트론이 김사과에게 비극적이고 종말적인 사유로 전환되는 이유는 무엇일까. 당겨 말하자면 그녀의 소설은 텍스트론 자체에 집중하는 대신 텍스트론이 수용되는 시공간적 맥락을 살펴보기 때문이다. 그녀의 소설은 저자와 독자(원본과 사본, 진실과 거짓 등등)가 구별할 수 없게 뒤섞이는 과정이 미학적 장 안에서는 독자들에게 신비로운 경험을 제공할 수 있지만, 이것이 미학의 범위 밖에서 이 시대에 실제로 발생할 때 오히려 인간의 경험을 바로 인간 자신에게서 소외시킨다고 말하고 있다.

『테러의 시』(2012)는 조선족 출신의 여자 제니가 서울에서 살아가기 위해 몸을 팔고 노동을 팔고 끝내 자신의 이야기를 파는 것을 그리고 있다. 그녀는 창녀이자 식모였던 삶에서 탈출한 뒤 자신과 비슷한 처지의 외국인 노동자 리와 동거한다. 그들은 시의 재건축 계획에서 누락되어 "유령 같은 장소"(105쪽)에서 살아간다. 물론 이곳으로 몰려드는 사람들은 가난뱅이, 사기꾼, 건달, 양아치, 창녀, 정신병자, 병든 노인, 불법체류자, 전과자, 깡패, 도박 중독자, 거지, 주정뱅이, 마약 중독자, 예술가 등 하나 같이 유령 같은 사람들이다. 텍스트론이 그렇게도 좋아하는, 고정되고 할당된 의미를 지니지 못하는 장소(아토포스)와 인간들(아마추어, 변태)이 대거 등장하지만, 텍스트론의 예상과 다르게 이곳에 머무르는 그들에게 미래의 다른 가능성은 조금도 드러나지 않는다. 겉으로 보기에 제니 역시 창녀이자 식모였던 계급적 종속 상태에서 벗어나 있지만 이곳에서 그녀는 과거와 마찬가지로 스스로의 경험을 소유하지 못한다. 약에 중독되어 환각 상태에 빠진 그녀의 모습은 세계의 구속으로부터 해방됐다기보다 오히려 자신의 경험에서조차 소외되고 있음을 단적으로 보여준다. 그녀가 자신의 몸(창녀)과 노동(식모)을 빼앗기는 곳으로부터 탈주해도 자신의 경험과 언어로부터 소외되었던 그녀의 삶은 변하지 않는다. 노동자가 더 많이 상품을 만들수록 노동자는 자신의 노동의 결과물로부터 더 강력하게 소외된다는 마르크스의 가르침을 김사과의 소설은 제니가 소외되었던 노동에 대해 더 많이 말하면 말할수록 그녀 자신의 언어와 경험으로부터 더 강력하게 소외된다는 사실로 보완하고 있다. 김사과의 소설에서 이처럼 노동자는 노동을 해도 말을 해도 결국 자신의 삶을 살지 못하게 된다. 그러니 서울은 지옥이다. 무슨 말인가. 노동의 소외로부터 탈주한 뒤 자신들의 소외된 노동에 대해 교회의 사람들 앞에서 말하고 있는 제니와 리를 먼저 만나보자.

이제 제니와 리는 매주 서울 시내의 교회를 돌며 자신들이 살아온 삶에 대해서 이야기하고 그 대가로 돈을 받는다. 이야기는 거듭될수록 그럴듯해진다. 더욱 비참해지고, 더욱 슬퍼지고, 더욱더 사람들의 마음을 사로잡게 된다. 하지만 동시에 제니와 리는 자신들이 하는 이야기를 점점 더 믿을 수가 없게 된다. 반복 속에서 그들의 과거가 너덜너덜해진다. 알지 못하는 외국어, 혹은 암호문처럼 변해 간다. 제니가 아버지에게 처음 강간당했던 일을 여덟 번째로 말할 때 그건 더 이상 자신이 겪은 이야기로 느껴지지 않는다. 그러니까 그건 환각과도 같다. (…중략…) 하지만 어쨌거나 그들의 이야기는 부유한 신자들의 마음을 흔들어 놓는 데 성공한다. (…중략…) 그건 흔치 않은 좋은 구경거리다. 좋은 구경거리가 되는 것은 탈수기 속의 빨래가 되는 느낌과 비슷하다. 마지막 남은 한 방울의 물기마저 빼앗기는 것, (…중략…) 혹은 그것은 천 조각으로 이루어진 퍼즐이 되는 것과 비슷한 느낌이다. 자신의 의지와는 상관없이 사람들이 퍼즐을 맞춰 보겠다고 덤벼든다.(176~178쪽)

보다시피 제니와 리는 자신들의 이야기에서 해석적 권위를 갖고 있지 않다. 그들의 이야기는 천 개의 조각으로 이루어진 퍼즐처럼 조각났기에 사람들은 그것을 각자 다른 방식으로 해석할 수 있다. 그렇다면 이 장면은 바르트가 열망하던 저자의 죽음과 독자의 탄생이 이루어지는 순간을 보여주는 것일까. 하지만 이 놀라운 "구경거리" 앞에서 아마도 상황주의자 기 드보르라면 스펙터클의 사회를 보여주는 단적인 사례라고 말할 것이다. 프랑스의 1968년 5월의 운동을 전방에서 이끌었던 기 드보르는 당대의 자본주의는 사람들에게 풍요를 선사하는 만큼 결핍을 제공하며, 진실한 사건은 언론 매체에 의해 구경거리(스펙터클)[13]로 재현되어 거짓이 되고, 설령 진실이 말해진다 하여도 그것은 거짓의 한 계기가 될 뿐이라고 말하고 있다. 이 상황에서 노동자는 끊임없이 새로운 상품을 생산하지만 자신의 새로운 삶은 창안하지 못한다. 스펙터클의 상황에 연루된 자들은 노동자만이 아니다. 예술가들 역시 작품

---

13 기 드보르, 이경숙 역,『스펙타클의 사회』, 현실문화연구, 1996. "스펙타클은 이미지들의 집합이 아니라, 이미지들에 의해 매개된, 사람들 간의 사회적 관계이다"라는 이 책의 4번 테제에 주목하여 스펙터클 사회에서 인간이 스스로의 경험과 언어로부터 소외되고 있다는 사실을 알려주는 글은, 조르조 아감벤,「'스펙터클의 사회에 관한 논평'에 부치는 난외주석」, 김상운 · 양창렬 역,『목적 없는 수단』, 난장, 2009; 조르조 아감벤,「유아기와 역사—경험의 파괴에 관한 시론」, 조효원 역,『유아기와 역사』, 2010, 새물결 참고. 더불어 지극히 전문적인 저작 활동이 반(反)엘리트적인 실천일 수 있다는 사실을 항상 글 자체로 알려주는 양창렬의 해설 역시 드보르와 아감벤에 대한 탁월한 견해와 다양한 참고문헌을 알려주기에 매우 중요하다. 양창렬,「간주곡」,『목적 없는 수단』, 난장, 2009.

을 창작하는 동시에 스펙터클을 위한 하나의 이미지를 생산하기에 예술작품은 스펙터클 사회를 강화하는 하나의 보조도구가 되고 상품이 된다. 드보르의 현실 해석을 입증하듯 김사과의 소설에 자주 등장하는 예술가들과 예술작품 역시 이미 스펙터클의 봉사자이거나 스스로 하나의 스펙터클이 되어버린 상태이다.

주지하다시피 바르트에게 텍스트는 문학의 자율성을 의미했다. 해석적 권위에 대한 거부, 기표와 기의의 끊임없는 탈구, 인용 부호 없는 무수한 인용 등은 문학을 외적 억압으로부터 해방시켜 주는 텍스트의 중요한 실천들이었다. 그런데 중요한 문제는 그러한 일련의 텍스트적 실천을 형식적으로 똑같이 재현(재연)한다고 해서 그것이 곧바로 문학의 자율성을 드러낼 수 없다는 데 있다. 김사과의 소설에 따르면 텍스트를 성립시키는 그 같은 실천들에 대한 단순한 재현은 문학의 자율성을 빼앗아버리는 스펙터클의 조력자가 된다. 『미나』에 잠깐 등장하는 수정의 논술 과외선생을 떠올려 보자. 그녀는 프랑스에서 학위를 받았고 현대 서양철학에 통달했으며, "지금-여기의 상황을 레비스트로스식 사회인류학과 맑스-라캉적인 좌파정신분석학을 접목시켜" 학위논문을 완성했다. 그러나 화자가 보기에 "그녀의 글은 단순히 실패작일 뿐이다. 그녀의 글은 현대 프랑스 철학자들을 어설프게 따라한 일련의 하이픈과 대시 그리고 따옴표와 쉼표들로 아수라장이 되어 있다."(81쪽) 더구나 그녀가 수정에게 강조하는 것은 마치 68혁명을 이끌던 상황주의자들의 외침을 연상케 하는 '일상의 혁명'인데, 그 혁명의 최종 목표는 수정이 "아침형 인간"(81쪽)이 되어 "고도로 정제된 순도 백 퍼센트 P시의 영혼"으로 스스로를 "포장"(82쪽)하는 데 있다. 여기서 보듯 서양철학을 형식적으로 재현하기만 하는 것은 서양철학의 가르침과 가장 반대되는 결과를 이끌어낸다. 즉, 일체의 제도를 거부하는 텍스트론이 제도에 순응하는 인간을 만들기 위해 활용되고, 심지어 스펙터클을 극복하기 위한 상황주의자들의 전략마저 스펙터클 사회를 보강하는 재료가 된다.

　이처럼 김사과의 소설의 특징은 텍스트의 자율성과 현시대의 스펙터클이 동일하게 겹쳐지는 지점을 주목한다는 데 있다. 그렇기에 그녀의 소설은 단순히 텍스트론을 일종의 메타소설로 재현하지 않는다. 이를테면 등장인물로 소설가가 등장해서 자신의 글쓰기 과정을 텍스트론적 사유로 해명하는 서사는 김사과 소설과 가장 거리가 멀다. 텍스트론을 서사적으로 구현하는 이러한 소설들은 역설적이게도 본문의 다양한 해석을 이끌어내지 못한 채 오로지 텍스트론적 사유로만 본문의 해석을 수렴시킨다. 이러한 소설은 텍스트적 실천을 재현함으로서 텍스트에 대한 고정된 진리만을 제시하는 '작품'이 된다. 이런 류의 메타소설과 다르게 김사과 소설은 텍스트적 실천을 재현하는 것이 문학 작품을 텍스트가 아니라 작품이 되게 만들며, 더구나 그러한 재현물들이 바로 이 시대의 스펙터클이 된다는 사실을 말해준다. 이러한 김사과 소설의 가르침은 사실상 롤랑 바르트의 텍스트론을 비판적으로 심화시키는 한 계기를 마련해준다. 그녀의 소설에 따르면, 고정된 진리를 제시하지 않는 텍스트는 텍스트를 창안하는 방법 역시 고정되어 있지 않다. 쉽게 말해 텍스트는 완성의 순간 그 완성을 이끌었던 방법론들을 모두 거부하게 된다. 그러므로 텍스트를 창안시켰던 과거의 실천들을 형식적으로 아무리 반복하더라도 텍스트의 즐거움은 발생하지 않는다. 텍스트를 창안하는 방법이 고정되어 있지 않기에 우리가 이전에 스투디움이라고 여겼던 조건들에서 푼크툼이 출현할 수 있고, 반대로 푼크툼의 조건들로 알려졌던 상황들의 재현 속에서 푼크툼은 등장하지 않을 수 있다. 앞서 언급했던 고 황유미 씨의 사진을 본 누군가에게 푼크툼은 롤랑 바르트와 같이 사진 외부의 모든 정보를 차단한 상태에서 출현할 수 있지만, 또 다른 누군가에게는 사진 외적 정보를 취합하는 스투디움의 방식 속에서 출현할 수 있다. 텍스트의 창안 방법을 알고 있는 것은 이미 텍스트가 아니기 때문이다. 그것은 하나의 스펙터클일 뿐이다. 롤랑 바르트의 텍스트론은 텍스트의 창안 방법을 오로지 미학적 범주 안에 고정시키려 했기 때문에 재고의 필요가 있지만, 재고의 더 중요한 이유는 이미 바르트가 실천하고 알려준 방법들을 반복하는 것이 문학을 텍스트가 아닌 스펙터클로 만든다는 사실에 있다. 즉 문학적 자유를 옹호하는 바르트의 텍스트와 푼크툼과 아토포스 등의 개념들은 단순히 버려져야 할 것이 아니다. 이것들은 과거 바르트가 했던 실천들이 아닌 다른 실천들을 통해 다시 창안되어야 하는 중요한 개념들이다. 이런 점에서 볼 때 김사과는 바르트의 텍스트론을 가장 충실하게 실천함으로써 흥미롭게도 탐미주의적 비평가 바르트와 가장 반대되는 길을 가는 작가라고 말할 수 있다.

이처럼 김사과의 소설은 텍스트의 결과(고정되지 않은 복수의 진리들)보다 텍스트를 이끌어내는 과정(고정되지 않는 실천의 방법들)에 주목한다. 고정된 실천의 방법들만을 반복한다면 그때 문학은 더 나쁜 쪽으로, 그러니까 스펙터클로 나아갈 것이기 때문이다. 텍스트를 창안했던 바르트의 방법론(미학적 범주 안에서의 실천)이 이제는 유효하지 않은 것처럼 스펙터클의 사회를 극복하려던 상황주의자의 실천 역시 이제는 유효하지 않다. 권태에 대한 거부, 환각제 복용, 반달리즘, 파업, 태업 등 스펙터클을 극복하려던 상황주의자들의 운동 방식이 이제 또 다른 스펙터클이 되었기 때문이다. 노동을 자발적으로 거부하고 필요 이상의 욕망을 억제하며 권태 대신 사랑을 선택했던 『풀이 눕는다』(2009)의 나와 풀, 『테러의 시』(2012)의 제니와 리, 『나b책』(2012)의 나와 b와 책이 죽거나 또다시 스펙터클의 사회에 갇히게 되는 이유도 여기에 있다. 이처럼 텍스트가 스펙터클이 되고 스펙터클에 반대한 실천이 또 다른 스펙터클이 되는 악무한의 폐쇄고리에 사람들은 놓여 있다. 다르게 말해 노동할수록 노동에서 소외되고, 노동의 소외를 사람들에게 알릴수록 자신의 언어와 경험으로부터 소외되는 이 스펙터클의 감옥에 바로 현시대의 사람들이 위치한다. 김사과의 소설 속 인물들의 분노는 바로 이 같은 상황에서 비롯된다. 그들의 분노가 표적을 맞히지 못하는 것은 저항의 방법들을 이미 스펙터클의 사회에 모두 빼앗겼기 때문이다.[14] "결국 이곳에서 사람들은 단 한순간도 자신을 위한 삶을 살지 못"하고 "매순간 삶은 타인들에게 증명되기 위해 갱신"(「매장」, 243쪽)되어야 한다. 즉 모든 것이 스펙터클이 된다. 이를 반영하듯 김사과의 소설 대부분의 결말에서 인물들은 애초의 자리로 되돌아간다. 분노를 하고(『미나』), 탈주를 하고(『테러의 시』), 사랑을 하고(『풀이 눕는다』), 우정을 나눠도(『나b책』) 그들은 자신들을 노동과 경험으로부터 소외시키는 스펙터클 속에 다시 갇히게 된다. 그렇게 압도적인 스펙터클을 김사과의 소설은 도시, 모래, 돈, 미국 등으

---

14 "김사과 소설에서 인물들의 잔인한 폭력을 유발한 원인은 다른 데에 있지만(거슬러 올라가면 그 원인은 억압적인 시스템이다), 폭력은 그 원인을 겨냥하지 않는다." 김영찬의 해설, 김사과, 「앙팡 스키조」, 『02』, 창작과비평사, 2010, 255쪽.

로 명명하고 있다. 『테러의 시』의 1부에 등장하는 압도적인 모래, 어느 곳이든 스며들어 모든 것들의 고유한 차이를 무화시키고 매장시키는 그 모래는 김사과 소설이 대결하고 있는 이 시대의 스펙터클의 메커니즘을 우의적으로 보여준다. 그렇다면 '모든 것은 스펙터클이 된다'는 이 압도적이고도 절망스러운 명제는 김사과 소설의 시작점일까 도달점일까. 질문을 세공하기 위해 다른 장면으로 가보자. 마치 『테러의 시』에 등장하는 모래처럼 권력은 모든 곳에 편재한다는 푸코의 견해에 대해 이탈리아 출신 마르크스주의자 둣치오 뜨롬바도리는 이렇게 질문한 바 있다.

　　권력의 문제를 다루면서, 당신은 국가의 수준에서 행사되는 권력의 효과와 다양한 기구들 속에서 드러나는 권력의 효과들을, 직접적으로는 구분하지 않는 것 같습니다. 이런 점 때문에, 몇몇 사람들은 당신에게 있어 권력은 말하자면 얼굴을 가지지 않은, 편재하는 것이라고 이야기하기도 했는데요. 그렇다면, 예를 들어 "전체주의" 체제와 "민주주의" 체제 간에는 어떤 차이점도 없는 것인가요?[15]

　　마찬가지로 우리는 김사과의 소설에게 뜨롬바도리의 질문을 건넬 수 있지 않을까. 이 시대 스펙터클의 강력함은 소설 쓰기 이전의 전제인가 아니면 그녀의 소설이 이 시대를 통과한 후 만나게 된 결론인가. 즉 김사과 소설에 등장하는 학교, 교회, 회사, 예술집단 등이 인간의 삶

15　미셸 푸코, 둣치오 뜨롬바도리, 이승철 역, 『푸코의 맑스』, 갈무리, 2005, 158쪽.

을 스펙터클로 변화시킨다는 사실은 이제는 조금 식상할 뿐만 아니라 소설 첫 장을 펼치면서부터 예상할 수 있는 결론이 아닐까. 김사과의 소설은 씌어지기 이전부터 모든 것은 스펙터클이 된다는 절망의 전제에서 출발하는 게 아닐까. 이쯤에서 뜨롬바도리의 질문에 대한 푸코의 답변을 들어보자. "내가 이러한 작업을 한 것은(권력이 편재함을 증명하려 한 것은—인용자), 서구 문명화가 모든 면에서 하나의 '훈육적 문명화'와 동일한 것이라고 주장하기 위해서가 아닙니다. (…중략…) 나는 왜 그리고 어떻게 이러한 체계가 특정한 시기에, 특정한 국가에서, 특정한 필요들에 조응하면서 발생하게 되었는지에 대해 적절히 설명하고자 노력했지요. 즉, 나는 사회가 시대나 지리적 위치에 따른 고유성을 갖지 않는다고 이야기하지 않았습니다."(158~159쪽) 푸코에게 '권력'은 세상의 모든 현상들에 담긴 질문을 분석하게 해주는 일종의 만능키가 아니었다. 그의 철학은 권력이 편재한다는 명제를 반복적으로 증명하는 일이 아니었고 그 대신 권력이 편재하는 구체적인 메커니즘과 시공간적 맥락을 점검하는 일이었다. 텍스트가 스펙터클이 되고 반(反)스펙터클의 활동이 스펙터클이 되는 시대, 마찬가지로 노동이 인간 소외를 야기하고 인간 소외에 대한 고백이 인간에게서 고유한 경험을 빼앗아가는 이 압도적인 스펙터클의 시대를 알려주는 김사과의 소설에 우리가 요구할 수 있는 것은 바로 이러한 푸코의 답변에 있지 않을까. 스펙터클의 사회에서 벗어나는 방법을 알려달라는 말이 아니라 스펙터클의 편재성 내부에 있는 구체적인 맥락과 차이를 살펴보는 게 중요하지 않느냐는 말이다. 그 구체적인 맥락과 차이를 점검할 때 어쩌면 푸코와도 같이 언젠가는 저항의 방법을 제시할 수 있게 되지 않을까?[16] 카메라가 스펙터클을 만들어냈지만 반대로 카메라 때문에 우리가 전혀 상상하지 못했던 시각적 무의식을 알게 됐던 것처럼, 스펙터클이 인간에게 절망이자 새로운 삶에 대한 하나의 기회가 될 수 있는 방법은 어떻게 찾을 수 있을까. 이제 김사과의 소설은 스펙터클에 절망하기 이전에 그것들의 섬세한 차이에 집중해야 할 자리에 놓여 있는 듯하다. 김사과의 다음 소설을 기다린다.

---

16 푸코의 연구가 권력의 편재성을 드러내면서 권력의 차이를 점검하지 못했다는 것은 당연히 오해다. 푸코가 권력을 규율권력과 통치성으로 구분하면서 연구를 진행시킨 과정을 기억할 필요가 있고, 그러한 권력의 세심하고도 구체적인 분석 이후에 비로소 자기배려라는 견해를 제시할 수 있었다는 사실 역시 주목할 필요가 있다. 푸코의 자기배려를 "근대로부터 고대로의 향수어린 회귀로 파악해서는 안" 되고 구체적인 권력에 대한 독특한 저항 "전략"(130)으로 이해해야 한다는 논의와, 자기배려를 위해서는 복종화된 신체와 이를 복종시키는 권력의 메커니즘에 대한 탐구가 선행되어야 한다는 견해는 사토 요시유키의 책 참고. 사토 요시유키, 김상운 역, 『권력과 저항』, 난장, 2012. 더불어, 금지가 아니라 허용의 방식으로 진화되는 통치성에 대한 개념(더 나아가 미국 독일의 신자유주의와 통치성의 관련성)은 다음의 두 강의록을 참고할 수 있다. 미셸 푸코, 오트르망 역, 『안전, 영토, 인구』, 난장, 2011; 미셸 푸코, 오트르망 역, 『생명관리정치의 탄생』, 난장, 2012.

제국기계 앞에서
눈감는 소설

1. 빈자의 제국주의와 부자의 제국기계

제국기계는 제국주의 메커니즘이 완전히 사라진 후 도래하는가? 과연 우리는 지금 제국주의의 종착역에 들어섰는가?

네그리는 일련의 질문에 대해 제국기계는 제국주의의 황혼기에 등장하며, 제국주의 메커니즘의 복사물도 연약한 메아리도 아닌, 근본적으로 새로운 지배양식이라며 분명히 답한다.[1] 과거 제국주의 메커니즘이 국민국가들 간의 고정된 경계를 강화했다면, 오늘날 제국기계는 그 경계를 개방한다고 말이다. 그렇기에 영토적 경계도, 시간적 경계도, 특권적 권력도 제국의 지배를 한정할 수 없다. 영토적 경계를 넘어서기에 제국은 무국적이며, 시간적 경계로 나뉘는 역사 발전의 계기가 사라

---

[1] 안토니오 네그리 · 마이클 하트, 윤수종 역, 『제국』, 이학사, 2001, 17 · 203쪽.

지기에 제국은 무시간적이고, 가시적이고 특권적인 권력 형태가 소멸하기에 제국은 네트워크 권력을 이룬다. 이처럼 무국적이고 무시간적이며 네트워크 권력을 지닌 제국은 인간 본성을 직접 지배하려고 하기에 생명권력[2]의 형태를 띤다. 네그리의 제국 개념에 내장된 문제의식은 우리에게 현시대의 변화된 지배양식을 섬세히 파악하게 하고 더 나아가 해방의 대안을 전 지구적 차원의 문제와 대결하게 하는 이점을 지닌다. 이를테면 그는 전 지구적으로 확장된 자본과 대결하기 위해 국지적인 해결책을 제안하는 좌파 민족주의자에게 가혹한 비판을 가한다. 그가 보기에 좌파 민족주의자는 당대 제국의 문제를 거칠게도 과거 제국주의의 문제로 잘못 파악하고, 다중이 지닌 해방의 잠재력을 국지적인 차원으로 축소하고 심지어 부정한다. 그가 비정부 기구인 NGO의 활동마저 제국적 지배의 정당성을 확보하는 일종의 소통산업으로 보는 것도 이 같은 문제의식에서 비롯된다.[3] 어리석게도 좌파 민족주의자가 전 지구적 차원의 문제를 자발적으로 국지적 차원의 문제로 축소시킨다면, 영악하게도 NGO는 난민들이 자신들의 국지적인 문제를 전 지구적 자본의 문제로 확장시키지 못하게 만든다. 더 나아가 난민들의 문제의식을 축소시키는 NGO의 인도주의적인 활동은 제국의 지배세력에게

---

2 생명권력(bio-power)은 인간의 생명을 자연적으로 주어진 것으로 보지 않고 권력이 관여해야 하는 일차적인 대상으로 본다. 이를테면 "생명권력은 개인 및 개인의 신체를 유순하면서도 생산력이 뛰어난 존재자로 만들어 자본주의적 생산 관계에 봉사하게 만든다." 진태원, 「생명정치의 탄생—미셸 푸코와 생명권력의 문제」, 『문학과사회』, 2006 가을, 218~225쪽.

3 바우만 역시 NGO의 활동이 1세계 지배자들의 도덕적 정당성을 유지하도록 하고 '인간쓰레기' 같은 난민들을 국지적인 공간에서 벗어나지 못하게 한다고 말한다. 즉, 난민들을 도우려는 인도주의적 활동이 교묘하게도 난민들을 1세계로부터 배제하려는 수단으로 전도될 수 있다. 지그문트 바우만, 정일준 역, 『쓰레기가 되는 삶들—모더니티와 그 추방자들』, 새물결, 2008, 142~144쪽.

도덕적 정당성을 만족시켜 주고, 난민이 지배세력에게 개입할 의지를 애초부터 차단하여, 두 집단 간의 거리를 유지하게 하는 제국의 방어 스크린이 된다.

이처럼 NGO의 활동은 제국적 주체가 타자를 세련되게 배제하는 방식을 보여준다. NGO의 인도주의적인 활동이 주체에 대한 타자의 개입을 무력하게 만들듯이, 제국적 주체는 타자의 이질적인 특성을 인정해 줌으로써 타자와 불편한 자리에 동석하지 않을 수 있게 된다. 이 같은 제국적 주체의 '진화'된 인종주의를 발리바르는 '인종 없는 인종주의'[4] 라고 말한다. 이 인종주의는 생물학적 유전 형질에 근거하여 타자를 배제하는 대신 주체와 타자 사이의 문화적 차이와 라이프스타일의 상이함과 전통의 불일치를 인정한다. 언뜻 보기에 인종 없는 인종주의는 반(反)인종주의의 건강한 노선을 따르는 것 같지만, 네그리와 발리바르는 인종 없는 인종주의가 반인종주의를 뒤에서 공격한다고 말하고 있다. 이른바 인종 없는 인종주의의 180도 전환효과가 발생한다는 것이다. 가령, 인종 없는 인종주의의 대표적인 형태인 다문화주의는 생물학적 유전형질로 타자를 배척했던 제국주의적 인종주의에 대항하는 이점을 지녔지만, 문화들의 개별성과 문화 간의 거리를 마치 자연적인 것처럼 파악하기 때문에 도리어 새로운 인종주의를 추구하게 된다. 문화적 차이는 자연적인 것이기에 만약 그 차이가 사라진다면 인간의 생물학적

---

4 발리바르에게 '인종 없는 인종주의(racism without race)'라는 표현은 '네오-인종주의(neo-racism)', '차이론적 인종주의(differentialist racism)', '메타-이종주의(meta-racism)', '두 번째 층위의 인종주의(second position racism)' 등으로 변주되고, 네그리의 '제국적 인종주의(imperial racism)'와 유사한 의미를 지닌다. 한편 인종 없는 인종주의가 반인종주의(anti racism)가 아니라 새로운 인종주의라는 것, 다시 말해 반인종주의의 180도 전환효과(turn-about effect)에 불과하다는 것은 Etienne Balibar, "Is there a 'Neo-Racism'?", *Race, Nation, Class*, London : Verso, 1991, pp. 21~22 참고.

생존 자체가 사라진다면서 말이다. 다문화주의 안에서 문화적 차이는 숨 쉬는 데 없어서 안 되는 공기와 같은 것이기 때문에, 문화적 차이를 없애려는 시도를 막기 위해 수행되는 인종 간의 싸움은 너무나도 자연적인 행위로 인정된다. 제국주의적 인종주의가 주체와 타자를 분리시키는 근거로 활용했던 인간의 '자연적인 유전형질'을 제국적 인종주의는 '자연적인 것으로 간주한 문화적 차이'로 대체한다.

이쯤에서 우리는 서두에 제시했던 질문으로 다시 돌아갈 수 있다. 지금 우리는 타자와 어떻게 관계 맺고 있는가? 우리가 타자를 배제하는 메커니즘은 제국주의적 인종주의를 따르는가, 아니면 제국의 인종주의(인종 없는 인종주의)를 따르는가? 네그리의 답변을 보완하기 위해 우리는 이곳의 이주노동자들과 함께 출현한 문제들을 생각해볼 필요가 있다. 이주노동자의 등장은 우리의 삶이 전근대적이면서도 근대적이고 또 탈근대적이기도 하다는 점,[5] 다르게 말해 우리는 그들에게 제국주의적 주체이면서도 제국적 주체이기도 하다는 점을 알려준다. 우리에게 이주노동자들은 문명 이전의 정신적인 가치를 지닌 숭고한 존재이기도 하고, 문명의 혜택을 받지 못한 야만인이기도 하다. 우리는 단지 피부색 때문에 그들을 혐오하기도 하고, 그들의 이질적인 문화를 세련되게 배려함으로써 그들이 우리의 삶에 직접적으로 개입하는 것을 막기도 한다. 우리 사회에서 이주노동자가 노골적인 인종주의 방식으로 배제되기도 하고 '인종 없는 인종주의'의 방식으로 배제되기도 하듯, 제국의 시대에 제국기계와 제국주의적 메커니즘은 동시적으로 작동한

---

5   유명기, 「외국인 노동자, 아직 미완성인 우리의 미래」, 『당대비평』, 2002 봄, 32~33쪽.

다. 제국주의의 메아리는 연약하지만 끈질기게도 제국에 남아 있고, 제국주의의 복사물은 뚜렷하지 않지만 흔적으로나마 제국에 잔존한다.

네그리는 주체와 타자 간의 경계를 허물고 차이를 환영하는 제국의 대표적인 메커니즘으로, 국민국가의 경계를 붕괴시키면서 시장을 전 세계적으로 확장시키는 탈근대적 마케팅을 들고 있다.[6] 부유한 나라일 수록, 부유한 기업일수록, 부자일수록 타자의 혼종적이고 이질적인 차이는 돈벌이의 기회로 '환대'된다. 국민국가의 경계 내에 시장을 구축하려는 빈자의 조악한 제국주의 메커니즘은 점차 국민국가의 경계를 거부하는 부자의 세련된 제국기계로 변화된다. 하지만 부자와 빈자를 명확하게 구별하기 어려운 것처럼, 부자의 제국기계와 빈자의 제국주의 메커니즘은 전 지구적인 차원에서 뿐만 아니라 일개 개인의 차원에서도 동시적으로 공존한다. 여기서 중요한 점은 단지 제국기계와 제국주의의 지배양식이 명확히 분리되는지 여부를 확인하는 데 있지 않다. 두 지배양식이 뚜렷이 구분된다고 생각할 때, 제국주의의 문제에 집중하는 좌파 민족주의자들이 제국의 문제를 보지 못하듯이 제국의 문제에 집중하는 우리가 현실에 엄연히 잔존하는 제국주의의 문제들을 간과할 수 있다. 이 점이 중요하다.

우리가 이주노동자의 문제를 전면적으로 내세웠던 박범신[7]의 『나마스테』(2005)와 김재영의 「코끼리」(2004), 「아홉 개의 푸른 쏘냐」(2005)를 지금 다시 읽어야 하는 이유도 여기에 있다. 두 작가의 소설이 제국의

---

6 안토니오 네그리・마이클 하트, 앞의 책, 209~213쪽.
7 이 글에서 다루는 박범신과 김재영의 소설은 다음과 같고, 소설의 문장을 인용할 경우에는 괄호 안에 쪽수만 표기한다. 박범신, 『나마스테』, 한겨레출판, 2005; 김재영, 『코끼리』, 실천문학사, 2005.

문제를 제국주의의 문제로 축소하고 있지 않은지, 제국주의의 문제를 제국의 문제로 은폐하고 있지 않은지, 이주노동자의 출현 때문에 동시적으로 드러나게 되는 제국기계와 제국주의 지배양식을 소설은 어떻게 다루고 있는지, 두 지배 양식을 동시에 다뤄야 하는 이유가 무엇인지, 이 같은 사항들을 우리는 살펴볼 것이다.

2. 숭고한 희생자

박범신의 『나마스테』는 크게 세 부분으로 나눌 수 있다. 첫 번째 서사 단락은 한국인 신우와 네팔 출신 외국인노동자 카밀이 가족을 꾸리게 되는 2003년의 일들을 보여주고, 두 번째 서사 단락은 그들이 딸 애린(愛隣)을 낳고 이런저런 갈등을 겪게 되는 2004년의 일들을 그리며, 세 번째 서사 단락은 대학 입학을 앞둔 애린이 네팔에 찾아가는 2021년의 일들을 드러낸다. 총 아홉 개의 장으로 구성된 이 소설에서 앞의 네 개 장은 첫 번째 서사 단락, 뒤의 네 개 장은 두 번째 서사 단락, 마지막 한 개 장인 「2021—카일라스 가는 길」은 세 번째 서사 단락에 해당된다. 먼저 앞의 두 서사 단락에 대해 말해 보자. 2년 동안의 일들을 기록하고 있는 두 서사 단락은 간단히 말해 '가족에서 연대로'의 명제를 수행한다. 그 명제는 소설의 문장으로 다르게 표현하면, "'함께 …… 있으니까 춥지 않을 거예요"(30쪽)에서 "내가 이렇게 눈물이 많은 줄을 나는 처음 알았다. 많이 울면서 그러나 나는 점점 더 강해지는 걸 느낄 수 있었다"(221쪽)로'이다. '가족'과 '연대' 사이에, 다르게 말해 2003년의 서사 단락과 2004년의 서사 단락 사이에 애린의 탄생이 놓인다. 이주노동자에 대한 편견을 버리고 마침내 '가족'을 꾸리게 되는 신우의 성장이 첫 번째 서사 단락에서 드러난다면, 애린의 탄생으로 시작되는 두 번째 서사는 '애린'의 의미처럼 '우리'(가족)의 이웃인 '그들'(가족이 아닌 타인)을 사랑하면서 이루어지는 카밀과 신우의 성장이 드러난다. 두 개의 서사 단락이 종결되는 지점에서 신우는 이웃을 무조건적으로 환대하는 "천사"(292쪽)가 되고 카밀은 불합리한 현실 앞에 굴복하지 않는 신념의 "전사"(301쪽)가 된다.

  신우가 '천사'가 되고 카밀이 '전사'가 되기까지의 과정을 살펴보기 위해 다시 소설의 처음으로 돌아가 보자. 얼핏 보면 신우가 서울 불광동에서 미국 LA를 거쳐 부천 춘의동까지 지나쳐 온 과정은 카밀이 네팔 마르파에서 카트만두를 거쳐 부천 춘의동까지 지나쳐 온 과정과 유사한 것 같다. 온 가족 모두 옥상에 올라가 놀았던 불광동 시절이 신우에게 "가장 행복한 시간"(25쪽)으로 기억되듯이, 카밀에게 마르파는 소박하고 사과 향기 가득한 마을로 기억된다. 미국에서 신우는 LA폭동으로 가족을 잃고 친구들로부터 왕따를 당하며 폭력적인 남편에게 구타를 당한다. 그 상처로 신우는 타인을 멀리한 채 부천 춘의동에서 혼자만의 생활을 꾸려나간다. 미국에서의 신우처럼 카트만두에서 카밀 역시 자본제에서 비롯된 상처를 받게 된다. 하지만 현재 부천 춘의동 집에 들어선 두 사람은 같은 장소에 있지만 정반대의 세계관을 지니고 있다. 카밀이 사랑을 믿고 세상에 개입하고 신을 경배한다면, 신우는 사랑과 세상과 신을 믿지 않는다. 두 사람 모두 미국과 카트만두의 거대 자본제로부터 상처를 받았는데 왜 그들은 현재 전혀 다른 세계관을 지니고 있는가? 카트만두에서 카밀은, 마르파에서의 소박한 삶을 버리고 돈에 대한 욕심으로 가득 찬 아버지에게 반항한다. 하지만 아버지에 대한 그의 반항은 역설적이게도 그를 아버지와 비슷한 인물로 바꾸어 놓는다. 그는 사비나의 "포허르 깨따(더러운 놈, 78쪽)"라는 비난을 통해 자신이 아버지를 모방하고 있었다는 것을 깨닫게 된다. 사비나를 만나기 전 그는 신우의 아버지가 "세 가지 독약"이라고 말한 "성냄과 욕망과 무지"(164쪽)에 중독된 상태라고 말할 수 있다. 즉 그는 자본제의 전형적인 인물인 아버지에게 성내고, 그것이 아버지에 대한 모방욕망으로 이어지며, 자신의 모방욕망으로 상처받는 자가 있다는 사실을 알지 못했다. 현재 부천 춘의동의 신우는 사비나를 만나기 전 카트만두의 카밀과 비슷한 처지에 있다. 그녀는 세상과 단절된 채 '세상'에게 성내고 '사랑과 신'에 무지하며, 한국에 돌아온 그녀의 작은 오빠는 유색인을 업신여기던 LA의 백인을 모방하듯 이주노동자를 멸시한다. 신우와 그의 가족들이 세 가지 독약에 중독된 채 미국에서 부천 춘의동으로 이동했다면, 이와 다르게 카밀은 그 중독에서 벗어나기 위해 카트만두에서 부천 춘의동으로 이동했다. 그렇기에 카밀을 처음 만났을 때 신우가 그에게 받은 진정한 선물은 단지 의자와 그네가 아니라 그녀가 잃어버렸던 사랑과 세상과 신에 대한 믿음이다. 이처럼 카트만두의 카밀에게 사비나가 깨달음을 주었듯이, 부천 춘의동의 신우에게는 카밀이 깨달음을 준다. 첫 번째 서사 단락은 신우가 카밀과 결혼함으로써 "함께 …… 있으니까 춥지 않"(30쪽)다는 것을, 그러니까 이질적인 타자를 사랑하고 환대할 때만 세 가지 독약에서 벗어날 수 있다는 것을 독자에게 알려준다.

부천 춘의동 집에서 자폐적으로 생활하던 신우의 모습이 사비나를 만나기 전 카트만두에서의 카밀과 겹치듯이, 마찬가지로 춘의동에서 카밀을 사랑함으로써 이전의 세계관을 수정하게 되는 신우의 모습이 카트만두에서 사비나를 사랑하게 된 카밀의 모습과 겹치듯이, 이제부터 서사는 항상 카밀이 한발 앞서서 신우가 나아갈 길을 제시하는 방식으로 진행된다. 즉, 물질적으로는 한국인 신우가 이주노동자 카밀에게 도움을 주지만, 정신적으로는 신우가 카밀로부터 도움을 받는다. 두 번째 서사 단락 역시 신우의 한계가 카밀을 통해 수정되는 과정을 보여준다. 그녀는 이주노동자와 결혼까지 할 정도로 타인에 대한 환대를 통해 자신의 비좁았던 세계관에서 벗어나게 되지만, 또다시 가족이기주의를 야기하는 자신의 편견에 갇히게 된다. 결혼을 통해 세상의 문제와 단절한 채 오직 두 사람만의 행복을 추구하려는 신우의 현재 모습은 4년 전 사비나를 찾아 한국에 왔던 카밀이 경기도 여주 소재의 사보켄 비닐하우스에서 생활하던 모습을 연상케 한다. 소설에서 카밀은 가족적이고 인간적인 대우를 받으면서 일할 수 있었던 농장을 "여주 감옥"(106쪽)이라고 말하고 있다. 여주는 자본제적 현실과 단절된 이상적인 공동체의 모습을 보여주지만, 농장에 사비나가 없듯이 그곳에서 카밀은 사랑도 세상도 신도 만나지 못한다. 여주 농장을 벗어나 사비나를 만난 카밀은 그녀가 이제는 자신에게 정신적인 깨달음을 줄 수 없다는 것을 알게 된다. 카트만두에서 자본제에 굴복하지 않고 '포허르 깨따'를 외치던 그녀가 한국에서는 단란주점에서 일하는 여자가 된 것이다. 카밀은 사비나의 처지를 통해 두 사람만의 사랑을 압도하는 자본제의 폭력을 알게 된다. 이처럼 4년 전 카밀이 겪은 경험을 현재 신우가 반복하고 있다. 첫 번째 서사 단락에서처럼 신우는 카밀을 통해 자신의 가족이기주의를 벗어나게 된다. 즉, 그녀는 자본제의 폭력에 노출된 이주노동자들과 자신이 다르지 않다는 것을, 그들이 바로 자신의 이웃이라는 것을 깨닫게 되고, 그 이웃들을 사랑하라[愛隣]는 정언 명령을 실행으로 옮긴다. 물론 이 부분에서 작가는 신우가 이웃을 사랑하게 되는 과정을 치밀하게 검증하고 있다. 처음에 그녀의 사랑은 단지 모국으로 쫓겨나게 된 이주노동자들에게 아파트를 내주고 물질적인 도움을 주는 차원에 머무른다. 그들에 대한 그녀의 사랑이 시혜적이라는 것을 알려주는 인물이 바로 사비나다. 데모를 이끄는 동료들의 처지를 고려하지 않은 채 자신의 돈벌이만 생각하는 사비나의 이기적인 모습과, 신우가 끝내 안방을 내주지 않은 채 단지 물질적인 도움만 주고 있다는 사비나의 지적을 통해서 신우는 자신이 이주노동자의 곤란한 처지에 연루되지 않았다는 점을 깨닫게 된다. 즉, 이웃에 대한 사랑은 그들로부터 안전거리를 유지한 채 물질적인 도움을 주는 차원에서 이루어지지 않고, 그들의 곤란한 처지에 적극적으로 연루되는 차원에서 이루어짐을 신우는 알게 된다. 신우가 아파트를 나와 농성장 천막으로 들어가듯, 카밀이 네팔로 돌아가지 않고 끝내 분신자살을 하듯, 동료들의 처지에 연루되어 "많이 울면서 그러나 (…중략…) 점점 더 강해지는 걸 느낄 수 있"(221쪽)을 때 그 정언 명령이 마침내 완성된다는 것을 두 번째 서사 단락은 독자에게 전하고 있다.

이처럼 『나마스테』는 가족을 넘어 연대로 확장되는 환대가 현재 자본제 사회에서 얼마나 어렵고도 소중한 것인지 잘 보여주고 있다. 이 외에도 『나마스테』는 이주노동자의 곤란한 처지를 통해 우리 사회가 은폐한 외설성을 적극적으로 들춰내는 미덕을 지닌다. 이를테면 겉으로는 공정하고 합리적으로 보이는 법이 사실은 지배자들의 이익에 복무하고 있다는 점을 우리는 소설을 통해 명확히 알게 된다. 하지만 이 소설이 자본제를 비판하기 위해 타자에 대한 환대를 내세울 때 역설적이게도 타자를 지나치게 숭고하게 그린 나머지 타자를 온전히 이해할 수 없게 만드는 것은 아닌지 생각해 볼 필요가 있다. 소설 내내 숭고한 가치를 추구하는 카밀은 20대 중반임에도 불구하고 지저분하고 사사로운 욕망이 없는 '전사'처럼 그려진다. 자본제의 희생자 카밀이 지나치게 긍정적으로 그려지듯이 자본제 이전의 사회로 그려지는 네팔의 마르파는 난잡하고 복잡한 세속에서 벗어난 유토피아처럼 그려진다. 우리가 아직 언급하지 않은, 세 번째 서사 단락에 드러난 2021년 네팔의 모습이 특히 그렇다. 서양이 만들어낸 동양을 비판하기 위해 동양의 동양을 만들어낸 옥시덴탈리즘이 오리엔탈리즘의 한계를 반복하듯이, 자본제를 비판하기 위해 카밀과 네팔을 이상적으로 그린 소설은 그 타자들을 제대로 볼 수 없게 하는 것은 아닐까. 엄밀히 말해 '동양의 동양'은 '서양의 동양'에 대항하려는 것이 아니라 '서양의 동양'에 접근하는 것이다. 마찬가지로 우리는 자본제가 희생한 타자를 구출하기 위해 타자를 숭고하게 그리는 것이 타자를 죽이는 자본제의 메커니즘을 반복할 수 있다는 것을 기억해야 한다.

3. 가련한 희생자

　박범식의 『나마스테』에서 이주노동자가 숭고하게 그려지고 자본제 이전의 삶을 보여주는 그들의 고향이 긍정적으로 그려진다면, 그래서 작가의 의도와 다르게 독자가 이주노동자의 타자성을 온전히 이해할 수 없고 환대할 수 없게 된다면, 김재영의 「코끼리」는 『나마스테』의 이 같은 한계를 정면으로 돌파하고 있는 듯이 보인다. 「코끼리」에서 이주노동자는 어떤 정신적인 가치를 지닌 숭고한 희생자로 등장하지 않고, 자본제의 모순을 비판하기 위해 연대하지도 않는다. 도리어 그들은 자본제의 "외"(소용돌이, 12쪽)에서 혼자만이라도 탈출하기 위해 동료의 돈을 훔치기까지 하는 이기적인 인간들이다. 막내아들의 수술비를 파키스탄 출신 동료 노동자 '알리'에게 도둑맞은 '비재' 역시 동료 '나딤 몰라'의 돈을 훔친다. 또 이 소설은 화자로 이주노동자들의 자녀를 등장시키기 때문에 이주노동자들의 문화는 미화되지 않고 그들의 궁핍한 현실은 가능한 핍진하게 그려진다. 화자가 자신의 검은 피부를 놀리는 학교 아이들을 증오하자 아버지는 이렇게 네팔 속담을 들려준다.

> "누군가 돌을 던지거든 꽃을 던져주라고 했다."
> "싫어요, 난. 차라리 사람들을 갈겨버리고 말지. 이담에 팔뚝에 힘이 붙으면 절대 아버지처럼 공장 일이나 하진 않을 거야. 우리를 업신여기고 괴롭히는 나쁜 놈들을 때려눕히고 발로 차⋯⋯."
> "야크처럼 앞뒤 재지 않고 돌진하겠다는 거냐?"

"야크가 어떻게 뛰는지 알 게 뭐예요. 히말라야 얘기라면 이제 지긋지긋해
요."(14쪽)

화자는 네팔 속담의 보편적인 가르침도 히말라야의 거대한 자연도
무조건 긍정하지 않는다. 나이 어린 그는 자본제 이전의 네팔 문화를 절
대적으로 긍정하는 어른들의 태도를 받아들일 수 없다. 그럼에도 불구
하고 작가는 서사가 진행되는 내내 네팔의 삶을 동경하는 어른들의 모
습을 등장시키고, 네팔의 거대한 자연 풍광과 이주노동자들의 비참한
현실을 계속해서 대조시킨다. "투명하고 생생한 햇빛, 푸른 티크나무
숲, 눈 덮인 안나푸르나, 잔잔하게 물결치는 페와호, 그리고 사탕수수를
빨아 먹으며 웃고 있는 아이들"(9쪽)의 모습이 등장하는 달력 사진과 "벽
에는 얼룩과 곰팡이와 낙서가 가득했고, 들뜬 황갈색 비닐장판 위로는
뽀얀 먼지가 살얼음처럼 깔려 있"(10쪽)는 그들의 거주 공간이 대조되고,
"구수한 달(콩 수프), 바트(밥) 냄새"(16쪽)에 대한 추억은 "페인트 냄새, 가
구공장의 옻 냄새"(15쪽)나는 현실과 대조된다. 이 같은 기법을 통해 소
설은 네팔의 문화를 낭만적으로 포장한 채 자본제 현실을 직시하지 않
으려는 이주노동자의 자기기만을 비판하고자 하는가? 그렇지 않다. 오
히려 이 소설은 어떠한 낭만적 거짓으로도 절대로 도피할 수 없는 자본
제의 거대한 '외'를 보여주고 있으며, 이를 통해 이곳 자본제 삶의 비극
적 강도를 부각시키고 있다. 미국인과 비슷해지려고 누차 염색을 하고
리바이스 청바지를 입어도 프레스기는 여지없이 이주노동자 '쿤'의 손
가락을 자르고, 생일날 네팔 음식으로 고향에 대한 아버지의 환상을 만
족시켜 주려고 해도 돈이 없으면 낭만도 없다. 미래슈퍼에서 물건을 훔

친 화자가 동네를 멀리 돌아 집으로 가는 장면은 자본제의 거대한 '외'를 비유적으로 보여준다. 그 길에서 화자는 자신도 이곳의 삶을 벗어날 수 없다고 생각한다. 그렇기에 네팔에 대한 그 어떤 미화도 동경도 낭만도 인정하지 않던 화자가 이 순간 "히말라야의 달빛 ……. 오늘 밤엔 왠지 나도 그런 달빛이 보고 싶다"(35쪽)라고 말할 때 어느새 그는 자신이 그렇게도 부정하던 모습, 네팔에 대한 향수로 현실의 고통을 근근이 잊으려던 어른들의 그 모습에 가까워지게 된다.

「코끼리」에서 어린 화자의 역할을 「아홉 개의 푸른 쏘냐」에서는 달팽이가 맡고 있다. 「코끼리」에서 어린 화자의 솔직함이 이주노동자들의 고향을 미화하지 않게 하고, 그들의 2세 역시 벗어날 수 없는 자본제 삶의 비참함을 부각하게 하듯이, 「아홉 개의 푸른 쏘냐」에서 사회주의와 자본주의에 대한 달팽이의 무지(無知)는 이주노동자 쏘냐가 떠나온 러시아를 성급하게 미화시키지 않게 한다. 달팽이가 전하는 말을 통해 독자는 쏘냐의 고향인 러시아의 사회주의가 부패했다는 것을 알게 되고 그녀가 희망을 찾아 이동한 한국의 자본주의 역시 부패했다는 것을 알게 된다. 한편 「아홉 개의 푸른 쏘냐」에는 또 한 명의 화자가 등장한다. 이 소설은 두 종류의 장이 병렬적으로 반복되는데, 한 종류의 장에서 화자가 사회 체제에 대해 무지한 달팽이라면 다른 한 종류의 장에서 화자는 사회 체제에 대해 관심이 많은 성인 남성이다. 그는 한때 노동운동에 전념했고 지금은 러시아 유학을 마치고 돌아온 대학 강사이다. 한쪽 장은 뺑소니차에 치인 쏘냐가 입원한 응급실로 그가 찾아오는 장면에서부터 시작하고 다른 한쪽 장은 쏘냐가 한국을 떠나기 전 러시아에서 생활하던 장면에서부터 시작한다. 독자는 달팽이의 말을 통해 쏘냐가 러시아를 거쳐 한국에 온 후 현재 병원에 입원하기 전까지의 과정을 알게 되고, 그의 말을 통해 과거 그가 유학했던 러시아 사람들의 생활상과 입원 후 쏘냐가 겪게 되는 일들을 알게 된다.

러시아 사회주의의 부패에서 벗어나기 위해 쏘냐가 한국으로 이동하듯이, 한국 자본주의의 부패에서 벗어나기 위해 그는 러시아로 유학 간다. 얼핏 보면 쏘냐의 이동과 그의 이동은 방향만 다를 뿐 동기는 같다고 여겨진다. 하지만 부패한 현실이 쏘냐에게 직접적인 상처를 주는 반면 그에게 부패한 현실은 자신의 지적인 냉소를 합리화시켜 주는 장식물이 될 뿐이다. 그녀의 이동이 구체적인 현실의 문제에서 비롯됐다면 그의 이동은 한낱 추상적인 이념의 문제에서 비롯됐다. 그렇기에 그녀에게 자본제는 마치 뺑소니차처럼 가해자가 드러나지 않으면서도 피해자에게는 가혹한 시련을 남기는 실제적인 사회 체제지만, 그에게 자본제는 실제적으로 아무런 상처도 남기지 않는 관념상의 사회 체제일 뿐이다.

이 소설은 그가 자본제로부터 상처받은 쏘냐의 비명 소리를 이해하는 과정, 다르게 말해 쏘냐에게 상처를 준 보이지 않는 가해자 가운데 자신이 포함된다고 자각하는 과정을 독자에게 전달하고 있다. 이 과정은 그가 '우리는 모두 나치에게 살해된 유태인이다'라는 명제를 '우리는 모두 유태인을 살해한 나치이다'라는 명제로 전환하는 것과 다르지 않다. 앞의 명제는 언술주체가 누구냐에 따라 전혀 다른 효과를 발생할 수 있다.[8] 사회 체제로부터 기껏해야 관념적인 실망에 빠졌던 그가 그

---

8 배설물처럼 버려진 인간들과 '불가능한 동일시'를 이룰 때, 다시 말해 '우리는 모두 독일의 유태인이다'라는 명제를 수행할 때 보편적 단독자(정치적 주체)가 등장한다는 랑시에르의 이론

명제를 부르짖는 것은 자신의 상처를 과장하는 위선적인 행동이지만, 사회 체제로부터 가혹하고도 실제적인 상처를 받았던 쏘냐가 그 명제를 외치는 것은 일반 대중의 각성을 이끌어내는 행동이다. 이 소설은 그가 자신의 위선적인 명제를 버리고 좀 더 정직한 후자의 명제를 선택하는 과정을 보여준다.

이상으로 살펴봤듯이, 김재영의 두 단편은 타인을 숭고하게 미화하지 않는다. 그 대신 그녀의 소설은 타인의 상처를 가능한 핍진하게 그리고 있다. 「코끼리」에 등장하는 이주노동자들의 모습은 '우리가 모두 나치에게 살해된 유태인'의 처지와 다르지 않다는 각성을 이끌어내고, 「아홉 개의 푸른 쏘냐」는 이 명제를 엄격히 점검하여 '우리가 모두 유태인을 살해한 나치'와 다르지 않다고 말하고 있다. 이 같은 미덕을 지니고 있지만 이 소설은 이주노동자를 지나치게 스테레오타입의 희생자로 그리고 있다.[9] 「코끼리」가 모든 외국인노동자를 자본제의 '외'에서 벗어날 수 없는 수동적인 존재로만 그리듯이, 「아홉 개의 푸른 쏘냐」는 자신의 의지와 무관하게 이태원에서 살게 된 달팽이처럼 쏘냐를 약하고 체제에 종속할 수밖에 없는 인물로 그린다. 독자들은 김재영의 소설을 보면서 그간 신문이나 잡지에서 숱하게 다뤄진 이주노동자의 모습을 쉽게 떠올릴 듯하다. 정말로 이주노동자는 언론 매체에서 다뤄진 모습처럼 가련한 희생자이기만 할까. 우리는, "외국인 노동자들이 일터에서 한국인들과 맺는 관계의 양상은 출신국이나 민족, 취업 업종, 연령과 성

에 대해 지젝은 그 명제가 언표주체에 따라 전혀 다른 효과를 발생시킨다는 점을 지적하고 있다. 슬라보예 지젝, 이성민 역, 『까다로운 주체』, b, 2005, 374~380쪽.
9 복도훈, 「연대의 환상, 적대의 현실」, 『문학동네』, 2006 겨울, 481쪽.

등의 변수에 따라 다양"[10]하다는 한 연구자의 말을 기억할 필요가 있다. 김재영의 소설에 등장하는 이주노동자들은 출신국도 민족도 취업 업종도 연령도 성도 모두 다른데 '알리'와 '비재'와 '나딤 몰라'와 '쿤'과 '쏘냐'가 모두 하나같이 가련한 희생자의 표정을 지니고 있는 이유는 무엇인가. 언론 매체에서 만들어낸 이주노동자들의 희생자 이미지를 김재영 소설이 그대로 수용했기 때문은 아닐까. 김재영의 소설이 아무리 정치적으로 온당하다고 하더라도, 더 나아가 우리 사회에서 소외된 이주노동자들의 삶을 독자들에게 핍진하게 전달한다고 하더라도, 역설적이게도 그녀의 소설은 가련한 희생자 이미지에 갇힌 이주노동자의 반쪽 모습만을 보여줄 뿐이며 그들의 진짜 모습을 볼 수 없게 만든다.

4. 제국주의를 비판하면서 동시에 제국기계의 소통산업이 되지 않기

다문화주의는 문화적 다양성을 인정하는 것을 동기로 삼는다. 하지만 그것은 문화적 다양성을 인정하는 제스처로 다른 문화를 근본적으로 이해할 수 없게 만든다는 데 문제가 있다. 이 문제에 집중한 슬라보예 지젝은 전 지구적 자본주의 이데올로기의 '이상적' 판본으로 다문화주의

---

10 유명기, 앞의 글, 20쪽.

를 들고 있다. 그에 따르면 다문화주의자는 타자의 문화를 존중함으로써 무의식적으로 자신의 우월성을 증명하고 자신의 삶 속으로 타자가 애초부터 개입할 수 없도록 차단막을 세우는 일종의 "거리를 두는 인종주의"[11]를 수행한다. 이 같이 '거리를 두는 인종주의'는 네그리가 제국의 소통산업이라고 비판했던 NGO의 활동과 다르지 않고, 발리바르가 반(反)인종주의의 180도 전환효과를 유발한다며 비판했던 '인종 없는 인종주의'와 다르지 않다. 어떻게 보면 박범신과 김재영의 소설은 이들의 사유에 대해 도전적인 질문을 제기한다고 할 수 있다. 이 땅에서 이주노동자들은 '거리를 두는 인종주의'니 '인종 없는 인종주의'니 '네오-인종주의'니 하는 세련된 인종주의의 차별도 받고 있지만 노골적인 인종주의의 차별을 분명히 받고 있다고 말이다. 하지만 우리는 이들의 소설을 통해 저들의 이론에 적극적으로 개입하는 만큼, 저들의 이론을 통해 이들의 소설에 적극적으로 개입할 필요가 있다. 저들의 이론으로 볼 때 박범신과 김재영의 소설은 이주노동자의 문제를 지나치게 제국주의적 차원의 문제로 축소하고 있지 않은가? 왜 이주노동자들이 받고 있는 다문화적주의적이고 제국적인 차별은 고려되지 않는가? 단지 이주노동자들의 피부색을 인정하고, 그들의 이질적인 문화를 받아들이고, 짐승보다 못한 그들의 처우를 개선해주면, 정말 모든 문제가 해결되는가?

『나마스테』의 마지막 장인 「2021-카일라스 가는 길」에서 이주노동

---

11 슬라보예 지젝, 앞의 책, 353쪽. 참고로 같은 페이지에서 다문화주의를 정의하는 글의 번역문에 오타가 있다. "다문화주의는 타자를 **파기-폐쇄적인** '본래적' 공동체로서 파악하며, 그런 공동체에 대해서 다문화주의자는 자신의 특권적인 보편적 자리 때문에 가능해진 어떤 거리를 유지한다"(강조는 인용자)의 문장에서 '파기-폐쇄적인'은 '자기-폐쇄적인(self-enclosed)'의 오타이다.

자 카밀의 자식인 애린과 카밀(아버지 카밀과 동명이다)은 네팔의 카일라스를 향해 걷고 있다. 2004년 한국에서 비인간적인 대우를 받았던 아버지 세대의 이주노동자들은 2021년 네팔에서 어엿한 기업인이 되었고, 그들의 자식들은 이제 미국과 영국에서 공부를 한다. 현실의 모든 문제가 사라진, 마치 아버지 카밀이 죽기 전에 꾸었다는 꿈[12]처럼 그려진 이 장면에서 어떤 행복감보다 무력감이 드는 이유는 무엇일까? "함께 …… 있으니까 춥지 않을 거"(30쪽)라고 말하고, "내가 이렇게 눈물이 많은 줄을 나는 처음 알았다. 많이 울면서 그러나 나는 점점 더 강해지는 걸 느낄 수 있었다"(221쪽)라며 부둥켜안고 울면서 현실의 문제에 개입하기 위해 그토록 분투했던 이들이 찾으려던 유토피아가 기껏해야 어엿한 기업인이 되고 자아 정체성의 문제로 갈등하는 세상이었을까? 물론 떳떳한 기업인이 되는 것과 자아 정체성을 찾는 것 역시 중요한 문제다. 하지만 더 중요한 문제는 제국주의적 인종차별을 수정하기 위해 분신자살까지 마다하지 않은 이들이 찾으려던 유토피아가 제국기계가 펼쳐놓은 세상과 다르지 않다는 데 있다.

박범신과 김재영의 소설은 이곳 이주노동자의 현실적인 문제에 섬세하게 집중하는 반면 그들을 이곳으로 보낸 저곳의 문제에 대해서는 섬세하게 점검하지 않는다. 이곳의 문제가 해결된다고 해도, 이곳에서 인간적인 대접을 받는다고 해도 그들을 이곳으로 보낸 저곳의 문제는 해결되지 않는다. 타자를 숭고한 희생자로 만들거나 가련한 희생자로

---

12 『나마스테』354쪽에 드러나 있듯이, 분신자살 전 아버지 카밀은 스무 살쯤 된 애린과 함께 카일라스까지 걸어가는 꿈을 꾸곤 한다. 아버지 카밀이 죽은 후 소설의 마지막 장인 「2021년 – 카일라스 가는 길」에서 아들 카밀은 아버지 카밀이 꿈속에서 걸었던 그 길을 애린과 함께 걷고 있다.

만들 때 이들 소설은 이곳 자본제의 문제를 날카롭게 비난할 수 있지만, 역설적이게도 이곳과 저곳을 모두 아우르는 전 지구적인 차원의 자본제 메커니즘을 보지 못한다. 어쩌면 이들은 네그리가 그렇게 안타까워하면서도 날카롭게 비판했던 좌파 민족주의자들의 시각을 지니고 있는지 모른다. 그렇다면 제국주의의 문제에 섬세히 접근하면서 동시에 제국의 문제까지 폭넓게 접근하기 위해서 우리에게 필요한 것은 무엇인가? 이주노동자들이 한국에 와서 어떤 피해를 입었는지 묻는 것도 중요하지만, 이제는 이주노동자들이 무슨 이유로 다른 나라로 가서 '불법노동'을 하려고 했는지, 다른 나라도 아니고 '한국행'을 선택한 이유는 무엇인지, 이들이 한국에 대해 알고 있었던 모습은 무엇이었는지 등을 우선적으로 물어야 하지 않을까.[13] 이 같은 질문은 지금 우리의 소설이 NGO의 세련된 봉사활동이나 다문화주의의 소통산업으로 전락하지 않기 위해서 긴급히 요청되는 질문이고, 박범신과 김재영의 소설이 현실의 문제를 이론에 기대지 않고 정직하게 밀고나간 지점에서 우리에게 건네준 질문이다.

---

[13] 박노자, 『당신들의 대한민국』 1, 한겨레출판, 2006, 242쪽.

'액체근대'를 여행하는
무거운 사람들

1. 액체근대, 그런 건 없다

사회학자 지그문트 바우만[1]은 공산주의 붕괴 이후와 이전을 고체근대와 액체근대로 구분한다. 고체근대의 시공간은 확고한 경계를 바탕으로 내적 지속성을 유지할 수 있었지만, 액체근대는 유동적이고 우연적이기에 안팎을 가늠하는 모든 경계가 사라진다. 바우만의 견해가 흥미로운 것은 액체근대의 변화된 시공간적 개념을 바탕으로 사회 체제의 전변과 인간 내면의 변화를 동시에 살펴보고 있기 때문이다. 이를테면 정부는 정치의 포기를 기업하기 좋은 나라라는 공언으로 대치하고, 인간은 자신의 일로써 불멸을 얻으려 하지 않고 죽지 않는 것으로 불멸을 이루려 한다. 이제 일이 천직이 되고 존재를 증명하고 올바른 정치

---

1 이 글에서 전개되는 바우만의 견해는 다음의 책을 참고했다. 지그문트 바우만, 이일수 역, 『액체근대』, 강, 2009.

를 창안하던 시대는 지났다. 다시 말해, 일과 결속되었던 윤리와 정치의 고리는 사라졌다. 모든 단단한 것이 녹아내리는 시대, 장기적인 계획이 어떻게 뒤집힐지 모르는 이 필멸의 시대, '불멸'을 추구하는 인간은 타인과 끈끈한 유대를 바탕으로 한 새로운 공동체를 기획하는 대신 하루하루 즉각적인 소비의 쾌락만을 쫓는다. 바우만의 재치 있는 표현대로 액체근대의 시대 인간은 모두 거대한 쇼핑몰에 함께 있지만 따로 떨어져서 쇼핑한다.

바우만의 견해가 흥미로우면서도 미더운 이유는 동일한 철학적 개념을 두 근대의 역사적인 시차 속에서 확인해 보기 때문이기도 하다. 데리다를 명확히 언급하고 있지 않지만 바우만은 차연[2]이 고체근대와 액체근대에서 다르게 작동할 수 있음을 보여준다. 현재를 도래할 미래에 가까워지게 하되 두 시간 사이의 거리가 사라지지 않게 하는 차연의 활동이 고체근대에서는 개인들의 이질적인 욕망을 억압하는 장치로 왜곡될 수 있었다. 경제기획원과 중앙정보부라는 쌍두마차의 힘으로 진행됐던 박정희의 근대화가 개인의 만족을 어떻게 지연시키면서 억압했는지는 더 이상 말할 필요가 없을 것이다. 하지만 억압된 타자를 환대하려는 차연의 활동에서 윤리를 제거하고 메커니즘만 따라하는 박정희의 근대화를 비판할 때 조심해야 할 점은 지배 권력에 대항했던 민중들이 이끌

---

2 차연이 번역어로 적절하지 않다는 사실은 이성원의 언급 이후로 이미 학계에선 상식에 속한다. 주지하다시피, 말로써는 파악되지 않는 유령 같은 쓰기의 흔적을 보여주기 위해 발음으로 구분되지 않는 디페랑스(différance)라는 단어를 만들었던 데리다의 의도를 번역어 차연은 감당하지 못한다. 그런데 차연이 번역어로 적절하지 못하다는 것만큼이나 '차이를 이끌어내는 지연'이라는 차연의 의미도 상식에 속한다. 이 글은 데리다의 사유를 문체의 차원으로 실천하지는 못한다. 그렇기에 글의 앞뒤 문맥을 명료하고 쉽게 파악하기 위해 의미를 강조한 차연이라는 부적절한 용어를 사용한다. 이성원, 「해체의 철학과 문학 비평」, 『데리다 읽기』, 문학과지성사, 1997.

었던 차연의 활동까지 함께 내다버리지 말아야 한다는 데 있다. 가령, 국가적 차원에서 이루어졌던 새마을운동과 민중적 차원에서 자발적으로 이루어졌던 '새마을운동'이 한 시대 같이 있었지만 서로 보조하면서도 길항했다는 점[3]은 당장의 만족을 지연시키면서 유토피아를 이끌어내려던 기획이 동시대에 비슷하면서도 엄연히 다르게 존재했다는 것을 보여준다. 고체근대에서 차연의 활동은 국가권력에 의해 민중의 욕망을 억압하는 메커니즘으로 왜곡되기도 했지만 민중적 차원에서는 공동의 목표를 설정하고 서로를 배려하는 윤리로 올바르게 작동하기도 했다. 그런데 바우만은 액체근대에는 차연의 윤리는 말할 것도 없고 차연 자체가 사라졌다고 말하고 있다. 소비가 '미덕'인 시대에 자신의 즉각적인 만족을 지연시키면서 타자를 고려하는 행위는 무능력을 보여줄 뿐이다. 말을 바꾸면, 시간적 거리를 둔 채 사태를 사유하는 차연의 활동은 개인을 영원히 도태시킨다. 그렇다면 액체근대에서 우리가 건강한 공동체를 이끌어내고 자본주의로부터 정치를 강탈당하지 않을 방법은 고체근대의 지배 권력으로부터 왜곡되었던 차연을 되찾아오는 데 있을 것이다. 이처럼 바우만의 견해는 차연이라는 철학적 개념의 이중성을 역사적으로 파악하게 한다는 데 미덕이 있다.

하지만 바우만의 견해가 액체근대를 강조하면서 의도와 다르게 은폐하는 것은 없을까? 현시대 전체를 액체근대로 보는 견해는 성급한 일반화가 아닐까? 다시 말해, 모든 시공간의 구획이 자본에 의해 포섭됐다고 보는 생각은 시대와 공간에 따라 다른 강도로 유동하는 근대성을 파

---

3 김영미, 『그들의 새마을운동』, 푸른역사, 2009.

악하지 못하게 만들지 않을까? 바우만 역시 이 같은 질문들을 무시할 정도로 모든 시공간이 자본에 의해 완전히 포섭됐다고 단언하지는 않는다.[4] 그렇다면 오히려 액체근대만을 강조하면서 고체근대의 잔여를 지우는 대신 아직까지도 존재하는 그 잔여들을 동시에 주목하는 시각이 필요할지 모른다. 그렇지 않으면 액체근대만을 향한 바우만의 비판은 그의 의도와 다르게 고체근대가 그래도 인간적이었다는 생각, 박정희 시대가 그래도 지금보다 살 맛 났었다는 반동적인 생각을 유발시킬지 모른다. 바우만은 자본의 전 지구적 포섭은 고체근대와 완전히 다른 방식이고, 그렇기에 고체근대에서나 가능했던 저항방식에 집착하는 것은 부정적일 수 있다는 점을 잘 알려주지만, 근본적으로 유동적 근대에서 어떤 대안도 꿈꿀 수 없다는 허무감을 이끌어내는 듯하다. 액체근대에 대한 그의 강조는 통제와 자유, 과거와 미래, 중심부와 주변부 등의 이분법적 쌍 개념의 허구성을 알려주지만 이상하게도 액체근대와 고체근대라는 이분법만은 확고히 고수한다. 그렇지만 바우만이 가르쳐 준바 이분법이 허구이듯이 고체근대와 절연된 액체근대, 그런 것은 없다. 우리는 바우만의 액체근대의 개념을 이 같은 관점에서 조금 보완해야 한다. '액체근대'의 액체는 고체근대와 단절된 액체가 아니고, 고체근대의 잔여종과 액체근대의 우세종이 뒤섞인 액체이다. 아니면 고체근대의 우세종과 액체근대의 잔여종이 뒤섞인 액체일 수도 있다. 다시 말해 고

---

4 이를테면 이런 문장들에서 그의 주저함이 엿보인다. "물론 이러한 자율성(액체근대─인용자)이 완성된 것은 아니며 자본은 아직은 자기 바람대로 써온 만큼 그렇게 민첩하지 못하다. 지리적─지역적─요소는 대부분의 경우 계산에서 아직은 고려되어야 하며 지역 정부들의 '방해'도 여전히 자본의 자유로운 이동에 난감한 제약으로 기능한다." 지그문트 바우만, 앞의 책, 240쪽.

체근대와 액체근대는 모두 유동성과 고정성이 뒤섞인 '액체근대'이지만, 그 혼성 방식과 강도는 시대에 따라 다를 수 있다. 그러므로 액체근대에는 고체근대의 우세종이든 잔여종이든 간에 어떤 고체적인 근대성의 잔여가 남아 있으며, 고체근대에도 액체근대의 흔적이 묻어 있다. 그 잔여와 흔적을 우리는 작은따옴표를 사용해 '액체근대'로 표기할 수 있을 것이다. 왜냐하면 자본의 포섭에서 벗어난 어떤 이상적이고도 특권적인 시공간이 존재할 것이라는 판단과 더불어 유동적인 자본에 모든 시공간이 같은 강도로 포섭됐다는 생각을 우리는 신뢰할 수 없기 때문이다.

그렇다면 바우만의 생각을 존중하고 그의 의도치 않은 일반화를 경계하면서 그의 액체근대라는 개념의 외연을 수정하는 방법이 소설에서는 어떻게 가능할까? 우리는 지난 계절에 발표된 소설 가운데 여행서사 두 편[5]을 읽어볼 예정이다. 비유적으로든 그렇지 않든 간에 여행은 언제나 다른 시공간을 경험하게 한다. 다른 시공간의 가능성마저 저 출구 없는 액체근대의 유동성 속에 함락됐는지, 아니면 그 속에 아직까지 고체근대의 잔여물이 남아 있는지, 아니면 앞서 수정한 '액체근대'의 시공간에서 인간의 내면과 공동체의 가능성은 어떻게 변화됐는지, 우리는 이런 것들에 대해 살펴볼 것이다. 그런데 먼저 궁금한 게 있다. 바우만의 견해로 볼 때 유동하지 않는 고체근대의 전형이라고 할 수 있는 박정희의 산업화 시대에는 어떤 여행이 있었을까?

---

5 이글에서 다루어지는 두 소설의 출처는 다음과 같고 작품의 문장을 직접 인용할 경우에는 괄호에 쪽수만 표기한다. 박솔뫼, 「해만」, 『창작과비평』, 2010 겨울; 김애란, 「니약 따」, 『현대문학』, 2011.1.

2. 1960년대식 '액체근대'

이 장은 개인적인 질문으로부터 시작되기에 먼저 독자들에게 양해를 구한다. 문학사에서 김승옥은 1960년대를 대표하는 작가이다. 이 같은 표현은 그의 문학적 활동이 60년대에 시작하면서 동시적으로 만개했다는 점을 의미하기도 하고, 그의 작품이 60년대적 상황을 문학적으로 형상화내고 있다는 점을 뜻하기도 한다. 문학 외적으로도 김승옥이 4·19에서 5·16으로 진행된 시대적 상황에 대해 얼마나 예민하게 반응했는지는 이미 그가 60년대에 그린 시사만화를 통해 증명되기도 했다.[6] 이러한 문학 내외적인 판단을 고려한다고 하더라도 나는 김승옥의 대표작 「무진기행」[7]을 읽을 때마다 개인적으로 두 개의 의문에 빠지곤 한다. 먼저, 「무진기행」은 60년대 대표 작가라는 한정 안에 포함되는가? 만약 그렇다면 어떤 방식으로 포함되고, 그렇지 않다면 저 한정된 표현은 무엇을 은폐하는가? 두 번째로, 왜 나는 세무서장 조의 술자리에서 단 한 번밖에 언급되지 않는 윤희중이라는 이름과 작품 전체에서 여섯 번밖에 불리지 않는 하인숙(또는 인숙)이라는 이름을 명확히 기억하고 있

---

6 김승옥은 『서울경제신문』에 1960년 9월 1일부터 1961년 2월 14일까지 네 컷짜리 시사만화 「파고다기행」을 연재했다. 그의 필명은 순천 고향집의 번지수를 따라 '金二奀'였고, 이때 그는 대학 1학년 2학기생이었다. 이 만화는 혁명 후에 들어앉은 보수 야당의 행태, 거지로 대변되는 당대 시민들의 비참한 생활, 거지를 대하는 일반인과 권력자의 위선 등 여러 가지 사회·정치적인 문제를 다루고 있으며, 당대 서울 여성의 문화와 청년의 삶과 관련된 세태를 다루고 있다. 김승옥이 그린 만화와 60년대적 상황에 대한 정치하고도 애정 넘치는 분석은 다음의 책을 참고했다. 김건우·이정숙·천정환, 『혁명과 웃음』, 앨피, 2005.

7 앞으로 작품의 문장을 직접 인용할 경우에는 다음의 전집판을 따르며 괄호에 쪽수만 표기한다. 김승옥, 『무진기행』, 문학동네, 2004.

을까? 더구나 이 작품의 초점화자는 '나'인데 말이다.

첫 번째 질문에 대해서는 이미 다른 방식으로 많은 대답이 있어 왔다. 이를테면 유종호[8]는 「무진기행」의 독특한 문체를 격찬하면서도 이 작품이 1960년대 산업화된 현실의 문제를 제대로 파악하지 못한다는 지적을 남기고 있다. 신형철[9]은 60년대 현실의 외연을 좀 더 유연하게 파악하여, 60년대의 무의식을 분석하고자 「무진기행」에 대한 정치한 분석을 시도하고 있다. 요컨대 유종호는 「무진기행」 문체의 단독적이면서도 보편적인 성격을 증거로 내세워 60년대 작가라는 저 한정된 표현을 의심하게 만들고, 신형철은 60년대라는 한정을 받아들이면서도 그 범위를 무의식의 영역까지 좀 더 넓게 확장하게 한다.[10] 그렇다면 두 번째 질문은 어떠한가? 이에 대해서는 객관적인 답이 불가능할지도 모른다. 반복된 문학 교육과 누적된 2차 텍스트들에 의해서 '나'와 '그 여자'는 윤희중과 하인숙이라는 고유명으로 내 머릿속에 시나브로 각인됐을 것이다. 어쩌면 두 번째 질문에 대해서 이 글이 감당할 수 있는 능력은 그 원인을 증명하는 것보다 효과를 파악하는 데 있을 것이다. 이를 위해 먼저 조의 집에서 있었던 술자리가 파한 후 윤희중이 하인숙을 배웅하는 장면을 떠올려 보자. 하인숙이 윤희중에게 하 선생님 하 선생님 하지 말고 인숙이라고 부르라 하는 그 장면 말이다. 윤희중이 "인숙이, 인숙이"(177쪽)라고 중얼거리며 급작스레 친밀감을 느끼는 바로 그때 하인숙은 말한다.

---

8 유종호, 「감수성의 혁명」, 『문학과 현실』, 민음사, 1975.
9 신형철, 「여성을 여행하(지 않)는 문학」, 『한국 근대문학 연구』 5-2, 2010. 10.
10 물론 윤희중이 대학생 때 6・25가 발발했고 옛 애인 희(姬)와 헤어진 4년 전에 그의 나이가 29세였다는 서술을 통해 오로지 작품 내적인 독해만으로도 이 소설의 시대적 배경이 1960년대라는 사실을 짐작할 수 있다. 그러나 시대적 배경이 60년대라는 사실이 60년대 작가라는 저 모호한 표현의 의미를 보충하지는 못한다.

"사모님 예쁘게 생기셨어요?" 여자가 갑자기 물었다. "제 아내 말씀인가요?" "네." "예쁘죠." 나는 웃으면서 대답했다. "행복하시죠? 돈이 많고 예쁜 부인이 있고 귀여운 아이들이 있고 그러면 ……." (…중략…) "특별한 용무도 없이 여행하시면서 왜 혼자 다니세요?" **이 여자는** 왜 이런 질문을 할까? 나는 조용히 웃어버렸다. **여자는** 아까보다 좀 더 명랑한 목소리로 말했다. "앞으로 오빠라고 부를 테니까 절 서울로 데려가주시겠어요?"(강조는 인용자, 178~179쪽)

이 소설은 모든 인물들과 동일한 거리를 유지하는 중립적 위치의 화자에 의해 서술되지 않는다. 화자는 초점된 '나'와 가장 가깝거나 동일하고 '나' 밖의 다른 인물들(하인숙, 조, 박, 희, 영)에게서는 멀리 떨어져 있다. 그렇기에 화자는 '나'의 내면은 서술할 수 있지만 저들의 내면은 알 수 없다. 위에서 보듯 '나'는 "인숙이. 인숙이" 하는 부름과 "이 여자"라는 지칭의 정서적 낙차만큼이나 강렬히 분열되어 있다. '나'가 하인숙을 향한 그 부름과 지칭 사이에서 유혹과 공포[11]를 느끼고 있다는 점은 이 소설이 중립된 위치의 화자를 내세우지 않음으로써 가능해진다. 이 소설을 해석할 때 주의할 점은 설명의 편의를 위해 인칭대명사를 고유명으로 대체할 때 소실되는 '나'의 분열된 심리이다. 그렇다면 이렇게 분열된 '나'의 자리를 인지하는 게 도대체 1960년대 대표작가라는 저 꼬리표를 해명하는 것과 어떤 관계가 있는가?

물음에 답하기 전에 잠시만 우회하자. 6·25 이후 한국의 근대는 근대화(경제 체제)와 민주주의(정치 체제)에 따라 도식적이지만 세 개의 성향으

---

[11] 유혹과 공포는 김승옥 소설을 읽어내는 정과리의 핵심어이기도 하다. 정과리, 「유혹 그리고 공포」, 『무진기행 – 김승옥 문학선』, 나남, 2001.

로 가름할 수 있다. 이승만과 제이 공화국 시절을 산업화 없는(서구로부터 형식만 이식된) 민주주의의 시대로 보고, 4·19혁명을 지나 5·16부터 1987년까지 지속된 군부독재의 시절을 민주주의 없는 산업화의 시대로 보고, 1987년 이후를 산업화와 민주주의가 동시에 진행된 시기로 볼 수 있다.[12] 여기서 1960년대 작가라는 김승옥의 꼬리표는 넓게 보면 두 번째 단계에 해당되고, 실제로 김승옥의 창작 활동 역시 이 시기에 한정되어 있다. 그런데 어쩌면 바우만은 이 시기를 고체근대의 전형으로 해석할지 모른다. 국가에 의해 강력히 설정된 거대한 목적을 향해 모든 사람들이 한 방향으로 나아가니 말이다. 앞서 유종호의 지적은 이 작품이 고정된 목적을 향해 진행하는 고체근대에 대한 비판을 결여하고 있다는 말과 다르지 않다. 이 소설에서 고정된 장소성과 일관된 정체성을 유지하려는 고체근대적인 장소와 인물은 각각 서울과 조, 박, 영[13]이다. 반면 무진과 하인숙과 윤희중은 고정된 자리와 유동하는 자리 사이에 있다. 그중 윤희중에게 무진에서 만난 인물들은 모두 자신의 분신이거나 부분이라고 볼 수 있다. 속물들을 경멸하고 문학청년의 순수함을 고수하는 박은 과거 윤희중의 모습이고, 부잣집 과부를 택한 윤희중을 공범자로 보는 조는 그의 현재 모습이다. 윤희중이 어느 누구를 비판하거나 동조할 수 없는 이유, 박을 배웅하고서도 조의 술자리로 다시 돌아와 앉아야만 하는 이유, "사실 나는 나 자신을 알 수 없었다"(188쪽)라고 푸념할 수밖

---

12 이 글의 범위에서는 벗어나지만, 산업화와 민주주의가 동시에 진행되기까지의 과정과 그 결과에 대해서는 다음의 책을 참고할 수 있다. 최장집, 『민주화 이후의 민주주의』, 후마니타스, 2010.

13 윤희중의 아내 이름은 소설 결미에 등장하는 전보를 통해 등장한다. 『사상계』 1964년 10월호에 발표된 「무진기행(霧津紀行)」에는 아내의 이름이 '숙'인데, 2004년 문학동네 전집 개정판 「무진기행」에는 '영'이다.

에 없는 이유가 바로 여기에 있다. 더불어 윤희중이 서울은 각자에게 "주어진 한정된 책임 속에서만"(193쪽) 사는 곳이라고 생각하고, 그 같은 서울의 삶에 잘 적응한 장인의 회사가 제약회사인 것도 간과할 수 없는 디테일이다. 조가 박을 무시하듯, 박이 조를 경멸하듯, 박정희의 유신 체제는 민주주의라는 저 이질적이고 유동적인 에너지들을 박멸하고 이룩된 면역력 없는 '순수한' 권력 체제였다.[14] 박과 조와 장인과 제약회사와 서울은 병균과도 같이 이질적이고도 유동적인 것들에게 유혹도 공포도 느끼지 않기 위해 한정되고 단단한 항체와도 같은 편견을 고수한다. 유종호가 이 소설은 지방을 배경으로 하고 있지만 실제로는 도시인의 소설이라고 한 점과 신형철이 무진은 시골과 대립되는 공간으로 볼 수 없다고 한 점은, 무진에 살고 있는 그들의 모습이 박정희식 근대화의 메커니즘을 모방하고 있다는 사실로 받아들일 수 있다.

그렇다면 하인숙은 누구인가. 하인숙은 이렇게 이질적이고 유동적인 흔적을 배척하는 고체근대적 인간들, '어떤 개인 날'을 부르던 성대를 '목포의 눈물'의 취향으로 옭아매는 바로 그 인간들이 가엽고도 심심하고도 너무 조용해서 무섭다는 것을 잘 알고 있는 자이다. 여기서 하인숙보다 더 나아간 지점에서 고체적인 질서 없이 유동적이기만 한 자들을 언급할 필요가 있다. 이 심심함에서 극단적으로 일탈한 자들은 윤희중이 광주역에서 마주친 미친 여자와 방죽에서 청산가리를 먹고 죽은 창녀이다. 윤희중이 죽은 창녀에게 경악과 욕정을 동시에 느끼듯 윤희중과 하

---

[14] "비상 체제로서의 유신 체제는 약간의 반대(민주주의적 활동—인용자)라도 허용하면 존립이 위협받는 매우 허약한 체제로서, 미세한 병균의 침투만 있어도 생존을 위협받는 면역 능력이 결핍된 인체와 같다." 최장집, 앞의 책, 115쪽.

인숙은 고체근대 속에 억압된 액체적인 흔적에서 유혹과 공포를 동시에 느끼는 자들이다. 무진을 향한 윤희중의 여행은 1960년대 고체근대가 억압한 액체근대의 어떤 성향들을 체험하게 한다. 윤희중, 아니 초점화자 '나'는 60년대 근대성의 두 형식 사이에서 분열된 인물이다. 그 역설적인 자리에 있는 일은 "자기 자신이 싫어지는 것을 경험하"(191쪽)기에 윤리적이지만 누구와도 소통할 수 없기에 쓸쓸한 일이다. 그 쓸쓸함은 과거 윤희중이 폐병을 앓으면서 강렬히 느꼈던 감정, 그렇지만 어느 누구에게도 전달할 수 없었던 감정과 다르지 않다. 김승옥은 설명할 수 없는 그 감정의 자리에 남겠다는 하인숙의 미래를 끝내 형상화하지 못한 대신, 그 자리를 포기하고 유동적인 것들의 흔적을 지운 채 고체근대로 구축된 서울로 향하는 윤희중만을 그려놓고 있다. 떠나는 윤희중에게 마지막 문장을 이렇게 남긴 채. "나는 심한 부끄러움을 느꼈다."(194쪽)

3. 2000년대식 '액체근대'

「무진기행」을 통해 살펴보았듯이, 고체근대가 억압한 유동적인 것들이 존재하기에 김승옥에게 1960년대는 액체근대도 고체근대도 아닌 두 개의 형상물이 뒤섞인 '액체근대'이다. 우리가 김승옥을 60년대 작가라고 부를 수 있다면, 또 「무진기행」을 그 별칭에 합당한 작품으로 본다면, 그 이유는 이 작품이 민주주의 없는 산업화 시대(고체근대)가 애써

감추려했던 액체근대의 흔적을 계속해서 상기시키기 때문이다. 다르게 말해, 이 소설은 미친 창녀와 속물인 조 (또는 꼴생원 박) 사이에 홀로 남아 있는 하인숙의 자리를 결코 잊지 않는다. 그러면 이제 바우만이 말했던 액체근대만의 시대, 자본이 모든 것을 포섭한 이 시대, 민주화 이후의 민주주의가 진행된 이 시대, 우리는 여행을 통해 무엇을 알 수 있을까? 먼저 박솔뫼의 「해만」이다.

해만은 무진처럼 지도에는 없는 섬이다. 바우만이라면 아마 해만과 무진을 빈 공간들(empty spaces)이라고 말했을지 모른다. 『액체근대』에서 그는 액체근대의 공간이 자본에 의해 어떤 형태로 포섭되는지 말하고 있다. 경계를 지우며 넘나드는 이방인과 연루되지 않기 위해 자본은 공간을 변형시킨다. 먼저 세련된 규칙과 매너하에서 이방인들을 만나도록 조정된 공간이 있다. 하지만 복잡하고 어려운 매너를 내세울 수 없는 경우 자본은 또 다른 방식으로 공간을 조성한다. 그 같이 변형된 공간으로 바우만은 뱉어내는 장소, 먹어치우는 장소, 비(非)장소를 언급한다. 프랑스의 라데팡스(La Defense)처럼 이방인을 뱉어내는 장소는 구경만 하되 머무를 수 없고 신속히 떠나도록 설정된 공간이다. 이곳은 광장이지만 이방인에게 등을 돌린 광장이고 공손하지만 공손하지 않은 공간이며 그들의 타자성을 뱉어내는 공간이다. 다음으로, 이방인들의 타자성을 정화하고 먹어치우는 장소로 거대 쇼핑몰을 생각할 수 있다. 쇼핑몰 안에는 만화경과 같은 차이가 펼쳐진다. 이곳에서 인간은 일상을 도피하고 자본제에서 밀려나지 않았다는 소속감을 얻게 된다. 하지만 이 집단적인 공간에는 어떤 협상도 어떤 적대도 없는 유사 공통체적 환상만이 형성된다. 마지막으로 비장소는 집처럼 편안하지만 정말로 집에서처럼 행동해서는 안 되는 장소이다. 공항, 호텔, 대중교통, 도로 등이 여기에 속한다. 이곳은 세련된 예절의 복잡한 기술들을 단순하고 이해하기 쉬운 공중의 규칙으로 축소시킨 공간이다. 이 간소화된 규칙을 통해 이방인들은 서로 연루하지 않은 채 지내게 된다. 이 같은 분류에서 벗어나는 마지막 장소가 바로 빈 공간들이다. 자본제에서 아직까지 아무런 의미도 부여받지 않은 빈 터인 이곳은 자본이 앞서 열거한 공간들을 조성하고 버려둔 잔여와 같다. 지도에서 배제된 공간, 건축 청사진에서 버려지는 부분들이 여기에 포함된다. 하지만 이런 보이지 않는 공간들은 언제든 자본에 의해 다음 단계의 공간으로 포섭될 수 있다.

　박솔뫼가 그려낸 해만은 이렇게 자본제의 잔여 같은 공간이고, 아무도 의미를 부여하지 않은 빈 터이다. 이 소설은 흥미롭게도 등장인물들이 돌아가기 싫어하는 공간을 수도라는 일반명사로 부르고 있고, 이들이 계속해서 머무르며 쉬고자 하는 공간을 해만이라는 고유명사로 지칭하고 있다. 일반명사와 고유명사의 의미 폭이 다르듯, 이들을 뱉어내고 먹어치우고 비인간 취급하는 수도는 범위를 규정하기 어려울 정도로 광대하며, 그들이 안주할 수 있는 공간은 해만의 의미 폭만큼이나 협소하기만 하다. 해만이 아직까지 자본제 안에서 어떤 의미도 할당 받지 못한 빈 공간이라는 점은 그곳에 등장하는 인물들에 대한 두루뭉술한 호칭과 원그리스도교라는 모호한 종교를 통해서도 드러난다. 소설 속에서 인물들은 책 보는 사내(남자), 술 먹는 사내(남자), 대학생, 어린 대학생 등과 같이 최소 의미치로 구분되고, 찬송가를 부르고 예배를 드리는 원그리스도교는 정통 기독교는 아니지만 기독교가 아니라고 단정할 수도 없다. 그렇다면 주인공이 굳이 이처럼 의미 없는 장소인 해만으로 여행을 간 이유는 무엇이고, 또 그곳에서는 어떤 일이 발생하는가. 이런 질문이 필요한 건 이 소설이 일종의 여행서사이기 때문이다. 일반적으로 여행서사는 두 개 층위의 진행을 보인다. 주인공은 이곳에서 저곳으로 이동하고 그에 따라 시간은 현재에서 과거로 이동한다. 요컨대, 주인공은 여행을 하며 과거를 회상하고 현지에서 어떤 깨달음을 얻은 후 여행을 떠나도록 했던 과거의 갈등을 해결한다. 이런 여행서사의 관습에 익숙한 독자라면 당연히 해만이 의미 없는 공간일지라도 어떤 의미가 있을 것이고, 이들이 의미 없는 인간일지라도 어떤 의미 있는 경험을 하리라고 기대할 것이다. 그런데 이 소설에는 어떤 사건도 발생하지 않고, 주인공은 여행을 통해 「무진기행」의 윤희중처럼 '나는 심한 부끄러움을 느꼈다.' 운운하는 자괴감도 받지 않는다. 한편, 여행을 떠나기 전 주인공은 해만으로 숨어들었다가 잡힌 존속 살해범에 대해 관심을 보인다. 여기서도 어쩌면 독자는 이런 방식의 서사 진행을 기대했을지 모른다. 해만에서 주인공은 매스컴에서 보고된 바와 다른 존속 살해범의 실제를 이해하게 되고, 이를 통해 그와 자신이 다르지 않다는 것을 깨닫게 되며, 결국 정신적 성장을 이룬 후 수도로 되돌아온다 운운. 그러나 이 소설은 이 같은 독자의 기대도 여행서사의 관습도 충족시키지 않는다. 이 소설에는 어떤 자아성찰도 어떤 성장도 어떤 사건도 없다. 그렇지만 소설 속 인물들은 이 같은 빈 공간 해만에서 편안함을 느끼는 듯하다. 하지만 바우만이 빈 공간은 언제든 자본에 의해 다음 단계의 장소로 포섭될 수 있다고 경고했듯이, 해만 역시 휴양지로 변해갈 것이라는 암시가 소설 곳곳에 드러난다. 서핑을 즐기고 바캉스를 보내러 사람들이 차차 해만으로 밀려드는 장면은 해만이 언젠가 수도의 광대한 의미 속에 포섭될 것을 예상케 한다. 만약 빈 공간이 그 같은 자본제의 의미들로 채워지면 어떻게 될까? "그처럼 해만에서 내가 보았던 것은 천천히 모든 것이 멀어지고 사라지는 것이었다. 사라지고 나면 무엇이 남나요? 사라진 곳에 대고 묻는다. 결국 텅 비어버린 자신이 강렬해질 뿐이지."(304쪽) 이 답변에서 자본제의 의미들로 채워졌는데도 텅 비어버린 개인이란 어떤 존재를 뜻할까. 질문을 김애란에게 건네 보자.

　「해만」의 인물들이 빈 공간으로 이동할 수밖에 없듯, 김애란의 「니약 따」 속 인물들도 서울에서 도피하고 싶어 한다. 언뜻 보면 수도의 힘겨운 삶을 피하고자 해만으로 가려 하는 「해만」의 인물들과, 국문과를 졸업하고 27세가 되도록 아르바이트를 전전하고 대학원을 기웃거리는 「니약 따」의 서윤과 은지는 비슷한 처지에 놓인 것 같다. 그러나 서윤과 은지는 「해만」의 인물들과 다르게 우정과 유머를 잃지 않고 있다. 위선과 매너로 타자를 감싸면서 배척하는 인간들을 조롱할 줄 아는 이들은 서로의 차이를 불편하게 여기지 않고 오히려 우정의 조건으로 여기는 유쾌한 인물들이다. 이전 김애란 소설에서 자주 등장했던 어머니, 투박한 고집 아래 섬세한 배려의 마음을 지닌 그 어머니의 모습처럼 말이다. 그렇지만 서울에서의 삶은 우정과 유머와 조롱만으로는 방어하기 힘들 정도로 점점 가혹해진다. 심지어 타인과 관계 맺는 방식마저도 서울의 자본제적 삶과 비슷하게 변화된다. 혈혈단신으로 살아가는 서윤이 가족처럼 여기던 남자친구는 청혼 대신 이별을 고한다. 서울에 적응하지 못한 서윤과 사귀는 일은 불행하진 않지만 행복을 기다리게 만들고, 그 기다림이 지겹다는 점이 남자친구가 말한 이별의 이유다. 이들의 동남아 여행은 이런 사정을 담고 있다.

진리를 산출하는 철학의 조건 가운데 하나로 사랑을 강조하는 알랭 바디우는 사랑의 선언보다 선언 이후의 충실한 실천을 더 강조하는 듯하다.[15] 그는 사랑의 선언이 한 개인에게 이전과 다른 삶을 창안하는 사건이라면, 그 사건을 통해 진리를 이끌어내는 일은 선언만으로는 불가능하다고 말한다. 그에 따르면, 시간이 지나면서 변질될지 모르는 힘겨운 과정을 감내하면서 애초의 사랑을 계속해서 실천할 때 처음 선언했던 그 사랑이 비로소 '완성'된다. 자본주의로 완전히 포섭된 액체근대의 삶은 타인에 대한 사랑 없는 삶이 아니라 후사건적 실천이 제거된 사랑만이 난무하는 삶이다. 이곳에서 사람들은 사랑한다는 고백을 남발하지만 그 선언을 이끌어낸 최초의 마음을 지켜내기 위한 힘겨운 실천들을 손쉽게 망각한다. 그렇지만, 어쩌면 진정한 사랑은 후사건적 실천을 밀어내는 게 아니라 후사건적 실천 이후에 오는 것인지 모른다. 그렇게 실천되고 창안된 사랑은 해만처럼 자본제가 아직까지 포섭하지 못한 빈 장소와 다르지 않다. 서윤의 남자친구가 포기한 것은 사랑을 창안하는 데 필요한 그 충실성의 시간, 그 지겹고도 힘겨운 기다림의 시간이었다. 서윤이 여행을 결정한 이유는 여기에 있다. 자본제에 포섭되지 못한 빈 장소와 그 장소를 지켜내는 힘겨운 시간들을 경험하

---

15 "개인적으로 저(알랭 바디우—인용자)는 그저 단순하게 사랑의 시작에 대한 물음들이 아니라, 사랑의 지속성과 그 과정에 대한 물음들에 늘 관심을 기울여 왔습니다."(41쪽), "더구나 사랑은 만남으로도 환원될 수는 없는데, 이는 사랑이 구축이기 때문입니다."(43쪽) "물론 기적적인 만남의 순간은 사랑의 영원성을 약속합니다. 하지만 저는 덜 기적적이면서 훨씬 더 '힘들여 노력하는' 영원성의 개념, 다시 말해 단계별로 집요하고 끈덕지게 이루어진 시간적 영원성의 구축, 둘의 경험의 구축을 제안하고자 시도하는 것입니다."(90쪽) 이 같은 문장에서 우리는 사랑의 선언보다 후사건적 실천을 강조하는 바디우의 태도를 읽을 수 있고, 더불어 사랑이 선언에 그칠 때 고작 낭만적 사랑을 되풀이할 수 있다는 바디우의 경고를 읽을 수 있다. 알랭 바디우, 조재룡 역, 『사랑 예찬』, 길, 2010.

고 위안 받기 위해서 말이다. 그 빈 장소는 아직 개발되지 않은 동남아시아의 여러 나라들일 수 있고, 은지와 서윤의 우정일 수도 있다.

그런데 서울에서 서윤과 은지가 우정을 통해 자본주의 한 가운데 있는 빈 장소를 지켜냈던 것과 다르게, 이들은 자본주의가 빈 장소를 점령하는 방식으로 여행을 한다. 마치 제일세계 자유주의자들처럼 이들은 여행에서 마주친 타자들의 타자성을 뱉어내거나 먹어치우는 행위를 통해 자신의 동일성을 유지한다. 은지는 타자들을 배려 없이 하대하는 방식으로, 서윤은 그들을 위선적으로 존대하는 방식으로 말이다. 은지의 무거운 가방과 가벼운 입, 서윤의 가벼운 여장과 무거운 입은 타자와 연루하지 않으면서 타자를 구경하고 이용하게 만든다. 그런데 문제는 자본제의 포섭 메커니즘을 모방하는 이들의 여행이 그들이 그렇게도 소중히 여기던 빈 장소인 우정마저 왜곡시킨다는 데 있다. 서울에서 이들의 말장난은 세상의 위선을 공격하고 서로를 배려하게 했지만, 왜곡된 우정 속에서 그 말장난은 상대의 속내를 보지 않으려는 위선이 되고 만다. 백석의 시에서 아내도 집도 없이 박시봉의 헛간에 누워 있던 화자의 심정과 처지는 현재의 서윤의 상황과 다르지 않을 것이다. 그런데 백석의 시를 읊는 서윤의 외로운 마음이 드러나는 순간 은지는 말한다. "너는 과연 (…중략…) 국문학도로구나."(113쪽)

이처럼 우정이 텅 빈 채 홀로 강렬한 개인의 형상을 서윤과 은지에게서 본다면 과장일까. 앞서 우리는 바우만의 액체근대라는 개념을 보완하기 위해 거기에 작은따옴표를 쳤었다. 액체근대는 고체근대와 절연된 채 시간과 공간과 인간의 마음과 사회의 체제 모두를 자본에 포섭당한 근대라던 그의 사유는 아직까지 남아 있는 고체근대의 흔적들을 은폐할 수 있다면서 말이다. 작은따옴표는 액체근대에도 남아 있는 고체근대의 어떤 흔적들을 표현한다. 고체근대의 흔적은 민주주의의 열망을 억압하는 박정희식 차연일수도 있고, 자유롭고도 평등한 공동체를 창안하려 했던 민중들의 건강한 차연일 수도 있다. 후자의 차연은 이장에서 언급했던 빈 공간이기도 하고 우정이기도 하다. 박솔뫼와 김애란이 소설에서 그리고 있는 '액체근대'는 점점 그 흔적들이 사라진 모습을 보이고 있다. 그 '액체근대'는 폭압적인 권력도 없고 대안적 공동체의 기획도 없이 자본의 유동성으로만 점철되어 점차 작은따옴표의 흔적이 사라진 액체근대가 되고 있다.

4. 이제, 어디로?

우정도 사랑도 액체근대의 빈 공간이 될 수 없다면 이제 우리는 어디로 가야 하는가. 일찍이 일본에서도 '액체근대'가 액체근대로 홀로 텅빈 채 강렬히 변질되는 것에 반발하여 인도로 여행을 간 두 사람이 있었다. 일본의 사진작가 후지와라 신야와 옴진리교의 교주 아사하라 쇼코.[16] 그들은 왜 인도로 갔을까. 1960년대가 저물어 갈 무렵 미술을 전

16 이 글의 맥락 때문에 후지와라 신야가 말하고자 하는 중요한 내용이 축소될 우려가 있기에 그의 책에 대한 짧은 감상을 남긴다. 이 책은 저자의 인도 여행을 중심 소재로 다루고 있지만 여러 가지 중요한 메시지를 전하고 있다. 이를테면 저자는 옴진리교를 단죄하기 이전에 그들을 잉태한 사회구조를 점검하고, 아사하라 쇼코가 원한 가득 찬 유사종교 공동체를 만들 수밖에

공하던 대학생 후지와라는 산업화되는 사회에서 자신의 신체적 감각이 사라지는 것을 느낀다. 당시 그가 보기에 일본은 인간의 목숨을 최우선으로 생각하는 문명국을 세웠는데, 그 결과 에고이즘이 넘쳐나게 되었고, 결국 인간들은 자아와 목숨을 보호하기 위해 자발적으로 국가의 관리 체제 속에 자신을 맡기게 되었다. 죽음을 은폐하고 멀리하는 이성적인 장치 때문에 자아가 비대해진만큼 삶의 강렬함이 사라졌다고 느낀 그는 "신체의 리얼리티를 확인"(182쪽)하기 위해 1969년 인도로 떠난다. 그로부터 20여 년 후 옴진리교 교주 아사하라는 신도들과 함께 인도로 향한다. 탈속의 경지를 찾기 위해서였다. 후지와라가 문명의 외투를 벗은 알몸을 찾으러 인도에 갔다면 아사하라는 진아(眞我)를 찾기 위해 갔다. 다시 말해, 후지와라가 인도에서 삶의 강렬함을 찾으러 떠난 것과 다르게 아사하라는 삶을 초월하기 위해 인도로 떠났다.

인도 여행 후 일본으로 돌아온 그들은 종교에 대해 정반대의 관점을 지니게 된다. 후지와라는 일본에서 그렇게도 과보호되던 인간을 폐기물처럼 태워버리는 인도의 풍장(風葬)을 본 후 자신을 둘러싼 에고이즘을 버리게 된다. 인간의 목숨은 문명이 강조하는 것과 다르게 보잘 것 없으며, 자아와 목숨을 강조하는 종교는 허망한 관념을 조장한다는 것을 그는 인도 여행을 통해 알게 된다. 그래서 그는 종교에 대해서 이렇게 말한다. "종교인에게 요구되는 것은 극한 상황에 굴복하지 않고 마음의 평정을 유지하는 강인함이지만, 실제로는 인간적인 취약함을 잊게

없었던 이유 가운데 하나일 수 있는 그의 유년시절(미나마타 참사) 사건과 고향의 자연 환경 등을 살펴보며, 이러한 탐구에 자신의 인도 체험을 더하여 종교에 대한 사유를 개진한다. 이 책의 문장을 인용할 경우 팔호에 쪽수만 표기한다. 후지와라 신야, 김욱 역, 『황천의 개』, 청어람미디어, 2009.

해주는 망상이 종교적 성과로 대접받는 경우가 많다."(268쪽) 그러나 진아를 찾으러 인도로 간 옴진리교 교주 아사하라는 이러한 후지와라의 사유를 정반대로 실천한다. 아사하라는 자아를 강화하는 게 자신이 그렇게도 증오했던 일본 문명의 목표였다는 것을 몰랐고, 세속을 초월하는 낭만적인 명상 수련은 자본주의의 다른 판본이라는 점을 잊었기 때문이었다.

박솔뫼의 「해만」에는 아사하라 쇼코 같은 인물이 등장한다. 화자 '나'에게 전화를 건 사람은 자신도 해만에 가고 싶다고 말한다. "제 생각에 해만은 나른하게 지내기 좋은 곳 같거든요. 저는 너무 지쳐 있고요. 이곳이 아니라면 좋겠다고 생각하는데 해만이 그런 사람들에게 좋을 것 같아요. 뭐랄까, 느리게 호흡하는 가운데 중요한 뭔가를 찾을 수 있을 것 같은데 어떻게 생각하세요?"(203쪽) 느리게 호흡하면서 중요한 뭔가를 찾기 위해 해만으로 가려는 이 인물과 세속을 떠나 명상 속에서 진아를 찾기 위해 인도로 향했던 아사하라 쇼코를 겹쳐 보는 일은 지나친 것일까. 세속의 더러운 것들을 정화하는 이 같은 진아 찾기는 민주주의의 열정을 벌레 대하듯 박멸했던 박정희의 근대화를 다시 반복하는 일이다. 액체근대가 지워버린 흔적들을 되찾는 일은 너무나도 중요하지만 그것이 박정희식 고체근대를 모방하는 일로 변질돼서는 안 될 것이다. 1960년대 강렬한 고체근대가 지워버린 흔적은 정치(민주주의)였으며, 2000년대 강렬한 액체근대가 지워버린 흔적 역시 바로 그 정치이다. 그 흔적을 망각하지 않는 것은 사랑에 대한 후사건적 실천처럼 지난한 과정을 동반한다. 무진의 윤희중과 하인숙, 해만을 여행했던 여러 인물들, 동남아로 떠난 은지와 서윤, 이들은 모두 당대 '액체근대'에 빠르게 적응하지 못하는 무거운 자들이었고, 근대의 흔적들을 지울 수 없어 괴롭고도 쓸쓸한 시간을 감내했던 인물들이었다. 그렇다면 이제 이들은 이 요동치는 액체근대에서 과연 어디로 나아갈 것인가. 앞으로 이는 우리가 박솔뫼와 김애란의 소설들을 대할 때마다 건네야 할 질문이다.

사랑의 파르마콘

1. 사랑의 파르마콘

편혜영, 김숨, 윤이형, 이렇게 개성 넘치는 작가들의 소설집 세 권을 한자리에 놓고 읽으며 이 단편들을 하나의 꾸러미에 담게 해줄 주제어가 무엇인지 고민하다 보니 사랑이 떠오른다. 그런데, 그나마 이렇게 넉넉한 품새여야 어느 작품 하나 송곳처럼 주머니 밖으로 튀어나오지 않을 거라는 식의 안도와 더불어 이른바 낭중지추의 매력을 은폐하는 것은 아닌가 하는 근심이 밀려든다. 그렇지만 아무리 신중히 고르고 고른 키워드라고 하더라도 사랑이라니, 도대체 사랑이라니. 모든 문학의 수수께끼를 풀어 준다는 그 만능열쇠 같은 사랑 말인가. 신경숙도 윤대녕도 은희경도 아니고 편혜영과 김숨과 윤이형에게, 그야말로 유폐된 사체와 부패의 냄새와 황폐한 모래와 파충류와 백치와 좀비가 난무하는 이들 소설에게, 그것도 우정이나 사랑같이 돈 안 되는 것들마저 죄다 돈으로 포섭하는 '액체근대(Liquid Modernity)'에 사랑이라니. 이만큼이나 뜨악하기에 우리는 다시 물어야 한다. 도대체 사랑이란 무엇인가. 이에 답변을 마련하는 일이 이들 세 작품을 넉넉히 안으면서 탄탄히 조이는 주머니를 만드는 일과 다르지 않기를 바라면서, 『파이드로스(*Phaedrus*)』에게 기대어 보자.

플라톤의 『파이드로스』는 사랑에 대한 이야기이자 사랑을 표현하는 수사술(말과 글)에 대한 이야기이다. 요컨대 사랑의 내용과 사랑의 형식이 『파이드로스』에서 다뤄지는 두 가지 핵심 문제이다. 이 이야기에서 대화를 방해하는 매미의 돌연한 울음소리를 기점으로 하여 이 같은 두 문제는 정확히 양분된다. 그렇지만 지금으로부터 2,400여 년 전에 쓰인 이야기를 읽으면서 무엇보다도 흥미로운 것은 이러한 문제의식이나 절묘하게 균형 잡힌 이야기 방식이라기보다 천궁 밖의 이데아를 향해 날아가는 마차에 대한 플라톤의 상상력이다. 플라톤에 따르면 이데아를 향하는 마차의 운동은 기질이 다른 두 마리 말에 의해 진행된다. 한쪽의 말은 생김새가 반듯하고 사지가 늘씬하며 분별력과 수치심이 있고 명예를 사랑한다면, 다른 쪽 말은 몸이 구부정하고 무거우며 부끄러운지 모르고 육체적인 사랑만을 갈구한다. 천상을 넘어 이데아까지 나아가기를 갈망했던 플라톤은 무슨 이유로 몸이 무겁고 분별력 없는 말을 필요로 했을까? 열등한 말에게도 마차를 끌도록 한 이유는 무엇일까?

답하기 전에 먼저 이데아를 향하는 두 마리 말을 각각 이데아를 기억하고 있는 사본(寫本)과 이데아를 망각한 시뮬라크르라고 가정한 후 소크라테스의 연설을 살펴보자. 『파이드로스』에서 소크라테스는 사랑에 관해 상반되는 두 번의 연설을 한다. 처음 연설에서 그는 사랑이 인간을 쾌락에 빠지게 하여 분별력을 상실케 한다고 비난한다. "늑대가 양을 좋아하듯, 사랑하는 사람은 아이를 사랑"[1](46쪽)한다는 그의 연설에는 사랑이 이데아를 망각하게 하는 시뮬라크르라는 전언이 담겨 있다. 그런데 두 번째 연설에서 그는 첫 번째 연설과 다르게 사랑이야말로 이데아로 상승케 하는 중요 단계라고 주장한다. 아름다운 대상들에 대한 사랑이 개별성을 뛰어넘어 아름다움 자체라는 보편성에 대한 사랑으로 상승하기 때문이다. 이 연설에서 사랑은 시뮬라크르가 아니라 사본이다. 이렇게 소크라테스의 연설이 모순된다면, 도대체 사랑은 사본인가 시뮬라크르인가? 소크라테스는 자신의 두 연설을 나눔과 모둠의 형식, 즉 변증술로 이해해야 한다고 답하고 있다. 이데아로 나아가기 위해서는 탁월한 말과 열등한 말이 동시에 필요하다는 대답이다. 그렇기에 사랑은 이데아를 보여주는 약이자 이데아를 망각시키는 독, 파르마콘(약/독)이 된다. 저자인 플라톤의 의도가 어떠했건 간에, 『파이드로스』는 오로지 사본만으로는 이데아에 다가갈 수 없다는 것을 알려 준다. 진정한 사랑은 사본과 시뮬라크르의 불가능한 만남 속에서, 다시 말해 약과 독의 긴장 속에서 배태된다. 사본 없는 사랑은 인간에게 "경외심 없이 쾌락에 몸을 던져 네발 가진 짐승처럼 아이를 올라타게 하고, 무분별하게 몸을 섞으면서 두려움을 모르고 본성에 어긋난 쾌락을 좇으면서 부끄러움을 모르게 한다."(73쪽) 반면 시뮬라크르 없는 사랑은 "신을 볼 때처럼 아이에게 경외심을 품게 하고 이 과정에서 영혼을 지상세계에서 벗

---

1 『파이드로스』의 대화체를 직접 인용하게 되면 이 글의 흐름이 다소 어색해지기에 의미를 손상시키지 않는 범위에서 조대호 선생의 번역을 약간 수정했다. 이후의 인용도 마찬가지다. 플라톤, 조대호 역, 『파이드로스』, 문예출판사, 2008.

어나게 한다."(74쪽) 타자(아이)를 잡아먹는 사랑이거나 타자에게 잡아먹히는 사랑이 되지 않기 위해서는, 양립할 수 없는 특성이 동시에 출현하는 사랑의 파르마콘을 정직하게 받아들이는 용기가 필요하다. 그 용기를 소크라테스는 변증술이라고 말하고 있다. 그 같은 변증술의 힘이 없다면 마차는 천궁을 넘어 이데아로 나아가지 못한다.

이 같은 사랑이 우리가 편혜영, 김숨, 윤이형의 소설에서 살펴보고자 하는 사랑이다. 사본만의 사랑도 아니도 시뮬라크르만의 사랑도 아닌 이 두 개가 겹쳐 있는 이상한 복수(複數)의 사랑 말이다. 주지하다시피, 사본을 대변하는 명제는 '오로지 (이데아와) 유사한 것들만이 차이를 낳는다'이고, 시뮬라크르의 명제는 '오로지 (이데아와 다른) 차이들만이 유사하다'이다. 사본들만의 복수는 이데아로 수렴되고 이데아로부터 배분되는 유사한 것들일 뿐이지만, 사본과 시뮬라크르가 동시에 고려되는 복수는 유사한 것들을 세는 방법으로는 셈할 수 없는 이율배반적인 시뮬라크르들을 함께 가산할 때 드러나는 다수이다. 그렇기에 우리는 이 세 권의 소설집이 어떤 한계를 지녔기 때문이 아니라 이같이 이상하고도 이율배반적인 사랑의 복수를 살펴보기 위해 함께 읽을 필요가 있다. 그런데 "죽음을 기다리는 일 말고는 어떤 일도 할 게"[2](49쪽) 없는 도시에서 누군가 여자에게 구애를 하고 있다. 먼저 편혜영의 소설을 펼쳐 보자.

---

2 이 글에서 다루는 소설들은 모두 다음의 책을 따르고 소설의 문장을 직접 인용할 경우 괄호에 쪽수만 표기한다. 편혜영, 『저녁의 구애』, 문학과지성사, 2011; 김숨, 『간과 쓸개』, 문학과지성사, 2011 : 윤이형, 『큰 늑대 파랑』, 창작과비평사, 2011.

2. 사랑 없는 구애

　『저녁의 구애』에 실린 단편들에 따르면 삶은 마치 정확한 비례식을 따라 진행되는 듯하다. 이를테면, 「토끼의 묘」에서는 '그 : 토끼 = 회사 : 그 = 그 : 선배 = 후배 : 그'라는 비례식을 추출할 수 있다. 그가 길 잃은 토끼를 다루는 방식은 회사가 그를 부리는 방식과 유사하고 그가 선배와 맺고 있는 관계와도 유사하며 후배가 그와 맺게 되는 관계와도 유사하다. 결국 자신의 의사와 무관하게 공원에 버려지거나 줄곧 케이지에 갇혀 지내야 하는 토끼처럼 그 역시 주체적 의지와 무관하게 회사로부터 망각된 존재가 되거나 회사의 시스템에서 한 치도 벗어날 수 없는 사람으로 남을 것이다. 이 비례식은 또 이렇게도 해석될 수 있다. 토끼가 집에 들어오거나 사라져도 그의 일상이 변하지 않듯, 파견지에서 그가 임무를 수행하거나 그곳을 일탈하더라도 회사는 피해를 보지 않으며, 선배가 있건 없건 간에 그의 파견 근무는 정상적으로 이루어지고, 마찬가지로 그가 있건 없건 간에 후배의 파견 근무는 무리 없이 이루어질 것이다. 이외에도 수식의 어느 부분을 떼어 내서 해석하더라도 비례식의 규칙만 지킨다면 모두 틀리지 않을 것이다. 가령, 비례식의 끝 부분(그 : 선배 = 후배 : 그)만을 떼어 내어 그가 사라진 선배의 집 대문을 두드리듯 후배가 사라진 그의 집 대문을 두드린다고 해석해도 역시 틀리지 않게 된다. 이처럼 유사성과 대칭성으로 조직된 비례식의 비율에서 벗어난 예외적인 삶은 『저녁의 구애』 전체에 걸쳐 단 한 번도 등장하지 않는다. 비례식에서 비의 전항이 변하는 만큼 후항이 변하여 동일한 비율을 계속해서 유지되듯, 지금까지의 일상이 파견 근무 때문에 변하게 되더라도 파견지의 일상은 결국 떠나기 전의 일상과 다르지 않도록 조정된다.

파견 근무만이 아니다. 모처럼 회사에서 벗어나 여행을 떠나도 마찬가지다. 「정글짐」의 주인공은 떠난 곳과 유사한 생활을 여행지에서도 반복한다. 모국에서는 회계사로서 매사 손해를 보지 않기 위해 긴장했듯이 여행지에서 그는 길을 잃지 않기 위해 애쓴다. 이에 따라 이 소설의 공식은 이렇게 추출될 수 있다. 고국 : 회계 업무 = 타국 : 여행. 다시 말해, 고국에서 회계 업무를 보던 삶의 패턴은 어느 곳에 가더라도 비례식의 비율처럼 변할 수 없는 규칙으로 작용한다. 타국으로의 여행은 '고국 : 회계 업무'의 비율을 파괴하는 게 아니라 그 비율을 조금 다른 형태로 반복할 뿐이다. 그렇기에 타국으로의 여행은 고국에서의 회계 업무를 위해 필요하고, 비일상적 일탈은 일상적 질서를 강화하기 위해 필요하며, 타자의 차이는 자아의 동일성을 확고히 하기 위해 필요하다. 이 상황을 「크림색 소파의 방」이나 「산책」 속 주인공의 말로 바꾸면 이렇다. "좀 더 일찍 자리를 잡기 위해 떠났던 것일 뿐, 서울을 떠나 살 생각 같은 것은 애당초 없"(195쪽)다. 그러므로 지방 파견 근무는 서울에서의 삶이 은폐했던 주체적인 삶의 가능성을 찾기 위해서 필요한 일탈이 아니다. 도리어 그것은 서울에서의 삶을 더욱 공고히 하기 위해 필요한 일탈 아닌 일탈일 뿐이다.

『저녁의 구애』에서 대개의 인물들이 가장 두려워하는 일들은 진짜 일탈이고 진짜 여행이며 진짜 타자이다. 이때 진짜라는 표현은 어떤 과잉을 의미한다. 진짜 일탈은 이전의 규칙을 무화시키고, 진짜 여행은 정해진 여로를 벗어나게 하며, 진짜 타자는 안전거리를 유지하지 않는다. 「산책」의 그에게 두려운 것은 멀리 집 밖에서 울어대는 멧돼지가 아니라 피부에 달라붙는 하루살이고, 「관광버스를 타실래요?」의 에스에게 귀신의 집보다 무서운 것은 비 오는 날 보도블록 위를 걷는 일이다. 그 이유를 에스는 이렇게 답한다. "보도블록. 나는 그게 무서웠어. 내가 애쓸수록 점점 더러워지게 했으니까."(116쪽) 이들에게 진짜 타자는 무서운 외양이나 압도적인 힘을 지닌 자라기보다 이들에게 달라붙어서 규칙을 더럽히고 결국에는 이들의 통제를 벗어나는 것들이다. 그렇기에 『저녁의 구애』의 인물들이 타자와 관계 맺는 데 선호하는 방식은 원거리 통신이다. 이들은 "전화와 서류로 모든 게 해결되는 일"(94쪽)만을 마치 규칙처럼 수행한다. 안 뒤푸르망텔은 자크 데리다의 환대 개념을 요약하는 자리에서 환대는 주체와 타자의 대칭성에 근거하지 않고, 칸트가 내세우는 평화적 이성에 반대하며, 주체의 평온함을 파괴하는 타자의 근접성(obsession)을 인정한다고 말한다. 이를테면 칸트는 살인자들이 찾아와 자신의 집에 숨어 있는 이방인의 행방을 묻는다면 비록 손님을 죽음으로 내몬다고 하더라도 살인자들에게 거짓말을 하지 말아야 한다고 주장한다. 진실을 말하는 것은 휴머니즘의 기반이자 사회의 규칙이기 때문이다. 데리다는 칸트가 진실을 옹호한다는 제스처를 통해 환대의 어려움에 대한 힘겨운 사유를 손쉽게 포기한다고 지적한다. 칸트의 순진한 생각과 다르게 환대는 휴머니즘을 넘어서야 하는 어려움과, 주인과 이방인 사이의 관계와 주인과 살인자 사이의 관계에서 이루어지는 대칭성을 반대해야 하는 용기를 동시에 요구한다. 평화적 이성의 규칙을 넘어서는 환대가 이루어질 때 타자는 마치 사진의 현상액과 같이 주체에게 스며들어 인식과 감각의 새로운 가능성을 제시한다. 데리다가 환대는 시적(詩的)일 수밖에 없다고 말할 때, 그 의미는 환대가 규칙적이고 평화적인 이성을 넘어서는 과도함과 두려움과 신비로움을 동반함을 뜻한다. 이 같은 근접성 때문에 타자는 주체의 인식에 따라 재단되거나 재현되지 못하고 도리어 주체를 압도하게 된다. 편혜영의 인물들에게 가장 두려운 것은 바로 그와 같이 너무 가까워서 제대로 통제할 수 없는 타자이다. 그들에게는 타자의 종류보다 타자와의 거리가 중요하다. 그렇기에 그들은 규칙을 파괴하는 알코올중독자가 아니라 규칙을 지켜 내는 "성실한 알코올중독자"(208쪽)를 선호한다. 다르게 말해 그들은 중독 없는 중독자이고 중독으로부터 거리를 둔 중독자이다. 이처럼 원거리 통신은 타자의 과도한 접근을 방어해 준다. 그 거리 때문에 그들은 자신이 보고 싶은 것과 듣고 싶은 것만을 취할 수 있게 된다. 그래서 그들은 안전한 만큼 무지하게 되고 무지한 만큼 잔인해질 수 있다. 「통조림 공장」의 공장장 부인은 남편이 실종됐다는 전화를 멀리 T국에서 받게 된다. 부인은 고국과 T국 사이의 거리만큼 남편의 실종에 대해 이해할 수 없고, 이해하지 못하기에 이런 말도 서슴없이 할 수 있다. "내가 귀국한다고 갑자기 남편이 나타나는 것도 아니잖아요. (…중략…) 죽었더라도 마찬가지죠. 내가 간다고 살아오는 것도 아니잖아요. 만약 시체가 발견된다면 그때 가겠어요."(217쪽)

이제, 여자로부터 남쪽으로 380킬로미터 정도 떨어진 도시에서 사랑을 고백하는 남자 김에게로 돌아가 보자. 김이 남쪽 도시에서 경험하는 것은 자신의 예상과 통제를 넘어서는 것들뿐이다. 오랜만에 전화를 건 친구의 저의는 이해할 수 없고, 예상과 다르게 어른은 죽지 않으며, 쉽게 구하리라 생각했던 재난 대비용 통조림은 살 수 없다. 이렇게 통제 불가능한 상황의 최종 결과를 복선으로 보여주듯 자신의 것과 같은 종류의 트럭은 눈앞에서 전복되어 불타고 있다. 여자를 향한 김의 구애는 통제될 수 없는 것들을 근거리에서 마주치는 경험에서 비롯된다. 김이 구애하기 위해 여자에게 전화하는 장면은 「크림색 소파의 방」에서 진이 이삿짐센터 직원과 보험회사 직원에게 전화하는 장면을 연상케 한다. 남쪽 도시에서 타자의 침범을 방어할 수 없었던 「저녁의 구애」 속 김의 경험을 이유 없이 멈춰 선 자동차 때문에 고속도로 위에 놓인 진 역시 겪고 있다. 김과 진의 전화는 모두 타자의 침범으로부터 다시 안전거리를 유지할 수 있도록 도움을 청하는 일종의 구조 요청이다. 그렇기에 김과 여자의 사랑이 타자를 환대하는 가운데 이루어지는 두렵고도 시적이며 신비로운 사랑이 아닐 것임은 자명하다. 오히려 김의 구애는 타자에 대한 안전거리를 확실히 위지하기 위한 구조 요청이고, 다르게 말하면 일상의 규칙과 비율을 반복하는 또 다른 규칙과 비율이다.

3. 말년의 양식

그런데 흥미롭게도 편혜영의 단편 「크림색 소파의 방」에서 원거리 통신은 통제 불가능한 타자의 침입을 방어해 주는 역할뿐만 아니라 타자의 통제 불가능한 성격마저 부각시킨다. 전화로 아무리 자세히 설명한다 하더라도 진은 이삿짐센터 직원과 보험회사 직원을 자신의 의도 대로 부릴 수 없게 된다. 타자에 대한 방어의 방책인 원거리 통신이 도리어 타자의 침입을 가중시키게 한 것이다. 이처럼 먼 것이 돌연 가깝게 되는 전환이 타자에 의해 이루어진다. 타자의 침입을 비례식 같은 규칙과 평화적 이성과 적절한 거리를 통해 방어할 수 있을 것이라는 생각이 한낱 환상에 불가능하다는 사실, 다시 말해 방어할 수 있는 방법을 아는 타자는 이미 타자가 아니라는 사실이 드러나는 장면이다. 이런 장면에 담긴 전언을 더 심각하게 밀고 나가면 바로 김숨의 신작 『간과 쓸개』와 만나게 된다.

이 소설집에는 갑작스레 서사가 마무리되는 단편들이 실려 있다. 「간과 쓸개」, 「모일, 저녁」, 「흑문조」, 「육(肉)의 시간」처럼 본문이 장으로 구분되어 있는 경우 특히 이처럼 불안하고 갑작스런 종결이 형식적으로 두드러진다. 장을 구분한 목적이 무색할 정도로 본문의 분위기와 분량의 안배를 맞춰 장이 구분되지 않은 채 소설이 끝나기 때문이다. 이를테면 1장이라고 표시했던 장 구분이 기억나지 않을 만큼 장황하게 서술되던 서사가 한 페이지도 안 되는 2장에서 끝나는 소설이란 얼마나 형식적으로 불안한가. 2장에서 갑자기 종결되는 「모일, 저녁」은 형식뿐만 아니라 내용에서도 해결되지 않는 잔상을 강력히 남기고 있다. 2장에 이르자 아버지는 갑자기 사라지고 엄마는 전화선을 목에 감고 누워 있으며 치매 걸린 할머니는 식탁 앞에 앉아 있고 아버지가 굽던 전어는 머리만 남아 있다. 이처럼 1장에서 전개되던 사태가 2장에서 연속적으로 이어지지 않고 단절되기 때문에, 소설의 마지막 부분에서 전달되는 이해할 수 없고 심지어 기괴하기까지 한 느낌은 소설이 끝나도록 해소되지 않는다. 만약 소설의 작법을 가르치는 교과서라면 잘못 쓰인 소설의 예로 선택할 듯한 결말 처리다. 본격적으로 사건이 절정에 이르는 장면에서 소설이 중단됐기 때문이다. 이런 기괴한 장면을 조금 헐겁게 환상이라고 부를 수 있다면, 김숨의 소설에서 환상 세계는 우리가 현실이라고 믿고 있는 정상 세계에 의해 제압되지 않는다. 그녀의 소설은 환상이 극대화된 자리에서 끝나며 기괴함은 끝내 해소되지 않은 채 남게 된다. 그렇기에 자신이 믿어 왔던 현실이 예상과 다르게 뒤집어지는 사태 앞에서 「간과 쓸개」의 예순일곱 살 먹은 주인공은 울게 되고 「모일, 저녁」의 주인공은 "무서워 죽을 것 같"(83쪽)다며 떨게 된다.

한편, 김숨의 소설에서 익숙한 것들은 곧잘 낯선 것들로 비유되곤 한다. 변두리 버스 차고에는 시내버스가 "팔려가는 코끼리들처럼 정차해"(59쪽) 있고, 수십 년간 보아 왔던 101호집 할머니는 "고양이처럼 매섭게"(83쪽) 나를 노려보고, 35년 동안 버스 정류장 간이 매표소에서 일한 엄마의 다리는 "홍학의 모가지처럼"(87쪽) 가늘어졌고, 정년퇴임한 곽노가 지내는 북쪽 방은 "철광석만 같다."(129쪽) 이 같은 비유법에서 원관념은 보조관념의 도움으로 뜻이 명확해지는 게 아니라 기괴해진다. 흡사 보조관념이 원관념을 압도해 버린 꼴이다. 이 같은 표현들이 직접적으로 표현되지 않았다고 하더라도 소설에서 주인공들은 소설에서 스치듯 등장하는 보조물들과 연결된다. 「간과 쓸개」에서 "노르스름한 튀김반죽을 잔뜩 뒤집어쓰고 필사적으로 꿈틀거리는 미꾸라지"(25쪽)와 크림빵에 극성스럽게 달라붙은 개미와 수도 계량기통 속 썩은 물에 가득한 귀뚜라미는 묵밥집에 피난민처럼 달라붙어 우왕좌왕하며 밥을 먹는 주인공의 모습과 다르지 않다. 심지어 이 같은 비유의 연쇄를 한 편의 소설 너머에서도 발견할 수 있다. 이를테면, 「모일, 저녁」의 반지하에 사는 치매 걸린 노파를 보며 「간과 쓸개」의 수도 계량기통 속에 기괴한 모습으로 앉아 있던 귀뚜라미를 떠올리는 것도 가능하다. 이처럼 김숨 소설에서 인간들이 그렇게도 혐오했던 미물들인 미꾸라지, 귀뚜라미, 개미, 자라, 붉은 얼굴원숭이, 다리 잘린 흑문조 등은 어느 순간 바로 그 인간들과 다르지 않게 되는 섬뜩함을 자아낸다.

그런데 『간과 쓸개』에는 대부분 늙거나 낡은 것이 소설의 중심을 차지하고 있다. 노인과 낡은 집은 변화 없이 정체되어 있다. 노인들은 「북쪽 방(房)」의 주인공 곽노처럼 문밖으로 나가듯 문 안으로 들어가 외부세계와 단절하고, 낡은 집은 「흑문조」에서 계단이 사라져 허공에 떠 있던 집처럼 이웃의 출입을 완강히 거절한다. 이외에도 아직까지 늙지도 낡지도 않은 것들은 미라나 석녀나 박제된 동물이나 유통기한 지난 상품처럼 생명력이 이미 소진된 상태이다. 「육(肉)의 시간」에서 스무 살 안팎의 외모를 지녔지만 이미 수백 년은 더 늙어 보였던 여자처럼 말이다. 그렇지만 그들은 편혜영의 인물들처럼 반복되는 일상의 규칙을 지켜 내기 위해 분주하지 않다. 김숨의 인물들은 단절과 폐칩 속에서 절망하고 있다. 서사가 돌연 종결되듯, 보조관념이 원관념을 압도하듯, 인간이 미물과 다르지 않게 되듯, 쇠에 녹이 슬듯, 유기체인 간에 무기체인 담석이 생기듯, 자신의 삶에 정반대의 죽음이 이유 없이 돌연 출연할 것을 이들은 잘 알고 있기 때문이다. 『간과 쓸개』에서 유일하게 등장하는 어린 인물인 「럭키슈퍼」의 화자 '나' 역시도 이 같은 사실을 명확히 알고 있다. 아버지를 구더기가 들끓도록 부패한 생태처럼 보이게 만들고 유통기한 지난 간장처럼 사람들로부터 소외되게 만든 돈을 우주 밖으로 던질 수 없다는 사실 앞에 어린 '나'는 이미 절망해 있다. 생의 다른 가능성을 포기하고 있다는 점에서 「럭키슈퍼」의 화자는 이 소설집에서 유일하게 어린 화자이지만 이 소설집에서 반복적으로 등장하는 노인들과 다르지 않다. 즉, 「사막여우 우리 앞으로」의 여자가 단지 울어야 할 시간이 됐다고 말했던 것처럼, 김숨 소설의 노인들은 삶이 필연적으로 울게 되어 있다는 사실 앞에 절망해 있다.

예술가들이 일생의 마지막 무렵에 남긴 작품들을 분석하는 자리에서 에드워드 사이드는 말년의 특징을 망명자의 부정성과 성숙한 주체성으로 요약한 바 있다. 그에 따르면 편견과 아집의 세계로부터 벗어난 말년의 인물들은 "깨달음과 즐거움 간의 모순을 해결하지 않고 둘 모두를 그대로 드러내는 힘"[3]을 지닌다. 깨달음만을 위해 즐거움을 억압하거나 즐거움만을 위해 깨달음을 망각하면서 화해가 이루어졌다고 말하는 기만은 말년의 스타일이 아니다. 그렇다면 김숨의 소설에서 노인들은 어떠한가. 사이드에게 말년의 양식이 모순적인 것들의 화해 불가능성에도 절망하지 않는 강한 긍정성을 지닌 반면, 김숨의 인물들에게 그 양식은 삶과 죽음의 동시적인 출현을 알려 주는 모순을 잘 알게 하기 때문에 다른 삶의 가능성을 더 강력하게 포기하도록 하는 거대한 절망을 낳는다. 김숨이 그리고 있는 말년의 양식은 생의 근원적인 모순을 알고 있다는 점에서 사이드와 유사하지만 그 모순 앞에서 절망한다는 점에서 사이드와 다르다. 이 같은 김숨 소설 속 인물들의 특성은 편혜영 소설의 인물들과도 대비된다. 편혜영의 인물들이 타자가 만들어 내

에드워드 W. 사이드, 장호연 역, 『말년의 양식에 관하여』, 마티, 2008, 211쪽.

는 삶의 모순을 은폐하기 위해 분주하다면 김숨의 인물들은 그 모순에 절망한 채 제자리에 멈춰 있다. 그렇기에 편혜영의 인물들에게 사랑은 타자와 거리를 확보하기 위한 기만적인 행위인 반면, 김숨의 인물들에게 사랑은 시작부터 절망의 냄새를 피워 낸다. 가령, 「북쪽 방」의 곽노는 아직 육체는 젊지만 이미 석녀(石女)가 된 조카를 보며 이렇게 반문한다. "육체에 대한 지나친 겸손과 혐오가 조카를 석녀로 만들고 있는 것은 아닐까."(150~151쪽) 우리는 사랑이 독을 이끌고 오는 약이란 사실에 절망한 말년의 인물들에게 곽노의 반문을 빌려 이렇게 말할 수 있다. '사랑의 모순성에 대한 지나친 걱정이 사랑을 시작조차 하지 못하게 하는 것은 아닐까.'

4. 자기애를 넘어선 자기배려

만약 편혜영과 김숨의 소설이 이곳 중력의 완강함을 알려 주는 반면 중력을 벗어나는 대안을 찾지 않아서 조금 답답한 독자가 있다면 우리는 윤이형의 「스카이워커」나 「완전한 항해」를 추천할 수 있을 것 같다. 윤이형의 소설은 물리적이면서도 인식적인 중력을 넘어서는 자들에 대해 이야기하고 있기 때문이다. 그런데 앞서 언급된 두 작가가 어떤 대안을 제시하지 못했다는 점을 작가의 한계로 본다면 이 견해는 조금 수정될 필요가 있다. 이를테면, 편혜영의 소설은 삶이 마치 정확한 비례식을 따라 진행되는 것 같다고 알려 주지만 역설적이게도 소설마저 어떤 비례식의 규칙에 따라 씌어지는 느낌이 있다고 꼬집는 의견이 있다면, 이 비판은 조금 더 세공될 필요가 있다. 우리가 편혜영의 다음 소설에서 기대해야 하는 것은 어설픈 대안이 아니다. 그 대신 우리는 '동일성의 지옥'(김형중) 같은 현실에 대한 좀 더 다양하고 구체적인 접근을 제안할 수 있을 것이다. 편혜영의 소설에는 회사에 종속된 인물이나 회사를 그만두고 화원을 차린 인물이나 모두 반복되는 일상의 규칙에서 벗어나지 못한다. 시스템에 종속된 개인과 그곳에서 벗어난 개인이 크게 다르지 않은 삶을 살아간다. 시스템의 안팎에 놓인 개인의 문제에 집중하는 편혜영의 소설에게 우리가 제안하는 구체적이고도 다양한 접근은, 예를 들면 시스템의 구체적인 메커니즘에 대한 이야기와 자발적으로 대안 집단을 구성한 자들의 이야기가 편혜영의 소설에서는 한 번도 다뤄지지 않았다는 사실에서 비롯된다. 시스템의 메커니즘이 알 수 없는 미로처럼 추상적으로 변한다는 전언만큼이나 궁금한 것은 시스템이 추상적으로 변모하는 구체적인 과정이고, 다양한 시스템에 대한 천편일률적인 비판만큼이나 궁금한 것은 시스템의 개별성에 기반한 비판이다. 후자의 한 예로 우리는 시스템에 대항하는 대안적 집단의 가능성과 한계를 언급한 것이다. 다시 말해, 우리가 『저녁의 구애』에서 드러난 문제의식을 존중하면서도 조심스레 제안하고 싶은 것은 성급하게 대안을 제시함으로써 현재의 문제의식을 포기하라는 게 아니다. 좀 더 다양하고 구체적으로 현실에 접근할 때 지금의 문제의식이 강화될 수 있다는 사실을 우리는 그녀에게 건넬 수 있을 것이다.

실제로 윤이형의 소설은 편혜영과 김숨이 보여주었던 동일성의 감옥에서 벗어나는 대안의 가능성을 보여준다. 하지만 윤이형 소설이 가장 경계하는 것이 바로 성급한 대안 제시라는 점을 간과해서는 안 된다. 「스카이워커」에서 트램펄린 선수인 주인공 '나'는 "이곳의 중력"(46쪽)에 지쳐 있다. 트램펄린과 관련된 스포츠 규정과 종교 의식은 '나'에게 물리적이면서도 인식적인 자유를 억압하기 때문이다. '나'는 스포츠 규정과 종교 의식이 비합리적이면서도 납득하기 어려운 환상 구성물에 불과하다는 사실을 잘 알고 있다. '나'는 이런 환상 구성물을 믿는 척하는 가식적인 태도를 거부하며, 트램펄린의 구속 너머에 있는 새로운 삶의 대안을 찾아 나선다. 그 과정에서 '나'는 벽 너머 세계에 존재하는 탕탕을 새로운 삶의 가능성으로 동경하게 된다. 그런데 「스카이워커」는 트램펄린으로 대변되는 이 세계의 억압성을 비판하고 저 벽 너머 탕탕의 세계를 새로운 가능성으로 언급하는 소설이 아니다. 이 소설이 말하고자 하는 핵심은 트램펄린 코치와 친구 혜민의 언급을 통해 단적으로 드러난다. 이 세계의 허위의식에서 벗어나지 못하는 사람들을 조소하는 '나'에게 코치는 말한다. "네 생각이 나와 다르다는 건 알겠다. 하지만 그 사람들이 뭘 잘못했니? 네가 믿지 않는 신을 여전히 섬긴다고 그게 썩은 거냐?"(29쪽) 더불어 트램펄린의 세계를 조롱하고 탕탕의 세계만을 동경하는 '나'에게 혜민은 이렇게 말한다. "왜 네가 가진 걸 소중하게 생각하지 않아? 왜 너한테 없는 것만 그렇게 갖고 싶어해?"(35~36쪽) 코치와 혜민의 지적은 『큰 늑대 파랑』에 내장된 문제의식을 정확히 관통한다. 윤이형의 소설은 이곳 중력을 따르는 자들에 대한 냉소와 조롱보다 존중과 이해의 태도가 앞서고, 그러면서도 그 존중과 이해가 현실에 대한 순응으로 전락하지 않도록 하는 방법을 치열하게 고민한다.

그 방법을 그녀의 소설은 더 먼 곳에서 찾는 것이 아니라 혜민의 지적 대로 더 가까운 곳에서 찾고 있다. 시스템에 종속된 자들의 처지를 이해하고 존중하려는 마음이 앞서기에 윤이형의 소설은 편혜영과 김숨의 소설보다 좀 더 따뜻하고, 그러면서도 시스템을 벗어나게 하는 대안을 찾고자 하기에 좀 더 환하다. 그렇다면 더 가까이에 있는 가능성이란 무엇인가. 「스카이워커」의 '나'는 코치와 혜민의 지적을 통해 탕탕역시 트램펄린처럼 구속이 있다는 것을 차츰 깨닫게 된다. 탕탕의 고수유리가 보여준 스카이워크도 각고의 노력을 통해 이루어졌으며, 탕탕의 세계에 살고 있는 아이들 역시 트램펄린 세계의 중력에서는 쉽게 벗어날 수 있더라도 탕탕을 즐길 재능을 노력 없이 얻지는 못한다. 이를통해 '나'는 재능적 구속과 규범적 구속을 스스로 이겨 내지 않고서는 탕탕이든 트램펄린이든 간에 새로운 삶의 대안이 될 수 없음을 깨닫는다. 이 같은 깨달음을 '나'는 이렇게 말하고 있다. "이곳의 중력을 바꾸려면 먼저 내 질량을 바꿔야 한다. 이 세계를 마스터해야 한다."(46쪽)

세상을 바꾸기 위해 먼저 나 자신을 바꿔야 한다는 메시지를 실천하는 또 다른 인물이 있다. 「완전한 항해」의 창연이다. 그런데 창연의 실천은 튜닝시스템에 종속된 변화이고 단지 돈만 있으면 가능한 변화이다. 주체적 의지를 상실한 변화라는 점에서 창연의 튜닝은 "신의 눈물" 덕분에 "평화롭고 목가적인 불멸의 삶"(77쪽)을 살도록 하는 루족의 환생과 흡사하다. 창연의 튜닝과 루족의 환생은 근본적으로 자기동일성을 확장하는 행위이기에 자기애의 다른 변형일 뿐이다. 자기애를 넘어서 자신을 변화시킬 수 있는 방법으로 이 소설은 창연의 에디션인 창의항해를 언급하고 있다. 창은 창연과 루족이 제시한 고정된 미래를 거부한다. '완전한 항해'는 튜닝시스템이 내세운 광고 문구이지만, 그 이름에 진정 값하는 항해는 99.82퍼센트의 정확도로 에디션을 통합하는 튜닝시스템의 항해에 있지 않고 시스템의 0.18퍼센트 오류 가능성을 증명해 낸 창의 비행에 있다. 시스템의 예언과 다르게 가장 추운 날 가장 뜨겁게 죽음으로써 창은 이전과 다른 생의 가능성을 발견하게 된다. 일찍이 미셸 푸코는 권력에 의거하는 자기통제 양식을 거부하게 하는 자기배려를 강조한 바 있다. 자기배려는 자기 자신의 삶을 마치 예술 작품과 같이 창조하는 일이며, 그 창조는 기존의 예속화된 자기통제 양식을 거절한 후 새로운 자기통제 양식을 발명하는 행위에서 비롯된다. 튜닝시스템과 루족의 전통을 동시에 거부한 후 스스로 자신의 삶을 개척하는 창의 비행은 푸코가 말한 자기배려에 정확히 부합되는 사례라고 할 수 있다.

그렇다면 창의 삶이 창연의 삶에 종속되지 않은 이유는 무엇인가. 다시 말해서, 자기배려가 자기애로 왜곡되는 것을 어떻게 막을 수 있을까. 흥미롭게도 윤이형의 소설은 자기배려의 한 방법으로 우정을 제시하고 있다. 「결투」에서 최은효는 친구가 없으면 인간은 본체와 분리체로 분열될 수밖에 없다고 말하고 있다. 이 소설은 본체와 분리체로 분리된 인간이 자신의 동일성을 유지하기 위해 얼마나 잔인한 방법으로 분리체를 배제하고 있는지 보여주고, 그 같은 잔인한 행위를 공적인 규칙으로 합리화하여 자신의 폭력에 얼마나 무감해질 수 있는지 말해 준다. 타자를 잔인하게 배척하며 자아의 일관성을 세우는 이들의 자기애를 넘어서기 위해서 필요한 것이 바로 우정이다. 「로즈 가든 라이팅 머신」에서 오랜 시간 친구로 지내 온 몽식이와 이비를 떠올려 보자. 몽식이는 자신이 쓴 소설을 변환시켜 주는 로드 가든 라이팅 머신을 계속해서 쓸 것인지에 대해 고민하고 있다. 자신이 쓰고 싶어 하는 이상적인 글과 실제 자신의 진심이 담긴 글 사이의 괴리를 라이팅 머신은 깔끔하게 봉합해 준다. 이 같은 괴리를 손쉽게 메워 주는 기계를 우리는 이미 「완전한 항해」의 튜닝시스템을 통해 확인한 바 있다. 그곳에서 창연은 자신의 콤플렉스를 에디션들을 통합하는 방식으로 메우고 있었다. 창연의 사례에서 보았듯이, 기계에 의존한 몽식이의 소설이 몽식이 자신과 시스템을 변화시킬 수 없다는 것은 자명하다. 실제로 이 소설에서 몽식이를 기계의 유혹으로부터 벗어나게 하는 힘은 친구 이비의 조언으로부터 시작된다. 이비는 몽식이에게 건넬 조언을 라이팅 머신으로 작성하지만 라이팅 머신의 변환키를 누르지는 않는다. 이비가 쓴 조언처럼, 자신의 생각에 대한 확신과 그 생각의 표현에 대한 책임 의식이 있는 글만이 자신과 타자 모두를 주체적으로 변하게 만든다. 일종의 소설론으로 읽히는 이 소설에서 이비와 몽식이는 단순히 예비 소설가이기 이전에 자기 자신을 예술 작품처럼 만들려고 애쓰는 자들이다. 시스템에 의존하지 않으려는 자신에 대한 사랑을 포기하지 않으면서도 타인과 연결된 시스템을 변환시키려는 의지를 동시에 고려하는 행위가 바로 윤이형이 말하는 우정이다. 이처럼 자기애를 벗어나게 하는 우정의 힘을 우리는 새로운 사랑이라고 말할 수 있을지 모른다. 푸코의 말을 빌리면 그 사랑은 자기배려이다.

5. 보는 눈과 우는 눈

　플라톤에게 사랑이 사본이자 시뮬라크르였듯이, 타자와 사랑에 빠진 인간에게 눈은 보는 눈이자 우는 눈이다. 보는 눈이 타자를 지배하고 재현하려는 눈이라면 우는 눈은 타자에게 압도되고 사로잡힌 눈이다. 오로지 보는 눈에만 의지해서 사랑을 지켜 내려고 할 때 사랑은 역설적이게도 사라지게 된다. 보는 눈이 내세우는 틀에 맞춰 사랑을 지켜 내는 행위가 타자에 대한 근본적인 증오로 도착될 수 있기 때문이다. 사랑이 자신의 동일성을 포기하지 않으려는 보수성을 띨 때 우리는 사랑의 방식이 보는 눈에만 의지하지 않는지 살펴볼 필요가 있다. 반대로 오로지 우는 눈에만 의지하는 사랑은 인간의 영역을 넘어선 사랑이다. 타자에게 압도된 사랑에서 주체는 무화되기 때문이다. 그런데 엄밀히 말하면 타자에게 압도된 사랑은 타자를 재단하는 사랑과 다르지 않을 수 있다. 눈물은 보는 눈을 초과한 눈이 우리에게 있다는 사실을 증명하지만, 눈물을 흘리기만 할 뿐 볼 수 없는 것을 보지 못한다면 이 사랑 역시 자기애의 다른 형식이기 때문이다. 이기적인 자기애를 초월하면서도 소박한 자신의 영역을 포기하지 않기 위해 필요한 것은 보는 눈과 우는 눈 모두이다. 그러므로 인간에게 '진정한' 사랑의 자리는 '보는 눈'도 '우는 눈'도 아닌 보는 눈과 우는 눈을 연결하는 접속 조사 '과'에 있다. 당연히 이때 접속조사의 기능은 단지 앞뒤 명사구를 병렬적으로 연결하는 데 있지 않다. 두 명사구를 나누면서도 합치는 기술, 다시 말해 『파이드로스』에서 소크라테스가 말했던 변증술의 기능을 지닌 접속조사에 사랑이 깃든다.

우리는 편혜영, 김숨, 윤이형의 소설에서 드러난 사랑의 양식이 각각 보는 눈, 우는 눈, 접속조사 '과'의 자리에 있다고 말할 수 있다. 편혜영의 소설에서 인간들은 타자에게 압도되지 않으려는 기만적인 사랑을 추구한다. 이들의 사랑을 우리가 '사랑 없는 구애'라고 말했을 때, '구애' 앞에 쓰인 '사랑'은 타자에게 압도되는 사랑을 의미한다. 우리는 보는 눈에만 의지한 사랑이 끝내 사랑을 사라지게 한다는 사실을 이미 언급한 바 있다. 이처럼 편혜영의 소설은 보는 눈으로 구축된 세상이 얼마나 숨 막히는지 그리고 얼마나 기만적인지를 우리에게 알려 준다. 한편 김숨의 소설 속 노인들은 보는 눈은 언제가 울 수밖에 없다는 사실을 잘 알고 있다. 그런데 이들에게 이 같은 지식은 볼 수 없는 자들을 볼 수 있게 하는 지혜로 발전하지 못한다. 이들은 타자에게 압도될 것이라는 절망에 빠졌기 때문이다. 이로써 김숨의 소설은 타자의 출현에 대한 지나친 걱정이 사랑을 시작조차 하지 못하게 한다는 사실을 우리에게 알려 준다. 마지막으로 윤이형의 소설에는 항상 대립되는 개념이 등장한다. 이를테면, 트램펄린과 탕탕(「스카이워커」), 튜닝시스템과 루족의 환생(「완전한 항해」), **현실**과 현실(「이스투아 공원에서의 점심」), 본체와 분리체(「결투」) 등이 그러한데, 윤이형은 이 같은 두 개의 대립물 중에서 손쉽게 하나를 선택하는 태도를 경계한다. 그녀는 두 개의 대립물이 사실상 동일할 수 있다는 사실을 알려주며 나아가 우리에게 자기배려라는 새로운 사랑의 방식을 전달한다. 그 사랑의 방식은 각자 자신에게 놓인 사태를 정직하게 대면하려는 용기와 그 용기를 통해 발명되는 우정을 동시에 포함한다.

이제 글을 마무리할 시간이다. 이들 세 소설이 알려 준 사랑의 방식을 우리는 어떤 문장으로 요약할 수 있을까. 평생토록 관리되는 사회를 부정했던 철학자 아도르노의 글을 인용하면서 이 글을 마치고 싶다. "불안의 능력과 행복의 능력은 동일한 것이다. 자기 포기에까지 상승할 정도로 무제한하게 '경험'에 자신을 열어 놓는 것, 그런 경험 안에서 쓰러진 자는 자신을 다시 발견하게 되는 것이다."[4]

---

4   테오도르 아도르노, 김유동 역, 『미니마 모랄리아—상처받은 삶에서 나온 성찰』, 길, 2005, 264쪽.

거대서사 이전에 쓰이고
거대서사 이후에 도착하는 서사

1. 두 개의 비평

인류의 다양한 가치들이 전 지구적 자본의 질서로 포섭된 오늘날을 네그리는 제국의 시대라고 명명했고, 바우만은 액체근대(유동하는 근대)라고 명명했고, 리오타르는 이완의 시대라고 명명했고, 김상환은 대과(大過)의 시대라고 명명했다.[1] 명명은 조금씩 다르더라도 이들은 오늘날의 현실이 근대의 단순한 복사물도 아니며 근대의 연약한 메아리도 아니라는 데 동의한다. 네그리에게 제국은 근대 제국주의의 황혼에 등장하는 '새로운 지배양식'이다. 근대의 지배 질서가 주체와 타자 사이에 뚜렷한 경계를 세웠다면 제국의 지배 질서는 둘 사이에 어떠한 경계

---

[1] 안토니오 네그리·마이클 하트, 윤수종 역, 『제국』, 이학사, 2001; 지그문트 바우만, 이일수 역, 『액체근대』, 강, 2009; 장 프랑수아 리오타르, 「질문에 대한 답변－포스트모던이란 무엇인가」, 이현복 역, 『지식인의 종언』, 문예출판사, 2003; 김상환, 「대과(大過) 시대의 글쓰기」, 『창작과 비평』, 2008 겨울.

도 세우지 않는다. 영토적 경계도, 시간적 경계도, 특권적 권력도 제국의 지배를 한정하지 못한다. 영토적 경계를 넘어서기에 제국은 무국적이며, 시간적 경계로 나뉘는 역사 발전의 계기가 사라지기에 제국은 무시간적이고, 가시적이고 특권적인 권력 형태가 소멸하기에 제국은 네트워크 권력을 이룬다. 무국적이고 무시간적이며 네트워크 권력을 지닌 제국은 국가와 민족과 문명의 고정된 경계를 지녔던 근대의 지배양식을 연속적으로 계승하지 않는다. 과거 제국주의적 주체가 타자를 배제하기 위해 폭력적이고 선명한 경계를 세웠다면, 현재 제국적 주체는 세련되고 보이지 않는 경계를 만든다. 제국의 시대, 타자를 배척하는 인종주의는 사라지지 않았다. 다만 광범위하고 미분(微分)적인 형태로 변형되었기에 제국의 인종주의는 보이지 않을 뿐이다.

이처럼 근대는 자신의 완성된 제도를 식민지(타자)에 강요한 반면, 제국은 붕괴된 제도를 타자에게 전달한다. 네그리에 따르면 제국의 시대, "제도는 붕괴 중이지만 작동한다. 그리고 아마 제도는 자신이 붕괴할수록 더욱더 잘 작동할 것이다."[2] 바우만에게 근대의 '완성된 제도'는 세상을 예측 가능하고 통제 가능하게 만들었던 '고체근대'의 제도이고, 리오타르에게는 하나로 통합된 정체성과 총체성을 가능하게 했던 거대서사이다. 거대서사는 불화 없이 소통되는 지식을 활용하여 억압된 인류를 해방하고 억견들을 하나의 진리로 수렴하려는 목적을 지닌다. 그렇기에 거대서사는 인류의 해방과 절대적 진리라는 목적론을 따라 실현된다. 리오타르에게 포스트모던은 이 같은 완성된 제도로 작동하던

---

2   안토니오 네그리 · 마이클 하트, 위의 책, 265쪽.

거대서사가 붕괴되고 이완된 시대이다. 리오타르가 주장한 거대서사의 붕괴는 '붕괴할수록 더욱더 잘 작동'한다고 네그리가 말한 제국의 제도와 유사하다. 언뜻 보면, 붕괴된 제도 이후 출현한 복수적이고 다성적이고 혼종적인 진리가 근대의 초월적이고 단성적이고 총체적인 진리를 교란하던 건강성을 잃고 결국 자본의 작동방식을 따르게 됐다고 한탄한 네그리와 달리, 리오타르는 거대서사 붕괴 이후에 출현한 복수적인 진리를 맹목적으로 환영한 것처럼 이해될 수 있다. 물론 리오타르는 거대서사가 추구했던 현실의 총체성과 통일성이 단지 초월적인 환상일 뿐이며 그 환상을 추구한 대가는 아우슈비츠에서 드러났듯이 언제나 테러였다는 점에 더 많이 주목했지만, 그렇다고 거대서사의 붕괴 이후 도래하는 '작은 서사'들을 '무엇이든 좋다'는 식의 절충주의의 결과물로 판단하지 않았다. 리오타르에게 절충주의의 방식으로 드러나는 작은 서사는 "돈의 리얼리즘"[3]을 따를 뿐이다. 거대서사를 대체하기 위한 작은 서사로 리오타르가 요구한 것은 현실에서 안정적으로 소통되는 지식과 절연한 결과물이고, 인간이 생각할 수는 있으나 표현할 수 없는 숭고한 결과물이다. 리오타르는 작은 서사의 특성을 프랑스 어의 전미래 시제의 성격으로 설명한다. 그가 작은 서사의 사례로 든 제임스 조이스의 『율리시스』는 당대 문학적 관습보다 일찍 쓰였고 후대가 한참 지나 인류에게 늦게 도착했다. 즉, 리오타르에게 작은 서사는 순수한 진리, 총체적 진리, 절대적 진리 운운하는 거대서사의 폭력성을 교란하면서도 무엇이든 좋다는 식의 절충주의적인 자본의 논리에도 포

---

3 장 프랑수아 리오타르, 앞의 글, 29쪽.

섭되지 않는 결과물이다.

2000년대 한국 문학장 안팎에서는 거대서사의 붕괴를 막연히 염려하는 분위기가 있는 듯하다. 문학의 위기론이나 가라타니 고진의 근대문학 종언론은 앞서 제시한 사상가들과 마찬가지로 전 지구적 자본 질서에 종속된 오늘날의 상황을 어둡게 보고 있다. 이들에 따르면, 독자들에게 삶에 대한 총체적인 진리를 제공하던 문학은 한낱 오락거리로 전락했으며, 작가의 자율성은 제도의 타율성 앞에 굴복했고, 결국 거대서사는 붕괴됐다. 리오타르와 네그리 등의 사상가들에게 거대서사의 붕괴는 작은 서사의 출현(또는 다중의 출현)을 가능하게 하지만 문학의 위기론을 펼치는 이들에게 거대서사의 붕괴는 곧 모든 문학의 종말을 의미한다. 물론 리오타르와 네그리는 작은 서사와 다중이 언제든 '자본의 리얼리즘'과 제국의 작동을 원조할 수 있다는 점에 비관하지만, 작은 서사가 제국의 오작동을 이끌어낼 수 있다는 가능성을 포기하지 않은 채 비판적으로 사유한다. 거대서사의 붕괴에 대해 리오타르와 네그리는 비관적이지만 비판적이라면, 위기론과 종말론의 사상가들은 비판적이지만 비관적이다.

근대의 거대서사가 절대적인 진리 밖의 복수적인 가치들을 인정하지 않았듯이, 현재 자본주의 체제는 자본 밖의 가능성을 용납하지 않는 일종의 거대서사이다. 자본의 거대서사를 거부하는 방식으로 문학의 가능성을 포기하는 일이나 근대문학의 이상이 표현된 거대서사가 현재까지 가능하다는 것을 증명하는 일은 표면적으로는 자본주의적 착취에 대항하는 것으로 보이지만 종국에는 근대의 거대서사와 자본주의 거대서사의 작동방식을 그대로 따르는 일이 된다. 근대의 거대서사든 자본의 거대서사든 거대서사는 모두 사회관계와 정체성과 진리를 고정적인 특성으로 본다. 사회관계와 정체성과 진리는 고정적인 것이 아니라 사회적으로 재창조된 것이다. 거대서사만이 이상적인 가치를 드러낸다는 낭만적인 생각은 거대서사 밖에 놓인 문학의 잠재력을 흐리게 할 뿐이다. 더욱이 근대문학의 이상이 표현된 거대서사를 복구해서 자본주의의 논리를 뒤집겠다는 생각은 이데올로기적으로 작동되는 거대서사 그 자체의 논리를 은폐하기 때문에 해롭기도 하다. 리오타르가 일관성을 유지하는 거대서사를 초월적인 환상이라고 지적했듯이, 모든 종류의 거대서사는 자신의 일관성을 유지하기 위해 상징화되지 않는 실재를 숨기고 있다. 자본주의 거대서사에 대항하기 위해 근대의 거대서사를 복원하는 일은, 자본주의로 포섭될 수 없는 가치들을 모두 은폐하는 자본주의 체제와 마찬가지로, 거대서사 안에 포섭될 수 없는 실재를 은폐한다. 그렇기에 중요한 것은 자본제에 대항하는 거대서사를 복원하거나 증명하는 일이 아니라 모든 종류의 거대서사가 자신의 일관적인 형상을 추구하기 위해 어떤 욕망을 투자했는지 묻는 일이고, 또 거대서사가 자신의 일관성을 흩뜨리는 곤경을 피하기 위해 어떻게 이 같은 형상을 구축했는지 묻는 일이다.

그러므로 한때 거대서사에 대한 비평가들의 오해는 포스트모더니즘의 '거대서사' 개념을 정확히 이해하지 못한 점에 문제가 있지만, 거대서사의 붕괴를 맹목적으로 염려하거나 환영한 점에서도 문제가 있다. 2000년대 한국 문학장에는 거대서사의 개념을 엄밀하게 활용하지 않는 비평과 거대서사의 붕괴를 막연히 염려하거나 환영하는 비평이 있다. 사실상 이 같은 두 개의 비평에서 드러난 문제는 서로 연관성을 지닌다. 국가나 민족이나 계급을 소재로 다루는 소설을 거대서사로 보고 개인적이고 내면적인 소재를 다루는 소설을 작은 서사로 봤던 비평은 '거대서사'의 개념을 엄밀히 파악하지 못했다는 데 일차적인 문제가 있지만, 그 비평들이 거대서사를 거부하든 환영하든 간에 모두 거대서사가 이데올로기적으로 작동하는 방식에 대해서 묻지 않았다는 데 근본적인 문제가 있다. 이처럼 거대서사를 문학 작품이 다루는 소재적인 차원으로 소박하게 이해했던 비평과 거대서사가 자신의 일관성을 유지하기 위해 실재를 은폐했던 방식을 묻지 않았던 비평 모두는 근본적으로 '작은 서사'의 가능성을 타진할 수 없다.

다음 장에서 우리는 국가와 이념의 문제를 다루는 두 편의 소설[4]을 살펴볼 것이다. 단지 『찔레꽃』의 탈북자 문제와 『국가의 사생활』의 통일 문제에 집중해서 이 소설들을 '거대서사의 붕괴' 이후에도 존속하는 거대서사라고 판단하는 것은 그다지 유익하지 않다. 더욱이 이 소설들은 국가와 이념의 거대서사가 은폐했던 문제들을 끊임없이 들추어내기 때문에, 그러한 판단은 옳지도 않다. 국가와 이념의 거대서사가 숨긴 것이 『찔레꽃』에서는 '우리는 모두 나치에게 살해된 유태인이다'라는 명제와 관련되고, 『국가의 사생활』에서는 '우리는 모두 유태인을 살해한 나치이다'라는 명제와 관련된다. 거대서사 안에 숨겨져 있던 두 명제를 찾아내는 일은 두 편의 소설이 작은 서사가 될 수 있는 가능성을 찾는 일과 다르지 않다.

4　정도상, 『찔레꽃』, 창작과비평사, 2008; 이응준, 『국가의 사생활』, 민음사, 2009. 앞으로 작품의 문장을 직접 인용할 경우에는 본문에서 괄호 치고 쪽수만 표시한다.

2. 우리는 모두 나치에게 살해된 유태인이다

　탈북자들은 북한의 증상이기도 하지만 남한의 증상이기도 하다. 북한의 공산주의에 동화될 수 없는 탈북자들은 남한의 자본주의에서도 동화될 수 없다. 탈북자들은 남북한의 체제적 일관성에 포섭될 수 없는 결렬의 지점들을 드러낸다. 하지만 체제의 일관성을 유지하기 위해서 북한의 공산주의가 체제에 동화할 수 없는 탈북자들에 대해 무지하듯이 남한의 자본주의 역시 그들에 대해 무지하다. 즉 체제에 대한 무지가 체제를 유지하는 본질을 구성한다. 정도상의 연작 소설 『찔레꽃』은 남북한 체제가 자신들의 일관성을 유지하기 위해 덮어 둔 증상들을 아프게 들춰낸다.

　『찔레꽃』은 일곱 편의 단편이 연작 형태로 묶여 있다. 연작 소설은 여러 편의 독립된 소설을 결합시켜 더 큰 전체를 만드는 소설이다. 그렇기에 연작 소설을 구성하는 단편들은 전체적으로 연속되면서도 개별적으로 분리된다. 일반적으로, 단편 소설의 개별성과 장편 소설의 연속성을 모두 지니는 연작 소설은 작은 것과 큰 것, 부분과 전체의 긴장 속에서 삶의 다양성과 전체성을 동시에 표현하는 양면성을 지닌다. 『찔레꽃』에 수록된 일곱 편의 단편들이 개별적으로 읽혔을 때에는 탈북자들과 그들 주변의 인물들의 삶이 핍진하게 조명되고, 개별 단편들이 연속적으로 읽혔을 때에는 주인공 충심과 주변 인물들의 삶이 입체적으로 조명된다. 소설집 첫머리에 실려 있는 「겨울, 압록강」에서 화자이자 주인공인 '나'는 아들과 사별한 상처를 지닌 서울 사람이고, 심양(瀋陽)에서 안마사로 일하는 미나는 가족과 헤어진 상처를 지닌 탈북자이다. 하지만 나와 미나의 만남은 오로지 돈과 서비스를 교환하는 자본주의적 관계로 이루어지기에 그들은 서로의 정체와 상처를 알지 못한다. 단지 나는 미나를 집안(集安)이 고향인 처녀로 알 뿐이다. 그해 겨울 나는 작년 초가을에 만났던 '그 여자'를 찾아 미나와 함께 집안으로 간다. 압록강을 경계로 북한과 중국이 나뉜 그곳에서 나는 아들을 잃었다는 슬픔에 오열하고, 미나는 가족과 만날 수 없다는 슬픔에 오열한다. 그들은 '그 여자'를 찾지 못하고 심양으로 되돌아오지만 나의 상처를 공감하게 된 미나는 자본제적 만남으로 숨길 수 있었던 자신의 상처를 나에게 이야기한다. 미나가 탈북자였다는 사실은 아들을 잃은 상처만큼이나 나를 아프게 한다. 집안에서 본 압록강은 단지 두 나라를 분리하는 경계이지만 미나에게는 이승과 저승을 나누는 경계만큼이나 폭력적이라는 것을 나는 깨닫기 때문이다. 결말에서 미나가 나를 위해 라면을 끓이는 장면은 서로의 상처가 언어를 통해 면밀히 소통되지 않았음에도 불구하고 서로 이해할 수 있으며 더 나아가 위로할 수 있다는 것을 보여준다. 집안행 버스 안에서 언청이 가족이 "조선말이었지만, 주변 사람들과는 통하지 않는 그들만의 언어"(12쪽)로 서로를 위로했듯이 자본주의적 만남을 넘어서는 순간 그들은 자신들의 상처를 통해 서로를 위로할 수 있게 된다. 이처럼 「겨울, 압록강」은 이후에 연결되는 개별 단편들을 고려하지 않더라도 주인공 나와 미나의 관계를 통해 단편의 미학적 성취를 이루고 있으며 압록강 주변의 삶을 핍진하게 전달하고 있다.

　반면, 「겨울, 압록강」을 연작 소설 전체의 한 부분으로 독해하게 되면 서사의 중심에서 주인공 나는 사라지고 미나가 충심이라는 이름에서 메이나, 소소, 은미라는 이름으로 바꾸어가며 견뎌야만 했던 기구한 삶을 이해할 수 있게 된다. 즉, 함흥에서 압록강을 건너 심양으로 오면서 생긴 미나의 상처가 「겨울, 압록강」에서는 서사를 통해 소개되지 않지만, 이후 연작의 서사는 미나의 상처를 면밀히 재현하기 위해 심양에서 압록강을 건너 함흥에 살던 미나의 과거로 진입한다. 연작의 두 번째 소설 「함흥, 2001, 안개」는 「겨울, 압록강」의 미나가 탈북하기 이전에 충심이라는 이름으로 누렸던 삶의 가치와 압록강을 건너면서 그녀가 잃은 삶의 가치를 동시에 보여준다. 압록강을 사이로 그녀가 얻고 잃은 것 사이의 낙차는 그대로 그녀에게 지울 수 없는 상처의 크기이다. 함흥에서 그녀는 가난했지만 연인 간의 사랑과 친구 간의 우정과 친척 간의 우애를 지녔었다. 하지만 그녀가 함흥을 떠나 압록강을 건널 때 사랑했던 재춘이 죽게 되듯, 강을 건너자 그녀는 당장의 가난은 피할 수 있게 되지만 "돈보다 중요한 어떤 것들"(67쪽)을 잃게 된다. 그것들은 바로 사랑과 우정과 우애이다.

『찔레꽃』에 수록된 대다수 단편들의 인물은 희망을 찾아 이곳에서 저곳으로 이동하지만, 도착한 곳에서 그들이 찾는 것은 희망이 아니라 절망이다. 「늪지」에서도 드러나듯 인물들이 도착한 곳은 모든 인간적인 가치가 "늪에 빠져 허우적거리고"(111쪽) 상실된 자본주의의 늪지이다. 「늪지」이후에 연속되는 「풍풍우우」, 「소소, 눈사람 되다」, 「얼룩말」, 「찔레꽃」에서 충심은 이 같은 자본주의의 늪 밖으로 벗어나기를 갈구한다. 「풍풍우우」에서 인간마저 돈으로 교환되는 공간을 벗어날 수 없던 미향이 끝내 미쳐버리게 되듯 자본주의의 늪에서 인간은 온전한 삶을 꾸릴 수 없기 때문이다. 「늪지」이후 이어지는 소설에서 충심은 한 장소에 정주하지 못한 채 걷고 또 걷는다. 일차적으로 그녀의 끝없는 이동은 신분증 없는 탈북자의 처지에서 비롯되지만, 사실상 그녀의 이동은 인간의 삶마저 먹어치우는 자본주의의 폭력에서 비롯된다. 그렇기에 신분증 없는 그녀를 쫓는 공안의 폭력에 집중하여 『찔레꽃』이 다루는 문제를 "주권권력의 추방령에 의해 산출된 폭력"[5]으로 독해하는 것도 일면 설득력이 있지만, "돈보다 중요한 어떤 것들"(67쪽)을 모두 돈의 가치로 흡수해버리는 자본의 폭력으로 독해하는 것이 작품의 외연을 좀 더 확장시킨다. 즉, "길은 여러 갈래로 뻗어 있었지만 충심의 길은 …… 없"(147쪽)기에, 그녀가 "길 없는 길을 걷고 걸"(148쪽)어서 "다른 사람의 도움 없이 스스로 길을 찾"(168쪽)고자 할 때, 그 '길 없는 길'을 걸어야만 하는 충심의 처지는 신분증 없는 탈북자의 처지이기도 하지만 자본제의 질서에 갇힌 현시대 모든 사람들의 처지이기도 하다.

그러나 자본제의 늪을 벗어나 자본제의 가치로 회수되지 않는 어떤 야생성과 타자성을 찾아 "마라강을 건너 쎄렝게티로 가는"(174쪽) 과정은 험난하다. 「얼룩말」에서도 드러나듯이 그 길을 찾아 떠나는 과정에는 그녀의 의지와 무관하게 영수와 같은 약자를 희생해야 하는 순간이 포함되기 때문이다. 『찔레꽃』의 마지막에 수록된 단편 「찔레꽃」은 충심이 모든 강을 건너고 건너 남한에 도착한 모습을 보여준다. 남한의 신분증을 얻은 충심은 공한의 폭력에서 벗어났지만 또다시 자본제의 폭력에 갇히게 된다. 그녀에게 잔금을 받기 위해 찾아온 선교사의 폭력적인 행동과 노래방 아르바이트생의 무정한 발언에서도 드러나듯 자본제의 늪을 벗어나기 위해 건너온 남한에서도 그녀는 자본제의 늪을

---

5   정은경, 『찔레꽃』, 창작과비평사, 2008, 233쪽.

벗어나지 못한다. 자본제의 폭력 앞에 절망하려는 순간 연결된 전화 속 엄마의 목소리는 그녀에게 삶을 지속시키게 하는 윤리를 잊지 않게 한다. 그녀가 함흥에서 중국을 거쳐 남한에 오기까지 자신의 의지와 무관하게 타자를 희생했다는 점을 망각하지 말라는 윤리의 외침이 어머니의 무한한 환대의 목소리를 통해 전달된다. 정도상의 『찔레꽃』은 체제의 폭력에 희생된 이들에게 무한한 책임감을 망각하지 않는 삶만이 오늘날 자본제의 교환가치로 회수되지 않고 남은 마지막 가치라고 말하는 듯하다. 랑시에르가 우리는 모두 독일에 희생된 유대인과 다르지 않다고 강조하듯, 정도상은 우리의 삶이 남북한의 체제에 희생된 탈북자들과 다르지 않다고 말한다. 탈북자들의 상처가 곧 자본제에 희생된 현대인의 상처와 같다고 말이다.

한편 탈북자를 대상으로 삼은 『찔레꽃』은 그동안 우리 소설에서 다뤄지지 않았던 대상을 핍진하게 재현했다는 데 의의가 있다. 물론 소설에서 재현의 문제는 매우 조심스럽다. 폭력에 희생된 타자의 재현은 그 자체로 또 다른 폭력이 될 수 있기 때문이다. 재현될 수 없는 타자의 실재를 성급하게 재단할 우려가 『찔레꽃』에도 없을 수는 없다. 하지만 재현에 대한 염려만큼 재현에 대한 일차원적인 부정도 염려해야 한다. 갈등이 다른 방식으로 재현되는 것은 갈등을 치료하기 위한 일차적인 단계이다. 갈등으로 얼룩진 관계의 다양한 양상들을 불러올 수 있을 만큼 재현은 허용돼야 한다. 우리 소설사에서 탈북자 문제는 갈등으로 얼룩진 모든 양상들이 드러날 만큼 충분히 재현되지 못했다. 물론 『찔레꽃』이 재현한 탈북자의 삶이 우리 소설사에서 탈북자에 대한 재현의 일차적인 단계를 열어젖혔기 때문에 무조건 인정될 수만은 없다. 그러므로 『찔레꽃』이 연작의 형식을 통해 인물들에 대한 재현의 한계를 극복하고자 하는 점을 놓쳐서는 안 된다. 가령, 충심을 둘러싼 춘구와 갑봉과 같은 주변 인물들은 단편의 한계를 넘어 연작으로 연결될 때 입체적인 인물로 재현된다. 춘구의 티셔츠 속에 상처 자국이 가득하고, "풍경 속에 (…중략…) 상처가 가득"(25쪽)하듯, 악한 인물들이 숨기고 있는 아픈 상처가 연작의 형식을 통해 드러나기 때문이다.

3. 우리는 모두 유태인을 살해한 나치이다

'우리는 모두 나치에게 살해된 유태인이다'라는 문장이 어떤 행동과 책임감을 이끌어낸다면, '우리는 모두 유태인을 살해한 나치이다'라는 문장은 좌절과 무력감을 불러낸다. 앞 문장이 우리의 인식 범위 밖에 있던 피해자들이 우리와 결코 다르지 않다는 진실을 보여준다면, 뒤 문장은 우리의 인식 범위 안에 있던 우리 자신이 괴물이 될 수 있다는 진실을 보여주기 때문이다. 특히 후자의 문장은 근대 이성의 체계를 의심 없이 따르는 우리들 모두가 '예루살렘의 아이히만'[6]과 다르지 않다는 점을 드러낸다. 아우슈비츠에서 유태인을 살해했던 아이히만은 전후(戰後) 예루살렘의 재판소에서 자신은 유태인에 대해 어떤 증오도 없었고 다

---

6   한나 아렌트, 김선욱 역, 『예루살렘의 아이히만』, 한길사, 2006.

만 상부의 지시를 성실히 수행했을 뿐이었다고 증언했다. 리오타르가 말했듯이, 아우슈비츠는 근대의 이성을 맹목적으로 실현시키는 거대서사가 인간에 대한 테러의 형태로 전환된 사례이다. 아우슈비츠 수용소의 관료제를 의심 없이 따랐던 아이히만이 자신의 의지와 상관없이 타자에게 무자비한 폭력을 행사했듯이, 근대 이성과 거대서사와 관료제에 대한 맹목적인 추구는 타자에게 악의 없는 테러를 행사한다.

『국가의 사생활』은 과거에 '국가'라는 거대서사를 맹목적으로 추구하던 인물들이 현재 '자본'이라는 거대서사를 맹목적으로 추구하면서 괴물이 되는 과정을 보여준다. 이들에게 거대서사의 종류는 변했지만 거대서사에 대한 믿음은 변하지 않았다. 그 같은 인물은 조명도와 오남철과 최열이다. 이들은 자신이 믿고 있는 자본주의 체제에 대해 의심하지 않는다. 오로지 이들은 동료와 부인을 죽이면서까지 남한의 자본주의 체제에 적응하려고 할 뿐이다. 주인공 리강의 말로 표현하자면, 체제에 무비판적으로 적응하는 이들은 "젊은이들을 괴롭히는 노인"(256쪽)이다. 한편 이들과 정반대에 서 있는 인물로 리강, 김동철, 장군도령, 림병모, 리강의 할아버지를 들 수 있다. 이들은 체제를 믿고 따르는 자신들이 서서히 괴물이 되고 있다는 것을 자각한다. 특히 리강과 김동철과 장군도령은 소설에서 "소년"이라는 동일한 기표로 호명되곤 하는데, 오남철의 말로 표현하자면 이들은 체제에 대한 맹목적인 믿음보다 자신들의 욕망에 정직하게 반응하기 때문에 "제 목숨을 자기가 원하는 곳으로 던질 수" 있는 "젊은이"(139쪽)이다.

간단히 말해서 『국가의 사생활』은 '젊은이'(소년)가 '노인'이 만든 거대서사를 찢고 그곳에서 자기만의 작은 서사를 만들 수 있는지 묻고 있는 소설이다. 장군도령이 리강에게 '너는 너를 죽일 것'이라고 예언할 때, 그 예언은 두 가지로 해석될 수 있다. 자본제를 맹목적으로 따르며 노인이 된 리강 **너는** 자본제를 의심하는 젊은이었던 리강 **너를 죽일 것**이라는 해석과, 자본제를 의심하는 젊은이인 리강 **너는** 자본제에 기생하면서 노인이 되려는 리강 **너를 죽일 것**이라는 해석. 예언이 전자의 방식으로 해석되는 삶에서 후자의 방식으로 해석되는 삶으로 나아가는 것은 리강 스스로 "운명의 주인"(257쪽)이 되는 일이고 자기만의 '작은 서사'를 쓰는 일이며 '예루살렘의 아이히만'이 되지 않는 일이다. 그 일을 실천하기 위해 리강은 또 다른 '젊은이'였던 림병모의 죽음을 추적한다.

대동강파의 부하였던 림병모는 북한 체제의 혁명가였던 리강의 할아버지 이장곤과 유사한 인물이다. 이장곤이 "인간의 길에서 아득히 멀어지고 마는 조국이 안타깝고 그 중심에 서 있었던 자신의 죄가 부끄러웠"(213쪽)듯이, 림병모 역시 이북 난민들을 원조하고자 계획했던 대동강파의 선행이 사실은 인간을 모두 말살시킬 만행을 감추고 있었다는 사실에 괴로워했다. 이장곤과 림병모는 인간을 해방시키기 위해 설정했던 거대서사가 역설적이게도 인간을 억압하게 된다는 진실을 깨닫는다. 하지만 거대서사가 은폐한 진실을 알게 된 림병모는 거대서사의 일관성을 유지하려는 오남철에 의해 살해당한다. 2011년의 통일 이후 5년이 지난 시기를 그리는 『국가의 사생활』이 림병모의 장례식에서부터 시작하듯이, 북한을 흡수통일한 남한의 체제는 자본주의라는 거대서사 밖의 가능성들을 모두 자본주의의 거대서사 안에 묻어 둔 채 시작한다.

하지만 통일은 남북한 체제가 인간에게 남겼던 상처를 아물게 하지 않고 드러나게 한다. 북한의 공산주의가 은폐했던 상처와 남한의 우파와 좌파 세력이 은폐했던 상처는 통일이 되자 뚜렷이 드러난다. 그 상처는 북한에서 상류층에 속했지만 남한에서 호스티스가 된 서일화와 통일이 되기 전 성실한 연극배우였지만 통일이 되고 나서 마약 판매상이 된 이선우의 냉소 어린 말을 통해 드러난다. 서일화는 북한에서 훌륭한 출신 성분과 계급을 유지할 수 있었던 것이 자신의 결정과 무관했듯이, 통일 대한민국에서 각광받는 자신의 육체 또한 자신의 결정과 무관했다고 말한다. 즉 그녀는 개인의 주체성을 강조했던 북한의 주체사상이 오히려 출신성분에 따라 개인의 주체성을 태어날 때부터 억압한다고 토로하고, 개인의 욕망을 강조하는 남한이 오히려 자본의 논리에 따라 개인의 욕망을 억압한다고 토로한다. 이선우 또한 북한 사람들의 인권을 논하던 남한 좌파와 우파 세력의 위선이 통일을 통해 명확히 드러났다고 토로한다. 언뜻 보면 남북한의 모든 거대서사에 대해 냉소적인 이선우와 서일화는 '노인'이 만든 체제를 벗어나려 했던 '소년'과 동일한 인물로 여겨진다. 리강, 림병모, 이장곤과 마찬가지로 이선우, 서일화 역시 해방을 위한 거대서사가 의도와 다르게 개인을 억압하는 기제로 작동됐다는 점을 직시하기 때문이다. 하지만 이선우와 서일화는 냉소적인 방식으로 체제에 동조하기 때문에 체제 자제를 벗어나려고 하는 '소년'들과 다른 인물이다. 체제를 바꾸지 못하는 그들의 냉소는 체제의 일부일 뿐이다.

정리하자면, 『국가의 사생활』에는 세 유형의 인물군이 등장한다. 거대서사라는 체제를 맹목적으로 믿는 '노인', 거대서사를 믿지 않음에도 불구하고 거대서사를 따르는 '냉소적 주체', 거대서사 밖의 가능성을 찾으려는 '소년'. 노인들은 "자본주의는 화내는 게 아니야. 못 본 척하는 거지"(81쪽)라는 슬로건을 내세우고, 냉소적 주체는 체제는 "만족하는 것이 아니라 수긍"(38쪽)하는 것이라는 슬로건을 내세운다. 노인은 거대서사가 은폐하는 진실을 못 본 척하라고 요구하고, 냉소적 주체는 진실을 은폐하는 거대서사에 만족할 수는 없지만 수긍해야 한다고 말한다. 반면 소년은 자본주의가 은폐한 진실을 못 본 척하지 않고, 진실을 은폐한 자본주의에 수긍하지도 않는다. 리강은 오남철이 은폐한 림병모의 죽음을 못 본 척 하지도 않고 수긍하지도 않은 채 끝까지 찾아 나선다.

리강이 체제가 은폐한 진실, 즉 림병모의 죽음과 관련된 진실을 찾아내자 대동강파로 대변되는 자본제 시스템은 붕괴한다. 림병모의 죽음은 대동강파의 일관성을 유지하기 위해 오남철이 은폐했던 실재이다. 한편 대동강파는 형식적으로는 북한의 사회 체제를 따르고 있지만 실질적으로는 북한의 사회 체제를 자본제에 맞게 활용하고 있었다. 대동강파 내부에 평등, 주체성 운운하는 공산주의의 이상적인 가치는 없다. 그곳에는 오로지 자신의 이익에 따라 타인을 활용하는 이기주의만 있을 뿐이다. 공산주의 체제를 잊지 못하는 김동철을 조명도는 자신의 필요에 따라 활용한다. 하지만 지젝[7]이 이데올로기에 대한 근본적인 비판은 냉소적인 초연함에서 이루어지는 것이 아니라 사회가 겉으로는 인정하면서 속으로 배제하는 것들을 끝까지 추구할 때 이루어진다고 말하듯, 대동강파가 속으로는 인정하지 않는 공산주의 체제를 끝까지 추구한 김동철에 의해 조명도는 살해된다. 이처럼 자본주의 거대서사를 상징하는 대동강파는 거대서사가 은폐한 진실을 끝까지 추구하는 소년들을 통해 붕괴하게 된다.

---

7   슬라보예 지젝, 이수련 역, 『이데올로기라는 숭고한 대상』, 인간사랑, 2002, 57~64쪽.

4. 부르면 사라지는

정도상의 『찔레꽃』과 이응준의 『국가의 사생활』은 모두 국가와 자본주의라는 거대서사의 폭력성을 문제 삼고 있다. 인간의 정체성과 사회의 체제가 하나의 통합된 전체를 이룬다고 보는 거대서사는 자신의 총체성을 오염시키는 타자를 폭력적으로 지워버린다. 그렇게 지워지고 은폐된 타자를 찾아내고 이해하고자 시도하는 일은 거대서사의 폭력성에 대항하는 일과 다르지 않다. 거대서사에 저항하는 작은 서사는 타자에 대한 근본적 이해를 촉구한다. 이때 타자에 대한 '근본적' 이해는 타자에 대한 빈틈없고 완벽한 이해를 의미하는 게 아니다. 오히려 그것은 타자를 빈틈없이 이해한다는 믿음 자체가 타자에 대한 환상이라는 것을 증명하는 일이고, 그 같은 환상을 증명할 수 있게 했던 타자의 이해 불가능한 것들까지 다시 한 번 더 이해하려는 극단의 노력이다. 작은 서사는 아마 그 같은 극단의 노력에 대한 명칭일 것이다. 작은 서사를 옹호했던 리오타르는 이렇게 말했다.

> 어떤 작품은 그것이 우선 포스트모던적인 경우에만 근대적인 것으로 될 수 있다. (…중략…) 포스트모더니즘은 모더니즘의 종말이 아니라 이것의 탄생을 의미하며, 이 탄생은 항구적이다.[8]

---

8   장 프랑수아 리오타르, 앞의 글, 38쪽.

이 말을 우리는 거대서사와 작은 서사의 관계로 독해할 수 있다. '거대서사가 은폐했던 이질적인 가치들을 추구하는 작은 서사는 언젠가 거대서사로 포섭될 수밖에 없다. 하지만 작은 서사가 없다면 거대서사가 추구하는 진리는 해방적이라기보다 억압적일 것이다. 그렇기에 해방적이고 복수적인 진리를 산출시키는 작은 서사의 탄생은 거대서사의 종말이 아니라 거대서사의 새로운 탄생이다.' 작은 서사의 항구적인 탄생은 곧 거대서사의 항구적인 갱신이다. 작은 서사는 거대서사가 은폐한 어떤 것들에 대해 끊임없이 질문할 때 탄생한다. 이제 비평은 작은 서사와 거대서사를 소재적인 차원에서 구분하거나 이분법적인 차원에서 가치 판단하는 것을 넘어서 거대서사의 일관성을 탈구시키면서 그 자리에서 탄생하는 작은 서사들을 응시해야 한다.

리오타르가 지적했던 '해방적 거대서사'와 '사변적 거대서사'는 애초부터 해방과 사변에 대한 목적론적 성격을 지니기 때문에 해방보다는 억압을 사변보다는 억견을 유도한다. 북한의 주체사상에 주체는 없고 사상만 있듯이, 남한의 자본주의에 인간은 없고 자본만 있듯이, 거대서사의 주인은 오로지 거대서사일 뿐이다. 작은 서사도 언젠가는 거대서사로 굳어질 수밖에 없다. 그 같은 작은 서사의 죽음이 해방적 거대서사의 억압에 좀 더 많은 해방의 가능성을 열어주고 사변적 거대서사의 억견에 좀 더 깊은 사변의 가능성을 열어준다면 그 죽음은 이미 죽음 이상일 것이다. 거대서사가 갱신되는 순간 우리는 작은 서사의 죽음을 간신히 인식할 수 있다. 그러므로 우리는 정도상의 『찔레꽃』과 이응준의 『국가의 사생활』이 작은 서사라고 이 자리에서 성급하게 판단할 수 없다. 우리가 인식하기 이전에 쓰여서 우리의 인식이 붕괴된 후에야 알아볼 수 있는 어떤 것들이 바로 작은 서사이기 때문이다. 그것들은 어쩌면 '작은 서사'라고 인식하는 순간, 사라지는 어떤 것들일지도 모른다. 부르면 사라지는.

머리말

여섯 편의 장편소설에 대한 소고

1. 폭력비판 서론

『나의 손은 말굽으로 변하고』(문예중앙, 2011)의 서문과 함께 우리의 이야기를 시작해보자. 그곳에서 작가는 이렇게 말하고 있다. "이제 나는 이 『나의 손은 말굽으로 변하고』로, 번지르르한 자본주의 문명 뒤에 은밀히 장전돼 있는 폭력성의 비정한 탄환을 가차 없이 발사했다고 느낀다." 이 작품의 키워드가 폭력이고 작가가 주목한 폭력은 지젝식으로 말해 명백히 눈에 보이는 주관적 폭력이 아니라 '뒤에 은밀히 장전돼 있는' 객관적 폭력이라는 말이다. 눈앞에서 펼쳐지는 주관적 폭력에 익숙한 눈으로는 객관적 폭력을 볼 수 없고, 정확히 말해 그런 눈으로는 주관적 폭력이 객관적 폭력과 연결되어 있다는 사실을 볼 수 없고, 그렇기에 주관적 폭력을 반대하는 선한 행위가 객관적 폭력을 은폐할 수 있다는 전언이 바로 지젝의 가르침이다. 이를 테면 제3세계 난민을 돕는 제1세계 NGO들은 사실 자신들의 금융투기로 제3세계의 삶을 파괴한 장본인일 수 있고, 난민을 돕는 그들의 관용은 역설적이게도 자신들의 금융투기를 은폐할 수 있다. 이러한 이론의 가르침을 따라 우리는 『나의 손은 말굽으로 변하고』에서 주관적 폭력과 객관적 폭력을 분리한 후 그 둘이 동일해지는 지점을 검토하거나, 주관적 폭력에 대한 비판이 객관적 폭력을 어떻게 은폐하는지 살펴볼 수 있을지 모른다. 이는 분명 흥미로운 작업이지만 이 같은 해석의 시도 이전에 우리는 이론을 작게나마 응용할 필요가 있다. 이런 응용이 작품과 이론에 대한 독해를 심화시킬 수 있기 때문이다. 물론 작게나마. 더불어 이런 응용이 작품과 이론 가운데 하나를 다른 하나에 예속시키는 실수에서 벗어나게 하고, 작가의 서문에서 시작했지만 서문 이상을 읽어낼 수 있는 방법을 알려주기 때문이다. 물론······.

먼저 주관과 객관은 엄밀히 구분되는 잣대가 될 수 없다는 점을 상기해 보자. 가령, 『나의 손은 말굽으로 변하고』에서 명안진종이라는 종교 공동체를 이끄는 이사장은 정신을 통해 신체의 건강을 조절할 수 있다고 주장하고 실제로 그는 자신의 청년 같은 몸을 유기체론의 증거로 제시하고 있다. 현대 의술의 자리에서 볼 때 이사장의 주장은 터무니없이 주관적인 의견이지만 이사장의 자리에서 자신의 주장은 명백히 증명 가능한 객관적인 진실이다. 이처럼 객관과 주관의 잣대가 뒤섞여 있기에, 지젝은 주관적 폭력과 객관적 폭력이라는 대립물의 동일성을 그토록 강조했던 것이다. 여기서 객관과 주관의 자리를 바꾸면서 지젝의 말을 응용할 수 있다 : '객관적 폭력에 대한 비판이 도리어 주관적 폭력을 은폐하는 것은 아닌가? 또는, 객관적 폭력이 주관적 폭력일 수 있다면,

객관적 폭력비판은 주관적 폭력비판이기에 결국 또 다른 객관적 폭력을 검토해야 이루어질 수 있고, 그렇게 재차 이루어진 객관적 폭력비판은 또 다른 주관적 폭력비판이기에 또 다른 객관적 폭력을 검토해야 하고, 또 그렇게 삼차 이루어진 객관적 폭력비판은 또 다른 주관적 폭력비판이기에 또 다른 객관적 폭력을 검토해야 하고 ⋯⋯(이하 반복)' 요컨대 '폭력'은 이번 신작의 문을 여는 하나의 키워드이지만, 폭력비판은 복잡하고도 끝날 수 없는 비판을 요구하기에, 박범신의 소설을 작가의 의도 이상으로 읽어 내기 위해서는 무한의 비판을 염두에 두어야 한다는 것이다. 이제 소설의 문을 열고 들어가 보자.

먼저 줄거리는 이렇다. 주인공이자 화자인 '나'는 이웃 여린의 집에 불을 내고 그녀의 아버지를 죽였다는 누명을 쓴 채 마을에서 쫓겨난다. 15년간 이래저래 방황하다가 고향으로 돌아오지만 이전에 살았던 동네는 사라진 채 그 자리를 대신해 샹그리라라는 5층 건물이 들어서 있다. 지난 세월 동안 마을에서는 개백정의 자식이라는 이유로, 거리에서는 노숙자라는 이유로 아무도 나를 환대하지 않았는데 샹그리라의 주인인 이사장은 조건 없이 나를 건물의 관리인으로 발탁한다. 시간이 지날수록 신임을 얻게 되자 나는 이사장이 운영하는 사찰인 명안진각의 관리인이 되고 나아가 명안진종의 가족이 된다. 그런데 이사장과 가까워질수록 나는 그와 거리를 두게 되고, 이사장의 종교를 비판적으로 바라보게 되며, 심지어 이사장이 과거 자신을 마을에서 쫓겨나도록 만든 장본인이었으며 그 사실을 은폐하기까지 했다는 사실을 알게 된다. 여기서부터 이 소설의 진행이 흥미롭게 변화된다. 물론 분량이 두툼한 만큼 이 소설은 다양한 해석을 이끌어내는데, 이를테면 진실한 눈을 갖게 해준다는 명안수를 팔고 신자들 각자에게 적합한 맞춤수련을 시도하고 문황궁이라는 거창한 이름으로 명안진종의 사업을 포장하고 호소력 짙은 논리로 자본주의를 비판하는 세목들에서 옴진리교와 같은 유사종교 공동체나 유기체론으로 이루어지는 조합주의나 파시즘을 떠올릴 수 있고, 화자인 '나'가 관음봉에 앉아 샹그리라 건물의 수많은 창문에 드러나는 광경들을 관음증적으로 훔쳐보는 장면에서 히치콕의 〈이창(rear window)〉의 장면을 연상하여 지젝식으로 창문에 투영된 화면은 훔쳐보는 자의 욕망을 투영한다고 해석해보는 것도 물론 흥미로울 것이다. 그 만큼 이 소설의 디테일들은 서사의 중심 줄기로 흡수되면서도 그와 무관하게 사회 문화적인 콘텍스트들과 연결되는 재미를 제공해 주는데, 작가가 이 소설을 두고 마술적 리얼리즘이라고 언급한 이유도 '나'의 손이 점점 말굽으로 변하는 기이한 설정에 있다기보다 리얼리즘의 해석 범위가 마술적이라고 할 만큼 다양하게 확장되는 데 있을 것이다.

그러나 이 소설에서 가장 흥미로운 지점은 앞서 요약하던 줄거리가 끝나는 부분에서 시작된다. 과거부터 현재까지 계속되는 이사장의 위선적이고도 폭력적인 행태 앞에서 '나'는 그를 수사 기관에 고발하고 명안진종 신자들의 우매함을 일깨우려고 하지 않는다. 그러한 일은 207호에 살고 있는 경찰과 같은 자들의 몫이라면서 오히려 '나'는 이사장과 신자 모두를 죽이고자 한다. 여기서 만약 '나'가 진실을 폭로하고 신자를 계몽하면서 소설이 마무리됐다면 이 소설의 임무는 어쩌면 경찰의 임무에서 더 나아가지 못했을 것이다. 고발과 계몽의 순간 사라지는 것은 폭력 자체에 대한 성찰이다. 이 소설이 경찰에서 철학자의 임무로 나아가는 빛나는 지점이 이제부터 시작된다. 그러나 문제는 이사장의 폭력에 맞대응하는 '나'의 태도가 어느새 이사장의 폭력과 유사해진다는 데 있다. 폭력을 비유하는 말굽이 이사장의 발에서 나의 팔로 전이되고, 15년 전 이사장이 일으킨 방화사건의 진실이 왜곡되듯 주인공이 제석궁의 환자를 잔혹하게 몰살시킨 사건의 진실 역시 왜곡된다. 그렇다면 '나'의 대응 폭력은 이사장의 폭력과 한 치도 다를 바 없는 것일까? 폭력 자체를 성찰하겠다던 철학자의 임무란 고작 이사장의 폭력을 반복하는 데에서 끝나는가? 현재보다 더 폭넓은 시간적 차원에서 볼 때 '나'의 폭력은 이사장을 포함해서 나를 멸시하고 적대했던 과거의 사람들에게서 비롯됐다는 것을 알 수 있다. '나'의 폭력이 일종의 주관적 폭력이라면 이러한 폭력은 나의 악마 같은 기질에서 비롯된 것이 아니고 나를 둘러싸고 있었던 더 근본적이고 구조적인 폭력에 의해 발생된 것이다. 마치 서쪽 이웃에게 빌려준 돈을 동쪽 이웃에게 받으려 하듯 주관적 폭력과 객관적 폭력은 사슬처럼 연계된다. 이 연계 고리를 끊기 위해서는 '나'의 주관적 폭력을 발생시키는 말굽이 몸에서 떨어져 나가든가 구조적 폭력을 이끌어내는 이사장 일당이 세계에서 잘라져 나가야 한다. 이처럼 이 소설은 단순히 지배자의 위선과 폭력을 폭로하는 데에서 머물지 않는다. 지배자의 폭력과 피지배자의 폭력이 연결되는 사실을 알려주고 더 나아가 이 연속성을 끊기 위한 준엄한 결단을 제시할 때 이 소설은 그야말로 경찰의 임무 이상으로 나아가게 된다.

이쯤에서 우리가 서론에서 응용한 이론을 생각해볼 수 있을 것 같다. 구조적 폭력에 대한 집중은 의도와 다르게 또 다른 주관적 폭력을 은폐할 수 있고, 그렇기에 폭력에 대한 비판은 무한할 수밖에 없다는 견해 말이다. 이런 관점에서 볼 때 이 소설에서 해결되지 않는 부분이 있다.

주인공 '나'의 주관적 폭력과 이에 연결된 객관적 폭력을 동시에 살펴볼 때 놓치는 부분은 이사장과 삼촌들(이사장의 폭력을 실제적으로 수행하는 자들)의 주관적 폭력이다. 이사장과 삼촌들이 악마적이라 할 정도로 폭력에 둔감해진 이유는 무엇인가? 이사장의 종교가 상징하는 밝은 눈(明眼)이 판옵티콘과도 같은 권력자의 눈이자 진리를 깨달은 자의 눈이듯이, '이 긴 자가 정의롭다'라는 정치적 권력의 명제와 '정의로운 자가 이긴다'라는 정신적 권위의 명제가 합치되어 신자들에게 비판 불가능한 위치에 이사장이 놓일 수 있었던 이유는 무엇일까? 소설은 이사장이 고아로 태어나 30년간 부대에 있다가 수류탄 사고로 예편했다는 사실을 알려주고, 이사장과 삼촌들은 모두 폭력에 중독된 상태라고만 언급하고 있다. 그렇다면 이들이 폭력에 중독된 이유는 무엇인가? 이들 폭력을 낳은 또 다른 객관적 폭력은 과연 무엇인가? 이에 대한 답변을 우리는 박범신의 다음 작품에서 기대해야 할 수밖에 없다. 그런데 폭력비판이 단 한번으로 끝날 수 없다면 모든 폭력비판의 소설은 끝을 열어둘 수밖에 없고 그 소설은 다른 소설을 위한 서론일 수밖에 없을지 모른다. 그렇기에 우리가 박범신의 노작을 감히 서론이라고 부른 이유는 다음 소설을 이끌어 내게 하는 이 소설과 이 소설에서 이끌려 나올 다음 소설 모두에 대한 응원에서 비롯된다. "번지르르한 자본주의 문명 뒤에 은밀히 장전돼 있는 폭력성의 비정한 탄환"은 결코 단 한 발이 아니기 때문이다.

2. 미완성 3인칭 시점 소설

여기, 그저 이니셜 L로 불리는 탈북자가 있다. 북한을 떠나 연변으로 연변을 떠나 브뤼셀까지 흘러든 상태다. 돈과 신분증은 물론이요 브뤼셀에서 소통될 수 있는 한줌의 언어도 지니고 있지 않다. 이곳에서 그는 그야말로 유령이다. 조해진의 장편소설『로기완을 만났다』(창작과비평사, 2011)에 등장하는 중심인물 로기완에 대한 설명이다. 이쯤 말하면 짐작하건대 2000년대 문학의 트렌드라고 할 수 있을 정도로 반복된 서사와 그 서사의 가르침을 언급할 수도 있을 것 같다. 그것도 단 한 문장으로: '우리는 모두 유태인이다.' 이 명제는 나치에게 처형당한 유태인처럼 으레 우리와 절대적으로 다르게 보이는 타자가 우리만큼이나 자유롭고 우리와 다를 바 없이 평등한 자리에 놓여야 한다고 주장한다. 이 명제의 가르침을 따라 이해할 수 없는 타자와 불가능한 동일시가 이루어질 때, 또 그러한 동일시를 위해 노력할 때 윤리와 정치가 창안될 수 있다고 우리는 얼마든지 말할 수 있다. 그런데 이와 같이 소중한 명제를 정답처럼 따라할 때 은폐되는 것은 없을까? 조해진의 소설 역시 이 명제 앞에서 다음과 같이 묻고 있다. "로의 인생을 따라 걸으며 그와 내가 많이 닮았다는 것을 알아가고 있지만 나는 그의 불행했던 시간에 가슴 깊이 공감하기보다는 그저 관조하며 내 지나간 선택을 합리화하는 데 더 많은 에너지를 쏟아왔다. 내가 그에 대해 글을 쓸 자격이 있는 사람인가." 말을 바꾸자면 이렇다. 우리는 이 명제를 말할 자격이 있는 사람인가. 이 명제를 말할 때 은밀히 숨겨지고 합리화되는 우리의 선택은 무엇인가. 이처럼 『로기완을 만났다』는 단순히 이 명제를 반복하고 끝나는 대신 이 명제와 더불어 명제 이후에 대해 말하고 있다. 그러기 위해 이 소설은 로기완의 이야기만도 아니고 나의 이야기만도 아닌 중간 상태에 놓이려고 한다. 서사는 크게 브뤼셀에 도착한 현재 '나'의 이야기, 브뤼셀에 오기 전 과거 '나'의 이야기, 그리고 3년 전 브뤼셀에 있었던 로기완의 이야기, 이렇게 세 부분으로 나뉘어 있다. 소설에서 앞의 두 이야기는 오로지 1인칭으로 '나'에 대해 말하고, 나머지 세 번째 이야기는 1인칭과 3인칭이 뒤섞인 채로 로기완에 대해 말한다. 조해진의 소설에서 이 같은 서사의 나눔은 '나눔'이라는 말 그대로의 의미처럼 서로 분리되어 있으면서도 서로 이야기를 공유한다. 그렇기에 이 소설은 미완성 3인칭 시점이라고 부를 수 있을 정도로 3년 전 로기완의 이야기가 3인칭 시점으로 서술되는 와중에도 공공연하게 1인칭 화자 '나'가 마치 흠집처럼 남아 있다. 소설의 서두부터 등장하는 흠집 난 3인칭 시점의 이야기를 다소 길지만 인용해보자.

그가 버스를 탄 건, 기차보다는 버스가 여권 검사에 소홀하다며 버스 티켓을 끊어준 브로커 덕분이었다. **그의 모습을 나는 상상의 영역에서만 완성할 수 있다.** 커다란 천가방을 메고 허름한 청바지에 두툼한 파카를 입고 있다. 색이 바랜 갈색 모자를 썼고 유리가 금간 시계를 찼다. 보풀이 인 장갑, 목을 칭칭 감은 촌스러운 색의 목도리, 실밥이 터지고 때가 탄 운동화 …… 버스에서 내린 뒤 주변을 **두리번거렸을** 그의 눈동자는 경계심으로 날카로워졌다가 이내 두려움으로 흐려지곤 **했을 것이다.** (…중략…) 벨, 기, 에. 브, 뤼, 쎌. 벨, 기, 에. 브, 뤼, 쎌 …… 아무리 발음해보아도 여전히 입에 선 이 이름들을 끊임없이 혀 안쪽에서 부드럽게 굴려가며 무국적자이자 이방인인 로기완은 남쪽을 향해 한발을 깊이 내디뎠다.(강조는 인용자)

강조한 부분은 완미한 전지적 시점의 이야기를 흠집 내는 부분이다. 끝내 로기완에 대한 '나'의 이해불가능성을 상기시키고 끝끝내 단정형 서술을 피하는 표현들은 타자가 재현될 수 없음을 알려준다. 그런데 이보다 중요한 점은 이러한 표현들이 '우리는 모두 유태인이다'라는 명제를 말할 때 사라지는 '나'의 상황(과연 나는 이 명제를 말할 자격이 있는가)을 계속해서 드러내기 위한 시도라는 점이다. 로기완의 이야기를 소설로 쓰고자 하는 '나'가 이런 질문에 빠져든 이유는 무엇인가. 답하기 전에 먼저 화자 '나'에 대해 말해보자. 브뤼셀에 오기 전 '나'는 서울에서 방송작가로 일하고 있었다. 방송을 만드는 과정에서 윤주라는 17세 소녀를 만나게 되는데, 그녀는 얼굴에 종양이 생겼지만 고아이기에 누구에게도 도움을 청할 수 없는 상태다. '나'는 윤주의 상황을 방송에 내보내 시청자들의 도움을 얻고자 하며, 더 많은 후원을 받기 위해 그녀의 종양수술을 추석 이후로 미루게 한다. 하지만 날짜가 미뤄지는 동안 종양은 돌연 암으로 변해 윤주의 생명은 위급하게 된다. 이 상황에서 화자인 '나'는 브뤼셀로 떠난다. '나'는 브뤼셀로 떠난 이유가 로기완에 대한 어느 취재 기사에서 비롯됐다고 스스로 합리화하지만, 브뤼셀행은 윤주에 대한 죄책감에서 도피하려는 시도일 수 있기에 현재 괴롭다. 더구나 윤주를 위해 수술 날짜를 미룬 것이 어쩌면 시청률을 올리려는 자신의 욕심에서 비롯된 것일지도 모르기에 '나'는 죄책감에서 쉬이 벗어날 수 없는 상태다. 그런데 이해 불가능한 타자인 로기완의 삶을 이해하기 위해 노력하고 결국 '우리는 모두 유태인이다'라는 가르침을 알려주는 3인칭 소설을 화자인 '나'가 완성한다면, 이때 윤주와 관련된 죄책감과 자기합리화는 모두 은폐될 수 있다. 이 명제를 실현하는 소설 쓰기가 '나' 자신의 궁지를 숨기는 일이 되기에 조해진의 소설은 명제를 말하는 '나'의 자격을 계속해서 의심하고 있다.

의심, 이것은 조해진의 소설의 또 다른 키워드다. 그런데 어쩌면 의심보다 소설의 주된 임무를 잘 알려주는 표현은 없을지 모른다. 소설은 지배계급의 이데올로기를 의심하고 진리를 수호한다는 교과서적인 대답을 상기할 것도 없이 말이다. 그러나 조해진의 키워드인 의심은 이러한 교과서적인 대답을 오히려 의심하고 있다. 조해진의 소설은 의심의 기능을 절대적으로 긍정하는 태도가 오히려 진리를 은폐한다고 말하고 있기 때문이다. 화자 '나'와 류제이 PD는 서로 마음으로 사랑하면서도 고백을 지연하고 고백의 언어가 지닌 한계를 점검하며 사랑의 영원성을 믿지 않기에 실제로 사랑을 시작조차 못하고 있다. 진정한 사랑을 지키겠다는 명목하에 이루어진 일련의 의심이 의도와 다르게 사랑에서 멀어지게 하고, 상대에 대한 진심의 왜곡가능성을 염려한다는 명분으로 이루어진 고백의 지연이 오히려 타자와 가까워질 때 가까스로 알 수 있는 진심의 불편함을 회피하게 만든다. 이때 자신의 진심에 대한 끝없는 의심은 윤리적이라기보다 자기만족적이다. 그렇기에 조해진의 소설에서 키워드는 생의 활력을 축소시키고 끝내는 삶의 의미마저 지워버리는 의심에 대한 의심이다. 그런데 이 같은 의심의 의심은 손쉽게 이루어질 수 있을까?

이 소설의 중심인물인 '나', 로기완, 박윤철은 모두 자신들이 타인의 삶에 결정적으로 개입한 일에 대해 죄책감을 느낀다. 나는 암에 걸린 윤주에게, 로기완은 연변에서 죽은 엄마에게, 박윤철은 안락사한 아내에게 죄책감을 갖고 있다. 죄책감에서 비롯된 자신에 대한 의심은 자학에서 자살로 이어질 수 있다. 그러므로 이들에게 문제는 타인의 삶에 영향을 주고도 살아남은 자신들이 계속해서 살아야하는 당위를 찾는데 있다. 그 당위를 찾을 때 자신의 삶을 축소시키는 의심 자체에 대해 비로소 의심할 수 있을 것이다. 당겨 말하자면 이 소설은 살아가야 하는 이유를 바로 타인에 대한 사랑에서 찾는다. 로기완은 라이카와의 사랑을 위해 자신의 보장된 신분을 포기하고 자발적으로 난민이 된다. 이같이 라이카를 사랑할 때 로기완은 자신을 위해 희생한 엄마가 되고 엄마의 죽음에 대한 죄책감에서 차차 벗어나게 된다. 의심에 대한 의심은 이렇게 타인에 대한 진실한 사랑 속에서만 이루어진다. 정리하자면 조해진의 소설은 '우리는 모두 유태인이다'라는 명제를 발설하는 주체를 의심하지만, 그 의심이 생의 활력을 축소시킬 우려를 재차 의심하며, 이 같은 의심의 의심을 이끌어내기 위한 방법으로 타인에 대한 사랑을 독자에게 제시하고 있다. 그런데 이렇게도 소중한 가르침을 전달하는 이 소설을 읽으면서도 계속해서 마음 한 자리에 남는 몇 가지 감정은 무엇일까. 이러한 느낌은 소설의 결론이 다소 성급하게 마무리된 것 같다는 데서 비롯된다. 박윤철을 의심하고 몰아세웠던 일이 크리스마스 이브에 어울리게 흔쾌히 해소되고, 수술을 끝낸 윤주가 돌연 '나'에게 전화를 걸어와 둘의 관계가 회복되며, 로기완과 라이카의 사랑은 영국에서도 변하지 않은 상태로 끝나는 결말이 여러 가지 상황을 의심하고 또 의심 자체를 의심하던 이 소설의 태도와 왠지 어울리지 않는 것 같다. 자신만을 향한 분노와 의심을 넘어서기 위한 방법은 정말 타인에 대한 사랑뿐일까. 왜 로기완은 자신을 유태인과 같은 처지로 만들었던 국가와 자본주의에 대해서는 의심하거나 분노하지 않을까. 로기완에 대한 이러한 질문은 너무 가혹한 것일까. 왜 '나'와 박윤철은 로기완의 처지를 이해하거나 개선시켜주고자 노력하는 만큼 로기완이 처했던 사회 체제적 조건들에 대해서는 이해하거나 분노하지 않을까. 『로기완을 만났다』의 본문은 제목과 다르게 '나'가 로기완이 만나기 직전에 끝나고 있다. 제목과 본문의 불일치를 통해 이 소설은 만남이 실제적인 만남에 국한되지 않고 만남을 위해 준비하는 시간을 포함하며, 그러한 만남이 완벽히 이루어지는 시간은 미래에 도착할 것이라고 말하는 듯하다. 화자가 계속해서 자신의 기록은 소설이라기보다 일기라고 겸손히 말하는 것처럼, 화자가 쓰고자 하는 소설은 로기완과의 만남이 완벽히 이루어지는 미래의 순간에 완성될 것이다. 이 소설에서 남아 있는 몇 가지 감정들과 질문들은 분명 또 다른 로기완과의 만남이 이루어지는 미래의 소설을 통해 해결될 것이다.

3. 현실을 죽이는 현실주의

황시운의 『컴백홈』(창작과비평사, 2011)에는 체중이 130킬로그램인 17세 여학생 '나'(박유미)와 아이를 임신한 같은 나이의 여학생 이지은 그리고 32세의 미혼모 이미영이 등장한다. 세 명의 중심인물만 보고서도, 학교와 사회 집단을 견고히 둘러싼 편견과 편견에 기반 한 유무형의 폭력을 폭로하는 소설 운운하며 이 소설의 문제의식을 예상할 수도 있을 것 같다. 이 소설은 10대들의 욕망과 욕망의 반영인 그들의 언어를 실감나게 표현하며 서태지나 다이어트와 관련된 문화의 세목들을 흥미롭게 그리고 있다. 하지만 이렇게 소설을 펼치기도 전부터 예상 가능한 문제의식은 지적할만한 한계가 아닐까? 이러한 지적은 작가의 첫 장편을 앞에 두고 하기엔 너무 지나친 말인가? 이런 질문들을 잠시 제쳐 두고 다르게 질문해보자. 우리가 황시운의 소설에서 미리 예상했던 바로 그 편견과 폭력이란 무엇인가? 이해하기 전에 판단부터 하는 행위 아닌가. 우리의 예상된 판단은 『컴백홈』에 내장된 하나의 문제의식을 읽어내는 데 도움을 줄지 모르지만 이 소설에 내재한 다수의 가능성들을 축소할 우려가 있다. 자, 판단을 잠시 유보하고 이 소설을 살펴보자.

흥미롭게도 『컴백홈』에는 소설 앞에 선 우리처럼 편견에 사로잡힌 사람들이 있다. 어떤 사태에 대해 누군가 다른 견해를 제시할 때 편견에 갇힌 자들이 가장 많이 하는 지적은 무엇일까? "하지만 이런 일이 생겼을 땐 다들 **현실적**으로 생각들을 해. 그게 맞으니까."(강조는 인용자) 현재 고등학생인 이지은이 자신의 임신한 사실을 토로하며 아이를 낳겠다는 결심을 표하자 130킬로그램이라는 이유로 학교에서 왕따를 당하는 화자 '나'가 낙태를 권하는 말이다. 또, 신체에 대한 편견으로 소외당하는 화자가 같은 편견에 입각해서 친구에게 충고하는 장면이기도 하다. 물론 이 장면을 두고 이 소설은 약자를 무조건 긍정적인 인물로 그리지 않고 이렇게 편견의 피해자이자 가해자로 그리기에 인물이 입체적이라며 상찬할 수도 있다. 어디 '나'만 그런가. 임신한 여학생, 이지은 도 그렇다. 학교에서 이지은은 무리의 중심에 서서 '나'를 왕따 시키지 만 학교가 파하면 무리들과 어울리거나 자신의 집에 돌아가는 대신 화 자의 방에 따라와 이런저런 대화를 나눈다. 이런 장면을 보며 학교 친 구들 사이에서 마치 권력자인 듯 보이는 이지은 역시 학교와 가족 어디 에서도 만족하지 못하고 부유한다는 사실을 읽어낼 수 있고, 이를 통해 그녀 역시 왕따인 '나'만큼이나 학교와 가족으로부터 소외감을 느끼고 있음을 지적한 후, 단순히 가해자를 악하게 그리지 않고 그녀가 악하게 행동할 수밖에 없는 여러 원인들을 고려한다며 이 소설을 상찬할 수도 있다. 경청할 만한 해석들이지만 이 소설에서 중요한 지점은 여기가 아 니다. 이러한 상찬은 어쩌면 진부하게 보일 수도 있는 『컴백홈』의 문제 의식은 내버려둔 채 이루어지는 견해일 뿐이고 심지어는 그런 문제의 식을 가리기 위한 수사에 지나지 않기 때문이다.

『컴백홈』을 다르게 읽어내기 위해서 우리는 다른 지점에서 출발해야 한다. 앞서 화자 '나'가 임신한 친구 이지은에게 말했던 충고의 핵심어 인 '현실'에서 우리의 이야기를 다시 시작해보자. 이 소설에는 이렇게 현실적이지 않고 무모한 결단을 내리는 자들이 등장한다. 그들은 바로 앞서 말했던 세 명의 중심인물들이다. '나'는 비만이라는 이유로 왕따를 시키는 학교를 떠나 서태지와 함께 달의 뒷면에서 스스로 빛을 발하며 살아가고자 하고, 고등학생 이지은과 미혼모 이미영은 자신들의 처지 를 고려하지 않은 채 아이를 낳겠다고 선언한다. 이런 말 앞에서 누군가 는 비웃고, 누군가는 현실적으로 생각하라며 충고한다. 그런데 황시운 의 소설에 따르면 이 같은 충고와 조소는 편견의 조건이다. 현실적으로 생각하라고 충고하는 이들은 현실의 시간 범위를 축소시킴으로써 자신들의 편견을 완성한다. 현실은 과거부터 지금까지 이미 주어져 있는 것이자 지금부터 미래까지 하루하루 만들어가는 것 모두를 뜻하는데, 이같은 현실주의자들에게 현실은 만들어가는 과정을 생략한 채 주어져 있는 시간만으로 이해된다. 현실의 시간적 복합성을 고려하지 않고 이루어지는 충고는 현실의 한 측면만을 강요할 뿐이다. 현실에서 힘겹게 구축되는 미래의 측면을 손쉽게 제거하기에 현실주의자들은 아이를 낙태하라는 말도 서슴없이 할 수 있다. 그런데, 보다 넉넉한 품새로 현실을 이해하는 듯이 보이는 자들이 터무니없는 말들을 일삼는 이 세 명의 여자들을 받아들인다. 둥지라 불리는 미혼모 보호 시설은 이들을 대하던 학교와 가족의 편견에서 벗어나 있는 듯이 보인다. 하지만 한 치도 어긋나지 않게 반복되는 시설의 규칙은 이들을 환대한다는 명분을 내세우지만 실제로는 이들을 교묘히 관리한다. 시설 사람들 역시 자신들이 규정한 미래의 방향과 어긋나는 행동을 절대로 인정하지 않기에 일종의 편견에 사로잡힌 현실주의자라고 할 수 있다. 그러므로 시설을 나와 스스로 아이를 낳아 기르겠다는 이지은의 선언은 시설의 사람들에게 비현실적이고 무모한 선언으로 보인다. 이처럼 황시운 소설의 개성은 단지 학교, 가족, 시설 등의 집단적 편견을 폭로하는 데 있지 않고, 그편견이 이루어지는 방식을 파악하는 데 있다. 황시운 소설은 현실을 직시하라는 식의 사유가 사실상 현실의 시간적 복합성을 단순화시킨 견해일 수 있으며, 그러한 견해가 집단의 편견과 폭력을 조장하는 근본 원인임을 알려준다. 황시운의 소설에 따르면 현실주의자들은 현실을 옹호하려는 제스처로 현실을 가장 먼저 사장시키는 자들이다.

그런데 세 명의 중심인물이 인종주의적 폭력의 온상인 학교와 인종 없는 인종주의적 폭력의 온상인 시설을 탈출하면서 이 소설이 끝나지 않는다는 점에 주목할 필요가 있다. 이러한 부분이 바로 『컴백홈』이 집단주의적 폭력과 편견을 폭로하는 소설 운운하는 생각에서 벗어남을 더욱 뚜렷이 알려준다. 간단히 살펴보자면 이렇다. '나', 이지은, 이미영 이렇게 세 사람은 현실의 복합성을 지켜내기 위해 시설을 탈출한 후 이미영의 집에 모이게 된다. 그런데 이지은과 이미영에게 이 공간은 주어진 시간과 미혼모로서 하루하루 개척해나가야 할 시간이 겹쳐 있지만, '나'에게 이 공간은 단지 자신보다 약한 자들을 보며 스스로를 위로하도록 주어진 시간만 놓여 있다. 이 소설이 소외된 여자들의 낭만적인 공동체를 정답처럼 제시하지 않는 이유도 여기에 있다. 중요한 것은 공동체의 구성원이 아니고 공동체의 시간성이기 때문이다. 이들은 분명 학교나 시설과 다르게 상대를 자유롭고 평등한 주체로 인정하지만, 이 공간은 '나'에게 하루하루 스스로의 삶을 구축해나가는 시간을 제공하지 못한다. 화자 '나'가 이미영의 집을 나가 집으로 되돌아가는 이유도 이지은과 이미영처럼 현실의 복합성을 포기하지 않기 위해서이다. 일종의 성장소설이라고도 할 수 있는 이 소설에서 화자의 성장은 현실주의에서 벗어나려는 실천에서 비롯된다. 이들이 현실주의에 반대할 때에만 현실은 주어진 시간이자 구축하는 시간이 되고, 이때 이루어지는 성장은 힘겹게 스스로 구축하는 시간을 의미하게 된다. 그런데 주지하다시피 언제나 떠나는 것보다 어려운 일은 되돌아오는 것이다. 떠남은 이곳에 대한 부정이지만, 되돌아옴은 그 부정에 대한 부정이기 때문이다. 먼 길을 에둘러 집으로 되돌아간 화자 '나'가 힘겹게 구축할 현실은 어떤 모습일까? 앞으로 우리가 황시운의 소설을 계속해서 따라 읽어야 할 이유가 이 질문에 담겨 있다.

4. 유사가족, 자본주의의 신제품

김이설의 신작 『환영』(자음과모음, 2011)의 서사는 "입춘이 목전인데 한파주의보가" 내린 시간에 시작한다. 이렇게 모순된 시간처럼 그녀의 소설은 문명이 내세우는 질서(입춘)와 실제 현실(한파)의 이음매가 어긋난 상황을 드러내는 데 그 어떤 소설보다도 예민하다. 백숙을 팔면서 밀매음하는 왕백숙집 사장, 앞에서는 점잖으나 뒤에서는 속된 성욕을 채우는 선생님, 권력을 이용해서 정의롭지 못한 일들을 마음껏 자행하는 경찰, 가족이지만 타인만큼이나 동생의 행방에 무지한 언니, 가족은 아니지만 가족만큼이나 이기적으로 외부 상황에 눈 감은 동료들. 이러한 인물들이 모두 『환영』에 등장한다. 이들은 모두 가족은 아니지만 왕사장이 경찰을 육촌이라 부르듯, 왕백숙집 동료들이 서로를 언니 이모라 부르듯 유사가족을 이루고 있다. 그렇지만 이들은 유사가족이기에 자유롭고 평등한 상태 속에서 가족주의의 폐쇄성과 혈연 중심의 위계성을 개선해 나가는 게 아니고, 오히려 유사가족이기에 가족이라면 무슨 일이 있어도 지켜내고 감내해야 할 어떤 가치들을 손쉽게 포기한다. 철저히 타인도 아니도 그렇다고 진정한 가족도 아닌 상태에서 이들은 상대를 가족만큼이나 위계적으로 대하고 타인만큼이나 소모적으로 대하게 된다. 이들에게 유사가족은 가족주의의 대항체가 아니라 가족주의를 교묘히 활용하는 기생체이다. 요컨대, 이 시대의 자본주의는 타자를 물건처럼 대하게 하지 않고 유사가족처럼 대하게 한다.

그런데 만약 이 같이 이상한 가족주의 앞에 선다면 일본 파시즘의 이데올로기적 특징으로 가족주의를 언급했던 마루야마 마사오는 어떤 말을 할까? 일찍이 마루야마는 일본의 국가 구조가 가족의 연장체로 확장되는 과정에서 억압의 이양과 권력의 편중이 자연스럽게 이루어졌다고 말한 바 있다. 국가의 아버지인 천황은 정신적 권위와 정치적 권력을 일원적으로 점유한 절대적인 자리에 놓이고, 천황으로부터 떨어진 거리에 따라 사람들은 각자의 권력을 획득하게 되며, 그 거리 차는 권력 차를 만들고, 권력 차에서 비롯되는 억압은 자연스럽게 아래로 발산되어 국가 전체적으로 권력의 편중과 억압의 이양이 완성되며, 비로소 하나의 국가가 유기체적인 균형 상태에 이르게 된다. 이 상태에서 개인은 주체적인 의식을 가질 수 없기에 천황을 독재자라고 느끼지 않으며 자신의 권력과 억압을 아랫사람에게 이양시키는 행동에 대해 죄책감을 느끼지 않는다. 일본 파시즘의 완성은 이러한 독재 아닌 독재인 가족주의의 확산에서 비롯됐다. 마루야마의 의견을 존중한다면 한 나라 전체를 유사가족으로 묶는 이 시대의 자본주의는 일본 파시즘처럼 무시무시한 것은 아닐까. 마루야마의 고견에서 권위와 권력을 모두 차지한 천황 대신 자본주의를 대입하면 마루야마의 일본 파시즘 분석은 현시대 자본주의 분석으로 읽히지 않을까. 먼저『환영』의 이런 장면들을 떠올려 보자. 왕사장의 아들 태민이 친구들 앞에서 왕백숙집 종업원인 화자 '나'

의 팬티를 거리낌 없이 내리는 장면, 선생님이 킥킥대며 화자의 거웃을 면도하는 장면, 공판장 여자가 갓 돌 지난 화자 아들의 목에 서슴없이 칼을 대는 장면. 이 장면들 모두 돈 때문에 발생한다. 가해자는 돈을 줬기에 죄책감을 못 느끼고, 피해자는 돈을 받았기에 수치심을 느껴서는 안 되는 상황이다. 하지만 이때 '나'는 말 못할 수치심과 무력감과 두려움과 억울함을 느낀다. 돈의 논리 속에서 나의 몸과 아들의 몸은 자신들의 통제를 벗어나 있다. 인도 출신의 탈식민주의 연구자 호미 바바가 상징계로 포섭되지 않는 이방인의 가치를 상찬하는 유럽 출신의 줄리아 크리스테바를 이론적으로는 동의하지만 그녀가 이방인을 오로지 즐거운 측면으로만 바라보면서 국가의 그늘(국가 폭력)을 충분히 깨닫지 못한다는 점에서 그녀의 이론을 심정적으로 거부했듯이, 화자 '나'가 놓인 현실적인 조건을 살펴보지 않은 채 몸은 통제 불가능한 타자이자 또 다른 나라라고 말하는 서양 이론은 멋지지만 얼마나 무감한가. 그들의 이론은 자본주의의 그늘을 보지 못하거나 은폐하는 것은 아닌가. 몸은 분명 인간 모두에게 통제 불가능한 타자이지만, 자본주의의 논리 속에서 몸은 누구의 통제도 벗어나 있는 타자가 아니라 돈의 통제에 예속됐기 때문에 내게서 벗어나 있는 타자이다. 이처럼 자본주의의 규칙을 지킨다는 명목하에 폭력을 폭력이라고 느끼지 못하는 상황은 가족주의 질서 속에서 독재를 독재라고 생각하지 못하게 했던 일본 파시즘의 메커니즘과 유사하지 않은가. 우리가 화자 '나'의 자리에서 현시대의 자본주의를 하나의 파시즘이라고 말하는 것은 지나친 과장일까.

　유사가족으로 점철된 이 공간에서 약자와 강자, 선과 위선, 환영과 진상의 이분법은 무력하다. 이를테면 선생님이나 경찰이나 사장처럼 권력자들이 위선을 부리는 만큼 이들에게 이용당하는 이모와 언니들도 위선을 부린다. 화자 '나'에게 앞으로 일어날 최악의 경우를 마치 지금 겪고 있는 듯이 보이는 이모와 언니 들은 '나'의 인생 선배이기에 나를 위로하기도 하지만 나를 더욱 교묘히 이용하기도 한다. 더구나 가족들의 가난한 처지를 개선시키리라 믿었던 화자의 동생 민영이 사채에 쫓겨 사체도 남기지 못한 채 죽는 모습은 어떠한가. 인간의 목숨이 허망하게도 돈에 의해서 좌지우지될 때 우리 앞에서 살아가고 있는 인간은 환영인가 진상인가. 김이설의 소설은 인간을 향한 자본주의의 환영(歡迎)이 사실 위선으로 점철되어 있고 이로써 인간은 환영(幻影)이 됨을 알려준다. 환영으로 전락하기 직전의 모습이듯 화자의 가족들은 소설의 끝에 이르러 모두 불구자가 된다. 엄마는 관절염으로, 남편은 골절로, 아이는 소아마비로 모두 제대로 걷지 못한다. 상상하지 못할 최악의 상황 앞에서 화자 '나'에게 가능한 최선의 행동은 무엇일까? 어차피 화자에게 이들 역시 한낱 유사가족에 불과하기에 환영처럼 대하면 되는가? 이 소설은 약자들 간의 환대나 연대를 제시하면서 시대를 극복하겠다는 식의 손쉬운 낙관론을 펼치는 대신 유사가족이 손쉽게 포기한 것들을 지켜내고자 한다. "걱정 마. 엄마가 평생 몸을 팔아서라도 네 다리 고쳐줄게." 소아마비에 걸린 아이에게 화자가 건넨 이 같은 말은 인간이 환영으로 전락하는 최악의 상황을 극복하기 위해 인간이 할 수 있는 최상의 방법이 바로 인간을 포기하지 않는 일에서 비롯됨을 알려준다. 그 방법은 단순히 속된 세상을 초월한 성스러운 곳에서 시작하는 게 아니라 속된 세상 한 가운데에서 힘겹게 한 걸음 한 걸음씩 진행된다. 힘겨운 발걸음은 이를테면 이렇게 시작된다.

돈도 못 버는 주제에 병원비까지 축내는 가장은 죄인이었다. 남편의 어깨를 부축해 걷는데 진땀이 흘렀다. 그래도 길거리에 버려두고 나 혼자 집으로 돌아갈 수는 없었다. 아이씨. 업혀.

남편이 체중을 실어 업히자 예상하지 못한 무게 때문에 그만 무릎을 바닥에 찧고 말았다. 무릎이 젖었다. 눈발이 굵어졌다. 다시 업혀봐. 이를 악물고 허리에 힘을 줬다. 나도 모르게 끙, 소리가 났다. 넘어지지 않았지만, 첫 한 발짝 떼는 일이 엄두가 나지 않았다. 하지만 앞으로 나아가야 했다. 가야만 하는 길이었다. 나는 숨을 크게 들이쉬었다. 처음 한 발짝이 다음 한 발짝을, 다시 한 발짝을 디딜 수 있게 했다.

대다수 독자들이 말하듯 김이설의 소설은 약자에 대한 따뜻한 동정도 약자를 위한 손쉬운 전망도 없다. 왜 그럴까? 마루야마의 분석을 응용하자면, 자본주의 체제의 중심에서 떨어진 거리에 따라 권력의 편중과 억압의 이양이 자연스럽게 이루어지기에, 강자는 약자에게 약자는 더 힘없는 약자에게 더 힘없는 약자는 더욱더 힘없는 약자에게 ……, 이런 식으로 끝없이 억압이 이양된다. 이 상황에서 자신보다 힘없는 약자에게 위선을 부리는 약자를 독자들은 동정할 수 없게 되지만, 그러한 약자 역시 자신보다 힘 있는 약자에게 폭력을 당하기에 그들의 위선을 쉬이 비판할 수 없게 된다. 더구나 억압의 이양과 권력의 편중에 따라 자본주의 체계는 하나의 유기체처럼 조화롭고 자연스럽게 느껴지기에 이 체계를 뒤바꿀 전망을 찾거나 의문을 제시하기란 쉽지 않다. 동정도 전망도 쉽지 않은 현시대의 상황을 알려주기에 김이설의 소설은 약자들의 피해 보고서가 아니라 현시대 자본주의 분석이다. 그런데 이렇게 소중한 가르침을 주는 김이설의 소설이지만, 그녀의 소설들이 반복된다는 느낌은 어디서 비롯될까? 김이설의 자본주의 분석에 따르면 강자와 약자의 구분은 쉽지 않으며 오히려 모두가 체제 아래 머리를 조아린 약자들일 수 있다. 그렇기에 이미 말했듯이 약자들의 처지에 대해 성급한 비판도 동정도 불가능하게 된다. 하지만 김이설의 소설은 일반적으로 권력자라고 여겨지는 직업군의 인물들에게는 단순한 시선으로 접근하는 경향이 있다. 몸도 팔고 닭도 팔아야 하는 언니 이모들에게는 동정과 비판 사이에서 판단을 유보하게 만드는 반면 사장, 경찰, 선생님, 지식인들에게는 판단을 유보하게 만드는 장치가 소설에 결여되어 있다. 김이설 소설의 반복은 직업군에 대한 어떤 편견에서 시작되는 것을 아닐까. 『환영』의 화자 '나'가 불구가 된 식구들을 등에 업고 어떻게 나아갈지를 지켜봐야 하는 것처럼 우리들은 이러한 의문들을 안고 김이설의 다음 발걸음을 따라가야 할 것이다.

5. 밑줄을 거부하는 소설

김유진의 『숨은 방』(문학동네, 2011)은 완미한 서사에 익숙한 독자의 눈에는 마치 공사 중인 건물처럼 보일 것이다. 인물에 대한 정보가 최소한으로 제공되고 시점의 일관성이 유지되지 않으며 이런 특징들 때문에 오독까지 가능하기 때문이다. 소설의 중심인물 중 한 명인 안(雁)

이 '나'의 나이를 계속해서 물어보듯 독자 역시 안과 기와 장과 '나'에 대해 이들보다 많이 아는 것은 없고, 소설은 '나'를 일인칭 화자로 내세우다가 어느덧 기의 꿈을 전지적인 입장에서 서술하고 있으며, 다음과 같은 25장의 한 장면은 오독마저 가능하다.

장과 나는 학교 뒤편, 공사 중인 신관 건물로 숨어들었다. 서둘러 짓고 있는 건물은 간소하고 조악했다. 우리는 한쪽에 쌓여 있는 시멘트 더미를 지나, 건물 안으로 들어섰다. 콘크리트 벽과 철골이 고스란히 드러나 보이는 건물은 인체 해부도 같았다. 장은, 그 쇠락한 동물의 내장 같은 곳에서 나에게 노래를 가르쳐주었다. 그러난 나는 음치였다.

그는 군청 민원실 직원이었다. 일반 민원 담당인 그의 주된 업무는 마을의 가로등 관리였다.(강조는 인용자)

여기서 "그"는 누구일까? 앞 문단에서 서술되던 장일까, 소설 전체에 걸쳐 기에게 보호자 역할을 하던 공무원일까. 이런 착각이 가능한 이유는 25장만을 두고 볼 때 위에 인용된 첫 문단만을 제외한 25장 전체가 군청직원을 서술의 중심인물로 삼고 있고, 25장을 포함하여 소설 전체를 두고 볼 때 장(薔)과 관련된 서술은 언제나 앞뒤 맥락과 무관하게 삽입되기 때문이다. 25장만을 고려하면 장과 그와 군청직원이 동일한 인물이 될 가능성이 높고, 소설 전체를 고려하면 첫 문단에 등장하는 장은 나머지 문단에서 서술되는 그와 군청직원과 무관한 인물이 될 확률이 높다. 그렇기에 인용문에서 보듯 행간은 가독성을 보조하는 공간이 아니라 오독 가능성을 넉넉히 받아주는 빈터이다. 그러한 서사는 마치 공사 중인 미완성 건물처럼 "간소하고 조악"할지 모르지만 이 빈터 속으로 '나'와 장이 들어와 편안히 노래를 부르게 해준다. 요컨대, "미완성의 건물은 들고양이나 노숙자, 항상 숨을 곳을 찾아다니는 소년 소녀들, 혹은 가난한 연인들에게 잠시나마 보금자리가 되어줄 것"이다. 김유진의 미완성 서사는 완미한 서사가 주는 어떤 억압과 어떤 관습들에서 멀어져서 들고양이와 노숙자와 소년 소녀와 같은 사유들이 자유롭게 드나들 수 있게 한다. 그래서 그녀의 소설은 독자에게 밑줄 치지 않을 수 있는 해방감을 준다. 가독성은 떨어질지 모르지만, 이는 자유의 증거이다. 하지만 밑줄 칠 문장이 없다고 해서 모두 사라지는 것은 아니다. 어떤 것들이 우리에게 남아 가슴과 머리를 휘저어 놓는다. 논리에 빠질라 하면 가슴이 울고, 감상에 빠질라 하면 머리가 비웃는다. 대개 소설을 꼼꼼히 읽는 독자들은 『숨은 밤』을 읽으며 안이 살고 있는 집의 구조라든지 기가 풍기는 다양한 냄새라든지 마을을 이루고 있는 여관과 집성촌과 강의 위치 따위를 메모해 둘 텐데, 이 소설을 다 읽고 나면 그러한 메모가 소설을 해석하기 위해 얼마나 부실한 도구였는지 알게 되고, 그 순간 논리로 다가설 수 없었던 감정들이 밀려든다. 모두 죽고 동굴에 둘만 남은 이들이 "나는 너를 좋아해"라며 사랑을 고백하는 장면에서 어떤 논리가 필요할까? 그렇다고 이 소설이 마냥 감상적이기만 한 것은 아니다. 학교와 집성촌과 군청처럼 완미한 형식을 고집하는 사람들의 폭력성에 대한 인식이 우리가 내내 감상에 빠지는 상태에서 벗어나게 한다. 그렇기에 밑줄 칠 문장이 없다는 말은 작가의 문장력에 대한 훈계조의 지적이 아니라 논리와 감성에 스며있는 관습으로부터의 해방을 뜻한다.

그런데 완미한 형식만을 고집하는 사람들에 대해서는 좀 더 할 말이 있다. 그 부류 속에 학교와 군청, 그리고 안이 포함된다. 건물 주위를 철조망으로 둘러친 학교는 그들의 집단을 훼손하는 부류를 완강히 거절한다. 철망에 구멍을 뚫고 몰래 들어가거나 공무원의 추천을 받고 당당히 들어가더라도 그곳에 기(基)가 남긴 흔적은 모래 위의 발자국처럼 금세 사라진다. 군청 역시 자신들이 기획하는 축제에 오점을 남기려는 자들을 받아들이지 않는다. 축제 자체가 그들의 기획에 맞게 현실을 과장하고 왜곡한 재현물이기 때문이다. 학교의 철망과 군청의 축제처럼 이질적인 타자를 배제하지는 않지만, 외부에 자신을 개방하지 않는 자가 있다. 안은 마을과 떨어진 곳에서 물고기 탁본을 뜨며 자족적으로 살아가고 있다. "자신이 만들 수 있는 가장 크고 아름다운 울타리를 만들고 그 안에 들어가 자족하는 삶"을 바람직한 어른의 상으로 제시하는 안의 세계관은 주변에 철망을 친 학교와 현실을 재현의 틀에 가두는 군청의 모습에서 그렇게 멀리 떨어져 있지 않다. 안은 군청과 학교보다 분명 억압적이지 않지만 기보다는 억압적이기에 화자 '나'는 안과 기 사이에서 사랑을 놓고 갈등하게 된다. 이쯤에서 이 소설에서 '나'에게 자살을 시도하게 하고 죄책감에서 벗어나지 못하게 하며 매일 아침마다 돌 부스러기 같은 눈물을 흘리게 하는 장을 언급할 필요가 있다. 앞서 말했듯이 이 소설은 서사의 완미한 형식을 거부하기 때문에 장이 누구이고 '나'와 장이 어떤 관계였는지 명확하게 말하기는 어렵다. 그런 와중에 우리가 알 수 있는 정보는, 과거에 '나'와 장이 친구였고, 장은 과외선생님을 좋아했지만 책의 완벽한 세계에 빠져 있는 선생님은 장의 위급한 상황에 무심했으며, 훗날 나 역시 과외선생님처럼 장에게서 죄책감을 지울 수 없는 행동을 했다는 사실 정도이다. 그러한 죄책감은 장에 대한 서술이 서사의 완미한 형식에 오점을 남기며 맥락과 무관하게 등장할 때 뚜렷이 느껴진다. 여기서 자족적으로 살아가는 안의 모습은 장이 사랑했던 과외선생님과 다르지 않음을 알 수 있는데, 만약 화자가 안과 같은 어른이 된다면 화자는 과거 장에게 어떤 상처를 주었듯이 누군가에게 또 다시 상처를 줄 수 있다. 이런 점들을 고려할 때 화자가 더 이상 주변 사람에게 상처를 주지 않기 위해서는 학교와 군청과 안이 지향했던 삶의 방식보다 더 멀리 나아가야 한다. 그러한 삶은 타인을 받아들이면서도 억압적이지 않고, 자족적이면서도 타인에게 무감하지 않은 상태일 것이다.

이 소설은 그 같은 상태를 구체적으로 제시하지 않은 채 안과 나의 사랑 대신 기와 나의 사랑의 시작을 암시하며 종결된다. 그런데 어쩌면 이들이 나아갈 자유와 평등의 공동체는 구체적이고도 고정적인 상으로 제시될 수 없는 것일지도 모른다. 그러한 상을 제시하는 일은 안의 탁본처럼 아름다울지는 모르지만 생의 물기를 모두 제거하는 것일 수 있다. 김유진 소설의 장점은 그러한 사랑의 공동체에 대한 사유를 제시하면서도 그것이 완미한 형태로 고정되는 것을 소설의 내용과 형식 모두에서 거부한다는 데 있다. 그렇지만 주지하다시피 두드러진 장점은 어떤 한계들을 은폐하면서 이루어진다. 고정된 상에 대한 거부는 구체적인 상을 제시하려는 힘겨운 노력에 대한 손쉬운 도피를 숨기고 있지 않을까. 그렇기에 우리는 김유진의 다음 소설들을 따라가면서 사랑의 공동체에 대한 형태를 고정시키지 않으려는 시도가 어째서 그 공동체를 세우려는 노력을 방기하는 행위가 아닐 수 있는지, 밑줄을 거부하는 소설이 어째서 싱거운 언어유희가 되지 않는지, 그러한 것들을 계속해서 질문할 것이다.

6. 서가에 잘못 꽂힌 책

만약 작가와 출판사의 이름을 지우고 '최수철 장편소설'식으로 표현된 정보마저 책표지에 인쇄하지 않는다면 최수철의 『침대』(문학과지성사, 2011)는 서점의 서가 어디에 꽂히게 될까? '침대'라는 제목에 어울리는 카테고리는 어디인가? 취미 코너? 역사 코너? 문학 코너? 철학 코너? 사전 코너? 일단 '침대'라는 제목이 쓰인 표지를 넘겨보자. 그 안에는 「침대의 탄생」, 「대항해」, 「이상한 나라의 침대」, 「불타는 침대들」, 「광대들」, 「전쟁과 침대」, 「잠과 꿈의 독재자」, 「육체의 소유권」, 「이 세상의 모든 침대」라는 소제목들이 펼쳐진다. 더 나열하기 어렵겠지만 심지어 소제목 안에는 '나는 침대다', '자작나무의 아들', '몽마, 칼리우의 유래', '샤먼의 침대', '창녀의 침대', '침대와 전쟁의 역사', '쿠데타', '지옥의 문'과 같이 일목요연하게 정리할 수 없는 목록들이 수없이 나열된다. 보다시피 소박하고 단순한 제목의 책인데 그 속에 펼쳐진 소제목들은 거대하고 복잡해서 갈피를 잡기 어렵다. 이는 마치 보르헤스가 만들고 푸코가 언급했던 중국 백과사전의 동물에 대한 범주를 연상시키는 듯하다. '황제의 소유물', '향유를 발랐음', '길들여졌음', '젖먹이 돼지 새끼', '인어', '전설적임', '집 없는 개', '현재의 분류법에 포함되어 있음', '미친 상태', '무수히 많음', '대단히 좋은 낙타털 붓으로 그렸음', '기타 등등', '물주전자를 방금 깨뜨렸음', '멀리서 보면 파리처럼 보임', 이러한 분류 체계를 보고 '동물'을 떠올릴 수 있는 사람이 과연 있을까. 마찬가지로 앞서 나열한『침대』의 소제목을 보고 '침대'를 떠올릴 수 있는 자 역시 없을 것이다. 푸코가 언급했듯이 분류를 하는 일은 객관적이고 중립적이며 과학적으로 보이지만 사실 권력을 행사하는 일이다. 최수철의 분류 체계는 권력과 담론에 길들여진 우리들이 감히 상상하기도 어려운 범주를 제시함으로써, 우리가 자연스럽게 여기는 분류 체계가 사실은 임의적이고 권력적이라는 사실을 알려준다. 이렇게 맥락을 잡기 어려운 책인『침대』는 서점의 분류 체계 어디에도 어울릴 수 없고 그래서 어디에나 어울릴 수 있다. 어쩌면『침대』에 내장된 세계관이 그대로 독자들에게 전달되기 위해서는 제목을 제외한 모든 정보들을 책에서 지워야 할지 모른다.『침대』는 의도적으로 누군가에게 머리말이 되기를 지향하는 책이고 누군가의 서가에 잘못 꽂아져서 다른 텍스트로 읽혀지기를 갈망하는 책이기 때문이다. 그렇게 서가에 잘못 꽂아진『침대』는 독자들의 관습과 무관하게 접속하게 될 것이다. 흥미롭게도『침대』에는 한 소설가가 잠깐 등장하는데 그 역시 서문만 쓰던 자이다. 그는 "침대를 중심으로 인류 역사를 다시 써보겠다는 야심"을 갖고 소설을 쓰나 원고 속의 내용은 "하나같이 본격적인 이야기를 앞둔 서문들"이다. 잠깐 등장한 이 소설가의 소설이 어쩌면『침대』에 대한 가장 정확한 해석일지 모른다.

그렇기에 최수철이 말하고자 하는 침대에 관한 이야기는 하나이자 여럿이다. 이 소설에서 서사의 큰 줄기는 침대의 관점에서 인간의 역사를 재구성하는 것이지만 그 줄기 사이사이에 마치 곁가지들처럼 맥락을 잡기 어려운 작은 삽화들이 삽입되어 있다. 하지만 작은 이야기들은 결코 작은 이야기가 아니다. 작은 이야기들은 큰 이야기 속으로 다르게 들어갈 수 있는 더 큰 문이기 때문이다. 이를테면, 서사의 큰 줄기와 관련 없어 보이는 작은 이야기들은 이른바 '남자' 시리즈라고 불릴 수 있는데, 예를 들면 「아침마다 침대에서 굴러 떨어지는 남자」, 「아침에 깨어나지 않기를 바라는 남자」, 「자신이 태어난 바로 그 침대에서 죽으리라는 저주를 받은 남자」, 「침대에 갇힌 남자」, 「꿈꾸는 법을 알아낸 남자의 이야기」, 「하나의 침대로 남겨진 남자」 등이 있다. 서사의 큰 맥락 안에는 미누, 안드레이 마야콥스키, 장선우, 김홍일, 박기수 등의 고유명사로 등장인물들이 명명되지만 이처럼 작은 이야기들은 '남자'와 같이 의미 폭이 넓은 일반명사로 등장인물을 내세우고 있다. 이런 이유로 비록 작은 이야기들은 큰 이야기와 연속되어 보이진 않지만 큰이야기의 인물들에 대한 우화로 읽어낼 수 있게 된다. 가령, 「자신이 태어난 바로 그 침대에서 죽으리라는 저주를 받은 남자」 이야기는 소설 초반부에 실려 있지만 '남자'라는 넉넉한 의미 폭 때문에 소설 후반부에 드러나는 김홍일의 일생을 대입할 수도 있게 한다. 이처럼 작은 이야기는 큰 이야기에 직접적으로 포함되지 않음으로서 큰이야기를 더 폭넓게 수용하게 된다. 이러한 작은 이야기들의 도움으로 『침대』의 독서 역시 하나이자 여럿으로 분기된다. 요컨대 읽기에 있어 진입의 순서가 사라진다. 그야말로 아무 데나 펴서 읽어도 『침대』를 즐길 수 있다는 말이다. 심지어 큰 맥락의 이야기든 맥락 없이 삽입된 작은 이야기든 모두가 내키지 않는다면 서사를 고려하지 않은 채 이런 문장들만 음미해 보는 것은 어떨까? "죽음은 삶을 위한 침대이고, 삶은 죽음을 위한 침대다. 천하만물, 우주만상은 각기 서로에게 침대다. 만인은 각자 서로에게 침대다." / "침대는 기다림과 만남과 헤어짐의 공간이라고요. 기다림은 침대를 넓게 만들고, 만남은 침대를 좁게 만들고, 헤어짐은 다시금 침대의 크기를 원상으로 돌려놓는다고 말이지요." / "세상의 모든 일은 침대로부터 비롯되고, 또한 모든 일은 침대에서 끝난다" / "(소설가에게—인용자) 침대는 신성한 책이었다. 달리 말해 침대는 문자가 아닌 '몸'과의 직접적인 접촉으로 씌어진, 인간에 대한 감각적 경험의 책이었다." 이처럼 이 소설의 활용법은 무한하다. 마치 백과사전처럼 말이다.

그렇다. 굳이 이 소설이 무엇이냐고 또다시 묻는다면 침대에 관한 백과사전이라고 답할 수 있다. 일찍이 백과사전을 기획했던 서양의 지식인들이 '지식의 나무'를 그렸다면, 최수철은 이야기의 나무를 그린다. 흔히 백과전서파로 불리는 디드로와 달랑베르가 키운 지식의 나무는 신성한 것을 지식의 범주에서 배제시키던 베이컨과 체임버스(Ephraim Chambers) 류의 나무와 달리 종교적인 것들도 모두 수용해서 품이 큰 나무였다. 비유하자면 달랑베르는 선배들이 키운 지식의 나무에서 모종을 추출해 품종을 개량했다. 하지만 디드로의 백과전서는 계시 신학을 이성에 종속시키기 위한 목적에서 종교를 받아들였을 뿐이다. 이제 최수철의 백과사전은 디드로의 백과전서의 넉넉한 품을 이어받아 다시 한 번 품종을 개량한다. 백과사전 『침대』는 맥락 없어 보일 정도로 다양한 범주들을 포용하면서도 그것들을 위대한 이성의 발치 아래에 놓지 않고 이성과 신성 사이에 위치시킨다. 그래서 흔히 사물이나 미물의 시각에서 인간의 역사를 재구성하는 소설이 흔히 빠지기 쉬운 풍자의 함정에서 이 소설은 유연히 벗어나게 된다. 풍자의 주체가 교훈을 전달하는 스승과 같은 위치에 서서 풍자의 대상을 공격하며 자신의 궁지를 은폐할 때, 비록 풍자는 선을 내세우더라도 위선적이게 된다. 『침대』에서 화자인 침대는 인간 세계를 조롱하고 비웃고 가르치는 자리에만 놓이지 않는다. 침대 스스로 말하듯이 그것은 시베리아 나무와 인간과 몽마(夢魔) 사이에 있다. 그래서 신성한 가치로 인간의 도구적 이성을 비판하던 침대가 뜬금없이 악마와 같은 술수로 인간을 현혹하기도 한다. 풍자의 주체가 대상과 뒤섞이게 될 때 『침대』는 풍자의 단선적인 시각에서 벗어나게 되고, 이로써 최수철의 이야기 나무는 그 뿌리와 가지의 끝이 어디인지, 또 그것들이 어디로 연결되는지 그 누구도 확정할 수 없게 된다.

하지만 이 소설의 나무가 좀 더 멀리 뻗어나가지 못한 부분이 있다. 인간이 아닌 사물(침대)의 관점에서 역사를 재구성할 때 이 소설은 공식화된 역사의 큰 줄기는 그대로 받아들이고 있어서 읽기에 흥미롭지만 역사의 세부를 새롭게 재구성해내지는 못하고 있다. 이를테면 박정희를 연상케 하는 박기수에 대한 이야기는 지나치게 역사의 중심인물들에게만 의존하고 있어서 역사에 기록되지 않은 민중이 박정희 체제에 동원되고 저항한 섬세한 스펙트럼을 읽어내지 못한다. 작은 이야기들의 소중함을 내세우는 이 소설이 역설적이게도 역사에서 부각된 큰 인물들에게만 집중한 까닭은 무엇일까. 이런 태도 때문에 전두환 정권 이후 비판의 대상이 선명하게 드러나지 않는 후기자본주의 시대에 이르러서 이 소설의 서사가 오로지 예술론에 대한 이야기에 집중하게 되는 것은 아닐까. 이른바 1987년 체제, 더 나아가 1997년 체제 이후로 자본주의의 발전과 더불어 이루어진 사회의 지각변동에 대해서 화자인 침대는 내내 함묵하고 있다. 하지만 앞서 밝혔듯이 이 소설이 누군가의 서문이 되기를 갈망한다는 점을 생각한다면, 『침대』의 이야기 나무가 아직 뻗어나가지 못한 이야기들은 또 다른 독자들의 몫으로 남겨두는 게 맞을지도 모르겠다. 더구나 지금까지 발표된 최수철의 모든 소설이 가르쳐 주었듯이, 책을 반복해서 읽지 않기 위해서는 한 권의 책을 반복해서 읽어야 한다. 그 한 권의 책 속에 아직 자라지 않은 나무의 고갱이가 반드시 숨어 있기 때문이다. 어째서 그러한가? 모든 책은 언제나 누군가의 머리말이기를, 서가에 잘못 꽂아지기를 원하기 때문이다.

오소독스 로맨스

신혜진 소설 읽기

1. 오이디푸스들

무릇 제목이란 본문에 산재된 의미들을 하나로 수렴시키는 일종의 중심이어야 한다고 생각하는 사람들에게 신혜진의 첫 소설집 앞에 내걸린 제목『퐁퐁 달리아』는 의아할 것이다. 소설집에 실린 일곱 개 단편들의 올을 한 코에 엮어주는 어떤 의미도 독특한 분위기도 일체 지니지 못하기 때문이다. 개중에 어떤 이들은 시작부터 이음매가 엇나간 듯한 느낌에 불안할지 모르겠다. 반대로 다른 이들은 제목으로 쓰인 '퐁퐁 달리아'가 단편「로맨스 빠빠」에 등장한다는 사실을 찾아내고서 안도할지도 모른다.『퐁퐁 달리아』를 앞에 두고 쓰이는 이 독후감은 불안이라는 정직한 감정을 토로하는 이들과 함께하고자 하고, 거짓 안도를 느끼는 이들에게는「로맨스 빠빠」의 화자의 말을 빌려 이렇게 대꾸하려 한다. "그래서 뭐? 그래서 어쩌라구?"(23쪽)

그런데 불안과 같이하려는 태도가 불안을 근본적으로 해소해 줄 것이라고 오해해서는 안 된다. 그러한 해소는 결국 불안을 또 다른 안도감으로 위장하는 행위이니 말이다. '퐁퐁 달리아'라는 단어가 「로맨스빠빠」에 등장하는 단어라며 안도해봤자 해명되지 않는 나머지 여섯 편의 단편들이 그대로 남아 있듯이, 불안을 메우기 위해 무수히 많은 안도의 스토리를 만들어낸다 하여도 균열은 끝내 잔존할 것이다. 그렇다면 겉으로는 화창해보이지만 불안을 자아내는 저 단어 '퐁퐁 달리아'를 작가는 왜 소설집 전면에 내세우고 있는가? 아니, 작가의 손을 떠난 작품의 주인은 독자이기에 작가의 의도를 증명하는 일이 불필요하다면, 이러한 제목이 주는 효과는 무엇인가? 해명하고 해명해도 잔존하는 이 불길한 해석의 잔여를 지우는 방법은 끝내 없는가? 제목으로서 의미가 넘치거나 부족한 이 단어 앞에서 우리는 계속해서 불안해야만 하는가? 만약 그렇다면 굳이 불안과 함께할 이유는 무엇인가? 애초부터 불안을 자아내는 이러한 행위를 왜 했는지 따져가며 작가를 비난하는 게 옳은 일일까? 작가의 재능이 제목만큼이나 미달된다고 추궁해야 할까? 아니, 이래저래 둥글둥글 모두에게 좋은 방식, 제목을 무시할까?

이렇게 끝나지 않을 것 같은 의문들을 자아내는 화창하지만 불쾌한 저 제목에서부터 우리의 이야기를 시작할 수 있을 것 같다. 제목이 자아내는 불안은 그대로 소설 속 인물들의 체험과 연결되기 때문이다. 소설 속에서 인물들은 각자 다른 모습으로 살아가고 있지만 한결같이 불안한 마음을 떨쳐내지 못하고 있다. 왜 그런가? 손쉽게 일반화할 수 없겠지만 어쩌면 「겨울 유원지」의 마지막 장면에서 김 사무장이 힘없이 내뱉은 말에 그 이유가 담겨 있을지 모른다. "내 자리라는 게, 그게 긍께 …… 원래부터 없었든 건지, 기냥 눈 녹디끼 살살 없어져 부렀는지 영 몰르겠네."(10쪽) 기러기아빠인 김 사무장은 가정에서도 직장에서도 소외되어 있다. 그는 자신의 마이너스 통장 잔액처럼 이미 삶의 많은 부분을 포기한 채 살아가고 있다. 『퐁퐁 달리아』에 실린 소설 속 인물들은 대개 김 사무장과 비슷한 상황이다. 그들에게 삶의 고정된 의미를 제공해 줄 수 있는 상징적 자리는 그들의 의지와 무관하게 어느덧 사라진 상태이다. 정확히 말하자면 그러한 자리는 그들이 온전히 잡으려고 하면 할수록 역설적이게도 그들에게서 멀어진다. 이는 그야말로 비극적인 상황이다. 아버지를 죽이고 어머니와 동침할거라는 예언으로부터 벗어나기 위해 오이디푸스가 코린토스에서 테바이로 이동하는 일련의 노력을 기울이면 기울일수록 신탁은 더욱 더 완벽하게 수행되듯이, 『퐁퐁 달리아』의 인물들은 삶의 온전한 의미를 찾기 위해 노력하지만 바로 그 노력 때문에 더더욱 강력하게 소외된다. 이를테면 『퐁퐁 달리아』 속 대개의 등장인물들은 결혼했기에 이혼하고 싶고, 이혼했기에 결혼하고 싶다. 이러나저러나 종국에는 자신의 자리가 사라질 것을 알고 있는 「겨울 유원지」의 김 사무장은 눈이 먼 상태로 콜로노스의 숲을 배회하는 오이디푸스의 처지와 다르지 않다. 어쩌면 그는 안티고네와 같은 동행자마저 없기에 더 비극적인 처지에 놓인 오이디푸스이다. 상황을 개선하기 위한 노력이 어차피 파국을 불러올 것을 알기 때문에 그는 삶에 대한 일체의 노력을 시도하지 않는다. 김 사무장의 노름은 일확천금을 노리는 환상조차 지니지 않는 무용하고도 목적 없는 생의 낭비일 뿐이다.

「겨울 유원지」에서 목적과 의미가 낭비되고 탕진되는 것은 김 사무장의 삶만이 아니다. 이 소설에서 각주는 어떤 역할을 하는가? 만약 각주를 보지 않고 소설 본문만 읽는다면 어떤 일이 일어나는가? 「겨울 유원지」의 각주는 이 소설집의 제목 『퐁퐁 달리아』처럼 하나의 단편을 완미하게 해석하고자 하는 독자들에게 불안을 자아내고 있다. 각주를 제외한 본문은 김 사무장의 비극적이고도 쓸쓸한 처지를 군더더기 없이 보여준다. 하지만 이러한 각주는 본문의 의미를 보완하면서도 동시에 본문을 흐트러뜨리는 오점을 남기고 있다. 이 소설에 사용된 여덟 개의 각주 중 하나의 각주를 살펴보자.

> 각주 4) 이근영(50, 건축업) : 난 레이스라는 말이 참 맘에 들어. 굉장히 에로틱한 느낌이 든단 말야. 아닌 게 아니라 판돈에 수표가 적당히 섞이게 되면 말이지, 아가씨들 입는, 왜 거 있잖아, 망사팬티 같은 레이스가 슬쩍슬쩍 보이는 것 같단 말이지.
>
> 심현준(34, 무직 혹은 소설가 지망생) : 저기요, 사장님 그거 원래 발음은 레이즈(raise)인데요.
>
> 이근영(50, 건축업) : 어차피 양놈들 놀인데 발음 따위 신경 쓰게 생겼나? 자존심이 곧 애국심 아닌가?

일차적으로 이 각주는 본문에 쓰인 "레이스"(6쪽)라는 단어의 의미를 보충하고 있다. 하지만 이근영과 심현준은 소설 본문에 등장하지도 않을 뿐만 아니라 이들의 대화는 단순히 레이스의 의미를 설명하는 데 그치지 않고, 겨울 유원지와 김 사무장의 퇴색되고 쓸쓸한 모습을 그리고 있는 본문의 분위기를 헤치고 있다. 여성의 속옷이며 애국심 따위를 논하는 이들의 대화는 본문보다 수다스럽다. 이러한 각주들은 삶의 의미를 망가뜨리는 김 사무장의 노름을 소설 자체의 형식 안에서 실현하고 있는 듯하다. 요컨대 이 소설에서 각주는 본문을 대리보충한다. 각주는 본문에서 결핍된 부분(일종의 은어라고 할 수 있는 '레이스'의 의미)을 보충하면서도 본문의 완미한 형식을 미달된 것들로 대체한다. 마치 『퐁퐁 달리아』라는 제목이 이 소설집을 대표하면서도 소설집 전체의 의미를 수렴시키지 못하게 만들듯이 말이다. 그렇기에 『퐁퐁 달리아』라는 제목처럼 여덟 개의 각주들은 또 다시 해명할 수 없이 많은 질문들(본문을 망가뜨리는 각주는 어떤 역할을 하는가? 각주를 못 본 척하면 안 되는가? 각주가 본문의 완성도를 떨어뜨리듯이 작가의 재능은 형편없는 것 아닌가? 등등)과 거부감(각주를 쳐다보지도 말자!)을 이끌어낸다.

『퐁퐁 달리아』라는 불완전한 제목, 본문에 오점을 남기는 각주, 삶의 자리를 잃어버린 김 사무장, 다시 말해 제목이면서도 제목이 아니고 본문이면서도 본문이 아니며 김 사무장이면서도 김 사무장이 아닌 이들은 모두 눈이 먼 채 국경을 헤매는 왕이면서 왕이 아닌 오이디푸스와 다르지 않다. 오이디푸스 왕 3부작 가운데 「콜로노스의 오이디푸스」는 이방인 오이디푸스가 아테나이의 왕 테세우스에게 환대받는 과정을 그리고 있다. 모든 나라에서 배척되던 오이디푸스를 환대하자 테세우스는 아테나이의 불행을 영원토록 막아내는 진정한 왕이 된다.[1] 물론 테세우

---

1 오이디푸스에 대한 환대를 주제로 한 강의는 자크 데리다 · 안 뒤프르망텔, 남수인 역, 『환대에 대하여』, 동문선, 2004를 참고했다. 한편, 데리다의 철학에 대한 엄밀한 지식과 불어의 독해 능력이 없는 비전문가의 입장에서 이 번역에 대한 의견을 전하고 싶다. (참고로 만족할 수는 없지만 한글 번역서가 있다는 것 자체에 항상 감사한 마음을 보내는 아마추어 독자라는 점을 이해해 주면 좋을 것 같다.) 이 번역서는 영문판과 비교할 때 독해하기 어려운 부분이 많다. 그 가운데 하나만 살펴보자. 먼저 한글 번역서의 한 구절: "이방인은 여기서 잠재적으로 아버지 살해자인 아들을 구현한다. 이 아들은 맹인이자 동시에 대리 견자, 즉 맹인의 못 보는 자리에서 보는 사람이다."(62쪽) 이 문장은, 맹인과 이방인은 감각과 관습에서 벗어나 있기에 일반인들보다 못 보는 만큼 더 많은 것을 볼

스를 만나기까지 눈이 먼 오이디푸스를 동행한 안티고네 역시 잊을 수 없는 인물이다. 작가 소포클레스가 오이디푸스를 비극적 삶의 희생자로 그리지 않고 그 옆에 안티고네와 테세우스를 세워두었듯이 어쩌면 작가 신혜진은 이상한 제목과 각주와 인물 앞에 선 독자들에게 안티고네와 테세우스의 역할을 요구하고 있는지 모른다. 이렇게 비극적 상황에 놓인 채 주변 사람들에게 불안을 자아내는 것들을 우리는 어떻게 환대할 수 있을까? 아니 최소한 어떻게 동행할 수 있을까?

2. 환대 이후의 삶

환대와 동행은 상당히 멋진 말이지만 구체적인 실천 방식을 따지자면 공허한 말이 되기 쉽다. 어쩌면 불안과 불쾌를 자아내는 것들을 피

수 있다는 뜻을 전하고 있다. 여기서 "대리 견자"라는 말은 잘 와 닿지 않지만 아마도 데리다가 만들어낸 조어이기에 한국어로 쉽게 번역하기 어려운 단어였던 것 같다. 물론 "대리 견자"를 동격으로 서술해주는 문장인, "맹인의 못 보는 자리에서 보는 사람"이라는 구절을 읽으면 그 의미를 쉬이 이해할 수 있긴 하다. 한편 영문 번역서는 "맹인이자 동시에 대리 견자"라는 부분을 "both blind and super-seeing"(11쪽)이라고 번역해서, '대리 견자'를 비교적 쉬운 단어(super-seeing : 더 많이 보는 자)로 표현하고 있다. 더불어 "super-seeing"이라는 조어를 풀어서 표현하는 "seeing in the blind place of the blind person"라는 구절 역시 "맹인의 못 보는 자리에서 보는" 이라는 한국어 번역보다 의미가 명확하다. 사소할 수 있지만, "맹인의 못 보는 자리에서 보는"은 "못 보는 맹인의 자리에서 보는"이 더 명확하게 이해되는 표현이라고 생각된다. 이러한 사례를 통해 우리가 건네고 싶은 메시지는 번역의 대중성이 떨어진다는 지적이 아니다. 오히려 이 책에 대한 일반인들의 접근성을 높이기 위해서 좀 더 친절하고도 엄밀한 전문성(다른 언어의 판본을 비교한다든지 역자의 각주를 활용한다든지 하는)이 필요하다는 말이다. 한편, 이 강의의 가르침을 좀 더 구체적으로 해석한 후 데리다의 환대와 환대들(무조건적 환대와 조건적 환대들)이란 개념을 이분법적 시각으로 독해해서는 안 된다는 점을 강조한 글은 이 책에 실린 「두뇌의 열정, 열정의 두뇌」를 참고할 수 있다.

하려는 태도가 자신에게 더 정직한 반응일지도 모른다. 아니면 그것들에게 그런 식이어서는 안 된다는 식의 도덕적인 훈계를 늘어놓는 것도 위선적인 행동보다 더 인간적인 반응일지 모른다. 「대신 울어드립니다」는 환대라는 공허한 수사를 다시 생각하게 하면서도 마치 신의 은총처럼 이루어지는 진정한 환대의 순간을 보여주는 작품이다. 주인공 '여자'는 「겨울 유원지」의 김 사무장과 비슷한 처지에 있다. 여자 역시 가족들로부터 소외된 채 오피스텔에서 혼자 살아가고 있다. 이 버림받은 오이디푸스를 환대해 주는 공간은 교회이다. 하지만 여자의 어수선한 옷차림과 무례한 태도를 지적하는 교회 사람들의 모습은 그들의 환대가 위선적이라는 사실을 여실히 드러낸다. 그런데 이 소설에서 기독교 신자들의 위선을 재현하는 방식은 그 동안 발표되어 온 한국문학 작품들에서 흔히 보아왔던 이른바 클리셰가 아닐까. 노숙자의 신세가 되어 신을 욕했던 사람이 특별한 사건을 겪은 후 회개했다는 내용의 간증 앞에서 주인공 여자는 "어디서 들어본 듯한 이야기"(15쪽)라고 생각한다. 이러한 여자의 입장은 이 작품에서 다루어지는 소재를 두고 어디선가 읽어본 듯한 이야기라고 생각하는 독자들의 입장과 유사하다. 그러나 선해 보이는 태도에서 위선을 찾아내고 새로운 소설에서 진부한 것들을 짚어내는 날카로운 판단들을 존중해야겠지만, 통찰은 새로운 맹목일 수 있다는 점을 잊어서는 안 된다. 통찰은 타자에 대한 새로운 이해의 가능성을 막아버리는 오만과 동의어인 경우가 많기 때문이다. 무슨 말인가. 그러한 오만한 시선으로는 이 소설에서 가장 밀도 있는 장면들을 음미할 수 없다는 말이다.

「대신 울어드립니다」에서 통찰의 시선을 유지하던 여자는 교인들의 위선적인 태도 앞에서 실소를 터뜨린다. 그녀의 비웃음을 울음으로 오해한 노인이 그녀를 위로하는 장면은 이 소설에서 환대가 어떤 대가도 목적도 계산도 없이 그 자체로 이루어지는 것을 보여준다. "실컷 울어요. 하나님의 사랑은 그렇게 크신 거라우 (…중략…) 이제 걱정할 것 없어요. 천국에 갈 수 있는 입장권이 생겼는데 뭐가 걱정이람. 전지전능하신 하나님이 다 알아서 해주시는데 ……."(16쪽) 노파의 무조건적인 환대는 여자의 오만한 태도를 압도하기에 여자는 어떤 위로를 받게 된다. 그러므로 여기서 여자의 실소를 알아보지 못했던 노파의 오해는 사리 판단에 어둡기 때문이 아니라 타인에 대한 조건 없는 사랑에서 비롯된다. 다시 말해 노파는 여자가 누구인지 어떤 이유에서 울고(웃고) 있는지 온전히 따지기 이전에 타인의 상처 그 자체를 감싸주고 있다. 마치 신의 은총처럼 예상할 수도 없는 상황에서 무조건적으로 환대가 이루어지는 이 장면은 「로맨스 빠빠」에서 아빠가 딸에게 하는 이 말, "아잉아, 이게 뭔 줄 아느냐? (…중략…) 이것은 아부지으 눈물이다. 새벽기도 때마동 느이덜얼 위하여 월매나 월매나 간절허게 기도를 하는 중 아느냐?"(31쪽)라는 바로 이 말이 건네지는 장면과 공명한다. 자신이 아니라 타인을 위해 헌신하는 기도, 아니 조금 더 냉정히 말해 타인을 위한 기도만이 자신을 위한 기도가 될 수 있다는 깨달음을 주는 이 장면은 독자들에게 시종 웃음을 잃지 않게 하는 「로맨스 빠빠」에서 가슴 먹먹한 울림을 전달한다.

그렇기에 신의 은총과도 같은 환대가 이루어지면서 독특한 감정을 전하는 이 장면들에서 소설이 마감되었다고 해도 사실상 미학적인 완성도 면에서 하등 문제가 없어 보인다. 하지만 신혜진 소설에서 가장

미더운 부분은 바로 이 장면들에서 소설이 끝나지 않는다는 데 있다. 그녀의 소설은 오만한 냉소를 이기는 위대한 환대의 순간을 포기하지 않으면서도 그것이 말 그대로 한낱 순간의 차원으로 축소될 수 있다는 사실을 끝없이 경계한다. 그러므로 노인과 아버지의 가슴 울리는 메시지 이후에도 소설은 계속된다. 혁명의 순간보다 어려운 것은 혁명 이후의 삶이고, 사건에 대한 선언보다 지난한 것은 후사건적 실천이다. 마찬가지로 환대의 순간 이후 개인에게 혁명과도 같이 새롭게 찾아오는 삶을 지속시킬 수 있는지 여부를 살펴보는 것은 무엇보다도 중요한 문제이다. 그렇다면 「대신 울어드립니다」와 「로맨스 빠빠」에서 환대 이후 그들의 삶은 어떻게 계속되는가. 흥미롭게도 환대를 가능케 하는 이들과 이들로부터 이루어진 정직한 환대를 제일 먼저 왜곡시키는 것들은 바로 이들을 소외시켰던 자본주의의 제도들이다. 냉소적 태도를 포기하게 한 그녀의 깨달음과 타인에 대한 아버지의 무조건적인 사랑은 새로운 직업과 방송국 프로그램의 소재로 소비된다. 이처럼 신혜진의 소설들은 눈 먼 오이디푸스와 같이 불안을 자아내는 자들을 이해하기 위해서는 그들을 판단하기 이전에 그들을 무조건 환대해야 한다는 가르침을 주면서도, 이보다 더 힘든 실천은 환대 이후의 삶에서 온다는 것을 말해주고 있다.

그러므로 신혜진은 환대의 소중함을 가르치는 뻔한 도덕 교과서나 환대의 순간을 미화하는 최루성 에세이로 소설의 가능성을 축소시키지 않는다. 환대를 위해서는 맹목이 전제되어야 하지만, 환대를 지속시키기 위해서는 맹목이 포기되어야 하다는 사실을 그녀의 소설은 계속해서 말하고 있다. 이처럼 환대의 아포리아를 들춰내는 단단한 산문 정신을 포기하지 않기에 그녀의 소설은 말의 온전한 의미 그대로의 소설이다. 그녀의 소설에서 대개 사투리를 쓰는 사람들, 타인에 대해 이래저래 계산하고 따지기 이전에 사랑에 빠지는 사람들은 그들의 무지 때문에 위선 없이 타인을 환대할 수 있지만, 바로 그 무지는 역설적이게도 환대가 자본주의의 상품으로 교묘히 활용된다는 점을 날카롭게 인식하지 못하게 만든다. 그런데 그녀의 소설에서 환대가 종종 종교적인 소재와 연결된다는 점 역시 흥미롭다. 한국문학사에서 작가들이 마르크스의 '헤겔 법철학 비판'의 저 유명한 문장, 종교는 인민의 아편이고 억압받는 피조물의 한숨이며 무정한 세계의 감정이자 영혼 없는 상황의 영혼이라고 했던 그 문장을 어떤 방식으로 읽어내고 있는지 살펴보는 것도 분명 흥미로운 작업이 될 것이다. 그 가운데 아마도 신혜진은 이 문장에서 종교를 경멸적인 의미로 받아들이는 대신 하나의 증상으로 읽고 있는 작가로 기억될 것이다. 그녀의 작품들은 종교를 믿는 자들의 무지와 이기심을 비난하기에 앞서 이해하려 하고, 종교 자체를 허위의식으로 몰아세우기 이전에 종교의 가능성을 감지하려 하기 때문이다. 환대는 신의 은총과도 같이 무조건적으로 실행되기에, 그녀의 소설은 불안을 야기하는 오이디푸스들을 비난하는 이들의 인식적 오만과 거짓 환대를 일삼는 이들의 도덕적 위엄은 폐기되어야 마땅하다고 본다. 그러므로 그들은 눈 먼 오이디푸스들의 상황에 놓이지 않고 도덕적 위엄을 지킬 수 있는 자신들의 처지를 겸허히 받아들여야 한다. 타인을 환대하거나 적대할 수 있는 자율성은 인간의 능력 너머에서 은총처럼 주어지기 때문이다. 신혜진의 소설에서 신의 은총과 인간의 자율성은 그러므로 하나의 몸을 형성하고 있다. 이러한 신혜진 소설의 자세를 우리는 환대 이후의 파국 앞에서도 대입할 필요가 있다. 환대 이후의 삶은 적대로 왜곡되기 마련이지만 새로운 환대는 은총과도 같이 또다시 도래하기 때문이다.

3. 예기치 않은 재회

이쯤에서 우리는 다시 신혜진 소설의 결미 처리 방식에 대해서 말해볼 수 있을 것 같다. 은총과도 같던 환대의 삶이 파국으로 치달은 후 쓰인 마지막 문장들은 이렇다. "겨울의 유원지로 떼 지어 몰려온 진눈깨비가 오리들의 깃털처럼 분분히 날리고 있었다"(「겨울 유원지」), "예송장례식장 귀래실 신속도착 바람"(「대신 울어드립니다」), "그러거나 말거나, 아버지는 아스카와의 포옹씬을 영원히 계속하고 싶은지 끝없이 엔지를 냈다"(「로맨스 빠빠」), "다방 창문 밖으로는 때 아닌 봄눈이 분분히 날리기 시작한다"(「바겐세일」), "뿌연 안개 속에서 짜르릉 아이의 자전거 벨 소리가 울린다"(「밤소풍」), "이즈 반도의 만월(滿月)이 강물처럼 조용하게 동생의 젖은 머리카락 위로 흘러내리고 있었다"(「젖몸살」), "활명수 한 병을 따 마신다. 감초향이 나는 다갈색의 약물이 식도를 화하게 씻어 내린다"(「활명수」).

『퐁퐁 달리아』에 실려 있는 거개의 단편들은 세 단계의 서사 단락으로 한 편의 소설이 구축된다. 먼저 이 시대의 비극적인 삶을 살아가는 눈 먼 오이디푸스들의 방황이 등장하고, 두 번째 서사 단락에서는 이들의 환대가 이루어지며, 세 번째 단락에서는 환대 이후의 삶이 그려진다. 세 개의 서사 단락 가운데 어느 부분에 집중하느냐에 따라 서사의 세부 결은 달라질 수 있지만 소설들의 큰 틀은 이 같은 방식을 유지하고 있다. 그렇기에 저 위에 제시된 개별 소설들의 마지막 문장은 세 번째 서사 단락의 역할을 보조하거나 그 자체로 환대 이후의 삶을 예시하고 있다. 이를테면 「밤소풍」의 주인공은 현재 가족들로부터 소외받고 있으며 심지어 스스로도 자신을 용납할 수 없는 상태에 있다. 그녀는 한때 가족이라는 제도의 억압을 견디지 못해 집을 나갔지만 현재 자신의 과거를 그대로 반복하고 있는 남편 앞에서 그를 욕할 수도 그에게 외로움을 호소할 수도 없는 처지이다. 이 소설의 두 번째 서사 단락은 자기 자신으로부터도 버림받은 이 여자가 환대와 위로를 받는 장면에 할애된다. 앞서 「대신 울어드립니다」의 노인과 「로맨스 빠빠」의 아버지가 했던 가슴 벅차오르는 말을 연상케 하는 메시지가 이 소설에서는 그녀가 쓸쓸히 찾아든 성당의 예수 상 옆에 걸려 있다. "그 빛이 어둠 속에서 비치고 있지만 어둠은 그를 깨닫지 못하였다."(50쪽) 요한복음의 한 구절을 읽으며 그녀는 자신의 외도로 고통 받던 남편이 하나님께서 보내신 사도 요한('빛')과 다르지 않았고 자신은 그를 알아보지 못한 '어둠'이었음을 깨닫게 된다. 남편에 대한 미안한 마음은 그녀가 아들의 소풍을 위해 마련한 김밥에 남편이 좋아하는 포항초무침을 넣었다는 작은 디테일에 잘 드러나 있다. 아들의 김밥을 쌌던 날 저녁 우연찮게 찾아온 남편과 함께 이들이 남은 김밥을 나눠먹는 장면에서 이 소설은 끝난다. 이 같은 환대와 재회 이후 그들의 삶이 어떻게 진행될 것인지를 알려주는 세 번째 서사 단락의 역할은 이 소설의 마지막 문장, "뿌연 안개 속에서 짜르릉 아이의 자전거 벨 소리가 울린다"라는 바로 이 문장이 수행하고 있다.

하지만 이러한 결말들은 어쩌면 식상한 방식의 열린 결말일지 모른다. 환대 이후 그들의 삶이 다시 파국으로 되돌아갈지 반대로 새로운 삶으로 개화될지 여부를 성급히 단정 짓지 않은 채 그들이 놓인 주변 환경을 묘사하면서 끝나는 방식은 흔히 말하는 열린 결말의 형태를 지니지만 이는 기존의 수많은 영화와 소설에서 많이 차용된 방식이기도 하다.[2] 심지어 한 소설집에 실려 있는 여러 단편들의 이러한 마지막 문장들은 서로 얼마나 유사한가. "겨울의 유원지로 떼 지어 몰려온 진눈깨비가 오리들의 깃털처럼 분분히 날리고 있었다"(「겨울 유원지」), "다방 창문 밖으로는 때 아닌 봄눈이 분분히 날리기 시작한다"(「바겐세일」), "이즈 반도의 만월(滿月)이 강물처럼 조용하게 동생의 젖은 머리카락 위로 흘러내리고 있었다"(「젖몸살」). 그런데 우리는 여기서 이러한 결말 처리 방식을 클리세라며 비판하길 원하는 통찰의 욕망에 저항할 필요가 있다. 통

---

2 사실 이러한 미학적 반복을 클리세라고 비판하는 것은 생산적 논의를 이끌어 내지 못하는 날선 비난일 뿐이다. 그러한 비난 이전에 미학적 반복에 담긴 의미를 찾아내는 게 중요하다. 그동안 한국 문학사 안에는 열린 결말은 미학적으로 훌륭한 것, 반대로 닫힌 결말은 질이 떨어지는 것 운운하는 고정관념이 있었던 것은 아닐까. 이러한 고정관념을 일소하기 위해 김영찬의 논문을 살펴볼 필요가 있다. 김영찬, 「이청준 격자소설의 정치적 (무)의식」, 『한국 근대문학 연구』 6-2, 2005.10. 참고로 학계와 무관한 이들은 이 글을 누리미디어(www.dbpia.co.kr)에 접속하여 읽어볼 수 있다. 이 글에서 김영찬은 이청준 소설에서 빈번히 등장하는 열린 결말의 미결정적 태도에 담긴 정치적 (무)의식을 점검한다. 그는 격자형식을 통해 최종적인 판단을 열어놓는 이청준 소설이 정치적 실천의 사유를 무조건 억압적 기제로 해석하게 만드는 한계에 빠진다고 말한다. 그에 따르면 끝없이 의심하고 결단을 뒤로 미루며 개인의 윤리를 강조하는 열린 결말 형식은 정치적 실천의 사유를 근본적으로 부정하기에 실제로는 개인중심적인 폐쇄성을 지닐 수 있다. 즉 개인 주체의 윤리적 사유를 열어두는 태도가 정치적 실천의 사유를 닫아버리게 된다. 이로써 역설적이게도 윤리적으로 열린 결말은 정치적으로 닫힌 결말이 될 수 있다.

찰이 맹목으로 이어진다는 가르침은 앞서와 마찬가지로 이 순간에도 여전히 중요하다. 무슨 말인가. 열린 결말의 의미를 온전히 수용할 때에만 이 소설의 어떤 가능성을 엿볼 수 있다는 말이다.

그 가능성을 엿보기 전에 이제는 유명한 글이 되어버린 벤야민의 「이야기꾼(Erzähler)」을 먼저 떠올려 보자.[3] 이 에세이에서 벤야민은 시간의 풍화를 이겨내는(아니, 오히려 시간이 지날수록 생명력을 얻게 되는) 작품 고유의 아우라의 기능을 알레고리[4]라는 서술 기법에서 찾고 있다. 그것을 증명하기 위해 이 글에서 스치듯 간단히 언급되지만 무엇보다 명료한 가르침을 건네주는 작품이 바로 요한 페터 헤벨(Johann Peter Hebel)의 「예기치 않은 재회」라는 작품이다.[5] 이 작품의 내용은 이렇다. 결혼을 하루 앞둔 약혼자가 탄광에 들어갔다가 죽게 되고, 홀로 남겨진 약혼녀는 결혼하지 않은 채 50여 년의 세월을 보내게 된다. 그런데 50여 년이 지난 어느 날 오래 전 탄광에서 죽었던 약혼자의 시체가 발견되는데, 흥미롭게도 그 시체는 탄광 속 황산염에 흠뻑 젖어 있어서 부패되지 않았다. 이처럼 헤벨은 이미 늙어버린 약혼녀가 청년의 모습을 하고 있는 약혼자를 예

---

3 발터 벤야민, 반성완 역, 「얘기꾼과 소설가」, 『발터벤야민의 문예이론』, 민음사, 1983.
4 이 글에서 벤야민이 알레고리라는 개념을 직접적으로 언급하고 있진 않지만, 시간의 풍화를 이겨내는 헤벨의 작품은 고정된 의미를 끝없이 교란할 수 있다는 벤야민의 알레고리 개념이 스며 있다. 여기서 벤야민의 알레고리는 일반적으로 알려진 알레고리 기법과 유사하면서도 다르다. 이에 대해서는 프랑코 모레티의 책에서 작지만 명료한 가르침을 받을 수 있다. 지면 관계상 간단히 언급하자면, 일반적으로 알레고리는 관습에 기대고 있는 비유이기에 의미를 다양하게 분산시킬 수 없는 한계를 지닌다. 모레티에 따르면, 의미의 복수성을 단 하나의 공인된 의미로 축소시키는 기존의 알레고리 형식에 의미의 복수성을 지니게 만든 사람으로 벤야민, 폴 드만, 조나단 컬러 등이 있다. 좀 더 자세한 내용은 프랑코 모레티의 책 4장을 참고할 수 있다. 프랑코 모레티, 조형준 역, 『근대의 서사시』, 새물결, 2001.
5 요한 페터 헤벨에 대한 작지만 단단한 설명과 그의 번역서에 대한 친절한 안내는 독문학 전공자 조효원의 글을 참고할 수 있다. 조효원, 「벤야민이 사랑한 이야기꾼, 요한 페터 헤벨」, 2010년 4월 포스팅. 이 글은 출판사 그린비의 블로그에서 읽을 수 있다(http://greenbee.co.kr/blog/1010 최종 검색일 : 2014.6.20).

기치 않게 재회하는 신비롭고도 아름다운 이야기를 그리고 있다. 그런데 벤야민이 이 이야기에서 관심을 갖는 부분은 이 이야기를 읽으면 누구나 관심을 기울일 것들, 이를테면 50여 년을 혼자서 살아온 여성의 지고지순한 태도라든지 젊었을 적 모습을 그대로 유지하고 있는 약혼자 모습 따위가 아니다. 벤야민은 이런 무거운 메시지와 기발한 소재 속에는 시간의 풍화를 이겨내는 아우라가 담겨 있지 않다고 본다. 벤야민이 주목하는 것은 결혼을 앞둔 약혼자가 죽은 후 50여 년의 세월이 지나는 장면에 대한 헤벨의 서술이다. 약혼자가 광산에서 돌아오지 않은 후부터 진행된 50여 년의 시간을 작가는 이렇게 서술하고 있다. "그 사이 포르투갈의 리스본 시는 지진으로 파괴되었고, 7년 전쟁이 끝났으며, 프란스 1세 황제가 서거했다. 그리고 가톨릭의 예수회가 폐지되었으며, 폴란드가 분할되었고, 마리아 테레지아 여왕이 서거했으며, 덴마크의 정치가 스트루엔제 공작이 처형되었고, 미국이 독립했고, 프랑스와 스페인의 연합군이 지브롤터 해협을 정복하지 못했다. 터키 군은 슈타인 장군을 헝가리의 베트란 동굴에 가두었고, 황제 요젭도 서거했다. 스웨덴 국왕 구스타프는 러시아령 핀란드를 정복했고, 프랑스 혁명이 발발하여 긴 전쟁이 시작되었으며, 레오폴드 2세 황제도 역시 사망하여 무덤으로 갔다. 나폴레옹이 프로이센을 정복했고, 영국군이 코펜하겐을 폭격했으며, 농부들은 씨를 뿌렸고 가을걷이를 했다. 방앗간 주인은 방아를 찧었으며, 대장간 주인은 망치질을 했고 광부들은 지하 작업장에서 광맥을 찾아 곡괭이질을 했다."[6]

---

6 요한 페터 헤벨, 배중환 역, 『예기치 않은 재회—독일 가정의 벗, 이야기 보물상자』, 부산외국어대 출판부, 2003, 17쪽. 번역서에는 인용된 문장들 사이사이에 다수의 역자주가 첨부되어

비극적 상황에 놓인 여인의 내면을 그리는 대신 헤벨은 죽음과 전쟁이 난무했던 역사적 사건들을 지루하게 나열하고 있다. 약혼녀의 슬픈 내면과 가장 거리가 먼 서술, 어떻게 보면 독자들을 약혼녀의 슬픈 내면과 동일시하지 못하도록 하는 이처럼 건조하고도 지루한 서술을 벤야민은 아우라가 깃든 알레고리라고 말하고 있다. 이 지루한 서술은 약혼자가 죽은 후 홀로 살아야 했던 약혼녀의 내면을 직접적으로 제시하지 못하지만 그녀의 내면에는 수많은 전쟁과 죽음이 지나간 것과 비슷한 강도의 상처가 남아 있을 거라는 암시를 우의적으로 보여준다. 시간이 지난다고 해도 작품이 죽지 않고 독자와 뜻하지 않는 재회를 이루기 위해서 벤야민은 이처럼 작품의 의미를 드러내면서도 감추는 알레고리의 서술이 필요하다고 본 것이다. 그렇기에 그는 '뜻하지 않는 재회'를 오로지 헤벨 작품의 내용 안에서 찾는 것이 아니라 작품이 독자와 연결되는 작품외적 상황에서 찾아내고 있다. 그렇다면 다시 신혜진 소설에 쓰인 저 마지막 문장들을 살펴보자. 이 문장들은 분명 익숙한 결말 처리 방식이지만 그것이 지니고 있는 효과들은 차분히 따져볼 필요가 있다. 앞서 살펴보았던, 본문을 대리보충하는 각주와 제목이라 부를 수 없는 제목('퐁퐁 달리아')과 그녀 소설의 마지막 문장들은 너무나 흡사한 기능을 수행한다. 더불어 이 문장들은 약혼녀의 슬픈 내면을 서술하지 않은 채 은근슬쩍 그녀를 둘러싼 역사적 환경을 서술하던 헤벨의 자세와도 연결되고 있지 않은가. 이처럼 이것들은 형식적으로 완미하게 서사를 마감하게 하면서 동시에 위대한 환대로부터 받았던 가슴 뻐근

있는데, 여기서는 이 각주들은 인용하지 않았다.

한 심정들에 대한 독자들의 동일시를 지속될 수 없게 만든다. 하벨의 소설에서 건조한 서술들이 독자들에게 약혼녀의 내면에 손쉽게 동화될 수 없도록 만들듯이 말이다. 앞서 말했듯이 그녀의 작품은 환대가 신의 은총처럼 이루어지기에 지금 환대가 적대로 도착(倒錯)되더라도 언젠가 또 다시 도래할 것을 기약하고 있다. 이 새로운 환대와의 '뜻하지 않은 재회'에 대한 약속은 이렇게도 진부한 듯 보이면서도 강력한 역할을 수행하고 있는 마지막 문장에 의해 추동되고 있다. 그러므로 결말 처리 방식의 진부함만을 비판할 때 볼 수 없는 것은 이들 결말에 숨겨진 환대에 대한 뜻하지 않은 재회의 열정이다. 그러니 미래의 환대 가능성에 대한 직접적인 의미를 비워두면서 환대를 기다리는 마지막 문장의 열정을 클리세라는 비판 이전에 우리는 반드시 기억할 필요가 있다. 오랜 시간이 지나도 퇴색되지 않는 작품의 아우라를 지켜내게 한 혜벨 소설의 건조한 서술 방식이 신혜진 소설에서는 시간의 풍화에도 사라지지 않는 환대에 대한 신념으로 연결되기 때문이다.

4. 남겨진 질문들

그런데 신혜진 소설의 결말 처리 방식이 미학적으로 진부할 수 있다는 점을 문제 삼지 않고, 더불어 그러한 결말이 미래의 환대와 재회하고자 하는 열망을 포기하지 않도록 한다는 점을 인정하더라도 손쉽게 넘길 수 없는 의문들이 남아 있다. 그 한 뭉치의 의문들은 이렇다. 지금까지 살펴봤듯이, '눈먼 오이디푸스들의 방황-그들에 대한 환대가 이루어지는 위대한 순간-그러한 환대의 완성 이후에도 계속되는 삶'이라는 세 단계 서사 단락에서 마지막 세 번째 단락이 제시하는 사유는 지나치게 종교적인 것은 아닐까? 다르게 말해 그것은 왜곡된 환대를 개선할 수 있는 인간의 실천의지를 애초부터 제거하고 있는 것은 아닐까? 신의 은총과도 같은 환대를 또다시 기다리는 것보다 환대가 이루어질 수 있도록 환대의 조건들을 개선하려는 노력이 더 중요한 것은 아닐까?[7] 눈먼 오이디푸스들에 대한 환대는 오로지 개인적인 차원에서만 이루어질 수밖에 없는 것인가? 두 번째 서사 단락에서 이루어진 위대한 환대가 왜곡됐는데도 불구하고 왜 세 번째 서사 단락에서 인물들은 또다시 두 번째 환대와 똑같은 방식의 환대만을 기다리고 있는가?

앞서 보았듯이 신혜진의 소설은 환대의 완성을 곧장 소설의 결말로 받아들이는 대신 환대가 왜곡되는 과정을 제시하면서도 새롭게 도래할 환대를 포기하지 않고 있다. 그런데 이러한 의문들이 제시될 수 있는 이유는 그녀의 소설에서 환대의 완성이 왜곡된 후에도 눈먼 오이디푸스들은 앞서 이루어진 환대가 반복되기만을 기다리고 있는 것처럼

---

7 환대보다 환대의 조건이 중요하다는 사유는 자유보다 자유의 조건을 마련할 필요가 있다는 사유에서 빌려왔다. 자유는 단지 해방이 아니며, 해방에서 자유로 가는 길을 구축해야 한다는 일본의 철학자 사이토 준이치의 가르침은 다음의 책을 참고할 수 있다. 사이토 준이치, 이혜진 외역, 『자유란 무엇인가』, 한울, 2011. 이 글에서, 자유는 오로지 개인의 의지에서 의해서만 이루어지는 게 아니라 타자가 어울려 합리적인 소통을 할 수 있는 공론장이라는 조건을 갖출 때 비로소 가능하다고 사이토 준이치는 말하고 있다. 특히 그가 '소극적 자유'를 옹호한 이사야 벌린의 자유론을 비판하는 대목은 주의 깊게 읽어볼 필요가 있다. 한편 자유와 자유의 조건을 구분하는 사이토 준이치의 사유를 존중하면서도 공론장 구축이라는 추상적이고도 현실성이 부족해 보이는 실천에 대해 흥미로운 반론을 제기하는 글로는 아즈마 히로키의 다음의 책을 참고할 수 있다. 아즈마 히로키, 안천 역, 『일반의지 2.0』, 현실문화, 2012.

보이기 때문이다. 다시 말해, 환대를 왜곡시키는 원인을 교정하기 위한 방법론이 그녀의 소설에서는 또 다른 환대를 기다리는 수준에서 머무르고 있다. 그녀의 소설은 환대의 도착(倒錯) 가능성을 제시하기에 미덥지만, 그러한 도착을 해결할 수 있는 실천들에 대해서는 구체적인 성찰이 부족하다고 여겨진다. 그녀의 소설은 환대가 왜곡될 것이고, 그러한 환대의 적대로의 도착은 또 다른 환대에 의해 해소될 것이라며 막연히 기대하고 있는 듯하다. 그렇다면 이러한 삶이란 고작 환대와 도착의 악무한적 폐쇄고리에 불과하지 않은가. 이러한 악무한의 고리를 어떻게 끊을 수 있을까? 일찍이 알제리 독립전쟁에 참여했던 정신과 의사 프란츠 파농(Franz Fanon)은 식민지전쟁 이후 불면증과 우울증을 호소하는 환자들을 분석하면서 이렇게 말한 바 있다.

대체로 임상 정신의학에서는 우리 환자들이 보여주는 다양한 정신질환들을 '반응성 정신질환'이라고 분류한다. 하지만 그러기 위해서는 장애를 유발한 사건에 그 초점이 맞춰져야 하는데, 어떤 경우에는 해당 사례의 배경(환자의 심리적·정서적·신체적 조건)만 언급되어 있다. (…중략…) 여기서 우리는 단순히 그 장애를 완화하거나 진정시키는 것으로는 문제가 근본적으로 해소되지 않는다는 점을 다시 한 번 강조하고자 한다. 장애를 유발한 **사건 자체**가 그와 같은 병리적인 뒤틀림을 온존시키고 강화하는 것이다.[8] (강조는 인용자)

---

8 프란츠 파농, 남경태 역, 『대지의 저주받은 사람들』, 그린비, 2004, 283·315쪽. 번역의 문제 때문이 아니라 이 독후감의 원만한 이해를 위해 파농이 했던 말의 의미를 왜곡하지 않는 범위에서 몇몇 문장을 생략하고 변형시켜 인용했다.

파농은 당대의 임상 정신의학이 식민지전쟁을 겪은 후 정신 장애를 앓고 있는 환자들을 치료하고자 하지만 그들 장애의 원인을 제대로 파악하지 못하고 있다고 말한다. 파농이 보기에 그러한 치료 행위는 환자들의 정신 장애를 근본적으로 해결하려는 게 아니라 단순히 "완화하거나 진정시키는 것"에 불과하다. 유럽적 삶을 모방하고자 하는 식민지 부르주아 지식인 계급의 의사들은 환자들의 정신 장애가 바로 식민지 상황("사건 자체")에서 비롯됐다는 사실을 보지 못한 채 오로지 환자의 가정환경이나 환자가 어릴 적 겪은 성적 체험 따위만을 조사하고 있다. 전쟁 후 정신 장애 때문에 온전한 삶을 살아갈 수 없었던 사람들은 신혜진 소설에서 삶의 자리를 잃고 방황하던 오이디푸스들과 다르지 않다고 말하면 이는 지나친 과장일까. 여기서 파농은 눈 먼 오이디푸스들의 정신 장애와 방황을 근본적으로 해결하기 위해서 정신분석이 할 일은 신민지 사회 체제에 대한 저항이라고 본다. 심지어 그는 식민지 상황을 극복하기 위한 수단으로 폭력마저도 받아들이고 있다. 이러한 문제의식을 지니고 있는 파농이 만약 신혜진의 소설을 읽는다면 어떻게 반응할까? 환대의 왜곡을 교정하기 위해 긴급하게 필요한 일은 개인적 차원에서 수행되는 또 다른 환대가 아니라 환대의 왜곡을 조장하는 사회 체제에 대한 수정이라고 말하지 않았을까. 환대가 이루어질 수 있는 조건을 개인의 윤리에만 호소하지 말고 사회 구조의 윤리적 변형에서 찾아야 하는 게 더 긴급한 일 아닐까. 이들 오이디푸스들의 소외는 개인들의 이기심에서 비롯되기도 하지만 개인들의 이기심을 조장하는 인식론적 배치 그 자체에 문제가 있는 것은 아닐까. 환대와 적대의 폐쇄고리는 바로 이러한 사회구조적인 메커니즘 자체를 깨뜨릴 때 이루어질 수 있는 것 아닐까. 자, 진정하고, 그녀의 소설로 다시 되돌아가 보자.

소설집의 마무리를 장식하고 있는 「활명수」는 작가의 소설론으로도 읽힐 수 있는 작품이다. 이 단편의 줄거리는 이렇다. 신탄진이라는 별명을 지닌 주인공 김수진은 작가 지망생으로 현재 시골집에 내려와 있는 상태다. 물론 그녀 역시 생의 상징적 자리를 잃어버린 눈먼 오이디푸스들 중 한 명이라고 말할 수 있다. 그녀는 시골에서 두 명의 동창생인 이원재와 십팔영을 만난다. 어릴 적 김수진은 이원재로부터 순결을 잃은 경험이 있었는데, 성인이 된 지금 그녀는 그때와 비슷한 체험을 십팔영과 나누게 된다. 그런 후 그녀가 집에 돌아와 활명수를 마시는 장면에서 이 소설은 끝나고 있다. 이 작품에서 핵심은 그녀가 동창생들에게 원치 않으며 심지어 두렵기까지 한 성교를 나누면서도 일절 저항하지 않는 이유에 있다. 단순히 성적 호기심 때문에 그랬던 것일까? 만약 그렇다고 생각한다면 그녀가 집에 돌아와 활명수를 마시는 이유를 해명할 수 없기에 이는 부족한 답변이다. 이 소설에서 활명수는 인간이 오이디푸스들에게 건넬 수 있는 최소이지만 최대인 위로를 상징한다. 다시 말해, 활명수는 오이디푸스들의 처지를 근본적으로 해소할 수 없기에 최소의 위안이지만, 인간이 각자의 처지에서 눈먼 오이디푸스를 두려워하지 않으면서 위선적이지 않게 환대할 수 있는 최대의 위안이기도 하다. 이쯤 되면 김수진이 그들과 성교한 후 활명수를 마시는 이유를 능히 알 수 있을 것이다. 이원재와 십팔영은 그들의 의지와 무관하게 어릴 적부터 눈먼 오이디푸스가 된 인물들이다. 김수진은 이들의 파괴적인 공격성이 그들이 겪은 비극적 경험들에서 비롯됐으며, 심지어 자신도 그들과 다르지 않은 눈먼 오이디푸스라는 것을 막연하게나마 공감하고 있는 자이다. 그렇기에 그녀는 스스로도 두렵게 여기는 그들의 공격적인 행동을 받아주고자 한다. 이처럼 그들을 환대한 후 함께 위로를 받아야 할 약자의 처지로 내려가기에 그녀의 환대는 타자의 상처를 받아들이면서 자신의 주체적 동일성은 그대로 유지하는 강자의 위선적인 관용이 되지 않게 된다.

어쩌면 신혜진은 자신의 소설이 이 시대의 오이디푸스들에게 건네는 활명수가 되기를 원하고 있는지 모른다. 일개 플라시보 효과이자 한낱 허구일 뿐이지만 타자의 상처를 위로할 수 있는 힘을 지닌 활명수 말이다. 그런데 어떤 활명수란 말인가? 다음의 장면들을 떠올려보자. 어릴 적 이원재와 십팔영은 집이 비에 쓸려나가고 아비가 목을 매 자살함으로써 정신적으로 공황상태에 빠지게 된다. 이들의 놀란 가슴을 진정시키고자 약사인 김수진의 아버지는 활명수를 건넨다. 또 다른 장면. 어릴 적 김수진이 키우던 고양이는 쥐약을 먹고 죽게 된다. 그녀의 아버지는 고양이를 다시 살려낼 수 있기를 바라듯 간절한 마음으로 고양이에게 활명수를 먹인다. 마지막 장면. 십팔영과 두렵고도 은밀한 섹스를 나눈 후 집에 돌아온 김수진은 활명수를 마신다. 세 장면 가운데 가슴을 울리는 것은 아마도 앞의 두 장면일 것이다. 인간이 손댈 수 없는 비극적인 상황 앞에 놓인 타자를 모른 척하지 않는 위로는 그야말로 감동적이다. 그런데 우리는 감동 이후에 밀려드는 무력감을 모른 척해서는 안 된다. 이미 죽어버린 타자에게 활명수를 준다 해도 상황은 나아질 수 없기 때문이다. 오히려 마지막 세 번째 장면에 숨겨진 타자에 대한 윤리를 기억할 필요가 있다. 타자를 위로하기 위해 자신마저 위로를 받아야 하는 낮은 자리로 내려가는 행위가 바로 세 번째 장면에서 재현된다. 그렇기에 신혜진 소설이 되고자 하는 활명수는 타자에게 건네지는 것이 아니라 오히려 소설 그 자신에게 건네져야 하는 것이다. 그 소설은 미학적 자리를 보존하면서 타자를 위로하는 소설이 아니다. 오히려 소설의 미학적 자리마저 포기하면서까지 타자와 동행하는 소설이다. 요컨대 그것은 홀로 잘 빚은 항아리가 되는 것보다 타자와 함께 잘 살기를 원하는 소설이다. 타자와 함께 활명수를 나눠 마셔야 하는 자리로 내려가는 소설. 이야말로 오소독스한 소설이자 오소독스한 사랑 아닌가.[9]

그런데 이러한 소설론들은 환대가 그랬던 것처럼 말로는 멋있지만 그 실천을 논할 때 공소해지기 쉽다. 더구나 파농의 가르침에 기대어 볼 때 이 같은 차원의 오소독스란 현실의 문제를 근본적으로 해결하지 못한 채 그저 완화하거나 진정시키는 차원에서 더 나아가지 못하게 된다. 심지어 타자를 환대하라는 가르침은 정치적인 시점을 잃어버린 종교적인 해법인 것만 같아 불편하기도 하다. 그런데 일찍이 현실을 오소독스한 실천으로 개선하고자 했던 무모한 자들이 있었다. 그 가운데 '세계를 낭만화하라'라는, 지금의 시각에서 볼 때 맹목적으로 보이는 실천을 시도했던 낭만주의 운동을 거론할 수 있다.[10] 이들의 낭만주의는

---

9 지젝은 체스터턴의『오소독시』를 읽는 과정에서 신학과 유물론의 접속을 시도하고 있다. 지젝에게 오소독스한 실천은 단순히 정통성의 가르침을 그대로 실천하는 게 아니라 시대의 결을 거스르는 것이다. 이를테면 모든 사람이 지금의 상황에서 공산주의를 평가할 때, 지젝이 보기에 오소독스한 사유는 공산주의의 시점으로 지금의 상황을 보는 것이다. 슬라보예 지젝, 김정아 역,『죽은 신을 위하여』, 길, 2007; G. K. 체스터턴, 윤미연 역,『오소독시』, 이끌리오, 2003. 한편 체스터턴에 대한 소개와『오소독시』의 번역에 대해서는 인터넷 서평가 로쟈(이현우)의 언급을 참고할 수 있다. 로쟈,「빨간 잉크와 체스터턴의 역설」, 2010.8.27 포스팅. 이 글은 로쟈의 인터넷 블로그에서 읽을 수 있다(http://blog.aladin.co.kr/mramor/4054231 최종 검색일 : 2014.6.20).

10 프레더릭 바이저는 낭만주의를 비역사적인 관점에서 비판하는 사람들의 시선을 교정하기 위

「로맨스 빠빠」의 아버지처럼 맹목적이기에 위선적이지 않지만, 맹목적이기에 파국을 불러오기도 했다. 「로맨스 빠빠」에서 더 이상 삶의 의미를 찾기 어려울지 모르는 노년의 아버지에게 찾아든 로맨스는 귀엽고도 아름답지만, 그 로맨스가 이제 가정을 꾸리기 시작한 오빠에게 똑같이 실천될 때 주변 사람들에게 가해지는 상처의 크기를 기억할 필요가 있다. 결국 오소독스한 실천은 그 실천 자체에 한계와 가능성을 지니는 게 아니라 그 실천이 기입되는 맥락에 따라 다른 결과를 이끌어낸다. 즉 세계를 낭만화하라는 낭만주의 운동 자체가 문제가 아니라 그러한 낭만주의가 어떤 역사적 맥락에서 작용하느냐에 따라 낭만주의자는 해방의 영웅이 될 수도 있고 반대로 전체주의의 시녀가 될 수도 있다. 결국 역사적 맥락을 잃은 오소독스한 실천은 희극이거나 비극이 되기 마련이다. 이것이 바로 오소독스 로맨스를 들고 나온 신인 작가 신혜진에게 우리가 건네는 응원의 메시지이다.

해 낭만주의를 역사적 관점에서 해명하고 있다. 그 방법으로 그의 책은 초기 낭만주의(1797~1802)에 집중한다. 프레더릭 바이저, 김주휘 역, 『낭만주의의 명령, 세계를 낭만화하라』, 그린비, 2011.

인간의 네 단계
변화에 대하여
김유진 소설 읽기

1. 이 시대의 무기력증

「마녀」, 「목소리」, 「움」, 「어제」, 「고요」, 「여름」, 「우기」, 「A」, 「물보라」. 지금까지 발표된 김유진 소설들에서 한 단어로 쓰인 제목들과 만나는 일은 어렵지 않다. 이들은 자립성을 지닌 어휘들이지만 대표성은 지니지 못한다. 이를테면 '마녀'는 한국어 낱말로 무리 없이 사용할 수 있으나 소설의 제목으로는 부족하거나 넘쳐버린 단어이다. 단편 「마녀」에서 '마녀'라는 단어는 소설 끝부분에 단 한 번 언급될 뿐이며, 소설 전체에서도 '마녀'를 상기시키는 이미지나 에피소드는 전혀 등장하지 않는다. 그렇기에 '마녀'라는 단어에 초점을 맞춰 단편을 해석한다면 그것은 소설을 너무 적게 읽거나 반대로 너무 많이 읽어버린 꼴이 된다. 이처럼 소설 본문에 산재된 의미를 하나의 중심으로 수렴시키지 못하는 제목으로 활용된 단어들, 그렇지만 그 자체로는 한국어로 하나의 온전한 의미를 지니고 있는 이 단어들은 김유진의 소설에 등장하는 인물들과 흡사하다. 그들은 그 자체로는 남과 다를 바 없는 인간이지만 당대 인간들 속에서는 보이지 않거나 혹은 다르게 보이는 인간이다. 특히 그녀의 첫 소설집 『늑대의 문장』(2009)에서 그들은 인간 세계에서 배제된 '고대 동물들'로 그려지곤 했다. 그렇다면 인간이면서도 인간으로 재현되지 못하는 이들이 살고 있는 당대 세계는 어떠한 상황인가.

 이미 많은 평자들이 언급했듯이 『늑대의 문장』 속 세계는 예기치 못한 파국으로 점철되어 있다. 폭사, 테러, 돌풍, 폭우, 지진은 인간이 구축한 질서를 가차 없이 파괴하고 또 다시 새롭게 재편한다. 그 과정에서 누군가는 희생되고 살아남은 자는 괴물이 된다. 그런데 만약 이 소설들이 1960년대 발표됐다면 우리는 이러한 재앙들이 한국전쟁이나 산업화를 에둘러 표현한다고 손쉽게 말할지 모른다. 당연히 이러한 해석은 독자들이 각자의 상황 안에서 소설을 활용하는 것이기에 하등 문제 될 것이 없다. 하지만 이 같은 해석들에 대해 항상 교과서적인 답변은 예술의 미적 자율성과 해석의 다양성을 축소시킬 수 있다며 우려해 왔다. 경청해볼 만한 견해이지만 이처럼 균형 잡힌 듯 보이는 교과서적 답변이 놓치고 있는 점은 재앙을 곧바로 한국전쟁이나 산업화로 치환하는 해석을 통해 사라지는 것이 미적 자율성만이 아니라는 사실이다. 그러한 해석은 예술 작품의 해석 가능성을 축소시키면서 동시에 한국전쟁과 산업화가 진행된 역사적 과정들의 세목을 단순화시킨다. 가령, 한국전쟁을 지진처럼 압도적인 재앙으로만 해석할 때 한국전쟁을 둘러싸고 있었던 일국적이면서도 세계적인 차원의 복잡한 권력관계는 살펴볼 수 없게 된다. 그렇다면 예술 작품을 당대의 실제 사건에 대한 기록으로 환원하지 않고, 실제 사건의 세목들을 예술 작품의 강렬한 비유로 뭉개지 않으면서, 예술 작품 그 자체의 독특한 매력을 어떻게 음미할 수 있을까. 어쩌면 그 매력은 예술 작품 자체에 대한 해석에서 비롯된다기보다 이러한 세 가지 차원의 해석적 조망 안에서 이루어지는 것인지 모른다. 재앙을 예술 작품의 시대적 배경인 한국전쟁으로 환원하는 해석, 재앙을 예술 작품의 시대적 특수성 너머로 확장하는 해석, 한국전쟁을 재앙으로 단순화시키지 않는 해석. 요컨대 예술의 타율성, 예술의 자율성, 타율성의 타율성, 이 세 관점을 함께 살펴볼 필요가 있다.

그렇다면 2009년에 발표된 『늑대의 문장』의 소설에 등장하는 재앙들에 대해 우리는 어떤 해석을 내릴 수 있을까. 짐작건대 그동안 우리는 예술의 자율성만을 옹호하는 교과서적 답변에 너무 경도되어 있었는지 모른다. 예술의 타율성에 입각한 해석은 비록 촌스러울지 모르지만 예술의 자율성을 옹호하기 전에 반드시 짚어봐야 할 예비적 논의가 아닐까. 1981년생 작가가 IMF 이후 변화된 남한의 사회 체제를 20대의 나이로 통과하면서 발표했던 단편 「늑대의 문장」(2004)을 떠올려 보자. 어쩌면 누군가는 이 작품에서 빈번히 등장하는 폭사(爆死)를 한국 사회에서 전래를 찾아볼 수 없을 정도로 압도적이면서도 전폭적으로 진행되었던 당대의 자본주의에 대한 우의적 표현으로 읽을지 모른다. 「늑대의 문장」에서 원인도 규칙도 알 수 없이 무작위적으로 이루어지는 폭사는 다양한 공동체들을 파괴하고 노동자들을 거리로 내몰았던 1997년 남한의 상황을 연상케 하기 때문이다. 그러나 이러한 해석이 설령 정교한 설득력을 지닌다고 하더라도 이것이 작품의 미적 가능성을 축소시키는 환원론적 해석이라는 점을 우리는 인정해야 한다. 다시 말해 이러한 해석은 작품에 접근하는 하나의 출발점은 될 수 있어도 궁극의 종착점은 될 수 없다. 그러므로 우리는 작품에 대한 접근의 통로를 다시 마련해야 한다. 왜 그런가. 앞서 말했듯이, 이러한 해석은 「늑대의 문장」에 내장된 미적 가능성과 이 작품의 해석 도구로 사용된 자본주의 체제 모두를 단순하게 살펴보기 때문이다. 그렇기에 우리에겐 두 개의 질문이 남겨져 있다. 김유진 소설에 등장하는 재앙을 당대의 자본주의로 치환하지 않을 때 보이는 것들은 무엇인가. 재앙으로 비유하기 이전에 대체 자본주의의 어떤 작동 방식이 문제란 말인가.

대개의 김유진 소설 속 인물들은 익숙했던 삶 전체가 갑자기 전복되는 상황 앞에서 무기력에 빠진다. 이를테면 「늑대의 문장」에서 폭사가 반복되자 소녀는 "슬슬 모든 상황들이 지리멸렬"(20쪽)하다고 느낀다. 이처럼 그녀의 소설에서 파국 자체만큼이나 중요한 것은 파국 이후에 남겨진 사람들의 마음 상태이다. 파국은 사람들의 정서를 변화시키고 변화된 정서는 파국 이후의 상황을 이전과 다르게 전개시킨다. 그러므로 재앙을 자본주의에 대한 은유라고 해석할 때 김유진 소설에서 볼 수 없게 되는 것은 재앙과도 같은 자본주의가 만든 사람들의 무기력한 정서이다. 그런데 자본주의가 조장하는 집단적 무기력증에 대해 심각한 염려를 표출한 사람이 김유진 말고 또 한 명 있다. 유럽에서 신자유주의 출현 이후 새로운 인종주의를 연상케 할 정도로 타자에 대한 동일성의 폭력이 진행되었던 과정을 목도하면서 프랑스의 정치철학자 에티엔 발리바르(Étienne Balibar)는 이러한 폭력의 원인으로 시민들의 '집합적 무기력'의 정서를 언급하고 있다. 국가는 단독으로 세계적인 차원의 금융정책에 대해 직접적인 영향력을 펼칠 수 없을 정도로 힘이 약해졌지만, 그렇다고 시민들의 정치적 행위가 확대될 정도로 국가의 힘이 약해진 것은 아닌 모순된 상황 앞에서 사람들은 지리멸렬함과 무기력에 빠지게 된다. 여기서 발리바르는 이러한 집단적 감정을 하나의 외상으로 봐야 하며 절대로 과소평가해서는 안 된다고 말하고 있다. 국제금융의 흐름을 규제하지 못하는 데서 발생한 외상과도 같은 무기력을 해소하는 방식으로 국가와 시민들은 인구(노동력)의 흐름을 규제하게 되고, 이에 맞춰 새로운 인종주의를 확대하는 제도가 도래하기 때문이다. 무기력증이 남긴 외상을 해소하기 위해 시민들이 국가에 요구하는 주장은 이를테면 이런 인식을 바탕으로 하고 있다. "자신들이 무기력하다고 느끼면서도 동시에 국가의 무기력을 두려워하는 시민들은 국가에 대해 자신들이 항상 좋은 쪽에 있고, 희생자·전형적인 불쌍한 사람들은 자신들이 아니라 다른 이들이라는 점이 확실히 보장될 수 있도록 가시적인 안전 중심적 조치들을 취하고 아파르트헤이트와 같은 것을 제도화할 것을 요구한다."[1]

이러한 발리바르의 견해는 「늑대의 문장」에서 원인 모를 폭사가 일어나자 희생자들을 향한 일종의 마녀사냥을 시작하며 이웃 간에 벽을 높이던 마을 사람들을 연상케 한다. 이 소설에서 마을 사람들의 삶을 재차 위협하는 새로운 파국의 원인인 늑대는 폭사에 따른 공포와 무기력에 빠진 사람들이 만든 것이었듯이, 파국은 공포를 낳고 공포의 반복은 무기력을 낳으며 무기력은 새로운 파국을 초래한다. 「늑대의 문장」에

---

[1] 에티엔 발리바르, 진태원 역, 「국민 우선에서 정치의 발명으로」, 『정치체에 대한 권리』, 후마니타스, 2011, 146쪽. 본 독후감의 가독성을 고려해서 발리바르의 원문의 의미가 훼손되지 않는 범위에서 번역문을 수정해서 인용했다.

서 폭사를 당대의 자본주의로 읽어내는 해석에서 멈출 수 없는 이유는 폭사 이후 사람들의 무기력이 조장하는 새로운 폭력이 이 소설에서 중요하게 다뤄지고 있기 때문이다. 더불어 발리바르의 견해를 수용하자면 자본주의라는 체제가 폭력적인 이유는 체제 그 자체에 있다기보다 시민권과 국적이 일치하지 않는 자들을 아무런 죄책감도 느끼지 않으면서 추방하도록 만드는 무기력증을 바로 자본주의가 조장하기 때문이다. 정리하자면, 「늑대의 문장」을 읽으면서 우리가 감득하게 되는 것은 폭사만큼이나 무시무시하게 진행되는 당대의 자본주의 운동이기도 하고(예술의 타율성), 자본주의로 환원될 수 없는 개인의 다양한 파국 뒤에 오는 무기력증이기도 하며(예술의 자율성), 당대의 자본주의가 집단적 무기력의 정서를 조장하면서 동시에 해소하는 독특한 메커니즘(타율성의 타율성)이기도 하다.

2. 낙타의 기만과 사자의 증오

그런데 이렇게 무기력한 사람, 이를테면 "그 어느 때보다도 피곤"(224쪽)한 심정을 해소하기 위해 교외 테마파크에서 낙타를 타며 아직까지 무사하다고 안도하는 사람의 삶은 어떠한가. 「낙타 관광」에서 볼 수 있듯, 그의 삶은 조잡한 테마파크의 거짓 질서에 복종해야만 간신히 살아갈 수 있는 낙타의 애달픈 삶과 크게 다르지 않다. 이러한 낙타와 같은 처지에 놓인 사람들은 비록 성인이라 할지라도 어쩌면 아직까지 삶을 시작조차 못했는지 모른다. 이제 너무나 유명한 글이 되어 버린 「세 단계의 변화에 대하여」[2]에서 니체가 알려줬듯이 인간은 누구나 아이로 태어나지 않는다. 아이는 낙타와 사자의 단계를 거쳐 도달해야 하는 위버멘쉬(초인)의 다른 이름이다. 주지하다시피 니체는 낙타의 순종하는 마음과 사자의 반항심만으로는 새로운 세계가 개시될 수 없다고 말한다. 그들 대신 그가 예찬하는 존재는 파도 앞에서 부서지는 해변의 모래성을 끝없이 쌓으면서도 무력감 대신 새로운 생성의 즐거움을 느끼는 어린아이이다. 「늑대의 문장」에서 폭사 이후 남겨진 세 사람인 소녀와 엄마와 이모는 각각 니체의 글에서 언급되었던 낙타와 사자와 아이를 연상케 한다. 소녀는 폭사와 폭사 이후 진행되는 사람들의 마녀사냥 앞에 무기력하고, 엄마는 폭사로 받은 외상을 타자에 대한 증오로써 해소하고 있으며, 이모는 폭사의 상처를 안고서도 누군가를 증오하지 않은 채 바느질을 계속하거나 늑대의 새끼들에게 모유를 주는 등 새로운 생성의 활동을 시작하고 있기 때문이다. 단순하게 말하자면, 지금까지 발표된 김유진의 대다수 소설들은 파국 이후 남겨진 인간의 삶이 낙타와 사자와 아이로 비유되는 세 갈래 길로 나아가는 것을 그리고 있다. 그런데 인물에 대한 정보가 번번이 생략되고 시점의 일관성이 유지되지 않으며 서사의 시간적 흐름이 뒤섞여 있어서 오독까지 가능하게 하는 김유진의 소설에서 유독 선명한 메시지를 읽을 수 있다면, 그것은 그녀의 소설이 순종적인 낙타의 삶에 내재된 기만과 증오심에 기반 한 사자의

---

2   프리드리히 니체, 정동호 역, 「세 단계 변화에 대하여」, 『차라투스트라는 이렇게 말했다』, 책세상, 2004.

부정성에 대해서 줄곧 반대하고 있다는 데 있다.

그러므로 단순히 희생자를 두둔하는 서사로 그녀의 소설을 읽어서는 작품의 핵심에 다가서기 어렵게 된다. 그녀의 소설은 배제되고 불구된 자들에게서 보편적 진리와 새로운 세계에 대한 전망을 찾는 낙관론을 펼치지 않는다. 그러한 서사는 누구나 희생양이 될 수 있으며 희생양은 어떠한 악행도 하지 않았다는 점을 강조하기 때문에 특정한 희생양이 왜 그 당시 그 역할에 적합했는지에 대해 설명하지 못한다. 희생양이 폐쇄적인 집단의 지배 질서를 구축하는 데 이용된다면, 그 같은 낙관론적 서사의 예상과 다르게, 희생양 선택은 다수의 동의에 의해 이루어질 수밖에 없고, 그렇기에 그것은 자의적일 수 없게 된다.[3] 김유진의 소설은 파국의 희생자들이 모두 죄가 없는 피해자라고 말하지 않으며 희생자들 간에 새로운 분할이 이루어짐을 직시하고 그러한 분할이 바로 낙타의 기만에서 비롯되고 사자의 증오를 통해 공고히 완성된다는 점을 예민하게 간취한다. 그녀의 소설에서 파국 이후 남겨진 이른바 '몫 없는 자들'의 실존은 새로운 삶의 가능성의 조건인 동시에 안타깝게도 불가능성의 조건이기도 하다.

「마녀」는 「늑대의 문장」과 여러 가지 면에서 유사한 점을 지닌 작품이다. 무엇보다 이 작품에도 폭사와 같이 마을의 질서 전체를 전복시키는 돌풍이 등장하며 등장인물들은 낙타, 사자, 아이라는 세 개의 범주에 놓여 있는 듯 보이기 때문이다. 가문의 전통을 묵묵히 따르는 아버지는

---

3   희생자들이 놓인 역사적 맥락을 고려하지 않고 무조건 그들을 두둔하는 경향에 대한 비판은 반유대주의에 대한 역사적 계보와 메커니즘을 점검하는 한나 아렌트의 『전체주의의 기원』 1, 1부 논문들에서 더욱 자세히 살펴볼 수 있다. 한나 아렌트, 이진우·박미애 역, 『전체주의의 기원』 1, 한길사, 2006.

니체가 언급했던 순종적인 낙타와 유사하고, 그러한 전통을 위반하고 끝내 자살해 버린 엄마는 부정성을 실천하는 사자를 연상케 한다. 그렇다면 돌풍에 의해 마을이 소멸되고 생성되는 과정을 기록하는 아버지와 다르게 당사자 자신마저도 쉽게 이해할 수 없을 정도로 모호한 꿈의 기록을 끊임없이 남기고 있는 화자 '나'는 니체가 언급했던 어린아이에 해당하는가? 어쩌면 아버지가 남기는 '낮의 기록'과 반대되는 "밤의 기록"(71쪽)을 계속해서 생성하는 '나'의 모습에서 바느질을 하며 무언가를 계속해서 만들어내던 「늑대의 문장」 속 이모를 연상하는 일은 어렵지 않을 것이다. 하지만 이 소설에서 흥미로운 점은 '나'가 아버지의 폭력적인 행동을 어느새 반복하게 된다는 데 있다. 정신석으로나 신체적으로 불구인 동생이 '나'의 꿈의 기록이 담긴 일기장을 훼손하자 '나'는 가차 없이 동생을 들어 방바닥에 내던진다. 이 일로 동생은 더 심각한 불구가 되고, '나'는 어차피 동생은 앉은뱅이였다면서 씻을 수 없는 죄책감을 망각하고자 한다. 이쯤 되면 돌풍에서 비롯된 희생자 집단이 내부적으로 어떻게 분할되며 그 속에서 새로운 희생양이 어떤 원리에서 선택되는지 간파할 수 있을 것이다. 돌풍을 피하기 위해 집에 머물게 해달라는 마을 사람들에게 가문의 전통과 형평성을 근거로 내세워 그들의 부탁을 거절하는 아버지의 모습과, 가문의 전통을 연장하는 데 도움이 되지 않는다는 이유로 엄마의 자살에 무감한 아버지의 태도와, 어차피 앉은뱅이이기에 동생에 가한 폭력은 문제될 게 없다고 여기는 '나'의 모습에서 우리는 희생양이 가해자에게 죄책감을 남기지 않는 방식으로 결정된다는 것을 알 수 있다. 그렇기에 「마녀」의 화자 '나'는 니체가 그렇게도 예찬했던 어린아이가 아니라 낙타와 사자 사이에서 슬그머니 낙타의 자리로 돌아선 인물이다.

그렇다면 타자에 대한 죄책감을 정당화하는 낙타의 기만과 그들의 끝없는 무기력 모두와 과감히 단절하며 사자의 부정성을 실천하는 자들은 어떠한가. 「마녀」에서 가문의 전통을 부정하고 자살을 선택하는 엄마의 행동이 낙타의 삶을 모방하는 화자 '나'의 마음에 강력한 경종을 울리듯이 사자의 부정의 정신은 그야말로 숭고하면서도 감동적이다. 그런데 여기서 우리는 감동 이후에 밀려드는 허탈한 심정을 모른 척해서는 안 된다. 「마녀」에서 볼 수 있는 것처럼, 타자를 희생시키면서 죄책감마저 느끼지 않도록 구축된 삶의 질서는 사자와 같은 부정의 정신만으로는 일절 변화되지 않기 때문이다. 더구나 사자의 정신은 낙타의 기만적인 태도에 대한 증오에서 비롯됐기에 만약 증오의 대상이 사라진다면 새로움을 향한 부정의 정신마저 소멸될 수 있다. 즉 사자의 증오는 낙타의 기만과 상보적인 관계를 유지하고 있다는 데 심각한 결함이 있다. 이쯤에서 우리는 「마녀」의 엄마처럼 낙타의 세계와 과감히 단절하는 모습을 보여주는 인물로 「어제」의 선장을 떠올릴 수 있을 것이다. 남들과 다르게 거대한 유방과 남자처럼 단단한 외모를 지닌 선장이지만 그녀 역시 자신이 지닌 잠재력을 모두 거세한 채 근근이 연명하는 테마파크의 낙타와 다르지 않다. 그녀의 기형적인 육체에서 「움」의 중심인물인 움의 기괴한 육체를 연결시키는 것 역시 자연스럽다. 하지만 아마도 러시아의 문예 비평가 바흐친이라면 이들의 기괴한 육체를 두고 "파괴된 그로테스크"(96쪽)라며 탄식했을 것이다. 그에 따르면 "그로테스크는 하나의 육체 속에서 두 개의 육체를 제시하고, 살아 있는 생명의 세포 번식과 분열을 제시하는 것이다."[4] 여기서, '하나의 육체 속에 담긴 두 개의 육체'라면 바로 남성과 여성의 특성이 기괴할 정도로 한 몸에 결합되어 있는 「어제」의 등장인물 선장 아닌가. 마찬가지로 '살아 있는 생명의 세포 번식과 분열'은 홍반과 오른팔이 기이하게 웃자라고 있는 「움」의 중심인물 움에게서 찾아볼 수 있지 않은가. 그런데 이들의 그로테스크가 파괴되었다는 말은 무슨 뜻인가. 바흐친에게 르네상스적 웃음과 그로테스크는 세상의 엄숙하고도 고정된 질서를 "격하(degradation)"와 "탈관(uncrowning)"의 활동을 통해 갱신하고 전이하는 것이다. 그러므로 "여기서 노년은 임신을 하고 죽음은 수태를"(96쪽) 하기에 이 과정에서는 "결코 시체가 남지 않는다." "진정한 그로테스크는 결코 정적인 것이"(95쪽) 아니기 때문이다. 그런데 계몽주의 시대에 이르러 그로테스크는 순수한 시체와 임신을 할 수 없는 기괴한 신체만을 전시하는 방식으로 제시될 뿐 생성의 활력을 잃게 된다. 바흐친의 관점을 따르자면 서양 문학사에서 17세기 이후 파괴된 그로테스크는 지금 김유진의 소설에서도 연속되고 있는 듯하다. 「어제」의 선장이 타고 있는 세탁선이 어디로도 이동하지 못한 채 한곳에 정주하듯이, 그로테스크에 내장된 생성의 활력은 파괴되어 있다.

그런데 「어제」의 결미에 이르러 선장은 그로테스크의 활력을 파괴한 과거의 시간, 그래서 그냥 어제라고 통칭해도 무관한 과거의 시간과 단절하기 위해 세탁선을 이끌고 먼 바다로 나가려고 한다. 이후 전개될 그

---

4 미하일 바흐찐, 이덕형·최건영 역, 『프랑수아 라블레의 작품과 중세 및 르네상스의 민중문화』, 아카넷, 2001, 95쪽. 이 문장은 영어 번역서를 참고로 하여 좀 더 이해하기 쉽도록 수정했다. Mikail Bakhtin, trans. Hélène Iswolsky, *Rabelais and His World*, Bloomington : Indiana University Press, 1984, p. 52. 앞으로 바흐친의 견해를 직접 인용할 경우 한국어 번역서의 쪽수를 괄호 안에 넣어 표시한다. 더불어 바흐친의 개념들은 한국어 번역서가 선택한 단어들을 존중하며 의미가 쉬 통하지 않을 경우 영어 번역서가 선택한 단어를 함께 병기했다.

녀의 삶은 낙타를 향한 증오에 기대지 않고서도 그 자체로 끝없는 생의 활력을 이끌어내는 어린아이의 삶과 같은 방식으로 진행될까. 낙타의 기만과 사자의 증오로 이루어진 폐쇄된 순환 고리를 끊어버리는 삶이란 무엇일까. 만약 바흐친이라면 폐선을 세탁선으로 '갱신하고 전이시켰던' 과거 조부의 모습에 정답이 있다고 말하지 않을까. "그 배(폐선-인용자)를 거둔 것은 조부였다. 그는 다시 일 년에 걸쳐 시의 승인을 받아내고, 세탁선으로 개조했다. 그 기간 동안 조부에게는 기이한 열의가 넘쳤다. 그는 엄청난 양의 음식을 먹고 배설했다. 잠은 거의 자지 않았다."(166쪽) 이미 죽어버린 것(폐선)이 새로운 생성(세탁선)이 되는 경험, 어제의 관점으로 보면 이해할 수 없는 '기이한 열의'("잠은 거의 자지 않았다"), 삶의 표준적인 틀을 넘어서는 과도한 행위("엄청난 양의 음식을 먹고 배설했다"), 바로 라블레의 인물 가르강튀아와 팡타그뤼엘을 연상케 하는 이 같은 그로테스크적 열기야말로 낙타와 사자를 비로소 어린아이로 갱신시키는 힘이라고 아마도 바흐친은 말할 것이다.

3. 테누토, 사랑의 기법

바흐친이 인정했듯이 그러한 르네상스적 활기는 근대에 이르러 사라졌다. 이를테면 그로테스크 리얼리즘은 "엿듣기나 엿보기의 리얼리즘(a realism of eavesdropping and peeping)"[5]으로, 광장의 웃음은 밀실의 풍자로 축소됐다. 무슨 말인가. 낙타와 사자를 거쳐 아이로 태어나야 한다는 전언은 멋진 표현이지만 현실에서 그 실천 방법을 생각할 때 공소해지기 쉽다는 말이다. 그렇기에 그토록 많은 어린아이가 등장하는 김유진의 소설에서 니체가 말했던 어린아이를 만나는 일은 쉽지 않다. 이는 물론 그녀의 소설이 세 번째 단계의 변화에 대한 낙관론을 섣불리 제시하지 않기 때문이다. 김유진 소설에서 아이를 봤다면 그 아이는 아직 아이가 아닌 경우가 많고, 그로테스크를 봤다면 대개 그것은 끝없는 생성과 갱신만이 있기에 '시체가 남을 수 없는' 그로테스크가 아니라 온통 시체뿐인 파괴된 그로테스크이다. 다르게 말하면 그녀의 소설은 인간과 세계가 새롭게 생성된 완성의 형태를 제시하는 게 아니라 그것의 실패를 기록한다. 그런데 김유진의 소설 가운데 실패의 기록에서 더 나아가려는 서사들이 있다. 실제로 아이들이 중심인물로 등장하는『숨은 밤』(2011)에 대해 먼저 말해보자.

일차적으로 이 소설에서 흥미로운 것은 니체가 열망하던 끝없는 생성의 실천을 예술가의 삶에서 찾지 않는다는 데 있다. 세상의 위선적이고 기만적인 흐름과 절연한 채 예술 작품을 만들며 자신의 삶까지도 예술 작품이 되게 하는 장인의 삶, 플라톤이 이제 막 정치에 입문하려는 청년 알키비아데스에게 소크라테스의 입을 통해 전해 주었던 '너 자신

---

5   미하일 바흐찐, 앞의 책, 172쪽. 그로테스크 리얼리즘의 활력이 17세기 서구 대화체 소설에서 축소됐다고 말하면서 바흐찐은 그러한 리얼리즘을 '색정적 리얼리즘', 또는 '엿듣기나 엿보기의 리얼리즘'이라고 말하고 있다. 이렇게 생성의 활력을 잃어버린 리얼리즘에 대해서는 다음의 인용문 참고 : "물질 · 육체적 하부의 테마는 사적이고 풍속적인 차원으로 전이되고 만다. 여자들의 잡담들은 단순한 수다, 험담에 지나지 않는다. 광장의 본질적인 솔직함과 그로테스크적인 양면가치를 지닌 하부 대신에, 실내에서 이루어지는 친근한 사람들 사이의 사적 생활에 관한 이야기를 커튼 뒤에서 엿듣기 시작하는 것이다."(171쪽)

을 알라'(너 자신을 배려하기 위해 너 자신을 알라)는 전언을 실천하는 삶, 바로 자기배려라고 명명되곤 하는 그 삶은 그동안 발표된 한국문학 작품들에서 새로운 삶의 가능성으로 누차 주목받아 온 일종의 클리세라고 할 수 있다.[6] 세상이 지워주는 짐을 묵묵히 옮기는 낙타의 삶도 아니고, 그렇다고 낙타가 구축한 세상의 질서에 분노를 표출하는 사자의 삶도 아닌 이들 예술가의 삶은 분명 니체가 언급했던 어린아이의 삶과 많은 부분을 공유하고 있다. 하지만 『숨은 밤』은 바로 이러한 예술가적 삶이 곧바로 아이의 삶이 되는 것은 아니라고 말하고 있다. 실제로 이 소설에서 그러한 삶은 '어른의 삶'이라고 명명된다. 어쩌면 김유진을 읽은 니체의 독자라면 인간의 정신은 낙타, 사자, 어른, 아이, 이렇게 네 단계의 변화를 이룬다고 말할지 모른다.

등장인물 안(雁)은 마을 공동체에서 벗어나 물고기 탁본을 뜨며 예술가적 삶을 실천하는 사람이다. 그는 "자신이 만들 수 있는 가장 크고 아름다운 울타리를 만들고 그 안에 들어가 자족하는 삶"(96쪽)을 바람직한 어른의 상으로 제시하고 있다. 분명 안의 '아름다운 울타리'는 이 소설에 등장하는 학교의 철망과 다르고, 안이 만드는 어탁은 군청이 기획하는 축제와 같지 않다. 학교는 또래들과 여러 모로 다른 기(基)를 노골적으로 배척하고 군청은 그러한 타자를 교묘하게 활용하는 데 비해 안은 기를 배척하지도 이용하지도 않기 때문이다. 화자 '나'가 안에게 매료되는 이유도 타자에 대한 안의 비억압적인 태도에 있다. 하지만 이 소

---

6 알키비아데스에 대한 이야기는, 플라톤, 김주일·정준영 역, 『알키비아데스』 I·II, 이제이북스, 2007 참고. 플라톤의 알키비아데스 이야기를 토대로 서양 철학사에서 자기인식에 문혀 버린 자기배려의 개념을 강조하는 푸코의 강의는, 미셸 푸코, 심세광 역, 『주체의 해석학』, 동문선, 2007 참고.

설은 안의 자족적인 삶이 타자와의 불편하고도 신비로운 마주침을 회피하는 자기 방어일 수 있다는 점을 놓치지 않는다. 안은 타자를 억압하지 않으나 그렇다고 환대하지도 않는다. 이러한 안의 태도는 소설에서 간간이 언급되는 장의 죽음을 연상케 한다. '나'의 친구였던 장의 과외 선생님은 책의 완벽한 세계에 빠져 있었던 사람으로, 그는 타자를 억압하지 않지만 타자의 상황에 무심하다. 이 소설은 이러한 삶은 낙타와 사자의 삶은 아닐 수 있지만 그렇다고 그것이 곧바로 아이의 삶이 되는 것은 아님을 알려준다. 군청과 학교로 대변되는 낙타의 삶과 안에게서 드러나는 어른의 삶, 기는 이러한 삶의 형식 모두에 불을 지른다. 그런데 이 소설이 사자의 부정성을 실천하는 기의 방화(放火)에서 마감되지 않았다는 점은 세심히 살펴볼 필요가 있다. 『숨은 밤』의 결말은 사자의 부정성을 옹호하면서 끝나지 않을 뿐만 아니라, 니체가 열망하던 어린아이의 삶이 자족적인 어른의 삶에서 오는 대신 너와 나의 사랑에서 비롯된다고 말하고 있기 때문이다.

이쯤에서 우리는 김유진의 두 번째 소설집 『여름』(2012)에 실려 있는 단편 「바다 아래서, Tenuto」를 쉽게 연상할 수 있다. 장편 『숨은 밤』과 마찬가지로 이 단편은 새로운 삶을 이끌어낼 수 있는 방법으로 타인과의 사랑을 제시하고 있기 때문이다. 이 소설의 주인공은 독자들의 독서 관습을 조건 반사적으로 자극하는 바로 그 유명한 K이다. 익명성을 뜻하면서 이미 카프카에 의해 고유성을 획득해 버린 K 말이다. 그런데 당연히 카프카에 대한 교과서적 가르침을 따라 「바다 아래서, Tenuto」의 K를 익명성의 대명사로만 해석한다면 이 소설에서 많은 부분을 놓치게 된다. 카프카의 『성』에서 K의 비극은 성으로부터 쉽게 호명되는 익명성을 지니지만 성으로 진입할 수 있는 고유성은 지니지 못한 데서 비롯되지만, 「바다 아래서, Tenuto」의 K는 성으로 진입할 수 있게 하는 고유성이야말로 생의 비극을 낳는다고 생각하는 인물이다. 어린 시절 피아노 신동으로 보이는 K는 자신의 연주를 인정해주는 사람들과, 그들이 놓여 있는 성처럼 "천장이 엄청나게 높은 커다란"(25쪽) 장소로 편입되기를 자발적으로 거부한다. 그는 제도로부터의 호명이 자신의 고유성을 끝내 말소시킬 것이기에 엄마의 사랑스런 호명만이 자신의 고유성을 인정해줄 것이라고 믿는다. 시간이 흘러 엄마는 세상을 떠나고 성인이 된 그는 현재 누구와도 관계를 맺지 못하고 있다. 그렇다면 그가 제도로 편입되길 거부하면서까지 엄마와 함께 살고자 했던 삶은 무엇일까? 피아노 학원에서 물고기를 세듯 아이들의 머릿수를 세는 그의 모습에서 알 수 있듯이 아직까지 그를 익명의 바다 아래 가둬둔 이 세계에서 그를 건져낼 수 있는 방법은 무엇일까? 김유진이 제시하는 방법은 『숨은 밤』에서 보았던 바로 그 사랑이고, 그 사랑의 실천은 다르게 표현하면 테누토(Tenuto)이다. 테누토? K의 말을 들어보자. "건반을 때리지 말고 부드럽게 미는 거야. 이것만으로도 네 소리는 나아질 거다. 넌 네 몸보다 몇 배나 더 크고 아름다운 소리를 낼 수도 있어."(30쪽) 여기서 건반과 연주자를 타자와 주체의 사랑으로 치환해서 다시 읽어보자. 테누토 기법으로 피아노 건반을 연주하면서 주체 안의 숨겨진 재능과 피아노에 갇혔던 잠재된 소리를 이끌어내듯 서로에게 무심하지 않으면서도 서로를 억압하지 않는 사랑을 김유진은 다른 미래의 가능성으로 제시한다.

그러나 우리는 이 소설들의 결말에서 왠지 모르게 정신의 밀도가 흐려진다는 사실을 인정해야 한다. 이를테면 『숨은 밤』의 마지막 부분에 등장하는 이런 대화들. "너는 누굴 싫어해? / 사람들. 거의 모든 사람들. / 그럼 누굴 좋아해? / 나는 너를 좋아해."(203쪽) '나'와 기가 나누는 이 같은 대화들에서 어떤 독자들은 어딘가 낯간지러움을 느낄지 모르겠지만, 낙타와 사자와 어른의 삶을 통과했던 이들의 경험을 잊지 않는다면 '나는 너를 좋아해'라는 말에 담긴 온도에 충분히 따스해질 것이다. 새로운 인간과 새로운 세계를 창안하기 위한 방법으로 니체가 제시한 어린아이의 정신과, 바흐친이 되찾고 싶어 했던 그로테스크 리얼리즘의 정신을 김유진의 소설은 타자와의 사랑에서 찾고 있는 듯하다. 그런데 파괴된 그로테스크와 어른의 삶을 극복할 수 있는 대안으로『숨은 밤』이 제시한 타자와의 사랑은 어딘가 소박한 사유라고 여겨지지 않는가. 바흐친이 알려줬듯이 겉으로 보기에 똑같은 웃음과 그로테스크라도 역사적인 맥락에 따라 전혀 다른 역할을 수행하듯이, 사랑 역시 구체적인 삶의 세목에 따라 수없이 많은 사랑들로 전화되기 때문이다. 요컨대 사랑 그 자체보다 사랑과 삶이 접속하는 맥락이 중요하다는 말이다. 더구나 앞서 보았듯이 사람의 정서까지도 쥐락펴락하는 당대의 자본주의 체제와 대면해야 하는 게 이 시대의 사랑이 지닌 곤혹이라면, 사랑 그 자체만을 새로운 삶의 대안으로 제시하는『숨은 밤』의 견해는 너무나 많은 사유의 단계들을 생략하고 있다고 여겨질 수 있다.

4. 남겨진 질문들

이러한 판단들을 성급히 단정하기 전에 그녀의 두 번째 소설집『여름』(2012)을 천천히 살펴볼 필요가 있다. 더구나 김유진의 모든 소설들은 작품 한 편의 체계가 부분들의 총합으로 규정될 수 있는 것 이상이라는 점을 형식 그 자체로 보여주고 있지 않은가. 이것은 또 무슨 말인가. 김유진의 모든 소설에는 무수히 많은 행간들 앞뒤로 수많은 서사단락이 배치되는데, 이러한 부분들이 합쳐져서 하나의 체계라 할 수 있는 전체서사가 구성된다. 그런데 마치 콜라주나 몽타주 또는 병치를 연상케 하듯 구성된 한 편의 전체서사에 내장된 잠재성은 서사 단락 하나하나의 잠재성들을 기계적으로 합한 수치 이상으로 확장된다. 다시 말해 한 편의 소설에서 전체서사는 단 하나의 사유를 중심으로 삼아 다양한 서사단락들에 족쇄를 채우는 게 아니라 오히려 그것들에 더 많은 자유를 부여한다. 그러니『숨은 밤』이나「바다 아래서, Tenuto」에서 제시된 사랑의 가능성에 대한 의심은 잠시 유보해도 좋을지 모른다. 다양한 서사단락들로 구성된 서사 자체에 새로운 잠재성들이 넘쳐나기 때문이다. 어쩌면 누군가는 이렇게 서사의 확장된 가능성에 대한 자랑스러운 판정으로 우리의 우울한 의심을 해소시켜 줄 지 모른다. 스위스 태생의 독일문예비평가 에밀 슈타이거(E. Staiger) 같은 사람 말이다.

생명을 위험에 빠뜨리지 않고서는 하나의 유기체로부터 큰 조각들을 잘라 낼 수 없다. 하지만『일리아드』는 반으로, 심지어 3분의 1의 길이로 축소시킬

수 있다. 그래도 이 이야기에 익숙한 사람이라면 누구도 줄어든 부분을 아쉬
워하지는 않을 것이다.[7]

왜 그런가? 몽타주 기법만 유지된다면 3분의 1로 축소된 서사에서도
잠재된 가능성은 언제든 넘쳐나기 때문이다. 부분들이 하나의 목적 아
래 수렴되는 유기체적 형식으로 구성된 전체는 부분들의 총합보다 항
상 작다. 그렇지만 『일리아드』와 김유진의 소설은 유기체적 형식이 아
니기 때문에 무한히 덧붙일 수 있고 마음대로 잘라내도 좋으며 그렇게
하더라도 지속적으로 잠재성이 증가할 것이다! 그런데, 정말 그럴까?
만약 「바다 아래서, Tenuto」에서 마치 흠집처럼 간간이 등장하는 일인
칭 화자 '나'를 모두 지워버리면 어떻게 될까.[8] 그렇다고 하더라도 이 소
설에 잠재된 해석의 가능성이 확장될까. 그렇지 않을 것이다. 마치 완
미한 3인칭 서사를 망가뜨리는 것처럼 등장하는 일인칭 화자 '나'는 소
설 문면에 드러나지 않은 K의 미래의 가능성을 확장해 주기 때문에 이
소설의 다른 어떤 부분들보다 사소해 보일지라도 압도적으로 중요하

---

[7] 프랑코 모레티, 조형준 역, 『근대의 서사시』, 새물결, 2001, 156쪽에서 재인용. 참고로 이 인용
   문이 실려 있는 『시학의 근본개념』의 한국어 번역서 문장은 이렇다. : "즉 유기체는 하나의 형
   상인바, 이 속에서는 개별적인 부분이 동시에 목적도 되고 수단도 되는 것이며, 따라서 그 하나
   하나가 독립적이며, 기능적이며, 그 자체로 존재가치가 충분하며, 그러면서 동시에 전체와 연
   관을 이루는 것이다. 괴에테의 『헤르만과 도로테아(Hermann und Dorothea)』는 틀림없이 그
   러한 유기체라고 할 수 있지만, 『오딧세이』나 『일리아스』는 그럴 수 없다. 『헤르만과 도로테
   아』에선 전체 생명을 훼손시키지 않고서 하나의 유기체로부터 큰 단편을 떼어 놓을 수 없다.
   그러나 나머지 내용을 모르는 이라도 중요한 것을 놓치지 않고서도 『일리아스』를 절반 심지어
   三분의 一로 줄일 수 있을 것 같다."(강조는 인용자) E. 슈타이거, 이유영 · 오현일 역, 『시학의
   근본개념』, 삼중당, 1978, 175쪽.
[8] 비평가 차미령은 소설 결미 부분에서 K가 만나러 찾아가는 소녀가 '나'와 동일인이라고 생각할
   수 있을 정도로 화자 '나'의 존재는 해석의 다양성을 이끌어내게 한다고 말한다. 차미령, 「인상
   파의 복화술」, 『문학과사회』, 2012 봄, 395쪽, 각주 8.

다. 그렇기에, "나는 그런 K에게 새로운 이름을 붙여주었다. 그리고 오랫동안 곁에서 그 이름을 불러주고 싶었다"(31쪽)라고 쓰여 있는 이 작은 부분이 담겨 있는 해석의 새로운 가능성과 감정의 밀도를 생략한다면 이 소설의 잠재성은 축소된다. 이처럼 우리는 김유진 소설의 비유기체적 구성 방식에 담긴 잠재성을 자랑스레 떠벌리기 전에 전체서사의 새로운 잠재성을 어떻게 실현시킬 수 있을지 다시 생각해야 한다. 즉 부분들의 종합보다 큰 전체를 만들기 위해서 부분들의 결합이 복잡성과 잠재성을 드러내도록 사유를 자극할 필요가 있다. 그 과정을 통해서만 『숨은 밤』과 「바다 아래서, Tenuto」에서 제기됐던 의문들이 소설의 새로운 시작을 위한 발판으로 전화되기 때문이다.

그런데 미래의 가능성으로 제시됐던 사랑에 대한 의심은 미덥게도 김유진의 소설에서 이미 시작되고 있는 듯 보인다. 『여름』에 실린 대개의 소설들은 연인 관계로 보이는 이들이 자신들의 이해관계를 위해 사랑을 어떤 방식으로 활용하는지 잘 보여준다. 「희미한 빛」에서 3년 전 L과 두 달 간 교제한 경험이 있는 '나'는 지금까지도 그의 집에 얹혀살고 있다. 연인관계가 끝났음에도 불구하고 왜 '나'는 L의 집에 머무는가? L의 담배 연기와 소음과 취향은 '나'를 불쾌하게 하지만 직업이 없는 '나'로서는 그의 집에 머무는 게 집 밖에서 불편한 경험들과 대면하는 것보다 낫기 때문이다. 이는 내가 고용센터에서 우연히 만나는 사람들로부터 불쾌함을 느낄 때마다 어서 빨리 집으로 돌아가길 바라는 심정에서 잘 드러난다. 서로의 이해관계로 엮인 현재 나와 L의 이 같은 관계는 L과 그의 여자친구와의 관계로 변주되고 다시 과거의 나와 L의 관계로 연결될 수 있다. 그러한 관계 속에서 그들은 모두 자신들이 예상할 수 없는 불쾌한 타자로부터의 침입을 방어하기 위해 서로 유대를 맺거나 심지어 사랑을 한다. '나'와 L의 여자 친구와의 관계에서 드러나듯 타자에게 무관심하거나, L이 여자 친구의 누드 사진을 찍는 장면에서 드러나듯 타자의 특이한 특성을 소비하는 것은 이들이 타자의 불쾌한 침입을 방어하는 주요 메커니즘이다. 역설적이게도 이들은 혼자 있기 위해서 사랑을 하고 유대를 맺는다. 그렇기에, "나는 혼자다"(「눈은 춤춘다」), "나는 홀로, 도로를 걷기 시작했다."(「A」), "가능한 한 빨리 내 방으로 돌아가고 싶었다."(「물보라」)와 같은 소설의 마지막 문장들은 이들의 사랑이 끝났음을 알려주는 게 아니라 오히려 사랑의 목적이 완수됐음을 알려준다.

지금까지 살펴봤듯이 인간들에게 집단적 무기력증을 조장하고 또 자신이 이룩한 체제를 공고히 하기 위해 교묘한 방법으로 그 증상을 해소하는 당대의 자본주의 현장 한가운데서 김유진의 소설은 씌어진다. 그녀의 소설에 따르면 이러한 자본주의 체제 안에서 인간은 낙타의 기만과 사자의 증오를 표출하기도 하고 이러한 삶의 태도와 단절한 채 어른의 삶을 실천하기도 한다. 하지만 어른의 삶은 니체와 바흐친이 그렇게도 갈망했던 생성의 삶과 많이 닮아 있지만 완전히 같지는 않다. 낙타와 사자와 어른의 삶을 극복하기 위해 그녀가 제시하는 대안은 바로 타자와의 사랑이다. 더불어 그녀의 소설은 타자에 대한 사랑마저도 자신을 위한 사랑으로 도착되는 과정을 살펴보고 있기에 믿음직스럽다.

이제 그녀의 소설에 대한 독후감을 마감하면서 마지막 질문을 제시해보도록 하자. 그녀의 소설에서 몇몇 예외적인 경우를 제외하고 대개 여성들은 남성들이 구축한 질서를 묵묵히 따르거나 그곳으로부터 배제되거나 교묘하게 이용당한다. 이는 무엇을 의미할까. 여성을 수동적

인 인물로 그렸다는 사실에 분개해서 책을 덮어 버린다면 당연히 우리
는 김유진의 소설에서 아무런 생산적인 사유도 이끌어낼 수 없다. 그러
므로 그녀의 소설에 잠재된 사유를 확장하기 위해 우리는 수동적 역할
의 여성 캐릭터가 빈번히 등장하는 것을 당대 사회의 어떤 증상들로 읽
어낼 필요가 있다. 아마도 여성주의 활동가인 실비아 페데리치(Silvia
Federici)라면 자본주의가 여성의 수동성을 요구하면서 그것을 자연스럽
게 보이도록 조작하는 담론을 근거로 대며 김유진 소설에 반영된 이 시
대의 증상을 해명할 것이다. 그녀의 탁월한 연구[9]에 따르면 가부장적
질서를 구축하고 여성을 남성 노동자의 하인처럼 만든 것은 봉건제의
잔재가 아니라 바로 자본주의이다. 중세 봉건경제가 자본주의 체제로
이행하는 시기에 노동자로부터 생산수단을 분리했던 시초축적은 무엇
보다도 노동자 간의 분할의 축적이었기 때문이다. 물론 우리가 페데리
치의 견해를 그대로 김유진의 소설에 대입하는 것은 여러 면에서 무리
가 있다. 하지만 여성을 소외시키는 현상이 단순히 전근대적 사고방식
에서 비롯된 것이 아니라 오히려 가장 최첨단으로 발전한 자본주의에
의해서 조장된 것이라는 가르침은 김유진의 소설이 쓰이고 있는 당대
의 현실과 앞으로 쓰이게 될 김유진의 소설을 읽어 내는 데 유용한 길
잡이가 될지 모른다. 왜 그런가? 김유진의 소설이 알려줬듯이 바로 이
같이 어울리지 않아 보이는 사유들의 몽타주는 부분들의 총합 이상의
잠재력으로 발현되기 때문이다.

---

9 실비아 페데리치, 황성원 · 김민철 역, 『캘리번과 마녀』, 갈무리, 2011.

나선운동을 이끄는
명사들의 비트*

김중혁 소설 읽기

1. 소설가가 사랑한 명사

한국 현대문학이 사랑한 품사는 무엇일까? 근대 초기 이광수가 신문학을 정의하는 자리에서, '사람人의 지식을 전달하는 학문'이 아니라 "人의 情을 만족케 하는 서적"이 바로 문학이라고 말할 때부터 1990년대 황종연이 신경숙과 윤대녕으로 대표되는 당대의 문학을 검토하는 자리에서 '내면성의 문학'을 거론할 때까지, 한국문학은 명사보다는 형용사를 더 사랑했다. 명사가 삶에 대한 다양한 의미를 최종 기의로 수렴시키고 응고시킨다면, 형용사는 굳은 의미를 발산시키고 유동시킨다. 존재의 세밀한 결들이 명사 속에 빈틈없이 갇힐 때마다, 문학은 어김없이 형용사를 사용하여 명사의 틈을 벌렸다. 그 틈을 통해서 비로소

---

* 이 글은 필자가 『문학과사회』에 리뷰 형식으로 발표했던 글을 작가론으로 확장한 것이다. 김남혁, 「나선 운동을 이끄는 명사들의 비트」, 『문학과사회』, 2008 가을, 476~480쪽.

거창한 지식이 아니라 솔직한 욕망이 흘러나올 수 있었다. 심지어 문학은 자기 자신을 문학이라고 호명하고 제도화하고 명사화하는 것까지도 거부했다. 그야말로 문학(적인 것)은 문학을 기다리지 않았다. '문학'이 한 자리에 정착되는 순간, 문학은 '문학적'인 것들을 향해 달아났다. 문학적인 것들은 최종기의로 굳어지는 문학을 기다리지 않았다. 이처럼 문학은 형용사를 사랑했고, 명사로는 닿을 수 없었던 삶의 의미에 다가가기 위해 형용사의 동력을 추구했다.

그런데 여기 명사를 사랑한 소설가가 등장했다. 다름 아닌 김중혁이다. 그의 소설[1] 속 인물들은 "어떤 이름이나 어떤 단어나 어떤 고유명사를 얘기할 때 이야기가 더 잘 통"(「나와 B」, 191쪽)한다고 말하고, UX-250 진공관(「그녀의 무중력 진공관」)이나 DLX 1000 타자기(「회색괴물」)처럼 상품의 특정 모델에 열광한다. 이처럼 김중혁이 기존의 통념상 문학적이지 않은 것, 최종 기의로 안착하려는 것, 다시 말해 형용사의 역동성이 아니라 명사의 안정성을 사랑한다고 할 때, 우리는 그 사랑의 방식을 문제 삼지 않을 수 없다. 그가 명사를 사랑하는 방식을 이해하기 위해서 우리는 롤랑바르트에게 의지해도 좋을 듯하다. 롤랑바르트는 사랑하는 사람과 함께 있을 때 다른 생각을 하는 것이 최선의 생각을 유도한다고 말했다. 즉, 사랑하는 사람의 목소리가 다른 생각과 어울려 간접적으로 전달될 때, 사랑은 웅대한 환영을 벗어던진 채 상대에게 최상의 즐거움을 전달한다고 말이다.[2] 김중혁이 명사를 사랑하는 방식이 꼭

---

1   이 글에서 인용되는 김중혁의 텍스트는 다음과 같다. 김중혁, 「그녀의 무중력 진공관」, 『문학판』, 2002 여름; 김중혁, 『펭귄뉴스』, 문학과지성사, 2006; 김중혁, 『악기들의 도서관』, 문학동네, 2008; 김중혁, 「3개의 식탁, 3개의 담배」, 『창작과비평』, 2009 봄. 앞으로 인용할 경우 소설명과 그 소설이 수록된 소설집의 쪽수만 밝힌다.

이렇다. 김중혁은 하나의 명사를 사랑하는 와중에 다른 명사를 생각한다. 그렇기에 사랑이라는 명목으로 상대의 목소리를 억압하거나 배제하는 것은 김중혁의 사랑의 방식과 거리가 멀다. 사랑하는 명사가 다른 명사와 어울려 간접적으로 전달되게 하는 태도. 이로써 최상의 즐거움을 유도하는 방식. 이것이 바로 김중혁이 명사를 사랑하는 방식이다.

김중혁이 명사를 사랑하는 방식은 그의 소설 제목에서부터 명시적으로 드러난다. 소설 제목으로 빈번히 등장하는 낯선 명사구와 합성 명사는 명사로써 명사의 확정된 기의를 확장시키려는 역동성을 보여준다. 이를테면, '바나나 주식회사'라든지 '400미터 마라톤', '펭귄뉴스', '자동피아노', '매뉴얼 제너레이션', '악기들의 도시관', '유리방패', '무방향 버스' 등이 있다. 이러한 명사들의 '리믹스'를 김중혁의 말을 빌려서 "이상한 세트"(「유리방패」, 168쪽) 명사라고 명명할 수 있고, "서로 다른 유리조각을 모아 새로운 유리창을 만드는 일"(「비닐광 시대」, 86쪽)이라고 비유할 수도 있다. 이처럼 '리믹스'된 명사들은 최종 기의로 응고되지 않고 제3의 의미 영역으로 확장된다. 가령, '바나나 주식회사'는 단순히 "바나나를 수출하거나 바나나를 판매하거나, 적어도 바나나 우유라도 파는 회사"(200쪽)를 의미하지 않는다. 바나나 주식회사는 환경오염 시설을 자신의 집 앞에 설치하지 말라는 지역 이기주의(바나나)와 목전의 이익을 위해서라면 환경오염 시설이라도 일단 설치하고 유통시키려는 주식회사가 결합되어 전혀 새로운 의미로 발산된다. 즉, 바나나 주식회사는 바나나라는 구호를 전 세계적으로 유통시켜 결국에는 어떠한 시

---

2   롤랑바르트, 김희영 역, 『텍스트의 즐거움』, 동문선, 1997, 72쪽.

설물도 설치할 수 없게 만드는 것을 의미한다. 바나나 주식회사는 지역 이기주의 없는 바나나 구호를 뜻할 수 있고, 시설물을 생산하거나 유통시키지 않는 주식회사를 뜻할 수도 있다. 다시 말해, 바나나 주식회사는 바나나(구호) 없는 바나나거나 주식회사 없는 주식회사이다. 이러한 바나나 주식회사에서 만든 물건은 모두 "한 번 쓰고 나면 흔적도 없이 사라져버리는" 이상한 "일회용품"이다. 소설 「바나나 주식회사」에는 이상한 일회용품들처럼 한 번 경험하면 사라져 버리는 것들로 서사가 구축된다. 오로지 직진만 할 수 있는 자전거, 친구가 남긴 암호, '찰그랑 왈츠'를 연주했던 열쇠, 어젯밤에 머물렀던 천막[3] 등이 바로 그러한 일회용품들이다. 자전거는 직진만 할 수 있기에 언제나 주인공을 다른 장소로 옮겨주며 심지어 같은 장소에 되돌아오더라도 주인공을 다른 상태로 머무르게 하고, 친구가 남긴 암호는 한 번 해독되고 나면 더 이상 암호로서 가치가 없게 되고, 바나나 주식회사를 찾고 나자 바퀴에 묶어 두었던 열쇠는 더 이상 찰그랑 왈츠와 무관한 소음을 내게 되고, 노인을 만났던 천막은 이제 다시는 찾을 수 없게 된다.

'펭귄뉴스'라는 복합명사에서 개별 명사들이 의미를 역동적으로 발산시키기 위해 합성되는 과정은 '바나나 주식회사'라는 복합명사의 생성 과정과 유사하다. 「펭귄뉴스」에서 '뉴스'는 전쟁의 상태 위에 군림하

3　「바나나 주식회사」에서 주인공이 친구의 암호를 해독한 후 노인을 만났던 텐트는 본문에서 '텐트'라는 기표로 명명된다. 하지만 주인공은 노인과 헤어진 후 자전거를 타고 내려오면서 전날 밤 노인을 만났던 텐트를 '텐트'라고 명명하지 않고 '천막'이라는 다른 기표로 명명한다 : "어젯밤에 머물렀던 **천막**을 다시 찾아보라고 한다면 나는 1분도 지나지 않아 포기하고 말 것이다."(219쪽) 이처럼 「바나나 주식회사」는 사물에 대한 명칭(텐트)마저도 일회용품처럼 한 번 사용하고 나면 사라지는 것(텐트 → 천막)을 의식적으로 드러낸다. 참고로 소설집으로 묶이기 전, 『문학과사회』 2003년 겨울호에 발표된 「바나나 주식회사」에는 '텐트'와 '천막'을 구분하지 않은 채 모두 천막으로 명명하고 있다.

는 거짓 평화를 선전하는 매체다. 여기서 '펭귄뉴스'는 전쟁의 당위성을 전복하려는 뉴스고, 더 나아가 자신들의 혁명에 담긴 이데올로기마저도 수정하려는 뉴스다. 한 번 쓰고 나면 흔적도 없이 사라져버리는 일회용품을 만들던 바나나 주식회사가 종국에는 자신마저도 사라져야 하는 일회용품이 되었듯이, 펭귄뉴스가 교란하려는 대상은 뉴스이면서 동시에 펭귄뉴스 자신이기도 하다. 비트를 찾기 위해 그녀와 주인공이 P를 만나게 되는 과정이 카프카의 『성』의 한 장면처럼 그려지는 것이나 '옛날 옛적' 비트주의자들을 촬영한 닳고 닳은 필름을 보면서 교육 불가능한 비트를 반복적으로 '교육'시키는 것은 모두 펭귄뉴스의 전복성이 더 이상 긍정적인 에너지로 요동치지 못한다는 것을 단적으로 드러낸다. 그러므로 펭귄뉴스의 이상적인 형태는 무한정 지속되는 뉴스나 펭귄뉴스가 아니라 '펭귄뉴스 속보'일지 모른다. 「펭귄뉴스」에서 펭귄뉴스 속보가 등장하는 소제목이 모두 '0'장으로 표시되었듯이, '펭귄뉴스'는 뉴스(테제)도 아니고 응고된 펭귄뉴스(안티테제)도 아닌 '뉴스의 영 도(news degree zero)'에 위치하고자 한다. 이처럼 김중혁이 사랑한 명사들은 유일한 동일자적 기표로 고정되지 않는다. 그 명사들은 명사들의 확정적이고 매끄러운 의미를 "긁어서 스크래치로" 우리에게 말을 건넨다. "삐비비, 치이이칙칙키, 뚜위뚜위뚜위이, 히이피피"(「비닐광 시대」, 83쪽)

2. 위반에서 비트로

　명사의 고정된 의미를 교란하고, 나아가 굳어 버린 명사의 기의를 복수(複數)의 의미 영역으로 진입시키는 활동을 과거 우리는 '위반'이라는 말로 표현하기도 했다. 1990년대 우리 문학에 '위반'이라는 키워드가 있었다면, 이제 김중혁에 의해 그 키워드는 다시 위반된다. 90년대 '위반'의 무거움과 부정성을 위반하는 것을 김중혁은 '비트'라고 부른다. '위반'이 삶의 거짓 진리에 투하하는 "폭탄"에 가깝다면, '비트'는 "폭죽에 가깝다."(「유리방패」, 153쪽) 폭탄이 현실의 모든 체계를 전복한다면, 폭죽은 현실의 체계를 새롭게 배치할 수 있는 가능성을 제시한다. 그 비트는 "그래, 좋아, 옳지, 그렇지, 맞지, 그거야"와 같은 "긍정적인 리듬"(「나와B」, 189쪽)으로 약동된다. 긍정적인 리듬, 혹은 '비트'는 이질적인 명사들의 합성을 유도하고, 하나의 명사 안에 갇혔던 삶의 세세한 의미를 자연스레 풀어준다. 이질적인 명사가 합성되어 고정된 의미의 장을 교란하고 새로운 의미 영역을 확장시키듯이, 소설집 『악기들의 도서관』은 "전혀 상관없어 보이는 것들이 한 줄로 연결되는 순간, 삶이"(「악기들의 도서관」, 112쪽) 바뀌는 것을 그리고 있다. 무관한 것들의 합성물로, 다시 말해 '무용지물'로 삶이 변화되는 순간을 「매뉴얼 제너레이션」을 통해 살펴보자.

　주인공 나는 '지구촌 플레이어'라는 MP3의 매뉴얼을 작성하고 있다. 주지하다시피, 매뉴얼은 "시나 소설 같은 게"(52쪽) 아니어서 감동을 전달하기는커녕 제품의 기능 전달이라는 목적론에 완강히 매여 있다. 그런데 그가 작성한 매뉴얼은 타인을 감동시킨다. 단순히 그는 제품의 매뉴얼을 작성하는 사람이라기보다 제품의 "번역자"(53쪽)이다. 그의 번역물은 제품의 기능을 전달하면서도, 기능 전달이라는 매뉴얼의 한계 너머를 짚어 낸다. 그렇기에 원본(제품)과 번역물(매뉴얼)의 위계는 사라지며, 그의 번역물은 매뉴얼 잡지를 가능하게 한다. 매뉴얼 잡지는 무용지물이 된 매뉴얼들을 다시 분류하고 배치하는, 일종의 매뉴얼들의 합성물이다. 잡지를 통해 매뉴얼들의 숨겨진 의미들이 드러나게 되고, 이로써 지구촌 플레이어의 모태가 되는 오르골이 작동되며, 주인공은 오르골에 대한 새로운 매뉴얼을 작성하게 된다. 「매뉴얼 제너레이션」은 지구촌 플레이어의 매뉴얼을 작성하는 장면에서 출발하여 오르골의 매뉴얼을 작성하는 장면으로 되돌아온다. 하지만 오르골의 매뉴얼은 이전의 매뉴얼들을 단순히 반복하는 것이 아니다. 지구촌 플레이어의 매뉴얼이 제품의 기능을 모르는 익명의 사람들을 위해 작성된다면, 오르골의 매뉴얼은 이미 제품을 사용할 줄 아는 사장만을 위해 작성된다. 즉, 제품의 기능 전달에 종속되지 않는 새로운 매뉴얼이 발생(제너레이션)된다.

이 같은 새로운 의미의 발생은 제도에 안착하지 못한 인물들을 통해 더 확실하게 드러난다. 「비닐광 시대」, 「악기들의 도서관」, 「유리방패」, 「나와 B」는 일종의 아마추어 4부작이다. 이 소설들에서 주인공은 "프로페셔널 디제이"(76쪽)가 되려고 하거나(「비닐광 시대」), "아무것도 아닌 채로 죽는다는 건 억울하다"(109쪽)고 생각하지만 뚜렷한 꿈이 없거나(「악기들의 도서관」), 입사 시험에 번번이 떨어지거나(「유리방패」), "어릴 적 꿈이 기타리스트"(191쪽)였지만 아직까지 기타를 칠 줄 모른다(「나와 B」). 그들은 아마추어이기에 상징계적 질서로부터 자유롭지만, 역설적이게도 그만큼 속박되어 있기도 하다. 현재 자신들의 처지가 "아직 1쿼터도 끝나지 않았"(163쪽)다고 떵떵거리면서도, 그들은 "벌써 후반전이 시작된 것"(163쪽)일지도 모른다며 불안해한다. '아직'과 '벌써' 사이에서 갈팡질팡하는 그들은 자신들과 다른 처지의 타인을 만나거나 낯선 세계에 진입하게 되고, 이로써 '아직'과 '벌써'를 규정했던 기준 자체를 수정한다.

가령, 「비닐광 시대」의 주인공은 자신과 다른 견해를 지닌 비닐광(Vinyl 狂)을 만난다. 그 남자는 "원곡의 느낌"(94쪽), "아티스트들의 숨결"(95쪽), "아름다운 음악"(103쪽), "영혼이 담긴 음악"(103쪽), "정말 세상에서 하나뿐인 음악"(104쪽), 다시 말해 "하늘에서 뚝 떨어진 음악"(104쪽)을 보존하고 수집하려는 비닐광이다. 그의 순수에 대한 열정은 원곡을 베끼고 훔치며 스크래치 내는 DJ들을 용납하지 않는다. 그를 통해 나는 '아티스트'에 대한 개념 자체를 의심하게 되고, 종국에는 'DJ스티프'라는 이름으로 제도에 편입하려던 것을 거부한 채 무명의 DJ로 재탄생한다. 「악기들의 도서관」에서 주인공은 음악에 대해 문외한이기에 악기점의 악기들을 자기만의 방식대로 분류하고 배치할 수 있었다. 「비닐광 시대」의 주인공이 아티스트에 대한 사회적인 통념을 받아들이지 않듯이, 아마추어인 그는 악기들의 분류 기준 자체를 의심하고, 더 나아가 악기를 오로지 음악 연주를 위한 도구로 한정시키지 않으며, 악기점을 무조건적으로 이익을 추구하는 공간으로 제약하지 않는다. 제도에 편입되지 않는 그만의 방식은 악기점을 악기를 파는 곳에서 소리를 수집하고 전파하는 "악기도서관"(138쪽)으로 변모시킨다. 단편 「나와 B」는 중편 「펭귄뉴스」의 축소판이라고 볼 수 있을 정도로 유사하다. 「펭귄뉴스」의 주인공이 "햇볕을 받고 한없이 늘어진 엿 같"(262쪽)은 시간에 방안에 갇혀 "지루하고 재미 없"는 마라톤 중계를 보고 있듯이, 「나와 B」의 주인공은 "엄청난 위력의 햇빛 폭탄이 작렬하"는 바깥에는 "절대 나갈 수 없"(203쪽)어서 방공호에 피신해 있듯 지하실에 앉아 중국음식을 먹고 있다. 앞서 살펴봤듯이, 「펭귄뉴스」에서 '뉴스'의 세계가 비트의 역동성이 사라진 동일자적 기표의 세계이고, '펭귄뉴스'는 그러한 뉴스의 세계를 교란하고 심지어 자신의 관습화된 역동성마저 교란하는 비트를 추구했던 것처럼, 「나와 B」에서 나는 상징계적 질서 속에 머무르지만 B와 만나게 되면서부터 반복되던 자신의 일상을 거부하게 되고, 더 나아가 꿈을 추구하던 B의 삶이 제도화되는 것마저 거부한다. 「유리방패」에서 유리방패는 칼을 효과적으로 막을 수도 없으며, 심지어 플라스틱 칼과 똑같이 "췌엥" 하는 공격성의 소리를 낸다. 여기서 방패는 방어의 도구이고 칼은 공격의 도구라는 이분법은 사라진다. 이처럼 유리방패로 대변되는 주인공들은 현실의 도식적인 이분법과 고정된 의미를 교란한다. 그들의 행동은 언제나 목적론에서 비껴나간다. M은 실의 길이를 재기 위해서 전철 칸을 횡단하지만 그는 실의 길이를 재는 것과 무관하게 사람들의 표정을 관찰한 후 돌아온다. 이 같은 그의 행동은 인터넷에 오르게 되며 게시판 댓글을 통해 수백 가지 해석을 밀어낸다. 즉 실의 길이를 재려던 행동은 애초의 의도와 다르게 다양한 의미로 발산된다. 목적론으로 수렴되지 않고, 나아가 다양한 해석을 유발시키는 이들의 행위를 해석의 장으로 포섭하는 것은 '예술전문기자'로 대변되는 상징계적 질서이다. 주인공은 '전문면접관'이 되어 상징계적 질서를 근거리에서 교란하기도 하지만 결국에는 미래에 대한 꿈을 전망하던 최초의 자리로 되돌아간다.

이처럼 김중혁 소설의 주인공들은 일종의 나선 운동을 한다. 그들은 낯선 인물을 만나거나 이질적인 세계에 진입한 후, 원래 자신이 있었던 최초의 자리로 되돌아온다. 그러나 다른 모습으로 되돌아온다. 이때 낯선 인물과 이질적인 세계는 부정과 전복의 대상이 아니다. 타인에 대한 부정과 전복은 주인공이 타인의 영향을 인정할 수 없을 만큼 배타적이며, 동시에 타인이 주인공에게 영향을 주지 못할 만큼 무관한 존재라는 증거이다. 그러나 「비닐광 시대」의 주인공의 말처럼, 김중혁의 인물들은 "모두 어느 정도는 디제이"(104쪽)이기에 타인들의 영향을 무시하지 않는다. 그러므로 앞서 살펴본 '아마추어'들의 회귀처럼, 제도에 안착된 '프로'도 최초의 자리로 돌아가 제도에 진입하기 이전에 간직했던 자신의 꿈을 더듬게 된다. 사람들에게 촉망받던 피아니스트도(「자동피아노」), 10년 동안 공연을 기획하던 전문가도(「엇박자D」) 모두 (무)의식적으로 망각했던 타인들의 영향을 기억해내고 자신이 고수했던 세계관을 수정한다. 김중혁의 인물은 망각된 과거를 현재의 기억으로 합리화하거나, 과거 기억의 흔적을 현재의 망각으로 봉합하지 않는다. 이들의 나선 운동은 옛날식으로 말하자면 위반의 위반이고 김중혁식으로 말하자면 비트의 운동이다. 단 한 번의 위반이 금지(금기) 너머에 있는 새로운 지평으로 우리를 데려가 만족감을 제공한다면, 위반의 위반은 그 새로운 지평마저도 금지의 울타리 속으로 재편입될 수 있다는 것을 인식하도록 하는 정신의 긴장을 제공한다. 김중혁의 비트는 위반의 위반이 보여주는 나선 운동과 흡사하다. 앞서 펭귄뉴스가 뉴스의 '오프 비트'와 펭귄뉴스의 '온 더 비트'를 모두 교란하는 새로운 비트였듯이, 김중혁의 비트는 비트(beat)를 비트는 비트(beat)이다. 단, 위반의 동력처럼 타자를 전복하거나 원천적으로 부정하는 것이 아니라 낯설고 이질적인 것들을 환대하는 긍정적인 리듬으로 약동된다.

3. 제의가치 없는 아우라

그래도 석연치 않게 남는 의문이 있다. 김중혁 소설의 키워드라 할 수 있는 '비트'는 명확히 무엇을 뜻할까? 비트의 의미를 작품 내적으로 따지기 전에 흥미로운 사례를 하나 점검해 보는 것도 좋을 것 같다. 여느 작가와 마찬가지로 김중혁은 소설집을 묶으면서 이전에 문예지를 통해 발표했던 작품의 문장을 약간씩 수정했다. 「사백 미터 마라톤」은 소설집으로 묶이면서 다음과 같이 수정된다.

> (아이들은) 그 음악을 자기 것으로 만들고 각자의 스피드로 춤을 추고 있었다. 지금 이곳에는 수많은 스피드가 한꺼번에 뒤섞여 있다. 그 스피드에 몸을 맡기지 못하는 사람은 오직 나 하나뿐이란 생각이 들자 (…중략…) 나로서는 역시, 받아들이기 힘든 **스피드**였다.(강조 및 괄호는 인용자)
>
> —『문학과사회』, 2001 가을, 965쪽

> (아이들은) 그 음악을 자기 것으로 만들고 각자의 스피드로 춤을 추고 있었다. 지금 이곳에는 수많은 스피드가 한꺼번에 뒤섞여 있다. 그 스피드에 몸을 맡기지 못하는 사람은 오직 나 하나뿐이란 생각이 들자 (…중략…) 나로서는 역시, 받아들이기 힘든 **비트**였다.(강조 및 괄호는 인용자)
>
> —『펭귄뉴스』, 250쪽

현재, 「사백 미터 마라톤」의 나와 녀석은 제대로 된 달리기를 하지 못하고 있다. "지상 최대의 스피드로 내 몸을 어딘가 다른 곳으로 데려가도록 만들고 싶"(243쪽)지만 출발조차 하지 못하는 나와, 400미터를 15번이나 우승했지만 400미터 이상은 도저히 뛸 수 없는 녀석은 모두 매일 반복되는 일상의 틀 안에 갇혀 있다. 400미터로 대변되는 한계치 안에서 녀석과 나는 매일 지루한 삶을 반복하고 있다. 이들의 모습은 「펭귄뉴스」에서 비트 없는 일상을 보내는 주인공이나 시계처럼 "균등하게 배분된 비트" 속에서 "아무것도 안 느껴"(264쪽)지는 기타 연주를 반복하는 찬기의 모습과 흡사하다. 위 인용문은 이들이 '스피드클럽'에 가서 각자의 스피드에 몸을 맡긴 채 춤을 추는 아이들을 보며 어리둥절해 하는 모습을 보여준다. "계속 점프하는 아이, 텀블링을 하는 아이, 늘어뜨린 손에 맥주병을 들고 빙글빙글 도는 아이"(250쪽)처럼 제각각의 몸짓으로 감각의 한계치를 벗어나는 아이들의 역동성을, 인용문에서 보듯이 김중혁은 스피드라고 명명했다가 곧이어 비트라고 수정한다.

위의 사례에서 보듯이 비트는 어쩌면 상징계적 질서 안에서는 해석될 수 없는 텅 빈 기표일지 모른다. 「무방향 버스」에서 어머니의 '큰책'에 적힌 이름들의 나열처럼 "아무런 순서도 없"고 "특별한 정렬방식도 없"(218)는, 어머니만의 분류 방식일 수도 있고 「나와 B」의 주인공에게 햇빛 알레르기를 일으키게 한 "어떤 전기", 다시 말해 병원의 합리적 이성으로는 밝혀낼 수 없는 "어떤 전기"(199쪽)일 수도 있다. 즉 비트는 해석되는 순간 소멸되는 일회적인 리듬이고 규범적인 구조조차 지니지 않는 개별적인 리듬일 것이다. 「바나나 주식회사」에서 "한 번 쓰고 나면 모두 사라져버리는"(214쪽) '일회용품'이 바로 비트와 다르지 않다. 확정된 기의에 정착할 수 없고, 반복될 수 없고, 개별적이고, 시간적으로

나 공간적으로 일회적인 현상. 김중혁의 비트를 벤야민의 아우라와 연관시켜 보는 것은 과도한 해석일까. 김중혁 소설에서 비트가 살아 있는 것들은 대개 이런 식으로 표현되고 있다. 그녀의 목소리는 "아주 먼 곳에서 아기 울음소리 같은 짧은 메아리"처럼 "숨결이 살아 있"고(「펭귄뉴스」, 273쪽), 이눅 씨의 작업실에서 들었던 음악은 다른 시공간에서 똑같이 재생될 수 없고(「발명가 이눅씨의 설계도」), 전화로 듣는 비토 제네베제의 연주는 "정말 먼 곳에서" "들릴 듯 말 듯"(29쪽) 들려왔으며 그가 죽은 후에는 "흉내조차 낼 수 없"(34쪽)는 유일무이한 연주였고(「자동피아노」), 유명 가수가 된 B의 음반보다는 완성되지도 못하고 조악하지만 "전 우주를 통틀어 나"(209쪽)만 볼 수 있는 B의 연주 녹화 동영상이 나에게 더 소중하고(「나와 B」), 어둠 속에서 듣는 음악은 "시간적 연속성 같은" 것을 무력하게 만들며 "가슴이 뭔가로 가득"(155쪽)차게 만든다(「그녀의 무중력 진공관」). 멀리 떨어진 어떤 것의 일회적인 현상, 사람의 여기와 지금에 결부되어 있기 때문에 모사(模寫)란 있을 수 없는 것.[4] 벤야민의 아우라와 비트의 형상물은 매우 유사하다.

벤야민이 제의가치로 충만한 아우라는 인간에게 과거의 관념을 신화화시켜 현재에 대한 인식을 마취시킬 수 있다고 염려했듯이, 김중혁도 비트와 유사한 효과를 발생하는 것들이 사태에 대한 다양한 인식을 폭력적으로 억압할 수 있다고 염려한다. 「비닐광 시대」에는 "아티스트들의 숨결", 혹은 "영혼이 담긴 음악"만을 추구하는 인물이 도리어 인간에게는 심각한 폭력을 자행하는 장면이 드러나며, 「유리방패」에는 예

---

4   발터벤야민, 「기술본제시대의 예술작품(제2판)」, 최성만 역, 『기술복제시대의 예술작품 / 사진의 작은 역사 외』, 길, 2008, 69쪽.

술전문기자가 "진정한 작가는 신비한 진실을 밝"(173쪽)혀야 한다고 맹목적으로 주장하는 장면이 등장한다. 작품 속에서 비판되거나 조롱되는 그들은 예술 작품의 유일무이한 성격을 숭배하는 제의가치 안에 갇혀 있다. 겉으로 보면 김중혁은 기술 복제에 의해서 예술의 제의가치가 제거되고 이로써 예술의 사회적 가치가 부각된다는 벤야민의 의견을 따르는 것으로 보인다. 그러나 김중혁의 비트는 여기에서 더 나아간다. 기술 복제가 아우라를 탈신화화할 수 있다는 인식 자체가 새로운 신화화를 유도하는 것은 아닌지, 또 기술 복제로 만들어진 모사품에는 제의가치 없는 새로운 아우라가 발생할 수 없는지, 김중혁은 이 같은 질문을 제기한다. 아우라를 넘어서는 김중혁의 비트를 살펴보기에 앞서 벤야민의 이야기로 잠시 에둘러 갈 필요가 있을 것 같다.

벤야민이 지적했듯이, 제의가치로 충만한 아우라는 역사적이고 현실적인 문제를 보편적이고 무시간적인 문제로 변화시키기에 보수적인 이데올로기로 작동될 수 있다. 이러한 부정적인 아우라는 언제나 과거의 대상에서 오로지 기억되는 부분만 기억하려 하고 망각되는 부분은 절대로 기억하려 하지 않는다. 망각은 기억과 대립되는 현상이 아니라 기억의 한 형태일 뿐인데, 보수적인 이데올로기로 작동되는 아우라는 기억의 구조 속에 항상 내재할 수밖에 없는 망각의 자리를 기억하지 않는다. 익히 알려진 벤야민의 에세이 「산딸기 오믈레트」는 보수적인 아우라가 이 같은 기억의 기만술에서 비롯된다는 점을 여실히 보여준다. 왕은 피난 중에 자신이 먹었던 오믈렛의 맛을 기억할 뿐, 당시 자신이 겪었던 곤경은 망각한다. 왕은 오믈렛의 독특한 맛(아우라)이 사실은 "전쟁의 위험, 쫓기는 자의 주의력, 부엌의 따뜻한 온기, 뛰어 나오면서 반겨주는 온정,

어찌 될지도 모르는 현재의 시간과 어두운 미래"⁵ 등과 같은 당시의 급박한 현실과 함께 이루어졌다는 것을 기억하지 않기에 오믈렛의 아우라를 재현하지 못하는 요리사를 무조건 처형하겠다고 말한다.

「산딸기 오믈렛」의 왕과 다르게 김중혁의 인물은 망각이 기억의 한 부분임을 드러내기 위해 서사 속에 기억된 부분과 망각된 부분을 함께 제시한다. 앞에서 아우라와 비트의 현상이 유사하다고 말했던 작품들 대개(「나와 B」, 「무방향 버스」, 「자동피아노」)는 사후서술의 형태를 따르며, 본문 속에는 망각된 부분이 전체 서사의 내용과 무관하게 의식적으로 제시된다. 특히 「무용지물 박물관」은 망각된 부분이 두드러지게 드러난 형태를 보여준다. 다음의 인용문은 망각된 부분이 서사의 진행과 무관하게 의도적으로 삽입된 모습을 보여준다.

①메이비가 의뢰한 라디오의 디자인을 완성하는 데는 4주일이 걸렸다. (…중략…) 메이비는 그 방송국의 프로듀서였는데 기술팀과 디자인팀의 일정을 조율하는 역할을 했다. ②어째서 그렇게 좋은 목소리를 가진 사람을 DJ로 쓰지 않고 프로듀서로 쓰고 있느냐고 누군가에게 물어보았던 것 같은데 **대답은 기억이 나질 않는다.**

③인터넷 방송국의 우수회원들에게 발송된 지 일주일 만에 라디오는 폭발적인 반향을 얻었다. (강조는 인용자)

— 「무용지물 박물관」, 19쪽

___

5   발터벤야민, 「산딸기 오믈렛」, 반성완 역, 『발테벤야민의 문예이론』, 민음사, 1983, 25쪽.

전체 서사는 '메이비가 의뢰한 라디오를 만들었고, 메이비는 두 팀 사이에서 의견을 조율하는 역할을 했으며, 완성된 라디오는 사람들에게 큰 인기를 얻었다'라고 요약된다. 전체 서사의 흐름에 집중할 때 ② 번 서술은 불필요한 군더더기이고 '무용지물'이다. 그런데도 「무용지물 박물관」은 기억이 나지 않는 것(망각)을 의도적으로 기억한다. 인용되지는 않았지만 본문에서 주인공 나는 메이비를 "메이비라고 부르기 전에 뭐라고 불렀는지" "기억이 나지 않"(30쪽)고, 메이비에게 시각장애인을 위한 라디오를 만들지 못하겠다고 말한 후 어떤 일들이 일어났는지 "자세하게 기억이 나질 않는다"(36쪽)고 말하기도 한다. 한편, 경제적 이익만을 고집하던 나는 메이비의 방송을 통해 "정확히 알 수 없지만 내 안의 무엇인가가 조금 바"(38)뀌었다고 생각한다. 하지만 나는 메이비에 대한 기억만으로 그의 존재를 신화화시키지 않으며, 더불어 메이비에 대한 망각으로 그의 존재를 성급하게 탈신화화시키지 않는다. 메이비는 주인공의 기억과 망각 사이에 위치할 뿐이다. 이처럼 우상화되지 않으면서도 주인공에게 독특한 영향을 끼치는 메이비를 우리는 제의가치 없는 아우라를 지닌 존재라고 말할 수 없을까.

　　한편 메이비의 방송은 그 자체로 제의가치 없는 아우라를 보여준다. 시각장애인들을 위해서 메이비는 "고층빌딩, 캠코더, 만화책, 야구, 크리스마스트리, 도서관, 공항"(33쪽) 등을 소리로 보여주는 라디오 방송을 하고 있다. 카메라의 발명이 제의가치를 전시가치로 대체했고 보수적인 아우라를 파괴했다면, 메이비의 방송은 '카메라 없는 사진촬영'을 통해 새로운 아우라를 발생시킨다. 똑같은 야구 중계를 TV로 본 나와 라디오로 들은 메이비가 서로 다른 이야기를 하듯이, 기계와 매체는 삶에 대한 사람들의 인식을 왜곡하고 심지어는 동일하게 유도한다. 기계의 발명은 예술작품에서 제의가치를 파괴할 수 있을지 모르지만 다양한 사람들에게 인식의 동질화를 이끌어낼 수도 있다. 하지만 카메라 없는 사진촬영이라고 말할 수 있는 메이비의 방송은 라디오가 유발시킬 수 있는 인식의 동질화를 피하면서도 청취자들에게 사물에 대한 개별적이고 일회적인 인상인 아우라를 전달할 수 있다. 기계(라디오)를 사용하지만 인식의 동질화를 피하고, 그러면서도 독특한 분위기를 만들어내는 메이비의 방송. 이를 우리는 비트라고 말할 수 있고, 벤야민의 개념을 조합해서 제의가치 없는 아우라라고 명명할 수 있다.

4. 겹쳐 있는 두 개의 시선, 통찰과 맹목

이처럼 김중혁의 비트는 일반화되고 관습적으로 반복될 수 있는 모든 것에서 독자들을 멀리 달아나게 한다. 비트는 명사로 대변되는 동일자적 기표들을 서로의 의미 체계가 탈구될 때까지 상호침투하게 한다. 복합명사의 출현이 언어와 삶의 결핍에서 출발하듯이 김중혁의 비트는 기형적으로 안정된 일상의 결핍에서 출발한다. 그러므로 자연스럽고 안정적으로 여겨지는 언어와 삶에서 결핍을 발견하는 김중혁의 밝은 눈은 각별히 소중하다. 하지만 우리는 언제나 밝은 눈(통찰)은 어두운 눈(맹목)과 함께 떠진다는 점을 염두에 두어야 한다.

「멍청한 유비쿼터스」는 삶에 대한 남다른 통찰이 맹목과 함께 연동되는 것을 여실히 보여준다. 주인공인 나는 대기업의 보안 시스템을 교란하는 해커이다. 나는 유비쿼터스로 대변되는 기계의 확장이 인간의 인식 능력을 마비시킬 수 있다는 것을 명확히 인식하고 있다. 일반적으로 사람들은 "믿음이란 정보를 기반으로 생겨"난다고 여기지만 나는 "이미지가 믿음으로"(116쪽) 바뀌어서 정보가 된다고 여긴다. 그렇기에 "나는 컴퓨터를 믿지 않는다."(118쪽) 기술과 정보를 맹목적으로 의지하는 사람들의 허점을 이용해서 나는 대기업의 보안 시스템을 능란히 교란할 수 있었다. 하지만 나는 집에 돌아와서도 편안히 잠을 이루지 못한다. 일상의 구석구석으로 확장된 기술과 정보가 '멍청한 유비쿼터스'에 불과하다고 여겼던 통찰이 오히려 유비쿼터스에 대한 온전한 이해를 방해했을 수 있기 때문이다. 그러므로 나는 "잠이 들면 어떤 녀석이 내 머리 속에 들어와 그 속의 서랍을 송두리째 뒤집어엎을 것만 같"(139쪽)아 불안하다. 정확히 호명할 수도 없는 '어떤 녀석', 그것은 유비쿼터스에 대한 남다른 통찰 때문에 보지 못했던 유비쿼터스의 한 부분이다. 이처럼 삶에 대한 통찰의 플래시가 터치는 순간 맹목의 장막은 여지없이 내려온다.

합성명사의 출현은 '사전'의 질서를 교란할 수 있지만 시간이 지나면 언제나 사전의 질서 속에 편입된다. 위반을 넘어서는 비트의 긍정적적인 에너지, 제의가치 없는 아우라의 발견, 이러한 통찰은 앞서 지적했듯이 관습적으로 반복될 수 없는 성격을 기반으로 한다. 만약 역설적이게도 김중혁의 소설에서 이러한 통찰이 계속해서 반복된다면 어느 순간 통찰은 맹목의 장막에 갇히게 될 것이다. 문학은 반복되면 '명사'가 되고, 통찰은 반복되면 맹목이 된다. 즉, 반복되는 통찰은 자신 안의 맹목을 성찰할 수 없게 된다.

이쯤에서 우리는 아직까지 제자리로 돌아오지 않은 「무방향 버스」의 어머니에 대해 생각할 수 있을 것 같다. 소설에서 강 과장은 무방향 버스가 왜 생기는지 이렇게 말한다. "한 대의 버스는 매일 똑같은 길을 지나게 되어 있어. 똑같은 건물을 지나고, 똑같은 다리를 지나고, 똑같은 비포장도로를 지나고, 똑같은 사람들을 만나지. 그렇게 매일 똑같은 일이 반복되면 버스에는 어떤 '정형'이 만들어지고, 버스의 생김새 역시 일정한 방식으로 변모하는 거다. 사람이 환경에 의해 변해가듯 버스 역시 마찬가지란다. 먼지가 많은 도로를 지나는 버스는 먼지의 틀 같은 것이 곳곳에 스며들 수밖에 없지 않겠니. 그런 일들이 오랫동안 지속되면 버스 역시 나름대로 지치는 거다."(242쪽) 강 과장의 말을 우리는 김중혁의 소설에 적용할 수 없을까. 김중혁이 제시한 '명사들의 비트'가 우리에게 소중하지만 행여 계속 반복된다면 어떤 정형이 만들어질 것이고 종국에는 무방향 버스가 되어 사라질지 모른다는 염려. 반대로, 사라진 무방향 버스와 어머니는 나선 운동의 궤적 어딘가에 있을 것이고 세 번째 소설을 통해 다른 모습으로 되돌아올 것이라는 기대. 그 염려는 김중혁의 소설을 향한 우리들의 경거망동한 응원이고, 그 기대는 우리들의 우직한 응원이다.

고정된 은유를 교란하는
그녀들의 윤리
정이현 소설 읽기

1. 은유로서의 질병, 낭만적 사랑에 대한 믿음과 불신

정이현 소설은 '낭만적 거짓과 소설적 진실'에 대하여 동시에 질문한다. 낭만적 사랑은 타인에 의해 전도되고 간접화된 욕망에 의해서 이루어지며, 자신을 진정한 가치를 추구하는 주체로 착각하게 만든다. 지금껏 근대소설은 낭만적 사랑이 지니고 있는 허위성에 날카로운 메스를 대어 '소설적 진실'을 획득했다. 그렇다면 근대 이후에도 삶과 소설에서 '낭만적 거짓'과 '소설적 진실'이 계속적으로 나타나는 이유는 무엇인가? 소설집[1] 『낭만적 사랑과 사회』는 우선적으로 현실에서 낭만적 거짓이 작동되는 복잡한 기제를 보여 준다. 정이현 소설의 등장인물들

---

[1] 이 글에서 다루는 작품은 다음의 작품집 세 권에 해당하며, 인용문은 작품명과 쪽수만 밝히도록 한다. 정이현, 『낭만적 사랑과 사회』, 문학과지성사, 2003; 정이현, 『달콤한 나의 도시』, 문학과지성사, 2006; 정이현, 『오늘의 거짓말』, 문학과지성사, 2007.

모두가 "날 때부터 도시인"(「삼풍백화점」, 50쪽)이었듯이, 정이현의 소설들은 서울을 벗어나지 않는다. 이때 서울은 특정 지역에 대한 고유 명사로만 한정할 수 없다. 정이현의 서울은 수많은 욕망들이 갈등하고 개입하며 내재된 서열을 매기는 공간이지, 타인과 내가 어울려 삶의 본질을 깨닫고 개인의 고유한 정체성을 획득할 수 있는 낭만적인 공동체가 절대로 아니다. 이러한 정이현의 서울은 눈물을 믿지 않는다. 낭만적 거짓을 판단하는 기준은 눈물과 관계된 무수한 인식들이지 눈물을 흘렸거나 흘리지 않았거나 하는 식의 물리적인 신체 변화 여부가 아니다. 서울이라는 공간에서 함께하려는 자들의 낭만적 위장은 눈물을 흘리는 자에게서만 나타나는 것이 아니다. 눈물을 흘리지 않는 자에게도 자기 합리화와 인식론적 허위는 개입된다.

정이현의 서울에서는 힘을 지닌 자만이 의식하지 않은 채 거짓말을 하거나 진실을 말할 수 있다. 거짓말을 인지하면서 거짓말을 하는 자는 결국 거짓'말'이라는 인식의 체계 안에 갇힐 수밖에 없다. 눈물을 흘리면서 왜 눈물을 흘려야 하는지 자신에게 설득해야 하는 순간, 눈물은 정직한 감정에서 멀어진다. 반대의 경우도 마찬가지다. 눈물을 흘려야 할 경우와 그렇지 않을 경우를 고려해야 하는 자들은 눈물과 공동체 사이의 정치학을 고려해야 하는 약자들이다. 다음의 경우를 보자.

어차피 **출발선이 다른 게임**이었다. 내가 조그만 무역회사의 여사무원이 되어 나이 들어가거나, 물간 생선회와 식은 LA갈비찜이 포함된 싸구려 뷔페를 피로연으로 결혼식을 올릴 때, 혜미는 전혀 다른 곳에 있을 것이다. 밀라노에서 패션 공부를 할 수도 있고, 한강이 내려다보이는 오십 평짜리 빌라트에 신혼살림을 차릴 수도 있다. 나는, 나는 다르다. 나는 혼자 힘으로 이 척박한 세상과 **맞서야 했다.** 진정으로 강한 여성이 **되어야만 하는 것이다.** (강조는 인용자)

— 「낭만적 사랑과 사회」, 25쪽

　「낭만적 사랑과 사회」에서 '눈물'을 흘릴 수 있으면서 동시에 자신의 눈물을 의심하지 않는 사람은, "서울 시내 요지에 다섯 채쯤의 빌딩과 열 채쯤의 다세대 주택을 소유하고 있는"(25쪽) 아버지를 둔 혜미이다. 혜미는 삶을 규칙들을 의심하지 않은 채로 받아들인다. 연애를 하면 결혼을 해야 한다는 일련의 관습들이 혜미에게는 회의(懷疑)의 대상이 되지 않는다. 반면, 평범한 집안의 딸인 '나'(유리)는 삶을 은유적으로 이해한다. '나'에게 삶은 "게임"이자 "맞서야"할 대상이고, 연애는 "건곤일척"(28쪽)의 승부를 요구하며, 여자의 몸은 "유리"와 같은 것이다. '나' 역시 현재 이곳에 있는 존재가 아니며 항상 미래의 가능성과 위험의 조합들로부터 추려진, 무언가 "되어야만 하는 것"이다. 주인공인 유리에게 "산다는 건 정말, 수많은 판단과 무수한 선택의 연속"(22쪽)이다. 삶의 가능성과 위험은 지금 현실에서는 실현되지 않은 연상체들이며, 서울에서 이것들은 계급적으로 상승하기 위한 목적에 따라 선택되거나 배제된다. 유리에게 선택과 배제의 "십계명"은 현재의 초라한 자신을 벗어나기 위한 은유의 문법이다. 은유에 규칙이 내재되어 있기에 유리의 삶에서 '수술대 위의 우산과 재봉틀'과 같은 은유는 이루어질 수 없다. 연상체들이 의미의 유사성이나 소리의 유사성을 넘어서 무차별적으로 이루어지는 은유는 유리와 관련되지 않는다. 서울에서 은유는 오로지 자본주의의 유사성을 기반으로 맺어지는 유형화된 은유이다. 자신의 의지를 압도하는 열정으로 비롯된 사랑의 은유를 이루기에는 현실의 삶은 냉혹하다. 경제적인 능력 없이 "운명처럼", "번개처럼" 그리고 "영화처럼", 다시 말해서 "하늘만이 허락한 아주 특별하고 고귀한 사랑"(「소녀시대」, 86쪽)을 하는 자의 결말을 유리는 알기 때문이다. 「소녀시대」에서 낭만적 사랑의 은유를 믿었던 20세의 깜찍이가 결국에 임신 중절 수술을 받기 위해 강남에 살고 있는 16세의 소녀에게 동정을 구해야 하는 끔찍한 일들은 서울이 내장한 은유의 규칙을 지키지 않은 자들의 초라한 결과이다.

「낭만적 사랑과 사회」의 주인공인 유리는 「소녀시대」의 깜찍이와 다르게 낭만적 사랑을 믿지 않고 서울의 은유를 따른다. 소설의 결말에서 유리는 서울의 은유를 실천하기 위해 하얏트 호텔에 들어간다. '유리'가 "유리의 성(城)"(14쪽)에 들어가지만, 깨지는 것은 성이 아니라 유리 자신이다. 이 순간 유리가 외치는, "누가 뭐래도 그는 내가 사랑하는 사람이다. 우리는 서로, 사랑하는 사이다"(35쪽)라는 절규는 그녀가 보여 주었던 낭만적 사랑에 대한 불신이 사실은 낭만적 사랑에 대한 거꾸로 선 믿음이었다는 것을 드러낸다. 그녀는 낭만적 사랑을 믿지 않지만, 낭만적 사랑을 누리는 자들은 경제적으로 강자라는 것만을 받아들인다. 낭만을 인정하는 낭만주의는 실패한 것이듯, 자본의 논리에 의해 구성되는 낭만을 인정하는 연애술 역시 자본의 논리에 구속된다. 낭만적 사랑에 대한 믿음과 불신이 경제적인 권력 관계에 의해서 조작되는 낭만적 사랑의 작동 원리를 점검하지 못한다면, 그러한 성찰은 항상 어쩔 수 없이 낭만적 환상에 갇히게 된다.

서울이라는 자본주의 체제에서 사랑은 사회적 맥락에 따라 이면에 의미를 숨겨 둔다. 사랑은 단지 남녀가 서로를 좋아하는 것이 아니라 배후에 있는 의미에 따라 이루어진다. 그렇기에 낭만적 사랑을 의식적으로 받아들이거나 거부하는 것 모두에는 위선적인 자기 합리화가 개입될 수 있다. 수잔 손탁에 따르면, 질병에 포함된 사회적 텍스트에 따라 사람들은 결핵과 암, 에이즈를 고결한 자들의 질병으로 받아들이기도 했고 타락한 자들이 걸리는 질병으로 해석해 오기도 했다. 서울에서 사랑의 의미는 이와 유사하다. 사회적 맥락에 따라 낭만적인 사랑은 상이한 가치로 해석되어 왔다. 현실에서 이루어지는 낭만적인 사랑에 대한 믿음과 불신은 일종의 시대적 증후(症候)를 드러내는 질병이다.

2. 마리오네트(marionette)가 된 그녀들, "유리, 같은 것"

소설집 『낭만적 사랑과 사회』의 인물들은 모두 서울의 논리를 벗어나지 않고서는 은유로서의 질병을 이겨낼 수 없다고 믿는다. 아니, 그들은 그렇게 믿을 수밖에 없는 '낭만적'인 중산층이다. 그들은 서울의 논리에 맞서서 '유리의 성'을 깰 수 있는 자는 존재할 수 없다고 인정한다. 이러한 질병은 사회 내부가 극화된 일종의 드라마라고 할 수 있다. 「홈드라마」는 희곡 형식을 차용하여 낭만적 거짓을 거부하면서 이루어지는 당대의 결혼을 묘사하고 있다. 다음은 「홈드라마」의 서두이다.

등장인물

남자: 김재호, 회사원, 730503-10258××, 서울시 성동구 옥수동 강변하이츠
　　101동 140×호.

여자: 박수진, 회사원, 750910-20661××, 서울시 동작구 사당동 현대아파트
　　215동 50×호.

─「홈드라마」, 147쪽

　　소설에서는 등장인물이라고 따로 소개되는 경우도 드물지만, 이것
을 희곡으로 간주한다 하더라도 위에 인용된 등장인물의 소개는 일반
적이지 않다. 보통의 희곡이라면 등장인물은 "남자"와 "여자"가 아니라
"김재호"와 "박수진"일 것이고, "남자"와 "여자"는 이들을 부연하기 위한
인물 정보에 해당할 것이다. 또 "남자"와 "여자"라는 등장인물에 대한
정보가 극단적으로 보일 정도로 구체적이다. 이처럼 「홈드라마」의 인
물들은 극단적인 구체성을 남자 혹은 여자라는 일반 명사에 수렴시킨
다. 이를 통해 등장인물은 마리오네트(marionette)가 된다. 이 마리오네
트들은 조각상처럼 굳어 있다가 조종자가 연출할 때만 움직이고 다시 3
인칭의 일반 명사 뒤로 숨어 버린다. 마리오네트와 같은 인물들은 소설
집 『낭만적 사랑과 사회』에 실린 대부분의 소설 속 등장인물들의 모습
이라고 할 수 있다. 등장인물들은 연출자의 '인형조종술'에 따라 배치
되며 그만의 개성을 지니지 않게 된다. 소설도 마치 이 세상을 남김없
이 재현할 수 있다는 식으로, "등장인물-프롤로그-발단-전개-위기-
절정-결말-에필로그"와 같은 구성적 뼈대를 노골적으로 드러낸다거
나, 「무궁화」처럼 플롯이 간략하게 축소된 채 소설 내내 등장인물 한

사람이 사건을 진술하기도 한다. 정이현 소설의 인물들은 마치 동일한 경기의 규칙을 따르는 것 같다. 정이현의 소설에는 시제가 갑자기 변하는 부분이 종종 등장하는데, 대개 서사가 현재 시제에 의존하게 될 때, 등장인물들은 마리오네트로 극화되어 나타난다. 다음에서 볼 수 있듯이 「신식 키친」의 서술은 현재 시제에 크게 의지하고 있다.

> 그녀는 횡단보도 앞에 발을 멈춘다. 일제히 앞만 보고서서 신호를 기다리던 사람들이 보행 신호가 들어오자 일사불란하게 길을 건너기 시작한다. 그녀도 그 틈에 섞여 재게 움직이려 애쓴다. 길 건너에는 버거킹이 있다. 잠시 망설이다가 그녀는 치즈가 들어가지 않은 햄버거와 감자튀김, 콜라로 구성된 세트 메뉴를 주문한다. 주문대의 아르바이트생이 음료수를 뽑는 동안 마음이 흔들린다.
>
> ─「신식키친」, 182쪽

모든 문장은 현재형이며, 주어의 행동은 문장 안에서 완료되지 않는다. 주어의 의지를 서술어가 뒷받침하지 못하기에, "그녀"는 조종자의 끈에 의해 움직이는 마리오네트 같다. 정이현의 소설에서 인물들이 이루는 삶의 형태는 자본주의의 문법을 내장한 은유에 의해서 표현된다. 그렇기에 삶의 가능성들이 이루는 계열 관계가 인접 관계로 묶이는 원칙은 주체에 의해 이루어지지 않는다. 영원한 현재에 부유하는 마리오네트들은 은유의 세계에 존재하며 은유로서의 질병을 앓고 있다. 그렇다면 유형화된 삶의 은유를 끊을 수 있는 무의식적 에너지가 정이현 소설의 등장인물들에게는 전혀 존재하지 않는가?

학명 콘딜로마, 속명 곤지름. 성 접촉에 의한 바이러스성 질환. 사마귀 모양의 작은 돌기들이 성기 주변에 열꽃처럼 확 피어난다. (…중략…) 금방 허니문을 떠나야 했으므로 남자와 여자는 성실히, 그리고 묵묵히 치료를 받았다. 영원히 혼자 간직할 비밀 하나쯤은 괜찮을 것 같기도 했다. (…중략…) 신혼집은 둘이 살기에 알맞았다. **알 수 없는 곳으로부터 가끔 윤이 나는 흑갈색 바퀴벌레 떼가 스멀스멀 기어 나오기도 했으나 해충 약을 뿌리면 곧, 사라졌다.**(강조는 인용자)

— 「홈드라마」, 169쪽

인용문에서 보듯이, 서울에서 이루어지는 양식화된 결혼을 위해 버려졌던 삶의 수많은 가능성들과 등장인물의 정직한 욕망은 "흑갈색 바퀴벌레"가 되어 "스멀스멀 기어 나오기도" 한다. 하지만 주인공들은 그것들에 대해 곰곰이 생각하지 않는다. 결혼을 이루기 위한 목적론적 행위에서 탈락된 정직한 욕망들은 망설임 없이 해충 약을 뿌리면 "곧, 사라"진다. 정이현의 소설에서 '그녀'들은 자신의 정직한 욕망에 대해서 주의를 기울이지 않는다. 그녀들에게 연애는 "십계명"의 원칙에 따라 결혼을 향해 나아가야 하는 것이다. 정이현 소설의 인물들에게 드러나는 이러한 성격은 1965년에 발표된 김승옥의 소설과 비교해 보면 명확히 알 수 있다.

"그 양반, 역시 죽어버렸습니다." 안이 내 귀에 입을 대고 그렇게 속삭였다.
"예?" 나는 잠이 깨끗이 깨어버렸다. (…중략…)
"아직까진 아무도 모르는 것 같습니다. 우린 빨리 도망해버리는 게 시끄럽지 않을 것 같습니다."

"자살이지요?"

"물론 그것이겠죠."

나는 급하게 옷을 주워 입었다. 개미 한 마리가 방바닥을 내 발이 있는 쪽으로 기어오고 있었다. 그 개미가 내 발을 붙잡으려고 하는 것 같은 느낌이 들어서 나는 얼른 자리를 옮겨 디디었다. (…중략…)

우리는 헤어졌다. (…중략…) 버스에 올라서 창으로 내다보니 안은 앙상한 나뭇가지 사이로 내리는 눈을 맞으며 **무언지 곰곰이 생각하고** 서 있었다.(강조는 인용자)

― 김승옥, 「서울 1964년 겨울」

김승옥의 「서울 1964년 겨울」에 나타나는 "개미 한 마리"는 「홈드라마」의 '에필로그'에 등장하는 "흑갈색 바퀴벌레 떼"와 비슷하다. 낭만적 공동체의 위선을 의식적으로 거부하며 일체의 공동체를 받아들이지 않던 개인들에게 찾아드는 "개미"와 "바퀴벌레"는 반대로 공동체를 거부하는 그 의식에 대한 무의식적인 회의(懷疑)를 상징한다. 김승옥의 주인공들은 낭만적 공동체의 환상을 경계하지만 한편으로, 그 환상을 거부하는 자신들의 이성에 대해 "곰곰이 생각"하며, 자신들의 정직한 욕망을 나타내는 "개미"를 의식한다. 하지만 정이현 소설에서 마리오네트가 된 그녀들은 "유리, 같은"(「낭만적 사랑과 사회」, 17쪽) 조각상이다. 김승옥의 1960년대 서울과 다르게 정이현의 2000년대 서울은 "바퀴벌레"를 의식하는 순간 "유리 같은" 그녀들을 산산조각이 나게 만들기 때문이다.

『달콤한 나의 도시』는 이 같은 정이현의 서울을 보여 준다. 주인공

오은수는 무한하게 지속되는 "현재를 깨끗이 털어버리고 맑은 새날을 맞이하고"(148쪽) 싶은 심정과 서울에서 "넘어지지 않기 위해, 부서져 산산조각나지 않기 위해, 조심조심 두리번거리며 나아가야"(150쪽)하는 자신의 처지 사이에서 갈등한다. 오은수가 꿈이 있는 태오에게는 일상의 계획표를 요구하고, 삶에 대한 반듯한 계획이 서 있는 영수에게는 꿈을 묻는 것은 이러한 그녀의 이율배반적인 갈등을 보여 준다. 오은수와 같이 평범한 인물이 서울에서 살아가기 위해서는, 꿈은 제도에 안착되어야 하며 반복적인 일상은 환상으로 포장되어야 한다. 가령, 낭만적인 사랑을 거부했던 재인이 결혼을 결심한 후에 도리어 사랑의 환상을 적극적으로 옹호하는 것이나, 꿈을 위해 직장에서 퇴직했던 유희가 뮤지컬 배우로서 제도에 편입하기 위해 가슴 성형수술을 하는 것 등은 그녀들이 서울에서 살아가기 위해서 어쩔 수 없이 위선적인 선택을 해야만 한다는 점을 나타낸다. 서울에서 꿈과 제도를 모두 버린 개인은 온전히 살아갈 수 없기 때문이다. "그렇다면 나는? 나는, 출근을 했다"(9쪽)라는 문장에서 보듯이 소설의 서두에서부터 일인칭 주어를 완강하게 내세웠던 서사는 오은수가 태오와 영수로 상징되는 꿈과 제도를 모두 버리자 일인칭 주어 '나'를 슬며시 놓아 버린다. 이를테면, "빗속은 생각보다 아늑하다. 아무렇지도 않은 척, 팔을 앞뒤로 흔들며 걷는다. 버스 정류장에서 발을 멈춘다. 저녁의 정거장, 길들은 여러 갈래로 뻗어 있다. 어느 쪽으로 가야 할지 아무도 가르쳐주지 않는다"(441쪽)라는 서술에서 드러나듯이 제도와 꿈을 모두 포기한 일인칭 주어는 문장에서 사라진다. 서울은 개인에게 제도와 꿈 사이에서 위선적인 화해를 이루도록 만든다. 이같이 정이현의 소설은 위선적인 화해를 통해 나약한 마리오네트가 된 인물들과 마리오네트가 될 수밖에 없도록 만드는 서울의 법칙을 동시에 문제의 대상으로 삼는다.

3. 그녀들의 윤리와 서사적 재현

『낭만적 사랑과 사회』에 실린 대부분의 소설들과『달콤한 나의 도시』에서 등장인물들이 모두 단편「낭만적 사랑과 사회」의 주인공 유리와 비슷하며, 그녀들의 삶이 마리오네트로서의 서사로 드러난다면, 이쯤에서 우리는 소설에서 유리가 "다음날부터 나의 컨셉트는 청순함이었다"(27쪽)라고 한 말을 소설집을 향해 되물을 수 있을 것 같다. 『낭만적 사랑과 사회』는 비슷한 인물들의 반복되는 서사를 그리는 "컨셉트" 소설인가? 만약 그렇다면, 『낭만적 사랑과 사회』가 보여준 '소설적 진실'은 다시 '낭만적 거짓'에 빠지게 되는 모순된 절차를 밟게 된다. 현실에서 낭만적 사랑이 이루어지는 기제를 소설을 통해 정교하게 점검하였다고 하여도, 그 소설들이 반복적으로 이루어진다면, 정이현 소설은 오히려 자신의 소설 문법 안에 갇히게 된다. 『오늘의 거짓말』은 낭만적 거짓을 검토한 후 얻게 된 소설적 진실이 다시 낭만적 거짓으로 고정되지 않게 하는 지점을 살피고 있다.

소설집『오늘의 거짓말』에서 두드러지는 것은, '90년대'로 상징되는 과거의 사건들이 현재의 삶과 돌연히 마주친다는 점이다. 비유적으로 말해서 영원한 현재에 갇힌 등장인물들이 삶을 꾸려 나가기 위해 만든 매뉴얼을 『낭만적 사랑과 사회』가 냉소적으로 보여 준다면, 『오늘의 거짓말』은 그들이 영원한 현재에 갇히게 된 원인을 점검한다. 물론 『낭만적 사랑과 사회』와 마찬가지로 『오늘의 거짓말』은 '현재는 있는데 과거는 부재하고', '빛은 있으나 그림자는 없으며', '대화학(對話學)이라는 체계는 있으나 실질적인 대화(對話)가 없는 현실'(「빛의 제국」)을 공유한다. 부지불식간에 현재에 등장하는 "흑갈색 바퀴벌레"(「홈드라마」, 169쪽)를 죽이기 위해 뿌리던 해충 약은 일시적인 방편이자 정직한 욕망을 은폐하려는 인식적 위장일 뿐이다. 『오늘의 거짓말』에서 등장인물인 '그녀'들은 이제 현재를 침범하는 정직한 욕망과 타인의 고통에 대해서 무심할 수 없다. '그녀'들은 타인의 고통을 은폐시켰던 자신의 과거와 화해하지 못하며, 모든 인간관계의 장을 조정하는 무소불위의 권력에 대해서 위선적으로 자신을 위무할 수만은 없기에 『낭만적 사랑과 사회』의 그녀들과 다른 인물이라고 할 수 있다. 가령, "아마도 나는, 나와 영원히 화해하지 못할 것이다"(「어금니」, 94쪽)라는 결말이나, "초겨울의 빛이 무심하게 내 눈을 찔렀다"(「빛의 제국」, 213쪽)와 같은 서술은 '그녀'들의 변별되는 윤리를 드러낸다.

이와 같은 그녀들의 윤리는 소설의 구성을 뼈대로 추려서 제시하던 「홈드라마」나 대화를 가장한 고백체 소설인 「순수」와 다른 방식으로 소설을 전개시키는 동력이 된다. 이를테면, 「홈드라마」는 완강한 계열체적 관계를 유지하는 고정된 은유의 재현이라고 할 수 있다. 야콥슨의 지적대로 단어들의 계열체를 통합체로 투영시킬 때 우리는 생동하는 은유와 마주칠 수 있다. 한 문장을 구성하는 개별 단어들에는 문법적 규칙을 넘어서는 수많은 단어들이 연상체를 이루고 있다. 그러한 연상체들의 계열을 일관된 질서로 통합시키는 것은 문학이 아니라 문법이다. 「홈드라마」는 고의적으로 플롯의 인과적 질서를 드러내고, 그것들이 일구는 표면적인 인과적 질서의 이면을 응시하지 않는다. 다시 말해서, 통합체적 소설 쓰기 너머에서 연상체들이 이루는 계열체를 고려하지 않는다. 「홈드라마」가 보는 현실은 결혼이라는 목적을 위해 인과적으로 엮이는 사장된 은유의 세계이기 때문이다.

이러한 소설들은 당대 대중들의 삶에 대한 일종의 블랙 코미디이다. 그것들은 풍자로써 현실에 힘을 가하지만, 그 위력은 지속적일 수 없다. 『오늘의 거짓말』에 담긴 「어금니」는 『낭만적 사랑과 사회』에 있는 「트렁크」와 비슷한 면을 공유하면서도 인과적 질서에 바탕을 둔 통합체적 소설 쓰기를 그대로 드러내지 않는다는 점에서 구별된다. 두 소설에서 '어금니'와 주인공의 자동차 트렁크에 갇혀 죽은 '선미'는 모두 그들의 안정된 현실에 갑작스레 닥치는 환멸감을 상징한다. 현실에서 이루어지는 모든 인간관계를 자신의 권력에 의해서 마음대로 조종하기 위해서는 윤리가 들춰내는 괴로움에 침묵해야 한다. 「트렁크」의 서사는 마치 추리 소설처럼 "토요일 오후 네 시–한 달 전–금요일 오전 여섯 시–금요일 오후 여섯 시" 등의 알리바이를 그대로 드러낸다. 극단적으로 말해서 소설의 모든 서사는 다음과 같은 서술을 위해 주인공의 정직한 욕망을 은폐하며 질주한다.

그날, 어쩌면 선미도 그녀와 같은 기분이었을 것이다. 안온하고 조용한 곳을 찾다가 제 손으로 트렁크 덮개를 열고 들어가, 그 안에서 곤한 잠을 청했을 것이다. **그렇게 생각하자 왠지 마음이 푸근해졌다.** (⋯중략⋯) 2002년 EF 소나타. 사 년 연속 부동의 베스트셀러 1위. 대한민국 도로 어디에서나 흔히 볼 수 있는 모델이었다. 이제 겨우 천 킬로미터를 주행했을 뿐이다. **아직 갈 길이 멀었다.** 그녀는 자신의 새 차가 아주 마음에 들었다. (강조는 인용자)

— 「트렁크」, 61~62쪽

위에서 알 수 있듯이, "그녀"는 선미로 대변되는 자신의 정직한 욕망을 직시하지 않은 채 낭만적 환상에 빠진다. 그녀는 자신의 사회적 위치를 높이려는 수단으로 사랑을 이용하는 인물이다. 소설 속에서 그녀는 사랑을 추상화시켜서 위선적인 자아 합일을 이루는 것을 의식적으로 거부한다. 이처럼 낭만적 환상을 거부하도록 만든 인식이 도리어 자신을 환상 속에 가둔다는 사실을 그녀들은 인정하지 않는다. "사 년 연속 부동의 베스트셀러 1위"와 같은 삶을 꾸리기 위해서 "갈 길이 멀"고, 삶에서 "능력이 따르지 않는다면 욕망 자체를 싹 지워야"(「빛의 제국」, 208쪽) 하기 때문이다. 마찬가지로 「어금니」의 주인공 역시 아들의 장래를 위해서 타인의 죽음과 아들의 부도덕함을 추궁하지 않는다. 그렇지만 소설 내내 그녀가 닳아빠진 어금니를 뽑지 못하고 인공 치아를 새로 박지 못하듯이, 그녀는 정직한 욕망으로 드러나는 환멸을 회피하지 않는다. "아직 갈 길이 멀었다"(「트렁크」, 62쪽)라는 문장과 "아마도 나는, 나와 영원히 화해하지 못할 것이다"(「어금니」, 94쪽)라는 문장 사이의 낙차 속에서 윤리가 드러난다.

그러나 『오늘의 거짓말』에서 '그녀들의 윤리'가 타인의 고통과 자신의 환멸을 피하지 않는 방식으로만 반복되는 것은 아니다. 그녀들은 타인의 상처나 자신의 환멸을 대하는 보편적인 규정이나 선과 악에 대한 선험적인 판단 기준으로 윤리를 드러내지 않는다. 자체적인 개념을 확고하게 내장하고 있을 때 윤리는 보수적인 이념이 될 수 있다. 정이현의 소설집에는 추리 소설처럼 의문스런 사건이 해결되는 과정을 드러내는 작품이 다수 있다. 일반적인 추리 소설에서 서사가 사건을 해결하고 하나의 진실을 드러내는 방향으로 진행된다면, 정이현식 추리 소설에서 서사는 고정될 수 있는 진실을 교란하는 방식으로 이루어진다. 가령, 「오늘의 거짓말」의 서사는 자신에 대한 확고한 인식으로부터 시작하여 '당신'의 명확한 존재를 밝히는 것으로 진행된다. 주인공은 "당신이 믿을지 모르겠지만 나는 함부로 거짓말을 하는 사람이 아니야"(97쪽)라고 자신을 정의하고, 자신의 거짓말이 타인을 위로하며 동시에 자신의 밥벌이가 될 수 있다고 확언한다. 하지만 역설적이게도 자신의 거짓말 때문에 위층에 사는 노인이 W사의 러닝머신을 사게 되고, 아래층에 사는 자신은 러닝머신의 소음으로 피해를 입게 된다. 소설에서 자신이 옳다고 판단했던 거짓말이 수십 년 전에 죽은 박정희를 부활시켰듯이, 진실에 대한 확고한 믿음은 자기 자신을 포함하여 타인에게 피해를 주게 된다. 일반적인 추리 소설과 다르게 「오늘의 거짓말」은 당신이 정말 박정희인지 아닌지를 밝히지 않고 오히려 나와 당신이 누구인지 확신할 수 없다는 것을 드러낸다. 이처럼 정이현의 소설에서 윤리는 확정된 진실을 공고히 하는 것에 있지 않고, 진실이라고 믿는 것에 포함된 치명적인 결함을 밝히는 것에 있기에 보수적인 이념이 되지 않는다.

자본주의 사회에서 경제적인 강자는 자신의 정직한 욕망을 손쉽게 드러낸다. 하지만 그들은 자신의 욕망이 의도와 상관없이 타인을 억압할 수 있다는 것을 고려하지 않는다. 이 지점에서 약자의 윤리가 필요하다. 정직한 욕망에 환멸하고 그것을 은폐하지 않는 자는 약자의 윤리로써 강자의 욕망에 대결할 수 있기 때문이다. 「어금니」에서 서사는 「트렁크」와 다르게 계열적 관계를 노골적으로 드러내는 방식으로 구성되지 않는다. 마찬가지로 「오늘의 거짓말」과 「삼풍백화점」의 서사는 '다성적 목소리'를 통해서 아직도 우리들의 머리 위에서 쿵쿵거리는 "당신"에게 이야기를 걸고자 하며, 재난을 당한 타인의 고통을 이해하고자 한다. 기계적인 인과성을 바탕으로 냉소적으로 이루어지던 소설이 『오늘의 거짓말』에 이르러 인과성 너머에 숨어 있는 수많은 가능성을 탐색한다. 『낭만적 사랑과 사회』에서 '왕이 죽고 그 슬픔으로 인해 왕비가 죽었다'라는 구성만을 따르던 서사는 『오늘의 거짓말』에서 '왕이 죽고, 왕비가 죽었다.'에 함축된 인과성을 더듬게 된다. 그녀들의 윤리를 통해 볼 때, 포스터(E.M. Forster)가 주장한 플롯의 인과성은 표면적으로 드러난 인과적 질서 너머에 있는 다양한 인과적 가능성들을 사장시키는 완강한 논리가 될 수 있다. 『오늘의 거짓말』은 현재의 삶 이면에 숨겨진 다양한 가능성들을 구축하려는 서사적 원리를 드러낸다. "저 **미지의 1979년에 대하여 무언가 새로운 것을 알게 될까?** 1979년 7월 7일 서울의 대기 온도와 바람이 불어오던 방향, 바람의 속도 같은 것들. 1979년 7월 7일생의 불완전한 거짓말, 진짜 비밀의 공포에 관하여. **부디 그랬으면 좋겠다**"(강조는 인용자, 124쪽)라고 「오늘의 거짓말」의 주인공이 하는 말은 바로 그녀들의 윤리가 발견해낸, 삶에 대한 성찰적인 시선에서 비롯된다.

4. 문학의 쇼윈도에 내걸린 봄맞이 신상품

현대인에게 사랑은 개인적인 텍스트라기보다는 사회적인 텍스트에 의해서 이루어진다. 그 사랑은 재구성되고 목록으로 나열되며 합목적성에 의해 정복된 사랑이다. 즉, 다르게 해석된 사랑이다. 사랑은 시대와 장소에 따라 자아 정체성의 문제와 연관된 무수히 많은 의미에 시달린다. 사랑 너머에 다른 의미를 상정하기에 사랑은 거대한 은유이다. 그렇기에 사랑은 인간에게 인공낙원이 되며, 인간이 지닌 거대한 결점을 은폐하고 퍼뜨리는 수단이 된다. 인간 사이의 권력 관계, 소비를 둘러싸고 나타나는 계급 문제, 역사적 폭력의 정당화 등이 사랑이라는 명목하에 은폐된다. 현실을 추상화하여 현실 자체를 이해하지 못하도록 만드는 것은 사회적 텍스트로서의 사랑 그 자체이지, 낭만적 사랑에 국한되지 않는다. 낭만적 사랑을 거부하는 것 역시도 사랑이라는 사회적 텍스트를 다르게 해석한 사랑일 뿐이다.

정이현의 소설은 '낭만적 사랑'이 이루어지는 사회적 맥락을 철저히 파헤친다. 소설집 전체의 분위기로 볼 때, 『낭만적 사랑과 사회』가 낭만적 사랑에 대한 믿음과 불신이 이루어지는 사회적 텍스트에 대해 일체의 군더더기 없는 냉소의 시선을 보인다면, 『오늘의 거짓말』은 사회적 텍스트들에서 벗어난 진실과 타인의 고통에 대해서 경청하고자 한다. 한편, 낭만적 사랑을 검토하고 소설적 진실을 확인하는 것에서 두 소설은 이 같이 다른 접근 방법을 보여주지만, 중요한 것은 두 소설이 모두 사회 제도 안에서 이루어진다는 점이다. 시대별로 다른 의미를 만들어 내고 특징적인 해석을 요구한다는 점에서 볼 때 소설이라는 제도와 문학사 역시 자체의 욕망으로 형성되는 거대한 은유이다.

　주지하다시피, 소설에서 중요한 것은 거창한 지식이 아니라 정직한 욕망이다. 이러한 소설의 존재론을 소설이라는 제도, 혹은 문학사로 집중시켜 살펴보자면, 과연 2000년대 소설은 제도화되고 유형화된 '정직한 욕망'에 대해서 어느 정도 거리를 유지하고 있을까. 정이현의 소설 속 '그녀'들은 문학사에서 반복적으로 등장하는 '정직한 욕망'에 편승하지 않고 있다는 점에서 각별하다. 가령, 김애란 소설의 등장인물들이 보여주는 정직한 욕망이 건강하고 소중한 것은 일정 부분 주인공이 지닌 상처와 소외에서 비롯된다. 하지만 이 같은 결핍과 상처를 지니는 은둔형 외톨이가 인물로 등장하는 것은 2000년대 소설에 나타나는 반복적인 패턴이라고 할 수 있다. 여러 소설에서 반복적으로 등장하는 인물을 그리는 것은 비유적으로 말해서 다양한 삶의 스펙트럼을 보여 주고 싶은 2000년대 소설의 '정직한 욕망'을 등한시한 것이라고 볼 수 있다. 정이현 소설은 기존의 소설에서는 다뤄지지 않았지만 현실에 넘쳐났던, 평범하게 속물적인 "그녀"들을 정면에 내세운다. 소설사의 문법에서 벗어난 인물들을 호출함으로써 2000년대 소설이 이루는 은유의 장을 약동시키는 것은 정이현 소설의 특장이다. 그렇지만 그녀의 소설도 소설이라는 제도, 그 사회적 텍스트에서 자유롭지 못하다. 소설이라는 제도가 자본주의의 논리를 바탕으로 이루어진다고 하더라도 소설은 제도를 이루는 사회적 텍스트 밖에서 고고하게 머무를 수는 없다. 만약 소설이 사회적 맥락을 벗어나서 사회로 텍스트를 송출하려고 한다면 그 때의 소설은 지혜와 구원과 같은 웅대한 목표를 상정한 환영이 될 수 있다. 거대한 목표는 소설이라는 은유를 단 하나의 통합체로 고정시킬 것이다.

자본주의는 언제나 수많은 가능성으로서의 연상체와 야만적으로 통합된 은유적인 현실을 병치시킨다. 지금 여기에서 확언할 수 없지만, 정이현의 소설은 가혹하게 통합된 자본주의 장을 뒤흔들고, 심지어 자신의 소설에 내장된 문법을 교란시키는 것으로 보인다. 말이 사물의 은유에서 비롯됐다면, 은유로 이루어진 말은 사물을 대하는 화자의 태도를 드러낸다. 앞에서 분석했듯이 정이현의 두 소설집에서 보이는 낙차는 소설을 대하는 그녀의 관점을 신뢰할 수 있게 한다. 정이현의 소설이 자본주의의 논리로 통합된 은유의 현실에서 탁월한 힘을 지니게 될지는 앞으로 독자가 함께 정이현의 소설을 향유하고 질문할 때 이루어질 것이다. 벤야민은 자신의 신간이 '철학의 쇼윈도에 내걸린 봄맞이 신상품'이라고 불리는 것에 언제나 만족했다. 부르주아의 질서를 인정할 수 없지만 자신이 그런 질서에 의존하고 있다는 사실을 외면할 수 없었기 때문이다. 벤야민의 탁월함은 이 같은 자본주의의 진창 안에서 비롯된다. 이제 우리는 정이현의 소설을 '문학의 쇼윈도에 내걸린 봄맞이 신상품'이라고 호명해 보자. 단, 그녀의 '신상품'이 문학 제도와 삶의 고정된 은유에 편승하지 않고 꾸준히 그것들을 교란시키는 긍정적인 에너지를 지니게 되기를 소망한다.

집단주의에 대해 질문하고, 자기기만에 대해서도 질문하기

하재영 소설 읽기

1. 현실이 소외하는 '나', 문학이 환대하는 '나'

하재영의 소설[1]에서 주인공 '나'는 타인들로부터 배제된 인물이다. "야간자율학습을 진짜 자율적으로 실행하자고 건의"했다가 선생님과 친구들 모두에게서 따돌림을 당하는 "3반 사이코"(「같이 밥 먹을래요?」), 학급 내 어떠한 소그룹에도 들어가지 못해서 점심시간이나 쉬는 시간이 두려운 외톨이(「타인들의 타인―18세」), 발레를 하기에는 신체 조건이 열악해서 선생님의 시야에서 제외된 "중요하지 않은 학생"(「타인들의 타인―17세」), 타인들과 함께 일하는 것에 자신이 없어서 9.5평 원룸에서 생활하

---

1 이 글에서 다루는 작품은 다음과 같다. 「달팽이들」, 『ASIA』, 2006 여름; 「고도리」, 『창작과비평』, 2007 가을; 「같이 밥 먹을래요?」, 『문학과사회』, 2007 가을; 「타인들의 타인―17세」, 『문장 웹진』, 2008.1; 「타인들의 타인―18세」, 『작가세계』, 2008 봄.
참고로, 「같이 밥 먹을래요?」는 『실천문학』, 2007 여름호에 먼저 발표됐지만, 이후 『문학과사회』에 다시 발표됐다. 이때 일부 문장이 수정되었기에 이 글에서는 작품 인용 시 『문학과사회』에 발표된 소설을 따르겠다.

는 "소호족"(「달팽이들」). 그들이 모두 '나'이다. 그러한 나는 타인들의 시각에서 볼 때 부재한다. 그들에게 나는 집단의 "테두리 밖에 있는 사람"이자 "투명 인간"이다. 다시 말해 "타인들의 타인"이다. 이때 '타인들'은 나를 소외시키는 선생님과 학생들이고, '타인'은 그들로부터 소외된 나이다. 그런데 소설 본문에서 '나'는 가장 많이 등장하는 인물이고, 본문의 테두리 안에 있는 인물이며, 서사 전개에 있어 중요한 인물이다. 본문에 등장하는 빈도로 볼 때 나를 따돌렸던 선생님과 친구들이 오히려 타인들의 타인이다. 이때 '타인들'은 하재영의 소설들에서 반복적으로 등장하는 '나'이고, '타인'은 소설 본문이 소외시킨 선생님과 친구들이다. 이렇게 '나'는 역설적인 자리에 놓여 있다.

집단의 억압과 개인의 소외, 그러한 상황 안에서 사람들 간의 소통 문제는 우리 문학사에서 날카로운 키워드로 자리 잡았다. 그러한 키워드는 분명 우리 문학사를 풍요롭고 활기차게 만들었다. 하지만 '억압', '소외', '소통'은 이제 유감스럽게도 상투적이고 무딘 키워드가 되었고 도리어 문학의 키워드로서 억압되고 소외되며 소통되지 못하는 것은 아닐까? 다시 말해서, 억압하는 제도를 비난하고 소외받은 개인을 주목하는 것은 문학의 관습이 아닐까? 문학의 관습은 집단과 개인의 관계를 이분법적인 관점으로 접근하게 하는 것은 아닐까? 하재영의 소설에서 주인공이 놓인 역설적인 자리는 이러한 질문을 품고 있다.

그 해답은 하재영 소설의 제목이기도 한 "타인들의 타인"이라는 명사구에 담겨 있다. '타인들의 타인'에서 '타인'은 '타인들'로부터 배제된 인물만을 의미하는 것은 아니다. 타인은 타인들 속에 포함되지만(타인들의 타인), 동시에 그 타인들과 다른 사람(他人)이다. 즉, 타인은 타인들과 내적 관계로 연결되어 있고, 동시에 외적 관계로 배재되어 있다. 타인들의 출현은 개인과 존재론적으로 관련을 맺고 있으며(내적 관계), 동시에 타인들과 개인은 서로에게 인식론적 대상이다(외적 관계). 눈치 챘겠지만, 여기서 '동시에'가 중요하다. '동시에'는 대립된 명제들을 연결하는 일종의 '경첩'이고 그 역할은 관형격 조사 '의'에 있다. '의'를 통해 집단(타인들)과 개인(타인)은 대립적인 구도로 고정되지 않고 끊임없이 교란된다. 그야말로 두 명제는 경첩을 통해 서로의 배타적 정의를 여닫게 된다. 타인들의 '얼굴'이 윤리적인 주체를 탄생시킨다고 하면, 하재영의 인물은 그렇게 탄생한 윤리적인 주체가 오히려 자기기만의 형상물이 아닐지 질문한다. 반대로, 타인들이 타인을 억압하거나 이기적인 목적을 위해 물건처럼 사용한다면, 하재영의 인물은 그러한 관계가 타인과 타인들 모두를 소멸시키는 것은 아닌지 질문한다. 이러한 질문들은 집단과 개인의 관계를 이분법적인 시각으로 재단하지 않게 한다.

그렇다고 하재영의 인물이 심각한 표정으로 무거운 질문을 던진다고 생각한다면, 그것은 오해다. 이를테면 '나'의 질문 방식은 이렇다. "사람들은 먹기 위해 살까요, 살기 위해 먹을까요? 그리고 나는 같이 먹기 위해 살까요, 살기 위해 같이 먹을까요? 네? 그게 그거 아니냐구요? 하하, 그런가요?"(「같이 밥 먹을래요?」, 246쪽) '먹기 위해 산다'라는 명제와 '살기 위해 먹는다'라는 명제는 사람들이 그때그때 자신의 처지를 합리화하기 위해 사용하는 기만적인 명제이다. 가령, 사람들 간의 윤리적인 유대감보다 자신의 이기적인 욕구를 더 크게 정당화할 때 '먹기 위해 산다'라는 명제가 사용되고, 사람의 기본적인 욕구보다 집단의 대의를 더 크게 정당화할 때 '살기 위해 먹는다'라는 명제가 사용된다. 주인공의 엄마는 천만 원짜리 악어가죽 가방을 사기 위해 적금을 부으며 앞의 명제를 사용했을 것이고, "혼자 밥을 먹지 못하는 사람은 혼자 아무것도 할 수 없단다"(247쪽)라며 주인공에게 충고해 줄 때는 뒤의 명제를 사용했을 것이다. 주인공 '나'는 이 두 명제에 대해 질문한다.

하재영의 소설에서 밥을 먹는 장면이 반복적으로 등장하는 것도 이와 관련된다. 밥을 먹는 행위를 통해 사회적 존재, 생물학적 존재, 문화적 존재 등과 관련된 다수의 질문이 마주 서게 되기 때문이다. 밥을 먹는 것은 이질적인 문제들의 입체 교차로인 셈이다. 이 교차로에서 '나'는 집단의 정의 속에 은폐된 폭력성을 질문하고, 동시에 자신의 윤리적인 질문에 내장된 자기기만에 대해 질문한다. 확장해서 이것은 문학이 환대한 일련의 키워드를 사용하여 현실이 소외한 개인에게 주목하는 것이며, 동시에 문학의 환대에 담긴 관습과 기만에 대해 질문하는 것이다. 그래도 석연치 않게 남는 의문이 있다. 왜 사람들은 이질적으로 혼합된 문제 중 하나의 문제에만 집착하는 것일까?

2. (자)기만의 방

나와 그가 고도리를 치고 있다. 그런데 그들이 하고 있는 게임은 좀 이상하다. 고도리와 관련된 일체의 감정과 생각을 털어 버리기 위해서 그들은 고도리를 친다. 목적을 지우기 위한 목적으로 게임을 하고 생각을 버리기 위해("돈단무심(頓斷無心)") 생각한다. 그들이 언제부터, 그리고 어떻게 고도리를 치고 있는지 그 고도리 판을 살펴보자.

> "고도리나 …… 칠까?"
>
> 나는 담요를 꺼내고 그는 화투를 꺼낸다. 나는 담요를 펼치고 그는 화투를 섞는다. (…중략…)
>
> 우리가 고도리를 치기 시작한 그 시점은, 상대가 원하는 게 무엇인지 궁금해하지 않고 화내는 이유가 무엇인지 이해하지 못하게 된 시점과 일치했다. 그럼에도 불구하고 그와 내가 서로에게 질리지 않았던 건 효율적으로 시간을 죽여 왔기 때문이라고, 나는 **생각한다**. 그리고 효율적으로 시간을 죽일 수 있었던 건 슈퍼마켓에서 사온 삼천 원짜리 하우스용 화투 덕분이라고, **생각한다**.
>
> 깔려 있던 화투와 내리치는 화투가 정확하게 맞으면서 딱 소리가 난다.
>
> "무심해져야 해."
>
> 그의 말을 흘려들으며 광으로 나아겠다고 **생각한다**.(강조는 인용자)
>
> ─「고도리」, 129~130쪽

주인공이 말했듯이 고도리는 고등어의 새끼를 뜻하기도 하고, 화투의 특정 패를 뜻하기도 하며, 조선시대 죄인을 목 졸라 죽이던 사람을 뜻하기도 한다. 이 같은 고도리의 여러 가지 의미에 한 가지 더 추가할 것이 있다. 고도리는 현재 그들의 동거 모습을 의미한다. 고도리를 잘 치기 위해서 무심해져야 하듯, 그들은 오로지 함께 살기 위해서 서로에게 무심해져야 한다. 화를 내지만 화나는 이유를 모르고, 동거를 하고 있지만 함께 살아야 하는 이유를 모르는 상황에서 그들이 할 수 있는 것은 오로지 주문을 외는 것이다. 그러한 이유를 생각하는 것 자체에 대해 "무심해져야 해"라고. 하지만 무심해져야 한다는 주문도 서로 일치하지 않는다. 그 와중에도 나는 계속해서 이러저러한 것들을 "생각한다."

동거를 하고 싶지만 동거를 해야 할 이유를 모르듯이 자신들의 욕망은 의식하지만 그 욕망을 낳은 원인을 모를 때 그들은 자신들의 자유 의지를 절대적으로 믿는다. 그들은 자유로운 욕망을 인정하기 위해 욕망이 발생한 이유를 자유롭게 지우려고 한다. 그렇기에 "고도리나……칠까?"에서 중요한 의미는 '고도리'라는 명사에 있지 않고 명사 뒤에 붙은 조사 '나'에 있다. '고도리'의 자리에는 어떤 명사가 치환되어도 상관없다. 이를테면 소설의 말미에 나오는 "섹스나 할까?"(148쪽) 와 "고도리나 칠까?"는 그들의 동거라는 전체 문맥에서 같은 의미를 지닌다. 일련의 명사 뒤에 붙은 조사 '나'에 의해서 그들이 동거를 해야 한다는 자유 의지의 가상은 확장되고, 그들의 자유 의지에 대한 반성적인 사유는 축소되기 때문이다. 그렇기에 함께 살기 시작하자 자신들의 단독성이 사라지는 것에 대해서 그들은 고민하지 않는다. 내가 담요를 꺼내고 그가 화투를 꺼내든 그가 담요를 꺼내고 내가 화투를 꺼내든 동거만 할 수 있다면 아무런 문제가 없고, "고도리나 …… 칠까?"라고 누가 말하든 상관없다. 동거를 유지하게 만드는 자기기만의 조사 '나'만 확실하게 사용한다면 말이다.

그들의 동거와 유사한 모습은 주인공의 학창 시절 선생님들에게서도 볼 수 있다. 그들이 맹목적으로 고도리의 규칙만을 따르듯이 수학선생님은 오로지 수학 공식만을 따른다. 선생님은 수학 외의 모든 것에 무기력하고 무관심하다. 선생님의 권태는 사실 자신의 외모에 대한 열등감을 방어하기 위한 전략이었다. 안정적인 동거만을 유지하기 위해 그들이 동거에 대한 근본적인 질문을 은폐시키는 자기기만의 조사를 활용하듯, 수학 선생님은 권태의 전략으로 자신의 자유 의지의 가상을 확장시켰다. "모든 비행(非行)에는 이유가 있다"(133쪽)면서 "명확한 인과관계"(134쪽)만을 요구하던 영어 선생님도, 주인공의 일기를 본 후 과거를 추문하는 부모와 애인도 모두 사제 관계, 가족 관계, 연인 관계만을 지속하고자 할 뿐, 서로가 유지하는 관계 그 자체에 대한 질문은 은폐하고자 한다. 이처럼 「고도리」가 동거만 있고 동거를 하는 사람들의 단독성이 사라지는 사태, 다시 말해서 관계만 있고 관계를 맺은 사람들이 사라지는 사태를 그리고 있다면, 「달팽이들」은 「고도리」의 반대 면을 펼쳐 보인다. 타인과 형성되는 일련의 관계가 사라진 곳, 오로지 '나'만 있는 공간에서는 어떤 일이 발생할까?

「고도리」의 주인공인 내가 과거에 간절히 원했던 것은 "경제적 능력과 나만의 방"(134쪽)이었다. 그것들은 "자유의 문을 여는 두 가지 열쇠"(134쪽)이기 때문이다. 현재 「달팽이들」의 주인공은 자유의 문을 여는 두 개의 열쇠를 모두 쥔 상태이다. 9.5평의 반지하 원룸은 "누구도 내 안락을 위협하지"(225쪽) 못하는 공간이고, 그곳에서 '나'는 웹디자인 일을 하며 누구와도 대면하지 않은 채 돈을 버는 "소호족"(217쪽)이다. 하지만 이 공간에서 시간은 정지하고 나는 불면증으로 고생한다. 「달팽이들」의 서술은 크게 두 층위로 나뉜다. 하나는 텔레비전 프로그램의 내용을 보여주는 서술이고, 다른 하나는 텔레비전을 보며 생활하는 주인공의 일상을 드러내는 서술이다. 두 층위의 서술이 병치 반복되는데 주인공은 마치 무시간적 공간에 놓인 듯 변화하지 않는 일상을 보낸다.

텔레비전 프로그램을 통해 알 수 있듯이, 시간은 "11월 24일 AM 12 : 40", "12월 8일 AM 2 : 00", "12월 22일"로 점차 진행하고 있지만, 나의 일상은 낮과 밤, 어제와 오늘이 구분되지 않는다. 가령, 11월 24일에 주인공이 "광고 도안을 짜고 텔레비전을 보고 인터넷을 들락"(218쪽)거렸다는 서술을 12월 8일에 쓰거나 12월 22일에 써도 전체 서사는 변하지 않는다. 이 공간에는 시간만 없는 것이 아니라 인간관계도 없고 궁극적으로 '나'도 없다. 명목상 자기만의 방이지만 내가 사라진 이 공간은 (자)기만의 방이다. 타인이 부재하고 오로지 나만 존재하자 역설적으로 내가 사라지고 기만의 방만 남는다. 자신의 세계관이 타인에 의해 수정되거나 보완되지 않기에 나의 처지는 "영원히 끝나지 않을 외로운 마스터베이션"(231쪽)을 하고 있는 컴퓨터 배경화면의 그림과 다르지 않다.

자기만의 방에서 자유로운 주체가 탄생하는 것이 아니라 도리어 자기 자신이 사라지는 것은 옆방에 살던 여자가 실종되는 장면에서도 변주된다. 옆방에서 들리는 소리만으로 추측했던 그녀는 주인공의 생각과 다르게 직장인이 아니라 대학원생이었다. 이 순간 나는 당황하며 말한다.

> **그녀는 어떤 사람이었더라.** 그녀는 섹스 할 때 끊임없이 괴성을 지르는 사람이었다. **그리고 그녀는 어땠더라.** 유부남인 직장 상사와 불륜 관계에 있는 사람이었나, 쇼핑을 즐기고 정장을 즐겨 입는 사람이었나. (강조는 인용자)
>
> ― 「달팽이들」, 230쪽

위의 질문은 사실상 자기 자신에게 해당하는 질문이다. 그녀를 착각했던 '나는 어떤 사람이었더라, 그리고 나는 어땠더라.' 옆방의 인물이 실종됐듯이, 9.5평의 원룸에서 주인공의 단독성은 실종됐다. 물론 주인 공이 폐쇄된 상황에 빠진 것에 이유가 없지 않다. 주인공은 자신이 사 랑하던 K에게 헌신했지만, 도리어 K는 자신의 욕구를 채우기 위한 대 상으로 주인공을 이용했다. 이러한 상처 때문에 주인공이 타인을 거부 한 채 자신의 공간에 안주한 것이다. 주인공의 상처는 텔레비전 프로그 램인 "디스커버리 채널 〈달팽이의 세계〉"에서도 유사하게 변주된다. 달팽이는 기생충의 숙주 역할을 하는데, 기생당하는 달팽이는 자신의 껍질을 두껍게 만들고, 그 껍질을 만드느라 소비한 에너지 때문에 번식 에 실패하게 된다는 것이 프로그램 내용의 전체이다. 이러한 내용은 달 팽이를 주인공으로 보고 달팽이에 기식하는 기생충을 K로 보면 주인공 과 K의 관계와 유사하다. 하지만 옆방 여자의 신분에 대한 추측이 어긋 났듯이, 주인공에게 기식하며 자신의 욕구만 해결한 사람은 오로지 K 였다고 추측하는 것은 오해일 수 있다. 오히려 주인공은 K에게서 받은 자신의 상처에 기식한 것으로 볼 수 있다. K로부터 받은 상처가 크다는 명목으로 주인공은 타인과 관계 맺지 않는 태도에 대해 자기 합리화를 할 수 있기 때문이다. 이처럼 자기 자신이 숙주이자 기식자인 기괴한 결합체일 때, 달팽이의 껍질이 두꺼워지지만 중요한 다른 기능을 상실 되듯이, 자기만의 방은 탄생하지만 자신의 단독성은 사라진 기만의 방 만 남게 된다.

「고도리」와 「달팽이들」에서 주인공은 각각 다른 공간에 놓여 있다. 타인과 공존하는 공간에 「고도리」의 주인공이 있다면, 타인이 부재하 는 공간에 「달팽이들」의 주인공이 있다. 둘은 물리적으로는 다른 공간에 있지만, 사실상 같은 상황에 놓여 있다. 동거 자체에 대한 질문을 은폐시키는 이상한 게임의 관계에 놓인 인물, 자기 자신이 숙주이자 기식자인 기괴한 결합체를 형성하여 자기만의 방을 구축한 인물. 둘은 모두 자신의 상황을 스스로 선택했다는 자유 의지를 확장시키지만, 그 자유 의지가 환상이 아닌지에 대해서 고민하지 못한다는 점에서 일치한다. 즉, 두 인물은 자유로운 주체를 상징하는 자기만의 방을 가졌지만 사실상 기만의 방에 갇혀 있다.

3. 불순한 순수

여기, '(자)기만의 방'에 갇힌 또 한 명의 인물이 있다. 그가 방에 갇힌 내막을 살펴보자. 고등학생인 '나'는 "진정한 의미의 친구"(「타인들의 타인－18세」, 181쪽)가 없어서 고독하다. 그래서 쉬는 시간마다 창밖을 관조하거나 다자이 오사무의 『인간실격』을 읽는다. 내가 혼자인 것은 "선택"할 친구가 없기 때문이다. "여럿 가운데 최상의 하나를 뽑는 것이 '선택'인데"(184쪽) 내 주변에는 '최상의 하나'가 되는 사람이 없기 때문이다. 하지만 주변의 또래들은 나와 다르다. 그들에게는 "진정한 의미의 친구"나 "완벽한 단짝"(190쪽)이라는 개념조차 없다. 대부분 하찮은 이유로 친구가 되고 소그룹을 형성한다. 그래서 나는 최상의 하나를 '선택'하겠다고 결심한다. "망자라도 좋다, 차라리 다자이와 친해지자"(186

쪽)라고. 그런데 현실에서 『인간실격』의 요조와 같은 인물이 등장한다. 중성적인 외모로 학교 학생들의 관심을 독차지하고 언제나 명랑한 선희는 나와 정반대의 입장에 선 인물이다. 그런 선희가 나에게 밥을 함께 먹자고 제안한다. 이후 둘은 '완벽한 단짝'이 된다. 이쯤에서 '나'의 말(언표와 언술 행위)을 따져볼 필요가 있다. 주인공이자 화자인 나는 자신의 초라함을 독자에게 솔직히 고백한다.

> 내가 바라는 것은 이 고독을 아무도 눈치 채지 못하는 것이다. 들키지 않기 위해 차가운 표정을 지어야 한다. '너희들이 말을 붙이지 않는 이유는 내가 누구도 접근할 수 없을 만큼 싸늘한 얼굴을 하고 있기 때문이야'라는 합리화. 그 표정 그대로 나는 창밖을 응시한다.
>
> ──「타인들의 타인─18세」, 180쪽

가라타니 고진의 말처럼, 고백은 '정신적 역전'을 유도한다. 고백하는 인물은 겉으로 자신의 초라함에 대해 불만족하지만, 속내에는 그러한 초라함을 드러낼 수 있는 자신의 위대한 정신에 대해 자족한다. 자신에 대한 환멸감을 뒤엎는 정신적 역전이 고백을 통해 이루어진다. 그렇기에 독자는 위의 서술을 읽으면서 주인공이 하는 말의 내용보다, 언술 행위에 관심을 갖게 된다. 왜 주인공 '나'는 자신의 약점을 그대로 독자에게 노출시키는가? 앞서 밝혔듯이, 나는 갖가지 소그룹을 결성하는 학생들을 멸시한다. 주인공이 보기에 '타인들'은 언제나 상징계적 질서만을 추종하고 그곳에서 벗어나는 '타인'을 배제하기 때문이다. 현재 '나'는 발레 특기생이지만 신체적 조건이 열악해서 발레라는 제도에서 탈락됐다. 주변의 또래들은 "국제정세"(181쪽)만큼이나 복잡한 학급 내 권력 관계에 맞춰 그룹을 형성하는데, 나는 그곳에서도 배제됐다. 그렇기에 나는 오로지 "순수한 우정"(183쪽), "최상의 하나"(184쪽), "진정한 의미의 친구"(190쪽), "완벽한 단짝"(190쪽)과 사귈 것이라고 결심하고, 그렇게 맺어진 "관계가 운명이길 바란다."(191쪽) 위 인용문은 학급 내 소그룹에 들어가지 못한 주인공의 심정을 독자에게 고백하고 있다. 그 고백을 통해 주인공 나는 소그룹의 학생들보다 순수한 정신을 지닌 자로 역전된다. 그리고 나는 자기기만을 폭로하는 순수함으로써 독자와 연대할 수 있다. 하지만 나의 속내에는 이러한 속물들의 집단주의를 배제하고 싶은 위선적인 신념이 자리하고 있지 않을까? 즉, 상징계적 질서를 멸시하는 나의 순수한 정신에는 상징계적 질서를 맹종하는 타인들을 무조건적으로 배제시키려는 비순수한 정신이 은폐되어 있는 것은 아닐까?

나의 고백에 담긴 기만적인 전략은 선희와 단짝이 되자 그대로 드러난다. 선희를 사귀기 전에 나는 또래들이 순수하게 친구를 사귀는 것이 아니라 신승훈이니 김건모니 하는 대상에 열광해서 친구를 사귀는 것을 비난했다. 그러나 나는 선희와 사귀게 되자 선희가 좋아하는 음악에 열광하지 못해서 안달이다. 이렇게 모순된 행위는 나의 순수한 정신 속에 타인들을 배제시키고 자신의 처지를 역전시키고자 하는 불순한 정신이 포함되어 있다는 것을 드러낸다. 즉 나의 순수함은 집단주의를 넘어서는 것이 아니라 집단주의의 배제 원리를 그대로 좇는 거꾸로 선 집단주의이다. 그렇기에 '순수'의 결정체인 선희를 만나지만, 종국에 가서 나는 선희에게 배신당한다. 아니, 정확히 말해서 나는 바로 그 '순수'에 의해 선희에게 배신당한다. 나를 배신한 선희는 은정에게 가면서 나에게 말한다. "난 너와 은정이 중에 한 사람을 선택해야 해."(198쪽) 나는 '최상의 하나'를 선택해서 선희를 사귀었는데, 선희는 다시 최상의 하나를 선택해서 나를 버리고 은정이와 사귀게 되었다.

이처럼 하재영의 소설에서 주인공인 나는 자기기만술에 능란하다. 그들은 모두 타인들에게서 따돌림을 당하고 상처를 받은 인물이다. 하지만 그들이 상처를 치유하는 방식은 「고도리」와 「달팽이들」에서 살펴보았듯이, 자신들의 자유 의지를 맹신하는 방향으로 나아가거나, 「타인들의 타인―18세」에서와 같이 집단주의와 다를 바 없는 순수에 대한 열망으로 나아갔다. 여기에 하재영 소설의 독특함이 내장되어 있다. 하재영의 소설은 집단과 개인의 관계에서 정의라는 명목하에 집단이 개인을 소외하는 방식에 대해서 폭로하고, 동시에 소외된 개인이 자신의 처지를 합리화하기 위해 사용하는 자기기만술을 드러낸다. 특히 소외된 개인들의 기만술을 밝히는 과정에서 타인들과 개인의 관계를 섬세하게 밝혀낸다. 타인들이 개인에게 공간과 시간을 지각하게 만든다는 점, 그리고 타인들의 부재는 곧 개인에게 단독성을 상실하게 한다는 점(「달팽이들」), 그렇지만 타인들과 함께 맺어진 관계 그 자체에 대해 성찰하지 않을 때 타인들과 타인들의 '시선'으로 태어난 주체 모두는 사라지게 된다는 점(「고도리」), 마지막으로 소외된 개인이 자신을 방어하기 위해 사용하는 순수에 대한 열망은 사실 집단주의의 폭력성과 다를 바 없다는 점(「타인들의 타인―18세」). 이 같은 섬세한 비판으로 무장한 하재영의 소설은 집단주의의 폭력과도 싸우고, 소외된 개인들의 자기기만술과도 싸우며, 종국에는 소외된 개인을 환대하는 소설의 관습과도 싸운다.

4. 나의 당신, 나의 그, 나의 그녀

앞서 밝혔듯이, 하재영의 소설은 집단에서 낙오된 개인들의 자기기만술을 철저히 점검하고 있다. 그렇다고 하재영의 소설이 자기기만술을 써야만 하는 개인들의 처지에 대해서 무심한 것은 아니다. 「타인들의 타인―17세」의 '나'는 발레 특기생이지만 살이 쪄서 선생님의 눈 밖에 난 인물이다. 그러한 나는 열등감과 자기혐오의 이중구속에 묶여 있다. 나는 신체 조건에 대한 열등감 때문에 발레라는 제도에 안착할 수 없고, 그러한 처지에 대한 자기혐오 때문에 자기 자신에게서도 소외됐다. 더구나 이중구속에서 벗어나기 위해서는 제도에 대해 무심하다고 여기는 자기기만술과 제도에서 낙오된 자신을 파괴하는 방법밖에 없다고 생각한다. 자신의 의지와 상관없이 자신을 탈락시키는 제도, 제도에서 탈락된 상처를 외면하기 위한 자기기만, 자기기만으로도 해결되지 않는 상처 때문에 발생하는 자기혐오, 자기혐오 자체를 없애기 위해 선택한 자기파괴. 일련의 악순환에 갇힌 인물들에 대해 하재영의 소설은 무심하지 않다. 이들의 자기기만과 자기파괴를 무조건 비난하는 것은 이들을 배제하는 원리로 다시 작동되기 때문이다. 그러면서도 하재영의 소설은 자기기만과 자기파괴가 이중구속을 벗어나게 하는 유일한 방법은 아니지 않으냐고 질문한다.

여기서 하재영 소설의 '질문'은 비유적인 표현만은 아니다. 「같이 밥 먹을래요?」의 본문에는 실제로 많은 질문이 등장한다. "커넬이 누군지 알아요?"(230쪽)라는 질문으로 시작된 소설은 "당신은 왜 혼자 밥을 먹어요?"(247쪽)라는 질문으로 끝난다. 하지만 서사 전체의 맥락에서 볼 때 두 질문은 성격이 좀 다르다. 첫 번째 질문은 질문 뒤에 일종의 목적 론을 숨기고 있다. 주인공의 직업은 타인들과 함께 밥을 먹어주는 것인 데, 첫 번째 질문에는 타인을 자신의 밥벌이 수단으로 활용하기 위한 전략이 숨겨져 있다. 그렇기에 주인공은 자신의 밥벌이 수단을 정당화 하기 위해 계속 중언부언한다. 주인공이 햄버거를 혼자 먹는 사람에게 "커넬이 누군지 알아요?"라는 질문을 시작으로 자신의 밥벌이를 할 때, 주인공은 눈에 보이지 않는 "당신"에게 계속 자신의 직업에 대해 설명 한다. 즉, 같은 공간에서 주인공은 두 명의 인물과 동시에 이야기 하고 있다. 눈에 보이는 '남자'는 주인공의 밥벌이를 위한 대상이 되고, 눈에 보이지 않은 '당신'은 주인공의 직업에 대해 질문하는 자가 된다.

이때 소설 본문에 등장하지 않으면서 주인공의 직업에 대해 의심하 는 '당신'은 누구일까? 가상의 독자를 설정한 것일까? 주인공 자기 자신 은 아닐까? 중요한 것은 '당신'이 누구라는 것이 아니라 주인공이 끊임 없이 자신의 직업을 정당화하려고 한다는 점이다.

말도 안 되는 소리, 그런 직업이 어디 있어? 나를 만난 적 없는 당신은 그렇 게 대꾸하겠지만, 노래방 도우미나 가족 대행 서비스도 있는 세상에 밥 먹어 주는 일쯤이야. 당신은 또 궁금할 것이다. 내가 어떻게 그런 일을 하게 되었는 지. 어쩌면 세계 최초의 직업(일지 모르는) 밥 먹어주는 여자가 된 경위에 대 해서 흥미진진한 사연을 기대하고 있을지도. 그러나 **미안하게도 할 말이 별로 없다. '어느 날 갑자기'라고 대답할 도리밖에. (…중략…) 삼천포로 빠진 이야기 를 요약하자면 이렇다.** 어느 날 갑자기, 멕시코 음식이 먹고 싶어진 나는, 혼자 한밤의 패밀리 레스토랑에 가서, 일행과 담소를 나누는 사람들 사이에 앉아, 화히타를 먹으며, 그냥 울었다. 예기치 않은 눈물의 이유는, 사직이나 이사가 아니다. 가만 그러고 보니 눈물이 난 건 혼자가 아닌 사람들에게 둘러싸여 혼자 식사를 한다는 서러움 때문이 아니었을까? 혼자인 내 모습을 혼자가 아닌 사람들이 지켜본다는 것은 분명 눈물이 날 만큼 서러운 일이니까. **어쨌든 그 순간 (다시 한 번 예기치 않게) 나는 같이 밥 먹어주는 사람이 되자고 결심했다.** (…중략…) **어느 날 갑자기, 그냥, 같이, 밥 먹을래요?**(강조는 인용자)

— 「같이 밥 먹을래요?」, 232~233쪽

주인공은 혼자 밥 먹는 자신에 대한 타인의 시선 때문에 외로웠고, 자신과 비슷한 외로움을 느끼는 사람들을 위해서 "같이 밥 먹어주는 사람"이 됐다고 말한다. 또, 자신이 그러한 직업을 선택한 과정을 재차 요약하기도 하고, 심지어 자신의 선택이 '어느 날 갑자기' 이루어졌다면서 앞서 제시한 이유들을 무화시키기도 한다. 결국 주인공이 하고자 하는 말은 이렇다. "어쨌든 그 순간(다시 한번 예기치 않게)", 다시 말해 "어느 날 갑자기, 그냥, 같이, 밥 먹을래요?" 괄호나 따옴표로 문장의 호흡을 끊으면서까지 주인공은 허둥거려 가며 자신의 직업을 무조건적으로 정당화시킨다. 주인공의 이러한 태도는 앞서 살펴본 인물들의 자기기만술과 별반 다르지 않다.

하지만 주인공의 자기기만은 타인들과 밥을 먹으면서 조정된다. 타인들을 밥벌이 대상으로 이용하려던 인물이 역설적이게도 그 대상들과 대면하게 되자 자신의 위선을 점검하게 된다. 가령, 주인공의 첫 번째 고객인 우정섭 씨는 서른아홉 살의 독신이며 성인 나이트클럽의 댄

서로 일하고 있다. 주인공은 새벽에 우정섭 씨를 만나 함께 밥을 먹어 주면서 돈을 번다. 어느 날 우정섭 씨는 자신의 쇼를 보여주기 위해 주인공을 나이트클럽으로 초대한다. 그곳에서 주인공은 "짙은 화장을 하고 검은 망토를 걸친 채 춤을"(235쪽) 추는 우정섭 씨를 본다. 주인공은 우정섭 씨의 모습이 화려하지만 슬프다고 생각한다. 사실 우정섭 씨의 상황은 현재 주인공의 형편과 크게 다르지 않다. 주인공 역시 '같이 밥 먹어주는 사람'이라는 '짙은 화장'을 하고 타인들과 대면하지만, 그러한 '쇼'가 무대 뒤의 공허함을 잊게 하지는 않기 때문이다.

이때부터 주인공은 타인들을 교환 관계의 대상으로만 이용할 수 없게 된다. 타인들은 나의 기만술을 뒤흔들고, 나는 타인들의 기만술을 이해하게 되기 때문이다. 직업에 대한 질문에 우정섭 씨가 "노! 노 프라블럼! 먹고 사는 데 부끄러운 게 어디 있어? 프로는 자신의 직업에 긍지를 가져야 하는 거야"(236쪽)라며 과장된 자신감을 드러낼 때, 나는 그러한 자신감이 사실은 우정섭 씨가 타인들로부터 받은 상처를 견디는 나름의 방식이라고 이해한다. 또, 우정섭 씨의 자신감 어린 대답이 자신에게도 동일하게 적용되는 것은 아닌지 반성한다. "긍지"와 "궁지"의 말장난처럼, 주인공은 자신의 직업에 대한 지나친 긍지가 자기기만이라면, 자신은 그 기만술이 만들어 낸 궁지에 빠지게 될지 모른다고 생각한다. 즉, 주인공은 우정섭 씨로 대변되는 일련의 타인들을 만나 자신이 지각하지 못한 의식의 가장자리를 점검하게 된다. 타인을 통해 주인공은 자기기만이 은폐시킨 부분을 응시하게 되고, 더불어 타인의 자기기만에 대해 맹목적으로 비난하지 않으며, 오히려 그들의 자기기만이 이루어지는 구체적인 현실을 이해하게 된다. 그러므로 우리가 남겨 놓은 두 번째 질문이자 「같이 밥 먹을래요?」의 마지막에 등장하는 질문은 첫 번째 질문인 "커넬이 누군지 알아요?"와 다른 의미를 지니게 된다. 그 두 번째 질문인 "당신은 왜 혼자 밥을 먹어요?"는 타인을 밥벌이의 수단으로 이용하기 위한 전략을 숨기고 있지 않다. 그 질문은 혼자 밥을 먹을 수밖에 없는 타인의 사정에 귀 기울이려는 질문이자, 동시에 혼자 밥을 먹는 자신의 처지에 대해 성찰하려는 질문이다. 소설 전체에서 '당신'이 누구인지 명시되지 않기에, "당신은 왜 혼자 밥을 먹어요?"의 문장에서 '당신'의 자리는 주인공을 포함하여 주인공이 만난 모든 인물들의 이름으로 치환될 수 있다.

　나이트클럽 댄서 우정섭 씨, 기러기 아빠 김재준 씨, 신문사 기자 박미옥 씨, 자식들과 떨어져 사는 일흔의 할머니, 거식증 환자 이리나 씨, 그리고 '당신' 등은 주인공이 같이 밥을 먹은 인물들이다. 일련의 타인들과 대면함으로써 주인공은 타인의 문제가 자신과 무관하지 않다는 것을 알게 됐고, 타인을 통해 자기기만이 은폐시켰던 의식의 가장자리를 점검하게 됐으며, 타인의 기만술이 각자의 인생이 가진 가혹함에서 시작된다는 것을 이해하게 됐다. 그러한 인식의 변화는 "커넬이 누군지 알아요?"라는 질문에서 시작했지만, "당신은 왜 혼자 밥을 먹어요?"라는 질문에 의해서 완성됐다. 바로 그 두 번째 질문은 일인칭 주어 '나'를 배타적 주어에서 벗어나게 한다. 그 질문은 나와 당신, 나와 그, 나와 그녀를 대립적인 구도로 설정하지 않게 한다. 그것은 나와 타인들을 내적 관계와 외적 관계 사이의 어딘가에 머물게 하는 질문이다. 또 그 질문을 통해 관형격 조사 '의'는 소유와 종속의 의미를 넘어서 '경첩의 조사'로 작동된다. 관형격 조사가 경첩의 조사로 변모할 때, 나의 당신, 나의 그, 나의 그녀는 나에게 종속된 대상이 아니라 나와 함께 하면서도 서로의 단독성을 손상시키지 않는 주체가 된다. 나의 우정섭 씨처럼 말이다. 다시 말해서, 나와 타인들의 관계는 앞서 살펴본 '타인들의 타인'의 관계로 변모하게 된다. 하재영의 모든 소설이 일인칭 주어 '나'로 이루어졌다면, 이제 우리는 일인칭 주어로써 일인칭의 배타성을 교란하는 새로운 소설을 마주하게 된 셈이다.

I'm not there

김경욱 인터뷰

1. 아마추어에서 아마튜어로

아마추어? 전문가들이 오른손으로 쌓은 견고한 체계에 왼손 펀치로 결정적인 일격을 가하는 자, 그를 우리는 아마추어라고 부른다. 매끈하게 포장된 상징계적 질서에 우문을 던져 현답을 유도하는 자, 그 역시 아마추어다. 아마추어의 의미가 그러하다면, 아마추어라는 표기는 온당한가? 아마추어라는 단어는 아마튜어라고 써야 글맛이 난다. '사전'에 등재된 '아마추어'로는 '아마튜어'에 내장된 열정과 과잉의 에너지를 온전히 담을 수 없다. 눈치 보고 자로 재며 끝내는 주뼛주뼛 표준화시키는 활동, 아마튜어의 활동과 거리가 멀다. 아마튜어는 언제나 감각과 인식의 평균치 밖으로 질주한다. 아마튜어는 특정한 사태에 대해 머리보다는 가슴으로, 가슴보다는 온몸으로 다가선다. 자기 앞의 생을 온몸으로 밀고 나가기 때문에, 아마튜어는 합리적이고 이성적인 판단으로 맹목적이고 충동적인 행동을 봉합하지 않으며, 맹목적이고 충동적인 행동으로 합리적이고 이성적인 판단을 분쇄하지 않는다. 사유와 행동 사이에서 아마튜어는 시종 좌충우돌하며 균형을 찾으려 한다. 그렇기에 아마튜어는 사회에서 통용되는 판단 기준이나 자기기만적인 나르시시즘으로 자신의 역동성을 옭아매지 않는다.

아마튜어를 아마추어로 표준화시키는 것은 자본주의 사회의 전형적인 운동 방식이다. 자본주의 사회에서 아마튜어에 내장된 날 선 사용 가치들은 두루뭉술한 교환 가치로 표준화된다. 심지어 자본주의는 아마튜어에게 프로(professional)라는 목적론을 제시한다. 목적론이 안내하는 동선 안에서 아마튜어의 미래는 근본적으로 부정된다. 예정된 미래로 현재를 구속하거나 오래된 미래로 현재를 박제하는 것은 아마튜어의 미래와 무관하다. 아마튜어의 미래는 자본주의의 운동 방식으로는 접근할 수 없는 '다른 미래'이다. 그렇기에 자본주의적인 운동 방식을 교란하고, 나아가 다른 미래를 제시하고자 하는 소설가는 소설에 접근하기 위해 아마추어에서 프로가 되는 것이 아니라 아마추어에서 아마튜어가 된다.

여기, 현재까지 아홉 권의 소설집을 발표한 김경욱이 있다. 세상은 그를 이렇게 평가하기도 한다. "2006년 가장 많은 작품을 문예지에 게재한 장르별 문인으로는 시─오세영 시인(63편), 소설─김경욱 작가(8편), 평론─김윤식 교수(26편)가 왕성한 필력을 과시하며 수위를 차지했다. 작가 1인당 2.84편인 데 비하면, 이 같은 게재 작품 수는 장르의 차이를 감안하더라도 최소 3배에서 최대 20배를 넘어서는 수치라는 점에서 성실함과 열정에 감탄을 금할 수 없다."[1] 오세영과 김윤식이라는 눈부신 고유 명사 사이에서도 반짝이는 그의 "성실함과 열정"을 우리마저도 "왕성한 필력"에서 찾아야 할까?

세상 사람들이 보기에 왕성한 필력을 과시하는 김경욱에게도 슬럼프가 있었다. 1997년부터 3년 동안 그는 거의 글을 쓰지 못했다.[2] 그 기간에 그는 축구를 하다 무릎을 다쳐서 수술을 받기도 했고, 오랫동안 사귀었던 여자 친구와도 헤어졌으며, 대학원에서 「최인훈 소설의 이데올로기비판 담론 연구」[3]라는 석사논문도 써야 했다. 하지만 슬럼프라고 해서 소설에 대한 그의 관심이 제자리에 멈춰 섰던 것은 아니다. 2000년 겨울, 그는 선배 작가 이인성을 찾아가 이야기하는 도중 소설에 대한 질문을 던지게 된다. "소설적이라는 것은, 적어도 이 시대에 소설적이라는 것은 결국 언어에 스스로 존재하려는 경향을 부여하려는 시도와 실험에 기꺼이 바쳐져야 할 서술어가 아닐까."[4] 슬럼프 기간 중에 김경욱이 괴로웠던 이유는 소설이 쓰이지 않기도 해서지만 정확히 말하자면 소설적인 것이 쓰이지 않아서다. '소설적인 것'에서 '소설' 옆에 세운 접미사 '적'은 기존의 소설 문법을 한정 짓고 옹호하며 제도화하기 위해 세운 철옹성의 장벽이 아니다. '소설' 옆에 붙은 접미사 '적'은 '소설'이 듣지 못한 소설의 메아리이고, 소설이 보지 못한 소설의 그림자이며, 소설이 폐쇄했던 의미의 출입구를 가까스로 표현한 말이다. 앞서 우리가 썼던 표현을 따르자면 슬럼프 기간 중 그는 아마추어 소설가에서 프로 소설가

1 『문예연감 2007』, 한국문화예술위원회, 51쪽.
2 손정수, 「생의 한고비를 넘으며 생긴 몸 안의 죽절(竹節)을 바라보기」, 『문예중앙』, 2007 겨울, 242쪽.
3 김경욱, 「최인훈 소설의 이데올로기비판 담론 연구」, 서울대 대학원, 1998.2.
4 김경욱, 「소설적인 너무나 소설적인, 혹은 디지털 시대의 연금술―이인성 편」, 『소설과 사상』, 2000 봄, 318쪽.

로 진화하기 위해 고민했던 게 아니라 아마추어 소설가에서 아마튜어 소설가로 전환하기 위해 고민했던 것이다. 슬럼프를 극복하고자 2001년 여름에 쓴 『황금사과』의 모두(冒頭)에 각인된 "당연히, 이것은 작품(work)이 아니라 텍스트(text)다"라는 문장은 그래서 의미심장하다. 소설이 아니라 소설적인 것을 쓰는 것, 작품이 아니라 텍스트를 쓰는 것, 본문을 부양하는 권위적인 저자가 탄생하는 것이 아니라 본문을 즐기는 독자가 탄생하는 것, 프로(professional) 소설을 쓰는 것이 아니라 아마튜어 소설을 쓰는 것. 이러한 그의 고민이 『황금사과』 이후 발표한 소설집에 얼마나 다각도로 펼쳐져 있는지 검토하는 것이 왕성한 필력으로 작가적 성실함과 열정을 검토하는 세간의 평가를 비껴서는 길이 아닐까.

이를테면, 『황금사과』는 김경욱 소설에서 빈번히 발견되는 액자 형식을 따르고 있다. 액자 밖의 화자는 우연히 파리의 소르본 대학교 도서관 고문헌실에서 『프랑스를 비롯한 전 세계에서 가장 고귀하고 가장 괴물 같은 일들에 관한 기록』에 수록된 윌리엄 수사의 수기를 읽는다. 하지만 수기를 읽는 도중 그는 깜깜한 도서관에 갇히게 된다. 그는 도서관의 출입구를 찾기 위해 어쩔 수 없이 수기를 한 장 한 장 불태운다. 도서관을 빠져 나온 후 그는 원본이 없는 상태에서 기억에 의존하여 윌리엄 수사의 수기를 다시 쓴다. 그런데 액자 내부 이야기에 펼쳐지는 윌리엄 수사의 수기 역시 고유한 원본이라고 할 수 없다. 그 수기는 윌리엄 수사가 젊었을 때 겪었던 일들을 노년이 되어 흐릿한 기억에 의존하여 쓴 것이기 때문이다. 즉 『황금사과』라는 소설의 본문은 읽기가 쓰기를 밀어내고, 저자가 죽고 독자가 탄생하며, 인용부호가 없는 무수한 인용으로 직조된 '텍스트'이다. 김경욱이 슬럼프 기간에 쓰고자 했던 '소설적인 것'은 이 같은 텍스트의 성격과 유사한 것이었다. 그런데 소설 모두에 각인된 문장, "당연히, 이것은 작품(work)이 아니라 텍스트(text)다"라는 문장은 오히려 소설 본문의 다양한 해석을 텍스트라는 성격으로 수렴시키는 작용을 하지 않는가. 『황금사과』라는 본문이 '텍스트'라는 성격을 실현하는 '작품'이 된 것은 아닌가. 이 같은 질문을 들고서 우리는 그를 만났다. 그에게 '소설적인 것'들이 의미하는바가 무엇인지 우문을 던지는 것이 왕성한 필력 운운하면서 소설에 대한 그의 열정을 단순화시키는 것보다 나은 현답을 유도할 것이라는 기대를 품고서. 그의 글쓰기와 우리의 인터뷰가 모두 아마튜어의 활동이 되기를 기대하면서.

2. 소설 쓰기, "세상에서 단 하나뿐인 문장"을 찾는 과정

Q : 어떤 계기로 소설을 쓰게 됐나?

김경욱 : 어릴 적에는 딱히 문학적 재능이 있지 않았다. 오히려 그림 그리는 것을 좋아했다. 초등학교, 중학교 때에는 미술 시간을 기다리던 학생이었다. 가끔씩 사생 대회에 나가 상도 받았다. 어릴 적에는 글을 쓰는 것보다 책을 읽는 것을 좋아했다. 특히 셜록홈즈 시리즈를 좋아했다. 대학에 와서도 작가 지망생이었다기보다 책 자체, 책 읽는 것을 좋아했다. 그런데 대학교 2학년 때였나(참고로 그는 7살에 초등학교를 들어갔고, 대학 입시에서 한 해 재수를 한 90학번이다). 책을 읽다보면 써보고 싶다는 생각

이 들 때가 있다. 「미림아트씨네마」에서도 썼는데, 대학교 다닐 때 너무 힘들었던 것 같다. 타지 생활도 적응이 안 되고, 연애도 안 되고. 내 안에 어떤 질문 같은 게 들끓는 시기였다. 어느 날 문득 노트에다 무엇을 적고 있었는데, 마음이 편해서 그 뒤로부터 무언가를 썼다. 쓰다보니까 제 감정을 투영시키면서도 허구화시켜보고 싶은 생각이 들었다. 소설은 1992년에 처음 썼고, 1993년에 「아웃사이더」로 '작가세계'에서 상을 받은 게 글을 써서 받은 최초의 상인 것 같다. 그러니까 소설 써보는 것을 시작하고 바로 이듬해에 등단을 했다. 그래서 '재고'를 갖고 있었던 적은 없었다. 지금까지 청탁을 받으면 새로 원고를 마련한다.

　Q: 문청 시절의 이야기도 듣고 싶다. 『아크로폴리스』에는 작가와 비슷한 학번의 영문과 학생이 등장한다. 작가와 주인공 사이의 거리가 가깝다고 볼 수 있나? 또, 영향 받은 작가는 없는지? 참고로, 나는 이 작품을 『광장』의 다시쓰기 한 형태가 아닐까 생각했다. 『광장』의 이명준이 이분법적 논리가 지배하는 남한과 북한의 체제 모두를 거부하고 망망대해에 오르듯, 『아크로폴리스』의 강준호는 광장과 밀실을 모두 버리고 "영화 〈아라비아의 로렌스〉의 그것처럼 가도가도 끝이 보이지 않는"(280쪽) 사막 위에 선다. 강준호에게 "광장은 물론 밀실도 존재하지 않"는다. 광장의 정치적 열기는 이분법적 선택만을 강요하고, 밀실은 "기능마저 야비한 자본에 의해 상품화 된 지 오래"(274쪽)기 때문이다. 비평가 김형중 씨는 「젊은 영화도상학자의 초상」[5]에서 『아크로폴리스』 이후 김경욱의 소설은 「아라비아의 로렌스」와 같은 영화의 세계로 침

5　김형중, 「젊은 영화도상학자의 초상」, 『문학동네』, 2002 가을.

윤된다고 논하고 있다. 한편, 이렇게도 생각할 수 있을 것 같다. 김경욱의 소설은 작가와 주인공의 거리가 근접하게 실현되는 소설 쓰기(고백형 글쓰기)와 작가와 주인공의 거리가 멀어야 한다고 계몽하는 소설 쓰기 모두에서 벗어나는 것으로 볼 수 있지 않을까. 이른바,「작가, 화자, 주인공」[6]에서 밝힌 다자이 오사무의 글쓰기와 미시마 유키오의 글쓰기에서 벗어나는 것으로 이해할 수 있지 않을까.

김경욱 : 고백형 글쓰기를 한 적은 없다. 『아크로폴리스』는 거의 다 허구다. 그 소설의 인물과 다르게 나는 동아리 활동도 연애도 하지 않았다. 내게는 소설이라는 것이 애초부터 허구적으로 만들어내는 건축적인 장르였다. 느낀 것, 상상한 것, 보고들은 것 등이 소설에 녹아들긴 하는데, 그것을 재가공하지 않고 날것 그대로 드러내는 것은 별로 좋아하지 않았다. 재료가 내 몸과 손을 통과하면 무언가 다른 게 되어 있어야 한다고 생각했다. 그런 생각이 강했고, 그 생각은 글을 처음 쓸 때부터 지금까지 변하지 않았다. 『광장』은 대학생 때 인상 깊게 읽은 작품이다. 독서 체험이 『아크로폴리스』를 쓰는 데 영향을 끼쳤을 수도 있겠지만, '아크로폴리스'라는 제목을 특별히 『광장』을 의식하면서 짓지 않았다.

Q : 처음에 소설을 쓸 때는 소설이라는 장르에 대한 자의식이 작았는데, 오히려 쓰면 쓸수록 자의식이 커진 것 같다. 그래서 그런지 김경욱 소설은 당대의 지적 담론과 빠르게 공명하고 있고, 당대의 사회적 현상, 이를테면 인터넷 게임이라든지 채팅, 플래시 몹 등과 같은 것들을 빠르게 등장시키고 있다는 느낌이 든다. 소설에 대한 선명한 기획이 있

---

6   김경욱,「작가, 화자, 주인공」,『문학사상』, 2006. 4.

는 듯하다.

김경욱 : 그렇게 기획을 한 것은 아니고. 소설이라는 것은 당대에 대한 인문학적인 해석이라고 생각한다. 『위험한 독서』 후기에도 밝혔지만 세상이 책이라고 생각하고, 읽어내야 할 대상이라고 생각한다. 그 텍스트가 20대에는 영화와 음악이었다. 그때는 재미있는 영화를 한 편 보는 것, 마음에 와 닿는 음악을 듣는 게 좋으니까, 마음이 끌리니까 거기에 시간을 많이 할애했고, 감수성에도 영향을 많이 받았다. 내 안에 그런 것들이 많이 들어와 있으면 당연히 글을 쓸 때 그대로 나오게 된다. 어느 순간부터 영화를 20대보다 덜 보게 되고 음악을 덜 듣게 되고, 대신 책을 더 읽게 되면, 책을 읽은 것들이 몸에 축적이 되니까 그게 소설로 나오게 된다. 말하자면, 작용과 반작용이라고 할 수 있다. 내가 세상을 지켜보고 꼼꼼하게 읽어보려고 노력을 할 때, 세상이 나를 때린다. 어떤 각도에서 어떤 강도를 가지고 어떤 펀치로. 그 액션을 내가 받아들이면 나도 리액션을 한다. 그 리액션이 소설로 드러나는 것이다. 우스개로 '나는 체험형 작가다. 내가 겪지 않은 것은 쓸 수가 없다'라고 말한 적이 있다. 질료가 없는 상상은 불가능하다. 상상력도 질료에서 발화된 이차적인 체험이라고 생각한다.

Q : 왕성한 창작열에 놀랐다. 장편 4권, 단편집 5권이라는 숫자도 작가의 물리적 나이에 비하면 상당한 숫자지만, 소설집에 수록된 단편들이 큰 시간차 없이 발표되고 있다. 가령, 『누가 커트코베인을 죽였는가』에 수록된 단편들을 살펴보자면, 김경욱 씨는 2001년 봄, 여름, 가을, 겨울 내내 작품만 쓴 사람 같다. 잡지에 발표된 날짜를 기준으로 생각하면, 2001년 봄에는 「토니와 사이다」(『21세기문학』, 2001 봄), 「선인장」(『문학

사상』, 2001.4)을 쓰고, 여름에는 「토성에 관해 갈릴레이가 은폐한 몇 가지 사실들」(『문학동네』, 2001 여름)을 쓰고, 가을에는 「Insert Coin」(『작가세계』, 2001 가을)을 쓰고, 겨울에는 「만리장성 너머 붉은 여인숙」(『21세기문학』, 2001 겨울)을 썼다. 심지어 2003년 봄에는 작품을 두 편이나 발표하기도 했다(「우리가 정말 달에 갔던 것일까」, 『문학수첩』; 「순정아 사랑해」, 『문학인』). 평소 일상을 어떻게 꾸리고 있는가? 또, 『천년의 왕국』은 『문학과사회』에 2006년 여름호부터 2007년 봄호까지 연재됐다. 그 기간 중에 단편도 발표했다. 「천년여왕」(『문학동네』, 2006 여름), 「나쁜피」(『한국문학』, 2006 가을) 두 편이 장편 연재 중에 발표된 단편이다. 장편 쓰기와 단편 쓰기가 동시에 진행될 수 있는가? 마지막으로, 대학에서 학생들을 가르치는 것은 규칙적인 일상을 요구할 것 같은데, 소설 쓰는 것을 방해하지는 않나?

김경욱 : 강의실에 들어가면 학생들이 모두 책으로 보인다. 나는 그들을 읽고, 그들이 세상을 읽는 것에 영향 받기도 한다. 그래서 학생들을 가르친다고 생각하지 않는다. 창작은 가르치고 배우는 규범이나 기술이라고 생각하지 않는다. 선생은 다만 창작에 관해서 좀 더 시행착오를 많이 겪은 사람이자 책을 안내해 주는 사람이라고 생각한다. 한편 일상은 최대한 미니멀하게 만들려고 노력한다. 학교에서는 학교일을 보고 집에서는 글을 쓰려고 노력한다. 글을 쓰지 않을 때는 늘 책을 읽는다. 차로 비유하자면 달리지 않지만 시동을 끄지 않은 상태이다. 실제로 소설을 쓰지 않는 공백을 견디는 힘은 거기서 나온다. 글을 읽으면서 시동을 건 채 예열을 시켜놓고, 언제든지 책상 앞에 앉으면 쓸 수 있는 자세를 유지한다. 가급적이면 학교에서 강의를 하는 것과 집에서 글 쓰는 일 외에는 다른 일을 만들지 않으려고 한다. 그래서 집에서는 나를 암

굴왕(暗窟王)이라고 부른다. 밖에 좀 나가라고. 가급적이면 글도 소설 외의 글은 안 쓰려고 한다. 최대한 에너지를 강의와 소설에만 집중한다. 그렇지 않으면 감당이 되지 않을 것 같다. 『천년의 왕국』을 연재할 때 발표한 단편은 미리 써 둔 것이 아니라 그 기간 중에 새로 쓴 것들이다. 장편과 단편을 동시적으로 쓰지는 못한다. 일단 하나의 초고를 쓰면, 다른 초고를 쓰면서 이전에 쓴 것을 퇴고한다.

Q : 『천년의 왕국』이 발표되기 이전에 비슷한 소재를 지닌 단편 「나가사키여 안녕」(『문학과사회』, 2003 겨울)을 발표했다. 장편의 중심인물은 벨테브레이고, 단편은 하멜이다. 김경욱 씨는 「생의 한고비를 넘으며 생긴 몸 안의 죽절(竹節)을 바라보기」라는 대담에서 장편과 단편은 다른 장르라고 생각하며 소재에 따라 장편과 단편을 구분한다고 말했다. 『천년의 왕국』과 「나가사키여 안녕」이 각각 장편과 단편으로 쓰일 수밖에 없었던 이유를 듣고 싶다.

김경욱 : 「나가사키여 안녕」을 쓸 당시 『하멜 표류기』를 읽었다. 그 책을 읽으면서 소설로 써야겠다는 생각을 했다. 생각한대로 하멜 책을 읽고 쓴 소설이 「나가사키여 안녕」이다. 근데 책을 더 읽다보니까 벨테브레라는 인물이 보였다. 오히려 하멜은 자기 이름으로 긴 보고서를 써낸 인물이다. 반면, 벨테브레는 기록이 전혀 없는 인물이다. 그리고 벨테브레라는 인물이 하멜보다 더 극적으로 느껴졌다. 자료가 전혀 없었기 때문에 장편으로 쓸 수 있을 것 같다는 생각을 했다. 한번 도전을 해보고 싶다는 생각도 들고. 일단 하멜 이야기를 가지고 단편을 썼고, 거기서 단편을 쓰면서 만나게 된 소재가 벨테브레란 인물이다.

Q : 『천년의 왕국』은 탐미적 절제의 문장이 돋보인다. 서사와 무관

하게 아무 페이지나 펼쳐서 문장을 읽어도 문장의 맛을 느낄 수 있는 소설이라고 생각한다. 마치 단수의 김경욱이 있는 게 아니라 복수의 김경욱이 있는 것 같다. 다른 작품들과 전혀 다른 문장을 구사할 수 있다는 게 놀라웠다. 한편, 작법적[7]으로 주인공과 작가 사이의 거리를 벌리는 김경욱 씨가 문장을 통해서는 누구보다도 벨테브레와 가까워지기 위해 공력을 쏟았다고 생각했다. 이런 지점이 '김경욱'의 『천년의 왕국』을 매력적이게 만든다고 생각한다.

김경욱 : 소설에서 이야기하고 싶은 것이 내용이라면, 그 내용은 최소한의 형식을 통해 독자에게 전달된다. 가장 최소한의 형식이 문장이라고 생각하는데, 말하자면 내용물을 담는 그릇이다. 내용물이 달라지면 그릇도 달라져야 한다. 된장찌개는 뚝배기에 담아야 어울리고, 스파게티 같은 것은 납작한 접시에 담아야 어울리듯이. 『천년의 왕국』의 벨테브레는 과거 시대의 인물이고, 서양인인데 조선이라는 낯선 곳에 떨어진 인물이기도 하다. 그렇기에 다른 언어로 발화를 해야겠다는 생각을 했다. 즉 다른 그릇에 담아야겠다고 생각했기에, 의도적으로 전에 쓰지 않았던 문장을 쓰려고 노력했다. 네덜란드 출신 화가들의 그림도 그렇지만 네덜란드 사람들은 매사에 장식이 없고 담백하다. 또 벨테브레라는 인물은 상인이기도 하지만 배를 타고 전 세계를 항해하던 뱃사람이기도 하다. 그런 캐릭터에 부합한 문장이 무엇일까 생각을 해서 가급적이면 수사나 수식어구를 안 쓰고, 주어 목적어 동사로만 이루어진 문장을 쓰려고 했다. 즉, 『천년의 왕국』은 벨테브레의 시점으로 서술되고 있

---

7 김경욱, 「작가, 화자, 주인공」, 『문학사상』, 2006.4 참고.

기 때문에, 벨테브레의 언어를 만들어 줘야 한다고 생각했다. 벨테브레의 언어를 만들기 위해서는 내가 벨테브레가 되어 봐야 하기에, 이런저런 상황에서 벨테브레는 어떤 생각을 했을까 하는 것을 의식적으로 생각했다.

하지만 소설에서는 작가의 캐릭터가 그대로 화자의 캐릭터가 되거나 작가의 캐릭터가 그대로 주인공의 캐릭터가 될 수 없다. 그 소설에 등장하는 인물이나 화자는 실제 작가와 끊임없이 대화를 해야 한다. 『천년의 왕국』같은 경우, 주인공이 벨테브레고 화자도 벨테브레다. 작가인 나는 주인공이면서 화자인 벨테브레와 전혀 다른 인물인데, 나의 캐릭터가 주인공이나 화자에 그대로 투사가 되면 안 된다고 생각했다. 일단 소설에서 화자와 주인공이 자신의 언어로 발화하기 시작하면 작가인 나하고 별개인 존재가 된다. 그때부터 작가는 화자와 주인공과 대화는 할 수 있을지언정, 이 사람들의 입을 막고 제 목소리를 계속 드러낼 수는 없다. 물론 주인공이나 화자는 작가인 내가 상상을 통해 만들어낸 존재지만, 일단 어떤 존재가 만들어지면 그때부터는 다른 사람이다. 이 사람이 자기 고유의 캐릭터나 발성의 과정을 통해 독자적으로 말을 해야 작가인 나도 재미있다. 이 사람들의 입을 막고 나 혼자 떠들면 재미없다. 계속해서 소설을 화자와 주인공들과 대화하는 기분으로 쓰면, 나중에는 처음에 생각했던 것과 다른 소설이 만들어지게 된다. 첫 문장에 담긴 생각이 마지막 문장을 쓸 때 변하게 된다. 내가 모든 것을 통제하고 모든 것을 기획하면 처음에 생각했던 소설이 마지막 문장을 쓸 때도 그대로 나올 것이다. 한 문장에 새로운 문장이 추가될 때마다 원래의 계획, 원래의 의도, 원래의 설계도에서 계속 벗어나게 되는

데, 그 이유는 화자와 주인공이 계속해서 이야기를 변형시키기 때문이다. 내가 생각하지 못했던 부분들을 이 존재들이 지니고 있기 때문에, 이야기의 구조가 영향을 받게 된다. 이 사람이 전혀 다른 행동을 하게 되고, 다른 말을 하게 되면 원래의 의도와 다른 이야기가 된다. 그 이유는 내 생각이 글 쓰는 도중 변해서 그렇다기보다 인물들이 일단 만들어지면 이 친구들이 독자적인 목소리를 내기 때문이다.

Q : '문장이 문장을 낳는다'라는 말이 있다. 이것은 소설 쓰는 것을 신비롭게 포장하는 표현이 아니라 한 문장 안에 들어 있는 문장의 타자성을 글 쓰는 주체가 인정할 수밖에 없다는 표현으로 받아들여야 한다고 생각한다.

김경욱 : 소설이 아닌 글쓰기에서 '뜨거운 한 여름이었다'라는 문장에 마침표가 찍히면, 그 다음에 '눈이 왔다'라는 문장이 쓰일 수 없다. 하지만 소설의 인과 관계는 우리가 흔히 생각하는 인과 관계와 다르다고 생각한다. 자연 과학적인 인과 관계가 있고, 논리학적인 인과 관계가 있다면, 소설의 인과 관계는 물리학적인 인과 관계도 아니고 논리학적인 인과 관계도 아니다. 소설의 인과 관계는 심리적인 인과 관계에 가깝다고 생각한다. 이를테면, 한 사람이 눈물을 흘리다가 갑자기 웃음을 터뜨린다면, 이것은 물리학적인 인과 관계로 보면 이상한 것이다. 논리학적인 인과 관계로 봐도 이상하다. 하지만 소설적 인과 관계로는 성립이 가능하다. 문장이 문장을 낳는다는 것 역시 소설의 인과 관계를 드러내는 표현이라고 생각한다. 앞 문장이 확정되면 그 뒤의 문장은 앞의 문장이 규정하고 있는 소설적 인과 관계 내에서만 올 수 있다. 소설적 인과 관계의 범주에서 벗어나 있는 문장은 올 수 없다. 그렇게 하다보면

문장이 문장을 계속 낳게 되고, 소설의 도입부에 제시된 인물의 세계관과 행동반경 안에서 이야기가 만들어진다. 그때부터는 작가가 개입할 수 없다. 개입을 하려면 아예 첫 문장을 지우고 새로운 첫 문장을 다시 써야 한다. 한 소설에서 소설적 인과 관계는 첫 문장에 의해서 규정이 된다. 그래서 나는 소설 쓸 때 중요한 것은 제목과 첫 문장이라고 생각한다. 제목과 첫 문장이 소설의 대부분을 결정한다. 왜냐하면 소설적 인과 관계를 생각해보면, 첫 문장 뒤에 올 수 있는 것들의 경우의 수는 계속 제한받게 되기 때문이다. 그래서 마지막 문장이라는 것은 이것도 가능하고 저것도 가능할 수 있는 게 아니다. 첫 문장이 규정하는 소설적 인과 관계에 의해서 두 번째 문장은 제한을 받게 되고 세 번째 문장은 더 많은 제한을 받게 된다. 앞의 전제들이 쌓이게 되니까. 마지막 문장은 그 앞에 선행하는 모든 문장들의 소설적 인과 관계를 만족시켜야 하기 때문에 선택의 여지가 없게 된다. 직소퍼즐을 맞추는 경우 처음에는 퍼즐 조각들을 여기저기 대보는데 마지막 남은 조각은 여기저기 대보지도 않고 그냥 끼우는 것처럼, 마지막 문장은 선택할 수 있는 게 아니다. 선택의 여지가 없다. 그냥 비어 있을 뿐이고, 그 비어 있는 것을 채울 수 있는 것은 세상에서 단 하나뿐인 문장밖에 없다.

Q : 김경욱 소설에는 제목이 본문 안에서 구심적 역할을 하는 경우가 있고, 서사 밖에 홀로 놓여 있는 경우가 있다. 후자의 경우, 김경욱 씨가 여러 산문에서 자주 언급하는 제임스 M 케인의 『포스트맨은 항상 벨을 두 번 울린다』처럼 제목이 서사 멀리에서 사사를 때리는 역할을 한다.

김경욱 : 제목이 중요하다. 제목은 소설의 대부분을 말해줘야 한다. '누가 커트 코베인을 죽였는가'라는 제목도 서사 밖에 있는 것 같지만

그 소설에서 사유의 구심적 역할을 한다. 특히 단편의 경우, 모든 문장은 제목으로 수렴되어야 한다고 생각한다. 그래야 단일한 통일성이 생기기 때문이다. 나는 소설을 쓸 때 처음부터 제목을 쓴다. 이후에도 제목은 바뀌지 않는다. 이제껏 소설을 쓰고 나서 제목을 정한 경우는 거의 없었다. 소설을 쓰겠다고 고민하기 시작하면, 제목부터 고민을 한다. 제목을 쓰고 첫 문장을 쓰는데, 제목이 무게 중심을 잡아주지 않으면 서사가 지탱이 안 되는 것 같다. 내 경우, 제목이 정해지지 않았다는 것은 할 말이 없다는 것이다.

Q : 『천년의 왕국』처럼 저자의 독서 경험이 창작을 밀어낼 경우, 오히려 저자의 공부가 서사에 흠집을 낼 수 있다고 생각한다. 여러 문헌의 철저한 고증을 통해 서사의 디테일을 세공할 때, 저자가 공부한 내용이 서사와 무관하게 우겨넣어질 수 있다. 『천년의 왕국』에서는 작가가 고증한 자료들이 지적 과시로 드러나지 않고 서사와 말끔하게 이어져 있었던 것도 매력적이었다. 가령 책 300쪽을 보면, 벨테브레가 이교도들이 종이 만드는 것을 신기해하자 이교도 사내는 종이 얻는 과정을 상세히 알려준다. 단지 종이 만드는 과정이 서사의 흐름과 무관하게 삽입되었다면 작가가 공부한 것이 서사의 표면에 흠집을 냈을 것이다. 종이 만드는 과정이 벨테브레가 대포를 만드는 과정으로 자연스레 연결됨으로써 작가가 공부한 부분이 지적 과시로 끝나지 않고 서사를 풍요롭게 살찌우고 있다.

김경욱 : 그 당시 나는 벨테브레가 새로운 대포를 발명해야 하는데 이 친구가 어떤 영감을 얻어서 어떻게 새로운 대포를 얻었을까 하는 것을 해결해야 했다. 고민하는 도중에 종이를 여러 장 겹치면 엄청난 힘이

생긴다는 것을 생각해냈다. 더구나 이 친구는 서양인이기 때문에, 이 친구가 조선에서 어떤 것을 보면 영감을 얻을 수 있을까 생각해보니까 우리의 전통적인 창호지가 떠올랐다. 그래서 창호지 이야기가 들어가게 된 것이다. 소설에서는 창호지 이야기가 먼저고 그 뒤에 대포 이야기가 나오지만, 내가 글을 쓰기 위해 구상할 때에는 먼저 대포에 대해서 고민을 하다가 나중에 창호지가 생각났다.

Q: 장편 쓰는 기간 내내 작가는 해결해야 할 문제로 상당한 스트레스를 받을 것 같다.

김경욱: 글을 쓰는 것은 일종의 모험이고 도전이라고 생각한다. 특히 장편 같은 경우, 장편을 쓰기 시작하면 해결돼야 할 문제가 나에게 도전해 온다. 그 같은 문제나 모험들에 부딪치고 내 나름의 방식대로 해결해 나가는 과정이 장편의 재미인 것 같다. 나는 그런 게 재미있다.

Q: 소설에서 액자 형식이 반복된다. 의식적으로 활용하는 것인가? 한편, 사태나 사물에 대해 저자가 접근하는 시각이 복합적이고 그에 따라서 소설의 장치들을 구사하는 방식도 변화하는 것 같다. 액자 형식도 소설에 따라 변화되는 것 같다. 가령, 「장국영이 죽었다고?」에서 처음과 끝에 드러나 있는 인터넷 게시판 형식을 나는 액자 형식의 하나로 보고 싶다. 이 형식에 의해서 게시판 안의 이야기는 진실과 거짓 사이에서 진동하게 된다. 일반적으로 액자 형식은 독자로 하여금 내부 이야기를 사실인 것으로 신뢰할 수 있도록 하는 인증성을 확보하는데, 「장국영이 죽었다고?」의 인터넷 게시판 형식의 서술은 기존의 액자 형식을 교란하게 된다. 「장국영이 죽었다고?」의 액자 형식은 내부 이야기를 보증해 주는 역할이 사라진 액자이다. 소설에서 중요한 사건들의 시

간적 배경이 만우절이었듯이, 이 소설의 액자는 일종의 만우절 형 액자이다. 그런데, 액자 형식이 내부 이야기를 감싸고 있는 일종의 판도라 상자를 만들고 있다면, 「장국영이 죽었다고?」와 같은 액자가 실험될수록 그 안에는 진실에 대한 일말의 희망도 사라지게 되는 것은 아닐까?

김경욱: 의식적으로 하는 것은 없다. 마음 가는 대로 썼는데 결과가 그랬을 뿐이다. 근데 내가 액자 소설을 좋아하는 것 같긴 하다. 삶이라는 게 다층적이지 않나? 하나의 시각, 하나의 각도로 인생이나 인간을 담아내는 것은 힘들다고 생각한다. 하나라도 다른 시각을 제시하고 싶어서 소설에서 액자 형식을 많이 취하는 것은 아닐까 생각한다. 또, 액자 형식을 통해 그 안에 특정한 진실을 상정하는 것만이 옳다고 생각하지 않는다. 아무 것도 없다는 것 자체가 진실일 수 있다. 반드시 상자 안에 무엇인가가 있어야 진실이라고 생각하지 않는다. 비록 암울하기는 하지만 아무것도 없다는 게 진실이 될 수 있다. 그렇다고 모든 소설에서 그런 식으로 반복되면 곤란하다. '소설적 진실'이라는 것은 고정되지 않는다. 모든 소설은 다 각기 다른 소설적 진실을 갖는다고 생각한다. 각기 다른 작품이 똑같은 진실을 얘기할 수 없다. 소설적 진실이라는 그릇은 있지만, 소설적 진실에 담기는 내용물은 각양각색인 것 같다. 어떤 소설적 진실은 '이것은 아무것도 없다'가 될 수도 있다. 중요한 점은, '아무 것도 없다'는 것도 소설적 진실이 된다고 주장하는 것을 독자가 자연스럽게 생각하도록 이야기를 만들었느냐 하는 것이다. 이야기를 통해서 진실을 유도했느냐가 중요하다. 「작가, 화자, 주인공」에서 말했듯이 작가가 독자를 계몽하려고 하면 곤란하다. 작가가 곧바로 화자가 되면 안 된다. 작가는 독자에게 무엇인가를 가르치거나 강요하거

나 주입하는 존재가 아니다. 다자이 오사무의 실책은 직접 주인공이 되려고 했던 것이고, 미시마 유키오의 실책은 화자가 되려고 했던 것이다. 작가는 주인공이나 화자를 만들어 낼 수는 있지만, 만든 이후에는 독자적인 개인으로 인정을 해야 한다. 부모와 자식의 관계로 비유할 수 있다. 부모가 자식을 만들었다는 이유로 자식을 자기의 소유물로 생각하면 비극이 시작된다. 자기가 만들긴 했지만, 자기의 피와 살을 나눠 주긴 했지만, 자식이 태어나고부터는 다른 존재라고 받아들여야 한다. 부모의 생각을 일방적으로 자식에게 강요하거나 부모의 꿈을 자식을 통해서 대신 이루려고 생각하는 순간 비극이 시작된다. 마찬가지로, 작가는 화자나 주인공을 자기의 피와 살을 통해 이 세상에 만들어 냈긴 했지만, 피와 살을 준 이후부터는 다른 개별적인 존재로 인정해야 한다. 그렇지 않으면 비극이 생긴다. 다자이 오사무의 경우는 죽어서 고백의 진정성을 획득했고 미시마 유키오의 경우는 화자가 되려고 했기에 화자가 되어서 직접 자기 목소리로 계몽을 하게 되었다. 다자이나 미시마의 경우는 파국을 맞을 수밖에 없다.

Q : 소설에서 유독 죽음이 소재나 주제로 많이 활용된다. 다자이 오사무처럼 작가가 실제로 죽어서 고백의 진정성을 획득하려는 것을 반대하고, 죽지 않으면서 '스타일의 고백'을 추구하는 것도 반대하고, 미시마 유키오처럼 자결하면서까지 독자를 계몽하는 것도 반대하는 입장에서 죽음이라는 문제를 액자 형식과 같은 메타적인 방식으로 한 걸음 뒤로 물러나서 다루고 있는 것은 아닌가?

김경욱 : 의식적으로 죽음이라는 소재를 활용하지는 않는다. 소설의 죽음은 생물학적인 죽음과 다르다. 죽음은 소설에 등장하는 여러 가지

행위의 일부분이라고 생각한다. 현실에서는 생물학적으로 죽으면 모든 것이 종결되지만, 소설에서는 죽음이 새로운 시작이 될 수도 있다. 어떤 소설은 어떤 사람의 죽는 장면에서 시작될 수도 있고, 등장인물의 죽음이 살아남은 사람들에게 영향을 줄 수도 있고, 죽음이 감춰 뒀던 진실의 일면을 드러낼 수도 있다. 생물학적인 죽음하고 소설의 죽음하고는 전혀 다르다.

Q: 「당신의 수상한 근황」에서도 자동차가 뒤집히는 순간 아기의 목소리, 태초의 소리를 듣게 된다. 죽음의 순간, 다시 말해 삶이 뒤집히는 순간 그동안 보지 못했던 삶의 이면을 보게 된다.

김경욱: 현실에서도 그런 것 같다. 죽음에 대해서 생각하지만 사실은 죽음을 통해서 삶을 생각하게 된다. 죽음을 통해서 생각하게 되는 삶이야말로 우리가 삶에서 놓치고 있는 삶의 내밀하고 본질적인 부분이 아닐까. 소설이 인생의 모든 것을 보여줄 수는 없다. 결국에는 선택과 결합의 문제인데, 그 제한된 틀 안에서 삶의 본질적인 것을 드러내기 위해서는 죽음이라는 것이 한 계기로 활용될 가능성이 높아진다. 삶의 가장 극적인 순간이야말로 죽음이 삶 바로 곁에 나란히 서 있을 때이다. 삶의 극적인 모습을 드러내기 때문에 내 소설에 유독 죽음이 많이 등장하지 않았는가 생각하게 된다.

Q: 마지막 질문이다. 지금까지 발표한 소설 중에 가장 아끼는 소설은 무엇이고, 가장 힘들게 쓴 소설은 무엇인가?

김경욱: 가장 아끼는 소설은 다음에 쓸 소설이고, 가장 힘들게 쓴 소설은 가장 최근에 쓴 소설이다. 늘 그런 것 같다. 매번 '이번이 제일 힘들다. 이렇게 소설 쓰기가 힘들어서야'라고 생각하게 된다. 언제나 다

음에 쓸 작품을 가장 아낀다. 다음에 쓸 작품이야말로 내가 글을 쓰게 하는 힘이 되기 때문이다.

3. 흔적을 남기고

인터뷰가 녹취된 테이프를 재생한다. 녹음된 테이프 속에서 광주 태생인 김경욱은 정확한 표준어를 구사한다. 하지만 그가 부리는 표준어 사이사이에는 사투리의 흔적이 미세하게 남아 있다. 그의 목소리는 표준어가 안내하는 매끄러운 동선에 빈틈없이 들어차지 않는다. 표준어는 그의 목소리를 온전히 가두지 못한다. 다만 표준어는 그의 목소리가 지나는 길을 열어줄 뿐이다. 그의 목소리는 표준어에 흔적을 남기면서 표준어를 비껴간다. 김경욱의 목소리는, 아니 김경욱은 표준어와 사투리 사이에 있다. 그 틈새에서 그는(he) 전혀 다른 성의 그녀(her)이기도 했고, 표준어의 자리와 가까운 이곳(here)에 있기도 했으며, 표준어에서 멀어진 저곳(there)에 있기도 했다. 아니다. 그가 저기에 있다고 생각하는 순간, 그는 그곳을 훌훌 벗어났다. '나는 그곳에 있지 않다(I'm not there)'라는 말을 남긴 채.

김경욱의 소설도 그렇다. 그가 '소설적인 것'을 쓰려고 했을 때, 화자와 주인공에게 독자적인 목소리를 주려고 했을 때, 액자 형식으로써 액자 형식의 인증성을 교란하려고 했을 때, 다음에 쓸 소설로써 최근에 쓴 소설에 충격을 가할 때, 서사에 빈틈없이 들어차지 않는 제목으로 서사에 불길한 구멍을 낼 때마다 그의 소설은 미래의 소설로 독자에게 다가왔다. 독자가 그의 소설을 잡았다고 생각하는 순간, 그의 소설은 저 멀리 달아났다. 저곳으로 사라진 소설 때문에 독자는 자기 안에 있었던 불길한 틈새를 엿볼 수 있었다. 죽음과 연관된 일련의 문제 역시도 그 틈새에서 볼 수 있었던 것이다. 이를테면, 그의 소설이 지나간 자리에는 '늑대인간'처럼 사전에 등재 되지 않은 인간의 한 형태가 우리에게 흔적으로 남게 된다. 단편 「늑대인간」에는 삶에서 절정의 순간으로 비유될 수 있는 결혼식마다 등장인물들이 말하기조차 꺼리는 늑대인간이라는 친구가 나타난다. 은행과 보험회사를 다니며 생활의 안정을 꾸리는 인물들은 늑대인간이 자신들의 결혼식에 나타났다는 것을 알지 못했다. 하지만 매끄럽게 포장되고 이질적이고 더러운 것을 모두 봉합한 결혼식 사진에는 주인공들조차 몰랐던 늑대인간이 어김없이 들러붙어 있다. 삶의 절정에는 언제나 늑대인간과 같은 불길한 틈새가 겹쳐 있다.

그 같은 불길한 틈은 한편의 소설에도 드러나 있지만, 소설과 소설 사이에서도 드러난다. "사랑받는 자는 사랑받는다는 사실을 숨길 수 있지만 사랑하는 자는 사랑한다는 사실을 감출 수 없다."(147쪽) 『천년의 왕국』에 서술된 문장이다. 반면 「게임의 규칙」에서 그 문장은 이렇게 변주된다. "사랑하는 자는 자신이 누군가를 사랑한다는 사실을 감출 수 있지만 사랑받는 자는 자신이 누군가로부터 사랑받고 있다는 사실을 감출 수 없다."(108쪽) 마치 두 문장은 서로 거꾸로 서 있는 모습 같다. 하나의 사태에 대해 문장은 전혀 다른 모습으로 접근한다. 개별 소설의 서사 안에서 인물과 상황에 맞게 서술된 문장이기도 하지만, 서사의 맥락을 무시한 채 두 문장만 읽어보자. 사랑은 사랑받는 사람에게 감출 수 없는 흔적이기도하지만 사랑하는 사람에게도 감출 수 없는 흔적이기도 하다. 김경욱의 소설들 사이에서 사랑은 하나의 개념으로 인식할 수 없는 불길한 틈새로 남게 된다.

소설만을 위해 미니멀하게 생활을 조직하는 사람. 그 사람은 다작의 진부함으로 우리의 감각과 인식을 평균화시키는 게 아니라 오히려 다작의 성실함으로 우리의 감각과 인식을 평균치 너머로 질주하게 한다. 아마튜어 작가 김경욱. 어느새 그는 우리가 익숙하게 인식하는 그곳에 없다.

| 김경욱 소설 서지사항 정리 |

(1) 김경욱, 『아크로폴리스』, 세계사, 1995.1.
전작 장편

(2) 김경욱, 『바그다드 카페에는 커피가 없다』, 고려원, 1996.1.
수록 작품 : 김경욱, 「바그다드 카페에는 커피가 없다」, 『리뷰』, 1995 여름.
　　　　　김경욱, 「시네마天國」, 『문학정신』, 1994.8.
　　　　　김경욱, 「9층과 10층 사이에는 뭉크가 있다」, 『소설과사상』, 1994 겨울.
　　　　　김경욱, 「아웃사이더」, 『작가세계』, 1993 겨울.
　　　　　김경욱, 「이유 없는 반항」, 『파피루스』, 1995.5.
　　　　　김경욱, 「릴케를 위하여」, 『문학지평－서울대인문대문학회지』, 연도 미확인.
　　　　　김경욱, 「택시 드라이버」, 『작가세계』, 1994 여름.
　　　　　김경욱, 「至尊無常」, 『상상』, 1994 여름.

(3) 김경욱, 『모리슨 호텔』, 열림원, 1997.2.
전작 장편

(4) 김경욱, 『베티를 만나러 가다』, 문학동네, 1999.1.
수록작품 : 김경욱, 「베티를 만나러 가다」, 『현대문학』, 1996.5.
　　　　　김경욱, 「변기 위의 돌고래」, 『문예중앙』, 1996 여름.
　　　　　김경욱, 「블랙 러시안」, 『작가』, 1997.1 · 2.
　　　　　김경욱, 「아르헨티나의 연인들」, 『문학사상』, 1996.10.
　　　　　김경욱, 「우체부와 올리비아 핫세와 로버트 레드포드」, 『금호문화』, 1997.12.
　　　　　김경욱, 「앨리스는 앨리스가 아니다」, 『현대문학』, 1997.9.
　　　　　김경욱, 「화성의 역습」, 『소설과사상』, 1998 가을.
　　　　　김경욱, 「그녀를 사랑해선 안 되는 단 한 가지 이유」, 『새로운』, 1997 봄.

(5) 김경욱, 『황금사과』, 문학동네, 2002.5.
전작 장편

(6) 김경욱, 『누가 커트 코베인을 죽였는가』, 문학과지성사, 2003.5.

수록작품 : 김경욱, 「고양이의 사생활」, 『문학판』, 2002 겨울.

김경욱, 「누가 커트 코베인을 죽였는가」, 『21세기문학』, 2000 여름.

김경욱, 「만리장성 너머 붉은 여인숙」, 『21세기문학』, 2001 겨울.

김경욱, 「거미의 계략」, 『문학사상』, 2002.7.

김경욱, 「Insert Coin」, 『작가세계』, 2001 가을.

김경욱, 「토니와 사이다」, 『21세기 문학』, 2001 봄.

김경욱, 「우리가 정말 달에 갔던 것일까」, 『문학수첩』, 2003 봄.

김경욱, 「늑대인간」, 『현대문학』, 2002.6.

김경욱, 「순정아 사랑해」, 『문학인』, 2003 봄.

김경욱, 「토성에 관해 갈릴레이가 은폐한 몇 가지 사실들」, 『문학동네』, 2001 여름.

김경욱, 「선인장」, 『문학사상』, 2001.4.

김경욱, 「미림아트시네마」, 『문학동네』, 2002 가을.

(7) 김경욱, 『장국영이 죽었다고?』, 문학과지성사, 2005.5.

수록작품 : 김경욱, 「장국영이 죽었다고?」, 『문학동네』, 2004 여름.

김경욱, 「당신의 수상한 근황」, 『동서문학』, 2004 봄.

김경욱, 「페르난도 서커스단의 라라 양」, 『세계의문학』, 2004 봄.

김경욱, 「낭만적 서사와 그 적들」, 『현대문학』, 2004.10.

김경욱, 「나비를 위한 알리바이」, 『문학사상』, 2004.9.

김경욱, 「성난 얼굴로 돌아보라」, 『현대문학』, 2003.6.

김경욱, 「타인의 취향」, 『한국문학』, 2003 겨울.

김경욱, 「장미정원의 아름다운 원주민」, 『문학사상』, 2003.8.

김경욱, 「나가사키여 안녕」, 『문학과사회』, 2003 겨울.

(8) 김경욱, 『천년의 왕국』, 문학과지성사, 2007.6.

※『문학과사회』 2006년 여름호부터 『문학과사회』 2007년 봄호까지 네 번에 걸쳐 연재.

(9) 김경욱, 『위험한 독서』, 문학동네, 2008.9.

수록작품 : 김경욱, 「위험한 독서」, 『문학동네』, 2005 가을.

김경욱, 「맥도날드 사수 대작전」, 『창작과비평』, 2005 여름.

김경욱, 「천년여왕」, 『문학동네』, 2006 여름.

김경욱, 「게임의 규칙」, 『현대문학』, 2006.1.

김경욱, 「공중관람차 타는 여자」, 『문학사상』, 2005.11.

김경욱, 「고독을 빌려드립니다」, 『21세기문학』, 2006 봄.

김경욱, 「달팽이를 삼킨 사나이」, 『문학과경계』, 2005 여름.

김경욱, 「황홀한 사춘기」, 『문학과사회』, 2006 봄.

(10) 미수록 작품

김경욱, 「레밍은 현기증을 느끼는가」, 『소설과사상』, 1999 가을.

김경욱, 「리틀빅혼 연대기」, 『주머니속의 송곳』, 이룸, 2001.

김경욱, 「나쁜피」, 『한국문학』, 2006 가을.

김경욱, 「나가사키 내 사랑」, 『문학사상』, 2007.8.

김경욱, 「99%」, 『현대문학』, 2007.10.

김경욱, 「혁명기념일」, 『문학수첩』, 2007 겨울.

김경욱, 「러닝맨」, 『문학동네』, 2008 봄.

김경욱, 「태양이 뜨지 않는 나라」, 『현대문학』, 2008.5.

김경욱, 「동화처럼」, 『세계의문학』, 2008 가을.

3부

입춘

윤대녕 단편소설「구제역들」리뷰

1988년 1월 1일 스물일곱 살 윤대녕은『대전일보』에 단편「원(圓)」을 발표한다.[1] 그의 첫 데뷔작「원」은 '가작(佳作)'이라는 꼬리표를 달고 있지만 청년 윤대녕의 당선소감은 자못 진지하고 사뭇 당당하다. "文學을 하는 것은 무모순적 행동의 가정이라고 생각해 왔다. (…중략…) '當選'이란 말이 주는 시효 말소의 느낌보다 그래서 아름다운 작품이라는 어귀가 나를 더 매혹시킨다." 결핍과 미완을 새로운 동력과 또 다른 가능성으로 보고 있기에 이 당선소감은 그야말로 청년의 말이다. 청년 윤대녕에게 문학은 모순된 현실을 벗어나 다른 세계를 상상하게 하는 힘을 지녔고, 그 힘은 부정의 주체와 대상 모두를 향하기에 중층적이면서도 영구적이며, 그 같이 시효 말소되지 않는 힘을 내장했다면 어떤 문학이든 모두 아름답다. 그렇다면 당시 윤대녕에게 소설을 쓰도록 만든 결핍감과 단절감의 근원은 무엇이었을까? 데뷔작「원」에 기대어 답해보자.

---

1   「원(圓)」은 두 번에 걸쳐 분재된다.『대전일보』, 1988. 1. 1, 27면;『대전일보』, 1988. 1. 4, 7면.

발표와 창작의 시간차를 고려한다고 해도 1988년에 발표된 「원」이 1978년과 그 이전 시대를 그리고 있다는 점은 흥미롭다. 호헌철폐를 외치던 1987년 민주화운동의 열기와, 그 운동의 완성이 자신들의 기득권을 포기하는 의연함에서 비롯됐다며 사실을 날조한 군사정권의 기만 앞에서, 청년 윤대녕은 당대의 문제와 다소 거리가 있어 보이는 인간 삶의 보편적인 문제를 거론하고 있다. 「원」에 따르면 인간에게 하나뿐인 삶은 언제나 두 개의 삶으로 겹쳐있다. 이 소설은 그렇게 겹쳐진 두 개의 삶을 '구생(求生)'과 '실생(實生)'이라고 말하고 있다. 생 전체를 구원(또는 억압)하는 커다란 원(圓)인 구생 속에 삶을 구생의 포위에서 벗어나 스스로 살아내려는 작은 원 실생이 동심원처럼 놓여 있다. 인간은 구생과 실생 가운데 어느 하나만을 살아낼 수 없기에 시대를 막론하고 근원적인 모순을 겪을 수밖에 없다. 이 구생과 실생이 만들어내는 모순이 바로 청년 윤대녕에게 소설을 쓰게 한 근본 문제였다. 「원」을 앞에 두고 당시 심사위원들(송재영, 김수남, 최학)은 단편이 요구하는 서사적 긴장감은 떨어지나 작가로서 기초체력이 충실하다는 말을 남기고 있는데, 다소 추상적인 이들의 평에서 '부족한 긴장감'과 '충실한 기초체력'은 당대 인간의 문제보다 인간 보편의 문제로 기투해 들어가는 윤대녕의 세계인식이 지닌 양면성에 대한 지적이었을 것이다.

이후 윤대녕에게 구생과 실생의 변증법은 당대 도시인의 삶 속에서 반복적으로 검증된다. 전근대적 인간에게 생의 지평을 확정해주는 구생이 전통이나 운명이라는 말로 표현됐다면, 근대 도시인에게 구생은 권력이나 이데올로기이다. 전근대적인 인간의 삶을 그리고 있는 「원」에서 아버지는 가족사의 비극을 초래하는 운명에서 벗어나고자 조상의 뒷자리를 계속해서 바꾼다. 그러나 운명에서 벗어나려는 실생의 노력은 구생의 장악력을 계속해서 증명할 뿐이다. 실생의 활동이 오히려 구생의 포위를 증명해낸 꼴이다. 운명이라고밖에 말할 수 없는 구생의 영향력은 이후 윤대녕의 도시소설에서 "샤토"(城, 「눈과 화살」)라고 명명되기도 했다. 푸코의 판옵티콘을 연상케 하는 지배권력의 장악력은 인간이 그것에서 벗어나고자 하면 할수록 더 명확하게 드러난다. 우리에게 알려진 윤대녕표 소설들은 실생을 추구할수록 드러나는 구생의 영향력 앞에 놓인 도시인들을 그리고 있다. 이 소설들에서 유독 30대의 인물들이 중심인물로 등장하는 이유도 이들이 구생과 실생의 간극을 예민하게 살아내는 자들이기 때문이다. 윤대녕 소설 속 한 문장에 따르면 30대의 인간은 "으레 사는 일과 관계된 뼈다귀 같은 일들만 남게"됐지만 그렇다고 그 같은 삶에 "두 손 들고 깨끗이 항복할 수도" 없는 자들이다. 윤대녕의 소설에서 구생을 벗어나려는 실생의 열망은 목적 없는 여행이나 은어의 회귀로 그려지고, 그 후 또 다시 실생을 장악하는 구생의 억압은 사막으로 비유되곤 한다. 계속해서 치밀하게 실생을 포위하기에 구생을 벗어나는 일은 영원히 고정될 수 없는 어느 한 순간에 이루어진다. 그래서 곧잘 에피파니(황종연)라고 표현되는 타자와의 우연적이고도 순간적인 만남은 낭만적이라기보다 구생을 벗어나려는 인물들의 치열한 진정성을 느끼게 한다.

윤대녕 소설에서 진정성은 구생을 완전히 벗어난 실생의 영원한 승자에게 부여되는 게 아니라 구생의 새로운 억압 메커니즘을 증명한 실생의 패배자에게 수여되는 말이다. 그의 소설에서 여행은 외부 권력으로부터의 도피와 초월을 뜻하지 않고, 외부로부터 부과되는 사회적 정체성과 자신의 고유한 "존재감" 사이의 간극을 증명하는 일이 된다. 마찬가지로 그가 여행을 통해 찾아들어가는 내면(또는 시원)은 자신의 고유한 이상과 현실의 억압기제가 부딪히는 갈등의 영역이다. 즉 그의 소설에서 내면은 안과 밖의 공간적 구분을 의미하지 않고 구생과 실생의 길항 상태를 뜻하며, 나르시시즘이 조장하는 환상 스크린이 아니라 환상으로도 덮어버릴 수 없는 치열한 에너지를 뜻한다. 그래서 그의 소설은 구생에서 벗어나는 자폐적인 개인주의를 옹호하지 않는다. 그 같은 개인주의는 개인에게 집중하지만 역설적이게도 개인의 잠재성을 축소시키기 때문이다. 나르시시즘과 동의어라고 할 수 있는 그러한 개인주의는 개인을 억압하는 구생과 구생을 벗어나는 개인의 가능성 모두에게 등을 돌리기에 구생과 실생 전부의 잠재성을 사라지게 한다. 윤대녕 소설의 진정성은 개인과 내면의 초라한 범위를 넘어서게 하는 여행이라고 말할 수 있다. 말을 바꾸자면 윤대녕 소설에서 문제는 구생과 실생 가운데 어느 하나에 있지 않고 바로 그 두 개 생의 관계에 있다.

구생과 실생의 관계에 예민했던 윤대녕 소설 속 30대 인물들도 어느덧 40대의 문턱을 넘어서고 있다. 이번 여름에 발표된 그의 신작 「구제역들」(『창작과비평』, 2011 여름)을 두고 하는 말이다. 구생과 실생의 모순을 극복하고자 치열했던 30대의 인물들은 어느덧 피로해 있다. 모순을 극복하기 위해서는 우선 간극을 증명해야 하는데, 그 간극의 증명은 시효 말소되지 않는 영원한 동력을 요구하기 때문이다. 다시 말해, 동심원이 무한히 반복되듯 구생의 감옥을 벗어나는 일은 새로운 감옥을 증명하는 실생의 동력을 끝없이 요구하는데, 이들 40대는 이 증명과 극복의 무구한 절차 앞에 피로해 있다. 간극을 증명하고 극복하는 일련의 노력을 포기할 때 오는 거북함을 손쉽게 망각하기 위해 이들이 선택한 전략은 모순의 완벽한 극복을 가장하거나 모순 극복의 불가능성을 떠벌리는 것이다. 더 이상 모순은 없다고 자위하든 이제 모순은 극복할 수 없다고 자학하든 이들은 구생과 실생 가운데 하나의 삶에 투항한다. 즉, 구생에 투항한 속물이 되거나 실생에 폐칩한 나르시스트가 된다. 「구제역들」의 화자와 동생이 한 차에 타고 이동하듯, 윤대녕에게 구생과 실생의 긴장을 망각한 속물과 나르시스트는 모두 피로하고 병든 동물일 뿐이다. 구생과 실생의 긴장을 포기한 채 구생에 투항하거나 실생에 폐칩했기에 속물과 나르시스트는 구별할 수 없는 쌍생아이다. 실생과 구생, 개인과 사회, 우물과 사막, 존재감의 화살과 샤토의 눈 모두를 문제 삼던 30대의 진정성은 이제 스노비즘과 나르시시즘으로 왜곡되거나 축소되었다. 그 왜곡된 진정성의 개인을 윤대녕은 구제역 걸린 동물로 그리고 있다.

이전의 윤대녕 소설에서 30대들이 다른 생을 열어줄 타자와 만나기 위해 여행했다면, 「구제역들」에서 이들 40대는 만남을 지연하기 위해 이동한다. 타자와의 만남은 그들이 마음속에 묻어버린 30대 진정성의 열기를 들추어내기 때문이다. 동생 병수의 말처럼 이들에게 잃어버린 과거를 연상케 하는 동향 사람과 만나는 일은 "지겹고 끔찍한 느낌"을 준다. 그렇기에 화자의 동생인 병수는 풍기가 고향이라는 여자와의 만남을 계속해서 지연시킨다. 그런데 병수를 만나기 위해 소백산 정상에서 기다리는 인물이 순정한 30대의 여성으로 설정된 디테일은 의미심장하다. 병수의 여행기를 보고 전화를 걸어 그와 유대를 맺고 이를 통해 자신의 상실감을 극복하려 했던 2, 30대 여성을 보면서 「은어낚시통신」(1994)에서 화자의 은어낚시 기사를 보고 전화를 걸어왔던 은어낚시 모임의 인물을 떠올리는 일은 무리가 아닐 것이다. 아귀처럼 주변의 것들을 먹어치운 40대 나르시스트 병수에게 구생과 실생의 긴장에 아파하고 대항했던 30대의 순정한 인물을 만나는 일은 거북하기만 하다. 그렇지만 아귀 같은 나르시스트 병수와 자기 것을 잃을까봐 하루하루 전쟁을 치르듯 살아가는 속물 화자에게 과거의 기억은 영원히 마음속에 묻힐 수 없다. 화자와 병수가 꾸역꾸역 입 속에 밀어 넣은 풍기 한우가 내내 속을 불편하게 하듯 이들이 지나는 장소마다 돌연 떠오르는 과거의 기억은 그들의 심기를 건드린다.

이 소설의 서사는 이들이 스스로 망각했던 과거와 정직하게 만나는 순간을 그리지 않은 채 끝나고 있다. 병수가 순정한 30대 여자를 만날 것인지, 화자는 과거의 연인 연숙을 만날 것인지, 아니면 이들은 계속해서 만남을 지연시킬지, 이는 독자의 판단에 남겨 있다. 하나 더 우리가 이 소설에서 해명할 수 없는 게 있다. 이들이 '구제역' 걸린 동물이 된 원인은 무엇인가. 다시 말해 이들의 진정성이 스노비즘과 나르시시즘으로 왜곡된 이유는 무엇인가. 인간성 자체의 문제일까, 사회 구조의 문제일까. 원인은 복잡하지만 증상은 선명한 상태, 원인은 모호하지만 증상은 압도적인 상태야말로 진정한 문제라며 원인을 파악하지 않을 수도 있겠다. 어쨌든 이 질문의 대답은 윤대녕의 다음 소설과 독자들 스스로의 사유 속에서 파악될 것이다. 마지막으로 언급할 것이 있다. 윤대녕의 소설에서 눈과 비와 안개는 단순한 배경 설정이 아니다. 그것들은 구생과 실생의 겹침처럼 현실과 비현실의 불가능한 동시성을 의미한다. 윤대녕의 소설이 으레 그랬듯이 「구제역들」에서도 시간적 배경은 입춘이다. 눈 내리는 봄이라는 말이다. 병수와 화자에게 잃어버린 30대의 진정성이 끝끝내 살처분 되지 않듯, 시작(立春)의 열도는 예상할 수 없이 압도적인 종말(雪)을 통과할 때 비로소 완수된다. 이처럼 「구제역들」이 동물이 된 40대 인물들에게 전하려는 메시지는 '눈 내리는 봄'이라는 배경 속에 걸려 있다. 이쯤에서 윤대녕의 신작 「구제역들」에 대한 독후감을 마감하고 싶다. 지면에 어울리지 않게 글이 길어졌다. 다름 아닌 윤대녕의 소설이기 때문이다. 분별없고 장황한 독후감을 이해 받기 위해 독자들에게 「구제역들」의 일독을 권한다.[2]

---

2   후기 : 나는 '입춘'이라는 제목에 어울리는 산뜻하면서도 우수에 찬 글을 쓰고 싶었다. 윤대녕의 문체에 육박하는 문장들로 말이다. 이쯤에서 모두들 실소했겠지만 이 독후감이 입춘이라는 제목을 감당하지 못한다는 것을 나 역시 잘 알고 있다. 그런데도 이 제목을 포기할 순 없다. 어울리지 않는 문패를 걸어둔 채 언젠가 맞춤하게 도래할 윤대녕론을 기다리고 싶기 때문이다. 당연히 그의 소설들을 계속해서 따라 읽으면서.

두뇌의 열정,
열정의 두뇌

복도훈 비평집 『눈먼 자의 초상』 리뷰

환대[hostpitality]¹와 언데드(undead)는 복도훈 비평집 『눈먼 자의 초상』 (문학동네, 2010)의 핵심 개념이다. 먼저, 환대를 말해보자. 정확히 표현하자면, 이 환대는 "하나이면서 여럿인" 환대(들)이다. '환대'가 주인에게 이방인의 이름도 묻지 않고 무조건적으로 집을 내줄 것을 명령한다면, '환대들'은 주인의 권리를 포기하지 않으면서 이런저런 조건들을 따져가며 이방인에게 집을 내주는 계약을 정당화한다. 복도훈은 환대들(조건적 환대) 없는 환대(무조건적 환대)는 주인의 나르시시즘적 기획이거나 유토피아니즘 같은 환상이라고 비판하고, 환대 없는 환대들은 도착적인 환대이며 결국에는 환대 그 자체를 포기하는 적대라고 비판한다.

그런데 환대들 없는 환대에 대한 그의 비판을 무작정 환대를 거부하는 태도로 오해해서는 안 된다. 평문 「공포와 동정」은 그런 오해(오창은,

---

1   데리다의 환대는 영어 번역어로 'hostpitality'이다. 이 단어는 환대라는 영어 어휘 'hospitality' 와 적대 'hostility'가 겹쳐져 있다. 데리다는 자신이 말하는 환대가 무조건적 환대와 조건적 환대가 동시에 출현하는 형태라고 말했는데, hostpitality는 그러한 데리다의 의도를 반영한 조어이다.

고명철)에 대한 반론이다. 이 글에서 '환대들 없는 환대'는 타자에 대한 동정의 반응으로, '환대 없는 환대들'은 공포의 반응으로 변주된다. 네 이웃을 사랑하라는 정언명령을 지루하게 반복하는 문학작품과 문학비평은 곧잘 기괴하고 이질적인 타자를 손쉽게 동정한다. 그 과정에서 타자는 숭고하게 미화된다. 타자를 미화하는 행위는 근접한 타자가 주는 공포로부터 거리를 두는 행위일 수 있고 역설적이게도 타자를 미화하는 자아를 미화하는 행위일 수 있다. 여기서 복도훈은 이질적인 타자와 마주쳤을 때 동정심보다 먼저 공포를 느끼는 것이 더 정직한 감정이며 타자의 상황에 더 가까이 연루된 결과라고 말한다. 그런 정직한 반응 속에서 타자는 기존의 인식틀로는 재현할 수 없는 어떤 것들(축생, 시체, 자동인형)로 드러난다.

하지만 복도훈은 문학이 미학에 봉합되지 않고 윤리와 정치를 함께 사유하려면, 타자에 대한 공포(환대 없는 환대들)나 동정(환대들 없는 환대)만으로는 부족하다고 말한다. 그는 타자 앞에서 동정부터 하는 위선 대신 타자에 대한 공포를 이겨낸 동정을 문학에게 요구한다. "동정에서 공포로"(260쪽) 이동할 때 문학은 위선 없이 타자와 정직하게 반응하게 되고, 그 과정에서 재현 불가능한 타자를 감각하기 위해 새로운 미학적 실험을 수행하게 된다. 여기서 다시 한 번 "공포에서 동정으로"(260쪽) 이동한다면 문학은 미학적 실험과 더불어 윤리와 정치를 사유하게 된다. 복도훈 비평의 핵심 개념인 '환대(들)'도 이와 같다. 환대(들)는 무조건적 환대나 조건적 환대들로 귀결되지 않는다. '환대(들)'에서 '(들)'은 무조건적인 환대도 아니면서 조건적인 환대들도 아닌 형식, 하나(환대)이면서 여럿(환대들)이기도 한 형식을 표현한다. 이를테면 환대(들)는 환대와 환대들이 변증법적 무한판단으로 종합된 형태이다. 그것은 조건적 환대의 도착 가능성이 무조건적 환대에 필수적이며, 무조건적 환대는 환대의 도착 가능성을 해결하는 과정에서 온전히 실현됨을 강조한다. 그렇게 실현되는 환대(들)의 형식 안에서 환대와 환대들은 모두 한계(유토피아니즘, 나르시시즘, 도착적 환대)를 드러낸다. 이때 환대(들)는 환대와 환대들 두 항 가운데 어디에도 귀속되지 않는 "부정성에 머무르는 힘"이라고 명명될 수 있다.

이제 언데드(undead)를 말해보자. 환대(들)가 무조건적 환대와 조건적 환대를 이분법적으로 재단하는 것을 거부하듯, 언데드는 삶과 죽음으로 가를 수 없는 존재를 지칭한다. 살아있으면서도 죽어있고, 죽었으면서도 살아있는 존재들. 이들은 "자신이 속한 (현실의-인용자) 총체에 포함될 수 없고 자신이 이미 포함된 집합에 소속될 수 없는 예외의 형상이다."(119쪽) 일차적으로 언데드는 이주노동자나, 불법체류자, 난민, 유맹(流氓) 등과 같이 사회 제도에 배제된 상태로 포함된 자들을 뜻한다. 더 나아가 언데드에는 "포스트모던 문명의 불만", "근대문학의 종언을 살아가는 한국문학"(124쪽), "문학 없는 문학", "허구를 해체하는 허구"가 포함된다. 각각의 항에서 앞자리에 놓인 포스트모던 문명과 근대문학의 종언과 문학과 허구는 뒤에 남겨진 불만과 한국문학과 문학과 허구를 마치 없는 것처럼 부인하는 메커니즘으로 실현된다. 포스트모던 문명은 체계에 대한 위반마저 허용하는 방식으로 구축되고, 근대문학의 종언은 소기의 목적을 달성한 근대문학 이후의 문학을 인정하지 않고, 문학은 불가해한 타자의 목소리를 은폐하고, 허구는 현실원칙을 초과하는 충동을 방어한다. 이들이 은폐하고 방어하는 언데드를 환대하는 것, 그것이 바로 복도훈이 생각하는 문학이다.

그렇다면 언데드를 어떻게 환대할 것인가? 「오이디푸스 왕」과 「콜로노스의 오이디푸스」를 함께 읽는 것을 통해 복도훈은 이에 대한 하나의 답변을 마련한다. 「오이디푸스 왕」이 인간의 죽음과 언데드의 탄생에 대한 이야기라면, 「콜로노스의 오이디푸스」는 국경으로 추방당한 자에 대한 환대를 문제 삼는 이야기다. 「오이디푸스 왕」에서 언데드 오이디푸스는 법을 주재하는 주권자이자 법을 위반한 무법자이고, 선왕 라이오스의 수수께끼 같은 죽음을 해결하는 수사관이자 라이오스를 죽인 범죄자이고, 한 사회의 금기를 수호하는 인간이자 금기를 파괴한 괴물이다. 이 같은 비(非)인간 오이디푸스를 환대하는 일은 근대문학의 종언 이후의 비문학(오락거리나 여가활동이라고 비난 받는 문학)을 환대하는 일과 다르지 않다. 한편, 「콜로노스의 오이디푸스」에서 주민들은 비인간 오이디푸스가 국경을 넘어 아테나이로 들어오는 것을 보자 공포에 질려 그를 내쫓으려고 한다. 이들의 배척은 근대문학의 종언 이후에 출현한 문학을 "쓸모없는 부정성"(45쪽) 운운하며 평가하는 행위와 다르지 않다. 하지만 공포를 넘어 진정 비인간과 비문학을 환대하는 일은 "쓸모없는 부정성을 탕진하는 부단한 창조 행위 속에서 새로운 삶과 문학"(46쪽)을 갱신하는 일이다. 그 같은 환대(들)는 오이디푸스가 자신의 무덤 자리를 누구에게도 알리지 말라고 했던 부탁을 마치 무조건적인 명령을 이행하듯 충실하게 지켜낸 테세우스의 행동으로 드러난다. "더 나은 삶에 대한 꿈"(아테나이가 언제까지나 해를 입지 않을 것이라는 오이디푸스의 예언)의 자리를 불확정성 속에 위치시키려는 오이디푸스와 테세우스의 충실성 속에서 그 꿈은 손쉽게 버려지지도 도착(倒錯)되지도 않게 된다.

복도훈이 한 작품에 대한 비평을 써내려가는 방식은 그 자체로 이방인을 환대하는 일과 유사하다. "세 세대(…중략…)의 혈통을 뒤섞은 오이디푸스"(558쪽)처럼 그는 문학과 이론과 당대의 삶을 하나의 비평 속에 뒤섞는다. 그런 후, 마치 콜로노스에서 임종한 오이디푸스가 자신의 무덤 자리를 끝내 불확정성 속에 위치시켰던 것처럼 그는 그렇게 뒤섞은 문학비평을 문학과 이론과 당대 현실 중 어느 하나의 자리에 고정시키지 않는다. 그의 문학비평에서 이루어지는 환대(들)는 문학을 이론이나 당대 현실에 종속시키는 대신, 이론과 당대의 삶을 통해 새로운 시차(時差/視差) 속에 놓이게 한다. 이를테면 그는 우울증의 이론을 통해 문학과 당대 현실을 다른 시차 속에서 평가한다. 그가 강조하는 우울증의 이론은 이렇다. "우리 시대의 비평과 철학은 애도와 우울증에 관한 수많은 프로이트적 분석의 여러 판본을 들려주면서도 가령 우울증이 슬픔을 극복하지 못한 자아의 망실 상태가 아니라, 자아의 전략으로 기능하는 조증(躁症, manic)이기도 하다는 프로이트의 언급에 대해서는 별말이 없다."(508쪽) 이 같은 이론은 김연수와 전성태의 소설을 다르게 읽을 수 있게 하며, 더 나아가 타자에 대한 애도를 지속시키려는 우울증적 행위가 타자에 대한 진정한 환대가 아니라 애도 뒤에 숨어 일상의 일탈을 향유하려는 자아의 이기적인 태도라는 점을 알려준다. 이처럼 복도훈의 문학비평은 이론 속으로 문학과 당대의 삶을 종속시키는 대신, 문학작품에 대한 새로운 해석을 이끌어내고 더 나아가 애도가 자아의 향유전략으로 도착되는 세태를 폭로한다.

복도훈의 비평은 문학과 이론과 당대의 삶을 환대하면서 그것들의 시차를 드러내기에 약 2,500년 전에 쓰인 「오이디푸스 왕」과 「콜로노스의 오이디푸스」에 대한 언급이 단지 비평가의 박식과 교양을 드러내는 수단으로 전락하지 않게 한다. 시차 속에서 소포클레스의 두 비극은 가장 전통적인 만큼 가장 전위적인 문제의식을 드러내는 작품으로 탄생된다. 복도훈에게 환대는 시차를 드러내는 일이자 문학과 이론과 삶 속에 숨겨진 진리를 드러내는 일이다. 이때 진리를 발견하게 하는 것은 진리의 움직임이다. 무조건적인 환대는 이질적인 타자에 대해 '동정에서 공포로'(A), 다시 '공포에서 동정으로'(B) 태도가 이동할 때 가까스로 이루어진다. 그에게 무조건적 환대는 단지 논리적으로는 A에서 B로 가볍게 전환하는 것에 불과하지만 현실에서 그 전환은 어렵고도 중요한 일이다.

정리하자. 그리고 의견을 덧붙이자. 복도훈에게 문학비평은 문학작품에 충실하면서도 동시에 작품과 함께 다른 곳으로 이동하는 일이다. 문학작품에만 충실한 내재비평은 역설적이게도 문학의 속살을 드러내지 못하고 문학의 진리도 확장하지 못한다. 그러한 비평가는 문학작품을 한낱 교양의 장식으로 활용하려는 두뇌의 열정만 지녔을 뿐이다. 오로지 두뇌의 열정만으로 수행된 비평은 작품 속에서 시차를 드러내지 못하게 되고 종국에는 문학을 예술이나 정치나 철학으로 봉합할 것이다. 그렇기에 복도훈의 비평이 서구 이론의 강박증에 빠져 있다는 비판(고명철)은 이론으로 문학작품에 개입하려는 열정보다 문학작품으로 이론에 개입하려는 열정이 부족할 수 있다는 염려로 이해돼야 할 것이다. 그 같은 열정이 부족할 때 비평은 문학을 철학으로 봉합할 우려가 있기 때문이다.

문학을 미학이나 정치나 철학으로 봉합하지 않고 시차 속에 유지하는 일은 비평이 문학을 환대하는 일과 다르지 않고, 비평이 두뇌의 열정을 열정의 두뇌로 전환하는 일과 다르지 않다. 「콜로노스의 오이디푸스」에서 이방인 오이디푸스는 죽기 전 아테나이의 왕 테세우스와 약속한다. 무덤 자리를 누구에게도 알리지 말라는 오이디푸스의 부탁(약속)은 이상하게도 약속을 수락한 왕을 평생토록 구속한다. 그 약속의 구속을 충실하게 이겨낼 때 테세우스는 비로소 오이디푸스에 대한 무조건적인 환대를 완수하게 되고 아테나이의 불행을 영원토록 막아내는 진정한 왕이 된다. 복도훈의 비평 속에 독자로 환대된 우리도 이제 그에게 약속을 청하자. 그의 비평이 두뇌의 열정을 열정의 두뇌로 전환하는 힘겨운 발걸음을 또 한번 내딛어 달라고 말이다. 문학에 충실하면서 문학을 시차 속에 위치시키려는 비평의 무조건적 환대는 두뇌의 열정을 열정의 두뇌로 전환시킬 때에만 비로소 완수되기 때문이다.

안에서 밖으로

배명훈 소설집 『총통각하』 리뷰

1769년 40대의 헝가리 사람 볼프강 폰 켐펠렌은 흥미로운 안드로이드를 하나 만들었는데 그것은 아마도 발터벤야민의 독자라면 이미 알고 있을 체스 두는 자동인형(The chess player)[1]이었다. 터키 사람의 복장을 한 자동인형 앞에 놓인 체스판은 가로 130센티미터 세로 60센티미터 높이 100센티미터의 나무 상자 위에 놓여 있었다. 「역사철학테제」를 이해하는 데 중요하지 않은 사항이라고 생각되지만 한마디 하자면, 이 나무 상자 안에 꼽추 난장이가 들어가 인형을 조정한다고 봤던 벤야민의 견해는 사실과 다르다. 오히려 벤야민의 견해는 켐펠렌의 자동인형을 보고 호기심보다 두려움을 느꼈던 당대 지식인들의 해석 가운데 하나였다. 그들 가운데 역설적이게도 에드거 앨런 포도 있다. 1804년 켐펠렌이 죽은 후 그의 안드로이드는 오르간 제조업자의 아들이자 메트로놈을 발명한 것으로 알려진 합스부르크 궁정의 기술자 요한 네포무

---

1   이후 전개되는 서술은 다음의 책을 참고했다. 게이비 우드, 「생각하는 기계」, 김정주 역, 『살아 있는 인형』, 이제이북스, 2001.

크 멜첼에게 팔렸고, 1818년 멜첼과 안드로이드는 유럽과 미국 전역을 도는 순회공연을 했다. 이 순회공연을 보았던 에드거 앨런 포는 기계가 인간처럼 사유할 수 있다는 데 경악했고, 자신이 받은 정신적 충격을 허겁지겁 방어하기 위해 그는 자동인형 상자 안에 누군가가 들어가 조정하고 있다는 식의 근거 없고 논리 없는 억지 주장을 펼쳤다. 체스 두는 자동인형의 비밀은 1834년 자크 프랑수아 무레라는 사람에 의해 완전히 폭로되었는데, 이로써 무려 65년 동안 계속되던 당대 지식인들의 억측은 사실과 절반만 일치한다는 점이 드러났다. 무레의 증언에 따르면 자동인형을 조정하는 사람들은 감독관(producer)으로 불렸고 당대 최고의 체스 명인들이었지만, 꼽추 난장이는 아니었다. 그들 중에는 키가 무려 180센티미터가 넘는 사람들도 있었는데, 어찌됐든 상자 안에 들어가 인형을 조정하며 체스를 두는 일은 매우 답답한 일이었는데도 불구하고 그들은 기꺼이 그 일을 하고 싶어 했고 자동인형의 비밀을 어느 누구에게도 말하려 하지 않았다. 자동인형 안에서의 삶은 감독관의 신체와 정신 모두를 변화시켰는데, 이를테면 180센티미터 장신의 감독관 빌헬름 슐룸베르거는 현저하게 등이 굽게 되었고, 이들 감독관들은 스스로 자동인형과 샴쌍둥이 같은 관계를 맺고 있다고 생각하게 됐다. 자동인형과 감독관의 관계는 사람이 단지 장난감에 생명을 부여하는 일방향적인 것이 아니라 장난감과 지극한 영향을 주고받았기 때문이다. 그러므로 자동인형 아래 놓인 상자에 정상인이 들어가느냐 혹은 난장이가 들어가느냐 하는 문제는 중요하지 않다. 그 작은 상자 안에 난장이가 들어간다고 예상했던 지식인들의 견해는 인간이 기계에 영향을 줄 수는 있어도 절대로 받을 순 없다고 보는 인간 중심적 편견에서 비롯됐다. 에드거 앨런 포의 반응에서 알 수 있듯 안전거리를 유지한 채 자동인형을 대하는 사람에게 기계와 인간 사이의 위계와 편견은 사라지지 않는다. 포는 기계장치뿐만 아니라 신체의 기능을 구속하면서까지 기계장치와 하나가 되고 싶어 하던 감독관들의 열망과 정동을 전혀 이해하지 못했다.

그렇다면 흔히 SF소설가라고 거론되는 배명훈이 지금까지 우리에게 건네 줬던 소설들은 이를테면 기계장치를 거리 두고 보는 자와 기계장치 속에서 경험하는 자 가운데 어느 편에 놓여 있었을까. 기억나는 배명훈의 멋진 소설들은 대개 후자의 편에 있었던 것 같다. 한반도에 핵폭탄이 떨어질지 모르는 긴급한 상황을 누구보다 먼저 간파했던 주인공 민소는 혼자서 도망치는 대신 옛사랑을 만나기 위해 자동차의 핸들을 돌린다. 그 순간 오래된 은색 자동차 엑센트가 하는 말은 이렇다. "주인이 똑바로 핸들을 잡아주지 않으면 자신은, 다시는 이렇게 터져오를 것만 같은 심장을 가진 철거인(鐵巨人)이 되어 보지 못할 것만 같았다." 단편 「철거인(鐵巨人) 6628」의 한 장면이다.[2] 민소가 핵폭탄과 관련된 자신만의 전문성을 과시할 수 있는 절호의 기회라든가 폭탄을 피해 혼자서 도망칠 수 있는 유리한 상황을 기꺼이 모두 포기하고 옛사랑에게 차를 돌릴 때 민소뿐만 아니라 자동차는 단 한 번도 예상하지 못했던 다른 존재(사람도 자동차도 아닌 철거인)가 된다. 이렇듯 배명훈 소설의 진가는 기계문명에 대한 얼리어답터식의 맹목적 추종도 아니고 러다이트 운동식의

---

[2] 웹진 거울(http://go9.co/6pG). 참고로 이 글이 활용한 소소한 자료와 아이디어는 임태훈의 비평집 『우애의 미디올로지』에 크게 빚지고 있다. 우정, 미디올로지, SF, 영화, 문학, 소리, 기계장치(로우테크), 정동 등등의 키워드에 관심이 있는 독자들에게 일독을 권한다. 임태훈, 『우애의 미디올로지』, 갈무리, 2012.

순진한 거부도 아닌, 기계와 인간이 맺고 있는 관계의 변화에서 드러난다. 그 관계 속에서 민소는 타자(옛사랑)에 대해 눈을 뜨게 되고 기계는 매뉴얼이 미처 예상하지 못했던 존재(철거인)로 변화된다. 자동차와 운전을 싫어하며 한적한 시골에서 별을 보길 좋아하던 민소가 쭈뼛쭈뼛 자동차를 몰게 되고 어느덧 옛사랑을 향해 과감히 핸들을 돌리게 되는 과정까지의 변화는, 그가 체스 두는 자동인형을 보며 기계의 사유 가능성을 두려워하던 에드거 앨런 포의 자리에서 자동인형 아래 놓인 상자에 들어가 기계와 인간 사이의 고정된 위계를 내버린 감독관의 자리로 이동한 것으로 비유할 수 있다. SF소설이 일종의 포장만 바꾼 풍자소설이거나 기계문명에 대한 전문 지식들의 박람회일 때마다 독자가 받는 소외감은 그러한 소설들이 자동인형과 거리를 두고 서 있던 에드거 앨런 포의 자리를 포기하지 않는 데서 비롯된다. 배명훈 소설이 새로우면서도 독자들의 관심을 받을 수 있었던 이유는 포의 자리를 포기하고 흔쾌히 작은 나무 상자 안으로 들어간 SF소설이었기 때문이다.

그런데 열 편의 단편이 수록된 배명훈의 신작 소설집 『총통각하』(북하우스, 2012)는 단편마다 편차는 있지만 대개의 소설들이 나무 상자 밖의 자리로 나와 있는 듯하다. 그렇다면 『총통각하』는 기계문명에 순진한 찬사를 보내거나 반대로 맹목적인 비판만을 앞세운 소설집이란 말인가? 앞으로 차차 밝혀지겠지만 이에 대한 답변은 '아니다'이다. 그러므로 이 소설에서 자주 등장하는 총통과 그의 체제를 현시대 MB정부로 환원시켜 비판하고 싶은 해석의 유혹을 독자는 견뎌야 한다. 그러한 해석은 한편 맞기도 하겠지만 다른 한편 소설과 MB정부에 대한 비판 모두를 축소시키는 사유이기 때문이다. 이러한 단순한 해석에 대해 단편 「내년」의 서사적 맥락과 어긋나지만 이 소설 주인공의 다음과 같은 언급을 건네주고 싶다. "내년이 오면 다 해결되는 건가요? 문제는 (⋯중략⋯) 30년간 끊임없이 사람들을 지배해 온 이 도시 전체의 권력구조 아닌가요? 지배자 하나가 잘못된 것도 아니고, 사실상 이곳 사람들 하나하나가 피해자이면서 또 가해자일 텐데, 내년을 관철시킨다고 그게 갑자기 다 사라져버리는 건 아니잖아요?"(269쪽) 『총통각하』는 시종 풍자적인 위치를 고수하고 있는데 이때 풍자의 대상은 과거부터 미래까지 폭넓은 시간 속에 놓여 있다. 이 소설이 겨냥하는 풍자의 표적은 특수한 권력이 아니고 보편자로 보일 정도로 너무나 자연스러워진 권력구조이기 때문이다. 그러므로 『총통각하』에서 운하를 파고 쇼크독트린[3]을 남발하는 총통각하를 MB라고 풍자하는 것은 무용하다. 그 대신 『총통각하』의 독자들은 현시대 MB가 아니라 과거부터 MB를 거쳐 미래까지 연장될 권력구조를 비판하는 자리에 놓이게 된다.

그렇다, 문제는 권력구조⋯⋯. 그런데 이 말은 너무 멋진 말이지만 한편으로 공허한 말이지 않은가. 도대체 어떤 권력구조가 문제인가. 구체적으로 어떤 방식으로 작동하는 권력구조가 문제란 말인가. 미흡한 답변이겠지만 배명훈 소설이 문제 삼는 권력구조의 메커니즘은 타자와 세계에 대한 사랑이 빠진 채 작동하는 것을 말하는 듯하다. 일찍이 푸코가 가르쳐준바 권력이 있는 곳에 대항권력도 있지만 배명훈의 소

---

3 말 그대로 '위기(쇼크)는 곧 기회'다. 어떤 기회? 지배권력을 다시 복권할 수 있게 하는 기회. 이를테면 남한의 군사정권이 대중들에게 '간첩 쇼크'를 조작하는 일은 정권의 정당성을 확보하기 위해 빈번히 사용하던 통치술이었다. 칠레, 아르헨티나 등 1970년대 남미 군사독재와 관련해서 미국의 정치, 문화, 학문(특히 밀턴 프리드먼을 필두로 하는 시카고보이즈) 분야 전반이 밀접하게 맞물려 쇼크독트린을 활용한 사례에 대한 정교하면서도 흥미로운 분석은 다음의 책 참고. 나오미 클라인, 김소희 역, 『쇼크독트린』, 살림Biz, 2008.

설에 따르면 단순히 권력의 배치만을 바꾼다고 그것이 진짜 대항권력이 되지는 않는다. 사랑이 없다면 대항권력도 안타깝지만 또 다른 지배권력일 뿐이다. 전작 「안녕, 인공존재」를 연상케 하는 「초록연필」에는 지배권력에 대항하기 위한 신기한 발명품인 초록연필이 등장한다. 사무실의 필기구가 권력자를 향해 이동한다는 기발한 발견이나 악을 봉인하기 위해 인공위성과 핵폭탄을 통제하는 연필이라는 진기한 발명은 그야말로 서사적 흥미를 압도한다. 하지만 이러한 재미는 어쩌면 일종의 맥거핀일지 모른다. 이 소설의 진정한 힘은 바로 마지막 문단에 담겨 있기 때문이다. 핵폭탄이 떨어져 지구의 악을 일소한 순간 "그 도시 전역에 모여 있던 총 877개의 초록연필과 2백 7십만 명이 넘는 사람들의 목숨 또한 흔적도 없이 사라지고 말았다. 사람들은 루까스 베르데야말로 악마의 화신이 틀림없다고 기록했다."(255쪽) 악을 봉인하기 위해 지배권력에 동조하거나 반대하거나 혹은 무관심했던 270만 명의 사람들마저도 죽여 버리는 대항권력은 세계와 타인에 대한 사랑의 마음이 부족하기에 진정한 대항권력이라 할 수 없다. 안타깝지만 그러한 대항권력은 "악마의 화신"일 뿐이다. 예언자 루까스 베르데는 세계와 사람들에 대한 사랑보다 예언의 무조건적 실천을 더 사랑했던 것은 아닐까. 그렇기에 「내년」이나 「바이센테니얼 챈슬러」에서 지배권력에 대항하기 위해 무고한 인민을 죽이려는 계획이나 소극적 저항의 방식으로 동면을 취하는 것에 대해 이 소설들은 긍정적인 답변을 내놓지 않는다. 그들의 저항방식에는 세계와 타자에 대한 사랑이 빠져 있기 때문이다. 마치 김수영의 시 「어느 날 고궁을 나오면서」(1965)를 위트 있게 패러디한 소설 같은 「혁명이 끝났다고?」에서도 소설은 내내 혁명이 아니라 첫사랑이 끝났다는 것을 말해주고 있다. 김수영 시의 몇 구절을 활용해서 이 소설을 해석하자면 이렇게 말할 수 있다. 사랑이 빠진다면 혁명(반대로, 혁명이 빠진다면 사랑)이란 '우습지 않느냐 // 모래야 이런 혁명(사랑)이란 얼마큼 적으냐 / 바람아 먼지야 풀아 이런 혁명(사랑)은 얼마큼 적으냐 / 정말 얼마큼 적으냐…….' 좀 더 정확히 말하자면, 그 사랑이 또 그 혁명이 작다는 사실만이 문제는 아니다. 그렇게 조잡하고도 자잘한 혁명과 사랑이 「초록연필」에서 보듯 무시무시한 악의 화신으로 돌변한다는 게 진짜 문제다.

　이제 배명훈의 소설이 체스인형 아래 놓인 나무 상자 밖으로 나와서 무엇을 풍자하는지 정리해서 말할 수 있을 것 같다. 그 풍자는 체스 두는 자동인형 앞에서 경악했던 에드거 앨런 포와는 비슷한 위치에 있지만 풍자의 타격점은 전혀 다른 데 있다. 그것은 단순히 기계문명이니 자본주의니 하는 지배권력에 대한 비판이 아니고 사랑을 거부한 폭압적 권력(또는 권력을 거부한 낭만적 사랑)에 대한 비판이다. 다르게 말해 배명훈의 『총통각하』가 자신의 이전 소설과 다르게 체스 두는 자동인형의 나무 상자 안에서 밖으로 나와서 시도하는 풍자는 바로 상자 밖에서 안으로 들어가지 못하는 것들에 대한 풍자이다. 그렇기에 풍자의 목표점은 흥미롭게도 에드거 앨런 포가 보여줬던 바로 그 풍자이고, 이러한 『총통각하』의 풍자를 정확히 풍자의 풍자라고 말할 수 있다. 나무 상자 안으로 들어가 기계와 사랑에 빠진 후 기계도 인간도 아닌 새로운 존재를 창안하는 것에 대해 겁내고 옹졸해 하고 편견으로 방어하는 지배권력을 『총통각하』는 풍자한다. 그렇기에 배명훈의 이전 소설들이 자동인형의 나무 상자 밖에서 안으로 들어갔다면, 이제 『총통각하』는 그때의 가르침을 명념한 채 나무 상자 안에서 밖으로 나오게 됐다. 아직까지도 나무 상자 밖에서 순진하게 자동인형을 찬양하거나 맹목적으로 거부하는 자들을 비판하기 위해서 말이다. 그리고 다시 말하지만『총통각하』의 이 같이 새로운 풍자는 사랑과 (대항)권력의 결합이라는 강력한 비판의식을 내장하고 있다. 그런데 사랑과 정치의 결합이라는 이렇게도 흥미로운 사유를 전개시키는 배명훈의 소설에 대해서 남겨진 질문이 없지는 않다. 물론 이러한 사유 자체는 그렇게 새로운 제안은 아니라고 말할 수 있지만,[4] 당연히 그러한 견해가 최초냐 아니냐는 중요한 문제가 아니다. 진정 중요한 것은 사랑과 정치의 결합을 어떻게 시도할 수 있느냐이다. 「냉방노조 진압작전」에는 이러한 제안의 구체적인 시도를 보여주고 있다. 마치 유대인을 연상케 하는 두르마도르미들은 폭력 대신 지속적인 토론을 통해 메시아 듀르를 도래케 한다. 배명훈의 소설은 새로운 세계는 비폭력과 타자에 대한 관용과 민주주의적 토론을 토대로 구축된다고 보고 있는 듯하다. 하지만 그의 소설이 비폭력과 관용과 토론이라는 것에 대해 지나치게 낙관적인 태도를 지니고 있는 것은 아닌지 질문하고 싶다. 제스처뿐이지만 자본주의든 뭐라 부르든 현시대 지배권력이 좋아하는 게 바로 비폭력과 관용과 토론이기 때문이다. 배명훈의 소설에서 이래저래 반복해서 등장하는 은경 씨를 비롯해서 다소 쿨하면서도 타인에게 자상한 배려를 아끼지 않는

---

4   일찍이『에로스와 문명』에서 마르쿠제는, 권력과 제도와 문명은 인간의 자유로운 욕망을 억압한다는 프로이트의 견해를 비판하며 억압 없는 사랑의 권력(문명, 제도)을 제안한 바 있다. 참고로 마르쿠제의 제안을 전 세계 차원에서 이루어진 혁명들의 연속성으로 파악하여 프랑스 68혁명이 전 세계적 차원의 혁명들과 주고받은 영향 관계를 알려주는 책은, 조지 카치아피카스, 이재원 역,『신좌파의 상상력』, 난장, 2009.

인물들을 기억한다면 성급한 낙관론에 대한 이 같은 우려는 불필요한 것인지 모른다. 그런데도 나는 「냉방노조 진압작전」에서 적의 침입 앞에서 계속해서 기도하듯 끝나지 않는 토론만 하는 두르마도르미들의 모습이 무기력한 평화주의인 것만 같아 화가 난다. 그렇다면 사랑과 정치의 결합은 어떤 방식으로 이루어질 수 있을까. 배명훈의 다음 소설을 기다린다.

타자와 관계 맺는
세 가지 방식
이장욱 소설집 『고백의 제왕』 리뷰

　『고백의 제왕』(창작과비평사, 2010)을 말하기 전에 잠시 우회하자. 이전 장편소설의 문제의식은 이번 소설집의 단편들 속으로 분화되기 때문이다. 이장욱의 첫 장편 『칼로의 유쾌한 악마들』(문학수첩, 2005)은 전철에 치여 죽은 세 사람에 관한 이야기이다. 첫 번째 사고는 평소 두통에 시달리던 여자에게서 일어난다. 전철이 들어오기 직전 그녀는 플랫폼 가장자리 허공을 전철의 실내로 착각하고 걸어간다. 두 번째 사고는 여자를 친 기관사에게서 일어난다. 그는 여자가 죽은 전철역에서 같은 방식으로 사고를 당한다. 세 번째 사고는 여자와 기관사가 죽은 전철역에서 이들과 무관하게 살아온 청년에게 발생한다. 청년은 어이없게도 플랫폼을 걸어가던 사람들에게 떠밀려 전철에 치이게 된다. 이때 세 명의 죽음은 사회적으로 간명히 처리된다. 가정환경을 비관한 자살이라거나, 승객의 자살사고로 받은 정신적 후유증에서 비롯된 자살이라거나, 어찌 됐건 자살사고임에 분명하다는 식으로 말이다.
　하지만 소설의 화자는 시종 이들이 죽은 이유가 이렇게 단순하지 않으며, 더 나아가 세 명의 죽음은 서로 관련되어 있다고 말하고 있다. 죽기 전까지 여자와 기관사와 청년은 모두 결혼과 직장과 가정이라는 제도 안에 있으면서도 그 제도로부터 소외되어 있었다. 근본적으로 이들의 죽음은 타인을 포섭하면서 동시에 배제하는 근대의 제도에서 비롯했다. 소외감에서 벗어나기 위해 여자와 기관사가 제도 밖 허공에 발을 내딛게 된 심정은 "바다표범을 찾아서 차가운 북극의 바닷물 속에 들어간 에스키모 소녀"(215쪽)의 마음과 크게 다르지 않을 것이다. 그렇다면 청년을 제도 밖 허공으로 떠밀어낸 사람들은 누구인가? 타자의 죽음을 손쉽게 망각하는 자(기관사의 옛 친구와 옛 애인)와 그렇지 못한 자(죽은 아내를 냉장고에 넣고 사는 노인)에 의해 청년은 죽게 된다. 청년의 죽음은 타자와 자신의 삶을 완전히 분리하려고 하거나 완전히 합체하려고 하는 자들이 결국 제도가 타자를 다루는 방식과 다르지 않게, 타자의 타자성을 상실하도록 만든다는 점을 보여준다.

『칼로의 유쾌한 악마들』에서 인물들은 제도에 의해 살해되거나, 그렇게 살해된 자들에게 다가서기 위해 '에스키모 소녀'처럼 제도 밖으로 나아가거나, 제도와 똑같은 방식으로 타자를 살해한다. 이 같은 세 부류의 인물군에 따라 『고백의 제왕』에 수록된 단편들을 배치할 수 있다. 「곡란」은 제도에 의해 살해되는 첫 번째 군의 인물을 보여주고, 「동경소년」, 「변희봉」, 「아르마딜로 공간」, 「기차 방귀 카타콤」, 「안달루씨아의 개」는 제도에 의해 살해된 자들을 이해하기 위해 스스로 제도 밖으로 나아가는 두 번째 군의 인물을 보여주며, 「고백의 제왕」과 「밤을 잊은 그대에게」는 이미 죽어버린 타자를 제도와 똑같은 방식으로 또다시 죽이는 세 번째 군의 인물을 보여준다.

먼저 첫 번째 군에 속한 자들을 살펴보자. 「곡란」에 등장하는 인물들은 제도로부터 고정된 의미를 할당받지 못한 자들이다. 그들의 처지는 이름을 통해 단적으로 드러난다. 코끼리, 스몰, 데스, 메아리 등등 주체적이라고 할 수 있을 만큼 스스로 자신의 이름을 지었지만 그 이름은 사회적으로 소통될 수 없는 한낱 기호에 불과하다. 그 의미가 사회적으로 소통되지 못했던 '고철'이라는 도시명이 '목란'으로 바뀌고 그렇게 명확한 이름마저도 의미를 전달할 수 없는 '곡란'으로 전락한 여관의 이름처럼 말이다. 이들은 생물학적으로는 아직 살아 있지만 사회적으로는 이미 죽어 있는 자라고 할 수 있다. 죽어서 사회적인 영웅이 될 수도 없기에 이들은 비극의 주인공보다 훨씬 끔찍한 비극을 살아가는 인물들이기도 하다. 이제 이들은 그 끔찍한 비극을 견디지 못하고 스스로 목숨을 끊으려 한다. 하지만 이들의 자살은 자신들을 살해한 사회제도에 대한 어떠한 저항도 될 수 없으며, 자신들과 비슷한 처지의 사람들을 이해하기 위한 어떠한 실천도 될 수 없다. 그렇기에 앞으로 계속될 사회제도의 살인을 막기 위해서 이들이 이처럼 무력하게 죽어서는 안 된다는 외침은 다급하고도 절박하다. "이봐요, 대체 왜 이러는 겁니까? 왜? 우리는 얘기를 해야 합니다, 얘기를."(198쪽)

두 번째 군에는 이렇게 제도에 의해 살해된 타자들과 얘기를 시도하려는 자들이 있다. 이들은 누군가를 살해하거나 누군가와 사별하고 홀로 남겨져 있다. 사랑했던 유끼를 살해한 소년(「동경소년」), 아버지와 사별하고 아내와도 이혼한 만기(「변희봉」), 교통사고로 여자아이를 죽게 한 택시기사(「아르마딜로 공간」), 사고로 죽은 딸과 자살한 아내를 둔 가장(「기차 방귀 카타콤」), 2년 전 아내와 사별한 노인(「안달루씨아의 개」)이 바로 그들이다. 나이와 성별과 처지는 다르지만 이들은 모두 "매일 이별하며 살고 있"(226쪽)는 사람들이자 "'끝'이 시작된 지도 꽤 된"(241쪽) 사람들이다. 현재 이들은 잠을 잘 수 없을 만큼 외롭고도 괴롭다. 그들에게서 사라진 님은 먼 곳에 있으면서 동시에 가까이 있기 때문이다. 님은 떠나간 이유를 알 수 없을 정도로 이들의 인식에서 멀리 떨어져 있지만 환각에 빠지게 할 정도로 이들의 감각을 가까이에서 건드린다. 인식할 수 없게 만드는 타자의 원거리가 이들을 외롭게 하고, 감각할 수 있게 하는 타자의 근거리가 이들을 괴롭게 한다. 이처럼 인식과 감각이 매끄럽게 연결되지 않은 채 이음매가 탈구된 시간 동안 이들은 사라진 타자와 완전히 합체할 수도 분리할 수도 없게 된다.

이렇게 타자와 완전히 합체하지도 분리하지도 못하게 되는 공간과, 감각과 인식 사이의 괴리가 발생하는 시간 속에 홀로 남겨진 이들은 떠나간 타자를 이해하기 위해 제도 밖으로 나아간다. 사라진 타자를 이해하고 싶은 간절한 열망은 소설의 결말부에서 이들이 제도의 시선으로는 이해할 수 없는 존재로 변화되는 장면을 통해 드러난다. 동경소년은 사라진 유끼처럼 유령 같은 존재가 되고, 만기는 변희봉의 실존에 대한 믿음을 결단코 포기하지 않는 존재가 되고, 택시기사는 아무도 증명할 수 없는 아르마딜로 공간을 살아가는 존재가 되고, 빠리를 여행하던 '당신'은 부서지고 뒤틀린 단어로 카타콤베를 가자고 외치는 존재가 되고, 죽은 아내의 외로움을 이해하게 된 노인은 침엽수처럼 보이지만 누구도 이해할 수 없는 이상한 존재가 된다.

이들과 다르게 이질적인 타자 앞에서도 이전부터 고수해오던 자신의 존재를 완강히 유지하는 세 번째 군의 인물들이 있다. 「고백의 제왕」에서 고백을 듣는 친구들과 「밤을 잊은 그대에게」에서 아내와 이혼한 중년의 의사가 바로 그들이다. 단적으로 말해 이들은 타자와 '얘기'하지 않으려는 자들이다. 타자의 말은 이들이 숨기고 싶은 진실을 드러내기 때문이다. 제도가 타자를 포섭하면서 배제하듯이 이들은 타자와 (겉으로는) 얘기하면서 (진실은) 얘기하지 않는다. 그 같은 대화방식은 진실게임과 환자를 진찰하는 방식을 통해 드러난다. 「고백의 제왕」에 등장하는 진실게임의 진실은 이들이 타자와 대화하는 가운데 드러나는 불편한 진실을 방어하기 위해 유쾌한 게임의 방식을 도입한다는 데 있다. 이들은 타자의 타자성을 탈각시키는 살인의 쾌감을 무의식적으로 추구하지만 그 사실이 의식적으로 드러나는 것을 거부한다. 이 점이 그들이 숨기고 싶어 하는 진실이다. 이처럼 이 소설은 고백의 주체가 내면을 발명하면서까지 기만적으로 완성하는 자아의 일관성을 문제 삼는 게 아니라, 고백의 청자가 무의식의 진실을 게임의 방식으로 은폐하면서까지 완성하는 자아의 기만적인 일관성을 문제 삼고 있다. 의사의 진찰방식도 마찬가지다. 그는 현란한 전문용어를 사용하여 불면증 환자를 진찰하지만, 자신의 증상과 다를 바 없는 환자의 상처에 접근하려고 하지 않는다. 자신의 증상을 환기시키는 환자의 이야기는 자신의 전문용어를 통해 모두 방어될 뿐이다. 진실게임에 참여한 친구들과 환자를 대하는 의사는 모두 타자를 이해한다는 제스처를 보이지만 실제로는 타자의 타자성을 자신의 인식과 완벽히 합체하거나 분리할 뿐이다.

하지만 제도 밖으로 밀려나 유령처럼 보이게 된 타자를 못 본 척 지나치려 하는 위선적인 사람들에 대해 이장욱의 소설은 차갑게 비판하지 않는다. 위선은 강자의 것이 아니라 약자의 것이기 때문이다. 그들의 위선적인 태도는 유령을 환대하는 문제 앞에서 느끼는 괴로움에서 비롯하고, 더 나아가 제도에 의탁해 유령을 보지 않으려는 자신들 역시 머지않아 유령이 될 것이라는 사실에 대한 두려움에서 비롯한다. 그렇기에 약자들의 위선을 비판하는 대신 이장욱의 소설은 이들이 아무리 못 본 척하려고 하더라도 죽어버린 타자는 불편한 진실을 들고 언제든 되돌아온다는 점을 독자들에게 말하고 있다. 이 같은 사실은 오래전에 발표된 작품들을 계속해서 독자들에게 환기하는 『고백의 제왕』의 스타일을 통해서도 드러난다.

독자들은 이장욱의 소설을 읽으면서 어디선가 많이 본 듯한 작품들을 쉬이 연상할 수 있을 것이다. 여관에서 이루어지는 자살소동과 인물들의 맥락 없는 대화와 '꿈틀거리는 것' 운운하는 표현을 통해 「곡란」을 읽던 독자는 45년 전에 발표된 김승옥의 「서울 1964년 겨울」을 연상했을지 모른다. 한편, 집단의 정의를 오염시키는 이질적인 개인을 배제하지만 집단의 동일성은 바로 그 배제된 개인의 은밀한 욕망과 광기를 조건으로 한다는 사실을 통해 「고백의 제왕」을 읽던 독자는 16년 전에 발표된 최윤의 「하나코는 없다」를 연상했을지 모른다. 또, 죽음을 연상케 하는 장면마다 여지없이 기어 나오는 개미를 보고 「안달루씨아의 개」를 읽던 독자는 81년 전 프랑스에서 루이스 부뉴엘이 발표한 영화 〈안달루씨아의 개〉를 연상했을지 모른다. 이외에도 독자들은 자기 나름의 문화적 경험치에 따라 이장욱의 같은 소설에서도 다른 시대 다른 장르의 작품들을 수없이 연상할 수 있을 것이다. 가령 「기차 방귀 카타콤」을 읽은 독자 가운데 주인공이 타인의 마음속으로 들어가는 장면에 집중하여 영화 〈존 말코비치 되기〉(1999)나 〈스트레인저 댄 픽션〉(2006)을 연상한 사람도 있을 것이고, 여자들이 다른 시간과 장소에서 연결되는 것에 주목하여 영화 〈디 아워스〉(2002)를 떠올린 사람도 있을 것이다. 이처럼 기억에서 사라졌던 작품들은 사라진 타자가 유령이 되어 되돌아오듯 이장욱의 텍스트 속에서 계속해서 부유한다.

이제 작품의 한 장면을 떠올리면서 이 글을 마무리하자. 「변희봉」에서 '나'는 만기의 말을 건성으로 들어가며 연신 프로야구 중계에서 눈을 떼지 못한다. 텔레비전에는 연장 11회 말 2사 주자 만루 상황에서 마지막 역전의 찬스를 잡은 롯데의 공격이 중계되고 있다. 그런데 이대호가 친 공은 조명등 불빛이 교차하는 한가운데에 들어가게 되고, 그 때문에 경기를 관람하던 모든 사람은 공의 행방을 알 수 없게 된다. 역설적이게도 잘 보려고 설치한 조명등 때문에 공은 사라지게 되고 결국 그 공은 파울로 선언된다. 이 상황을 지켜보던 아나운서는 "시선과 불빛과 공이 일직선을 이루는 순간"(70쪽) 공의 행방이 사라지게 된다고 말한다. 이 말은 개인의 시선("시선")과 제도의 시각("불빛")과 타자(他者, "공")가 일직선을 이루는 순간 타자가 사라지게 된다는 말로 해석될 수 있을 것이다. 제도의 시각으로 타자를 바라볼 때 타자는 더욱 잘 보이게 되는 것이 아니라 오히려 사라지게 된다. 이장욱의 소설은 이같이 제도의 어둠 속에서 등장하는 타자와 관계하는 것은 매우 힘들고 불편한 일이지만 "삶은 오히려 어둠의 편에서 오는 것"(73쪽)이라고 말하고 있다. 제도의 틀에서 사라진 공(他者)은 이장욱의 소설과 함께 이렇게 우리에게 도착했다.

두 번째 사건
그리고 첫 번째 사건

최진영 장편소설 『당신 옆을 스쳐간 그 소녀의 이름은』 리뷰

잘려나간 소설 제목부터 완성해보자. 당신 옆을 스쳐간 그 소녀의 이름은 이년, 언나, 간나, 유나, 이수진이다. 이 많은 이름들이 모두 한 사람의 것이다. 최진영의 장편소설은 너무나 많은 이름들을 갖고 있지만 서류상으로는 "이 세상에 없는 아이"(275쪽)에 대한 이야기이다. 이 정도만 말했는데도 눈치 빠른 독자들은 이 소설의 주제를 유추할 수 있을 것이다. 이를테면 이렇게 말이다. 개인의 정체성은 복수적이고, 이름은 개인의 성격을 부각시키면서 단순화시키고, 제도는 개인의 복수적인 정체성을 인정하지 않는다, 그러므로 호명과 제도의 폭력에 저항하기 위해 독자 당신들은 옆을 스쳐간 그 소녀의 다양한 이름들을 기억해야 한다. 일면 설득력 있는 독해다. 그런데 이렇게 해석하고 지나치기에 떨떠름한 잔여가 이 소설에 있다. 그 잔여로부터 이끌려 나오는 질문들은 이렇다. 너무 많은 이름을 지니고 있고 그래서 아무 이름도 지니지 않는 타자를 망각하지 말라는 윤리적인 가르침은 아무리 강조해도 지나치지 않지만, 그 가르침을 강조할 때 은폐되는 것은 없나? 우리

는 각자 자기 나름의 방식으로 타자를 망각하지 않기만 하면 모든 책임을 다한 것인가? 개인적인 차원에서 이루어지는 윤리적 실천은 사회 체제에 개입하려는 정치적인 실천을 자동적으로 이끌어낼 수 있는가? 일련의 질문에 대해 최진영 소설의 잔여들은 시종 '아니다'라고 답하고 있다. 이 글은 그 잔여들에 대해 말할 것이다.

『당신 옆을 스쳐간 그 소녀의 이름은』(한겨레출판, 2010)의 주인공 '나'에게 세상은 지옥보다 더 가혹한 지옥이다. 나는 아무런 죄도 짓지 않았는데 세상은 나에게 큰 시련을 안겨준다. 아빠의 폭력과 엄마의 무관심에 상처받은 나는 그들을 가짜부모라고 생각한다. 폭력과 무관심이 극단으로 치닫자 나는 더 이상 참지 못하고 진짜부모를 찾아 집을 나선다. 여기서 이 소설은 어딘가 어긋나는 두 가지 모습을 제시한다. 먼저, 자신을 낳아준 진짜부모를 가짜라고 여기고 집 밖에서 진짜부모를 상상하는 아이의 모습은 이곳의 삶에서 환멸을 느끼고 저곳의 삶을 동경하는 낭만적 성향의 개인을 떠올리게 한다. 진짜니 가짜니 하는 손쉬운 이분법을 고수하는 점도 현실을 단순하게 파악하는 아이의 낭만적 기질을 보여준다. 다음으로 특이한 점은 아이가 집 밖으로 나서면서 소설이 끝나는 대신 소설은 시작부터 아이를 집 밖으로 내보낸다는 데 있다. 집 밖에 엄마가 있을 것이라고 넌지시 알리면서 소설이 종결되는 것을 작가는 거부하고 있다. 이처럼 최진영의 소설은 낭만적 성향의 인물을 내세우면서 동시에 낭만적 현실인식을 거부하는 방식으로 서술된다. 그렇다면 이 소설은 낭만적 거짓과 소설적 진실이라는 저 유명한 공식을 또다시 반복하는 것인가. 저곳에 대한 막연한 향수를 지니는 낭만적인 인식은 거짓이고, 집 안이나 밖이나, 이곳이나 저곳이나 다를 것 없다는 식의 깨달음을 주는 소설이 진실하다고 말하는 것인가. '그렇다'라고 성급히 단정하기 전에 이 소설이 주인공을 아이로 내세운 이유를 천천히 살펴볼 필요가 있다.

일차적으로 아이가 주인공으로 설정됨으로써 소설은 부모들의 폭력과 냉정한 세상의 모습을 여과 없이 보여줄 수 있게 된다. 그리고 얼핏 보기에 이 소설은 집 밖이 집 안과 다를 바 없다는 사실을 낭만적 성향의 인물에게 계속해서 알려주고 있는 듯하다. 5부로 구성된 이 소설은 아이가 다섯 개 장소에서 만나는 가짜엄마들을 보여준다. 다섯 번에 걸쳐 집 밖으로 나서도 아이가 그토록 찾는 진짜엄마는 끝내 등장하지 않는다. 가짜부모의 집 안에서 처음으로 등장했던 폭력은 집 밖을 나서도 계속해서 반복된다. (그것도 다섯 번씩이나!) 그런데 특이하게도 이 아이는 계속해서 진짜엄마가 존재한다는 믿음을 고수하고 있다. 만약 이 소설이 낭만적 거짓과 소설적 진실을 증명하려 했다면, 왜 작가는 낭만적 성향의 아이를 5부에 걸쳐서 반복해서 등장시키고, 5부에 이르도록 아이의 믿음이 거짓이라고 일깨워주지 않는가. 이쯤에서 우리는 이 소설이 단지 아이의 눈으로 본 현실을 폭로하는 르포가 아니고, 아이의 낭만적인 세계인식이 거짓이라고 알려주는 고전도 아니라는 것을 알 수 있다. 오히려 진짜엄마는 현실에 없다는 점을 (어떻게 보면 지루할 정도로) 계속해서 보여주면서도 낭만적인 인물의 믿음을 끝까지 고수하게 만드는 소설의 고집은 로자 룩셈부르크와 마틴 루터 킹의 말을 떠오르게 한다. '혁명적 행동은 환상을 필요로 한다'는 로자 룩셈부르크의 언급과, '혁명을 시작할 적당한 순간을 기다린다면, 이러한 순간은 결코 오지 않는다'는 마틴 루터 킹의 지적 말이다. 아이에게 진짜엄마에 대한 환상은 끔찍한 현실로부터 도피하게 하면서도 시종 그 현실 속으로 더 과감하게 개입하도록 만든다. 아이는 진짜엄마의 도래를 소망하면서도 진짜엄마와 좀 더 일찍 만나기 위해 행동한다. 아이가 보기에 이것저것 재고 따지면서 진짜엄마의 도래를 오래 미루는 것은 진짜엄마 그 자체를 부정하는 일이기 때문이다. 그렇기에 이 소설에서 아이가 고수하는 '진짜'라는 수식어는 현실 질서의 모순을 매끄럽게 봉합하는 환상의 역할을 넘어 현실이 은폐하고자 하는 어떤 지점들을 들춰내는 역할을 하게 된다.

그런데 언제나 진짜 힘든 일은 혁명적 사건이 있고 난 다음날 아침에 시작된다. 이 소설의 주인공 아이에게도 정말로 힘든 일은 진짜엄마를 찾고자 집을 나가겠다는 결단의 순간에 있지 않고 결단 이후에 본격적으로 시작된다. 그것은 단지 혼자서 의식주 문제를 해결하는 데서 비롯되는 어려움이 아니다. 보다 큰 어려움은 아이를 때리지도 않고 평온한 일상을 유지시켜 주는 가짜엄마들의 유혹으로부터 진짜엄마에 대한 믿음을 계속해서 유지하는 데 있다. 알랭 바디우는 『윤리학』 영문판 서문에서 사건과 주체는 두 개일지 모른다는 가정을 내세운다. 사건을 이끌어내는 사건(주체)과 사건에 대한 명명을 보존하는 사건(주체)이라는 바디우의 가설에 따라, 자신이 태어난 집과 과감히 단절했던 주인공이 사건의 주체였다면, 이제 다섯 개 장소에서 만나는 가짜엄마들의 유혹을 이겨내면서 진짜엄마를 찾고자 하는 신념의 주인공은 충실성의 주체라고 말할 수 있다. 그런데 흥미롭게도 최진영의 소설은 사건의 주체 이후 충실성의 주체가 오는 게 아니라, 사건의 주체는 충실성의 주체로부터 온다고 말하는 듯하다. 이에 대해 살펴보기 위해서는 우선 다섯 개 장소에서 만나는 가짜엄마들에 대해 말하는 게 먼저다.

　다섯 장소에서 만나는 가짜엄마들은 주인공을 낳았던 부모와 다르게 물리적인 폭력을 사용하지 않는다. 장미언니, 태백식당 할머니, 폐가의 남자, 각설이패, 유미와 나리, 이 외에도 교회와 경찰서와 보호소에 속한 인물들은 시종 주인공의 처지를 동정하고 도와주려 한다. 그런데 왜 그들은 진짜엄마가 될 수 없을까. 먼저 여러 시설의 인물들과 장미언니를 살펴보자. 이들은 마치 제1세계 다문화주의자처럼 이질적인 타자를 환대하는 제스처를 통해 자신의 도덕적 정당성을 이끌어낸다. 타자를 도와준다는 그들의 명목은 역설적이게도 타자를 더 세련되게 배제하는 결과를 양산한다. 그렇다면 태백식당 할머니는 어떤가. "솜사탕이 녹아 손이 끈적끈적해지면 (…중략…) 내 손가락을 쪽쪽 빨아주고"(83쪽) 옷과 음식도 손수 지어주는 할머니의 태도는 오래전에 사라진 혈연공동체를 재현하는 듯하다. 그런데 할머니는 바로 그 혈연공동체에 대한 믿음 때문에 주인공을 배신하게 된다. 다문화주의자들의 위선도 혈연공동체의 배타적인 성격도 모두 거부하는 주인공이 그 다음에 만나는 사람들 가운데 폐가의 남자가 있다. 이 남자는 주인공을 자신의 폐가로 무조건적으로 환대하는 인물이다. 그러나 이 남자는 위선적인 선행도 배타적인 공동체도 고수하지 않지만 자신의 집(폐가)조차도 지켜내지 못하는 무력한 존재일 뿐이다. 자신의 집을 지켜내면서 타자를 환대할 수 있는 공동체의 실현을 주인공은 각설이패에게서 본다. 그러나 이들 역시 돈의 유혹을 물리치지 못한다. 지금까지 만난 모든 가짜엄마들을 거부한 후 알게 된 사람이 바로 유미와 나리이다. 이들은 주인공과 비슷한 나이이고 주인공처럼 가족들로부터 버림받은 상처를 지닌 아이들이다. 이들의 공동체는 어떠한가. 제도의 질서를 위반하는 폭주족 아이들이 제도에 아무런 상처도 주지 못한 채 오로지 자신만 파괴하듯이, 이들의 공동체 역시도 부당한 현실을 변혁하지 못하는 것은 마찬가지다. 이제껏 등장한 그 모든 인물들이 "만나서 행복해"(121쪽)지는 진짜엄마가 아니라 만나서 불행해지는 가짜엄마일 뿐이라는 자각 끝에 주인공은 현실에 개입하기 위해 결단한다. 그 개입은 표면적으로는 나리를 죽인 아버지에게 복수하는 일이지만, 실제로는 가짜엄마로 가득한 집을 나가는 대신 가짜엄마를 양산하는 집과 정면으로 대결하는 일이다.

이처럼 가짜엄마들을 거부하는 태도는 진짜엄마를 찾겠다며 집을 나서게 했던 최초의 사건을 계속해서 실천하는 주인공의 충실성을 보여준다. 그런데 이 충실성이 의도와 다르게 최초의 사건을 왜곡할 수는 없는가. 이를 살펴보기 위해 다섯 개 장소에서 만나는 가짜엄마들이 각각 어떤 함의를 지니는지 알아보는 대신 가짜엄마들이 등장하는 순서를 살펴봐야 한다. 주인공은 장미언니부터 시작해서 유미와 나리까지 만나는 일련의 과정을 통해 가짜엄마와 결별하는 게 진짜엄마에 대한 충실성을 보여주는 행위일 수 있지만, 역설적이게도 바로 그 충실성이 진짜엄마를 우상화하거나 자신이 현실에서 계속해서 도피하도록 하는 빌미를 제공할 수 있다고 자각한다. 제도와 대결하지 않은 채 진짜엄마에 대한 막연한 충실성을 추구하는 행위는 진짜엄마를 더 멀리 위치하게 할 뿐이다. 세상의 말들과 절연한 채 벙어리처럼 행동하던 주인공이 경찰로부터 폐가의 남자를 시켜주기 위해 다시 말을 사용해야 했듯이, 세상의 질서와 절연한 채 벙어리처럼 이루어지는 후사건적 실천(충실성)

만으로는 애초의 사건을 완성시킬 수 없다. 이 소설에서 일련의 가짜엄마들을 만나는 순서는 단지 주인공의 충실성을 병렬적으로 나열하는 데 그치지 않고, 후사건적 실천(충실성)이 현실 속에서 다시 이루어지는 과정을 보여준다. 그 과정 속에서 주인공은 벙어리로 가장하며 유지하던 충실성의 한계를 자각하게 되고, "아아아아아아아악!"(161쪽) 소리 지르며 현실 속으로 더 깊이 개입하게 된다. 그 개입의 최종 지점은 말을 되찾고 각설이가 되어 노래 부르고 자신의 부당한 삶을 사람들 앞에서 고백하는 것에서 더 나아가 나리를 죽인 아버지에게 복수하는 데 있다. 그러므로 가짜엄마들을 만나는 과정 속에서 주인공이 깨닫는 점은 진짜엄마를 더 이상 찾을 수 없을 때조차 진짜엄마에 대한 충실성 운운하며 외로운 방황을 하는 데 있지 않다. 나리와 같이 상처받은 아이를 위해 스스로 진짜엄마가 되어 주는 것이 곧 진짜엄마를 찾는 길이라는 사실은 이 과정이 알려준 가르침이다. 『당신 옆을 스쳐간 그 소녀의 이름은』이 기존의 성장소설과 다른 점은 바로 여기에 있다. 이 소설은 개인을 구속하는 부모 품을 떠나 자유롭고 독립적인 개인이 되는 것을 성장이라고 말하지 않는다. 오히려 집 밖에 나가서 진짜엄마를 찾거나 누군가의 진짜엄마가 되라고 말한다. 개인의 자율성은 타자와 무관하게 이루어지는 게 아니라 타자와 연대할 때 이루어지기 때문이다. 이 소설에서 성장은 제도의 구속을 벗어나는 개인의 자율성을 최대한 존중하면서도 그 자율성을 절대화 시키지 않을 때 비로소 완수된다.

지금까지 살펴봤듯이, 최진영의 소설은 진짜엄마에 대한 신념을 고수하는 것만으로는 불충분하다고 말하고 있다. 그래서 그녀의 소설은 이렇게 말한다. '명명 불가능한 타자를 이해하라는 윤리적 가르침만으로는 충분하지 않다. 우리는 이 가르침을 변명삼아 세상과 절연해서는 안 된다. 우리는 이 가르침을 안고서 과감히 세상 속으로 개입해야 한다.' 그러므로 이 소설이 알려준 바에 따라 우리는 이렇게 말해야 한다. '세상의 변혁을 이끌어내고 끝내 변혁을 완수하는 두 개의 주체가 드러나는 순서는 사건의 주체 그리고 충실성의 주체가 아니다. 올바른 순서는 충실성의 주체 그리고 사건의 주체이다. 집을 나가는 첫 번째 사건은 길 위에서 살아가는 두 번째 사건 이후에야 비로소 완성되기 때문이다.'

각자도생의 시대

박민규 단편소설 「그렇습니까? 기린입니다」 리뷰

신예 작가의 등장을 두고 제2의 박민규가 출현했다고 과찬하거나 문청들의 습작을 두고 박민규의 스타일에서 벗어나지 못했다고 지적하는 장면을 접하는 건 이제 낯선 일이 아니다. 이 같이 모순되는 장면은 2000년대 한국 문학사에서 박민규 소설이 차지하는 자리를 우의적으로 보여준다. 1987년 민주화 이후 진행된 한국의 정치·경제·문화적 상황에 응전할 수 있는 활력을 지니기에 충분히 여러 작가들에 의해 모방될 가치가 있지만, 다른 한편 미학적 질감이 너무나 독특해서 따라하는 순간 아류로 전락하기에 반복돼서는 안 되는 자리에 그의 소설이 놓인다.

「그렇습니까? 기린입니다」(『창작과비평』, 2004 겨울) 역시 박민규 소설의 세계관과 개성이 엮어내는 보편성과 단독성을 그대로 보여주는 작품이다. 이 작품의 주인공은 상업고등학교에 다니면서 여러 가지 아르바이트를 전전한다. 이 소설의 중심 사건은 주인공이 출근 시간 신도림역에서 승객들을 만원 지하철 안으로 밀어 넣는 푸시맨 일을 하는 도중에 발생한다. 그런데 푸시맨은 박민규가 소설 속에 허구적으로 설정한 소재가 아니라 실제로 1990년대 한국 사회에 등장했다가 지금은 사라진 시간제 근무직이다. 1990년 2월 1일부터 서울지하철공사는 출근길 혼잡이 극심한 20개 주요 역에 오전 7시부터 오전 10시까지 아르바이트 대학생 132명을 푸시맨으로 배치해서 승객들의 승하차를 돕게 했다. 푸시맨이 활동하던 그해 뉴스를 검색하다보면 지하철을 이용하려던 시민들이 전동차의 유리를 파손하거나 역장을 구타했다는 기사를 간간이 볼 수 있는데, 이때 파손과 구타의 원인은 대부분 지하철의 지연 도착에 있었다. 이런 소동에서 보듯 푸시맨의 등장은 출근 시간을 엄수하려는 시민들의 요구와 관련됐다. 그런데 흥미롭게도 이와 유사한 일이 한국에 전차가 막 등장했던 시대에도 일어난 적이 있다. 서대문에서 청량리를 잇는 8킬로미터의 선로 위로 노상 전차가 조선에 처음 모습을 드러내고 고작 열흘이 지난 광무 3년(1899) 5월 26일에도 시민들은 전차를 소각하고 전차장을 구타했다. 포전병문(布廛屛門, 지금의 종로2가) 앞을 지나던 전차가 다섯 살 어린이를 치어 죽이자 이를 지켜보던 군중들은 전차에 돌을 던지고 불을 질렀다. '전차소각사건'으로 기록된 이 사건을 계기로 전차회사는 차량마다 큰 경종을 달고 시민들의 안전을 중시했다. 그런데 대략 100년의 시간차를 두고 대중교통을 상대로 발생한 두 사건은 겉으로 보기에 유사하지만 사실상 전혀 다른 원인과 결과를 함축하고 있다. 개화기 조선인에게 전차는 문명개화의 목표로 일로매진케 하는 선망의 대상이었지만 다른 한편 자신들의 고유한 삶의 터전을 파괴할지 모르는 공포의 대상이기도 했다. 선망과 공포가 만들어내는 정신적 긴장이 전차소각사건으로 이어졌다면, 1990년대 시민들이 대중교통을 상대로 일으킨 사건들은 지배 체제에 대한 온전한 투항에서 비롯됐다. 그래서 전차를 향한 조선인들의 공격은 전차회사로 대변되는 신문명의 작동 메커니즘을 미약하나마 교정하도록 하는 결과를 이끌어냈지만, 서울 시민들의 공격은 역설적이게도 시민들 스스로 지배 체제에 자발적으로 복종하도록 하는 결과를 낳았다. 그렇기에 다름 아닌 푸시맨은 시민들의 자발적 복종을 돕는 인물, 다시 말해 이들이 낙오되지 않도록 지배 체제 속에 밀어 넣어주는 사람이다. 100년의 시간 동안 도대체 한국에서 무슨 일이 일어났기에 시민들이 이렇게 변한 것일까? 푸시맨까지 등장한 이유가 무엇인가? 이러한 질문에 대해 「그렇습니까? 기린입니다」는 이렇게 답하고 있다. "승객 여러분들은 안전선 밖으로 물러나 주셔야겠지만, 그게 될 리가 없는 것이다. 승객들은 모두 전철을 타야하고, 전철엔 이미 탈 자리가 없다. 타지 않으면, 늦는다. 신체의 안전선은 이곳이지만, 삶의 안전선은 전철 속이다. 당신이라면, 어느 곳을 택하겠는가?"

그렇다. 이제 1899년의 '전차소각사건'이 보여주듯 신체의 안전선과 삶의 안전선이 팽팽히 경합하던 시대는 지났다. 지금은 신체의 안전선을 전철(지배 체제)이 제공하는 삶의 안전선과 일치시켜야만 하는 시대이다. 그럴 수 없다면 신체의 안전선을 포기해서라도 삶의 안전선으로 투항해야 한다. 어째서 그러한가. 한국은 1987년 6월 혁명으로 군사독재정부를 무너뜨리고 민주주의를 실현했으나 대다수 시민들에게 문제는 여전히 남아 있었다. 그 문제는 자유화와 민주화라는 프로젝트의 교착상태에서 비롯됐다. 더불어 영국의 대처와 미국의 레이건 정부에서 시작된 신자유주의 정책의 확산과 공산권 국가들의 붕괴는 민주화 이후 한국의 경제적 상황을 보수화시키는 데 일조했다. 평등하고 자유로운 공동체를 꿈꾸던 민주주의는 형식적으로나마 실현됐으나 실제로 모든 국민은 각자도생해야 하는 시대가 펼쳐진 것이다. 독재를 물리치고 되찾은 자유는 시장만능주의 안에 국한된 자유로 축소됐다. 「그렇습니까? 기린입니다」는 이러한 시대적 변화를 배경으로 삼고 있다. 이 소설에서 푸시맨인 주인공은 자신의 '삶의 안전선'을 지키기 위해서 타인의 '신체의 안전선'을 무시할 수밖에 없고, 그렇기에 "저 사람들을 사람이라고 생각하지" 않은 채 "화물"로 간주해야만 간신히 살아남는 시대에 놓여 있다. 그런데 문제는 짐짝 취급해야 하는 대상에 어느 누구도 예외가 없다는 점이다. 주인공 자신이 살아남기 위해 아버지마저도 지하철 속으로 밀어 넣어야 하는 비극이 아무렇지도 않게 자행된다. 1990년대 실제로 일어났던 역장 구타사건에서 보듯 지배 체제가 만들어놓은 질서를 엄수하려는 시민들의 자발적 복종은 바로 이 같은 맥락에서 비롯됐다. 자신의 삶의 안전선을 지키기 위해 타인을 아무 거리낌 없이 짐짝 취급하며 각자도생해야 하는 시대적 맥락 말이다.

　「그렇습니까? 기린입니다」에서 아버지는 끝내 이 같은 시대적 맥락에서 일탈한다. 시간이 흘러 지하철을 타지 않고 사라진 아버지는 기린이 되어서 돌아온다. 이는 흡사 카프카의 저 유명한 「변신」을 연상케 하는 장면일 텐데, 그 누구도 아버지의 변신을 두려워한다거나 알아보지 않는다는 점에서 카프카의 작품보다 끔찍한 비극성을 드러낸다. 세상의 질서에서 낙오된 사람은 플랫폼 위의 기린처럼 이질적인 존재지만 그렇다고 어느 누구의 관심도 받을 수 없는 이른바 '인간쓰레기'이기 때문이다. 각자도생의 삶에서 낙오된 아버지는 어느 누구와도 소통할 수 없고, 어느 누구에게도 인식의 경종을 울릴 수 없는 비인간이 되어 버린다. 이렇듯 박민규의 소설은 유쾌한 화법과 독특한 상상력으로 한국 사회의 무겁고도 비극적인 문제들을 날카롭게 포착하기에, 그의 소설을 읽는 독자들은 한바탕 웃고 난 후 밀려드는 쓸쓸함을 곱씹게 된다. 이제 독후감을 마감하는 자리에서 우리에게 남은 마지막 질문이 있다. 그렇다면 체제의 낙오자를 기린으로 변신시키는 각자도생의 시대에 우리는 어떻게 응전할 수 있는가. 1899년 '전차소각사건'을 일으킨 조선인들이 보여준 정신적 긴장을 우리는 어떻게 되찾을 수가 있을까. 우리가 계속해서 박민규의 소설을 따라 읽어야 하는 이유가 이 질문에 담겨 있다.

유령은 말할 수 있는가?

공지영 장편소설 『도가니』 리뷰

2009년 한 편의 소설이 긴급한 사회문제를 다루었고, 그해 그 소설은 무수한 독자들의 호응을 받았다. 다시 그 소설은 2011년 한 편의 영화로 각색되었고, 영화는 영화대로 또 소설은 소설대로 이른바 스크린셀러가 되어 국민적 차원의 호응을 받았으며, 이제 영화와 소설은 사회의 부조리한 문제를 감싸줄 여지가 있던 법을 개정하게 만들었다. 주지하다시피 공지영의 장편소설 『도가니』[1]를 두고 하는 말이다. 그야말로 '말이 칼보다 강하다'는 지고의 진리를 보여준 이 사례 앞에서 우리는 2011년을 대표하는 문학적 사건이라고 명명하고 싶을 정도이다. 그러나 사태에 대한 명명은 언제나 명명할 수 없는 것들을 은폐하면서 이루어진다. 그렇기에 문학적 사건에 대한 명명만큼이나 중요한 것은 바로 그 명명의 순간 사라지는 것들에 대한 성찰이다. 그렇게 은폐되는 것들

---

1 『도가니』는 인터넷 포털 사이트 DAUM에 2008년 11월 26일부터 2009년 5월 7일까지 연재됐고, 같은 해 6월에 단행본으로 발표됐다. 이 글에서 소설 본문을 인용할 경우에는 단행본을 따르며 괄호 안에 쪽수만 표기한다. 공지영, 『도가니』, 창작과비평사, 2009.

을 사유하기 위해서 우리는 지금 2009년의 『도가니』를 다시 읽을 필요가 있다.

그런데 어떻게 보면 뜬금없어 보이고 심지어 객관적인 답변을 구할 수 없어 보이는 의문을 먼저 제기하고 싶다. 2000년대 이후 발표된 작가의 대표 작품들이 구조적 폭력을 숨기고 있는 사회제도에 대한 변화를 이끌어냈다는 점,[2] 그리고 보수 정당의 위선적인 행동을 가차 없이 비판하는 작가의 사회적 행보를 고려할 때, 다시 말해 작품과 작가의 세계관을 염두에 둘 때 『도가니』라는 소설을 쓰기 위해 고심했던 공지영에게 광주 인화학교 사건의 피해자의 말을 듣는 게 어려운 일이었을까, 반대로 가해자의 말을 듣는 게 어려운 일이었을까. 수화로 통역되는 피해자의 말을 이해하기 위해 고심했을 공지영의 진정성을 존중하면서도 계속해서 마음 한자리에 남는 궁금증은 희생자를 향한 그 같은 진정성이 도리어 가해자와 대면해야 하는 어떤 불편함을 피하게 하는 명분이 되지 않았을까 하는 점이다. 당연히 여기서 우리가 가해자들에 대한 이해를 문제 삼는 이유는 그들의 무고함을 변호하려는 데 있지 않다. 오히려 희생자의 이해와 더불어 가해자의 행위에 대한 이해가 있을 때 비로소 인간성에 대한 문제[3]를 심화시킬 수 있고, 더 나아가 가해자를 그야말로 가해자로 만드는 구조적 폭력[4]에 대해 성찰할 수 있기 때

---

2   "특히 2000년대에 쓴 장편소설 가운데 『우리들의 행복한 시간』(2005)은 윤리적 논란의 대상이 되어왔던 사형제 폐지론에 대한 사회적 공감대를 형성했고, 『즐거운 나의 집』(2007)은 현실적으로 증가하고 있는 다양한 가족형태를 수용하고 다문화사회로 향하는 데 필요한 담론을 제공하면서 2008년 호주제 폐지를 알리는 서막이 되기도 했다." 이상의 언급은 정혜경, 「소설 형식의 시국선언과 기억의 윤리」, 『창작과비평』, 2009 가을, 315쪽.
3   이를테면 가해자의 목소리에 경청하는 과정에서 인간 안에 내재한 악의 평범성 문제를 논했던 한나 아렌트를 생각해 볼 수도 있을 것이다.
4   『도가니』에서 구조적 폭력이 드러나지 않는다는 것은 아니다. 자애학원과 연결된 시청, 경찰,

문이다. 이를테면 『도가니』에서 강인호와 서유진을 비롯한 희생자들의 편에 선 인물들이 가해자의 위선을 고발하는 와중에, "이제 국고의 전폭적 지원을 받는 복지법인과 학교법인 경영진과 이사진은 해임될 것이다. 그리고 관선이사가 파견되어 이후 정상화 절차를 밟으면 될 것이었다"(157쪽)라며 문제가 최종적으로 해결될 미래상을 제시하는 장면을 떠올려보자. 여기서 이 소설은 장애인을 보호하는 제도 자체에 대한 사유를 진전시키는 대신 제도를 합리적이고 정직하게 운영하기만 하면 모든 문제가 해결될 것이라고 낙관하는 것은 아닐까. 다르게 말해, 가해자를 악하게 만드는 원인에 대한 이해가 결여된 소설은 장애인 보호 시설 자체에 대한 비판적 사유[5]를 누락하게 하고, 제도 자체에 대한 사유의 결핍은 가해자와 피해자를 선과 악의 이분법적 구도에 안착하게 한다. 더구나 언어의 질서에서 벗어나 제 목소리를 갖지 못한 피해

교육청, 교회, 법정이 구조적 폭력의 하나일 수 있는 "침묵의 카르텔"을 조장하고, 이들이 만들어 놓은 지배의 그물망을 김연두를 비롯한 중심인물들이 슬기롭게 헤쳐 나가는 것이야 말로 이 소설의 서사적 백미에 해당할 것이다. 하지만 이처럼 기득권자들의 유착 관계로 드러나는 구조적 폭력은 한국소설사 전체에 걸쳐 무수히 반복됐던 진부한 소재가 아닐까. 오히려 각주 5에서 볼 수 있듯이 진정 보이지 않는 구조적 폭력은 시혜와 동정의 시선 그 자체이다.

5 제도 자체에 대한 비판적 사유의 한 예로 장애인 운동가 박경석의 고견을 경청할 필요가 있다. 박경석은 장애인을 시혜와 동정의 시선으로 보는 태도가 바로 장애인을 정상인으로부터 배제하게 만드는 관용의 제스처라고 비판한다. 영화 〈도가니〉를 향해 제시된 비판이지만 이는 소설 『도가니』에도 그대로 적용될 수 있는 비판이다. 그의 의견을 인용하면 다음과 같다. "〈도가니〉가 (장애인 — 인용자) 문제를 환기한 건 고마운 일이지만 그 영화를 둘러싼 시선과 관심 역시 주류의 틀(시혜와 동정의 틀 — 인용자)을 넘어서진 못하고 있는 게 사실이다. (…중략…) 장애인 시설의 인권유린을 해결하는 것도 중요하지만 장애인이 시설에 갇혀 살아가게 하는 것 자체가 인권침해임을 기억해야 한다. 장애인이 시설이 아니라 지역 사회에서 동네에서 살아갈 수 있도록 주거도 인정해주고 활동 보조가 필요한 사람은 활동보조자를 24시간 두고 생활할 수 있도록 해야 한다. 시설에 들어가는 돈과 지원을 지역 사회로 돌리면 가능하다. 그게 안되는 건 시설, 즉 사회복지 법인들이 사유화된 기업으로 운영되기 때문이다. 그걸 해결하려는 장치가 공익 이사제인데 사유재산 침해라는 주장에 밀려 버텼다. 따지고 보면 자본주의와 닿아 있다." 자세한 내용은 김규항의 블로그(http://gyuhang.net)에 올라온 「김규항의 좌판 4 — 장애인운동가 박경석」, 2011.11.2 포스팅 참고.

자를 재현하는 데 있어서 이 소설은 그들을 선한 이미지에 고정시킨다. 예를 들어 소설에서 열다섯 살의 김연두가 강인호 선생에게 보낸 편지는 초등학교 일학년부터 청각장애를 앓은 인물이 쓴 편지로 보기 어렵다. 편지의 대상이 자신을 가르치고 더구나 자신이 좋아하는 선생님이라는 점, 김연두가 어릴 적부터 글을 잘 쓰고 읽었다는 점 등을 고려하더라도 소설에 재현된 편지의 문체는 가해자와 구별되는 선한 성인의 말하기와 닮아있다. 미성년이고 농인이라는 특수한 상황에서 배태될 수 있는 이질성이 이 편지의 재현 범위에서 배제되어 있기 때문이다. 물론 이와 다르게 자신의 이질성을 선생이라는 수신자의 특별한 위치 때문에 김연두 스스로 제거하고 있다고 해석할 수도 있을 텐데, 오히려 이는 인간 사이의 관계에 따라 얼마든지 발신자(증언자)의 태도가 변화될 수 있다는 점을 증명한다. 이처럼 『도가니』에는 선(善)의 스펙트럼 속에 가둘 수 없는 농인들의 이질성이 배재되어 있고, 김연두(발화자)와 강인호(청자)의 관계가 서로에게 영향을 주지 않는 투명한 관계로 설정되어 있기 때문에 선악의 이분법은 더욱 더 공고히 응고된다. 이러한 이분법적 구도 속에 독자는 편안히 참여하게 되고, 이때 문제의 원인은 오로지 악한 인물들에게로 수렴되며 해결책은 이들을 선한 인물로 대체하는 것으로 축소된다. 이러한 수렴과 축소 속에 사라지는 것은 이질적인 인간성과 구조적인 폭력에 대한 섬세하고도 복잡한 사유이다.

이제 '유령'이 2000년대 문학의 한 특성을 알려주는 중요한 키워드라는 점은 주지의 사실이다. 유령은 존재의 고정된 정체성에 대한 반대이자, 피해자와 가해자를 가르는 이분법에 대한 거부이며, 따라서 이러한 이분법적 구도하에서 사라지는 어떤 것들에 대한 지칭이다. 이를 테면 박정희 시대의 유령은 군사정권의 지배담론에 의해 망각되고, 이에 대항하려 했던 민중담론에 의해 또다시 묻혀버린 어떤 것들이다. 그렇기에 이들과 대화하기 위해서는 기존과 다른 새로운 화법이 도입되어야만 했다.[6] 2000년대 문학이 나아간 이 같은 사유를 존중할 때 과연 『도가니』는 농인들을 '유령'의 가르침에 따라 이해하고 있는가. 오히려 이 소설은 2000년대 소설이 깨트린 구태의 이분법을 또다시 활용하고 있는 것은 아닐까. 물론 이러한 이분법은 긴급한 사태를 해결하기 위해 전략적으로 필요할지 모른다. 더구나 유령의 목소리는 완벽히 재현될 수 없는 것 운운하는 윤리적 가르침이 오히려 이들의 목소리를 들으려는 힘겨운 노력으로부터 손쉽게 도피하는 명분이 될 수 있다면, 이들의 목소리를 재현하려 했던 『도가니』와 같은 긴급한 행동성은 분명 소중한 자질일 것이다. 하지만 이러한 전략이 아무리 유효하더라도 종국에는 자신이 공격하고자 했던 지배자가 기대했던 결과를 반복하게 된다는 점, 다시 말해 이질적인 인간성과 구조적 폭력에 대한 또 다른 "침묵의 카르텔"(196쪽)을 의도와 다르게도 이러한 전략이 이끌어낼 수 있다는 점을 우리는 아프지만 반드시 기억해야 한다. 그렇기에 2011년 『도가니』를 읽는 이 자리에서 우리는 다시 한 번 질문해야 한다. 유령은 말할 수 있는가? 물론 이는 『도가니』가 이끌어낸 많은 사유를 닫아버리는 냉소적인 질문이 아니라 『도가니』로부터 사유가 새롭게 시작되기를

---

6 '유령'은 비단 2000년대 문학의 영역만을 대변하는 키워드가 아니다. 정치학자 김원은 박정희 시대 유령이 양산되는 담론의 메커니즘을 점검하고, 이들 유령을 이해하기 위해 기존의 역사학과 다른 연구 방법인 구술사적 접근을 시도한다. 참고로 이러한 탁월한 연구는 지금까지 발표된 김원의 모든 연구의 문제의식이자 방법론의 연속이라고 할 수 있다. 특히 위 본문의 맥락은 김원, 『박정희 시대의 유령들』, 현실문화연구, 2011 참고.

바라는 응원의 질문이다. 수많은 글에서 공지영이 알려줬듯이, 사태에 대한 손쉬운 망각을 유도하는 대신 힘겨운 시작을 가능하게 하는 바로 그 특별한 '위로'와 '응원' 말이다.

변신, 욕설, 이동

황정은 소설집 『파씨의 입문』 리뷰

　황정은의 신작 소설집 『파씨의 입문』(창작과비평사, 2012)에는 사전에 없는 의성어가 빈번히 등장한다. 이를테면 그녀의 소설 속 고양이는 코를 치켜들고 "슷슷" 공기를 빨아들이거나 홀로 남아 "미요미요" 울어대거나 "와옹와옹" 소리 낸다. 냉장고는 "잔, 잔, 잔, 잔" 거리며 작동하며, 시계 바늘은 "책. 책. 책. 책" 소리를 내며 돌아가고, 다른 곳으로 옮겨지는 항아리는 "잘각잘각" 하는 울림을 낸다. 통상적으로 의성어가 특정 소리를 유사하게 옮기면서도 언어의 음운 구조에 적합해야 하는 이중의 임무를 수행해야 한다면, 황정은 소설에 등장하는 이러한 의성어들은 소리의 질감을 살리는 일과 언어의 질서에 귀속해야 하는 두 가지 책무에서 모두 벗어나 있다. 성대모사 수준으로 언어의 자질을 포기한 것도 아니며, 그렇다고 사전에 등재된 것도 아닌 이러한 의성어들은 마치 황정은 소설의 미학적 특성과 이에 내장된 문제의식을 대변하는 듯하다. 『파씨의 입문』은 세계의 질서에서 위축되고 누락되어 종내 흔적 없이 증발되는 존재들에 대해 말하고 있으면서도, 이들을 완미한 서사로 재현하는 것에 대해 시종 거부하고 있기 때문이다. 그녀 소설 속 의성어가 소리와 언어 사이에 놓여 있듯,『파씨의 입문』에 수록된 단편들의 서사에서 중심 화소와 자유 화소는 손쉽게 구분하기 어려우며, 소설에 등장하는 선뜻 이해하기 어려운 장면들은 현실과 환상 사이에 놓인다. 그렇기에 이른바 전위 소설이 간과하는 이야기(무엇을 말할 것인가)의 가능성과 범박한 리얼리즘 소설이 놓치곤 하는 담론(어떻게 말할 것인가)의 가능성을 그녀의 소설에서는 동시에 문제 삼을 수 있게 된다.

이러한 황정은 소설 속 의성어의 독특한 위상은 등장인물들에 대한 호명에도 비슷하게 적용된다. 곰, 밈, 야노, 몸, 녹두, 디디, 도도, 케이, 제제, 씨씨, 피비, 비비 등의 호명들은 이름이면서도 그야말로 이름으로서 기능할 수 없는 불완전한 상태를 보여준다. 이름에 관습적으로 포함되는 국적이나 성별의 표지들이 흐트러지고, 심지어 서사가 진행되더라도 이름의 결핍된 정보들이 완전히 채워지지 않기 때문이다. 만약, "몸이고 보니 외롭거나 배고파 서러우면 와옹와옹 울었다"(112쪽)라는 문장이 '고양이이고 보니 외롭거나 배고파 서러우면 울었다'와 같이 수정되어, '몸'이라는 이름에서 획득될 수 없는 인식의 자동화 방식을 바로잡고 '와옹와옹'처럼 사전에 등재되지 못한 어휘를 생략한다면 소설의 질감은 어떻게 변할까. 문체의 미적 특성이 변화되는 것은 물론이고 인간과 동물의 구별이 확정됨으로써 둘 사이에서 개체적으로 명확히 구분될 수 없던 화자의 성격이 소실될 것이다. 이 같은 문장을 포함하고 있는 「묘씨생」에서 이름으로 기능하지 못하는 이름과 사전의 외부에서 부유하는 의성어는 황정은 소설의 미학적 특성을 드러내는 데 그치는 게 아니라, 인간과 동물의 구별 불가능한 특성을 고집스레 보여주고, 이해할 수 없는 타자의 고유한 특성을 드러냄으로써 생존으로 전락한 인간의 삶의 방식에 대한 일종의 '저항'을 이끌어낸다. 그러므로 소설 문면에 남아 있는 의성어와 이름들은 타자와의 구별 짓기에 대한 '비난'이자 타자와의 공생에 대한 '응원'의 표지들이다.

그런데 저항이니 비난이니 응원이니 하는 어휘들은 황정은 소설에 대한 언급으로는 적당치 않아 보인다. 부서진 이름과 떠도는 의성어는 황정은 표 소설이라 할 수 있는 단편들에서 익히 보았듯이 삶을 생존으로 축소시키는 공간에서 모자나 오뚝이로 변신한 인물들처럼 그저 그 자리에 놓여 있기 때문이다. 삶의 활력을 되찾기 위한 열정이나 세계 변혁을 위한 격렬한 비판 능력을 지니지 않은 채 말이다. 하지만 의성어의 존재는 그 자체로 사전의 한계를 보여주며, 마찬가지로 모자와 오뚝이로 변신한 인간은 자본주의적 삶이 제공하는 장밋빛 환상의 얼룩지고 구멍 난 지점을 가리킨다. 타자를 구별 짓고 상품화하는 자본주의의 운동 방식에 동의하지도 저항하지도 않지만, 이들의 존재는 자본주의의 제국적 포섭이 실현 불가능함을 입증한다. 이러한 수동적 존재들을 통해 황정은 소설은 오로지 생존만을 삶의 최종 목적으로 삼으며 그러한 삶의 방식에 방해되는 존재들을 쓰레기처럼 처분하는 데 일말의 거리낌도 느끼지 않는 사람들에 대해 우의적인 비판을 이끌어낸다. 그렇지만 이러한 황정은의 소설 앞에서 "아우슈비츠로 가는 길은 증오로 건설되었지만 무관심으로 포장되었다"라고 말했던 영국의 역사학자 이언 커쇼(Ian Kershaw)의 가르침을 응용해서, 자본주의의 제국적 포섭에 이르는 길은 이기심으로 건설되지만 이에 대한 무관심으로 포장될 수 있는 것 아니냐고 물을 수 없을까. 모자나 오뚝이나 조각난 이름이나 부유하는 의성어는 자본주의 메커니즘의 실패를 입증하지만 한편으로는 그러한 자본주의와 수동적 공모 관계에 있는 것 아니냐고 말이다. 『파씨의 입문』이 황정은의 이전 소설들과 달라지는 특성은 바로 이러한 반문에 대한 정직한 인정에서 비롯되는 듯하다. 과거 그녀의 소설 속 인물들과 다르게 이제 그들은 다음과 같은 의문과 욕설들을 발설한다. "돈이 중요하다고 생각하는 사람들. / 돈이 중요하다고 생각하는 사람들이 많다는 것. / 돈이 중요하다고 생각하는 사람들이 많도록 만드는 어떤 것들. (…중략…) 이 가운데 어느 문제가 가장 문제라서 돈이 항상 문제가 된다는, 뭐랄까 좆같은 답이 나오는 걸까."(175쪽)

『파씨의 입문』은 이전 소설과 다르게 어떤 답답함과 울분에 찬 욕설이 발설되는 장면이 간간이 등장한다. 여리거나 명랑할 뿐 전복적인 공격성을 지니지 않던 인물들이 "뭐랄까 좆같은" 운운하는 욕설을 발설하게 된 이유는 무엇인가. 「야행」의 한 씨 일가가 백 씨 일가와 밤중까지 언쟁하게 된 것도, 「낙하하다」의 화자가 충돌조차 없이 떨어지기만 한 삶을 "지옥적"이라고 느끼게 된 것도, 「묘씨생」의 고양이가 인간에 대한 증오로 가득 차 세계가 완파되기를 바라게 된 것도, 「양산 펴기」의 화자가 왠지 찜찜하고 자존심 상해서 "씨발놈들아"라며 중얼거리게 된 것도, 「뼈 도둑」의 조가 "씨발 장처럼" 말하고 싶은 것을 남김없이 말하고 싶다고 생각하게 된 것도, 모두 애초부터 대화를 불가능하게 만드는 사람들과 세계에 대한 울분에서 비롯됐다. 자본주의는 상품의 질서이자 말의 질서이고, 그렇기에 자본주의적 대화 방식에 어울리도록 말하지 못하는 자들은 누구와도 연결될 수 없기 때문이다. 「양산 펴기」의 구청장 후보가 현임 구청장과 불화하는 시위대를 찾아가는 대신 이웃돕기 바

자회에 참석해 자신이 듣고자 하는 대화만 나누는 장면이나, 「디디의 우산」의 의사가 도도의 피부 발진에 대해 사무적으로 답변하는 장면이나, 디디의 직장 상사가 합리적인 고용 시스템 운운하며 비인간적인 처우를 제시하는 장면이나, 「묘씨생」의 세입자가 사태의 전후 맥락을 살피지 않은 채 다짜고짜 곡 씨 노인에게 "십팔놈의 인간 이런 개 같은 인간"(117쪽)이라고 욕하는 장면들은 자본주의 사회에서 이루어지는 대화의 방식을 여실히 보여준다. 『파씨의 입문』 속 등장인물들의 욕설은 이처럼 자본주의적 삶에 어울릴 수 없는 것들에 대해 말할 수 없도록 이루어진 악하고도 위선적인 세계에 대한 울분과 답답함에서 비롯된다.

한편, 말하는 입에 재갈 물리는 세계 앞에서 욕하는 데 머물지 않고 말할 수 없게 된 자들 곁으로 이동하는 인물들이 등장하는 「옹기전」과 「뼈 도둑」은, 지금까지 발표된 황정은 소설 중 어쩌면 가장 이질적이며 그렇기에 이후 발표될 소설의 한 변화 지점을 예시하는 듯 보인다. 자본주의적 삶의 진행 방식 앞에서의 변신이 의도와 무관하게 사적 영역으로의 침잠이자 자본주의와 수동적 공모 관계를 맺게 되어 세계가 영원히 개선되지 않는 악순환에 빠질 때 인물들은 증오와 욕설을 내보이지만 그렇다고 세계가 변하는 것은 아니다. 이 순간 「옹기전」과 「뼈 도둑」의 인물은 집 밖으로 나선다. 모두가 뒤처지지 않고 살아남기 위해 집에 머물거나 대피소로 갈 때, 그들은 낙오되고 끝내 죽어버린 자들을 찾아 능동적으로 길을 나선다. 그 길은 예상할 수 없는 우발성과 목적이 완수될 수 없을지도 모르는 위험을 기꺼이 감수해야 하는 길이다. 그런데 이처럼 길을 나서는 「뼈 도둑」의 인물은 자신이 남긴 기록을 읽는 자는 여전히 눈 속에 있을 것이라고 소설 앞뒤에 걸쳐 거듭 말하고 있다. "그대는 이 기록을 눈 속에서 발견할 것이다."(183 · 205쪽) 여기서 '그대'는 누구이고 '눈 속'의 함의는 무엇인가. 이 소설을 읽는 독자 역시 「뼈 도둑」의 등장인물과 마찬가지로 "개수 구멍 없는 개수대"(188쪽)처럼 출구 없는 자본주의의 폭설 한가운데 있을 것이라는 전언으로 이해한다면, 이는 지나친 해석일까. 어쨌든 황정은 소설의 변화 방향을 알려주는 듯한 이 두 소설은 변신과 증오를 넘어 죽어버린 자들에게 다가갈 때 비로소 세계가 변화 가능하며, 이러한 상황은 지금 책 앞에 앉은 독자들에게도 연속된다고 말한다.

지금까지 우리는 황정은의 신작 소설집 『파씨의 입문』이 이전 소설들과 연결되면서도 단절되는 지점을 거칠게나마 살펴보았다. 이제 우리는 한 묶음의 질문들을 제기하면서 이 짧은 독후감을 마감하고자 한다. 주지하다시피 국가의 욕망은 단순히 개인들의 욕망의 합이 아니다. 지금까지 역사적으로 개인들의 욕망이 변화됨에 따라 국가의 욕망이 변하기도 했지만, 반대로 개인들의 욕망의 원인은 국가의 욕망인 경우가 많았다는 점을 기억할 필요가 있다. 더구나 미셸 푸코가 "인간의 자유를 발견한 계몽주의 시대는 또한 규율을 발명한 시대였다"고 알려줬듯이, 세상을 변화시키기 위한 개인들의 주체적인 실천은 겉으로는 세계 변화를 위한 작지만 큰 실천으로 보일지 모르지만, 실제로는 국가권력의 작동을 더 세련되고 미시적으로 변화시킨 것에 불과할지 모른다. 그렇다면 황정은 소설이 혁명이라고 말할 수는 없어도 지금과 다른 세계를 상상할 수 있는 가능성으로 제시하는 개인들의 실천(말할 수 없는 타자를 향한 이동)은 얼마나 효과적이라고 말할 수 있을까. 어쩌면 개인들의 실천은 고작 국가의 또 다른 욕망에 놀아난 결과에 불과한 게 아닐까. 세계의 변화를 위해 먼저 개인들의 삶의 방식을 개선하는 방식으로 나아가는 것보다 오히려 거시적인 차원을 변화시키기 위한 방법으로 나아가는 것이 더 유효한 것은 아닐까. 무엇보다도 시급하게 국가의 욕망을 바꿔야만 개인들의 삶이 각자도생의 악순환에서 벗어날 수 있게 되는 것은 아닐까. 물론 이러한 반문들에 내장된 실천들이 역사적으로 뼈아픈 재앙을 불러일으켰다는 점을 망각해서는 안 되지만, 개인들의 실천이 세계의 변화로 연결될 것으로 보는 전망이 소박한 낙관주의로 전락하지 않을 수 있게 되기를 기대하면서, 우리는 이러한 질문들을 포기하지 않은 채 황정은의 다음 소설을 계속해서 따라 읽을 것이다.

사랑을 창안하는 사랑

정용준 소설집 『가나』 리뷰

정용준의 첫 소설집 『가나』(문학과지성사, 2011)에 실린 대개의 소설은 사랑이라는 문학의 유구한 주제를 다룬다. 그렇다면 오래된 문제를 다루는 소설이 새로울 수 있는 방법은 무엇일까. 작가가 택한 방법은 대대로 전해지는 형이상학적인 가르침을 반복하거나 반대로 그 가르침 자체를 애초부터 포기하는 것과 거리가 멀다. 오히려 그는 사랑의 테마를 포기하지 않으면서도, 사랑 그 자체에 집중하는 대신 사랑이 현실에 엉켜들어가는 과정에 집중한다. 사랑이 언어의 한계 너머에 있고 그렇기에 인간이 할 수 있는 최대치의 표현은 오히려 소박해질 수밖에 없다면, 정용준의 소설은 한줌의 언어 앞에 자만하거나 자학하는 대신 소박한 언어가 관계 맺는 다기한 맥락을 살펴본다. 단편 「사랑해서 그랬습니다」는 이러한 그의 문제의식을 잘 보여주는 소설이다. "그랬습니다"라는 의미 폭이 넓은 완료형 동사를 수렴시키는 원인은 단 하나 "사랑"이듯이, 제목의 한 문장은 소설에 등장하는 모든 인물들에게 적용될 수 있다. 이를테면 사라는 사랑해서 낙태를 거부하고, 부모들은 사랑해서 낙태를 종용한다. 그렇기에 원인은 같지만 결과는 다른 이들의 모습을 보여주기 위해 교차시점이 도입되는 것도 지극히 자연스럽다. 이러한 진실의 상대성을 드러내는 교차시점 앞에서 독자들은 구로사와 아키라의 저 유명한 영화 〈라쇼몽〉(1950)을 떠올릴 수도 있고, 아이를 사이에 두고 벌어지는 사건에 집중해서 성경의 「열왕기」편에 실린 솔로몬의 재판을 연상할 수도 있으며, 바로 이 재판을 모티프로 삼아 사유를 진척시킨 브레히트의 희곡 〈코카서스의 백묵원〉(1954)을 생각할 수도 있을 것이다. 그만큼 사랑이라는 문제는 정용준의 소설을 동서양의 고전들과 연속되게 만든다. 그렇다면 여기서 다시 물어볼 수 있겠다. 정용준의 소설이 구로사와 브레히트에서 더 나아간 지점은 어디인가. 영화 첫 장면의 대사 "모르겠어, 아무래도 모르겠어"라는 말에 단적으로 드러나듯 '진실은 없다'는 해석을 이끌어내는 〈라쇼몽〉과 '진짜 엄마는 바로 누구다'라며 단호히 진실을 결정내리는 〈코카서스의 백묵원〉이 어떻게 정용준의 소설에서 결합될 수 있을까. 당겨 말하자면 이러한 불가능한 결합에서 정용준 소설의 새로움이 드러난다.

브레히트의 희곡[1]에서 생모와 하녀는 아이를 두고 서로 자신이 진짜 엄마라고 주장한다. 재판관은 백묵으로 원을 그린 후 아이를 그 안에서 밖으로 잡아당겨 오는 자가 진짜 엄마라고 말하는데, 이 희곡에서 흥미로운 것은 당연히 재판관의 지혜로운 판결이다. 재판관은 아이가 다칠까봐 아이의 손을 놓아버린 여자야말로 진짜 엄마라며 애초의 전제를

---

[1] 참고로 「코카서스의 백묵원」의 재판 장면을 분석하는 흥미로운 글로, 이스라엘과 팔레스타인이 예루살렘을 놓고 벌이는 거짓 사랑을 비판하는 지젝의 논의를 언급할 수 있다. 슬라보예 지젝, 이현우・김희진・정일권 역, 『폭력이란 무엇인가』, 난장이, 2011, 183~198쪽.

부정하는 판결을 내린다. 그런데 작가가 진짜 엄마를 생모가 아닌 하녀로 설정해놨다는 것 역시 이 희곡의 백미다. 진짜 엄마라는 자격은 물리적으로 아이를 낳은 자가 아니라 전쟁의 죽음과 대면해서도 아이를 포기하지 않은 자에게 부여되며, 자신을 위해(상속 재산) 아이의 손을 잡아끄는 자가 아니라 아이를 위해 아이의 손을 놓아주는 자에게 부여된다. 이런 가르침을 존중할 때 정용준의 소설 「사랑해서 그랬습니다」에서 진짜 엄마는 당연히 자신의 모든 이권을 포기해서라도 아이를 낳고자 하는 사라일 것이다. 그런데 이 소설은 사라의 뱃속에 있는 아이가 사라를 위해 스스로 목숨을 끊는 데서 끝나고 만다. 결국 이 소설은 진짜 엄마를 따져보는 대신 진짜 사랑을 따져보며, 그러므로 브레히트 희곡에 맞춰 재구성한다면 백묵원 안에 태아를 놓고 사라와 부모가 잡아당기는 게 아니라 백묵원 안에 사라를 놓고 사라의 부모와 태아가 잡아당기는 장면을 연출하고 있다. 바로 이렇게 브레히트 희곡과 유사하면서도 입장이 뒤바뀌는 전환 때문에, 정용준의 소설에서는 사랑을 주는 자와 사랑을 받는 자라는 이분법적 도식이 해체되고 만다. 성경과 브레히트의 희곡에서 놓치고 있는 점은 말 못하는 아이가 사랑을 받기만 하는 수동적인 대상이 아니라는 사실이다. 이와 다르게 정용준 소설에서는 언뜻 보면 사랑을 건넬 수 없을 것 같은 수동적인 입장의 인물(태아)에게서 가장 근본적인 사랑이 시작된다. 이 소설에서 "사랑해서 그랬습니다"라는 말의 진정한 화자는 역설적이게도 말할 수 없는 태아이다.

　정용준의 소설에서는 말을 더듬는 성인이나 아직 태어나지 않은 아이나 이미 죽어버린 외국인 노동자처럼 말할 수 없는 자들에게 말 할 수 있는 자리가 마련된다. 그의 소설에서 빈번히 등장하는 교차시점은

'이러니 저러니 해도 결국 진실은 없다'라는 냉소적인 판단을 도입하기 위한 차가운 장치가 아니라 말할 수 없고 이해받을 수 없는 자들에게 그렇지 않은 자들과 동등하게 말할 수 있게 하는 자유와 평등의 권리를 보장하는 따스한 장치이다. 요컨대 목소리 없는 자들에게 교차시점이 마련하는 자리는 관용의 자리가 아니라 환대의 자리이다.[2] 관용은 받아들일 수 있는 자들만 받아들이는 위선의 제스처라면, 환대는 받아들일 수 없는 자를 받아들여야 하는 위험을 기꺼이 감수하는 용기의 실천이다. 그리고 「사랑해서 그랬습니다」에서 보았듯이 이 환대는 우리가 막연히 예상하는 주인과 손님의 관계를 전도시키면서 이루어진다. 주인(사라)이 손님(태아)을 환대하는 게 아니라 환대할 수 없어 보이는 손님에게서 진정 신비로운 환대가 이루어진다. 그러므로 소설집 『가나』 전체에 걸쳐 등장하는 이해 불가능해 보이는 인물들, 이를테면 언어 장애와 행동 장애를 지니거나 머리에 뿔이 나듯 우연히 찾아온 장애를 지닌 자들이 일상에서 어떤 상처를 받게 되고, 그것을 극복하기 위해 도입되는 사랑이 관용으로 왜곡되거나 환대라는 신비한 순간으로 발현되는지를 따라 읽어가는 것은 정용준 소설 독해의 한 방법이 된다.

그렇다면 이쯤에서 우리는 이런 질문을 제기해볼 수도 있을 것이다. 이렇게 정용준 소설에 등장하는 불구된 자들이 누군가를 죽이거나 스스로 죽고 싶어하는 이유는 무엇인가. 그들이 누군가로부터 사랑을 받

---

2 환대가 결코 관용이 될 수 없다고, 이를테면 용서할 수 있는 자를 용서하는 것을 어떻게 용서라고 말할 수 있냐고 반문하는 데리다의 유명한 강의는 『환대에 대하여』 참고. 한편 관용이 다문화주의의 통치전략이자 푸코가 언급했던 생-정치의 또 다른 판본이며 종국에는 인민의 정치성을 탈각시키는 지배전략이라는 점을 미국의 상황에 맞게 분석한 글은, 웬디 브라운, 이승철 역, 『관용』, 갈무리, 2010 참고.

지 못해서? 그렇지 않다. 진짜 이유는 그들이 누군가를 사랑할 수 있는 자리에서 계속해서 배제되기 때문이다. 정용준 소설의 인물들이 누군가로부터 부여되는 호명에 예민하듯이 애초부터 주체성을 상실케 하는 메커니즘은 우연적이면서도 구조적이다. 그것은 갑자기 뿔이 머리에 돋아나듯 원인을 알 수 없으면서도, 말더듬이를 배제시키는 학교 시스템처럼 체계적이다. 유태인 수용소에서 살아남았지만 1978년에 끝내 자살한 장 아메리(Jean Amery)는 자살의 원인은 '에셰크'라고 말할 수밖에 없는 삶의 총체적 실패에서 비롯된다고 언급했고, 그것을 이를테면 프로이트나 뒤르켐처럼 심리학이나 사회구조적인 이유로 환원하는 것에 반대했다.[3] 정용준 소설이 불구된 자가 사랑을 시작할 수 없는 원인은 우연성과 체계성의 조합에서 비롯됐다고 말하면서도, 그 원인에 대한 논리적인 점검보다는 원인의 압도적인 우연성을 더욱 강조하는 것은 장 아메리와 같이 함부로 단정할 수 없는 타자의 에셰크에 대한 존중에서 비롯됐을 것이다.

그렇지만 그 같은 존중의 태도를 인정하면서도 정용준의 소설에서 타자를 배제하는 구조적인 메커니즘에 대한 탐구가 소략하거나 다소 식상하게 느껴진다는 인상을 지울 수는 없을 것 같다. 『가나』에서 그러한 시스템은 학교 시스템처럼 그동안 문학사적으로 빈번히 다뤄진 소

---

[3]   독일어로 글을 썼던 장 아메리는 총체적인 실패를 의미하는 불어 에셰크(échec)의 발음에서 도끼가 떨어지는 듯한 울림을 포기할 수 없기 때문에 이 단어만큼은 번역을 하지 않겠다고 말한다. 더불어 그는 자살의 원인을 심리적인 요인이나 사회구조적인 문제로 환원하는 프로이트의 죽음충동이나, 에밀 뒤르켐이 구분한 자살의 네 가지 양상(아노미적 자살, 숙명론적 자살, 이기적 자살, 이타적 자살)에 대해 거부한다. 장 아메리, 김희상 역, 『자유죽음』, 산책자, 2010. 한편, 장 아메리와 다른 관점의 논구, 그러니까 뒤르켐의 자살론이 그의 사회학 이론 전체와 연결되면서도 모순되는 지점(이를테면 숙명론적 자살을 간단히 취급하는 점)에 대한 비판적 견해를 제시해주는 연구는 김종엽, 『연대와 열광』, 창작과비평사, 1998을 참고할 수 있다.

재에 국한되거나, 「벽」에서 보듯 일종의 알레고리 수법에 의해서 타자 배제의 추상적 매커니즘을 강조하는 만큼 구체성을 잃게 되는 것은 아닐까. 정용준 소설에서 소설의 세 가지 구성요소라 불리는 인물, 사건, 배경 중 유독 배경에 대한 다양한 성찰이 부족한 것도 이러한 원인에서 비롯된 것은 아닐까. 정용준이 그동안 발표했던 소설에서 불구된 자들은 대개 고시원과 같이 협소하고 폐쇄된 공간에 놓여 있다.[4] 하지만 정용준 소설이 누차 강조한 것처럼 타자에 대한 진정 잔인한 배제는 물리적이고 노골적인 방식이 아니라 타자를 배려하는 제스처인 관용에서 비롯되듯이, 타자를 배제하는 공간은 고시원처럼 누구나 쉽게 상상할 수 있는 밀실이 아니라 오히려 광장에서 이루어질 수 있다.[5] 그러나 "결말도 없고 끝도 없는 길고 긴 소설을 꿈꾼다. 소설을 평생 칠백 편정도 쓰고 싶다"(303쪽)라고 씌어있는 소설집의 마지막 문장 앞에서 이러한 성급한 판단은 잠시 미뤄두어도 좋을 것 같다. 그와 그의 소설이 알려주었듯이 계속해서 쓰는 것만이 쓰는 법을 알려주고, 끝까지 사랑을 포기하지 않는 것만이 새로운 사랑을 창안케 하니 말이다.

---

4 고시원이 서사의 중요한 역할을 하는 배경으로 등장하는 정용준의 소설로, 『가나』에는 실려 있지 않은 단편 「그들과 여기까지」를 언급할 수 있다. 정용준, 「그들과 여기까지」, 『30 Thirty –젊은 작가 7인의 상상 이상의 서른 이야기』, 작가정신, 2011.

5 주지하다시피 인간이 공간을 변화시키는 만큼 공간이 인간을 변화시킬 수 있디. 공간의 변화가 섬섬 타자와 만날 수 있는 공론장을 축소시키는 방식으로 '진화'되는 것에 대해서는 제인 제이콥스, 유강은 역, 『미국 대도시의 죽음과 삶』, 그린비, 2010을 참고할 수 있다. 이 책에 대한 짧지만 날카로운 해석으로는 이와사부로 코소의 책 서문을 언급할 수 있다. 이와사부로 코소, 서울리다리티 역, 『유체도시를 구축하라』, 갈무리, 2012.

난외주석

권여선 단편소설 「길모퉁이」 리뷰

　*1532년 이태리 북동부의 프리울리에서 태어난 도메니코 스칸델라는 교구 행정관과 마을의 촌장을 지낸 바 있는 방앗간 주인으로 51세의 나이에 이단 혐의로 피소된 후 급기야 1599년에 화형을 당했다. 처형 전까지도 주변 사람들에게 인심을 잃지 않았던 그는 본명보다 메노키오라는 별명으로 불리곤 했다. 먼저 그가 법정에서 수차례 진술했던 변론을 한 번 들어보자. "태초에 이 세계는 아무것도 아니었습니다. 거품과 같은 것이 바닷물에 부딪혀 마치 치즈처럼 엉켜 있다가 후에 그 속에서 헤아릴 수 없이 많은 구더기들이 태어나서 인간이 되었지요. 이 구더기들 중에서 가장 강력하고 현명한 것은 하느님이었고 나머지 사람들은 모두 그에게 복종하게 된 것입니다. 하느님은 아버지시고 우리들은 모두 그의 자녀들입니다. 저는 우리들이 전능하신 하느님을 믿으며 선해지기를 바랍니다. 하느님과 네 이웃을 사랑하라고 설교하신 예수 그리스도의 말씀에 모두 순종하기를 소망합니다. 하느님은 이슬람교도·유대인·기독교인·이단자 모두를 돌보십니다. 마치 여러 자녀를 거느린

아버지가 모두를 똑같이 돌보는 것처럼 말입니다. 비록 그들 가운데는 자녀이기를 원하지 않는 자들이 있을지라도 이들 역시 아버지의 자녀들입니다. 우리의 위대한 아버지는 우리 각자의 마음 안에 계십니다." 이처럼 메노키오는 하느님의 전능함을 인정하면서도 창조설을 부정하고, 가톨릭교를 부정하는 '이웃'들까지도 사랑하자고 역설할 정도로 성서의 가르침을 극단적으로 실천하며, 각자의 마음 안에 계신 하느님을 율법과 의례로서 독점하려 하는 교회 세력을 비판한다. 이러한 거침없는 주장의 배경에는 당시 종교계를 넘어 모든 분야의 권력자들에게 충격을 주었던 종교개혁이 놓여 있는 듯하다. 그렇지만 이제는 사람들의 기억에서 사라진 일개 장삼이사 메노키오의 과거를 면밀히 살펴본 역사학자 카를로 진즈부르그는 자신의 저서 『치즈와 구더기』에서 그가 루터파나 재침례파의 주장을 단순히 받아들인 것이 아니라고 말하고 있다. 진즈부르그는 메노키오의 저런 주장들이 동시대 마을사람들에게는 대수롭지 않은 이야깃거리로 받아들여졌음에도 불구하고 당시 교권 세력들에게는 불길한 메시지로 전달되었던 점, 더불어 메노키오가 자신의 세계관을 확인하기 위해 읽었던 책들이 심문관들도 읽을 정도로 이단적인 사유가 포함되지 않는다는 점에 집중한다. 진즈부르그는 메노키오의 주장이 종교개혁보다 훨씬 오래되고 농민들 사이에 광범위 하게 퍼져 있던 농민 급진주의의 자치주의 노선과 합류될지 모른다고 추론한다. 그간 구전되어 오던 민중들의 자치주의적 세계관이 메노키오가 읽은 책과 만나게 되자 마음속에서만 숙성되고 있던 무호하고 불분명한 사유들이 표현 수단을 제공받아 저와 같은 변론으로 등장하게 된 것이다. 같은 책을 읽고 같은 하느님을 믿었지만 누군가는 화형을 당하고 누군가는 집행자가 되는 이유는 이처럼 지식의 독점을 불가능하게 하는 인쇄술이 그동안 구전되던 민중들의 세계관과 만났기 때문이다. 이 만남 속에서 메노키오는 성서의 가르침을 자신의 세계관에 입각해 그야말로 창조적으로 오독했다. 하느님과 성서를 수용하는 방식의 차이 때문에 당시 교권세력과 메노키오는 끝내 소통할 수 없었다.

** 이제 다른 시공간의 장면으로 넘어오자. 한 시대를 함께 살아가지만 마치 다른 행성처럼 엇갈리는 사람들이 있다. 그래서 그들의 정원에 붉은 열매가 맺혔을 땐 이미 열매를 맺게 한 물은 화분의 구멍을 따라 사라지고 없다. 사랑할 수 없는 시간이 되어서야 사랑이 지나갔음을 깨닫게 되고, 더 이상 이해할 필요조차 없게 됐을 때 오해를 풀게 되는 사람들. 권여선의 소설에 등장하는 사람들이다. 단편 「내 정원의 붉은 열매」에서 중간 중간 잘려진 채 소개되는 네 개의 소제목들이 책을 다 읽은 후에야 비로소 이해 가능한 연속된 문장으로 독자에게 다가오듯("사랑하는 사람이 죽었다는 말을" "무심한 사람의 입에서 들었네" "그리고 나도 또한 무심히" "그 말에 귀를 기울였네") 권여선 소설에 등장하는 사람들은 너무 늦게 찾아오는 이해 가능성 때문에 무력함에 빠져있다. 『현대문학』2012년 9월호에 발표된 그녀의 단편 「길모퉁이」 역시 비슷한 문제에 빠진 인물들이 등장한다. 그런데 이 소설에서 이렇게 엇갈려 오해하고 불화하는 화자 '나'와 임상미는 끝내 화해하지 못한다. 어디서 어떻게 서로 엇나가게 됐는지 확인하던 종래의 권여선 소설들이 종종 후일담 형식을 활용했다면, 너무 늦게 찾아오는 이해마저 보여주기 않기에 「길모퉁이」는 후일담의 서술방식을 차용하지 않는다. 어떻게 보면, 이단으로 몰려 화

형당한 메노키오를 망각에서 소생시킨 진즈부르그의 서술은 일종의 후일담이라고 볼 수 있다. 죽은 메노키오를 살려내진 못하지만 진즈부르그의 후일담은 사람들의 망각으로부터 그를 다른 방식으로 재생시킨다. 하지만 작은 것을 사려 깊게 살펴보는 미시사가 단순히 민중들의 삶을 미화하는 판타지가 아님을 진즈부르그는 누차 강조한다. 그렇기에 그는 라블레를 통해 민중 문화를 연구한 바흐친을 존중하면서도 그의 연구를 비판적으로 수용한다. 알려지지 않았던 중세 민중의 활력을 찾아낸 것은 바흐친의 중요한 성과지만, 라블레를 통해 알려진 민중문화를 민중문화 자체로 보는 것은 바흐친의 결정적인 한계이다. 그렇기에 진즈부르그의 미시사가 집중하는 것은 단순히 망각되고 보이지 않는 작은 사람들의 삶 자체가 아니고 그들의 삶이 지배담론을 수용하고 여과하고 변화시킨 작은(작게 보이는) 맥락이다. 『치즈와 구더기』에서 진즈부르그가 단순히 메노키오가 읽었던 책 목록을 훑어보는 데 그치지 않고 그가 책을 수용한 방식을 연구한 것도 바로 이 같은 연구 자세를 반영한다. 요컨대 미시사가 집중하는 것은 작은 사건이 아니고 작은 맥락이다. 이처럼 잘 보이지 않는 작은 맥락이 메노키오를 화형 당하게 할 정도로 그의 세계관에 커다란 변화를 이끌어내는데, 그동안 권여선의 후일담 형식의 소설들은 바로 진즈부르그의 미시사 연구 방식과 유사한 태도를 보이고 있었다. 즉, 같은 사건을 수용하는 사람들의 작은 맥락의 차이가 오해의 결정적인 발걸음을 내딛게 한다는 점을 권여선의 소설은 살펴왔다. 하지만 「길모퉁이」는 큰 오해를 불러오는 직은 맥락들에 천착하지 않는다. 이 소설이 맥락을 파악할 수 없는 당사자의 처지에서 벗어나지 못하기에, 등장인물들은 '네가 어떻게 나에게 이럴 수 있느냐며 화를 내고, 독자들 역시 그들만큼이나 답답하긴 마찬가지다. 한때 '나'와 상미는 미용학원을 다니며 죽마고우처럼 흉금 없이 지냈는데 삼 년 전의 어떤 일로 상미의 남자친구는 회사도 그만두게 됐고 상미는 미용사 대신 봇짐장수가 돼버렸으며 '나'는 모든 공적 기록을 지운 채 변두리 미용실에서 일하는 중이고, 결국 '나'는 상미를 포함한 모든 사람들로부터도 쫓기는 신세가 됐다. 후일담의 자리에 놓일 수조차 없는 '나'와 상미에 비하면 그간 보아왔던 권여선 소설의 인물들이나 진즈부르그의 메노키오는 어쩌면 행복한 사람들일지 모른다. 하지만 최소한 16세기 이발소 주인 메노키오의 처지부터 지금 이들의 처지까지 변하지 않은 공통된 점은 「길모퉁이」의 화자의 말로 표현하자면 이렇다. "단 한 번 잘못 돈 길모퉁이로 (…중략…) 내가 알지 못하는 사이에 빚은 계속 불어나겠지만 내가 명백히 느끼고 있는 것처럼 내 삶은 점점 줄어들 것이다. (…중략…) 재생이라니, 그건 간단한 만큼 불가능한 개소리였다." 교권세력과의 엇갈림이 메노키오를 화형 당하게 했듯이, 자본주의(혹은 무어라 부르든 현재 세계를 지배하는 흐름)와의 엇갈림은 누구라도 살아남지 못하게 할 것이다. 그 어떤 재생도 후일담도 모두 불가능하도록 흔적을 벅벅 지운 채 말이다. 메노키오를 죽게 한 종교적 폭력은 다양성을 누구보다 앞에서 외치고 있는 현시대 자본주의에 의해 이처럼 다른 모습으로 반복되고 있다. 이 점에서 볼 때 현재 우리의 시대는 아직까지 메노키오의 16세기를 극복하지 못했다. 이것이 진즈부르그와 권여선이 알려준 가르침이다.

부활과 봄밤

권여선 단편소설 「봄밤」 리뷰

　1887년 톨스토이의 집에 머물던 변호사 코니(A.F. Koni)는 1870년대 페테르부르크의 법원에서 발생했던 놀라운 일을 그에게 말해준다. 어느 날 복장으로 봐선 귀족 자제로 보이는 청년이 코니의 사무실에 찾아와 감옥을 관리하고 있는 검사에 대해 불평을 늘어놓았다. 그는 감옥에 수감된 로잘리야 온니라는 핀란드 출신의 창녀에게 편지를 전하고자 했는데 검사가 사전 검열 없이 그의 편지를 감옥에 들일 수 없다고 거절했기에 잔뜩 화가 나 있는 상태였다. 로잘리야 온니는 만취한 손님으로부터 100루블을 훔친 뒤 센나야 광장 근처 골목의 낡은 집을 소유하고 있던 자신의 주인에게 그 돈을 건넨 혐의로 수감된 여자였다. 이때 코니는 언뜻 보기에 평범한 사건의 범죄자에게 편지를 보내려는 문제로 안절부절하는 귀족 청년의 흥분된 모습에 흥미를 느껴 로잘리야 온니와 그 청년의 관계를 자세히 살펴보게 된다. 온니는 부유한 여지주 소유의 별장을 관리하던 홀아비의 딸이었다. 온니가 어릴 적 그녀의 아버지는 병에 걸려 갑작스레 죽게 되지만, 다행히도 그 후 그녀는 페테르부르크에 있는 여지주의 유복한 가정에서 정성스레 양육됐다. 그런데 온니가 16 살이 되던 해 여지주의 친척 청년은 그녀를 유혹했고, 이 때문에 아이를 임신하게 된 온니는 여지주의 가정으로부터 내쫓겼다. 귀족 청년의 단 한 번의 유혹은 그녀의 삶에 순간의 행복과 기나긴 절망을 남겼지만, 귀 족 청년의 삶에는 배가 지나간 강물처럼 어떤 흔적도 남기지 않았다. 시 간이 흘러 창녀가 된 온니는 절도와 살인 혐의로 지방 법원의 재판에 회 부되었고, 청년은 배심원 자격으로 그 재판에 참석했다. 이때 청년은 범 죄자인 창녀가 예전에 자신이 유린했던 온니라는 사실을 알게 되고 그 녀의 범죄 행위의 근본 원인이 자신에게서 비롯됐음을 깨닫게 된다. 그 렇기에 그는 그녀에게 청혼함으로써 자신의 죄를 참회하고자 했다. 바 로 이 무렵 청년이 변호사 코니를 찾아왔던 것이다. 이후 운 좋게도 청 년의 간절한 참회와 구혼의 편지는 로잘리야 온니에게 전달되었고 그 녀는 그의 결혼 제안을 받아들였다. 하지만 그녀는 감옥에서 발진 티푸 스에 걸려 숨을 거두게 된다. 이 이야기를 들은 톨스토이는 즉각 자신의 마지막 장편소설을 창작하기 위해 집중했고, 그렇게 장장 10여 년의 세 월 동안의 취재와 집필과 교정 등 각고의 노력 끝에 탄생한 소설이 바로 『부활』(1899)이다. '코니의 이야기'로부터 시작된 톨스토이의 『부활』은 단순히 법정에서 발생한 흥미로운 사건을 소설로 재연하는 것에 머물 지 않고 로잘리야 온니와 같은 삶의 비극적 문제가 발생한 근본 원인과 그 해결방안을 제시하는 데까지 나아가고 있다. 이 같은 서사적 확장을 위해 톨스토이는 당대 군대와 종교와 관료 제도를 비판하고 토지 사유 화에 대해 적극 반대하며 심지어 개혁 세력들의 위선적인 모습마저 단 호히 비판했기에 당대 권력자들에게 요주의 인물로 낙인찍히게 된다.

더구나 『부활』의 모든 원고료는 제정 정부와 정교회 측으로부터 가혹하게 탄압받던 성령부정파(두호보르교) 신도들의 캐나다 정착비를 위해 사용되었기에 당시 작가이자 생활인으로서 그의 입장은 더욱 곤혹스러울 수 있었다. 이처럼 『부활』은 로질리아 온니와 귀족 청년을 모델로 하는 카튜사와 드흘류도프의 정신적이고 도덕적인 갱신과, 제도적 폭력으로 개인의 자율성을 억압했던 제정 러시아의 새로운 개혁과, 어느덧 일흔을 넘긴 노작가가 자신의 모든 이권을 포기하면서까지 자신의 도덕적 영혼의 부활을 이끌었던 소설이다.

이처럼 서사 안팎으로 강력한 갱신과 개혁과 부활의 활력을 지닌 장편소설이 지금 알코올 중독으로 요양원에 입원해 있는 55세의 여자의 손에 들려 있다. 영경이라는 이름을 지니고 재혼한 남편에게선 종종 빵경이란 애칭으로 불리는 이 인물은 권여선의 신작 단편 「봄밤」(『문학과 사회』, 2013 여름)에 등장한다. 영경과 그녀의 남편 수환이 앓고 있는 병명의 머리글자를 따 요양원 사람들로부터 '알루커플'로 불리곤 하는 그들 부부는 알코올 중독과 류마티스 관절염 때문에 요양원에 머무르고 있다. 지금 영경은 관절염과 합병증 때문에 몸을 제대로 가누지 못하는 남편에게 『부활』의 일부를 읽어 주고 있다. 억울한 누명을 쓴 카튜사에게 유죄를 선고한 법정의 우스꽝스러우면서도 잔인한 제도적 폭력을 비판하고 그녀가 연루된 범행의 진실을 밝혀낸 후 그녀와 결혼함으로써 자신의 죄를 용서받고자 했던 귀족 청년 네흘류도프의 갖은 노력에도 불구하고 그녀는 끝내 시베리아로 유형을 떠나게 된다. 네흘류도프가 그녀를 위해 해줄 수 있는 일이라곤 그녀의 시베리아행 유형에 동행하는 일과 그녀를 도덕적 고결함을 간직하고 있는 정치범들의 집단에 머물도록 하는 일 뿐이었다. 『부활』의 3부 15장에서 네흘류도프는 카튜사가 속한 집단에서 만난 정치범들이 혁명가로서 도덕적 자질을 얼마큼 갖추고 있는지 분자와 분모의 수식으로 명쾌히 설명한다. 바로 이 장면을 영경은 그녀의 남편 수환에게 읽어주고 있다.

> 영경은 손을 더듬어 다시 수환의 손을 잡고 책을 읽기 시작했다.
>
> "노보드보로프는 혁명가들 사이에서 대단한 존경을 받고 있었으며 또 훌륭한 학자이고 아주 현명한 인물이었음에도 불구하고 네흘류도프는 그를 도덕적 자질로 봐서 일반 수준보다 훨씬 하위의 혁명가 부류로 간주했다."
>
> 영경은 계속 읽어나갔다. 이름도 읽기 어려운 노보드보로프라는 혁명가는, 톨스토이에 따르면, 이지력은 남보다 뛰어났지만 자만심 또한 굉장하여 결국 별 쓸모없는 인간이었다는 것이다. 그 까닭인즉, 이지력이 분자라면 자만심은 분모여서 분자의 숫자가 아무리 크더라도 분모의 숫자가 그보다 측량할 수 없이 더 크게 되면 분자를 초과해버리기 때문이라는 것이었다.

『부활』에서 톨스토이는 이지력이 정신적이고 이타적이며 고결한 영혼에 가닿는다면 자만심은 육체적이고 이기적이며 타락한 욕망과 연결된다고 보았다. 그는 이기적 욕망을 줄이고 이타적 정신을 고양시킬 때 네흘류도프와 카튜사를 비롯하여 모든 인간과 국가가 새롭게 부활하고 갱신될 수 있다고 생각했다. 그런데 혁명가의 도덕적 자질을 평가하는 톨스토이의 수식 '이지력 / 자만심'을 「봄밤」의 주인공 영경은 인간의 '장점 / 단점'이라는, 평가기준이 모호하지만 그래서 좀 더 윤리적인 수식으로 치환하고 있다. 수식에 따르면, 자신의 장점이 아무리 많더라도 단점이 더 많으면 인간은 1보다 작거나 심지어 0에 가까워진다. 이 수식이 윤리적인 이유는 타인을 사랑할수록 인간은 스스로 자신이 0에 가깝다고 생각하기 때문이다. 이처럼 혁명가의 도덕적 자질을 평가하는 수식은 권여선의 단편 「봄밤」에서 타인에 대한 사랑의 정도를 측정하는 수식으로 전환된다. 그렇다면 이들의 사랑은 어떻게 시작된 것인가. 지금으로부터 12년 전 봄날 영경과 수환은 처음으로 만나 동거를 시작했다. 당시 그들은 네흘류도프로부터 버려진 『부활』의 카튜사처럼 사회 제도와 가족들로부터 완전히 버림받은 상태였다. 더 정확히 말하면 그들 옆에는 카튜사에게 간곡히 용서를 구하는 네흘류도프와 같은 동행자도 없었기에 어쩌면 신용불량자 수환과 알코올홀릭 영경은 카튜사보다 더 힘겨운 시간을 견디고 있던 중이었는지 모른다. 톨스토이가 창녀에서 범죄자로까지 전락한 카튜사의 구원을 위해 그녀 옆에 네흘류도프를 세워뒀다면, 권여선은 인간의 구원을 위해 네흘류도프와 같은 존재 대신 세계로부터 버림 받은 카튜사들 간의 사랑과 연대를 제안한다. 수환과 영경은 자신의 모든 것을 상대에게 건네며 서로의 결핍을 채워주기 위해 동거에서 결혼으로 관계를 진전시킨다. 그렇지만 문제는 그들이 서로를 진실하게 사랑하면 할수록 사랑의 수식으로부터 도출되는 값은 1이 아니라 0에 가까워진다는 점에 있다. 이를테면 동거와 결혼과 요양에도 불구하고 끝내 사라지지 않는 영경의 알코올 중독 증상은 수환에게 자신의 진솔한 사랑으로도 채울 수 없는 결핍이 그녀에게 남아있다는 점을 알려준다. 그렇기에 술을 마시면 건강에 치명적으로 해롭다는 것을 알지만 수환은 그녀가 술을 마시는 것을 허락할 수밖에 없다. 그러한 허용만이 그가 그녀에게 건넬 수 있는 마지막 선물이기 때문이다. 사랑하기에 상대에게 선물할 수 없는 것을 선물하고자 하고, 그러한 선물을 통해 사랑의 수식에서 도출된 결과를 가까스로 0에서 1의 방향으로 진전시키고자 하지만, 역설적이게도 그 선물이 상대에게 치명적인 손상을 줄 수 있다는 점이 바로 이들 사랑의 곤혹스러움을 드러낸다. 「봄밤」은 자신의 생명을 바쳐 영경에게 외출의 기회를 선사한 수환이 죽게 되고, 요양원을 벗어나 또다시 술을 마신 영경이 수환의 존재마저 망각하는 기억상실증에 걸리게 되는 장면에서 끝난다. 하지만 화자는 이들이 자신의 목숨을 바칠 정도로 서로를 위해 자신의 모든 것을 헌신한 숭고한 사랑을 실천했다고 말하고 있다.

정리하자면, 「봄밤」은 지금까지 발표된 권여선의 소설들을 떠올려볼 때 어딘가 조금 다른 소설이다. 사랑 속에 은폐된 권력관계를 정교하게 따져보던 이전의 소설들과 다르게 「봄밤」은 사랑을 통한 인간의 부활을 간절히 열망하고 있기 때문이다. 물론 톨스토이처럼 무거운 질감은 아니지만 권여선의 이번 신작 소설은 인간 삶의 새로운 갱신과 부활을 위한 방법으로 타인에 대한 사랑을 제시한다는 점에서 지극히 톨스토이적이다. 그렇다면 이 소설에 대해 마지막으로 남겨진 질문을 독자들에게 건네면서 이 글을 마치도록 하자. 이 소설의 제목이자 수환과 영경의 사랑이 시작되고 또한 종결된 시간은 왜 봄밤으로 설정됐을까. 봄이라는 소생의 시간과 밤이라는 마감의 시간이 봄밤이라는 하나의 단어 속에서 정확히 같은 비중으로 결합한 이 시간의 의미는 무엇인가. 자신의 장점을 분자로 하고 단점을 분모로 하는 사랑의 수식에서 도출된 결과 중 완전한 사랑을 뜻한다던 수치 1처럼 봄(소생)과 밤(마감)이 정확한 비율로 약분되는 이 시간은 어떤 의미를 지니는가. 이는 끝내 서로의 결핍을 완전히 채워줄 수는 없었지만 자신의 모든 것을 바쳐 상대를 위해 헌신했던 영경과 수완의 사랑에 보내는 작가의 따스한 메시지를 뜻하는 것은 아닐까. 부활에 대한 권여선의 톨스토이적 열망은 바로 이 봄밤의 시간에 스며있다.

Not Found

박성원 소설집 『하루』 리뷰

벤야민이 프랑크푸르트 대학교 교수자격 심사에 응시하기 위해 제출했던 박사논문인 『독일 비애극의 원천』[1]의 첫 장 「인식비판적 서론」에는 마치 플라톤의 저 유명한 삼 항인 시뮬라크르-사본-이데아를 연상케 하는 현상-개념-이념이란 삼 항이 등장한다. 플라톤을 스치듯 두 번 언급하고 있는 이 서론에서 "이념들은 극단들(현상들-인용자)이 그 이념들 주위에 모여들 때 살아 움직이기 시작하는 법이다"와 같은 서술에 유념한다면, 벤야민이 플라톤의 이데아를 계승하면서도 이데아로 나아가는 길을 선배와 다른 지점에서 찾고 있다는 것을 쉬이 알 수 있다. 오로

---

[1] 대부분 알다시피 우연찮게도 비슷한 시기에 두 개의 한국어 번역서가 발행되었다. 순전히 주관적인 이야기지만, 독일어 읽기 능력과 벤야민에 대한 지식이 부족한 필자와 비슷한 처지의 독자들에게는 김유동, 최성만의 번역서가 조만영 번역서보다 여러 모로 친절한 듯 보인다. 더불어 영어 번역서와 확인해본, 근본적으로 한계가 있는 독서체험으로 말해보자면, 김유동 최성만 번역서 역시 일정 부분 분담해서 번역한 후 크로스 체크를 했다고 말하고 있지만 번역어의 일관성이 잘 지켜지지 않는 등 좀 더 세공할 부분이 남아 있는 듯 보인다. 물론 이 모든 번역자 분들에게 지극한 감사, 더불어 지극히 아마추어적인 독서 경험에 기대어 건넨 사견이라는 사실. 발터 벤야민, 김유동·최성만 역, 『독일 비애극의 원천』, 한길사, 2009; 발터 벤야민, 조만영 역, 『독일 비애극의 원천』, 새물결, 2008; Walter Benjamin, trans. John Osborne, *The origin of German tragic drama*, New York : Verso, 2003.

지 이데아를 기억하고 있는 사본들로부터 시작해서 천상에 이르고자 하는 길을 찾았던 플라톤의 방법론은 이 논문의 백미라 할 수 있는 상징과 알레고리 가운데 전자에 연결되고, 도리어 플라톤이 내버렸던 시뮬라크르에서 천상의 별자리를 찾았던 벤야민의 방법론은 후자에 연결된다. 요컨대 알레고리는 무미건조한 전문어가 아니라 의미가 붕괴된 폐허의 파편들(현상들)에서 독특한 성좌(이념)를 드러내고자 했던 벤야민의 갈망이 깃든 뜨거운 술어이다. 여기서 성좌와 이념을 그의 아우라라는 술어와 연결시키는 것은 자연스러운데, 흔히 아우라의 비유로 읽히곤 하는 벤야민의 소품 「산딸기 오믈레트」에서 왕이 재현코자 하지만 절대로 재현할 수 없는 오믈렛의 아우라가 바로 전장의 폐허에서만 드러난다는 점은 그 무엇보다 중요하다. 벤야민이 그렇게도 찾고자 했던 아우라는 사람들 간의 '구별짓기'를 조장하는 세련되고도 단정하며 평화로운 고급문화 체험에서 비롯되는 아우라가 아니라 엉성하고 긴급하고 심지어 부조리해 보이는 체험에서 돌연 떠오르는 다른 아우라였기 때문이다. 이제는 너무나 유명한 글이 되어버린 「이야기꾼」,[2]이라는 에세이에서 벤야민이 시간이 지나면 지날수록 풍화되지 않고 오히려 더 큰 생명력을 갖게 되는 이야기가 근대의 발명품이라 할 수 있는 소설과 신문에 의해 사라진다며 아쉬워했을 때, 우리는 이야기와 소설(신문)을 가르는 그의 성긴 이분법을 비판하기보다 오히려 이야기에 아우라가 깃드는 방법에 대해 알려주는 그의 자상한 설명에 주의할 필요가 있다. 이야기는 어떻게 영원한 생명력을 지니게 되는가. 어떻게 시공간을 초월

---

2   「산딸기 오믈레트」와 「이야기꾼」은 반성완의 한국어 번역서 참고. 발터 벤야민, 반성완 역, 『발터 벤야민의 문예이론』, 민음사, 1983.

해서 또 다른 독자와 예기치 않은 재회를 이룰 수 있을까. 이 글에서 벤야민은 스위스 태생의 신학자 요한 페터 헤벨(Johann Peter Hebel)의 소품 「예기치 않은 재회」를 아우라가 깃든 이야기들 가운데 하나로 언급하고 있다. 이 작품의 주인공인 예비 신부(新婦)는 이제는 사라진 전후 실존주의자들이라면 부조리의 전형적인 사례라고 말함직한 생의 비극적 경험을 겪는다. 결혼을 단 하루 앞두고 예비 신랑이 탄광에 묻혀 살아 돌아오지 못한 사건 앞에서, 작가 페터 헤벨은 홀로 남겨진 신부의 슬픈 내면을 서술하는 대신 그녀의 내면에서 가장 멀리 떨어진 듯 보이는 사건들을 마치 폐허의 파편들을 재현하듯 나열한다. 흥미롭게도 이러한 부조리한 체험과 파편적 서술을 우리는 박성원의 신작 소설집에 실린 단편 「하루」에서도 만나볼 수 있다. 급하게 남편에게 전세금을 송금하기 위해 은행 앞에 불법 주차한 여자는 자신도 알지 못한 사이에 차를 견인 당하게 되고 이를 앞뒤로 한 여러 우연들이 단 몇 분을 사이에 두고 엇갈리게 되자 끝내 여자는 아이를 잃게 된다. 아이를 잃고 혼절했던 여자가 깨어나는 순간 박성원의 소설은 여자의 내면과 무관해 보이는 파편적인 사건들을 이렇게도 무심하게 나열한다. "폭설과 강추위는 그 뒤 이틀간 더 지속되었고, 그 기간 동안의 강설량은 관측 사상 네 번째로 많은 양이었다. 주가지수는 백십사 포인트 오른 채 그해 장을 마감했으며, 사람들은 연말연시를 보낼 여행지 검색에 분주했다. (…중략…) 십 년 동안 태풍이 한반도에 상륙한 것은 사십이 회였고, 가뭄이 구십여 회, 게릴라성 집중호우가 여섯 차례 있었다. 백 년 동안 큰 전쟁만 하더라도 열두 차례 벌어졌고, 천 년 동안 해수면의 온도는 일 점 이도 올라갔으며, 만 년 동안 새로 발견된 질병은 팔천구백팔십 종이었다."[3](38~

39쪽) 그런데 폐허의 파편처럼 어떤 이음매도 찾지 못할 정도로 단편적으로 흩어져 있는 이러한 문장들의 나열 속에서 우리는 작품의 삶을 연장케 하고 등장인물의 부조리한 삶을 극복케 하는 아우라를 찾을 수 있을까. 결국 「하루」는 아우라가 깃들어 있는 이야기의 계보에 속하게 되고, 등장인물 여자는 페터 헤벨 작품의 신부처럼 이미 죽어버린 가족과 뜻하지 않는 재회를 이루게 되며, 「하루」의 마지막을 장식하는 저 문장들의 나열은 알레고리의 기능을 수행하게 되는가. 아쉽지만 이 모든 질문들에 대한 대답은 부정적이다. 박성원의 소설이 새로운 이유는, 플라톤의 삼 항으로 말해보자면, 그의 소설 속 사건들이 익숙한 사본들로 견고히 구축되는 대신 난잡해 보이는 시뮬라크르들로 배열되기 때문이고, 또한 그의 소설에서 뜨거운 아우라가 스민 위로를 받기 어려운 이유는 조각난 시뮬라크르들에서 성좌(이데아)가 떠오르는 미래를 그의 소설이 손쉽게 낙관하지 않기 때문이다. 요컨대 그의 소설은 한결같이 새롭고 변함없이 지적이다. 이번 소설에서 유독 마흔 살 언저리의 등장인물들이 빈번히 등장하는 것도 이런 이유인듯하다. 삶의 연속성은 강력한

---

3   참고로 박성원의 '무심한' 문장과 비교하여 음미할 수 있도록, 부조리한 사건 이후에 서술되는 헤벨의 '무심한' 문장을 인용하자면 다음과 같다. "그 사이 포르투갈의 리스본 시는 지진으로 파괴되었고, 7년 전쟁이 끝났으며, 프란츠 1세 황제가 서거했다. 그리고 가톨릭의 예수회가 폐지되었으며, 폴란드가 분할되었고, 마리아 테레지아 여왕이 서거했으며, 덴마크의 정치가 스트루엔제 공작이 처형되었고, 미국이 독립했고, 프랑스와 스페인의 연합군이 지브롤터 해협을 정복하지 못했다. 터키 군은 슈타인 장군을 헝가리의 베트란 동굴에 가두었고, 황제 요젭도 서거했다. 스웨덴 국왕 구스타프는 러시아령 핀란드를 정복했고, 프랑스 혁명이 발발하여 긴 전쟁이 시작되었으며, 레오폴드 2세 황제도 역시 사망하여 무덤으로 갔다. 나폴레옹이 프로이센을 정복했고, 영국군이 코펜하겐을 폭격했으며, 농부들은 씨를 뿌렸고 가을걷이를 했다. 방앗간 주인은 방아를 찧었으며, 대장간 주인은 망치질을 했고 광부들은 지하 작업장에서 광맥을 찾아 곡괭이질을 했다." 요한 페터 헤벨, 배중환 역, 『예기치 않은 재회─독일 가정의 벗, 이야기 보물상자』, 부산외대 출판부, 2003, 17쪽. 번역서에는 인용된 문장들 사이사이에 다수의 역자주가 첨부되어 있는데, 여기서는 이것들을 생략했다.

우연성에 의해 부서졌으며, 이로 인한 절망과 불안은 새로운 시작을 불가능하게 할 정도로 압도적이기에, 이러한 시간을 견뎌내는 40대의 인물들은 '불혹'이란 말처럼 미래에 대한 어떤 가능성에도 미혹되지 않는다. 어쩌면 전후 세대가 견뎌내야 했던 특수한 원인(전쟁)에서 비롯된 부조리의 삶이 2000년대를 마흔 살의 나이로 통과하는 소설 속 인물들에게는 원인을 따질 수 없이 보편적으로 변형되어 반복되는 듯하다. 그렇기에 동시대에 살면서 비교적 같은 사유의 계보에 속하는 듯 보이지만 미래에 대한 기투와 반항의 방법론에서 합의점을 찾지 못했던 동료 카뮈에게 사르트르가 가했던 비판은 박성원에게도 동일하게 적용될 수 있는 듯하면서도 다른 한편 적용될 수 없기도 하다. 이는 무슨 말인가. 일찍이 사르트르는 카뮈가 형이상학적 부조리만 고려하기 때문에 구체적인 정치경제적 맥락에서 발생하는 부조리를 보지 못한다고 지적한 적이 있다. "어린아이가 죽게 되면 당신은 세계의 부조리함을 비난할 것입니다……. 그러나 그 어린애의 아버지가 실업자나 수공업자라면, 그는 (세계의 부조리가 아니라―인용자) 다른 사람들을 비난할 것입니다. 그는 우리의 부조리한 삶의 조건이 파시(파리에서 가장 부유한 지역―인용자)나 비앙쿠르(가난한 공장 밀집 구역―인용자)에서 동일하지 않다는 사실을 잘 알고 있습니다."[4] 사르트르와 마찬가지로 우리는 박성원의 소설집 『하루』에 실린 모든 소설이 인간 삶의 근원적인 부조리에서 시작하고 있지만, 그러한 부조리를 형이상학적인 방식으로 처리하고 있지 않은지 질문할 수 있다. 이를테면 강남의 마흔 살과 강북의 마흔 살을 구별하지

---

4   에린 베르네르, 변광배 역, 『폭력에서 전체주의로』, 그린비, 2012, 61~62쪽에서 재인용.

않는다는 식으로 논박하면서 말이다. 하지만 이러한 질문과 지적은 그 나름의 설득력을 지니면서도 그 통찰 때문에 오히려 박성원의 소설이 다루고 있는 부조리함의 독특한 특성을 볼 수 없게 된다. 박성원의 소설은 부조리함의 구체성을 포기하는 게 아니라 다른 구체성에 집중하기 때문이다. 2000년대를 살아가는 소설 속 40대의 인물들에게 부조리는 돌연 아이가 죽거나 갑작스레 이혼을 하는 따위의 우연성에서만 비롯되지 않는다. 이들에게 진정 압도적인 부조리는 부조리를 깨닫는 순간이 너무 늦게 찾아온다는 데 있다. 간단히 말해 박성원 소설에서 부조리의 구체성은 부조리의 다기한 종류에 있는 게 아니라 부조리가 드러나는 시간에 있다. 어쩌면 이는 어느 정도의 단순화와 억지스런 추측임을 인정하면서 말해보자면, 전후 세대가 겪은 부조리와 박성원 소설 속 인물들이 겪는 부조리가 갈라지는 가장 구체적인 특징이다. 전후 세대에게 전쟁이 이끌어낸 부조리는 비교적 이른 나이에 닥쳐왔기에 다른 삶에 대한 불가능성과 가능성을 동시에 지닐 수 있었지만, 2000년대를 견뎌내고 있는 박성원 소설의 인물들에게 부조리는 물리적으로나 정신적으로 나약해져 있는 40대에 깨닫게 되기에 불가능성이 가능성을 압도하게 된다. 이처럼 박성원의 소설은 부조리를 형이상학적으로 다루는 대신 너무 늦게 찾아와서(깨닫게 되어서) 미래에 대한 어떠한 기투도 반항도 불가능하게 하는 '사건 없는 시대'[5]의 부조리를 다룬다. 이러한 상황을 『하루』에 실린 단편들의 제목을 엮어서 설명하자면, 40대의 "어느 맑

---

5 사건 없는 시대라는 말이 궁금하거나, 필자의 이 리뷰에서 흥미를 느낀 분들은 김사과의 소설을 통해 '주체 없는 사건과 메시아 없는 차연'으로 일관된 세계를 언급했던 필자의 글을 읽어주길 바란다. 김남혁, 「차연의 윤리와 사건의 정치」, 『문학과사회』, 2010 가을. 물론 인터넷을 통해서도 접근 가능하다(www.dbpia.co.kr).

은 가을 아침 갑자기" 부조리한 경험이 찾아들게 되자 사람들에게는 그동안 질서 잡혀 보이던 것들이 "얼룩"과 "흔적"으로 교란되며, 심지어 저녁도 아침도 구별할 수 없이 하루는 "저녁의 아침"에 시작되고, 부조리를 망각하려는 그들의 자기기만은 '복종으로 통하는 분노나 분노를 가두는 복종' 사이에서 진동할 뿐이다. 결국 너무 늦게 찾아와서 모든 가능성을 압도해버리는 보편적인 부조리한 삶에서 편집증적 망상을 보이는 인물들은 정상인과 구분되어야 할 사람들이 아니라 바로 지금 정상인들의 미래이다. 그렇다면 이렇게 압도적인 부조리 앞에서 우리는 자유와 주체와 기투와 반항 따위의 실존주의적 핵심어를 이끌어 낼 수 있을까. 박성원 소설에서 자주 등장하는 망원경을 든 소녀라면 그 해답을 찾을 수 있을까. 부조리의 세계와 편집증적 망상으로 추락하는 이들 40대의 절박한 구조 요청이 "들리는가? 들리는가? 나는 지금 불시착하겠다. 아버지가 송전탑에서 추락한 것처럼 나또한 추락할 것만 같았다. 들리는가? 들리는가?" 이 절박한 구조요청들에 대해 박성원의 다음 소설들은 무엇을 말해 줄까? Not found.

◎초출일람

1부

끔찍한 모더니티
　　「해설」, 이청준, 『벌레 이야기』, 문학과지성사, 2013.

차연의 윤리와 사건의 정치─신경숙과 김사과 소설 읽기
　　『문학과사회』, 2010 가을.

부채사회에 대한 난외주석
　　『오늘의 문예비평』, 2013 봄.

아토포스, 문학의 자리
　　『자음과모음』, 2012 겨울.

제국기계 앞에서 눈감는 소설─박범신과 김재영 소설 다시 읽기
　　『작가세계』, 2010 봄.

'액체근대'를 여행하는 무거운 사람들
　　『문학들』, 2011 봄.

사랑의 파르마콘─편혜영, 김숨, 윤이형 소설 읽기
　　『작가세계』, 2011 여름.

거대서사 이전에 쓰이고 거대서사 이후에 도착하는 서사
　　『소설시대』, 2009 가을.

2부

머리말─여섯 편의 장편소설에 대한 소고
　　『문학동네』, 2011 가을.

오소독스 로맨스
　　「해설」, 신혜진, 『퐁퐁달리아』, 은행나무, 2012.

인간의 네 단계 변화에 대하여─김유진 소설 읽기
　　『오늘의 문예비평』, 2012 여름.

나선운동을 이끄는 명사들의 비트—김중혁 소설 읽기
   『문예연구』, 2009 여름.
고정된 은유를 교란하는 그녀들의 윤리—정이현 소설 읽기
   『중앙일보』, 2007.9.
집단주의에 대해 질문하고, 자기기만에 대해서도 질문하기
   『세계의문학』, 2008 가을.
I'm not there—김경욱 인터뷰 & 문학적 연대기
   『작가세계』, 2009 봄.

3부

입춘—윤대녕, 「구제역들」, 『창작과비평』, 2011 여름
   『웹진 문지』, 2011.6.
두뇌의 열정, 열정의 두뇌—복도훈 비평집 『눈먼 자의 초상』
   『웹진 창비』, 2010.6.
안에서 밖으로—배명훈 소설집, 『총통각하』(북하우스, 2012)
   『문학과사회』, 2013 봄.
타자와 관계 맺는 세 가지 방식—이장욱 소설집 『고백의 제왕』
   『웹진 창비』, 2010.5.
두 번째 사건 그리고 첫 번째 사건—최진영 장편소설 『당신 옆을 스쳐간 그 소녀의 이름은』
   『웹진 창비』, 2010.8.
각자도생의 시대—박민규의 「그렇습니까? 기린입니다」 읽기
   「해설」, 『ASIA 바이링궐에디션』, ASIA, 2013.
유령은 말할 수 있는가?—공지영의 『도가니』 읽기
   『문장웹진』, 2011.12.
변신, 욕설, 이동—황정은, 『파씨의 입문』(창작과비평사, 2012)
   『자음과모음』, 2012 가을.
사랑을 창안하는 사랑—정용준, 『가나』(문학과지성사, 2011)
   『문학과사회』, 2012 여름.
난외주석—권여선의 「길모퉁이」(『현대문학』, 2012.9)
   『웹진 문지』, 2012.12.

부활과 봄밤―권여선의 「봄밤」(『문학과사회』, 2013 여름)
　　『웹진 문지』, 2013.6.

Not Found―박성원의 소설집 『하루』(문학과지성사, 2012)
　　『문학과사회』, 2012 겨울.